最新人身损害赔偿
法律政策全书

中国法制出版社
CHINA LEGAL PUBLISHING HOUSE

图书在版编目（CIP）数据

最新人身损害赔偿法律政策全书/中国法制出版社编.—北京：
中国法制出版社，2008.12
ISBN 978 - 7 - 5093 - 0918 - 6

Ⅰ.最⋯ Ⅱ.中⋯ Ⅲ.人身权 - 侵权行为 - 赔偿法 - 汇编
- 中国 Ⅳ. D923.19

中国版本图书馆 CIP 数据核字（2008）第 177191 号

最新人身损害赔偿法律政策全书
ZUIXIN RENSHEN SUNHAI PEICHANG FALU ZHENGCE QUANSHU

经销/新华书店
印刷/涿州市新华印刷有限公司
开本/880×1230 毫米　32　　　　　　印张/ 17.625　字数/ 626 千
版次/2008 年 12 月第 1 版　　　　　　2008 年 12 月第 1 次印刷

中国法制出版社出版
书号 ISBN 978 - 7 - 5093 - 0918 - 6　　　　　　　　　定价：42.00 元

北京西单横二条 2 号　邮政编码 100031　　　　　　　传真：66031119
网址：http://www.zgfzs.com　　　　　　编辑部电话：66070042
市场营销部电话：66033393　　　　　　邮购部电话：66033288

导　　读

　　人身损害纠纷是常见的一种法律纠纷，近年来，随着我国经济和社会发展，侵权人身损害赔偿案件在类型和数量上也发生了重大变化。《中华人民共和国民法通则》（以下简称《民法通则》）对于人身损害赔偿较为原则的法律适用规定已远远不能适应现实的需要，因此国家在一些容易出现人身损害赔偿纠纷的领域制定了大量的法律、法规、司法解释等进行规范。面对如此浩繁的法律文件，如何轻松查找和获取是普通读者面临的一个问题。本书出版的目的就在于对我国现行有效的人身赔偿法律、政策进行全面系统的梳理，通过合理明晰的分类，分专题予以收录，并作若干注解，方便读者查找与适用。

　　本书共分九个部分。

　　第一部分**"一般人身损害赔偿"**，是关于人身损害赔偿的一般性规定，包括人身损害赔偿、人身伤害司法鉴定、精神损害赔偿等方面的内容。一般人身损害赔偿最重要的法律规范是《最高人民法院关于审理人身损害赔偿案件适用法律若干问题的解释》（以下简称《人身损害赔偿解释》），它除对一些比较常见多发且在审判实践中较难统一实施的人身损害赔偿案件的赔偿范围作了明确规定外，还统一了具体的赔偿计算标准。值得注意的是，《人身损害赔偿解释》规定的赔偿标准及其计算方法对侵权人身损害赔偿具有普遍适用的效力，但是对于一些特殊侵权类型的损害赔偿，有现行法律和行政法规作出专门规定的，如民用航空法、《医疗事故处理条例》等，则优先适用此类法律法规的规定，《人身损害赔偿解释》的规定对这类特殊侵权行为的损害赔偿不具有约束力。由于人身损害往往不能凭着直观、直觉或者逻辑推理直接认识和判断，而必须由依法规定的鉴定人运用科学技术或者专门知识对其进行鉴别和判断并提供鉴定意见，因此司法鉴定关于人身损害程度的确定对人身损害赔偿有着直接的影响。本书除收录《司法鉴定程序通则》等程序性法规外还收录了人体重伤、轻伤以及轻微伤的鉴定标准，方便读者查询使用。对于精神损害赔偿方面，《民法通则》第120条规定当公民的姓名、肖像、名誉、荣誉等四项具体人格权遭受侵害时，受害人可以要求赔偿损失，该条被普遍援引以确认当事人精神损害赔偿责任的法律依据。然而在审判实践中，对于什么是精神损害，哪些情况下哪些人可以请求赔偿精神损失，以及精神损害抚慰金数额的确定等问题，长期存在理解不一致，适用法律不统一的现象。2001年3月10日起施行的《最高人民法院关于确定民事侵权精神损害赔偿责任若干问题的解释》，贯彻了《民法通则》维护公民的人身权利和人格尊严的立法精神，确认侵害他人人身权益造成严重后果的，应当承担精神损害赔偿责任。

　　第二部分**"医疗事故赔偿"**。医疗纠纷是近年来社会各界关注的焦点。医疗侵权纠纷一般可以分为两类，一类是医疗事故侵权行为引起的医疗赔偿纠纷案件；另一类是非医疗事故侵权行为或者医疗事故以外的其他原因而引起的医疗赔偿纠纷案件。虽然这两类案件都与医疗行为有关，但是发生的原因不同，前者致害的原因以构成医疗事故为前提，而后者致害的原因是不构成医疗事故的其他医疗过失行为。根据最高人民法院《关于参照＜医疗事故处理条例＞审理医疗纠纷民事案件的通知》规定，《医疗事故处理条例》施行后发

1

生的医疗事故引起的医疗赔偿纠纷，诉到法院的，参照该条例的有关规定办理；因医疗事故以外的原因引起的其他医疗赔偿纠纷，适用《民法通则》的规定。与一般的医疗过错相比，医疗事故无论是在医疗单位的过错程度上还是给患者造成的人身损害后果上，通常都更为严重，但是《医疗事故处理条例》确定的赔偿范围和标准却较《人身损害赔偿解释》偏低。

第三部分**"工伤事故赔偿"**。工伤是引发人身损害赔偿纠纷的一大重要原因。我国现行调整工伤问题的主要法律依据是《工伤保险条例》。条例对工伤认定、劳动能力鉴定、工伤保险待遇等问题都作了规定。享受工伤待遇的前提是工伤认定，发生工伤事故，劳动者取得工伤保险待遇以及其他工伤待遇的关键，就在于国家有权机关作出工伤认定结论。对于工伤认定的程序，原劳动和社会保障部专门制定了《工伤认定办法》。职工发生工伤后经治疗伤情相对稳定后，如存在残疾影响劳动能力的，应当进行劳动能力鉴定。在处理工伤案件时，对于职工工伤与职业病致残程度的鉴定非常重要，从2007年5月1日起施行的《劳动能力鉴定 职工工伤与职业病致残等级》（GB/T 16180－2006）是现行的鉴定标准。此外，生活实践中还存在着大量非法用工的情形，对于非法用工单位中受到事故伤害或者患职业病的职工或者用人单位使用童工造成的伤残、死亡的童工的赔偿，适用2004年1月1日起施行的《非法用工单位伤亡人员一次性赔偿办法》。

第四部分**"道路交通事故赔偿"**。因道路交通事故引发的人身损害赔偿主要涉及事故责任和赔偿数额的认定。对于事故责任认定，主要由《中华人民共和国道路交通安全法》第76条规定。具体的赔偿项目和计算方法主要参照《人身损害赔偿解释》确定，各省及地区每年都会根据统计部门的规定发布相应的赔偿具体标准。交通事故中受伤人员伤残评定的原则和方法则以《道路交通事故受伤人员伤残评定（GB/T 18667－2002）》为标准。我国实行机动车第三者责任强制保险，由于道路交通事故造成人身损害，首先由保险公司在保险责任限额范围（参见《机动车交通事故责任强制保险责任限额》）内给予赔偿；不足的部分，则按照道路交通安全法第76条的规定承担赔偿责任。

第五部分**"铁路、水上、航空事故赔偿"**。本书除节选《中华人民共和国铁路法》、《中华人民共和国海商法》、《中华人民共和国民用航空法》中有关人身损害赔偿的规定外，还收录《最高人民法院关于审理铁路运输损害赔偿案件若干问题的解释》、《最高人民法院关于审理涉外海上人身伤亡案件损害赔偿的具体规定（试行）》等司法解释。此外，国家对航空运输中承运人的赔偿责任限额作了特殊规定，具体可见《国内航空运输承运人赔偿责任限额规定》。

第六部分**"产品质量、触电事故赔偿"**。因产品质量引发的人身损害赔偿纠纷，可依照《中华人民共和国产品质量法》、《中华人民共和国食品卫生法》、《中华人民共和国消费者权益保护法》等相关法律来维护自身的合法权益。最高人民法院对于因触电事故引发的人身损害赔偿，专门出台了《最高人民法院关于审理触电人身损害赔偿案件若干问题的解释》。

第七部分**"军人、学生伤害事故"**。收录了主要针对军人、学生这类特殊人群人身损害赔偿时适用的法律法规等法律文件。教育部于2002年8月21日以教育部令第12号发布的《学生伤害事故处理办法》。该办法对学生伤害事故的处理原则、处理程序、责任认定及责任者的行政处理等作出了规定，为学校和教育行政主管部门处理学生伤害事故提供了具体依据，有利于及时、妥善地处理学生伤害事故。

第八部分"**国家赔偿**"。国家赔偿是指国家机关及其工作人员因为违法行使职权而侵犯公民、法人或者其他组织的合法权益并造成损害，由国家承担赔偿责任的制度。《中华人民共和国国家赔偿法》通过界定赔偿范围、明确赔偿请求人资格以及规定赔偿义务机关和赔偿程序、方式、标准等，为公民在受到国家机关及其工作人员非法的人身损害时提供了获得国家赔偿的途径。值得注意的是，由于国家赔偿法规定的范围窄、标准低、程序乱，目前对其的修改已被列入国家立法规划。

第九部分"**诉讼救济**"。解决人身损害赔偿纠纷，主要适用的是《中华人民共和国民事诉讼法》，涉及劳动争议的还适用《中华人民共和国劳动争议调解仲裁法》的规定，此外，在刑事诉讼中由于被告人的犯罪行为而遭受损失的，还可以提起附带民事诉讼（参见《中华人民共和国刑事诉讼法》第77条）。在诉讼环节中比较重要的是证据的收集，人身损害赔偿数额、范围等的确定都需要由充足的证据来证明，关于当事人举证、质证等的相关规定可见《最高人民法院关于民事诉讼证据的若干规定》。

目　录

一、一般人身损害赔偿

（一）损害赔偿

八、国家赔偿

（一）综合

（二）司法赔偿

一般人身损害赔偿

（一）损害赔偿

中华人民共和国
民法通则（节录）

（1986 年 4 月 12 日第六届全国人民代表大会第四次会议通过　1986 年 4 月 12 日中华人民共和国主席令第 37 号公布　自 1987 年 1 月 1 日起施行）

第一章　基本原则

第一条　为了保障公民、法人的合法的民事权益，正确调整民事关系，适应社会主义现代化建设事业发展的需要，根据宪法和我国实际情况，总结民事活动的实践经验，制定本法。

第二条　中华人民共和国民法调整平等主体的公民之间、法人之间、公民和法人之间的财产关系和人身关系。

第三条　当事人在民事活动中的地位平等。

第四条　民事活动应当遵循自愿、公平、等价有偿、诚实信用的原则。

第五条　公民、法人的合法的民事权益受法律保护，任何组织和个人不得侵犯。

第六条　民事活动必须遵守法律，法律没有规定的，应当遵守国家政策。

第七条　民事活动应当尊重社会公德，不得损害社会公共利益，破坏国家经济计划，扰乱社会经济秩序。

第八条　在中华人民共和国领域内的民事活动，适用中华人民共和国法律，法律另有规定的除外。

本法关于公民的规定，适用于在中华人民共和国领域内的外国人、无国籍人，法律另有规定的除外。

……

第五章　民事权利

第四节　人身权

第九十八条　公民享有生命健康权。

第九十九条　公民享有姓名权，有权决定、使用和依照规定改变自己的姓名，禁止他人干涉、盗用、假冒。

法人、个体工商户、个人合伙享有名称权。企业法人、个体工商户、个人合伙有权使用、依法转让自己的名称。

第一百条　公民享有肖像权，未经本人同意，不得以营利为目的使用公民的肖像。

第一百零一条　公民、法人享有名誉权，公民的人格尊严受法律保护，禁止用侮辱、诽谤等方式损害公民、法人的名誉。

第一百零二条　公民、法人享有荣誉权，禁止非法剥夺公民、法人的荣誉称号。

第一百零三条 公民享有婚姻自主权，禁止买卖、包办婚姻和其他干涉婚姻自由的行为。

第一百零四条 婚姻、家庭、老人、母亲和儿童受法律保护。

残疾人的合法权益受法律保护。

第一百零五条 妇女享有同男子平等的民事权利。

第六章　民事责任

第一节　一般规定

第一百零六条 公民、法人违反合同或者不履行其他义务的，应当承担民事责任。

公民、法人由于过错侵害国家的、集体的财产，侵害他人财产、人身的，应当承担民事责任。

没有过错，但法律规定应当承担民事责任的，应当承担民事责任。

第一百零七条 因不可抗力不能履行合同或者造成他人损害的，不承担民事责任，法律另有规定的除外。

第一百零八条 债务应当清偿。暂时无力偿还的，经债权人同意或者人民法院裁决，可以由债务人分期偿还。有能力偿还拒不偿还的，由人民法院判决强制偿还。

第一百零九条 因防止、制止国家的、集体的财产或者他人的财产、人身遭受侵害而使自己受到损害的，由侵害人承担赔偿责任，受益人也可以给予适当的补偿。

第一百一十条 对承担民事责任的公民、法人需要追究行政责任的，应当追究行政责任；构成犯罪的，对公民、法人的法定代表人应当依法追究刑事责任。

……

第三节　侵权的民事责任

……

第一百一十九条 侵害公民身体造成伤害的，应当赔偿医疗费、因误工减少的收入、

残废者生活补助费等费用；造成死亡的，并应当支付丧葬费、死者生前扶养的人必要的生活费等费用。

第一百二十条 公民的姓名权、肖像权、名誉权、荣誉权受到侵害的，有权要求停止侵害，恢复名誉，消除影响，赔礼道歉，并可以要求赔偿损失。

法人的名称权、名誉权、荣誉权受到侵害的，适用前款规定。

第一百二十一条 国家机关或者国家机关工作人员在执行职务中，侵犯公民、法人的合法权益造成损害的，应当承担民事责任。

第一百二十二条 因产品质量不合格造成他人财产、人身损害的，产品制造者、销售者应当依法承担民事责任。运输者、仓储者对此负有责任的，产品制造者、销售者有权要求赔偿损失。

第一百二十三条 从事高空、高压、易燃、易爆、剧毒、放射性、高速运输工具等对周围环境有高度危险的作业造成他人损害的，应当承担民事责任；如果能够证明损害是由受害人故意造成的，不承担民事责任。

第一百二十四条 违反国家保护环境防止污染的规定，污染环境造成他人损害的，应当依法承担民事责任。

第一百二十五条 在公共场所、道旁或者通道上挖坑、修缮安装地下设施等，没有设置明显标志和采取安全措施造成他人损害的，施工人应当承担民事责任。

第一百二十六条 建筑物或者其他设施以及建筑物上的搁置物、悬挂物发生倒塌、脱落、坠落造成他人损害的，它的所有人或者管理人应当承担民事责任，但能够证明自己没有过错的除外。

第一百二十七条 饲养的动物造成他人损害的，动物饲养人或者管理人应当承担民事责任；由于受害人的过错造成损害的，动物饲养人或者管理人不承担民事责任；

由于第三人的过错造成损害的，第三人应当承担民事责任。

第一百二十八条 因正当防卫造成损害的，不承担民事责任。正当防卫超过必要的限度，造成不应有的损害的，应当承担适当的民事责任。

第一百二十九条 因紧急避险造成损害的，由引起险情发生的人承担民事责任。如果危险是由自然原因引起的，紧急避险人不承担民事责任或者承担适当的民事责任。因紧急避险采取措施不当或者超过必要的限度，造成不应有的损害的，紧急避险人应当承担适当的民事责任。

第一百三十条 2人以上共同侵权造成他人损害的，应当承担连带责任。

第一百三十一条 受害人对于损害的发生也有过错的，可以减轻侵害人的民事责任。

第一百三十二条 当事人对造成损害都没有过错的，可以根据实际情况，由当事人分担民事责任。

第一百三十三条 无民事行为能力人、限制民事行为能力人造成他人损害的，由监护人承担民事责任。监护人尽了监护责任的，可以适当减轻他的民事责任。

有财产的无民事行为能力人、限制民事行为能力人造成他人损害的，从本人财产中支付赔偿费用。不足部分，由监护人适当赔偿，但单位担任监护人的除外。

第四节 承担民事责任的方式

第一百三十四条 承担民事责任的方式主要有：

（一）停止侵害；

（二）排除妨碍；

（三）消除危险；

（四）返还财产；

（五）恢复原状；

（六）修理、重作、更换；

（七）赔偿损失；

（八）支付违约金；

（九）消除影响、恢复名誉；

（十）赔礼道歉。

以上承担民事责任的方式，可以单独适用，也可以合并适用。

人民法院审理民事案件，除适用上述规定外，还可以予以训诫、责令具结悔过、收缴进行非法活动的财物和非法所得，并可以依照法律规定处以罚款、拘留。

第七章 诉 讼 时 效

第一百三十五条 向人民法院请求保护民事权利的诉讼时效期间为2年，法律另有规定的除外。

第一百三十六条 下列的诉讼时效期间为1年：

（一）身体受到伤害要求赔偿的；

（二）出售质量不合格的商品未声明的；

（三）延付或者拒付租金的；

（四）寄存财物被丢失或者损毁的。

第一百三十七条 诉讼时效期间从知道或者应当知道权利被侵害时起计算。但是，从权利被侵害之日起超过20年的，人民法院不予保护。有特殊情况的，人民法院可以延长诉讼时效期间。①

第一百三十八条 超过诉讼时效期间，当事人自愿履行的，不受诉讼时效限制。

第一百三十九条 在诉讼时效期间的最后6个月内，因不可抗力或者其他障碍不能行使请求权的，诉讼时效中止。从中止时效的原因消除之日起，诉讼时效期间继续计算。

第一百四十条 诉讼时效因提起诉讼、当

---

①人身损害赔偿的诉讼时效期间，伤害明显的，从受伤害之日起算，伤害当时未曾发现，后经检查确诊并能证明是由侵害引起的，从伤势确诊之日起算。

事人一方提出要求或者同意履行义务而中断。从中断时起，诉讼时效期间重新计算。

第一百四十一条 法律对诉讼时效另有规定的，依照法律规定。①

······

第一百五十四条 民法所称的期间按照公历年、月、日、小时计算。

规定按照小时计算期间的，从规定时开始计算。规定按照日、月、年计算期间的，开始的当天不算入，从下一天开始计算。

期间的最后一天是星期日或者其他法定休假日的，以休假日的次日为期间的最后一天。

期间的最后一天的截止时间为 24 点。有业务时间的，到停止业务活动的时间截止。

第一百五十五条 民法所称的"以上"、"以下"、"以内"、"届满"，包括本数；所称的"不满"、"以外"，不包括本数。

······

最高人民法院关于贯彻执行《中华人民共和国民法通则》若干问题的意见（试行）（节录）

(1988 年 4 月 22 日　法办发〔1998〕6 号)

······

五、民事责任

142. 为维护国家、集体或者他人合法权益而使自己受到损害，在侵害人无力赔偿或者没有侵害人的情况下，如果受害人提出请求的，人民法院可以根据受益人受益的多少及其经济状况，责令受益人给予适当补偿。

143. 受害人的误工日期，应当按其实际损害程度、恢复状况并参照治疗医院出具的证明或者法医鉴定等认定。赔偿费用的标准，可以按照受害人的工资标准或者实际收入的数额计算。

受害人是承包经营户或者个体工商户的，其误工费的计算标准，可以参照受害人一定期限内的平均收入酌定。如果受害人承包经营的种植、养殖业季节性很强。不及时经营会造成更大损失的，除受害人应当采取措施防止损失扩大外，还可以裁定侵害人采取措施防止扩大损失。

144. 医药治疗费的赔偿，一般应以所在地治疗医院的诊断证明和医药费、住院费的单据为凭。应经医务部门批准而未获批准擅自另找医院治疗的费用，一般不予赔偿；擅自购买与损害无关的药品或者治疗其他疾病的，其费用则不予赔偿。

145. 经医院批准专事护理的人，其误工补助费可以按收入的实际损失计算。应得奖金一般可以计算在应赔偿的数额内。本人没有工资收入的，其补偿标准应以当地的一般临时工的工资标准为限。

146. 侵害他人身体致使其丧失全部或者部分劳动能力的，赔偿的生活补助费一般应补足到不低于当地居民基本生活费的标准。

147. 侵害他人身体致人死亡或者丧失劳动能力的，依靠受害人实际扶养而又没有其他生活来源的人要求侵害人支付必要生活费的，应当予以支持，其数额根据实际情况确定。

148. 教唆、帮助他人实施侵权行为的

---

①因环境污染损害赔偿提起诉讼的时效期间为 3 年，从当事人知道或应当知道受到污染损害时起计算。

人,为共同侵权人,应当承担连带民事责
任。

教唆、帮助无民事行为能力人实施侵
权行为的人,为侵权人,应当承担民事责
任。

教唆、帮助限制民事行为能力人实施
侵权行为的人,为共同侵权人,应当承担
主要民事责任。

149. 盗用、假冒他人名义,以函、电
等方式进行欺骗或者愚弄他人,并使其财
产、名誉受到损害的,侵权人应当承担民
事责任。

150. 公民的姓名权、肖像权、名誉
权、荣誉权和法人的名称权、名誉权、荣
誉权受到侵害,公民或者法人要求赔偿损
失的,人民法院可以根据侵权人的过错程
度、侵权行为的具体情节、后果和影响确
定其赔偿责任。

151. 侵害他人的姓名权、名称权、肖
像权、名誉权、荣誉权而获利的,侵权人
除依法赔偿受害人的损失外,其非法所得
应当予以收缴。

152. 国家机关工作人员在执行职务
中,给公民、法人的合法权益造成损害的,
国家机关应当承担民事责任。

153. 消费者、用户因为使用质量不合
格的产品造成本人或者第三人人身伤害、
财产损失的,受害人可以向产品制造者或
者销售者要求赔偿。因此提起的诉讼,由
被告所在地或者侵权行为地人民法院管辖。

运输者和仓储者对产品质量负有责任,
制造者或者销售者请求赔偿损失的,可以
另案处理,也可以将运输者和仓储者列为
第三人,一并处理。

154. 从事高度危险作业,没有按有关
规定采取必要的安全防护措施,严重威胁
他人人身、财产安全的,人民法院应当根
据他人的要求,责令作业人消除危险。

155. 因堆放物品倒塌造成他人损害
的,如果当事人均无过错,应当根据公平

原则酌情处理。

156. 因紧急避险造成他人损失的,如
果险情是由自然原因引起、行为人采取的
措施又无不当,则行为人不承担民事责任。
受害人要求补偿的,可以责令受益人适当
补偿。

157. 当事人对造成损害均无过错,但
一方是在为对方的利益或者共同的利益进
行活动的过程中受到损害的,可以责令对
方或者受益人给予一定的经济补偿。

158. 夫妻离婚后,未成年子女侵害他
人权益的,同该子女共同生活的一方应当
承担民事责任;如果独立承担民事责任确
有困难的,可以责令未与该子女共同生活
的一方共同承担民事责任。

159. 被监护人造成他人损害的,有明
确的监护人时,由监护人承担民事责任;
监护人不明确的,由顺序在前的有监护能
力的人承担民事责任。

160. 在幼儿园、学校生活、学习的无
民事行为能力人或者在精神病院治疗的精
神病人,受到伤害或者给他人造成损害,
单位有过错的,可以责令这些单位适当给
予赔偿。

161. 侵权行为发生时行为人不满18周
岁,在诉讼时已满18周岁,并有经济能力
的,应当承担民事责任;行为人没有经济
能力的,应当由原监护人承担民事责任。

行为人致人损害时年满18周岁的,应
当由本人承担民事责任;没有经济收入的,
由扶养人垫付;垫付有困难的,也可以判
决或者调解延期给付。

162. 在诉讼中遇有需要停止侵害、排
除妨碍、消除危险的情况时,人民法院可
以根据当事人的申请或者依职权先行作出
裁定。

当事人在诉讼中用赔礼道歉方式承担
了民事责任的,应当在判决中叙明。

163. 在诉讼中发现与本案有关的违法
行为需要给予制裁的,可适用民法通则第

一百三十四条第三款规定，予以训诫、责令其悔过、收缴进行非法活动的财物和非法所得，或者依照法律规定处以罚款、拘留。

采用收缴、罚款、拘留制裁措施，必须经院长批准，另行制作民事制裁决定书。被制裁人对决定不服的，在收到决定书的次日起 10 日内可以向上一级人民法院申请复议一次。复议期间，决定暂不执行。

164. 适用民法通则第一百三十四条第三款对公民处以罚款的数额为 500 元以下，拘留为 15 日以下。

依法对法定代表人处以拘留制裁措施，为 15 日以下。

以上两款，法律另有规定的除外。

六、诉讼时效

165. 在民法通则实施前，权利人知道或者应当知道其民事权利被侵害，民法通则实施后，向人民法院请求保护的诉讼时效期间，应当适用民法通则第一百三十五条和第一百三十六条的规定，从 1987 年 1 月 1 日起算。

166. 民法通则实施前，民事权利被侵害超过 20 年的，民法通则实施后，权利人向人民法院请求保护的诉讼时效期间，分别为民法通则第一百三十五条规定的 2 年或者第一百三十六条规定的 1 年，从 1987 年 1 月 1 日起算。

167. 民法通则实施后，属于民法通则第一百三十五条规定的 2 年诉讼时效期间，权利人自权利被侵害时起的第 18 年后至第 20 年期间才知道自己的权利被侵害的，或者属于民法通则第一百三十六条规定的 1 年诉讼时效期间，权利人自权利被侵害时起的第 19 年后至第 20 年期间才知道自己的权利被侵害的，提起诉讼请求的权利，应当在权利被侵害之日起的 20 年内行使，超过 20 年的，不予保护。

168. 人身损害赔偿的诉讼时效期间，伤害明显的，从受伤害之日起算；伤害当时未曾发现，后经检查确诊并能证明是由侵害引起的，从伤势确诊之日起算。

169. 权利人由于客观的障碍在法定诉讼时效期间不能行使请求权的，属于民法通则第一百三十七条规定的"特殊情况"。

170. 未授权给公民、法人经营、管理的国家财产受到侵害的，不受诉讼时效期间的限制。

171. 过了诉讼时效期间，义务人履行义务后，又以超过诉讼时效为由翻悔的，不予支持。

172. 在诉讼时效期间的最后 6 个月内，权利被侵害的无民事行为能力人、限制民事行为能力人没有法定代理人，或者法定代理人死亡、丧失代理权，或者法定代理人本人丧失行为能力的，可以认定为因其他障碍不能行使请求权，适用诉讼时效中止。

173. 诉讼时效因权利人主张权利或者义务人同意履行义务而中断后，权利人在新的诉讼时效期间内，再次主张权利或者义务人再次同意履行义务的，可以认定为诉讼时效再次中断。

权利人向债务保证人、债务人的代理人或者财产代管人主张权利的，可以认定诉讼时效中断。

174. 权利人向人民调解委员会或者有关单位提出保护民事权利的请求，从提出请求时起，诉讼时效中断。经调处达不成协议的，诉讼时效期间即重新起算；如调处达成协议，义务人未按协议所定期限履行义务的，诉讼时效期间应从期限届满时重新起算。

175. 民法通则第一百三十五条、第一百三十六条规定的诉讼时效期间，可以适用民法通则有关中止、中断和延长的规定。

民法通则第一百三十七条规定的"20年"诉讼时效期间，可以适用民法通则有关延长的规定，不适用中止、中断的规定。

176. 法律、法规对索赔时间和对产品质量等提出异议的时间有特殊规定的，按特殊规定办理。

177. 继承的诉讼时效按继承法的规定执行。但继承开始后，继承人未明确表示放弃继承的，视为接受继承，遗产未分割的，即为共同共有。诉讼时效的中止、中断、延长，均适用民法通则的有关规定。
……

八、其　他

196. 1987 年 1 月 1 日以后受理的案件，如果民事行为发生在 1987 年以前，适用民事行为发生时的法律、政策；当时的法律、政策没有具体规定的，可以比照民法通则处理。

197. 处理申诉案件和按审判监督程序再审的案件，适用原审结时应当适用的法律或者政策。

198. 当事人约定的期间不是以月、年第一天起算的，1 个月为 30 日，1 年为 365 日。

期间的最后一天是星期日或者其他法定休假日，而星期日或者其他法定休假日有变通的，以实际休假日的次日为期间的最后一天。

199. 按照日、月、年计算期间，当事人对起算时间有约定的，按约定办。

200. 最高人民法院以前的有关规定，与民法通则和本意见抵触的，各级人民法院今后在审理一、二审民事案件和经济纠纷案件中不再适用。

最高人民法院关于审理人身损害赔偿案件适用法律若干问题的解释

（2003 年 12 月 4 日最高人民法院审判委员会第 1299 次会议通过 2003 年 12 月 26 日最高人民法院公告公布自 2004 年 5 月 1 日起施行）

法释〔2003〕20 号

为正确审理人身损害赔偿案件，依法保护当事人的合法权益，根据《中华人民共和国民法通则》（以下简称民法通则）、《中华人民共和国民事诉讼法》（以下简称民事诉讼法）等有关法律规定，结合审判实践，就有关适用法律的问题作如下解释：

第一条　因生命、健康、身体遭受侵害，赔偿权利人起诉请求赔偿义务人赔偿财产损失和精神损害的，人民法院应予受理。

本条所称"赔偿权利人"，是指因侵权行为或者其他致害原因直接遭受人身损害的受害人、依法由受害人承担扶养义务的被扶养人以及死亡受害人的近亲属。①

本条所称"赔偿义务人"，是指因自己或者他人的侵权行为以及其他致害原因依法应当承担民事责任的自然人、法人或者其他组织。

第二条　受害人对同一损害的发生或者扩

①在人身损害赔偿法律关系主体方面，一方面，有权请求损害赔偿的权利主体当然应包括受害人；如果受害人死亡，其近亲属可以请求财产损失或精神损害赔偿；受害人承担扶养义务的被扶养人因为受害人的伤害或死亡丧失扶养，而有权请求赔偿。另一方面，在被监护人致人损害、雇员执行职务过程中致人损害、法人的代表人以法人名义对外进行活动的过程中致人损害的，直接造成损害的人往往不是承担赔偿义务的主体，承担赔偿义务的主体通常为监护人、雇主、法人。在物件等致害原因致人损害的案件中，则由物件的所有者、管理者等承担赔偿责任。

大有故意、过失的,依照民法通则第一百三十一条的规定,可以减轻或者免除赔偿义务人的赔偿责任。但侵权人因故意或者重大过失致人损害,受害人只有一般过失的,不减轻赔偿义务人的赔偿责任。

适用民法通则第一百零六条第三款规定确定赔偿义务人的赔偿责任时,受害人有重大过失的,可以减轻赔偿义务人的赔偿责任。

第三条 二人以上共同故意或者共同过失致人损害,或者虽无共同故意、共同过失,但其侵害行为直接结合发生同一损害后果的,构成共同侵权,应当依照民法通则第一百三十条规定承担连带责任。

二人以上没有共同故意或者共同过失,但其分别实施的数个行为间接结合发生同一损害后果的,应当根据过失大小或者原因力比例各自承担相应的赔偿责任。

第四条 二人以上共同实施危及他人人身安全的行为并造成损害后果,不能确定实际侵害行为人的,应当依照民法通则第一百三十条规定承担连带责任。共同危险行为人能够证明损害后果不是由其行为造成的,不承担赔偿责任。①

第五条 赔偿权利人起诉部分共同侵权人的,人民法院应当追加其他共同侵权人作为共同被告。赔偿权利人在诉讼中放弃对部分共同侵权人的诉讼请求的,其他共同侵权人对被放弃诉讼请求的被告应当承担的赔偿份额不承担连带责任。责任范围难以确定的,推定各共同侵权人承担同等责任。

人民法院应当将放弃诉讼请求的法律后果告知赔偿权利人,并将放弃诉讼请求的情况在法律文书中叙明。

第六条 从事住宿、餐饮、娱乐等经营活动或者其他社会活动的自然人、法人、其他组织,未尽合理限度范围内的安全保障义务致使他人遭受人身损害,赔偿权利人请求其承担相应赔偿责任的,人民法院应予支持。

因第三人侵权导致损害结果发生的,由实施侵权行为的第三人承担赔偿责任。安全保障义务人有过错的,应当在其能够防止或者制止损害的范围内承担相应的补充赔偿责任。安全保障义务人承担责任后,可以向第三人追偿。赔偿权利人起诉安全保障义务人的,应当将第三人作为共同被告,但第三人不能确定的除外。

第七条 对未成年人依法负有教育、管理、保护义务的学校、幼儿园或者其他教育机构,未尽职责范围内的相关义务致使未成年人遭受人身损害,或者未成年人致他人人身损害的,应当承担与其过错相应的赔偿责任。

第三人侵权致未成年人遭受人身损害的,应当承担赔偿责任。学校、幼儿园等教育机构有过错的,应当承担相应的补充赔偿责任。

第八条 法人或者其他组织的法定代表人、负责人以及工作人员,在执行职务中致人损害的,依照民法通则第一百二十一条的规定,由该法人或者其他组织承担民事责任。上述人员实施与职务无关的行为致人损害的,应当由行为人承担赔偿责任。

①共同危险行为,是指数个行为人共同造成了损害结果,但不能确定是由谁造成的情形。在共同危险行为中,共同危险人作为一个整体对受害人的损害共同承担责任,共同危险行为人中的任何一个人对全部损害承担赔偿责任。共同危险行为人中承担了赔偿责任的人可以向其他没有承担责任的人行使追偿权。就共同危险行为的免责而言,被告只需要提出证据证明自己不是真正的加害人,就可以免责,而不需要再提出其他证据证明究竟加害行为是何人所为。根据《最高人民法院关于民事诉讼证据的若干规定》中的规定,因共同危险行为致人损害的侵权诉讼,由实施危险行为的人就其行为与损害结果之间不存在因果关系承担举证责任。

属于《国家赔偿法》赔偿事由的，依照《国家赔偿法》的规定处理。

第九条 雇员在从事雇佣活动中致人损害的，雇主应当承担赔偿责任；雇员因故意或者重大过失致人损害的，应当与雇主承担连带赔偿责任。雇主承担连带赔偿责任的，可以向雇员追偿。

前款所称"从事雇佣活动"，是指从事雇主授权或者指示范围内的生产经营活动或者其他劳务活动。雇员的行为超出授权范围，但其表现形式是履行职务或者与履行职务有内在联系的，应当认定为"从事雇佣活动"。

第十条 承揽人在完成工作过程中对第三人造成损害或者造成自身损害的，定作人不承担赔偿责任。但定作人对定作、指示或者选任有过失的，应当承担相应的赔偿责任。

第十一条 雇员在从事雇佣活动中遭受人身损害，雇主应当承担赔偿责任。雇佣关系以外的第三人造成雇员人身损害的，赔偿权利人可以请求第三人承担赔偿责任，也可以请求雇主承担赔偿责任。雇主承担赔偿责任后，可以向第三人追偿。

雇员在从事雇佣活动中因安全生产事故遭受人身损害，发包人、分包人知道或者应当知道接受发包或者分包业务的雇主没有相应资质或者安全生产条件的，应当与雇主承担连带赔偿责任。

属于《工伤保险条例》调整的劳动关系和工伤保险范围的，不适用本条规定。

第十二条 依法应当参加工伤保险统筹的用人单位的劳动者，因工伤事故遭受人身损害，劳动者或者其近亲属向人民法院起诉请求用人单位承担民事赔偿责任的，告知其按《工伤保险条例》的规定处理。

因用人单位以外的第三人侵权造成劳动者人身损害，赔偿权利人请求第三人承担民事赔偿责任的，人民法院应予支持。

第十三条 为他人无偿提供劳务的帮工人，在从事帮工活动中致人损害的，被帮工人应当承担赔偿责任。被帮工人明确拒绝帮工的，不承担赔偿责任。帮工人存在故意或者重大过失，赔偿权利人请求帮工人和被帮工人承担连带责任的，人民法院应予支持。

第十四条 帮工人因帮工活动遭受人身损害的，被帮工人应当承担赔偿责任。被帮工人明确拒绝帮工的，不承担赔偿责任；但可以在受益范围内予以适当补偿。

帮工人因第三人侵权遭受人身损害的，由第三人承担赔偿责任。第三人不能确定或者没有赔偿能力的，可以由被帮工人予以适当补偿。

第十五条 为维护国家、集体或者他人的合法权益而使自己受到人身损害，因没有侵权人、不能确定侵权人或者侵权人没有赔偿能力，赔偿权利人请求受益人在受益范围内予以适当补偿的，人民法院应予支持。

第十六条 下列情形，适用民法通则第一百二十六条的规定，由所有人或者管理人承担赔偿责任，但能够证明自己没有过错的除外：

（一）道路、桥梁、隧道等人工建造的构筑物因维护、管理瑕疵致人损害的；

（二）堆放物品滚落、滑落或者堆放物倒塌致人损害的；

（三）树木倾倒、折断或者果实坠落致人损害的。

前款第（一）项情形，因设计、施工缺陷造成损害的，由所有人、管理人与设计、施工者承担连带责任。

第十七条 受害人遭受人身损害，因就医治疗支出的各项费用以及因误工减少的收入，包括医疗费、误工费、护理费、交通费、住宿费、住院伙食补助费、必要的营养费，赔偿义务人应当予以赔偿。

受害人因伤致残的，其因增加生活上需要所支出的必要费用以及因丧失劳动能力导致的收入损失，包括残疾赔偿金、残疾辅助器具费、被扶养人生活费，以及因康复护理、继续治疗实际发生的必要的康复费、护理费、后续治疗费，赔偿义务人也应当予以赔偿。

受害人死亡的，赔偿义务人除应当根据抢救治疗情况赔偿本条第一款规定的相关费用外，还应当赔偿丧葬费、被扶养人生活费、死亡补偿费以及受害人亲属办理丧葬事宜支出的交通费、住宿费和误工损失等其他合理费用。

第十八条 受害人或者死者近亲属遭受精神损害，赔偿权利人向人民法院请求赔偿精神损害抚慰金的，适用《最高人民法院关于确定民事侵权精神损害赔偿责任若干问题的解释》予以确定。

精神损害抚慰金的请求权，不得让与或者继承。但赔偿义务人已经以书面方式承诺给予金钱赔偿，或者赔偿权利人已经向人民法院起诉的除外。

第十九条 医疗费根据医疗机构出具的医药费、住院费等收款凭证，结合病历和诊断证明等相关证据确定。① 赔偿义务人对治疗的必要性和合理性有异议的，应当承担相应的举证责任。

医疗费的赔偿数额，按照一审法庭辩论终结前实际发生的数额确定。器官功能恢复训练所必要的康复费、适当的整容费以及其他后续治疗费，赔偿权利人可以待实际发生后另行起诉。但根据医疗证明或者鉴定结论确定必然发生的费用，可以与已经发生的医疗费一并予以赔偿。

第二十条 误工费根据受害人的误工时间和收入状况确定。

误工时间根据受害人接受治疗的医疗机构出具的证明确定。受害人因伤致残持续误工的，误工时间可以计算至定残日前一天。

受害人有固定收入②的，误工费按照实际减少的收入计算。受害人无固定收入的，按照其最近三年的平均收入计算；受害人不能举证证明其最近三年的平均收入状况的，可以参照受诉法院所在地相同或者相近行业上一年度职工的平均工资计算。

第二十一条 护理费根据护理人员的收入状况和护理人数、护理期限确定。

护理人员有收入的，参照误工费的规定计算；护理人员没有收入或者雇佣护工的，参照当地护工从事同等级别护理的劳务报酬标准计算。护理人员原则上为一人，但医疗机构或者鉴定机构有

---

①医疗费是指受害人在遭受人身伤害之后接受医学上的检查、治疗与康复训练所必须支出的费用。它不仅包括过去的医疗费用，例如已经支付的治疗费、医药费等，也包括将来的医疗费用，例如为了恢复器官功能而进行训练所支出的康复费、整容费以及其他后续治疗费。具体来说，医疗费的项目大致包括以下几种：(1) 挂号费，包括医院门诊挂号费、专家门诊挂号费等。(2) 医药费，即购买药品所支付的费用，例如购买消炎药品所支付的费用。(3) 检查费，包括为治疗所需的各种医疗检查费用，如血液检查费用、透视费用、CT费用、B超费、彩超费等。(4) 治疗费，即受害人接受治疗所支付的费用，例如换药、打针、理疗、手术、化疗、矫形、整容等费用。(5) 住院费，即患者住院治疗所需支付的费用。(6) 其他医疗费用，如进行器官移植的费用、聘请专家会诊的费用等。

②固定收入是指受害人能够按照一定期限获得的收入，例如按月领取的工资报酬或按星期、按天领取的酬劳等。(2) 实际减少的收入意味着两点：首先，必须是受害人因受害而实际丧失的预期收入。其次，所谓"收入"不能狭隘的理解成工资，既包括工资也包括奖金、津贴、课酬等。此外，固定收入并非仅指全日制工作的收入，也包括兼职工作的收入。但是，一般不包括企业经营者作为受害人时所丧失的企业经营利益损失。但是当企业经营者在遭受人身伤害后雇佣与自己具有相同能力的人管理企业或财产的费用，则应当作为误工费予以赔偿。(3) 受害人丧失的收入应当有合法的证明，这个合法的证明不仅包括其纳税凭证，也包括其所在单位出具的证明。

明确意见的，可以参照确定护理人员人数。

护理期限应计算至受害人恢复生活自理能力时止。受害人因残疾不能恢复生活自理能力的，可以根据其年龄、健康状况等因素确定合理的护理期限，但最长不超过二十年。

受害人定残后的护理，应当根据其护理依赖程度并结合配制残疾辅助器具的情况确定护理级别。

第二十二条① 交通费根据受害人及其必要的陪护人员因就医或者转院治疗实际发生的费用计算。交通费应当以正式票据为凭；有关凭据应当与就医地点、时间、人数、次数相符合。

第二十三条② 住院伙食补助费可以参照当地国家机关一般工作人员的出差伙食补助标准予以确定。

受害人确有必要到外地治疗，因客观原因不能住院，受害人本人及其陪护人员实际发生的住宿费和伙食费，其合理部分应予赔偿。

第二十四条 营养费根据受害人伤残情况参照医疗机构的意见确定。

第二十五条 残疾赔偿金根据受害人丧失劳动能力程度或者伤残等级，按照受诉法院所在地上一年度城镇居民人均可支配收入或者农村居民人均纯收入标准，自定残之日起按二十年计算。但六十周岁以上的，年龄每增加一岁减少一年；七十五周岁以上的，按五年计算。

受害人因伤致残但实际收入没有减少，或者伤残等级较轻但造成职业妨害严重影响其劳动就业的，可以对残疾赔偿金作相应调整。

第二十六条③ 残疾辅助器具费按照普通适用器具的合理费用标准计算。伤情有特殊需要的，可以参照辅助器具配制机构的意见确定相应的合理费用标准。

辅助器具的更换周期和赔偿期限参照配制机构的意见确定。

第二十七条 丧葬费按照受诉法院所在地上一年度职工月平均工资标准，以六个月总额计算。

第二十八条 被扶养人生活费根据扶养人丧失劳动能力程度，按照受诉法院所在地上一年度城镇居民人均消费性支出和农村

①交通费是指受害人及其必要的陪护人员因就医或者转院治疗实际发生的用于交通的费用。实践中，对于交通费的计算一般参照侵权行为地的国家机关一般工作人员的出差车旅费标准支付。交通费应以正式票据为凭。"正式票据"，不应仅理解为正式的税务发票，汽车票、火车票、船票、出租汽车票等均属于正式票据。如果受害人无法前往就医，而是由医生出诊，就该医生的交通费应该区别情形分析，当受害人无法前往就医而由医生出诊的，如果出诊的交通费已经纳入了出诊费当中，那么从医疗费用的赔偿中，受害人已经得到补偿。如果并未纳入出诊费，而是由受害人另行支付，那么该支出也应给予赔偿。受害人或其亲属使用自己的私家车取代搭乘公共交通工具前往就医时，也应当给予交通费的赔偿。交通费的计算方法可以比照搭乘出租车时的费用。

②"住院伙食补助费"，仅指受害人因住院而超出自己日常生活中的伙食费的那一部分，不管是在本地住院还是在外地住院。如果受害人需要护理人员的，因为陪护人员有护理费，护理费中包括了陪护人员的生活费，且陪护人员不是住院伙食补助费的补助对象，所以陪护人员没有住院伙食补助费。

③"普通适用"是人民法院在确定残疾辅助器具费时的一项指导原则。该原则的基本要求一是"普通"，即配制的辅助器具应排斥奢侈型、豪华型，不能一味追求高品质；二是"适用"，适用又有两个测试标准：(1) 确实能起到功能补偿作用，有助于恢复生活自理能力，有助于从事生产劳动，有助于恢复性、回归性社交；(2) 符合"稳定性"和"安全性"要求。

居民人均年生活消费支出标准计算。被扶养人为未成年人的，计算至十八周岁；被扶养人无劳动能力又无其他生活来源的，计算二十年。但六十周岁以上的，年龄每增加一岁减少一年；七十五周岁以上的，按五年计算。

被扶养人是指受害人依法应当承担扶养义务的未成年人或者丧失劳动能力又无其他生活来源的成年近亲属。被扶养人还有其他扶养人的，赔偿义务人只赔偿受害人依法应当负担的部分。被扶养人有数人的，年赔偿总额累计不超过上一年度城镇居民人均消费性支出额或者农村居民人均年生活消费支出额。

第二十九条 死亡赔偿金按照受诉法院所在地上一年度城镇居民人均可支配收入或者农村居民人均纯收入标准，按二十年计算。但六十周岁以上的，年龄每增加一岁减少一年；七十五周岁以上的，按五年计算。

第三十条 赔偿权利人举证证明其住所地或者经常居住地城镇居民人均可支配收入或者农村居民人均纯收入高于受诉法院所在地标准的，残疾赔偿金或者死亡赔偿金可以按照其住所地或者经常居住地的相关标准计算。

被扶养人生活费的相关计算标准，依照前款原则确定。

第三十一条 人民法院应当按照民法通则第一百三十一条以及本解释第二条的规定，确定第十九条至第二十九条各项财产损失的实际赔偿金额。

前款确定的物质损害赔偿金与按照第十八条第一款规定确定的精神损害抚慰金，原则上应当一次性给付。

第三十二条 超过确定的护理期限、辅助器具费给付年限或者残疾赔偿金给付年限，赔偿权利人向人民法院起诉请求继续给付护理费、辅助器具费或者残疾赔偿金的，人民法院应予受理。赔偿权利人确需继续护理、配制辅助器具，或者没有劳动能力和生活来源的，人民法院应当判令赔偿义务人继续给付相关费用五至十年。

第三十三条 赔偿义务人请求以定期金方式给付残疾赔偿金、被扶养人生活费、残疾辅助器具费的，应当提供相应的担保。人民法院可以根据赔偿义务人的给付能力和提供担保的情况，确定以定期金方式给付相关费用。但一审法庭辩论终结前已经发生的费用、死亡赔偿金以及精神损害抚慰金，应当一次性给付。①

第三十四条 人民法院应当在法律文书中明确定期金的给付时间、方式以及每期给付标准。执行期间有关统计数据发生变化的，给付金额应当适时进行相应调整。

定期金按照赔偿权利人的实际生存年限给付，不受本解释有关赔偿期限的限制。

第三十五条 本解释所称"城镇居民人均

---

①在一般情况下，适用定期金方式，按照受害人的实际寿命进行赔偿，对受害人和加害人都有好处。但是，如果赔偿义务人不能提供担保，或者不具备定期给付的现实性，人民法院则不应决定采取定期金方式给付。需要强调的是，人民法院不能不经赔偿义务人申请，依职权主动决定对残疾赔偿金、被扶养人生活费、残疾辅助器具费适用定期金的给付方式。定期金给付与分期付款是不同的。定期金给付是以赔偿权利人的生存年限为限，由于其今后能够生存多少年是不确定的，因而赔偿金的给付年限、给付次数和给付总额也是不确定的。而分期付款是在赔偿总额一定的情况下，赔偿义务人经法院判决分次给付。另外，定期金给付要经赔偿义务人申请，由人民法院决定，不需赔偿权利人的同意，且只限于给付残疾赔偿金、被扶养人生活费、残疾辅助器具费；而分期付款因为是对一次性给付的具体执行方式的变通，因而需要赔偿权利人同意，且适用于所有的赔偿项目。采用定期金给付的场合，如果赔偿义务人发生了重大影响其履行义务的原因，如可能破产或被撤销等，赔偿权利人可以请求一次性给付。此种情况下，人民法院可以将定期金给付改为一次性给付。

"可支配收入"、"农村居民人均纯收入"、"城镇居民人均消费性支出"、"农村居民人均年生活消费支出"、"职工平均工资"，按照政府统计部门公布的各省、自治区、直辖市以及经济特区和计划单列市上一年度相关统计数据确定。

"上一年度"，是指一审法庭辩论终结时的上一统计年度。

第三十六条 本解释自 2004 年 5 月 1 日起施行。2004 年 5 月 1 日后新受理的一审人身损害赔偿案件，适用本解释的规定。已经作出生效裁判的人身损害赔偿案件依法再审的，不适用本解释的规定。

在本解释公布施行之前已经生效施行的司法解释，其内容与本解释不一致的，以本解释为准。

最高人民法院副院长黄松有就《最高人民法院关于审理人身损害赔偿案件适用法律若干问题的解释》答记者问

出台解释是审判实践的迫切需要

问：最高人民法院今天公布《关于审理人身损害赔偿案件适用法律若干问题的解释》，请您谈谈司法解释出台的背景。

答：这一司法解释的出台，是依法公正、及时审理人身损害赔偿案件，保护公民人身权利的需要。近年来，随着我国经济和社会发展，侵权人身损害赔偿案件在类型和数量上也发生了重大变化，给审判实践带来了许多新情况、新问题。民法通则对人身损害赔偿的法律适用规定比较原则，最高人民法院《关于贯彻执行〈中华人民共和国民法通则〉若干问题的意见（试行）》虽有所补充，但仍不能适应当前

审判实践的迫切需要；尤其是对人身损害赔偿的范围和计算标准，至今没有统一的规范可供遵循，使有些案件难以依法及时处理，不利于及时、公正地维护广大人民群众的合法权益，广大法官和社会各界，都希望尽快出台司法解释，规范和统一侵权人身损害赔偿的法律适用问题。

经营者未尽安全保障义务应承担补充赔偿责任

问：司法解释规定经营者从事经营活动负有安全保障义务，其法律依据是什么？怎样理解经营者的补充赔偿责任？

答：司法解释规定从事经营活动或者其他社会活动，经营者或者组织者对相关公众负有安全保障义务的法律依据，一是民法通则第五条的规定："公民、法人的合法的民事权益受法律保护，任何组织和个人不得侵犯。"积极实施侵害行为为法律所禁止，消极不履行安全保障义务造成他人人身损害，也应当承担民事责任。二是消费者权益保护法第十八条的规定："经营者应当保证其提供的商品或者服务符合保障人身、财产安全的要求。"该规定是经营者从事经营活动负有安全保障义务的直接法律依据。近年来，审判实践中遇到了一些在宾馆、酒店、银行、寄宿学校等杀人越货的案件。从这些案件发生的原因看，经营者在安全保障上存在的问题，正是这些单位未尽安全保障义务给了犯罪分子以可乘之机。有的赔偿权利人在向犯罪分子索赔不能而要求经营者赔偿时，经营者往往以没有实施侵害行为，不应承担民事责任为由进行抗辩。按照司法解释的规定，从事经营活动或者其他社会活动的人，负有对相关公众在合理限度范围内的安全保障义务。未尽安全保障义务造成他人人身损害的，就应当承担相应的赔偿责任；因第三人侵权造成人身损害，安全保障义务人有过错的，应当在其能够防止和制止损害

的范围内承担补充赔偿责任，从而明确了安全保障义务人的义务范围和责任界限，这不仅有利于促进商品、服务领域在安全保障方面加强管理，以更加人性化的服务体现对人的关照和尊重，而且也有利于合理分配损害，补偿受害人的损失。不仅在经营活动中，在其他具有公众参与或者具有广泛社会接触的活动中，管理者、组织者、具体实施者都应关注其活动范围内的安全保障问题，对他人的人身安全给予必要的关照和保障。"己所不欲，勿施于人"；有不忍人之心，人才有不忍之心；为他人提供安全保障，才能人人都有安全保障。传统的民法理论孤立地看待"自然人"，把民事主体想像成荒岛上的鲁滨逊，忽视了社会生活中人们的相互依存关系，未能就社会活动的安全保障义务提供理论依据。司法解释的制定，以我国现行法律为依据，吸收了现代民法理论的研究成果，明确规定经营者从事经营活动，对相关公众负有安全保障义务。司法解释的规定，突出体现了现代司法以人为本的价值理念，也体现了司法为民的要求。

经营者违反安全保障义务，造成他人人身损害的，应当承担相应的赔偿责任。这是经营者的直接责任。经营者未尽安全保障义务，致使第三人侵权造成他人人身损害的，经营者应当承担补充赔偿责任。经营者承担补充赔偿责任的法理依据，在于经营者违反应当积极作为的安全保障义务，使本来可以避免或者减少的损害得以发生或者扩大，增加了损害发生的几率，因此经营者应当为受害人向直接侵权人求偿不能承担风险责任。让无辜的受害人得到救济，而让那些侵害他人或者无视他人安全的人承担责任和风险，符合司法正义的理念。司法解释的规定，对解决审判实践中的众多新类型案件具有重要意义。

学校要对校园伤害
事故承担过错责任

问：司法解释对学生伤害事故的规定与教育部去年制定的《学生伤害事故处理办法》有什么不同？

答：按照教育法和未成年人保护法的规定，教育机构对未成年人负有教育、管理、保护的法定职责和义务。违反法定义务，造成未成年人人身损害的，应当承担相应的民事责任。

校园伤害事故是近年来人民法院受理的侵权案件中一种常见、多发的案件类型。对校园伤害事故的责任承担，审判实践中存在较大争议。一种观点认为，未成年人到学校接受教育，事实上脱离了父母的监护；为保护未成年人的利益，当然发生监护权的转移。因此，对学生伤害事故，学校应当承担监护人的责任。我们认为，我国民法通则规定的监护制度以一定的亲属关系或者身份关系为前提，法律对担任监护人的范围有明确规定。监护职责不因未成年人到学校接受教育而当然发生转移。教育机构依法负有对未成年人的教育、管理和保护义务，如果因过错没有尽到相应的义务，致发生学生伤害事故的，学校应当承担与其过错相应的民事责任。司法解释的规定，就是明确教育机构对学生伤害事故的责任，在性质上是违反法定义务的过错责任，而不是民法通则第一百三十三条规定的监护人的责任。

司法解释对教育机构责任性质的界定，与教育部的规章没有原则分歧。教育部的规章是教育行政部门处理学生伤害事故的依据，但规章在审判实务中只具有参照的效力。司法解释则是国家最高审判机关对法律适用作出的解释，对人民法院审理案件具有约束力。

雇主应对雇员的致害
行为承担赔偿责任

问： 司法解释规定雇员侵权致人损害，由雇主承担赔偿责任。为什么雇主要替雇员承担责任？

答： 近年来，随着我国劳动用工制度的改革，在劳动关系领域里已实行全面的劳动合同制。在劳动法调整的劳动关系领域以外，也存在各种形式的劳动用工。不论是劳动合同形式的用工关系，还是劳务合同形式的用工关系，都是通过使用他人劳动获得利益；同时，因使用他人劳动而使雇主事业范围扩大或者活动范围扩大，也相应增加了其他人因此受到损害的风险。根据利益和风险一致、风险和责任一致的民法理论，使用他人劳动获得利益的人，当然要为受害人在劳动过程中的致他人损害的行为承担责任。对无辜的受害人给予公平的救济，使死有所葬、残有所养，肉体的创伤得到救治，心灵的痛苦得以慰藉，这是一个法治社会最基本的正义观念。

当然，雇主承担替代责任，并不意味着雇主就是责任的渊薮。侵权法在着眼于对受害人的损害给予填补的同时，也着眼于损害的转移和分散。责任保险制度就是有效分散损害、合理分配企业经营风险的一项制度。雇主承担替代责任，不仅有利于对受害人给予及时和充分救济，也有利于雇主加强对企业的管理，加强对劳动者、雇员的教育，提高自身的风险防范意识。需要强调的是，雇员因故意或者重大过失致人损害的，也要为自己的侵权行为负责，与雇主一起对受害人承担连带赔偿责任。雇主责任并非雇员恣意妄为的"避风港"，任何人都要为自己非法侵害他人人身权利的行为付出代价，承担责任。

受害人获工伤保险赔付不
免除第三人的侵权责任

问： 发生工伤事故，工伤职工除享受工伤保险待遇外，能否再请求民事损害赔偿？

答： 工伤保险与民事损害赔偿的关系，在审判实践中长期存在争论。从性质上看，工伤保险属于社会保险范畴，与民事损害赔偿性质上存在根本的差别。但是，由于工伤保险赔付是基于工伤事故的发生，与劳动安全事故或者劳动保护瑕疵等原因有关，因此，工伤事故在民法上被评价为民事侵权。这就产生了工伤保险赔付与民事损害赔偿的相互关系问题。对此问题世界各国有四种处理模式：第一，工伤保险取代民事损害赔偿；第二，受害人可以同时获得工伤保险待遇和民事损害赔偿，但劳动者个人需交纳高额保险费；第三，受害人可以选择获得工伤保险待遇或者民事损害赔偿；第四，民事损害赔偿与保险待遇实行差额互补。国务院今年公布的《工伤保险条例》，将于2004年1月1日起正式实施。根据政府有关部门的规定，在中国境内的企事业单位和个体工商户都要参加工伤保险统筹，为劳动者缴纳工伤保险费。应当参保的企业违法不缴纳保险费的，发生工伤事故，也要按照工伤保险条例的规定承担给付工伤职工相应保险待遇的责任。相对于民事损害赔偿而言，工伤保险具有特殊的优点：工伤保险实行用人单位无过错责任，并且不考虑劳动者是否有过错，只要发生工伤，工伤保险经办机构就应给予全额赔偿。民事侵权考虑受害人自身是否存在过失，实行过失相抵，即根据受害人过失程度相应减少赔偿数额。此外，工伤保险实行社会统筹，有利于受害人及时获得充分救济；企业参加工伤保险，分散了赔偿责任，有利于企业摆脱高额赔付造成的困境，避免因行业风险过大导致竞争不利；工伤保险还有利于劳资关系和谐，避免劳资冲突和纠纷。鉴于上述理由，我们认为，用人单位通过缴纳保险费的方式承担责任，对用人单位和劳动者双方都有利。因此，发生工伤事故，属于用人单位责任的，工伤职工应当按照《工伤保险条例》的规定享受工伤保险待遇，不能再通过民事诉讼获得双重赔偿。但如果劳动者遭受工伤，是由于第三人的侵权行为造成，第三人不能免除民事赔偿责任。例如职工因工出差遭遇交通事故，工伤职工虽依法享受工伤保险待遇，但对交通肇事负有责任的第三人仍应当承担民事赔偿责任。

见义勇为者可请求受益人给予补偿

问：因见义勇为而遭受损害的人，可否由受益人给以赔偿？最近经常看到有关"英雄流血又流泪"的报道，司法解释对此是否有一个说法？

答：我们的社会鼓励见义勇为的行为，我们的道德也赞赏见义勇为的行为。为了给见义勇为行为人提供全面的司法保护，使其受到损失后能得到相应的补偿，本司法解释从公平原则出发，对因见义勇为遭受人身损害的赔偿权利人作出以下具体规定，以保护其合法权益：第一，没有侵权人，例如为抢救落水儿童而献身；第二，不能确定侵权人，例如为制止犯罪遭受伤害，案件未能侦破的；第三，犯罪分子或者侵权人没有赔偿能力的。在以上三种情形下，人民法院可以根据赔偿权利人的请求，判令受益人在受益范围内对受害人的损害予以适当补偿。

受益人非侵权人，其承担补偿责任并不是因为其有过错，而是基于对损害的分担。从侵权损害赔偿的角度看，因见义勇为遭受人身损害的受害人，与受益人应当是利益共同体。他们共同面对危险、面对侵害；而见义勇为者以自己慷慨赴险的壮举，使受益人转危为安。对受害人的救助，从长远来看应当是社会的责任。但在缺乏相应机制的条件下，作为利益共同体的受益人，适当分担损害，给受害人以补偿，是符合公平原则的。这在客观上也有助于弘扬正气，有助于发扬中华民族扶危济困的良好道德风尚。

赔偿标准更加科学合理

问：关于赔偿标准的规定，是司法解释的一个重要内容。请问，司法解释规定的赔偿标准，与以前的标准有什么不同？

答：司法解释确定的赔偿标准比以前的赔偿标准更加科学、合理。这主要体现在以下几个方面：第一，赔偿标准的确定更加符合民法中的"平均的正义"或者"矫正的正义"的价值理念，也就是更加符合侵权法中的"填补损失"或者"填平损害"的原则。具体而言就是指：对侵权行为造成的财产损失，要按照损失前后的差额赔偿其交换价值；对造成的精神损害，则应当给付精神损害抚慰金。第二，赔偿与损失相一致。过去的赔偿标准，对残疾受害人的收入损失不予赔偿，只赔偿其生活补助费；司法解释所规定的残疾赔偿金，则是按照城镇居民人均可支配收入或者农村居民人均纯收入标准，赔偿受害人的收入损失，是对既有标准的矫正，体现了损害与赔偿相一致的原则。以前对被扶养人生活费，赔偿标准是生活困难补助标准或者基本生活费标准，前者每月就是几十元，后者实际上是城镇居民最低生活保障标准，也不过每月二三百元。司法解释以平均生活费作为赔偿被扶养人生活费的标准，也体现了赔偿与损害的一致。第三，对实际支出的费用和误工损失，按照差据实赔偿；对未来的收入损失，因为具有抽象性和不确定性，按照人均可支配收入的客观指标予以赔偿。为了确定科学、合理的赔偿标准，司法解释多方征求了国家统计局等有关专业部门的意见,将民法损害赔偿理论与有关专业技术指标有机地结合起来,努力使赔偿标准合理化。可以说,合理化既是我们制定司法解释的一个基本目标,也是其基本特征。

死亡赔偿金增加一倍多

问: 过去由于死亡赔偿标准偏低,许多人担心会诱发非道德行为,例如,对交通肇事受害人不予抢救反而故意致其死亡。司法解释如何回应这种担心?

答: 司法解释对死亡赔偿,从几个方面作了调整:第一,合理界定死亡赔偿的性质。民法理论认为,自然人的权利能力始于出生、终于死亡,受害人因侵权行为死亡后,其作为民事主体的资格已经消灭,因此,死亡受害人不能以主体资格主张民事权利;享有损害赔偿请求权的,是间接受害人,即死者近亲属。死者近亲属受到的损害有两个方面,一是财产损害,按照过去的理论认为就是死者生前所扶养的人丧失生活供给来源所受损害,立法上叫做"被扶养人生活费";二是非财产损害即精神损害,立法上称为"死亡补偿费"或者"死亡赔偿金",死亡赔偿金的性质据此被认定为精神损害抚慰金。1994 年 5 月 12 日八届人大七次会议通过的《中华人民共和国国家赔偿法》,首次明确了死亡赔偿金的内涵是对受害人收入损失的赔偿。司法解释据此将"死亡赔偿金"界定为财产性质的收入损失赔偿。第二,根据对死亡赔偿金性质的确认,死亡赔偿金的赔偿标准也调整为"人均可支配收入"。较之过去的赔偿标准,在赔偿参数上有了明显的提高。以北京为例,2001 年统计年度北京市城镇居民人均可支配收入为 11577.8 元,城镇居民人均消费性支出约为 8922.7 元。后者就是过去死亡赔偿所依据的"平均生活费"标准。显然,人均可支配收入标准较高,也更合理。第三,赔偿年限由过去的十年提高为二十年,比过去延长一倍,实际赔偿额则超过过去的一倍多。根据 2000 年的统计,北京市城镇居民人均消费性支出为 8493.5 元/年,按《道路交通事故处理办法》计算的全额死亡补偿费为 84935 元;同年城镇居民人均可支配收入北京为 10350 元/年,按《解释》计算的全额死亡补偿费为 207000 元,《解释》的计算方法比《道路交通事故处理办法》提高 122065 元。当然,对所谓非道德行为,不能靠提高死亡赔偿金来制止;故意侵害他人生命的,应当依法给予刑事处罚,发挥刑罚制裁作用。

一次性赔偿不限于一次请求

问: 司法解释对残疾赔偿金和死亡赔偿金的赔偿数额都有所提高,但仍然规定了二十年的赔偿期限,这是否合理?受伤致残者二十年后仍然生存的,何以为生?

答: 二十年期限的赔偿,在理论上称为定额化赔偿,或者叫做定型化赔偿。我国的人身损害赔偿制度,历来采取定型化赔偿方式。司法解释采取这一方式的理由:

第一,与现行有关法律、法规的规定相一致。国家赔偿法、《道路交通事故处理办法》对死亡赔偿金、残疾赔偿金或者残疾者生活补助费都规定了二十年的赔偿期限,《解释》的规定既体现残疾赔偿和死亡赔偿制度的历史连续性,又与现行有关法律、法规的规定相一致。

第二,按二十年计算的残疾赔偿金须一次性给付。大陆法系国家的传统做法,是要按照霍夫曼计算法或者莱布尼兹计算法扣除一次性给付损害赔偿金的期前利息。但由于中国经济发展迅速,物价水平和工资水平在未来相当一段时间内还会不断发生变化;因此,我国的一次性赔偿向来不考虑扣除期前利息。这样,与扣除期前利息的大陆法系国家和地区比较,按二十年计算的一次性赔偿金与其他国家和地区按平均寿命计算的一次性损害赔偿金，事实上不会过于悬殊，甚至还互有短长。

第三，指向未来的一次性赔偿有许多不确定因素，计算期限过长难免会发生实际赔偿与实际生活利益不一致的情形，过分加重赔偿义务人的负担，并有可能使一次性高额赔偿转化为不当利益。为避免因期限过长导致不确定因素的发生几率相应增大，适当期间的赔偿年限就是必要的。二十年期限多数情形下较按平均寿命计算的赔偿期限为短，且在过去的立法实践和审判实践中都已被社会所接受，故无论是在心理上、社会效果上和当事人双方的利益均衡上都是一个较为恰当和适中的期限。

第四，由于《解释》第三十二条赋予了赔偿权利人就赔偿期限届满后再次起诉的权利，按二十年计算相关损害赔偿金的不利因素基本上被消除。

赔偿义务人可以
申请给付定期金

问：人身损害赔偿以一次性赔偿为原则，是否意味着有例外？

答：司法解释在赔偿制度上的另一个特色，就是引进大陆法系国家的终身定期金制度，作为对一次性赔偿的补充。对损害赔偿采取一次性赔偿的原则，无论是二十年的定型化赔偿，还是按照余命年岁计算赔偿总额的一次性赔偿，都存在赔偿与实际生活状况的错位。即赔偿权利人的实际生存期间往往长于或者短于一次性赔偿所预定的赔偿年限。最合理的赔偿，就是定期给付按一定标准确定的损害赔偿金，给付时间与赔偿权利人实际生存年限相一致。但定期金赔偿也存在风险，如赔偿义务人破产，导致赔偿不能，对赔偿权利人的利益造成损害。因此，司法解释规定，赔偿义务人请求以定期金方式给付损害赔偿金的，应当提供相应的担保。引进定期金赔偿制度，为当事人选择赔偿金的给付方式提供了可能，有利于赔偿制度的合理化，也有利于平衡当事人双方的利益。

高度重视网上和来信的意见

问：司法解释的征求意见稿，曾在媒体上向全社会公开征求意见，这些意见是否得到采纳？

答：如前所述，为推定司法解释制定的民主化，最高人民法院通过人民法院报和中国法院网向社会公布了司法解释的征求意见稿，受到了社会各界和新闻媒体的普遍关注，群众参与的热情非常高。仅网上发表的意见，就有600多条，信函300多封；各种意见共计50多万字。为了保证人民群众的意见能够体现到司法解释中，我们作了以下工作：第一、整理归纳，即将有关意见整理归纳出法律问题要点；第二、筛选分类，即对提出的意见进行筛选，分类归入相应的条文；第三、合并分立，即对重复的意见予以合并，对不同的内容予以分立；第四、论证修改，即根据有关意见对条文进行论证修改。凡是合理的意见，我们都充分予以吸收。例如，有意见认为误工费应当据实赔偿，建议取消职工平均工资五倍的限制；有的来信提出，对明知承揽人不具有相应资质和安全生产条件，仍然将工程发包给承揽人，由此造成安全事故致使雇员遭受人身损害的，发包人、分包人应当与承揽工程的雇主承担连带责任。对这些意见，司法解释都已采纳。也有的意见，其价值取向完全正确，但鉴于司法解释本身的性质，这些意见没有被吸收。例如，一位农村群众来信认为对故意侵权的，应当规定惩罚性赔偿；另一位侨居海外的企业界人士，也提出了同样的见解。其价值取向，我们完全赞成；但鉴于司法解释不能直接创设惩罚性赔偿制度，因此，司法解释中未能就此作出规定。但我们会向立法机关建议将来制定民法典时应当充分考虑这些意见。

司法解释在制定过程中，广泛向社会征求意见，让人民群众参与解释的制定，这是司法解释制定民主化的体现。它不仅可以保证司法解释符合广大人民的共同意愿，也有利于司法解释的内容更加科学合理，更充分地体现公平正义的价值理念，从而有利于提高司法解释的质量。借此机会，我们感谢广大群众和社会各界人士的参与，并希望大家一如既往地支持人民法院的工作！

最高人民法院研究室关于对参加聚众斗殴受重伤或者死亡的人及其家属提出的民事赔偿请求能否予以支持问题的答复

（2003 年 12 月 26 日）

江苏省高级人民法院：

你院苏高法〔2004〕296 号《关于对聚众斗殴案件中受伤或死亡的当事人及其家属提出的民事赔偿请求能否予以支持问题的请求》收悉。经研究，答复如下：

根据《刑法》第二百九十二条第一款的规定，聚众斗殴的参加者，无论是否首要分子，均明知自己的行为有可能产生伤害他人以及自己被他人的行为伤害的后果，其仍然参加聚众斗殴的，应当自行承担相应的刑事和民事责任。根据《刑法》第二百九十二条第二款的规定，对于参加聚众斗殴，造成他人重伤或者死亡的，行为性质发生变化，应认定为故意伤害罪或者故意杀人罪。聚众斗殴中受重伤或者死亡的人，既是故意伤害罪或者故意杀人罪的受害人，又是聚众斗殴犯罪的行为人。对于参加聚众斗殴受重伤或者死亡的人或其家属提出的民事赔偿请求，依法应予以支持，并适用混合过错责任原则。

人身损害受伤人员误工损失日评定准则

GA/T 521 – 2004

（2004 年 11 月 19 日公安部发布自 2005 年 3 月 1 日起实施）

1 范 围

本标准规定了人体损伤后受伤人员误工损失日评定的原则、方法和内容。

本标准适用于人身损害赔偿案件中受伤人员误工损失日的评定。

2 总 则

2.1 目 的

本标准的目的是为人身损害受伤人员误工损失日的确定提供评定依据。

2.2 鉴定原则

人身损害受伤人员误工损失日的确定应以原发性损伤及后果为依据结合治疗方法及效果，全面分析，综合评定。

2.3 鉴定人

应当由法医师职称以上或者具有法医学鉴定资格的人员担任。

3 术语和定义

下列术语和定义适用于本标准。

3.1 人身损害受伤人员误工损失日
working time loss of personal injury victims

指人体损伤后经过诊断、治疗达到临床医学一般原则所承认的治愈（即临床症状和体征消失）或体征固定所需要的时间。

3.2 临床治疗 clinical treatment

指在医院、诊所进行的临床医学一般原则所承认的治疗。

4 头部损伤

4.1 头皮血肿

4.1.1 头皮下血肿 10 日～15 日

4.1.2 帽状腱膜下血肿或骨膜下血肿

范围较小，

经加压包扎即可吸收自愈　　15 日～30 日

　　4.1.3　帽状腱膜下血肿或骨膜下血肿

范围较大，

需穿刺抽血和加压包扎者　25 日～60 日

4.2　头皮裂伤

　　4.2.1　钝器创口长度≤6cm、锐器创

口累计长度≤8cm　　　　　　　30 日

　　4.2.2　钝器创口长度＞6cm、锐器创

口长度＞8cm　　　　　　45 日～60 日

4.3　头皮撕脱伤

　　4.3.1　撕脱面积≤20cm²

　　　　　　　　　　　　　60 日～90 日

　　4.3.2　撕脱面积＞20cm²，不伴有失

血性休克征象　　　　90 日～120 日

　　4.3.3　撕脱面积＞20cm²，伴有失血

性休克征象　　　　　90 日～120 日

4.4　头皮缺损

　　4.4.1　头皮缺损≤10cm²

　　　　　　　　　　　　　30 日～60 日

　　4.4.2　头皮缺损＞10cm²

　　　　　　根据临床治疗情况确定

4.5　颅盖骨骨折

　　4.5.1　颅盖骨线状骨折　30 日～60 日

　　4.5.2　颅盖骨凹陷骨折/多发粉碎骨

折

　　4.5.2.1　不需手术整复者　　90 日

　　4.5.2.2　需手术整复者　　　120 日

4.6　颅底骨折

　　4.6.1　颅底骨折，无脑脊液漏和神经

损伤　　　　　　　　　　　　　60 日

　　4.6.2　颅底骨折，有脑脊液漏，未经

手术自愈者　　　　　　　　　　90 日

　　4.6.3　颅底骨折，有脑脊液漏和神经

损伤，需手术者　　　　　　　120 日

4.7　闭合型颅脑损伤

　　4.7.1　轻型

　　4.7.1.1　损伤当时无意识障碍，有主

诉症状，但神经系统

检查无客观体征　　　　　　　30 日

　　4.7.1.2　损伤当时有意识障碍，伴有

逆行性遗忘，无颅骨

骨折，无神经系统定位体征，但有主诉症

状　　　　　　　　　　　　　　60 日

　　4.7.1.3　损伤致颅骨骨折，神经系统

检查无定位体征，头颅

CT 无脑实质损害，但有主诉症状，脑电图

有轻度异常　　　　　　　　　　90 日

　　4.7.2　中型　　　　　90 日～180 日

　　4.7.3　重型　根据临床治疗情况确定

　　4.7.4　严重型 根据临床治疗情况确定

4.8　开放型颅脑损伤

　　4.8.1　开放型颅脑损伤不伴有神经系

统体征者　　　　　　　30 日～90 日

　　4.8.2　开放型颅脑损伤伴有神经系统

体征者　　　　根据临床治疗情况确定

4.9　颅脑损伤并发症及后遗症

　　4.9.1　颅骨缺损，需行颅骨修补术者

　　　　　　根据临床治疗情况确定

　　4.9.2　颅脑损伤出现癫痫者

　　　　　　根据临床治疗情况确定

　　4.9.3　外伤性智力损伤者

　　　　　　根据临床治疗情况确定

　　4.9.4　外伤性颈内动脉海绵窦炎

　　　　　　根据临床治疗情况确定

　　4.9.5　化脓性头皮感染及颅骨骨髓炎

　　　　　　根据临床治疗情况确定

　　4.9.6　化脓性脑膜炎

　　　　　　根据临床治疗情况确定

　　4.9.7　脑脓肿 根据临床治疗情况确定

　　4.9.8　颅脑损伤后功能性障碍

　　　　　　根据临床治疗情况确定

5　面部损伤

5.1　眼部损伤

　　5.1.1　眼睑损伤

　　5.1.1.1　眼睑血肿　　　　　　15 日

　　5.1.1.2　眼睑裂伤，不伴有其他症状

　　　　　　　　　　　　　20 日～30 日

　　5.1.1.3　眼睑裂伤致眼睑闭合不全，

上睑下垂　　　　　　　　　　　30 日

5.1.1.4 眼睑损伤致或眼睑内、外翻
需行手术治疗 90 日

5.1.2 眼肌损伤（包括直接损伤或外
伤引起的眼肌麻痹） 30 日

5.1.3 泪器损伤

5.1.3.1 泪小管、泪囊、泪腺损伤
30 日~45 日

5.1.3.2 鼻泪管损伤，无手术指征者
30 日~45 日

5.1.3.3 鼻泪管损伤，有手术指征者
根据临床治疗情况而定

5.1.4 结膜损伤

5.1.4.1 出血或充血，能自行吸收者
15 日~30 日

5.1.4.2 后遗眼球粘连伴眼球运动障
碍 45 日~60 日

5.1.5 角膜损伤

5.1.5.1 角膜损伤无后遗症
10 日~15 日

5.1.5.2 角膜损伤伴严重后遗症需行
角膜移植术 60 日~90 日

5.1.5.3 角膜损伤伴严重后遗症
根据临床治疗情况而定

5.1.6 虹膜睫状体损伤

5.1.6.1 外伤性虹膜睫状体炎
30 日~60 日

5.1.6.2 瞳孔永久性散大；虹膜根部
离断 30 日~60 日

5.1.6.3 前房出血 30 日~60 日

5.1.6.4 前房出血致角膜血染需行角
膜移植术 60 日~90 日

5.1.6.5 睫状体脱离
根据临床治疗情况而定

5.1.7 巩膜裂伤

5.1.7.1 单纯巩膜裂伤 45 日~60 日

5.1.7.2 角巩膜裂伤，伴眼内容物脱
出 120 日

5.1.8 晶状体损伤

5.1.8.1 晶状体脱位 60 日~90 日

5.1.8.2 外伤性白内障 120 日

5.1.9 玻璃体出血或需行玻璃体切割
术 120 日

5.1.10 眼底损伤

5.1.10.1 视网膜震荡、出血 30 日

5.1.10.2 视网膜脱离或脉络膜脱离
根据临床治疗情况而定

5.1.10.3 黄斑裂孔 30 日~60 日

5.1.10.4 外伤性视网膜病变 90 日

5.1.11 视神经损伤 90 日

5.1.12 眼球摘除 30 日~45 日

5.1.13 外伤性青光眼 30 日~180 日

5.1.14 交感性眼炎、化脓性眼内炎
90 日~180 日

5.1.15 眼球后血肿 60 日

5.1.16 眼球内异物或眼眶内异物
根据临床治疗情况确定

5.1.17 眶壁骨折

5.1.17.1 不需手术治疗的 90 日

5.1.17.2 需手术治疗的
根据临床治疗情况确定

5.2 耳部损伤

5.2.1 耳廓损伤

5.2.1.1 耳廓钝挫伤致耳廓血肿
15 日~20 日

5.2.1.2 耳廓撕裂伤、耳廓切割伤
15 日~30 日

5.2.1.3 耳廓部分缺损或全部离断
15 日~30 日

5.2.1.4 化脓性耳廓软骨膜炎
45 日~60 日

5.2.2 外耳道损伤

5.2.2.1 单纯性外耳道损伤 30 日

5.2.2.2 外耳道损伤合并乳突损伤或
下颌骨损伤 90 日

5.2.3 鼓膜穿孔

5.2.3.1 鼓膜穿孔可自愈的
15 日~30 日

5.2.3.2 鼓膜穿孔需行修补术的
30 日~60 日

5.2.4 听骨链损伤

5.2.4.1　听骨脱位、骨折　　　60 日

5.2.4.2　听骨链断裂需行手术治疗的
　　　　　　　　　　　90 日～120 日

5.2.5　内耳损伤

5.2.5.1　迷路震荡　　　　　　90 日

5.2.5.2　内耳窗膜破裂 90 日～120 日

5.3　鼻部损伤

5.3.1　鼻部皮肤裂伤、鼻翼缺损
　　　　　　　　　　　15 日～30 日

5.3.2　鼻骨骨折

5.3.2.1　鼻骨线状骨折　　　　30 日

5.3.2.2　鼻骨粉碎性骨折需行手术治
疗的　　　　　　　　　　　60 日

5.3.3　鼻窦损伤　　　　　　　90 日

5.4　颌面部损伤、口腔损伤

5.4.1　颌面部皮肤擦伤、挫伤
　　　　　　　　　　　15 日～20 日

5.4.2　颌面部皮肤裂伤

5.4.2.1　创口长度累计≤3.5cm
　　　　　　　　　　　15 日～30 日

5.4.2.2　创口长度累计＞3.5cm
　　　　　　　　　　　20 日～45 日

5.4.2.3　颌面部穿通伤 30 日～45 日

5.4.3　上、下颌骨骨折

5.4.3.1　单纯性线状骨折
　　　　　　　　　　　60 日～90 日

5.4.3.2　粉碎性骨折　　　　 120 日

5.4.4　颧骨、颧弓骨折

5.4.4.1　单纯性线状骨折　　　60 日

5.4.4.2　粉碎性骨折　　　　 120 日

5.4.5　牙槽骨骨折　　　　　　60 日

5.4.6　牙齿损伤

5.4.6.1　牙齿脱落或折断
　　　　　　　　　　　30 日～45 日

5.4.6.2　需复位固定的　　　　90 日

5.4.7　颞颌关节损伤　60 日～90 日

5.4.8　舌损伤　　　　　　　　45 日

5.4.9　腮腺损伤　　　　　　　90 日

5.4.10　面神经损伤　　　　　120 日

5.4.11　三叉神经损伤　　　　120 日

6　颈部损伤

6.1　颈部皮肤裂伤　　　　　　15 日

6.2　咽部损伤　　　　　　　　30 日

6.3　喉损伤

6.3.1　喉挫伤不伴有软骨骨折　15 日

6.3.2　喉切割伤　　　　 30 日～60 日

6.3.3　喉损伤伴有软骨骨折　　90 日

6.3.4　喉烫伤或烧灼伤　　　　90 日

6.4　食管、气管损伤

6.4.1　挫伤　　　　　　　　　60 日

6.4.2　裂伤　　　　　　　　 120 日

6.4.3　烧灼伤　　　　　　　 120 日

6.5　甲状腺损伤

6.5.1　甲状腺功能轻度损伤　　60 日

6.5.2　甲状腺功能中度损伤　120 日

6.5.3　甲状腺功能重度损伤　180 日

6.5.4　伴有喉返神经损伤　　180 日

6.6　甲状旁腺损伤

6.6.1　甲状旁腺功能轻度损伤 60 日

6.6.2　甲状旁腺功能中度损伤 120 日

6.6.3　甲状旁腺功能重度损伤 180 日

7　胸部损伤

7.1　胸部软组织损伤

7.1.1　皮肤擦、挫伤　 10 日～15 日

7.1.2　皮肤裂伤长度≤20cm
　　　　　　　　　　　15 日～30 日

7.1.3　皮肤裂伤长度＞20cm
　　　　　　　　　　　30 日～40 日

7.1.4　胸壁异物存留　　　　　60 日

7.2　肋骨骨折

7.2.1　一处骨折　　　 30 日～40 日

7.2.2　多根、多处骨折　　　　90 日

7.3　胸骨骨折　　　　　　　　90 日

7.4　气胸

7.4.1　小量（肺压缩三分之一以下）
　　　　　　　　　　　15 日～30 日

7.4.2　中量（肺压缩三分之二以下）
　　　　　　　　　　　30 日～40 日

7.4.3　大量（肺压缩三分之二以上）
　　　　　　　　　　　　　　 60 日

7.5　血胸

7.5.1　小量（胸腔积血 500mL 以下）
　　　　　　　　　　　　30 日～40 日

7.5.2　中量（胸腔积血 500mL～1500mL）　　　　　60 日～70 日

7.5.3　大量（胸腔积血 1500mL 以上）　　　　　　90 日～100 日

7.6　肺损伤

7.6.1　肺挫伤　　　　30 日～45 日

7.6.2　肺裂伤行肺修补术　　70 日

7.6.3　肺叶切除　　　　　　90 日

7.6.4　一侧全肺切除　　　　120 日

7.6.5　肺爆震伤　　　　　　70 日

7.6.6　肺内异物存留或肺内异物摘除术后　　　　　　　　　70 日

7.7　食管损伤　　　　　　　90 日

7.8　气管、支气管损伤

7.8.1　气管、支气管损伤经保守治疗恢复　　　　　　　60 日

7.8.2　气管、支气管损伤需手术治疗的　　　　　　　　90 日

7.9　心脏损伤根据临床治疗情况确定

7.10　胸内大血管损伤
　　　　　　　根据临床治疗情况确定

7.11　胸导管损伤　　　70 日～90 日

7.12　纵膈气肿、纵膈脓肿、纵膈炎　　　　　　　　　90 日

7.13　膈肌损伤

7.13.1　外伤性膈疝　　　　120 日

7.13.2　膈肌破裂　　90 日～120 日

7.14　乳房损伤　　　30 日～40 日

7.15　外伤性窒息　　60 日～90 日

7.16　长管状骨折，致成肺脂肪栓塞综合症　　　　　　　90 日

7.17　胸部损伤致脓胸或肺脓肿　　　　　　　　90 日～120 日

8　腹部损伤

8.1　腹部软组织损伤

8.1.1　皮肤擦、挫伤　15 日～30 日

8.1.2　皮肤裂伤长度≤20cm
　　　　　　　　　　　　15 日～30 日

8.1.3　皮肤裂伤长度＞20cm
　　　　　　　　　　　　30 日～60 日

8.1.4　胸壁异物存留　　60 日

8.1.5　腹部穿通伤行剖腹探查术未见脏器损伤　　　　　　60 日

8.2　肝脏损伤

8.2.1　经保守治疗　　　60 日

8.2.2　需行修补术一侧或部分切除　　　　　　　　　90 日

8.3　脾损伤

8.3.1　经保守治疗　　　60 日

8.3.2　行部分切除或全脾摘除术　　　　　　　　　90 日

8.3.3　延迟性脾破裂　　120 日

8.4　胰腺损伤

8.4.1　胰腺挫伤　　60 日～90 日

8.4.2　行胰腺修补术　90 日～180 日

8.4.3　行胰腺部分切除术或全胰腺切除术　　　　　100 日～180 日

8.4.4　胰腺假性囊肿　90 日～180 日

8.5　肾损伤

8.5.1　挫伤　　　　　　30 日

8.5.2　破裂　　　　　　90 日

8.6　胃、肠、胆等空腔脏器损伤

8.6.1　对空腔脏器损伤行修补术　　　　　　　　　60 日

8.6.2　对空腔脏器损伤行部分切除术　　　　　　　　　90 日

8.7　输尿管、膀胱损伤

8.7.1　输尿管、膀胱损伤　90 日

8.7.2　尿道损伤若遗有尿道狭窄需手术或外科成形者　　　　180 日

8.8　输卵管、卵巢、子宫损伤　90 日

8.9　腹膜后血肿　　　　90 日

9　脊柱、骨盆部损伤

9.1　脊柱骨折　　　　　120 日

9.2 椎间关节脱位 　　　　　　60日
9.3 外伤性椎间盘突出 　　　　120日
9.4 脊髓损伤
9.4.1 脊髓震荡 　　　　　　　60日
9.4.2 脊髓挫伤、脊髓压迫
　　　　　根据临床治疗情况确定
9.5 骨盆骨折
9.5.1 骨盆稳定型骨折90日～120日
9.5.2 骨盆不稳定型骨折
　　　　　　　　　120日～180日
9.5.3 骨盆骨折合并尿道损伤，遗有
尿
道狭窄，不需手术修复 　　　180日
9.5.4 骨盆骨折合并尿道完全性损
伤，需手术治疗 　　　　　　　270日
9.6 阴茎损伤
9.6.1 挫伤 　　　　　　　　　30日
9.6.2 脱位 　　　　　　　　　60日
9.6.3 断裂或缺损 　　　　　　90日
9.7 阴囊损伤
9.7.1 阴囊血肿、鞘膜积血 　　60日
9.7.2 阴囊撕裂伤 　　　　　　60日
9.8 睾丸损伤
9.8.1 睾丸挫伤或脱位 　　　　60日
9.8.2 一侧睾丸切除 　　　　　90日
9.9 女性外阴裂伤、缺损 　　　60日
9.10 阴道损伤 　　　　　　　　60日
9.11 外伤性流产、早产 　　　　60日

10 肢体损伤
10.1 肢体软组织损伤
10.1.1 皮肤擦、挫伤 　　　　　15日
10.1.2 皮肤裂伤长度≤20cm 　　15日
10.1.3 皮肤裂伤长度>20cm 　　30日
10.2 骨折
10.2.1 锁骨骨折 　　　　　　　70日
10.2.2 肱骨外科颈骨折 　　　　70日
10.2.3 肩胛骨骨折 　　　　　　60日
10.2.4 肱骨干骨折 　　　　　　90日
10.2.5 肱骨髁上骨折 　　　　　90日
10.2.6 尺骨鹰嘴骨折 　　　　　90日

10.2.7 尺骨干或桡骨干单骨折 90日
10.2.8 尺桡骨双骨折 　　　　120日
10.2.9 桡骨远端骨折 　　　　　90日
10.2.10 指、掌骨骨折 　　　　　70日
10.2.11 腕骨骨折 　　　　　　130日
10.2.12 股骨颈骨折 270日～365日
10.2.13 股骨粗隆间骨折
　　　　　　　　　180日～270日
10.2.14 股骨干骨折 　　　　　120日
10.2.15 髌骨骨折 　　　　　　120日
10.2.16 胫腓骨骨折 　　　　　120日
10.2.17 踝部骨折 　　　　　　120日
10.2.18 舟、楔骨骨折 　　　　120日
10.2.19 跟、距骨骨折 　　　　140日
10.2.20 跖趾骨骨折 　　　　　90日
10.3 关节脱位 　　　　　　　　60日
10.4 关节韧带损伤 　　　　　　70日
10.5 主要肌腱断裂 　　　　　　60日
10.6 肢体离断 　　　　　　　　90日
10.7 断肢（指、趾）再植术后
　　　　根据临床治疗恢复情况确定
10.8 周围神经损伤
10.8.1 臂丛神经损伤180日～365日
10.8.2 尺神经损伤 　180日～365日
10.8.3 桡神经损伤 　180日～365日
10.8.4 正中神经损伤180日～365日
10.8.5 胫神经损伤 　180日～365日
10.8.6 腓总神经损伤180日～365日
10.8.7 腓总神经的主要分支损伤
　　　　　　　　　180日～365日
10.8.8 坐骨神经损伤180日～365日
10.8.9 股神经损伤 　180日～365日
10.8.10 腋神经损伤 　180日～365日
10.8.11 肌皮神经损伤
　　　　　　　　　180日～365日
10.9 四肢主要血管损伤
10.9.1 四肢主要血管损伤
　　　　　　　　　　30日～45日
10.9.2 四肢主要血管损伤伴有严重
感染或肢端出现

缺血症状、体征或肢端坏死 90 日~120 日

11 其他损伤

11.1 烧烫伤

11.1.1 轻度   30 日~45 日

11.1.2 中度   70 日

11.1.3 重度   120 日

11.1.4 特重度

     根据临床治疗情况确定

11.2 冻伤

11.2.1 局部冻伤

   Ⅰ度   15 日

   Ⅱ度   30 日

   Ⅲ度   60 日

   Ⅳ度   140 日

11.2.2 全身冻伤

   根据临床治疗恢复情况确定

11.3 其他物理化学生物因素损伤参照有关条款

11.4 损伤引起创伤性休克、失血性休克或感染性休克   70 日

11.5 损伤致异物存留在脑、心等重要器官内   90 日

11.6 皮下软组织出血达全身体表面积的30%以上   90 日

11.7 损伤引起挤压综合征 90 日

附 录 A

（规范性附录）

损伤分级的依据

A.1 颅脑损伤的分级

A.1.1 轻型颅脑损伤：无颅骨骨折，昏迷时间不超过半小时，有轻度头痛、头晕等症状。神经系统检查和脑脊液检查均正常。

A.1.2 中型颅脑损伤：相当于轻的脑挫裂伤，有或无颅骨骨折，蛛网膜下腔出血，无脑受压征象。昏迷时间不超过 12 小时，有轻度神经系统病理体征，体温、脉搏、呼吸及血压均有轻度改变。

A.1.3 重型颅脑损伤：相当于广泛的脑挫裂伤，脑干损伤或急性颅内血肿，深昏迷在 12 小时以上。有明显的神经系统病理体征，如瘫痪、脑疝综合征、去大脑强直等，有明显的体温、脉搏、呼吸和血压变化。

A.1.4 严重型颅脑损伤：伤后立即出现深昏迷，去大脑强直或伴有其他脏器损伤、休克等。迅速出现脑疝、双瞳孔散大、生命体征严重紊乱等，甚至出现呼吸停止。

A.2 烧烫伤程度分级

A.2.1 成人烧烫伤程度划分

A.2.1.1 轻度烧烫伤：烧烫伤总面积 ≤10%，Ⅲ度烧烫伤面积≤5%。

A.2.1.2 中度烧烫伤：烧烫伤总面积 10%~30%，Ⅲ度烧烫伤面积 5%~10%。

A.2.1.3 重度烧烫伤：烧烫伤总面积 31%~50%，Ⅲ度烧烫伤面积11%~20%。

A.2.1.4 特重度烧烫伤：烧烫伤总面积 >50%，Ⅲ度烧烫伤面积>20%。

A.2.2 小儿烧烫伤程度划分

A.2.2.1 轻度烧烫伤：烧烫伤总面积 ≤10%，无Ⅲ度烧烫伤。

A.2.2.2 中度烧烫伤：烧烫伤总面积 10%~29%，Ⅲ度烧烫伤面积≤5%。

A.2.2.3 重度烧烫伤：烧烫伤总面积 30%~49%，Ⅲ度烧烫伤面积 5%~14%。

A.2.2.4 特重度烧烫伤：烧烫伤总面积 >50%，Ⅲ度烧烫伤面积>15%。

A.3 甲状腺功能低下程度分级

A.3.1 轻度

  a) 临床症状较轻；

  b) B.M.R −20%~−10%；

  c) 吸碘率 15%~20%（24h）；

  d) 参考 T3、T4 检查和甲状腺同位素扫描。

A.3.2 中度

  a) 临床症状较重；

  b) B.M.R −30%~−20%；

  c) 吸碘率 10%~15%（24h）；

d) 参考 T3、T4 检查和甲状腺同位素扫描。

A.3.3　重度

a) 临床症状严重;

b) B.M.R ＜ −30%;

c) 吸碘率＜10%（24h）;

d) 参考 T3、T4 检查和甲状腺同位素扫描。

A.4　甲状旁腺功能低下程度分级

A.4.1　轻度:空腹血钙（7～8）mg%;

A.4.2　中度:空腹血钙（6～7）mg%;

A.4.3　重度:空腹血钙＜6mg%。

附　录 B

（规范性附录）

使用标准的说明

B.1　二处（种）以上损伤的人身损害受伤人员误工损失日不能简单相加,一般应以较长的损伤情况确定。

B.2　本标准未明确的人体组织、器官损伤的误工损失日,可比照本标准相关条文。

B.3　损伤后经治疗在人身损害受伤人员误工损失日内未愈仍需继续治疗的,可酌情适当延长误工损失日,但应有鉴定人员意见。

B.4　对损伤后经治疗未达到人身损害受伤人员误工损失日既已治愈的,应按实际治疗天数计算。

B.5　原发性损伤伴合并症或需二期治疗的根据临床治疗恢复情况确定。

B.6　"根据临床治疗情况确定"是指由于原发损伤较重,受害人的伤情预后变化很大,或者出现严重感染、并发症、合并症等情况,不能单纯根据损伤就能确定预后恢复的情况,需要结合临床治疗情况明确。根据临床治疗情况确定应掌握以下原则:

a) 全面分析、综合评定的原则;

b) 应考虑损伤引起的并发症或合并症等情况;

c) 应考虑受害人是否存在潜在性疾病或个体差异的情况;

d) 摒弃主观武断,深入科学分析的原则。

关于继续使用《人身保险残疾程度与保险金给付比例表》的通知

（1999 年 12 月 13 日　保监发〔1999〕237 号）

中国人寿保险公司、中国太平洋保险公司、中国平安保险股份有限公司、新华人寿保险股份有限公司、泰康人寿保险股份有限公司、新疆兵团保险公司、美国友邦保险有限公司广州分公司、中宏人寿保险有限公司、太平洋安泰人寿保险有限公司、安联大众人寿保险有限公司、金盛人寿保险有限公司、美国友邦保险有限公司上海分公司、美国友邦保险有限公司深圳分公司:

现将继续使用《人身保险残疾程度与保险金给付比例表》（见附件）的有关事项通知如下:

一、各保险公司报备的险种条款与新签单业务条款中对残疾程度的定义及保险金给付比例仍继续按照《人身保险残疾程度与保险金给付比例表》执行。

二、请各保险公司继续做好有关业管理工作。执行中有什么问题,望认真总结,并及时上报中国保监会。

附件:人身保险残疾程度与保险金给付比例表

附件：

人身保险残疾程度与保险金给付比例表

等级	项　目	残　疾　程　度	最高给付比例
第一级	一	双目永久完全失明的（注1）	100%
	二	两上肢腕关节以上或两下肢踝关节以上缺失的	
	三	一上肢腕关节以上及一下肢踝关节以上缺失的	
	四	一目永久完全失明及一上肢腕关节以上缺失的	
	五	一目永久完全失明及一下肢踝关节以上缺失的	
	六	四肢关节机能永久完全丧失的（注2）	
	七	咀嚼、吞咽机能永久完全丧失的（注3）	
	八	中枢神经系统机能或胸、腹部脏器机能极度障碍，终身不能从事任何工作，为维持生命必要的日常生活活动，全需他人扶助的（注4）	
第二级	九	两上肢、或两下肢、或一上肢及一下肢，各有三大关节中的两个关节以上机能永久完全丧失的（注5）	75%
	十	十手指缺失的（注6）	
第三级	十一	一上肢腕关节以上缺失或一上肢的三大关节全部机能永久完全丧失的	50%
	十二	一下肢踝关节以上缺失或一下肢的三大关节全部机能永久完全丧失的	
	十三	双耳听觉机能永久完全丧失的（注7）	
	十四	十手指机能永久完全丧失的（注8）	
	十五	十足趾缺失的（注9）	
第四级	十六	一目永久完全失明的	30%
	十七	一上肢三大关节中，有二关节之机能永久完全丧失的	
	十八	一下肢三大关节中，有二关节之机能永久完全丧失的	
	十九	一手含拇指及食指，有四手指以上缺失的	
	二十	一下肢永久缩短5公分以上的	
	二一	语言机能永久完全丧失的（注10）	
	二二	十足趾机能永久完全丧失的	

续表

等级	项目	残 疾 程 度	给付比例
第五级	二三 二四 二五 二六 二七 二八 二九	一上肢三大关节中，有一关节之机能永久完全丧失的 一下肢三大关节中，有一关节之机能永久完全丧失的 两手拇指缺失的 一足五趾缺失的 两眼眼睑显著缺损的（注11） 一耳听觉机能永久完全丧失的 鼻部缺损且嗅觉机能遗存显著障碍的（注12）	20%
第六级	三十 三一 三二	一手拇指及食指缺失，或含拇指或食指有三个或三个以上手指缺失的 一手含拇指或食指有三个或三个以上手指机能永久完全丧失的 一足五趾机能永久完全丧失的	15%
第七级	三三 三四	一手拇指或食指缺失，或中指、无名指和小指中有二个或二个以上手指缺失的 一手拇指及食指机能永久完全（注13）丧失的	10%

注：

（1）失明包括眼球缺失或摘除、或不能辨别明暗、或仅能辨别眼前手动者，最佳矫正视力低于国际标准视力表0.02，或视野半径小于5度，并由保险公司指定有资格的眼科医师出具医疗诊断证明。

（2）关节机能的丧失系指关节永久完全僵硬、或麻痹、或关节不能随意识活动。

（3）咀嚼、吞咽机能的丧失系指由于牙齿以外的原因引起器质障碍或机能障碍，以致不能作咀嚼、吞咽运动，除流质食物外不能摄取或吞咽的状态。

（4）为维持生命必要之日常生活活动，全需他人扶助系指食物摄取、大小便始末、穿脱衣服、起居、步行、入浴等，皆不能自己为之，需要他人帮助。

（5）上肢三大关节系指肩关节、肘关节和腕关节；下肢三大关节系指髋关节、膝关节和踝关节。

（6）手指缺失系指近位指节间关节（拇指则为指节间关节）以上完全切断。

（7）听觉机能的丧失系指语言频率平均听力损失大于90分贝，语言频率为500、1000、2000赫兹。

（8）手指机能的丧失系指自远位指节间关节切断，或自近位指节间关节僵硬或关节不能随意识活动。

（9）足趾缺失系指自趾关节以上完全切断。

（10）语言机能的丧失系指构成语言的口唇音、齿舌音、口盖音和喉头音的四种语言机能中，有三种以上不能构声、或声带全部切除，或因大脑语言中枢受伤害而患失语症，并须有资格的五官科（耳、鼻、喉）医师出具医疗诊断证明，但不包括任何心理障碍引致的失语。

（11）两眼眼睑显著缺损系指闭眼时眼睑不能完全覆盖角膜。

（12）鼻部缺损且嗅觉机能遗存显著障碍系指鼻软骨全部或二分之一缺损及两侧鼻孔闭塞，鼻呼吸困难，不能矫治或两侧嗅觉丧失。

（13）所谓永久完全系指自意外伤害之日起经过一百八十天的治疗，机能仍然完全丧失，但眼球摘除等明显无法复原之情况，不在此限。

中国实用残疾人评定标准（试用）

（1995年9月15日中国残疾人联合会〔1995〕残联组联字第61号发布）

一、六类残疾标准

视力残疾标准

1. 视力残疾的定义

视力残疾，是指由于各种原因导致双眼视力障碍或视野缩小，通过各种药物、手术及其他疗法而不能恢复视功能者（或暂时不能通过上述疗法恢复视功能者），以致不能进行一般人解能从事的工作、学习或其他活动。

视力残疾包括：盲及低视力两类。

2. 视力残疾的分级

盲：

一级盲：最佳矫正视力低于0.02；或视野半径小于5度。

二级盲：最佳矫正视力等于或优于0.02，而低于0.05；或视野半径小于10度。

低强力：

一级低视力：最佳矫正视力等于或优于0.05，而低于0.1。

二级低视力：最佳矫正视力等于或优于0.1，而低于0.3。

列表如下：

类别	级别	最佳矫正视力
盲	一级	盲<0.02－无光感；或视野<5度
盲	二级	盲≥0.02－<0.05；或视野<10度
低视力	一级	低视力≥0.05－0.1
低视力	二级	低视力≥0.1－<0.3

注：

1. 盲或低视力均指双眼而言，若双眼视力不同，则以视力较好的一眼为准。

2. 如仅有一眼为盲或低视力，而另一眼的视力达到或优于0.3，则不属于视力残疾范围。

3. 最佳矫正视力是指以适当镜片矫正所能达到的最好视力，或以针孔镜所测得的视力。

4. 视野<5度或<10度者，不论其视力如何均属于盲。

听力残疾标准

1. 听力残疾的定义

听力残疾是指由于各种原因导致双耳不同程度的听力丧失，听不到或听不清周围环境声及言语声（经治疗一年以上不愈者）。

听力残疾包括：听力完全丧失及有残留听力但辨音不清，不能进行听说交往两类。

2. 听力残疾的分级

列表如下：

级　别	平均听力损失（dBspl）	言语识别率（%）
一级	>90（好耳）	<15
二级	71~90（好耳）	15~30
三级	61~70（好耳）	31~60
四级	51~60（好耳）	61~70

注：

本标准适用于3岁以上儿童或成人听力丧失经治疗一年以上不愈者。

言语残疾标准

1. 言语残疾的定义

言语残疾指由于各种原因导致的言语障碍（经治疗一年以上不愈者），而不能进行正常的言语交往活动。

言语残疾包括：言语能力完全丧失及言语能力部分丧失，不能进行正常言语交往两类。

2. 言语残疾的分级

一级指只能简单发音而言语能力完全丧失者；二级指具有一定的发音能力，语音清晰度在10~30%，言语能力等级测试可通过一级，但不能通过二级测试水平；三级指具有发音能力，语音清晰度在31~50%，言语能力等级测试可通过二级，但不能通过三级测试水平；四级指具有发音能力，语言清晰度在51~70%，言语能力等级测试可通过三级，但不能通过四级测试水平。

列表如下：

级　别	语音清晰度（%）	言语表达能力
一级	<10%	未达到一级测试水平
二级	10~30%	未达到二级测试水平
三级	31~50%	未达到三级测试水平
四级	51~70%	未达到四级测试水平

注：

本标准适用于3岁以上儿童或成人，明确病因，经治疗一年以上不愈者。

智力残疾标准

1. 智力残疾的定义

智力残疾是指人的智力明显低于一般人的水平，并显示适应行为障碍。

智力残疾包括：在智力发育期间，由于各种原因导致的智力低下；智力发育成熟以后，由于各种原因引起的智力损伤和老年期的智力明显衰退导致的痴呆。

2. 智力残疾的分级

根据世界卫生组织（WHO）和美国智力低下协会（AAMD）的智力残疾的分级标准，按其智力商数（IQ）及社会适应行为来划分智力残疾的等级。

列表如下：

智力水平	分级	IQ（智商）范围	*适应行为水平
重度	一级	<20	极度缺陷
重度	二级	20～34	重度缺陷
中度	三级	35～49	中度缺陷
轻度	四级	50～69	轻度缺陷

注：

1. * Wechsler 儿童智力量表

2. 智商［IQ］是指通过某种智力量表测得的智龄和实际年龄的比，不同的智力测验，有不同的 IQ 值，诊断的主要依据是社会适应行为。

肢体残疾标准

1. 肢体残疾的定义

肢体残疾是指人的肢体残缺、畸形、麻痹所致人体运动功能障碍。

肢体残疾包括：

脑瘫：四肢瘫、三肢瘫、二肢瘫、单肢瘫

偏瘫：

脊髓疾病及损伤：四肢瘫、截瘫

小儿麻痹后遗症

后天性截肢

先天性缺肢、短肢、肢体畸形、侏儒症

两下肢不等长

脊柱畸形：驼背、侧弯、强直

严重骨、关节、肌肉疾病和损伤

周围神经病和损伤

2. 肢体残疾的分级

以残疾者在无辅助器具帮助下，对日常生活活动的能力进行评价计分。日常生活活动分为八项，即：端坐、站立、行走、穿衣、洗漱、进餐、入厕、写字。能实现一项算1分，实现困难算0.5分，不能实现的算0分，据此划分三个等级。

（一）重度（一级）：完全不能或基本上不能完成日常生活活动（0～4分）。

1. 四肢瘫或严重三肢瘫。

2. 截瘫、双髋关节无主动活动能力。

3. 严重偏瘫，一侧肢体功能全部丧失。

4. 四肢均截肢或先天性缺肢。

5. 三肢截肢或缺肢（腕关节和踝关节以上）。

6. 双大腿或双上臂截肢或缺肢。

7. 双上肢或三肢功能严重障碍。

（二）中度（二级）：能够部分完成日常生活活动（4.5～6分）。

1. 截瘫、二肢瘫或偏瘫，残肢有一定功能。

2. 双下肢膝关节以下或双上肢肘关节以下截肢或缺肢。

3. 一上肢肘关节以上或一下肢膝关节

以上截肢或缺肢。

4. 双手拇指伴有食指（或中指）缺损。

5. 一肢功能严重障碍，两肢功能重度障碍，三肢功能中度障碍。

（三）轻度（三级）：基本上能够完成日常生活活动（6.5~7.5 分）。

1. 一上肢肘关节以下或一下肢膝关节以下截肢或缺肢。

2. 一肢功能中度障碍，二肢功能轻度

障碍。

3. 脊柱强直：驼背畸形大于 70 度；脊柱侧凸大于 45 度。

4. 双下肢不等长大于 5cm。

5. 单侧拇指伴食指（或中指）缺损；单侧保留拇指，其余四指截除或缺损。

6. 侏儒症（身高不超过 130cm 的成人）。

列表如下：

级　　别	程　　度	计　　分
一级（重度）	完全不能或基本上不能完成日常生活活动	0~4
二级（中度）	能够部分完成日常生活活动	4.5~6
三级（轻度）	基本上能够完成日常生活活动	6.5~7.5

注：

下列情况不属于肢体残疾范围

1. 保留拇指和食指（或中指），而失去另三指者。

2. 保留足跟而失去足前半部者。

3. 双下肢不等长，小于 5cm。

4. 小于 70 度驼背或小于 45 度的脊柱侧凸。

精神残疾标准

1. 精神残疾的定义

精神残疾是指精神病人患病持续一年以上未痊愈，同时导致其对家庭、社会应尽职能出现一定程度的障碍。

精神残废可由以下精神疾病引起：

（1）精神分裂症；

（2）情感性、反应性精神障碍；

（3）脑器质性与躯体疾病所致的精神障碍；

（4）精神活性物质所致的精神障碍；

（5）儿童少年期精神障碍；

（6）其他精神障碍。

2. 精神残疾的分级

对于患有上述精神疾病持续一年以上未痊愈者，应用"精神残疾分级的操作性评估标准"评定精神残疾的等级。

（1）重度（一级）：五项评分中有三项或多于三项评为 2 分。

（2）中度（二级）：五项评分中有一项或两项评为 2 分。

（3）轻度（三级）：五项评分中有两项或多于两项评为 1 分。

列表如下：

社会功能评定项目	正常或有轻度异常	确有功能缺陷	严重功能缺陷
个人生活自理能力	0分	1分	2分
家庭生活职能表现	0	1	2
对家人的关心与责任心	0	1	2
职业劳动能力	0	1	2
社交活动能力	0	1	2

注：

　　无精神残疾：五项总分为0或1分。

二、六类残疾的检查方法

视力残疾的检查方法

1. 视力检查

视力检查主要以测远视力为准，采用小数视力记录法。为了检查方便，可将视力表的0.1及0.3之E字剪下，做成硬纸板卡，检查者可随身携带。

检查方法：检查应用此二卡，在足够明亮处被检查者与视力卡相距5米，遮盖一眼看0.3卡，E字方向任意调换，若有一眼能看到0.3，即不属视力残疾人。若被检查者不能分辨0.3卡，则用针孔镜矫正再看，若仍不能分辨0.3卡，则改用0.1卡，若好眼通过矫正能看到0.1卡，则属二级低视力。若被检查者好眼通过矫正在5米距离看不到0.1，则嘱被检查者向前移动，每向视力表移动1米，则由0.1减去0.02，即患者视力为0.08，如被检者向视力表移动2米，则视力为0.06（0.1～0.02×2），属一级低视力。移动3米为0.04，为二级盲，以此类推。也可以根据以下公式计算：

矫正方法：定残标准必须为最佳矫正视力，为了调查方便，可用串镜或针孔镜进行矫正，串镜是由不同屈光度的正及负球镜镶

嵌在木制的镜框上，被检者在5米不能看到0.3时，应用此镜进行矫正，但这必须由有一定的眼科知识的医生进行，简单的方法用针孔镜，当被检查者在5米看不到0.3时，将针孔镜置于眼前进行矫正。针孔镜的制作方法简便，应用一易拉罐空筒剪一圆片，中间扎一0.5～1mm直径的孔即可。

儿童视力的检查：对于较年长儿童可用儿童视力表，制作方法及检查方法同上述。年幼儿童可用实物估算，用以下公式计算：婴幼儿则根据其能否追随目标及外眼情况来确定残与非残。

2. 视野检查

（1）对照法：被检查者与检查者对坐或对立，彼此相距1米，两眼分别检查。检查右眼时，被检查者遮盖左眼，检查者闭合右眼，同时嘱被检查者注视检查者的左眼，然后检查者伸出手指或视标于检查者与被检查者中间，从上下左右各不同方向由外向内移动，直到检查者自己看见手指或视标时即询问被检查者是否也已看见，并嘱其看见视标时立即告之，以此来估计被检查者的视野。

（2）视野卡法：用白色硬纸板卡，标出10度视野范围，被检查者与卡片相距1米，嘱其遮盖一眼，注视10度视野卡中央注视点，询问被检查者是否能看到10度视野范围。若不能看到则属于盲（指双眼），

若一眼能看到则不属于视力残疾人。

3. 伪视力残疾鉴别

在检查视力或测量视野时，如怀疑被检查者有作假情况，当请眼科专业医师鉴定。

听力残疾的检查方法

1. 测试环境要求

裸耳听力测试应在测听室进行，对耳聋定残普查亦可在安静房间内（本底噪声＜50dBA）进行，室内应限制非测听人员入内。言语识别率测试在普通安静房间内进行，用当地人发音，其言语声约70dBSPL（正常说话声），房间本底噪声小于50dBA。

2. 评定方法

（1）行为测听法：通过观察受试者对不同频率、不同刺激声强的听性行为反应，来判断其听力损失。

（2）言语识别率测试：用听话识图法识别双音节词，测试者在受试者好耳侧并排而坐，间距半米，测试者（当地人）用正常言语声发音，注意避开受试者视觉，通过观察受试者对双音节词的正确识别率，确定其言语识别率。

测试用具：汉语双音节词测听图卡。

3. 计算公式

（1）平均听力损失：指（A）500Hz、（B）1000Hz、（C）2000HZ听力损失分贝数之和的均值。

注：

1. 纯音听力测试，在安静房间每个频率连续测试三次，其中有2次测试结果相同方可确认听力残疾等级，结合言语识别率测试结果，对照听力残疾分级标准评定等级。

2. 言语识别率测试，可选用与本方案配套的汉语双音节词测试图片及测听录音磁带，对方言地区可选用当地人发音。音量应控制在正常言语声（约70dBSPL）。

3. 对无言语能力的听力残疾者，要以行为测听结果做为评定依据。对有一定听辨言语能力的受试者，以言语识别率的测试结果作为主要依据，如行为测听结果与言语识别率的残疾级别相差一级，要以言语识别率的级别作为残疾等级。如二者相差两个等级以上，行为测听结果可向言语识别率级别先后一个等级，再确定听力残疾级别。

言语残疾的检查方法

1. 测试环境要求

测试需要在安静房间内进行（本底噪声＜55dBA），非调试人员禁止围观，消除一切使被试者紧张的心理因素。

2. 评定方法

（1）语音清晰度测试：对受试者发音状况做出评价。为使测试结果更近实际，本测试采用三级人员测试方法，即依测试人员与被测试者接触密切程度分为三个级别，一级测试人员为直接接触；二级测试人员为间接接触；三级测试人员为无接触。测试人员听力正常无耳科疾病。1名主试人员和4名测试人员（一级1名，二级1名，三级2名）共同参加测试，测试者背对受试者，主试者抽取25张图片依次出示，让受试者认读，测试人员根据被试者的发音，分辨其语义并做好记录，然后与主试者对照正确答案，最后将4名测试人员记录的正确数累加，即可算出受试者的语音清晰度。

测试用具：汉语双音节词测试图片。

（2）言语表达能力测试：用看图说话或主题对话测试法，进行言语表达能力测试。

①看图说话：主试者与受试者面对面坐，主试者首先从一级测试题库中抽取一张图片向受试者出示，并述其内容，讲完后要求受试者复述，根据其是否能正确理解及表达语意及言语的流畅程度评定能否通过该级测试，如不能正确复述则另抽取一张图片测试，在每一等级测试中，如有一次通过则认为该级通过，可依次进入下一等级测试，若连续3次不能正确理解及表达语意则停止测试，可按言语残疾分级标准确定等级。

测试用具：看图说话等级测试图卡。

②主题对话：根据受试者的实际生活环境，借用其现有的家具、玩具及各种生活用具，设计适当的生活场景进行测试。依测试内容的难易程度分为四个等级。测试者依次提问要求被试者回答，如能正确回答 3 个或 3 个以上的问题则通过该级测试，可进入下一个等级测试。如回答少于 3 个问题则不通过该级测验。依标准确定其残疾等级。

测试用具：主题对话等级测试图片。

注：

1. 单独使用语音清晰度测试可对构音障碍进行评定。

2. 当语言清晰度与言语表达能力评价结果处于不同等级时，其最后残疾等级的确定应该着重考虑言语的表达能力，如相差一个等级时，以言语表达能力的等级为准。如相差两个以上等级，语音清晰度级别可向言语表达能力的级别靠近一个数量级确定其等级。

3. 言语表达能力等级测试图片包括看图说话和主题对话两部分。测试主试者可依实际情况选择测试项目，如看图说话和主题对话可任选其一，两项测试方法虽略有不同，但均可反映被试者的言语表达能力。

智力残疾的检查方法

同时采用智力测验和适应行为评定两种方法进行检查。

1. 智力测验

采用以下智力量表：

1. 0～6 岁北京—盖塞尔量表（简式）

2. 6～18 岁中国韦氏儿童智力量表（简式）

2. 适应行为评定

采用以下评定量表：

（1）6 个月～14 岁婴儿—初中生社会生活能力量表（修订版）

（2）成人智力残疾评定量表。

注：

1. 智力残疾的检查只能测量某一时期智力的某种表现，而不能预测人的智力发展。

2. 测试人员必须经过严格培训，并经与主试者的一致性检验，考核合格后，才能独立开展工件，以保证智力测验的科学性。

3. 注意测验资料的保密性，测验结果只供有关人员和部门参考。

肢体残疾的检查方法

1. 视诊检查

（1）观察患者步态有无异常；

（2）观察肢体畸形程度。

2. 下肢长度检查

用皮尺测量髂前上棘至内踝距离，或股骨大粗隆至外踝距离。肢体挛缩不能伸直的，可分段测量。

3. 驼背及脊柱侧凸程度的测量

需在 X 光片上测定。

精神残疾的检查方法

采用"精神残疾分级的操作性评估标准"进行检查。各项评分，除去与知情人交谈，同时应结合对病人的观察和必要的交谈询问以确定五项的评分。

指导语：（向知情人交谈）

以下五个问题，是对病人社会功能的评价。请您根据他（她）最近一个月的情况结合与病前的比较给予回答：

1. 个人生活自理能力

本条评定病人近一个月内个人生活料理情况，比如是否按时休息、个人卫生习惯（比如洗脸、洗澡、理发、刮胡子）、梳装打扮、衣着整洁、住处卫生、主动进餐、二便料理等情况。

0 分——与病前差不多，或偶有小问题。

1 分——确有功能缺陷。需要督促或协助，已经给他人增加了负担。

2 分——严重功能缺陷。绝大部分或全部生活料理需由他人照管，给别人造成很大负担。

2. 家庭生活职能表现

本条评定病人近一个月内在家庭日常生活中，能否做到他（她）最起码应该做的事。比如与家人一起吃饭，分担部分家务劳动，与家人一起看电视，搞卫生，参与家庭事务讨论，修理家用物品，对家庭必要的经济支持等等。

0分——与病前差不多，或仅有轻微异常。

1分——确有功能缺陷。不履行义务，或每天在家中呆坐至少两小时。做什么事都很被动。

2分——严重功能缺陷。几乎不参与家庭活动，不料理家务。

3. 对家人的关心与责任心

本条评定病人在近一个月内，对待配偶、父母、子女或同住亲属有无亲密感情与责任心，能否与他（她）们相互交往、交换意见，情感上或生活上的关心与支持。是否关心孩子的抚养教育、关心家庭成员的进步与前途，关心家庭今后的发展与安排。对未婚病人还应该了解他（她）择偶的态度。

0分——与病前差不多，或仅有轻微异常。

1分——确有功能缺陷。夫妻间或与其他家庭成员很少交谈与关心，对子女缺乏关怀。对家庭安排缺乏关心。

2分——严重功能缺陷。与家人经常争吵或在家不理任何人。对孩子完全不管。对家庭的将来一点也不考虑。未婚者对择偶态度不可理解。

4. 职业劳动能力

本条评定近一个月病人病前掌握的职业技能（指在职人员）学习能力（指学生）或家务劳动（指病前无职业，已休学待业或离退休者）水平有否下降。是否按常规行事，按时上下班，按时到校学习，家务劳动是否因精神病已受到影响。

0分——无异常，或只有些小问题。

1分——确有功能缺陷。不能按时上下班。职业工作已降低档次，学习成绩或家务劳动水平下降。也包括因精神病待业、病休及休学、病人已可恢复工作或学习，尚待安排者。

2分——严重功能缺陷。因精神病症状明显而不能工作与学习，不能料理家务。

5. 社交活动能力

本条评定病人近一个月内与人们交往与参与社会活动的情况。包括：对同事、同学、亲友、邻居以及与生活工作等需要接触但不一定熟悉的人（如汽车售票员、商店售货员……）的接触与交往情况。主动走亲访友情况，主动逛商店、购物，去娱乐场所活动等情况。

0分——与病前差不多，或仅有轻微异常。

1分——不主动接触他人，不主动外出活动，但经过反复劝说与鼓励尚能接触与参与。

2分——严重地社会性退缩，终日独处，拒不与人交往，拒绝参与任何社交活动，劝说无效。

上海市高级人民法院关于公布 2007 年度人身损害赔偿标准的通知

（沪高法〔2007〕91 号）

市第一、第二中级人民法院，海事法院，铁路运输中级人民法院及各铁路运输法院，各区县人民法院：

为了正确审理人身损害赔偿案件，依法保护当事人的合法权益，根据最高人民法院《关于审理人身损害赔偿案件适用法律若干问题的解释》，参照上海市统计局发布 2006 年有关统计数据及有关法律规定，结合本市审判实践，现将 2007 年度人身损害赔偿案件具体适用标准通知如下：

2007 年度人身损害赔偿标准参照表

单位：元

赔偿项目		赔偿金额（元）
上一年度本市职工平均工资		29,569
城镇居民人均可支配收入		20,668
农村居民人均纯收入		9,213
城镇居民人均消费性支出		14,762
农村居民人均年生活消费支出		8,006
死亡赔偿金（城镇居民）	59 岁以下	413,360
	60－74 岁	20,668×年限
	75 周岁以上	103,340
死亡赔偿金（农村居民）	59 岁以下	184,260
	60－74 岁	9,213×年限
	75 周岁以上	46,065
被抚养人生活费	城镇居民	14,762×年限
	农村居民	8,006×年限
丧葬费		14,784.5
残疾赔偿金	城镇居民	20,668×年限×伤残等级系数
	农村居民	9,213×年限×伤残等级系数
住院伙食补助费		20×天
营养费		20～40×天
住宿费		60×天

安徽省高级人民法院审理人身损害赔偿案件若干问题的指导意见

（2005 年 12 月 26 日经安徽省高级人民法院审判委员会第 81 次会议讨论通过）

为正确审理人身损害赔偿案件，统一执法尺度，依据《中华人民共和国民法通则》（以下简称《民法通则》）、《中华人民共和国道路交通安全法》（以下简称《道路交通安全法》）以及最高人民法院《关于审理触电人身损害赔偿案件若干问题的解释》、《关于确定民事侵权精神损害赔偿责任若干问题的解释》、《关于审理人身损害赔偿案件适用法律若干问题的解释》等法律、司法解释，结合我省民事审判实践，制定本意见。

第一条　《民法通则》实施前已经过人民法院审理的人身损害赔偿案件，现当事人再次起诉，要求致害方按现行法律、法规及司法解释规定的赔偿项目进行赔偿的，不予受理。

《民法通则》实施后、《关于审理人身损害赔偿案件适用法律若干问题的解释》实施前已经过人民法院审理的人身损害赔偿案件，现当事人再次起诉，要求致害方按司法解释规定的赔偿项目进行赔偿，一般不予受理。但如果原判决（调解）书已明确赔偿项目中不包括残疾用具费、后续治疗费，当事人起诉要求上述两项费用的，应予受理。

第二条　在电力设施保护区内的高压电线下垂钓或新建、扩建、改建建筑物遭受电击伤害的，可以认定受害人具有重大过失，根据《民

法通则》第一百三十一条的规定，减轻电力设施产权人或供电企业 70% -90% 的责任。但电力设施的架设、运营及日常维护管理不符合国家标准或规定的，只能减轻电力设施产权人或供电企业 30% -50% 的责任。

第三条　在设有警示标志的电力设施保护区内的高压电线下垂钓或新建、扩建、改建建筑物遭受电击伤害的，可以认定损害是受害人故意造成，根据《民法通则》第一百二十三条、第一百三十一条的规定，电力设施产权人或供电企业不承担责任。

第四条　在建筑物上空架设供电设施造成他人伤害的，电力设施产权人或供电企业承担全部责任。但电力设施产权人或供电企业能证明伤害是受害人故意造成的除外。

第五条　《道路交通安全法》实施以前发生的交通事故，机动车所有人投保了机动车第三者责任险，受害方起诉要求保险人承担保险责任的，应将保险公司和投保人列为共同被告；受害人起诉加害人的，可以根据当事人的请求通知保险公司作为第三人参与诉讼。

前款规定的情形，保险公司承担的责任以被保险人应承担的责任为限，且不能超出保险合同约定的最大保险责任限额。

保险合同约定的赔偿项目和赔偿标准与《关于审理人身损害赔偿案件适用法律若干问题的解释》的规定不一致时，保险公司按照国务院《道路交通事故处理办法》规定的赔偿范围、项目和标准，在保险合同约定的保险责任限额内承担责任。

第六条①　机动车所有人在 2004 年 5 月 1 日《道路交通安全法》实施以后投保的第三者

①根据安徽省高级人民法院审判委员会 2006 年 7 月 17 日第 31 次会议下发的《关于修改〈安徽省高级人民法院审理人身损害赔偿案件若干问题的指导意见〉第六条的通知》（皖高法［2006］241号），将第六条修改为："交通事故人身损害赔偿案件需要认定机动车所有人、管理人投保的机动车第三者责任险是否构成第三者责任强制保险的，应根据保险合同的约定，对照《中华人民共和国保险法》、国务院《机动车交通事故责任强制保险条例》的规定予以认定。"但是各级人民法院参照《指导意见》原第六条规定作出的判决已经发生法律效力的，在本《通知》下发以后，不得以该条已修改为由对案件进行再审。

责任险，应认定为《道路交通安全法》规定的第三者责任强制保险。

机动车所有人在2004年5月1日以前投保的、保险期限届满在2004年5月1日以后的第三者责任险，不认定为《道路交通安全法》规定的第三者责任强制保险。受害人要求保险公司承担保险责任的，按本意见第五条的规定处理。

第七条 认定构成第三者责任强制保险的，受害方起诉保险公司或者申请追加保险公司参与诉讼，应将保险公司列为被告。

保险公司参与诉讼的，案由仍应确定为道路交通事故损害赔偿纠纷。

保险公司参与诉讼的，按《关于审理人身损害赔偿案件适用法律若干问题的解释》规定的赔偿项目和标准计算赔偿总额后，由保险公司在保险合同约定的最高保险责任限额内据实承担赔偿责任。保险公司承担的赔偿责任小于赔偿总额的，差额部分由加害方按所负的交通事故责任比例予以赔偿。

保险公司以受害人对损害的发生存在过错或者根据保险合同中约定的免除责任、减轻责任条款，主张减轻或免除其责任的，不予支持。但保险公司能证明损害是由受害人故意造成，可以不承担责任。

第八条 机动车发生交通事故造成他人损害的，由在机动车管理部门登记的车辆所有人承担赔偿责任。

在机动车管理部门登记的车辆所有人与他人签订协议转让机动车的所有权，但没有到机动车管理部门办理变更登记，机动车发生交通事故造成他人损害的，按本意见规定的挂户车辆处理。

第九条 挂户车辆发生交通事故造成他人损害，由挂户单位（个人）与车辆实际所有人承担连带责任。

车辆挂户是指按口头或书面的协议，在机动车管理部门将车辆登记在他人名下。

第十条 挂户单位（个人）承担责任后，有权向车辆实际所有人追偿。

车辆实际所有人能举证证明已向挂户单位（个人）交纳了管理费用，但挂户单位（个人）没有履行挂户合同约定的监督管理义务的，挂户单位（个人）应自行承担一定责任。挂户单位（个人）收取管理费用，又与车辆实际所有人有"发生交通事故后不承担任何责任"等类似约定，要求车辆实际所有人承担全部责任的，不予支持。

第十一条 出租车发生交通事故造成他人人身伤亡、财产损失，车辆属出租车公司的，出租车公司承担责任；挂户经营的，按前两条的规定处理。

第十二条 借用、租用他人机动车发生交通事故造成第三人伤害的，车辆所有人与使用人承担连带责任。

借用人、承租人又擅自将车辆出借或出租的，与车辆所有人、实际使用人一并承担连带责任。

第十三条 车辆所有人按前条规定承担责任后，向使用人追偿的，区别以下情形处理：

（一）车辆所有人无过错的，使用人承担全部责任；

（二）车辆所有人明知车辆存在机械行车安全隐患，或者明知借用人、承租人没有机动车驾驶资格仍然出借、出租的，应自行承担不低于50%的责任。

第十四条 借用、租用他人机动车发生交通事故造成借用人、承租人人身伤亡、财产损失的，借用人、租用人自行承担责任。但出借人、出租人明知车辆存在机械行车安全隐患仍然出借、出租的，应承担赔偿责任。

第十五条 机动车驾驶员执行职务或从事雇佣活动驾驶机动车发生交通事故造成他人人身伤亡、财产损失的，根据《关于审理人身损害赔偿案件适用法律若干问题的解释》第八条第一款和第九条第一款的规定，由驾驶员所在单位或雇主承担赔偿责任。驾驶员承担交通事故的全部责任或主要责任的，与雇主承担连带赔偿责任。

驾驶员所在单位或雇主承担赔偿责任后

依据有关规定，有权向驾驶员追偿。

第十六条 在正常的教学时间内，未成年人在校园内正常活动过程中因非第三者原因遭受伤害，如摔伤、跌伤等，对未成年人负有教育、管理、保护义务的学校、幼儿园或者其他教育机构在其过错范围内承担赔偿责任。

第十七条 在正常的教学时间内，未成年人在校园内因第三人侵权遭受人身伤害的，由侵权人承担赔偿责任。对未成年人负有教育、管理、保护义务的学校、幼儿园或者其他教育机构有过错的，在过错范围内承担补充赔偿责任。

第十八条 在正常的教学时间内，未成年人在校园外遭受人身伤害，区别以下情形处理：

（一）第三人侵权造成的，按第十七条的规定处理；

（二）伤害不是由于第三人的行为造成，学校、幼儿园及其他教育机构未尽到教育、管理、保护义务的，应承担主要赔偿责任；学校、幼儿园及其他教育机构已尽到教育、管理、保护义务仍不能阻止损害发生的，可以不承担责任。

第十九条 "正常的教学时间"是指按照学校、幼儿园及其他教育机构的教学计划，属于教学、课间休息、学生自习的时间；按寄宿制学校的规定，学生应在校时间均应认定为"正常的教学时间"。

学生上学进入校园以前及放学离开校园以后的时间不应认定为"正常的教学时间"。

第二十条 因他人侵权行为受到伤害，同时又构成工伤的，当事人获得工伤待遇后又向侵权人要求人身损害赔偿的，应予支持。当事人获得人身损害赔偿后，又要求工伤待遇的，应予支持。工伤待遇中以货币形式支付的，可以扣除第三人已经实际赔偿的部分，但营养费、精神抚慰金不应扣除。

工伤赔偿和人身损害赔偿的责任主体是同一单位的，受害人只能选择一种赔偿。

第二十一条 农村居民能提供在城镇的合法暂住证明，在城镇有相对固定的工作和收入，已连续居住、生活满一年的（短期回农村探亲等不视为中断），人身损害的残疾赔偿金、死亡赔偿金等按城镇居民的标准计算。

农村户口的未成年人在城镇上学、生活的，人身损害的残疾赔偿金、死亡赔偿金等按城镇居民的标准计算。

损害事故发生时受害人是农村居民，但在生效判决宣告以前因法定事由成为城市居民的，其残疾赔偿金按城镇居民的标准计算。

因同一事由造成的人身损害赔偿，受害人既有城镇居民又有农村居民的，残疾赔偿金、死亡赔偿金等按城镇居民的标准确定。

第二十二条 普通适用型残疾器具的标准，按照市场上国产的同类产品的中间价格确定。

当事人对残疾器具的赔偿另有约定的，按照约定处理。

第二十三条 确定《关于审理人身损害赔偿案件适用法律若干问题的解释》第二十一条第四款规定的受害人定残后的护理级别时，可以根据受害人在进食、翻身、大小便、穿衣洗漱、自我移动等五个方面的护理依赖程度，并考虑受害人配置残疾辅助器具的情况，将护理级别确定为生活完全不能自理、生活大部分不能自理和生活部分不能自理，对应的护理费赔偿比例分别为100%、50%以上和50%以下。

第二十四条 赔偿权利人要求赔偿义务人在支付死亡赔偿金或残疾赔偿金的同时，还有权根据《关于确定民事侵权精神损害赔偿责任若干问题的解释》的规定，要求赔偿义务人支付精神抚慰金。

第二十五条 按照最高人民法院《关于确定民事侵权精神损害赔偿责任若干问题的解

释》第十条的规定确定精神抚慰金的数额
时可以参考下列标准：

（一）公民身体权、健康权遭受轻微伤
害，不支持赔偿权利人的精神抚慰金请求；

（二）公民身体权、健康权遭受一般伤
害没有构成伤残等级的，精神抚慰金的数额
一般为 1000 元至 5000 元；

（三）公民身体权、健康权遭受的伤害
已经构成伤残等级，精神抚慰金的数额可以
结合受害人的伤残等级确定，一般不低于
5000 元，但不能高于 80000 元。

（四）造成公民死亡的，精神抚慰金的
数额一般不低于 50000 元，但不得高于
80000 元。

案件有其他特殊侵权情节的，精神抚
慰金的数额可以不按上述标准确定。

第二十六条 按前条的规定确定精神抚慰金
的数额后，根据《关于确定民事侵权精神损
害赔偿责任若干问题的解释》第十一条的规
定，受害人自身有过错的，应按其过错程度
减少精神抚慰金数额。

第二十七条 受害人在一审判决前死亡，继
承人参与诉讼的，应要求继承人变更诉讼请
求，并根据当事人变更后的诉讼请求进行审
理。

受害人在一审判决后二审判决前死亡
的，其继承人参与诉讼后诉讼地位的称谓按
受害人的诉讼地位称谓确定。

受害人在一审判决后二审判决前死亡
的，相关的赔偿项目和赔偿数额可以在组织
当事人质证后确定，不必将案件发回重审。

第二十八条 侵权人死亡，判决其继承人在
继承遗产的范围内承担责任的，应当查明侵
权人遗产的范围。

第二十九条 本意见自下发之日起施行。

山东省高级人民法院
关于印发全省民事审判工作
座谈会纪要的通知（节录）

（2005 年 11 月 23 日 鲁高法〔2005〕201 号）

全省各中级人民法院、济南铁路运输中级法
院：

2005 年 8 月 21 日—23 日，省法院在龙
口市召开了全省民事审判工作座谈会。会议
就部分民事案件审理中所涉及的法律问题进
行了研究讨论，对一些民事案件的法律适用
标准形成了基本共识。现将《全省民事审判
工作座谈会纪要》印发给你们，请参照执
行。执行中有什么问题，请及时报告省法
院。

全省民事审判工作座谈会纪要

……

（六）关于工伤保险待遇纠纷案件的处
理问题。会议认为，根据 1996 年劳动部
《企业职工工伤保险试行办法》以及国务院
《工伤保险条例》的规定，工伤的确认是一
种具体行政行为，属于劳动行政部门的职权
范围。用人单位或者劳动者对劳动行政部门
认定的工伤结论不服的，应通过行政复议和
行政诉讼的方式予以解决；对劳动者直接起
诉要求人民法院确认工伤的，应驳回起诉。
对工伤职工或者工伤职工的近亲属要求用人
单位支付工伤保险待遇的，人民法院应以劳
动行政主管部门作出的工伤认定结论为前
提，依据《工伤保险条例》的规定作出处
理；对劳动部门没有作出工伤认定结论或者
劳动者以一般民事侵权赔偿纠纷向人民法院
起诉的，用人单位可以以构成工伤事故为理
由进行抗辩，并由其承担相应的举证责任。

如果劳动部门没有认定工伤或者用人单位也不能证明构成工伤事故的，则可以按照一般民事侵权赔偿予以处理；劳动者或者用人单位对劳动能力鉴定结论不服的，可以申请复议，人民法院也可以委托省级劳动能力鉴定机构进行鉴定；如果劳动者的工伤系第三人侵权所致，按照我国现行法律和最高人民法院司法解释的规定，用人单位仍应承担劳动者的工伤保险待遇，但劳动者也可追究第三人的侵权赔偿责任，即劳动者可以在工伤事故中获得双重赔偿，但因工伤事故产生的直接费用，原则上不予重复计算。

……

三、关于人身损害赔偿案件的处理问题。会议认为，近年来，随着经济的发展，社会的进步以及民主法律制度的完备，我国的社会经济生活发生了巨大的变化，民主法制观念逐步深入人心，公民的权利意识日益增强，维护自身权利的自觉性日益提高，特别是"以人为本"、"尊重生命"等社会文化价值观念逐步形成，人身损害赔偿案件会越来越多。当前，各种新类型侵权、特殊侵权大量涌现，交通事故赔偿、医疗事故赔偿、产品质量赔偿、危险责任赔偿等占了很大一部分比例，从而使人身损害赔偿案件的类型呈现出"多、新、奇、特"的现象；诉讼请求的数额不断增加，赔偿由低额化向高额化发展；人身损害赔偿案件的诉讼主体由单一化向多极化发展，由个人责任向团体责任发展；侵权损害赔偿案件所保护的权利范围不断扩展。我国《民法通则》对人身损害赔偿案件的认定、赔偿范围和标准规定的比较原则，尽管近几年，最高人民法院陆续出台了一些有关侵权赔偿案件的司法解释，但仍然难以解决审判实务中存在的法律适用问题，为此，会议对人身损害赔偿案件审理中存在的一些问题进行了讨论，形成了较为一致的意见。

（一）关于共同侵权中侵害行为直接结合的认定问题。无意思联络的数人侵权中，

侵害行为直接结合构成共同侵权是指数个行为结合程度非常紧密，对加害后果而言，各自的原因力和加害部分无法区分。其构成要件包括：1. 各行为人都有积极的加害行为，而且加害行为具有时空上的一致性；2. 损害结果是一个整体，各行为后果在受害人的损害后果中是无法区分的；3. 各行为人的加害行为和损害结果之间具有直接因果关系，就是原因行为直接引起损害结果，不存在中间媒介的传递。对于无意思联络数人侵权中加害行为间接结合导致同一损害结果的，不构成共同侵权，应当按照过失程度及原因力的大小来综合确定责任份额。

（二）关于残疾赔偿金及残疾辅助器具费用认定的有关问题。残疾赔偿金的确定要综合考虑受害人是否因伤残而导致实际收入减少等情况，参照伤残等级来综合确定受害人丧失劳动能力的程度和赔偿基数。对于残疾器具费用的赔偿一般采取一次性赔偿的方式，也可以根据赔偿义务人的请求、结合赔偿能力和提供担保情况，确定以定期金方式赔偿。

（三）关于死亡赔偿金的分配问题。死亡赔偿金的赔偿权利人为死者的近亲属，其内容是对死者家庭整体预期收入损失的赔偿，其性质是财产损害赔偿，而不是精神损害赔偿。死亡赔偿金是基于死者死亡对死者近亲属所支付的赔偿，不属于死者的遗产，不能依据《继承法》第十三条确定的遗产分配原则进行分割，应根据与死者关系的远近和共同生活的紧密程度合理分配。

（四）关于精神损害抚慰金的赔偿数额问题。精神损害赔偿主要是限于受害人因伤致残或死亡等情形，损害结果不是很严重的情形下，受害人请求精神损害赔偿原则上不予支持。精神损害赔偿费的具体数额可参照省法院制定的《关于审理人身损害赔偿案件若干问题的意见》中规定的标准，结合案件的具体情况加以确定；精神损害抚慰金请求

权的主体为残疾受害人本人或死者近亲属，其他人不能行使或继承。

（五）关于城镇、农村人口不同赔偿标准的适用问题。最高人民法院法释〔2003〕20 号司法解释针对城镇居民和农村居民分别确定了不同的赔偿标准，这是考虑到当前我国城乡差别的实际情况而制定的。但随着我省农村城镇化水平的提高，城乡差别逐步缩小，从保护受害者利益出发，在两种标准存在交叉的情形下，可以按照"就高不就低"的原则确定具体的赔偿标准。对于农村人口在城镇住所地起诉时已连续居住一年以上的，可以按照城镇人口标准计算损害赔偿数额；对于实行城乡户口统一登记管理的地方，计算标准也可以统一适用城镇人口统计标准。

（六）关于医疗损害赔偿案件的法律适用问题。根据最高人民法院《关于参照〈医疗事故处理条例〉审理医疗纠纷民事案件的通知》〔法（2003）20 号〕精神，人民法院在处理因医疗事故引起的医疗赔偿纠纷时应当以《医疗事故处理条例》为依据；对于不构成医疗事故的其他医疗侵权纠纷应当按照《民法通则》第 106 条及 119 条规定处理，赔偿标准应适用最高人民法院《关于审理人身损害赔偿案件适用法律若干问题的解释》中所规定的赔偿标准。对于医疗侵权纠纷，当事人无论是选择一般人身损害赔偿还是选择医疗事故损害赔偿向人民法院起诉，诉讼性质并未改变，只是因我国医疗事故处理及损害赔偿特殊的立法政策而可能导致赔偿数额不同。因此，对于当事人按一般人身损害赔偿起诉医疗机构的，医疗机构可以提出构成医疗事故抗辩，出具医疗事故鉴定书或申请医疗事故鉴定，经鉴定能够证明受害人的损害确实是医疗事故造成的，人民法院应当按照《医疗事故处理条例》的规定确定赔偿数额，否则应当按照《民法通则》及有关人身损害赔偿的司法解释处理。对于有关当事人拒不配合进行医疗事故鉴定而使医疗事故鉴定无法进行的，在经法官释明后仍拒绝配合的，由其承担相应的后果。

（七）关于交通事故损害赔偿责任主体的确定问题。道路交通损害赔偿案件是一类特殊的侵权案件，根据最高人民法院有关司法解释的精神，其责任主体一般应根据对机动车运行支配权与运行利益的归属来确定。对于机动车挂靠经营情形下发生道路交通事故的，原则上应由挂靠人或者实际车主承担损害赔偿责任，但被挂靠人从挂靠车辆的经营中取得利益的，应承担适当的赔偿责任；对于机动车出借情形下发生道路交通事故的，原则上应由借用人承担赔偿责任，但出借人在出借行为中存在过失的，应根据其过错程度承担适当的赔偿责任；对于机动车实行租赁、承包情形下发生道路交通事故的，原则上应由承租人、承包人与出租人、发包人承担连带损害赔偿责任；对于机动车未过户情形下发生交通事故的，原机动车所有人不承担损害赔偿承担责任，由买受人承担损害赔偿责任；对于经机动车驾驶人同意，无偿搭乘他人机动车且在交通事故中遭受损害的，由驾驶人依其过错承担相应的赔偿责任。

（八）关于机动车与非机动车驾驶人、行人之间发生交通事故的责任承担问题。在机动车驾驶人有证据证明非机动车驾驶人、行人违反道路交通安全法律、法规，且机动车驾驶人已经采取必要处置措施的情形下，应减轻机动车一方的责任。非机动车一方、行人对交通事故承担全部责任的，减轻机动车一方 70%—80% 的赔偿责任；非机动车一方、行人对交通事故承担主要责任的，减轻机动车一方 50%—60% 的赔偿责任；非机动车一方、行人与机动车一方对交通事故负有同等责任的，减轻机动车一方 30%—40% 的赔偿责任；非机动车一方、行人对交通事故负有次要责任的，减轻机动车一方

10%—20%的赔偿责任。

（九）关于第三者强制责任保险问题。《道路交通安全法》第十七条、第七十五条及第七十六条规定的第三者强制责任保险是法定险，与目前商业性的第三者责任险性质不相同，在国家还没有出台第三者强制责任险的具体规范之前，诉讼上不宜将商业性的第三者责任险等同于道交法上的第三者强制责任险。在道路交通事故损害赔偿案件中，即使肇事机动车参加第三者责任保险的，也不宜依据《道路交通安全法》直接追加所参保的保险公司为被告或第三人参加诉讼，不能直接判决由保险公司在第三者责任险范围内承担赔偿责任。对于保险公司的赔偿责任，应依据保险合同关系另行解决。

（十）关于道路交通事故认定书的性质问题。交通事故认定书是公安交通管理机关依据法定程序做出的，是证明道路交通事故发生的基本证据，具有较强的证明力，在没有充分反驳证据的情况下，应当根据认定书确定案件事实及因果关系。交通事故认定书对于事故原因、责任等无法做出认定的，人民法院应当根据双方的举证情况确定具体的赔偿责任。

……

（二）司法鉴定

全国人民代表大会常务委员会关于司法鉴定管理问题的决定

（2005年2月28日第十届全国人民代表大会常务委员会第十四次会议通过　自2005年10月1日起施行）

为了加强对鉴定人和鉴定机构的管理，适应司法机关和公民、组织进行诉讼的需要，保障诉讼活动的顺利进行，特作如下决定：

一、司法鉴定是指在诉讼活动中鉴定人运用科学技术或者专门知识对诉讼涉及的专门性问题进行鉴别和判断并提供鉴定意见的活动。

二、国家对从事下列司法鉴定业务的鉴定人和鉴定机构实行登记管理制度：

（一）法医类鉴定；

（二）物证类鉴定；

（三）声像资料鉴定；

（四）根据诉讼需要由国务院司法行政部门商最高人民法院、最高人民检察院确定的其他应当对鉴定人和鉴定机构实行登记管理的鉴定事项。

法律对前款规定事项的鉴定人和鉴定机构的管理另有规定的，从其规定。

三、国务院司法行政部门主管全国鉴定人和鉴定机构的登记管理工作。省级人民政府司法行政部门依照本决定的规定，负责对鉴定人和鉴定机构的登记、名册编制和公告。

四、具备下列条件之一的人员，可以申请登记从事司法鉴定业务：

（一）具有与所申请从事的司法鉴定业务相关的高级专业技术职称；

（二）具有与所申请从事的司法鉴定业务相关的专业执业资格或者高等院校相关专业本科以上学历，从事相关工作5年以上；

（三）具有与所申请从事的司法鉴定业务相关工作10年以上经历，具有较强的专业技能。

因故意犯罪或者职务过失犯罪受过刑事处罚的，受过开除公职处分的，以及被撤销鉴定人登记的人员，不得从事司法鉴定业务。

五、法人或者其他组织申请从事司法鉴定业务的，应当具备下列条件：

（一）有明确的业务范围；

（二）有在业务范围内进行司法鉴定所必需的仪器、设备；

（三）有在业务范围内进行司法鉴定所必需的依法通过计量认证或者实验室认可的检测实验室；

（四）每项司法鉴定业务有3名以上鉴定人。

六、申请从事司法鉴定业务的个人、法人或者其他组织，由省级人民政府司法行政部门审核，对符合条件的予以登记，编入鉴定人和鉴定机构名册并公告。

省级人民政府司法行政部门应当根据鉴定人或者鉴定机构的增加和撤销登记情况，定期更新所编制的鉴定人和鉴定机构名册并公告。

七、侦查机关根据侦查工作的需要设立的鉴定机构，不得面向社会接受委托从事司法鉴定业务。

人民法院和司法行政部门不得设立鉴定机构。

八、各鉴定机构之间没有隶属关系；鉴定机构接受委托从事司法鉴定业务，不受地域范围的限制。

鉴定人应当在一个鉴定机构中从事司法鉴定业务。

九、在诉讼中，对本决定第二条所规定的鉴定事项发生争议，需要鉴定的，应当委托列入鉴定人名册的鉴定人进行鉴定。鉴定人从事司法鉴定业务，由所在的鉴定机构统一接受委托。

鉴定人和鉴定机构应当在鉴定人和鉴定机构名册注明的业务范围内从事司法鉴定业务。

鉴定人应当依照诉讼法律规定实行回避。

十、司法鉴定实行鉴定人负责制度。鉴定人应当独立进行鉴定，对鉴定意见负责并在鉴定书上签名或者盖章。多人参加的鉴定，对鉴定意见有不同意见的，应当注明。

十一、在诉讼中，当事人对鉴定意见有异议的，经人民法院依法通知，鉴定人应当出庭作证。

十二、鉴定人和鉴定机构从事司法鉴定业务，应当遵守法律、法规，遵守职业道德和职业纪律，尊重科学，遵守技术操作规范。

十三、鉴定人或者鉴定机构有违反本决定规定行为的，由省级人民政府司法行政部门予以警告，责令改正。

鉴定人或者鉴定机构有下列情形之一的，由省级人民政府司法行政部门给予停止从事司法鉴定业务3个月以上1年以下的处罚；情节严重的，撤销登记：

（一）因严重不负责任给当事人合法权益造成重大损失的；

（二）提供虚假证明文件或者采取其他欺诈手段，骗取登记的；

（三）经人民法院依法通知，拒绝出庭作证的；

（四）法律、行政法规规定的其他情形。

鉴定人故意作虚假鉴定，构成犯罪的，依法追究刑事责任；尚不构成犯罪的，依照前款规定处罚。

十四、司法行政部门在鉴定人和鉴定机构的登记管理工作中，应当严格依法办事，积极推进司法鉴定的规范化、法制化。对于滥用职权、玩忽职守，造成严重后果的直接责任人员，应当追究相应的法律责任。

十五、司法鉴定的收费项目和收费标准由国务院司法行政部门商国务院价格主管部门确定。

十六、对鉴定人和鉴定机构进行登记、名册编制和公告的具体办法，由国务院司法行政部门制定，报国务院批准。

十七、本决定下列用语的含义是：

（一）法医类鉴定，包括法医病理鉴定、法医临床鉴定、法医精神病鉴定、法医物证鉴定和法医毒物鉴定。

（二）物证类鉴定，包括文书鉴定、痕迹鉴定和微量鉴定。

（三）声像资料鉴定，包括对录音带、录像带、磁盘、光盘、图片等载体上记录的声音、图像信息的真实性、完整性及其所反映的情况过程进行的鉴定和对记录的声音、图像中的语言、人体、物体作出种类或者同一认定。

十八、本决定自 2005 年 10 月 1 日起施行。

司法鉴定程序通则

（2007 年 8 月 7 日中华人民共和国司法部令第 107 号公布 自 2007 年 10 月 1 日起施行）

第一章 总 则

第一条 为了规范司法鉴定机构和司法鉴定人的司法鉴定活动，保障司法鉴定质量，保障诉讼活动的顺利进行，根据《全国人民代表大会常务委员会关于司法鉴定管理问题的决定》和有关法律、法规的规定，制定本通则。

第二条 司法鉴定程序是指司法鉴定机构和司法鉴定人进行司法鉴定活动应当遵循的方式、方法、步骤以及相关的规则和标准。

本通则适用于司法鉴定机构和司法鉴定人从事各类司法鉴定业务的活动。

第三条 司法鉴定机构和司法鉴定人进行司法鉴定活动，应当遵守法律、法规、规章，遵守职业道德和职业纪律，尊重科学，遵守技术操作规范。

第四条 司法鉴定实行鉴定人负责制度。司法鉴定人应当依法独立、客观、公正地进行鉴定，并对自己作出的鉴定意见负责。

第五条 司法鉴定机构和司法鉴定人应当保守在执业活动中知悉的国家秘密、商业秘密，不得泄露个人隐私。

未经委托人的同意，不得向其他人或者组织提供与鉴定事项有关的信息，但法律、法规另有规定的除外。

第六条 司法鉴定机构和司法鉴定人在执业活动中应当依照有关诉讼法律和本通则规定实行回避。

第七条 司法鉴定人经人民法院依法通知，应当出庭作证，回答与鉴定事项有关的问题。

第八条 司法鉴定机构应当统一收取司法鉴定费用，收费的项目和标准执行国家的有关规定。

第九条 司法鉴定机构和司法鉴定人进行司法鉴定活动应当依法接受监督。对于有违反有关法律规定行为的，由司法行政机关依法给予相应的行政处罚；有违反司法鉴定行业规范行为的，由司法鉴定行业组织给予相应的行业处分。

第十条 司法鉴定机构应当加强对司法鉴定人进行司法鉴定活动的管理和监督。司法鉴定人有违反本通则或者所属司法鉴定机构管理规定行为的，司法鉴定机构应当予以纠正。

第二章 司法鉴定的委托与受理

第十一条 司法鉴定机构应当统一受理司法鉴定的委托。

第十二条 司法鉴定机构接受鉴定委托，应当要求委托人出具鉴定委托书，提供委托人的身份证明，并提供委托鉴定事项所需的鉴定材料。委托人委托他人代理的，应当要求出具委托书。

本通则所指鉴定材料包括检材和鉴定资料。检材是指与鉴定事项有关的生物检材和非生物检材；鉴定资料是指存在于各种载体上与鉴定事项有关的记录。

鉴定委托书应当载明委托人的名称或者姓名、拟委托的司法鉴定机构的名称、委托鉴定的事项、鉴定事项的用途以及鉴定要求等内容。

委托鉴定事项属于重新鉴定的，应当在委托书中注明。

第十三条 委托人应当向司法鉴定机构提供真实、完整、充分的鉴定材料，并对鉴定材料的真实性、合法性负责。

委托人不得要求或者暗示司法鉴定机构和司法鉴定人按其意图或者特定目的提供鉴定意见。

第十四条 司法鉴定机构收到委托，应当对委托的鉴定事项进行审查，对属于本机构司法鉴定业务范围，委托鉴定事项的用途及鉴定要求合法，提供的鉴定材料真实、完整、充分的鉴定委托，应当予以受理。

对提供的鉴定材料不完整、不充分的，司法鉴定机构可以要求委托人补充；委托人补充齐全的，可以受理。

第十五条 司法鉴定机构对符合受理条件的鉴定委托，应当即时作出受理的决定；不能即时决定受理的，应当在七个工作日内作出是否受理的决定，并通知委托人；对通过信函提出鉴定委托的，应当在十个工作日内作出是否受理的决定，并通知委托人；对疑难、复杂或者特殊鉴定事项的委托，可以与委托人协商确定受理的时间。

第十六条 具有下列情形之一的鉴定委托，司法鉴定机构不得受理：

（一）委托事项超出本机构司法鉴定业务范围的；

（二）鉴定材料不真实、不完整、不充分或者取得方式不合法的；

（三）鉴定事项的用途不合法或者违背社会公德的；

（四）鉴定要求不符合司法鉴定执业规则或者相关鉴定技术规范的；

（五）鉴定要求超出本机构技术条件和鉴定能力的；

（六）不符合本通则第二十九条规定的；

（七）其他不符合法律、法规、规章规定情形的。

对不予受理的，应当向委托人说明理由，退还其提供的鉴定材料。

第十七条 司法鉴定机构决定受理鉴定委托的，应当与委托人在协商一致的基础上签订司法鉴定协议书。

司法鉴定协议书应当载明下列事项：

（一）委托人和司法鉴定机构的基本情况；

（二）委托鉴定的事项及用途；

（三）委托鉴定的要求；

（四）委托鉴定事项涉及的案件的简要情况；

（五）委托人提供的鉴定材料的目录和数量；

（六）鉴定过程中双方的权利、义务；

（七）鉴定费用及收取方式；

（八）其他需要载明的事项。

因鉴定需要耗尽或者可能损坏检材的，或者在鉴定完成后无法完整退还检材的，应当事先向委托人讲明，征得其同意或者认可，并在协议书中载明。

在进行司法鉴定过程中需要变更协议书内容的，应当由协议双方协商确定。

第三章 司法鉴定的实施

第十八条 司法鉴定机构受理鉴定委托后，应当指定本机构中具有该鉴定事项执业资格的司法鉴定人进行鉴定。

委托人有特殊要求的，经双方协商一致，也可以从本机构中选择符合条件的司法鉴定人进行鉴定。

第十九条 司法鉴定机构对同一鉴定事项，应当指定或者选择二名司法鉴定人共同进行鉴定；对疑难、复杂或者特殊的鉴定事项，可以指定或者选择多名司法鉴定人进行鉴定。

第二十条 司法鉴定人本人或者其近亲属与委托人、委托的鉴定事项或者鉴定事项涉及的案件有利害关系，可能影响其独立、客观、公正进行鉴定的，应当回避。

司法鉴定人自行提出回避的，由其所属的司法鉴定机构决定；委托人要求司法鉴定人回避的，应当向该鉴定人所属的司法鉴定机构提出，由司法鉴定机构决定。委托人对司法鉴定机构是否实行回避的决定有异议的，可以撤销鉴定委托。

第二十一条　司法鉴定机构应当严格依照有关技术规范保管和使用鉴定材料，严格监控鉴定材料的接收、传递、检验、保存和处置，建立科学、严密的管理制度。

司法鉴定机构和司法鉴定人因严重不负责任造成鉴定材料损毁、遗失的，应当依法承担责任。

第二十二条　司法鉴定人进行鉴定，应当依下列顺序遵守和采用该专业领域的技术标准和技术规范：

（一）国家标准和技术规范；

（二）司法鉴定主管部门、司法鉴定行业组织或者相关行业主管部门制定的行业标准和技术规范；

（三）该专业领域多数专家认可的技术标准和技术规范。

不具备前款规定的技术标准和技术规范的，可以采用所属司法鉴定机构自行制定的有关技术规范。

第二十三条　司法鉴定人进行鉴定，应当对鉴定过程进行实时记录并签名。记录可以采取笔记、录音、录像、拍照等方式。记录的内容应当真实、客观、准确、完整、清晰，记录的文本或者音像载体应当妥善保存。

第二十四条　司法鉴定人在进行鉴定的过程中，需要对女性作妇科检查的，应当由女性司法鉴定人进行；无女性司法鉴定人的，应当有女性工作人员在场。

在鉴定过程中需要对未成年人的身体进行检查的，应当通知其监护人到场。

对被鉴定人进行法医精神病鉴定的，应当通知委托人或者被鉴定人的近亲属或者监护人到场。

对需要到现场提取检材的，应当由不少于二名司法鉴定人提取，并通知委托人到场见证。

对需要进行尸体解剖的，应当通知委托人或者死者的近亲属或者监护人到场见证。

第二十五条　司法鉴定机构在进行鉴定的过程中，遇有特别复杂、疑难、特殊技术问题的，可以向本机构以外的相关专业领域的专家进行咨询，但最终的鉴定意见应当由本机构的司法鉴定人出具。

第二十六条　司法鉴定机构应当在与委托人签订司法鉴定协议书之日起三十个工作日内完成委托事项的鉴定。

鉴定事项涉及复杂、疑难、特殊的技术问题或者检验过程需要较长时间的，经本机构负责人批准，完成鉴定的时间可以延长，延长时间一般不得超过三十个工作日。

司法鉴定机构与委托人对完成鉴定的时限另有约定的，从其约定。

在鉴定过程中补充或者重新提取鉴定材料所需的时间，不计入鉴定时限。

第二十七条　司法鉴定机构在进行鉴定过程中，遇有下列情形之一的，可以终止鉴定：

（一）发现委托鉴定事项的用途不合法或者违背社会公德的；

（二）委托人提供的鉴定材料不真实或者取得方式不合法的；

（三）因鉴定材料不完整、不充分或者因鉴定材料耗尽、损坏，委托人不能或者拒绝补充提供符合要求的鉴定材料的；

（四）委托人的鉴定要求或者完成鉴定所需的技术要求超出本机构技术条件和鉴定能力的；

（五）委托人不履行司法鉴定协议书规定的义务或者被鉴定人不予配合，致使鉴定无法继续进行的；

（六）因不可抗力致使鉴定无法继续进行的；

（七）委托人撤销鉴定委托或者主动要求终止鉴定的；

（八）委托人拒绝支付鉴定费用的；

（九）司法鉴定协议书约定的其他终止鉴定的情形。

终止鉴定的，司法鉴定机构应当书面通知委托人，说明理由，并退还鉴定材料。

终止鉴定的，司法鉴定机构应当根据终止的原因及责任，酌情退还有关鉴定费用。

第二十八条 有下列情形之一的，司法鉴定机构可以根据委托人的请求进行补充鉴定：

（一）委托人增加新的鉴定要求的；

（二）委托人发现委托的鉴定事项有遗漏的；

（三）委托人在鉴定过程中又提供或者补充了新的鉴定材料的；

（四）其他需要补充鉴定的情形。

补充鉴定是原委托鉴定的组成部分。

第二十九条 有下列情形之一的，司法鉴定机构可以接受委托进行重新鉴定：

（一）原司法鉴定人不具有从事原委托事项鉴定执业资格的；

（二）原司法鉴定机构超出登记的业务范围组织鉴定的；

（三）原司法鉴定人按规定应当回避没有回避的；

（四）委托人或者其他诉讼当事人对原鉴定意见有异议，并能提出合法依据和合理理由的；

（五）法律规定或者人民法院认为需要重新鉴定的其他情形。

接受重新鉴定委托的司法鉴定机构的资质条件，一般应当高于原委托的司法鉴定机构。

第三十条 重新鉴定，应当委托原鉴定机构以外的列入司法鉴定机构名册的其他司法鉴定机构进行；委托人同意的，也可以委托原司法鉴定机构，由其指定原司法鉴定人以外的其他符合条件的司法鉴定人进行。

第三十一条 进行重新鉴定，有下列情形之一的，司法鉴定人应当回避：

（一）有本通则第二十条第一款规定情形的；

（二）参加过同一鉴定事项的初次鉴定的；

（三）在同一鉴定事项的初次鉴定过程中作为专家提供过咨询意见的。

第三十二条 委托的鉴定事项完成后，司法鉴定机构可以指定专人对该项鉴定的实施是否符合规定的程序、是否采用符合规定的技术标准和技术规范等情况进行复核，发现有违反本通则规定情形的，司法鉴定机构应当予以纠正。

第三十三条 对于涉及重大案件或者遇有特别复杂、疑难、特殊的技术问题的鉴定事项，根据司法机关的委托或者经其同意，司法鉴定主管部门或者司法鉴定行业组织可以组织多个司法鉴定机构进行鉴定，具体办法另行规定。

第四章　司法鉴定文书的出具

第三十四条 司法鉴定机构和司法鉴定人在完成委托的鉴定事项后，应当向委托人出具司法鉴定文书。

司法鉴定文书包括司法鉴定意见书和司法鉴定检验报告书。

司法鉴定文书的制作应当符合统一规定的司法鉴定文书格式。

第三十五条 司法鉴定文书应当由司法鉴定人签名或者盖章。多人参加司法鉴定，对鉴定意见有不同意见的，应当注明。

司法鉴定文书应当加盖司法鉴定机构的司法鉴定专用章。

司法鉴定机构出具的司法鉴定文书一般应当一式三份，二份交委托人收执，一份由本机构存档。

第三十六条 司法鉴定机构应当按照有关规定或者与委托人约定的方式，向委托人发送司法鉴定文书。

第三十七条 委托人对司法鉴定机构的鉴定过程或者所出具的鉴定意见提出询问的，司法鉴定人应当给予解释和说明。

第三十八条 司法鉴定机构完成委托的鉴定事项后，应当按照规定将司法鉴定文书以及在鉴定过程中形成的有关材料整理立卷，归档保管。

第五章 附 则

第三十九条 本通则是司法鉴定机构和司法鉴定人进行司法鉴定活动应当遵守和采用的一般程序规则,不同专业领域的鉴定事项对其程序有特殊要求的,可以另行制定或者从其规定。

第四十条 本通则自2007年10月1日起施行。司法部2001年8月31日发布的《司法鉴定程序通则(试行)》(司发通〔2001〕092号)同时废止。

人体重伤鉴定标准

(1990年3月29日司法部、最高人民法院、最高人民检察院、公安部印发 司法〔1990〕070号)

第一章 总 则

第一条 本标准依照《中华人民共和国刑法》第八十五条规定,以医学和法医学的理论和技术为基础,结合我国法医检案的实践经验,为重伤的鉴定提供科学依据和统一标准。

第二条 重伤是指使人肢体残废、毁人容貌、丧失听觉、丧失视觉、丧失其他器官功能或者其他对于人身健康有重大伤害的损伤。

第三条 评定损伤程度,必须坚持实事求是的原则,具体伤情,具体分析。

损伤程度包括损伤当时原发性病变、与损伤有直接联系的并发症,以及损伤引起的后遗症。

鉴定时,应依据人体损伤当时的伤情及其损伤的后果或者结局,全面分析,综合评定。

第四条 鉴定损伤程度的鉴定人,应当由法医师或者具有法医学鉴定资格的人员担任,也可以由司法机关委托、聘请的主治医师以

上人员担任。鉴定时,鉴定人有权了解与损伤有关的案情、调阅案卷和病历、勘验现场,有关单位有责任予以配合。鉴定人应当遵守有关法律规定,保守案件秘密。

第五条 损伤程度的鉴定,应当在判决前完成。

第二章 肢体残废

第六条 肢体残废是指由各种致伤因素致使肢体缺失或者肢体虽然完整但已丧失功能。

第七条 肢体缺失是指下列情形之一:

(一)任何一手拇指缺失超过指间关节;

(二)一手除拇指外,任何三指缺失均超过近侧指间关节,或者两手除拇指外,任何四指缺失均超过近侧指间关节;

(三)缺失任何两指及其相连的掌骨;

(四)缺失一足50%或者足跟50%;

(五)缺失一足第一趾和其余任何二趾,或者一足除第一趾外,缺失四趾;

(六)两足缺失五个以上的足趾;

(七)缺失任何一足第一趾及其相连的跖骨;

(八)一足除第一趾外,缺失任何三趾及其相连的跖骨。

第八条 肢体虽然完整,但是已丧失功能,是指下列情形之一:

(一)肩关节强直畸形或者关节运动活动度丧失达50%;

(二)肘关节活动限制在伸直位,活动度小于90度或者限制在功能位,活动度小于10度;

(三)肱骨骨折并发假关节、畸形愈合严重影响上肢功能;

(四)前臂骨折畸形愈合强直在旋前位或者旋后位;

(五)前臂骨折致使腕和掌或者手指功能严重障碍;

(六)前臂软组织损伤致使腕和掌或者手指功能严重障碍;

（七）腕关节强直、挛缩畸形或者关节运动活动度丧失达50%；

（八）掌指骨骨折影响一手功能，不能对指和握物；

（九）一手拇指挛缩畸形，不能对指和握物；

（十）一手除拇指外，其余任何三指挛缩畸形，不能对指和握物；

（十一）髋关节强直、挛缩畸形或者关节运动活动度丧失达50%；

（十二）膝关节强直、挛缩畸形屈曲超过30度或者关节运动活动度丧失达50%；

（十三）任何一侧膝关节十字韧带损伤造成旋转不稳定，其功能严重障碍；

（十四）踝关节强直、挛缩畸形或者关节运动活动度丧失达50%；

（十五）股骨干骨折并发假关节、畸形愈合缩短超过5厘米、成角畸形超过30度或者严重旋转畸形；

（十六）股骨颈骨折不愈合、股骨头坏死或者畸形愈合严重影响下肢功能；

（十七）胫腓骨骨折并发假关节、畸形愈合缩短超过5厘米、成角畸形超过30度或者严重旋转畸形；

（十八）四肢长骨（肱骨、桡骨、尺骨、股骨、胫腓骨）开放性、闭合性骨折并发慢性骨髓炎；

（十九）肢体软组织疤痕挛缩，影响大关节运动功能，活动度丧失达50%；

（二十）肢体重要神经（臂丛及其重要分支、腰骶丛及其重要分支）损伤，严重影响肢体运动功能；

（二十一）肢体重要血管损伤，引起血液循环障碍，严重影响肢体功能。

第三章　容貌毁损

第九条　毁人容貌是指毁损他人面容，致使容貌显著变形、丑陋或者功能障碍。

第十条　眼部毁损是指下列情形之一：

（一）一侧眼球缺失或者萎缩；

（二）任何一侧眼睑下垂完全覆盖瞳孔；

（三）眼睑损伤显著影响面容；

（四）一侧眼部损伤致成鼻泪管全部断裂、内眦韧带断裂影响面容；

（五）一侧眼眶骨折显著塌陷。

第十一条　耳廓毁损是指下列情形之一：

（一）一侧耳廓缺损50%或者两侧耳廓缺损总面积超过一耳60%；

（二）耳廓损伤致使显著变形。

第十二条　鼻缺损、塌陷或者歪曲致使显著变形。

第十三条　口唇损伤显著影响面容。

第十四条　颧骨损伤致使张口度（上下切牙切缘间距）小于1.5厘米；颧骨骨折错位愈合致使面容显著变形。

第十五条　上、下颌骨和颞颌关节毁损是指下列情形之一：

（一）上、下颌骨骨折致使面容显著变形；

（二）牙齿脱落或者折断共七个以上；

（三）颞颌关节损伤致使张口度小于1.5厘米或者下颌骨健侧向伤侧偏斜，致使面下部显著不对称。

第十六条　其他容貌毁损是指下列情形之一：

（一）面部损伤留有明显块状疤痕，单块面积大于4平方厘米，两块面积大于7平方厘米，三块以上总面积大于9平方厘米或者留有明显条状疤痕，单条长于5厘米，两条累计长度长于8厘米，三条以上累计总长度长于10厘米，致使眼睑、鼻、口唇、面颊等部位容貌毁损或者功能障碍；

（二）面神经损伤造成一侧大部面肌瘫痪，形成眼睑闭合不全，口角歪斜；

（三）面部损伤留有片状细小疤痕、明显色素沉着或者明显色素减退，范围达面部面积30%；

（四）面颈部深二度以上烧、烫伤后导致疤痕挛缩显著影响面容或者颈部活动严重障碍。

第四章 丧失听觉

第十七条 损伤后，一耳语音听力减退在91 分贝以上。

第十八条 损伤后，两耳语音听力减退在60 分贝以上。

第五章 丧失视觉

第十九条 各种损伤致使视觉丧失是指下列情形之一：

（一）损伤后，一眼盲；

（二）损伤后，两眼低视力，其中一眼低视力为 2 级。

第二十条 眼损伤或者颅脑损伤致使视野缺损（视野半径小于 10 度）。

第六章 丧失其他器官功能

第二十一条 丧失其他器官功能是指丧失听觉、视觉之外的其他器官的功能或者功能严重障碍。条文另有规定的，依照规定。

第二十二条 眼损伤或者颅脑损伤后引起不能恢复的复视，影响工作和生活。

第二十三条 上、下颌骨骨折或者口腔内组织、器官损伤（如舌损伤等）致使语言、咀嚼或者吞咽能力明显障碍。

第二十四条 喉损伤后引起不能恢复的失音、严重嘶哑。

第二十五条 咽、食管损伤留有疤痕性狭窄导致吞咽困难。

第二十六条 鼻、咽、喉损伤留有疤痕性狭窄导致呼吸困难。

第二十七条 女性两侧乳房损伤丧失哺乳能力。

第二十八条 肾损伤并发肾性高血压、肾功能严重障碍。

第二十九条 输尿管损伤留有狭窄致使肾积水、肾功能严重障碍。

第三十条 尿道损伤留有尿道狭窄引起排尿困难、肾功能严重障碍。

第三十一条 肛管损伤致使严重大便失禁或者肛管严重狭窄。

第三十二条 骨盆骨折致使骨盆腔内器官功能严重障碍。

第三十三条 子宫、附件损伤后期并发内生殖器萎缩或者影响内生殖器发育。

第三十四条 阴道损伤累及周围器官造成瘘管或者形成疤痕致其功能严重障碍。

第三十五条 阴茎损伤后引起阴茎缺损、严重畸形致其功能严重障碍。

第三十六条 睾丸或者输精管损伤丧失生殖能力。

第七章 其他对于人体健康的重大损伤

第三十七条 其他对于人体健康的重大损伤是指上述几种重伤之外的在受伤当时危及生命或者在受伤过程中能够引起威胁生命的并发症，以及其他严重影响人体健康的损伤。

第一节 颅脑损伤

第三十八条 头皮撕脱伤范围达头皮面积25% 并伴有失血性休克；头皮损伤致使头皮丧失生存能力，范围达头皮面积25%。

第三十九条 颅盖骨折（如线形、凹陷、粉碎等）伴有脑实质及血管损伤，出现脑受压症状和体征；硬脑膜破裂。

第四十条 开放性颅脑损伤。

第四十一条 颅底骨折伴有面、听神经损伤或者脑脊液漏长期不愈。

第四十二条 颅脑损伤当时出现昏迷（30分钟以上）和神经系统体征，如单瘫、偏瘫、失语等。

第四十三条 颅脑损伤，经脑 CT 扫描显示脑挫伤，但是必须伴有神经系统症状和体征。

第四十四条 颅脑损伤致使硬脑膜外血肿、硬脑膜下血肿或者脑内血肿。

第四十五条 外伤性蛛网膜下腔出血伴有神

经系统症状和体征。

第四十六条 颅脑损伤引起颅内感染，如脑膜炎、脑脓肿等。

第四十七条 颅脑损伤除嗅神经之外引起其他脑神经不易恢复的损伤。

第四十八条 颅脑损伤引起外伤性癫痫。

第四十九条 颅脑损伤导致严重器质性精神障碍。

第五十条 颅脑损伤致使神经系统实质性损害引起的症状与病征，如颈内动脉——海绵窦瘘、下丘脑——垂体功能障碍等。

第二节 颈部损伤

第五十一条 咽喉、气管、颈部、口腔底部及其邻近组织的损伤引起呼吸困难。

第五十二条 颈部损伤引起一侧颈动脉、椎动脉血栓形成、颈动静脉瘘或者假性动脉瘤。

第五十三条 颈部损伤累及臂丛，严重影响上肢功能；颈部损伤累及胸膜顶部致使气胸引起呼吸困难。

第五十四条 甲状腺损伤伴有喉返神经损伤致其功能严重障碍。

第五十五条 胸导管损伤。

第五十六条 咽、食管损伤引起局部脓肿、纵膈炎或者败血症。

第五十七条 颈部损伤导致异物存留在颈深部，影响相应组织、器官功能。

第三节 胸部损伤

第五十八条 胸部损伤引起血胸或者气胸，并发生呼吸困难。

第五十九条 肋骨骨折致使呼吸困难。

第六十条 胸骨骨折致使呼吸困难。

第六十一条 胸部损伤致使纵膈气肿、呼吸窘迫综合症或者气管、支气管破裂。

第六十二条 气管、食管损伤致使纵膈炎、纵膈脓肿、纵膈气肿、血气胸或者脓胸。

第六十三条 心脏损伤；胸部大血管损伤。

第六十四条 胸部损伤致使脓胸、肺脓肿、肺不张、支气管胸膜瘘、食管胸膜瘘或者支气管食管瘘。

第六十五条 胸部的严重挤压致使血液循环障碍、呼吸运动障碍、颅内出血。

第六十六条 女性一侧乳房缺失。

第四节 腹部损伤

第六十七条 胃、肠、胆道系统穿孔、破裂。

第六十八条 肝、脾、胰等器官破裂；因损伤致使这些器官形成血肿、脓肿。

第六十九条 肾破裂；尿外渗须手术治疗（包括肾动脉栓塞术）。

第七十条 输尿管损伤致使尿外渗。

第七十一条 腹部损伤致使腹膜炎、败血症、肠梗阻或者肠瘘等。

第七十二条 腹部损伤致使腹腔积血、须手术治疗。

第五节 骨盆部损伤

第七十三条 骨盆骨折严重变形。

第七十四条 尿道破裂、断裂须行手术修补。

第七十五条 膀胱破裂。

第七十六条 阴囊撕脱伤范围达阴囊皮肤面积50%；两侧睾丸缺失。

第七十七条 损伤引起子宫或者附件穿孔、破裂。

第七十八条 孕妇损伤引起早产、死胎、胎盘早期剥离、流产并发失血性休克或者严重感染。

第七十九条 幼女外阴或者阴道严重损伤。

第六节 脊柱和脊髓损伤

第八十条 脊柱骨折或者脱位，伴有脊髓损伤或者多根脊神经损伤。

第八十一条 脊髓实质性损伤影响脊髓功能，如肢体活动功能、性功能或者大小便严重障碍。

第七节 其他损伤

第八十二条 烧、烫伤。

（一）成人烧、烫伤总面积（一度烧、烫伤面积不计算在内，下同）在30%以上或者三度在10%以上；儿童总面积在10%以上或者三度在5%以上。

烧、烫伤面积低于上述程度但有下列情形之一：

1. 出现休克；
2. 吸入有毒气体中毒；
3. 严重呼吸道烧伤；
4. 伴有并发症导致严重后果；
5. 其他类似上列情形的。

（二）特殊部位（如面、手、会阴等）的深二度烧、烫伤，严重影响外形和功能，参照本标准有关条文。

第八十三条 冻伤出现耳、鼻、手、足等部位坏死及功能严重障碍，参照本标准有关条文。

第八十四条 电击损伤伴有严重并发症或者遗留功能障碍，参照本标准有关条文。

第八十五条 物理、化学或者生物等致伤因素引起损伤，致使器官功能严重障碍，参照本标准有关条文。

第八十六条 损伤导致异物存留在脑、心、肺等重要器官内。

第八十七条 损伤引起创伤性休克、失血性休克或者感染性休克。

第八十八条 皮下组织出血范围达全身体表面积30%；肌肉及深部组织出血，伴有并发症或者遗留严重功能障碍。

第八十九条 损伤引起脂肪栓塞综合症。

第九十条 损伤引起挤压综合症。

第九十一条 各种原因引起呼吸障碍，出现窒息征象并伴有并发症或者遗留功能障碍。

第八章 附　则

第九十二条 符合《中华人民共和国刑法》第八十五条的损伤，本标准未作规定的，可以比照本标准相应的条文作出鉴定。

前款规定的鉴定应由地（市）级以上法医学鉴定机构作出或者予以复核。

第九十三条 三处（种）以上损伤均接近本标准有关条文的规定，可视具体情况，综合评定为重伤或者不评定为重伤。

第九十四条 本标准所说有以上、以下都连本数在内。

第九十五条 本标准仅适用于《中华人民共和国刑法》规定的重伤的法医学鉴定。

第九十六条 本标准自1990年7月1日起施行。1986年发布的《人体重伤鉴定标准（试行）》同时废止。

本标准施行前，已作出鉴定尚未判决的，仍适用1986年发布的《人体重伤鉴定标准（试行）》。

附：

《人体重伤鉴定标准》说明

〔1〕鉴定关节运动活动度，应从被检关节的整体功能判定，可参照临床常用的正常人体关节活动度值进行综合分析后做出。检查时，须了解该关节过去的功能状态，并与腱侧关节运动活动度比对。

〔2〕对指活动是指拇指的指腹与其余各指的指腹相对合的动作。

〔3〕面容的范围是指前额发际下，两耳根前与下颌下缘之间的区域，包括额部、眶部、鼻部、口唇部、颏部、颧部、颊部、腮腺咬肌部和耳廓。

〔4〕鉴定听力减退的方法：

①听力检查宜用纯音听力计以气导为标准，听力级单位为分贝（dB），一般采用500、1000和2000赫兹三个频率的平均值。这一平均值相当于生活语音的听力阈值。

②听力减退在25分贝以下的，应属于听力正常。

③损伤后，两耳听力减退按如下方法计

算：

（较好耳的听力减退 ×5 + 较差耳的听力减退 ×1）除以 6。如计算结果，听力减退在 60 分贝以上就属于重伤。

④老年性听力损伤修正，按 60 岁开始，每年递减 0.5 分贝。

⑤有关听力检查，鉴定人认为必要时，可选择适当的方法（如声阻抗、耳蜗电图、听觉脑干诱发电位等）进行测定。

〔5〕鉴定视力障碍方法：

①凡损伤眼裸视或加用镜片（包括接触镜、针孔镜等）远距视力可达到正常视力范围（0.8 以上）或者接近正常视力范围（0.4 ~ 0.8）的都不作视力障碍论。视力障碍（0.3 以下）者分级见下表：

视 力 障 碍			
级　别	低视力及盲目分级标准		
	最好矫正视力		
	最好视力低于	最低视力等于或优于	
低视力	1	0.3	0.1
	2	0.1	0.05（三米指数）
盲　目	3	0.05	0.02（一米指数）
	4	0.02	光　感
	5	无光感	

如中心视力好而视野缩小，以注视点为中心，视野半径小于 10° 而大于 5° 者为 3 级；如半径小于 5° 者为 4 级。

评定视力障碍，应以“远距视力”为标准，参考“近距视力”。

②中心视力检查法：用通用标准视力表检查远距视力和近距视力。对颅脑损伤者，应作中心暗点、生理盲点和视野检查。对有复视的更应详细检查，分析复视性质与程度。

③有关视力检查，鉴定人认为必要时，可选择适当的方法（如视觉电生理）进行测定。

〔6〕呼吸困难是由于通气的需要量超过呼吸器官的通气能力所引起。症状：自觉气短、空气不够用、胸闷不适。体征：呼吸频率增快，幅度加深或变浅，或者伴有周期节律异常，鼻翼扇动，紫绀等。实验室检查：

①动脉血液气体分析，动脉血氧分压可在 8.0KPa（60mmHg）以下；

②胸部 X 线检查；

③肺功能测验。

诊断呼吸困难，必须同时伴有症状和体征。实验室检查以资参考。

人体轻伤鉴定标准（试行）

（1990 年 4 月 20 日最高人民法院、最高人民检察院、公安部、司法部印发 法（司）发〔1990〕6 号）

第一章 总 则

第一条 本标准根据《中华人民共和国刑法》有关规定，以医学和法医学的理论与技术为基础，结合法医检案的实践经验制定，为轻伤鉴定提供依据。

第二条 轻伤是指物理、化学及生物等各种外界因素作用于人体，造成组织、器官结构的一定程度的损害或者部分功能障碍，尚未构成重伤又不属轻微伤害的损伤。

第三条 鉴定损伤程度，应该以外界因素对人体直接造成的原发性损害及后果为依据，包括损伤当时的伤情、损伤后引起的并发症和后遗症等，全面分析，综合评定。

第四条 鉴定人应当由法医师或者具有法医学鉴定资格的人员担任；也可以由司法机关聘请或者委托的主治医师以上人员担任。

鉴定人有权了解案情、调阅案卷、病历和勘验现场，有关单位有责任予以配合。

鉴定人必须坚持实事求是的原则，应用科学的检测方法，保守案件秘密，遵守有关法律规定。

第二章 头颈部损伤

第五条 帽状腱膜下血肿
头皮撕脱伤面积达 20 平方厘米（儿童达 10 平方厘米）；头皮外伤性缺损面积达 10 平方厘米（儿童达 5 平方厘米）。

第六条 头皮锐器创口累计长度达 8 厘米，儿童达 6 厘米；钝器创口累计长度达 6 厘米，儿童达 4 厘米。

第七条 颅骨单纯性骨折。

第八条 头部损伤确证出现短暂的意识障碍和近事遗忘。

第九条 眼损伤
（一）眼睑损伤影响面容或者功能的；
（二）眶部单纯性骨折；
（三）泪器部分损伤及功能障碍；
（四）眼球部分结构损伤，影响面容或者功能的；
（五）损伤致视力减退，两眼矫正视力减退至 0.7 以下（较伤前视力下降 0.2 以上），单眼矫正视力减退至 0.5 以下（较伤前视力下降 0.3 以上）；原单眼为低视力者，伤后视力减退 1 个级别。

视野轻度缺损。
（六）外伤性斜视。

第十条 鼻损伤
（一）鼻骨粉碎性骨折，或者鼻骨线形骨折伴有明显移位的；
（二）鼻损伤明显影响鼻外形或者功能的。

第十一条 耳损伤
（一）耳廓损伤致明显变形；一侧耳廓缺损达一耳的 10%，或者两侧耳廓缺损累计达一耳的 15%；
（二）外伤性鼓膜穿孔；
（三）外耳道损伤致外耳道狭窄；
（四）耳损伤造成一耳听力减退达 41 分贝，两耳听力减退达 30 分贝。

第十二条 口腔损伤
（一）口唇损伤影响面容、发音或者进食；
（二）牙齿脱落或者折断 2 枚以上；
（三）口腔组织、器官损伤，影响语言、咀嚼或者吞咽功能的；
（四）涎腺损伤伴有功能障碍。

第十三条 颧骨骨折或者上、下颌骨骨折；颞下颌关节损伤致张口度（上下切牙切缘间距）小于 3 厘米。

第十四条 面部软组织单个创口长度达 3.5 厘米（儿童达 3 厘米），或者创口累计长度达5厘米（儿童达4厘米）或者颌面部穿透创。

第十五条 面部损伤后留有明显瘢痕，单条长3厘米或者累计长度达4厘米；单块面积2平方厘米或者累计面积达3平方厘米；影响面容的色素改变6平方厘米。

第十六条 面神经损伤致使部分面肌瘫痪影响面容及功能的。

第十七条 颈部软组织单个创口长度达5厘米或者累计创口长度达8厘米。

未达到上款规定但有运动功能障碍的。

第十八条 颈部损伤出现窒息征象的。

第十九条 颈部损伤伤及甲状腺、咽喉、气管或者食管的。

第三章 肢体损伤

第二十条 肢体软组织挫伤占体表总面积6%以上。

第二十一条 肢体皮肤及皮下组织单个创口长度达10厘米（儿童达8厘米）或者创口累计总长度达15厘米（儿童达12厘米）；伤及感觉神经、血管、肌腱影响功能的。

第二十二条 皮肤外伤性缺损须植皮的。

第二十三条 手损伤

（一）1节指骨（不含第2至5指末节）粉碎性骨折或者2节指骨线形骨折；

（二）缺失半个指节；

（三）损伤后出现轻度挛缩、畸形、关节活动受限或者侧方不稳；

（四）舟骨骨折、月骨脱位或者掌骨完全性骨折。

第二十四条 足损伤

（一）2节趾骨骨折；

（二）缺失1个趾节；

（三）蹠骨2节骨折；跗骨、距骨、跟骨骨折；踝关节骨折或者蹠跗关节脱位。撕脱骨折除外。

第二十五条 四肢长骨骨折；膑骨骨折。

第二十六条 肢体大关节脱位、关节韧带部分撕裂、半月板损伤或者肢体软组织损伤后瘢痕挛缩致关节功能障碍。

第四章 躯干部和会阴部损伤

第二十七条 躯干部软组织挫伤比照第二十条。

第二十八条 躯干部创口比照第二十一条。

第二十九条 躯干部穿透创未伤及内脏器官或者重要血管、神经的。

第三十条 胸部损伤引起气胸、血胸或者较大面积的单纯性皮下气肿，未出现呼吸困难。

第三十一条 胸部受挤压，出现窒息征象。

第三十二条 肩胛骨、锁骨或者胸骨骨折、胸锁关节或者肩锁关节脱位。

第三十三条 肋骨骨折（一处单纯性肋骨线形骨折除外）。

第三十四条 女性乳房损伤导致一侧乳房明显变形或者部分缺失；一侧乳房乳腺导管损伤。

第三十五条 腹部闭合性损伤确证胃、肠、肝、脾或者胰挫伤。

第三十六条 外伤性血尿（显微镜检查红细胞＞10/高倍视野）持续时间超过2周。

第三十七条 会阴部软组织挫伤达10平方厘米（儿童酌减）或者血肿2周内不能完全吸收的。

第三十八条 阴茎挫伤致排尿困难；阴茎部分缺损、畸形；阴囊撕脱伤、阴囊血肿、鞘膜积血；一侧睾丸脱位、扭转或者萎缩。

第三十九条 会阴、阴囊创口长度达2厘米；阴茎创口长度达1厘米。

第四十条 外伤性肛裂、肛瘘或者肛管狭窄。

第四十一条 阴道撕裂伤、子宫或者附件损伤。

第四十二条 损伤致孕妇难免流产。

第四十三条 外伤性脊柱骨折或者脱位；外伤性椎间盘突出；外伤影响脊髓功能，短期内能恢复的。

第四十四条　骨盆骨折。

第五章　其他损伤

第四十五条　烧、烫伤

（一）烧烫伤占体表面积

浅二度5%以上（儿童3%以上）；

深二度2%以上（儿童1%以上）；

三度0.1%以上。

（二）头、手、会阴部二度以上烧烫伤，影响外形、容貌或者活动功能的。

（三）呼吸道烧烫伤。

第四十六条　冻伤比照本标准相关条文。

第四十七条　电烧伤当时伴有意识障碍或者全身抽搐。

第四十八条　损伤致异物存留深部软组织内。

第四十九条　各种损伤出血出现休克前期症状体征的。

第五十条　多部位软组织挫伤比照第二十条。

第五十一条　多部位软组织创伤比照第二十一条。

第六章　附　　则

第五十三条　多种损伤均未达本标准的，不能简单相加作为轻伤。若有三种（类）损伤均接近本标准的，可视具体情况，综合评定。

第五十四条　本标准所定各种数据冠有"以上"或者"以下"的均含本数。

第五十五条　本标准适用于《中华人民共和国刑法》规定的伤害他人身体健康的法医学鉴定。

第五十六条　本标准自1990年7月1日起试行。

人体轻微伤的鉴定

GA/T146－1996

（1996年7月25日公安部发布自1997年1月1日起实施）

1　范围

本标准规定了人体轻微损伤的评定的原则方法及内容。

本标准适用于各级公、检、法、司及院校系统进行损伤评定。

本标准适用于一切违反民法通则和《中华人民共和国治安管理处罚条例》所造成的轻微损害。

2　总则

2.1　本标准根据民法通则和中华人民共和国治安管理处罚条例的有关规定，以医学和法医学的理论及技术为基础，结合我国法医工作的实践经验，为鉴定轻微伤提供科学依据。

2.2　轻微伤是指造成人体局部组织器官结构的轻微损伤或短暂的功能障碍。

2.3　鉴定人应当由公安机关及有关执法部门委托的法医人员或经培训过的兼职法医人员担任。鉴定人进行鉴定时，有权了解有关案情、现场勘查情况和调阅病例档案。有关部门必须给予协助。

2.4　鉴定时，应坚持实事求是的原则，依据人体损伤当时的伤情并结合损伤的预后作出综合评定。

2.5　轻微伤的鉴定应在被鉴定者损伤消失前作出评定。

2.6　本标准为轻微损伤的下限，上限与轻伤鉴定标准（试行稿）衔接，未达到本标准的为不构成轻微伤。

3　头颈部损伤

3.1　头皮擦伤面积在5cm²以上；头皮

挫伤；头皮下血肿。

3.2　头皮创。

3.3　头部外伤后，确有神经症状。

3.4　面部软组织非贯通性创。

3.5　面部损伤后留有瘢痕，外伤后面部存留色素异常。

3.6　面部表浅擦伤面积在 $2cm^2$ 以上；划伤长度在 4cm 以上。

3.7　眼部挫伤。

3.8　眼部外伤后影响外观。

3.9　眼外伤造成视力下降。

3.10　耳损伤造成一耳听力减退 26dB 以上。外伤后引起听觉器官的其他改变。

3.11　耳廓创在 1cm 以上；耳廓缺损。

3.12　外伤后鼻出血；鼻骨线形骨折。

3.13　口腔粘膜破损，舌损伤。

3.14　涎腺其导管损伤。

3.15　外伤致使牙齿脱落或者牙齿缺损。

3.16　外伤致使牙齿松动 2 枚以上或三度松动 1 枚以上。

3.17　外伤致下颌关节活动受限。

3.18　颈部软组织创口长度在 1cm 以上。

3.19　颈部皮肤擦伤，长度在 5cm 以上，面积在 $4cm^2$ 以上，或挫伤面积在 $2cm^2$ 以上。

4　躯干部和会阴部损伤

4.1　躯干部软组织挫伤面积在 $15cm^2$ 以上，擦伤面积在 $20cm^2$ 以上，躯干皮下血肿。

4.2　躯干皮肤及皮下组织单个创口长度在 1cm 以上或者创口累计长度在 1.5cm 以上，刺创深达肌层。

4.3　肋骨一处单纯性线性骨折；确证肋软骨骨折。

4.4　女性乳房浅表损伤。

4.5　外伤后血尿。

4.6　会阴部软组织挫伤。

4.7　会阴、阴囊、阴茎单纯性创口。

4.8　阴囊、阴茎挫伤。

4.9　脊柱韧带损伤。

4.10　损伤致孕妇先兆流产的。

5　四肢损伤

5.1　肢体软组织挫伤面积在 $15cm^2$ 以上；擦伤面积在 $20cm^2$ 以上。

5.2　肢体皮肤及皮下组织创口长度在 1cm 以上，刺创深达肌层。

5.3　肢体关节、肌键损伤，伴有临床体症。

5.4　手、足骨折。

5.5　外伤致指（趾）甲脱落，甲床暴露，甲床出血。

6　其他损伤

6.1　烧烫伤

6.1.1　躯干、四肢一度烧烫伤，面积在 $20cm^2$ 以上，或浅二度烧烫伤面积在 $4cm^2$ 以上；深二度烧伤。

6.1.2　面部一度烧烫伤，面积在 $10cm^2$ 以上；浅二度烧烫伤。

6.1.3　颈部一度烧烫伤面积在 $15cm^2$ 以上；浅二度烧烫伤面积在 $2cm^2$。

6.1.4　烫伤达真皮层。

6.2　牙齿咬合致使皮肤破损。

6.3　损伤致异物存留体内。

6.4　其他物理、化学、生物因素所致的轻微损伤。参照相应条款。

附录 A

（标准的附录）

附加说明

A1　本标准未作规定的轻微损伤，可以比照本标准相应的条款作出鉴定。

A2　未成年人损伤下限为本标准损伤的50%；妊娠期、哺乳期妇女损伤下限为本标准损伤的60%。

A3　两种接近本标准以上的损伤，可综合评定；同类损伤可以累计。

A4　本标准所说的以上、以下都连本

数在内。

（三）精神损害赔偿

最高人民法院关于确定民事侵权精神损害赔偿责任若干问题的解释

（2001年3月8日　法释〔2001〕第7号）

为在审理民事侵权案件中正确确定精神损害赔偿责任，根据《中华人民共和国民法通则》等有关法律规定，结合审判实践经验，对有关问题作如下解释：

第一条　自然人因下列人格权利遭受非法侵害，向人民法院起诉请求赔偿精神损害的，人民法院应当依法予以受理：

（一）生命权、健康权、身体权；

（二）姓名权、肖像权、名誉权、荣誉权；

（三）人格尊严权、人身自由权。

违反社会公共利益、社会公德侵害他人隐私或者其他人格利益，受害人以侵权为由向人民法院起诉请求赔偿精神损害的，人民法院应当依法予以受理。

第二条　非法使被监护人脱离监护，导致亲子关系或者近亲属间的亲属关系遭受严重损害，监护人向人民法院起诉请求赔偿精神损害的，人民法院应当依法予以受理。

第三条　自然人死亡后，其近亲属因下列侵权行为遭受精神痛苦，向人民法院起诉请求赔偿精神损害的，人民法院应当依法予以受理：

（一）以侮辱、诽谤、贬损、丑化或者违反社会公共利益、社会公德的其他方式，侵害死者姓名、肖像、名誉、荣誉；

（二）非法披露、利用死者隐私，或者以违反社会公共利益、社会公德的其他方式侵害死者隐私；

（三）非法利用、损害遗体、遗骨，或者以违反社会公共利益、社会公德的其他方式侵害遗体、遗骨。

第四条　具有人格象征意义的特定纪念物品，因侵权行为而永久性灭失或者毁损，物品所有人以侵权为由，向人民法院起诉请求赔偿精神损害的，人民法院应当依法予以受理。

第五条　法人或者其他组织以人格权利遭受侵害为由，向人民法院起诉请求赔偿精神损害的，人民法院不予受理。

第六条　当事人在侵权诉讼中没有提出赔偿精神损害的诉讼请求，诉讼终结后又基于同一侵权事实另行起诉请求赔偿精神损害的，人民法院不予受理。

第七条　自然人因侵权行为致死，或者自然人死亡后其人格或者遗体遭受侵害，死者的配偶、父母和子女向人民法院起诉请求赔偿精神损害的，列其配偶、父母和子女为原告；没有配偶、父母和子女的，可以由其他近亲属提起诉讼，列其他近亲属为原告。

第八条　因侵权致人精神损害，但未造成严重后果，受害人请求赔偿精神损害的，一般不予支持，人民法院可以根据情形判令侵权人停止侵害、恢复名誉、消除影响、赔礼道歉。

因侵权致人精神损害，造成严重后果的，人民法院除判令侵权人承担停止侵害、恢复名誉、消除影响、赔礼道歉等民事责任外，可以根据受害人一方的请求判令其赔偿相应的精神损害抚慰金。

第九条　精神损害抚慰金包括以下方式：

（一）致人残疾的，为残疾赔偿金；

（二）致人死亡的，为死亡赔偿金；

（三）其他损害情形的精神抚慰金。

第十条　精神损害的赔偿数额根据以下因素确定：

（一）侵权人的过错程度，法律另有规定的除外；

（二）侵害的手段、场合、行为方式等具体情节；

（三）侵权行为所造成的后果；

（四）侵权人的获利情况；

（五）侵权人承担责任的经济能力；

（六）受诉法院所在地平均生活水平。

法律、行政法规对残疾赔偿金、死亡赔偿金等有明确规定的，适用法律、行政法规的规定。

第十一条 受害人对损害事实和损害后果的发生有过错的，可以根据其过错程度减轻或者免除侵权人的精神损害赔偿责任。

第十二条 在本解释公布施行之前已经生效施行的司法解释，其内容有与本解释不一致的，以本解释为准。

最高人民法院关于审理名誉权案件若干问题的解答

（1993年8月7日 法发〔1993〕15号）

各地人民法院在审理名誉权案件中，提出一些如何适用法律的问题，现解答如下：

一、问：人民法院对当事人关于名誉权纠纷的起诉应如何进行审查？

答：人民法院收到有关名誉权纠纷的起诉时，应按照《中华人民共和国民事诉讼法》（以下简称民事诉讼法）第一百零八条的规定进行审查，符合条件的，应予受理。对不符合起诉条件的，应裁定不予受理；对缺乏侵权事实坚持起诉的，应裁定驳回起诉。

二、问：当事人在公共场所受到侮辱、诽谤，经公安机关依照《中华人民共和国治安管理处罚条例》（以下简称治安管理处罚条例）处理后，又向人民法院提起民事诉讼的，人民法院是否受理？

答：当事人在公共场所受到侮辱、诽谤，以名誉权受侵害为由提起民事诉讼的，无论是否经公安机关依照治安管理处罚条例处理，人民法院均应依法审查，符合受理条件的，应予受理。

三、问：当事人提起名誉权诉讼后，以同一事实和理由又要求追究被告人的刑事责任的，应如何处理？

答：当事人提起名誉权诉讼后，以同一事实和理由又要求追究被告刑事责任的，应中止民事诉讼，待刑事案件审结后，根据不同情况分别处理：对于犯罪情节轻微，没有给予被告人刑事处罚的，或者刑事自诉已由原告撤回或者被驳回的，应恢复民事诉讼；对于民事诉讼请求已在刑事附带民事诉讼中解决的，应终结民事案件的审理。

四、问：名誉权案件如何确定管辖？

答：名誉权案件，适用民事诉讼法第二十九条的规定，由侵权行为地或者被告住所地人民法院管辖。侵权行为地包括侵权行为实施地和侵权结果发生地。

五、问：死者名誉受到损害，哪些人可以作为原告提起民事诉讼？

答：死者名誉受到损害的，其近亲属有权向人民法院起诉。近亲属包括：配偶、父母、子女、兄弟姐妹、祖父母、外祖父母、孙子女、外孙子女。

六、问：因新闻报道或者其他作品引起的名誉权纠纷，如何确定被告？

答：因新闻报道或其他作品发生的名誉权纠纷，应根据原告的起诉确定被告。只诉作者的，列作者为被告；只诉新闻出版单位的，列新闻出版单位为被告；对作者和新闻出版单位都提起诉讼的，将作者和新闻出版单位均列为被告，但作者与新闻出版单位为隶属关系，作品系作者履行职务所形成的，只列单位为被告。

七、问：侵害名誉权责任应如何认定？

答：是否构成侵害名誉权的责任，应当根据受害人确有名誉被损害的事实、行为人行为违法、违法行为与损害后果之间有因果关系、行为人主观上有过错来认定。

以书面或者口头形式侮辱或者诽谤他人，损害他人名誉的，应认定为侵害他人名誉权。

对未经他人同意，擅自公布他人的隐私材料或者以书面、口头形式宣扬他人隐私，致他人名誉受到损害的，按照侵害他人名誉权处理。

因新闻报道严重失实，致他人名誉受到损害，应按照侵害他人名誉权处理。

八、问：因撰写、发表批评文章引起的名誉权纠纷，应如何认定是否构成侵权？

答：因撰写、发表批评文章引起的名誉权纠纷，人民法院应根据不同情况处理：

文章反映的问题基本真实，没有侮辱他人人格的内容的，不应认定为侵害他人名誉权。

文章反映的问题虽基本属实，但有侮辱他人人格的内容，使他人名誉受到损害的，应认定为侵害他人名誉权。

文章的基本内容失实，使他人名誉受到损害的，应认定为侵害他人名誉权。

九、问：因文学作品引起的名誉权纠纷，应如何认定是否构成侵权？

答：撰写、发表文学作品，不是以生活中特定的人为描写对象，仅是作品的情节与生活中某人的情况相似，不应认定为侵害他人名誉权。

描写真人真事的文学作品，对特定人进行侮辱、诽谤或者披露隐私损害其名誉的；或者虽未写明真实姓名和住址，但事实是以特定人或者特定人的特定事实为描写对象，文中有侮辱、诽谤或者披露隐私的内容，致其名誉受到损害的，应认定为侵害他人名誉权。

编辑出版单位在作品已被认定为侵害他人名誉权或者被告知明显属于侵害他人名誉权后，应刊登声明消除影响或者采取其他补救措施；拒不刊登声明，不采取其他补救措施，或者继续刊登、出版侵权作品的，应认定为侵权。

十、问：侵害名誉权的责任承担形式如何掌握？

答：人民法院依照《中华人民共和国民法通则》第一百二十条和第一百三十四条的规定，可以责令侵权人停止侵害、恢复名誉、消除影响、赔礼道歉、赔偿损失。

恢复名誉、消除影响、赔礼道歉可以书面或者口头的方式进行，内容须事先经人民法院审查。

恢复名誉、消除影响的范围，一般应与侵权所造成不良影响的范围相当。

公民、法人因名誉权受到侵害要求赔偿的，侵权人应赔偿侵权行为造成的经济损失；公民并提出精神损害赔偿要求的，人民法院可根据侵权人的过错程度、侵权行为的具体情节、给受害人造成精神损害的后果等情况酌定。

十一、问：侵权人不执行生效判决，不为对方恢复名誉、消除影响、赔礼道歉的，应如何处理？

答：侵权人拒不执行生效判决，不为对方恢复名誉、消除影响的，人民法院可以采取公告、登报等方式，将判决的主要内容和有关情况公布于众，费用由被执行人负担，并可依照民事诉讼法第一百零二条第六项的规定处理。

最高人民法院关于审理名誉权案件若干问题的解释

（1998 年 8 月 31 日　法释〔1998〕26 号）

1993 年我院印发《关于审理名誉权案件若干问题的解答》以来，各地人民法院在审理名誉权案件中，又提出一些如何适用法律的问题，现解释如下：

一、问：名誉权案件如何确定侵权结果发生地？

答：人民法院受理这类案件时，受侵权

的公民、法人和其他组织的住所地，可以认定为侵权结果发生地。

二、问：有关机关和组织编印的仅供领导部门内部参阅的刊物、资料等刊登来信或者文章引起的名誉权纠纷，以及机关、社会团体、学术机构、企事业单位分发本单位、本系统或者其他一定范围内的一般内部刊物和内部资料所载内容引起的名誉权纠纷，人民法院是否受理？

答：有关机关和组织编印的仅供领导部门内部参阅的刊物、资料等刊登的来信或者文章，当事人以其内容侵害名誉权向人民法院提起诉讼的，人民法院不予受理。

机关、社会团体、学术机构、企事业单位分发本单位、本系统或者其他一定范围内的内部刊物和内部资料，所载内容引起名誉权纠纷的，人民法院应当受理。

三、问：新闻媒介和出版机构转载作品引起的名誉权纠纷，人民法院是否受理？

答：新闻媒介和出版机构转载作品，当事人以转载者侵害其名誉权向人民法院提起诉讼的，人民法院应当受理。

四、问：国家机关、社会团体、企事业单位等部门依职权对其管理的人员作出的结论引起的名誉权纠纷，人民法院是否受理？

答：国家机关、社会团体、企事业单位等部门对其管理的人员作出的结论或者处理决定，当事人以其侵害名誉权向人民法院提起诉讼的，人民法院不予受理。

五、问：因检举、控告引起的名誉权纠纷，人民法院是否受理？

答：公民依法向有关部门检举、控告他人的违法违纪行为，他人以检举、控告侵害其名誉权向人民法院提起诉讼的，人民法院不予受理。如果借检举、控告之名侮辱、诽谤他人，造成他人名誉损害，当事人以其名誉受到侵害向人民法院提起诉讼的，人民法院应当受理。

六、问：新闻单位报道国家机关的公开的文书和职权行为引起的名誉权纠纷，是否认定为构成侵权？

答：新闻单位根据国家机关依职权制作的公开的文书和实施的公开的职权行为所作的报道，其报道客观准确的，不应当认定为侵害他人名誉权；其报道失实，或者前述文书和职权行为已公开纠正而拒绝更正报道，致使他人名誉受到损害的，应当认定为侵害他人名誉权。

七、问：因提供新闻材料引起的名誉权纠纷，如何认定是否构成侵权？

答：因提供新闻材料引起的名誉权纠纷，认定是否构成侵权，应区分以下两种情况：

（一）主动提供新闻材料，致使他人名誉受到损害的，应当认定为侵害他人名誉权。

（二）因被动采访而提供新闻材料，且未经提供者同意公开，新闻单位擅自发表，致使他人名誉受到损害的，对提供者一般不应当认定为侵害名誉权；虽系被动提供新闻材料，但发表时得到提供者同意或者默许，致使他人名誉受到损害的，应当认定为侵害名誉权。

八、问：因医疗卫生单位公开患者患有淋病、梅毒、麻风病、艾滋病等病情引起的名誉权纠纷，如何认定是否构成侵权？

答：医疗卫生单位的工作人员擅自公开患者患有淋病、梅毒、麻风病、艾滋病等病情，致使患者名誉受到损害的，应当认定为侵害患者名誉权。

医疗卫生单位向患者或其家属通报病情，不应当认定为侵害患者名誉权。

九、问：对产品质量、服务质量进行批评、评论引起的名誉权纠纷，如何认定是否构成侵权？

答：消费者对生产者、经营者、销售者的产品质量或者服务质量进行批评、评论，不应当认定为侵害他人名誉权。但借机诽谤、诋毁，损害其名誉的，应当认定为侵害名誉权。

新闻单位对生产者、经营者、销售者的产品质量或者服务质量进行批评、评论，内容基本属实，没有侮辱内容的，不应当认定为侵害其名誉权；主要内容失实，损害其名誉的，应当认定为侵害名誉权。

十、问：因名誉权受到侵害使生产、经营、销售遭受损失予以赔偿的范围和数额如何确定？

答：因名誉权受到侵害使生产、经营、销售遭受损失予以赔偿的范围和数额，可以按照确因侵权而造成客户退货、解除合同等损失程度来适当确定。

十一、问：名誉权纠纷与其他民事纠纷交织在一起的，人民法院应如何审理？

答：名誉权纠纷与其他民事纠纷交织在一起的，人民法院应当按当事人自己选择的请求予以审理。发生适用数种请求的，人民法院应当根据《中华人民共和国民事诉讼法》的有关规定和案件的实际情况，可以合并审理的合并审理；不能合并审理的，可以告知当事人另行起诉。

最高人民法院关于人民法院是否受理刑事案件被害人提起精神损害赔偿民事诉讼问题的批复

（2002 年 7 月 11 日最高人民法院审判委员会第 1230 次会议通过　2002 年 7 月 15 日最高人民法院公告公布自 2002 年 7 月 20 日起施行）

法释〔2002〕17 号

云南省高级人民法院：

你院云高法〔2001〕176 号《关于人民法院是否受理被害人就刑事犯罪行为单独提起的精神损害赔偿民事诉讼的请示》收悉。经研究，答复如下：

根据刑法第三十六条和刑事诉讼法第七十七条以及我院《关于刑事附带民事诉讼范围问题的规定》第一条第二款的规定，对于刑事案件被害人由于被告人的犯罪行为而遭受精神损失提起的附带民事诉讼，或者在该刑事案件审结以后，被害人另行提起精神损害赔偿民事诉讼的，人民法院不予受理。

此复

医疗事故赔偿

医疗事故处理条例

（2002 年 2 月 20 日国务院第 55 次常务会议通过　2002 年 4 月 4 日中华人民共和国国务院令第 351 号公布　自 2002 年 9 月 1 日起施行）

第一章　总　　则

第一条　为了正确处理医疗事故，保护患者和医疗机构及其医务人员的合法权益，维护医疗秩序，保障医疗安全，促进医学科学的发展，制定本条例。

第二条　本条例所称医疗事故，是指医疗机构及其医务人员在医疗活动中，违反医疗卫生管理法律、行政法规、部门规章和诊疗护理规范、常规，过失造成患者人身损害的事故。

第三条　处理医疗事故，应当遵循公开、公平、公正、及时、便民的原则，坚持实事求是的科学态度，做到事实清楚、定性准确、责任明确、处理恰当。

第四条　根据对患者人身造成的损害程度，医疗事故分为四级：

一级医疗事故：造成患者死亡、重度残疾的；

二级医疗事故：造成患者中度残疾、器官组织损伤导致严重功能障碍的；

三级医疗事故：造成患者轻度残疾、器官组织损伤导致一般功能障碍的；

四级医疗事故：造成患者明显人身损害的其他后果的。

具体分级标准由国务院卫生行政部门制定。

第二章　医疗事故的预防与处置

第五条　医疗机构及其医务人员在医疗活动中，必须严格遵守医疗卫生管理法律、行政法规、部门规章和诊疗护理规范、常规，恪守医疗服务职业道德。

第六条　医疗机构应当对其医务人员进行医疗卫生管理法律、行政法规、部门规章和诊疗护理规范、常规的培训和医疗服务职业道德教育。

第七条　医疗机构应当设置医疗服务质量监控部门或者配备专（兼）职人员，具体负责监督本医疗机构的医务人员的医疗服务工作，检查医务人员执业情况，接受患者对医疗服务的投诉，向其提供咨询服务。

第八条　医疗机构应当按照国务院卫生行政部门规定的要求，书写并妥善保管病历资料。

因抢救急危患者，未能及时书写病历的，有关医务人员应当在抢救结束后 6 小时内据实补记，并加以注明。

第九条 严禁涂改、伪造、隐匿、销毁或者抢夺病历资料。

第十条 患者有权复印或者复制其门诊病历、住院志、体温单、医嘱单、化验单（检验报告）、医学影像检查资料、特殊检查同意书、手术同意书、手术及麻醉记录单、病理资料、护理记录以及国务院卫生行政部门规定的其他病历资料。

患者依照前款规定要求复印或者复制病历资料的，医疗机构应当提供复印或者复制服务并在复印或者复制的病历资料上加盖证明印记。复印或者复制病历资料时，应当有患者在场。

医疗机构应患者的要求，为其复印或者复制病历资料，可以按照规定收取工本费。具体收费标准由省、自治区、直辖市人民政府价格主管部门会同同级卫生行政部门规定。

第十一条 在医疗活动中，医疗机构及其医务人员应当将患者的病情、医疗措施、医疗风险等如实告知患者，及时解答其咨询；但是，应当避免对患者产生不利后果。

第十二条 医疗机构应当制定防范、处理医疗事故的预案，预防医疗事故的发生，减轻医疗事故的损害。

第十三条 医务人员在医疗活动中发生或者发现医疗事故、可能引起医疗事故的医疗过失行为或者发生医疗事故争议的，应当立即向所在科室负责人报告，科室负责人应当及时向本医疗机构负责医疗服务质量监控的部门或者专（兼）职人员报告；负责医疗服务质量监控的部门或者专（兼）职人员接到报告后，应当立即进行调查、核实，将有关情况如实向本医疗机构的负责人报告，并向患者通报、解释。

第十四条 发生医疗事故的，医疗机构应当按照规定向所在地卫生行政部门报告。

发生下列重大医疗过失行为的，医疗机构应当在12小时内向所在地卫生行政部门报告：

（一）导致患者死亡或者可能为二级以上的医疗事故；

（二）导致3人以上人身损害后果；

（三）国务院卫生行政部门和省、自治区、直辖市人民政府卫生行政部门规定的其他情形。

第十五条 发生或者发现医疗过失行为，医疗机构及其医务人员应当立即采取有效措施，避免或者减轻对患者身体健康的损害，防止损害扩大。

第十六条 发生医疗事故争议时，死亡病例讨论记录、疑难病例讨论记录、上级医师查房记录、会诊意见、病程记录应当在医患双方在场的情况下封存和启封。封存的病历资料可以是复印件，由医疗机构保管。

第十七条 疑似输液、输血、注射、药物等引起不良后果的，医患双方应当共同对现场实物进行封存和启封，封存的现场实物由医疗机构保管；需要检验的，应当由双方共同指定的、依法具有检验资格的检验机构进行检验；双方无法共同指定时，由卫生行政部门指定。

疑似输血引起不良后果，需要对血液进行封存保留的，医疗机构应当通知提供该血液的采供血机构派员到场。

第十八条 患者死亡，医患双方当事人不能确定死因或者对死因有异议的，应当在患者死亡后48小时内进行尸检；具备尸体冻存条件的，可以延长至7日。尸检应当经死者近亲属同意并签字。

尸检应当由按照国家有关规定取得相应资格的机构和病理解剖专业技术人员进行。承担尸检任务的机构和病理解剖专业技术人员有进行尸检的义务。

医疗事故争议双方当事人可以请法医病理学人员参加尸检，也可以委派代表观察尸检过程。拒绝或者拖延尸检，超过规定时间，影响对死因判定的，由拒绝或者拖延的一方承担责任。

第十九条 患者在医疗机构内死亡的，尸体应当立即移放太平间。死者尸体存放时间一般不得超过2周。逾期不处理的尸体，经医疗机构所在地卫生行政部门批准，并报经同级公安部门备案后，由医疗机构按照规定进行处理。

第三章 医疗事故的技术鉴定

第二十条 卫生行政部门接到医疗机构关于重大医疗过失行为的报告或者医疗事故争议当事人要求处理医疗事故争议的申请后，对需要进行医疗事故技术鉴定的，应当交由负责医疗事故技术鉴定工作的医学会组织鉴定；医患双方协商解决医疗事故争议，需要进行医疗事故技术鉴定的，由双方当事人共同委托负责医疗事故技术鉴定工作的医学会组织鉴定。

第二十一条 设区的市级地方医学会和省、自治区、直辖市直接管辖的县（市）地方医学会负责组织首次医疗事故技术鉴定工作。省、自治区、直辖市地方医学会负责组织再次鉴定工作。

必要时，中华医学会可以组织疑难、复杂并在全国有重大影响的医疗事故争议的技术鉴定工作。

第二十二条 当事人对首次医疗事故技术鉴定结论不服的，可以自收到首次鉴定结论之日起15日内向医疗机构所在地卫生行政部门提出再次鉴定的申请。

第二十三条 负责组织医疗事故技术鉴定工作的医学会应当建立专家库。

专家库由具备下列条件的医疗卫生专业技术人员组成：

（一）有良好的业务素质和执业品德；

（二）受聘于医疗卫生机构或者医学教学、科研机构并担任相应专业高级技术职务3年以上。

符合前款第（一）项规定条件并具备高级技术任职资格的法医可以受聘进入专家库。

负责组织医疗事故技术鉴定工作的医学会依照本条例规定聘请医疗卫生专业技术人员和法医进入专家库，可以不受行政区域的限制。

第二十四条 医疗事故技术鉴定，由负责组织医疗事故技术鉴定工作的医学会组织专家鉴定组进行。

参加医疗事故技术鉴定的相关专业的专家，由医患双方在医学会主持下从专家库中随机抽取。在特殊情况下，医学会根据医疗事故技术鉴定工作的需要，可以组织医患双方在其他医学会建立的专家库中随机抽取相关专业的专家参加鉴定或者函件咨询。

符合本条例第二十三条规定条件的医疗卫生专业技术人员和法医有义务受聘进入专家库，并承担医疗事故技术鉴定工作。

第二十五条 专家鉴定组进行医疗事故技术鉴定，实行合议制。专家鉴定组人数为单数，涉及的主要学科的专家一般不得少于鉴定组成员的二分之一；涉及死因、伤残等级鉴定的，并应当从专家库中随机抽取法医参加专家鉴定组。

第二十六条 专家鉴定组成员有下列情形之一的，应当回避，当事人也可以以口头或者书面的方式申请其回避：

（一）是医疗事故争议当事人或者当事人的近亲属的；

（二）与医疗事故争议有利害关系的；

（三）与医疗事故争议当事人有其他关系，可能影响公正鉴定的。

第二十七条 专家鉴定组依照医疗卫生管理法律、行政法规、部门规章和诊疗护理规范、常规，运用医学科学原理和专业知识，独立进行医疗事故技术鉴定，对医疗事故进行鉴别和判定，为处理医疗事故争议提供医学依据。

任何单位或者个人不得干扰医疗事故技术鉴定工作，不得威胁、利诱、辱骂、殴打专家鉴定组成员。

专家鉴定组成员不得接受双方当事人的财物或者其他利益。

第二十八条 负责组织医疗事故技术鉴定工作的医学会应当自受理医疗事故技术鉴定之日起5日内通知医疗事故争议双方当事人提交进行医疗事故技术鉴定所需的材料。

当事人应当自收到医学会的通知之日起10日内提交有关医疗事故技术鉴定的材料、书面陈述及答辩。医疗机构提交的有关医疗事故技术鉴定的材料应当包括下列内容：

（一）住院患者的病程记录、死亡病例讨论记录、疑难病例讨论记录、会诊意见、上级医师查房记录等病历资料原件；

（二）住院患者的住院志、体温单、医嘱单、化验单（检验报告）、医学影像检查资料、特殊检查同意书、手术同意书、手术及麻醉记录单、病理资料、护理记录等病历资料原件；

（三）抢救急危患者，在规定时间内补记的病历资料原件；

（四）封存保留的输液、注射用物品和血液、药物等实物，或者依法具有检验资格的检验机构对这些物品、实物作出的检验报告；

（五）与医疗事故技术鉴定有关的其他材料。

在医疗机构建有病历档案的门诊、急诊患者，其病历资料由医疗机构提供；没有在医疗机构建立病历档案的，由患者提供。

医患双方应当依照本条例的规定提交相关材料。医疗机构无正当理由未依照本条例的规定如实提供相关材料，导致医疗事故技术鉴定不能进行的，应当承担责任。

第二十九条 负责组织医疗事故技术鉴定工作的医学会应当自接到当事人提交的有关医疗事故技术鉴定的材料、书面陈述及答辩之日起45日内组织鉴定并出具医疗事故技术鉴定书。

负责组织医疗事故技术鉴定工作的医学会可以向双方当事人调查取证。

第三十条 专家鉴定组应当认真审查双方当事人提交的材料，听取双方当事人的陈述及答辩并进行核实。

双方当事人应当按照本条例的规定如实提交进行医疗事故技术鉴定所需要的材料，并积极配合调查。当事人任何一方不予配合，影响医疗事故技术鉴定的，由不予配合的一方承担责任。

第三十一条 专家鉴定组应当在事实清楚、证据确凿的基础上，综合分析患者的病情和个体差异，作出鉴定结论，并制作医疗事故技术鉴定书。鉴定结论以专家鉴定组成员的过半数通过。鉴定过程应当如实记载。

医疗事故技术鉴定书应当包括下列主要内容：

（一）双方当事人的基本情况及要求；

（二）当事人提交的材料和负责组织医疗事故技术鉴定工作的医学会的调查材料；

（三）对鉴定过程的说明；

（四）医疗行为是否违反医疗卫生管理法律、行政法规、部门规章和诊疗护理规范、常规；

（五）医疗过失行为与人身损害后果之间是否存在因果关系；

（六）医疗过失行为在医疗事故损害后果中的责任程度；

（七）医疗事故等级；

（八）对医疗事故患者的医疗护理医学建议。

第三十二条 医疗事故技术鉴定办法由国务院卫生行政部门制定。

第三十三条 有下列情形之一的，不属于医疗事故：

（一）在紧急情况下为抢救垂危患者生命而采取紧急医学措施造成不良后果的；

（二）在医疗活动中由于患者病情异常或者患者体质特殊而发生医疗意外的；

（三）在现有医学科学技术条件下，发生无法预料或者不能防范的不良后果的；

（四）无过错输血感染造成不良后果的；

（五）因患方原因延误诊疗导致不良后

果的；

（六）因不可抗力造成不良后果的。

第三十四条 医疗事故技术鉴定，可以收取鉴定费用。经鉴定，属于医疗事故的，鉴定费用由医疗机构支付；不属于医疗事故的，鉴定费用由提出医疗事故处理申请的一方支付。鉴定费用标准由省、自治区、直辖市人民政府价格主管部门会同同级财政部门、卫生行政部门规定。

第四章 医疗事故的行政处理与监督

第三十五条 卫生行政部门应当依照本条例和有关法律、行政法规、部门规章的规定，对发生医疗事故的医疗机构和医务人员作出行政处理。

第三十六条 卫生行政部门接到医疗机构关于重大医疗过失行为的报告后，除责令医疗机构及时采取必要的医疗救治措施，防止损害后果扩大外，应当组织调查，判定是否属于医疗事故；对不能判定是否属于医疗事故的，应当依照本条例的有关规定交由负责医疗事故技术鉴定工作的医学会组织鉴定。

第三十七条 发生医疗事故争议，当事人申请卫生行政部门处理的，应当提出书面申请。申请书应当载明申请人的基本情况、有关事实、具体请求及理由等。

当事人自知道或者应当知道其身体健康受到损害之日起1年内，可以向卫生行政部门提出医疗事故争议处理申请。

第三十八条 发生医疗事故争议，当事人申请卫生行政部门处理的，由医疗机构所在地的县级人民政府卫生行政部门受理。医疗机构所在地是直辖市的，由医疗机构所在地的区、县人民政府卫生行政部门受理。

有下列情形之一的，县级人民政府卫生行政部门应当自接到医疗机构的报告或者当事人提出医疗事故争议处理申请之日起7日内移送上一级人民政府卫生行政部门处理：

（一）患者死亡；

（二）可能为二级以上的医疗事故；

（三）国务院卫生行政部门和省、自治区、直辖市人民政府卫生行政部门规定的其他情形。

第三十九条 卫生行政部门应当自收到医疗事故争议处理申请之日起10日内进行审查，作出是否受理的决定。对符合本条例规定，予以受理，需要进行医疗事故技术鉴定的，应当自作出受理决定之日起5日内将有关材料交由负责医疗事故技术鉴定工作的医学会组织鉴定并书面通知申请人；对不符合本条例规定，不予受理的，应当书面通知申请人并说明理由。

当事人对首次医疗事故技术鉴定结论有异议，申请再次鉴定的，卫生行政部门应当自收到申请之日起7日内交由省、自治区、直辖市地方医学会组织再次鉴定。

第四十条 当事人既向卫生行政部门提出医疗事故争议处理申请，又向人民法院提起诉讼的，卫生行政部门不予受理；卫生行政部门已经受理的，应当终止处理。

第四十一条 卫生行政部门收到负责组织医疗事故技术鉴定工作的医学会出具的医疗事故技术鉴定书后，应当对参加鉴定的人员资格和专业类别、鉴定程序进行审核；必要时，可以组织调查，听取医疗事故争议双方当事人的意见。

第四十二条 卫生行政部门经审核，对符合本条例规定作出的医疗事故技术鉴定结论，应当作为对发生医疗事故的医疗机构和医务人员作出行政处理以及进行医疗事故赔偿调解的依据；经审核，发现医疗事故技术鉴定不符合本条例规定的，应当要求重新鉴定。

第四十三条 医疗事故争议由双方当事人自行协商解决的，医疗机构应当自协商解决之日起7日内向所在地卫生行政部门作出书面报告，并附具协议书。

第四十四条 医疗事故争议经人民法院调解或者判决解决的，医疗机构应当自收到生效的人民法院的调解书或者判决书之日起7日内向所在地卫生行政部门作出书面报告,并附具调解书或者判决书。

第四十五条 县级以上地方人民政府卫生行政部门应当按照规定逐级将当地发生的医疗事故以及依法对发生医疗事故的医疗机构和医务人员作出行政处理的情况,上报国务院卫生行政部门。

第五章 医疗事故的赔偿

第四十六条 发生医疗事故的赔偿等民事责任争议,医患双方可以协商解决;不愿意协商或者协商不成的,当事人可以向卫生行政部门提出调解申请,也可以直接向人民法院提起民事诉讼。

第四十七条 双方当事人协商解决医疗事故的赔偿等民事责任争议的,应当制作协议书。协议书应当载明双方当事人的基本情况和医疗事故的原因、双方当事人共同认定的医疗事故等级以及协商确定的赔偿数额等,并由双方当事人在协议书上签名。①

第四十八条 已确定为医疗事故的,卫生行政部门应医疗事故争议双方当事人请求,可以进行医疗事故赔偿调解。调解时,应当遵循当事人双方自愿原则,并应当依据本条例的规定计算赔偿数额。

经调解,双方当事人就赔偿数额达成协议的,制作调解书,双方当事人应当履行;调解不成或者经调解达成协议后一方反悔的,卫生行政部门不再调解。

第四十九条 医疗事故赔偿,应当考虑下列因素,确定具体赔偿数额:

(一)医疗事故等级;

(二)医疗过失行为在医疗事故损害后果中的责任程度;

(三)医疗事故损害后果与患者原有疾病状况之间的关系。

不属于医疗事故的,医疗机构不承担赔偿责任。

第五十条 医疗事故赔偿,按照下列项目和标准计算:

(一)医疗费:按照医疗事故对患者造成的人身损害进行治疗所发生的医疗费用计算,凭据支付,但不包括原发病医疗费用。结案后确实需要继续治疗的,按照基本医疗费用支付。

(二)误工费:患者有固定收入的,按照本人因误工减少的固定收入计算,对收入高于医疗事故发生地上一年度职工年平均工资3倍以上的,按照3倍计算;无固定收入的,按照医疗事故发生地上一年度职工年平均工资计算。

(三)住院伙食补助费:按照医疗事故发生地国家机关一般工作人员的出差伙食补助标准计算。

(四)陪护费:患者住院期间需要专人陪护的,按照医疗事故发生地上一年度职工年平均工资计算。

(五)残疾生活补助费:根据伤残等级,按照医疗事故发生地居民年平均生活费计算,自定残之月起最长赔偿30年;但是,60周岁以上的,不超过15年;70周岁以上的,不超过5年。

(六)残疾用具费:因残疾需要配置补

---

①在医疗纠纷发生之后,医患双方基于真实的意思表示就医疗损害的补偿或者分担问题达成和解协议,也就是民间通常所说的"私了协议",如患方受领了医方履行的人身损害赔偿债务,则医疗损害人身赔偿的债权债务关系因医方清偿债务而消灭,但医疗损害人身赔偿请求权因医方清偿债务而消灭的只是实体请求权,而程序请求权并不消灭,患者及其家属仍有医疗损害人身赔偿请求权的程序请求权,即提起医疗损害人身赔偿的诉讼,如经人民法院进行实体审理之后,查明该医疗损害人身赔偿之债因医方清偿债务而消灭的事实则可以驳回患者及家属的诉讼请求。故患者及家属在双方达成了医疗纠纷的"私了协议"之后,仍可以提起医疗事故人身损害赔偿之诉,"私了协议"的履行只消灭医疗损害人身赔偿之债及债上实体请求权,不消灭该债上请求权的程序权利。

偿功能器具的,凭医疗机构证明,按照普及型器具的费用计算。

(七)丧葬费:按照医疗事故发生地规定的丧葬费补助标准计算。

(八)被扶养人生活费:以死者生前或者残疾者丧失劳动能力前实际扶养且没有劳动能力的人为限,按照其户籍所在地或者居所地居民最低生活保障标准计算。对不满16周岁的,扶养到16周岁。对年满16周岁但无劳动能力的,扶养20年;但是,60周岁以上的,不超过15年;70周岁以上的,不超过5年。

(九)交通费:按照患者实际必需的交通费用计算,凭据支付。

(十)住宿费:按照医疗事故发生地国家机关一般工作人员的出差住宿补助标准计算,凭据支付。

(十一)精神损害抚慰金:按照医疗事故发生地居民年平均生活费计算。造成患者死亡的,赔偿年限最长不超过6年;造成患者残疾的,赔偿年限最长不超过3年。

第五十一条 参加医疗事故处理的患者近亲属所需交通费、误工费、住宿费,参照本条例第五十条的有关规定计算,计算费用的人数不超过2人。

医疗事故造成患者死亡的,参加丧葬活动的患者的配偶和直系亲属所需交通费、误工费、住宿费,参照本条例第五十条的有关规定计算,计算费用的人数不超过2人。

第五十二条 医疗事故赔偿费用,实行一次性结算,由承担医疗事故责任的医疗机构支付。

第六章 罚 则

第五十三条 卫生行政部门的工作人员在处理医疗事故过程中违反本条例的规定,利用职务上的便利收受他人财物或者其他利益,滥用职权,玩忽职守,或者发现违法行为不予查处,造成严重后果的,依照刑法关于受贿罪、滥用职权罪、玩忽职守罪或者其他有

关罪的规定,依法追究刑事责任;尚不够刑事处罚的,依法给予降级或者撤职的行政处分。

第五十四条 卫生行政部门违反本条例的规定,有下列情形之一的,由上级卫生行政部门给予警告并责令限期改正;情节严重的,对负有责任的主管人员和其他直接责任人员依法给予行政处分:

(一)接到医疗机构关于重大医疗过失行为的报告后,未及时组织调查的;

(二)接到医疗事故争议处理申请后,未在规定时间内审查或者移送上一级人民政府卫生行政部门处理的;

(三)未将应当进行医疗事故技术鉴定的重大医疗过失行为或者医疗事故争议移交医学会组织鉴定的;

(四)未按照规定逐级将当地发生的医疗事故以及依法对发生医疗事故的医疗机构和医务人员的行政处理情况上报的;

(五)未依照本条例规定审核医疗事故技术鉴定书的。

第五十五条 医疗机构发生医疗事故的,由卫生行政部门根据医疗事故等级和情节,给予警告;情节严重的,责令限期停业整顿直至由原发证部门吊销执业许可证,对负有责任的医务人员依照刑法关于医疗事故罪的规定,依法追究刑事责任;尚不够刑事处罚的,依法给予行政处分或者纪律处分。

对发生医疗事故的有关医务人员,除依照前款处罚外,卫生行政部门并可以责令暂停6个月以上1年以下执业活动;情节严重的,吊销其执业证书。

第五十六条 医疗机构违反本条例的规定,有下列情形之一的,由卫生行政部门责令改正;情节严重的,对负有责任的主管人员和其他直接责任人员依法给予行政处分或者纪律处分:

(一)未如实告知患者病情、医疗措施和医疗风险的;

(二)没有正当理由,拒绝为患者提供

复印或者复制病历资料服务的;

（三）未按照国务院卫生行政部门规定的要求书写和妥善保管病历资料的;

（四）未在规定时间内补记抢救工作病历内容的;

（五）未按照本条例的规定封存、保管和启封病历资料和实物的;

（六）未设置医疗服务质量监控部门或者配备专（兼）职人员的;

（七）未制定有关医疗事故防范和处理预案的;

（八）未在规定时间内向卫生行政部门报告重大医疗过失行为的;

（九）未按照本条例的规定向卫生行政部门报告医疗事故的;

（十）未按照规定进行尸检和保存、处理尸体的。

第五十七条 参加医疗事故技术鉴定工作的人员违反本条例的规定,接受申请鉴定双方或者一方当事人的财物或者其他利益,出具虚假医疗事故技术鉴定书,造成严重后果的,依照刑法关于受贿罪的规定,依法追究刑事责任;尚不够刑事处罚的,由原发证部门吊销其执业证书或者资格证书。

第五十八条 医疗机构或者其他有关机构违反本条例的规定,有下列情形之一的,由卫生行政部门责令改正,给予警告;对负有责任的主管人员和其他直接责任人员依法给予行政处分或者纪律处分;情节严重的,由原发证部门吊销其执业证书或者资格证书:

（一）承担尸检任务的机构没有正当理由,拒绝进行尸检的;

（二）涂改、伪造、隐匿、销毁病历资料的。

第五十九条 以医疗事故为由,寻衅滋事、抢夺病历资料,扰乱医疗机构正常医疗秩序和医疗事故技术鉴定工作,依照刑法关于扰乱社会秩序罪的规定,依法追究刑事责任;尚不够刑事处罚的,依法给予治安管理处罚。

第七章 附 则

第六十条 本条例所称医疗机构,是指依照《医疗机构管理条例》的规定取得《医疗机构执业许可证》的机构。

县级以上城市从事计划生育技术服务的机构依照《计划生育技术服务管理条例》的规定开展与计划生育有关的临床医疗服务,发生的计划生育技术服务事故,依照本条例的有关规定处理;但是,其中不属于医疗机构的县级以上城市从事计划生育技术服务的机构发生的计划生育技术服务事故,由计划生育行政部门行使依照本条例有关规定由卫生行政部门承担的受理、交由负责医疗事故技术鉴定工作的医学会组织鉴定和赔偿调解的职能;对发生计划生育技术服务事故的该机构及其有关责任人员,依法进行处理。

第六十一条 非法行医,造成患者人身损害,不属于医疗事故,触犯刑律的,依法追究刑事责任;有关赔偿,由受害人直接向人民法院提起诉讼。

第六十二条 军队医疗机构的医疗事故处理办法,由中国人民解放军卫生主管部门会同国务院卫生行政部门依据本条例制定。

第六十三条 本条例自2002年9月1日起施行。1987年6月29日国务院发布的《医疗事故处理办法》同时废止。本条例施行前已经处理结案的医疗事故争议,不再重新处理。

医疗事故分级标准（试行）

（2002年7月31日卫生部令第32号发布 自2002年9月1日起施行）

为了科学划分医疗事故等级,正确处理医疗事故争议,保护患者和医疗机构及其医务人员的合法权益,根据《医疗事故处理条例》，制定本标准。

专家鉴定组在进行医疗事故技术鉴定、卫生行政部门在判定重大医疗过失行为是否为医疗事故或医疗事故争议双方当事人在协商解决医疗事故争议时，应当按照本标准确定的基本原则和实际情况具体判定医疗事故的等级。

本标准例举的情形是医疗事故中常见的造成患者人身损害的后果。

本标准中医疗事故一级乙等至三级戊等对应伤残等级一至十级。

一、一级医疗事故

系指造成患者死亡、重度残疾。

（一）一级甲等医疗事故：死亡。

（二）一级乙等医疗事故：重要器官缺失或功能完全丧失，其他器官不能代偿，存在特殊医疗依赖，生活完全不能自理。例如造成患者下列情形之一的：

1. 植物人状态；

2. 极重度智能障碍；

3. 临床判定不能恢复的昏迷；

4. 临床判定自主呼吸功能完全丧失，不能恢复，靠呼吸机维持；

5. 四肢瘫，肌力0级，临床判定不能恢复。

二、二级医疗事故

系指造成患者中度残疾、器官组织损伤导致严重功能障碍。

（一）二级甲等医疗事故：器官缺失或功能完全丧失，其他器官不能代偿，可能存在特殊医疗依赖，或生活大部分不能自理。例如造成患者下列情形之一的：

1. 双眼球摘除或双眼经客观检查证实无光感；

2. 小肠缺失90%以上，功能完全丧失；

3. 双侧有功能肾脏缺失或孤立有功能肾缺失，用透析替代治疗；

4. 四肢肌力Ⅱ级（二级）以下（含Ⅱ级），临床判定不能恢复；

5. 上肢一侧腕上缺失或一侧手功能完

全丧失，不能装配假肢，伴下肢双膝以上缺失。

（二）二级乙等医疗事故：存在器官缺失、严重缺损、严重畸形情形之一，有严重功能障碍，可能存在特殊医疗依赖，或生活大部分不能自理。例如造成患者下列情形之一的：

1. 重度智能障碍；

2. 单眼球摘除或经客观检查证实无光感，另眼球结构损伤，闪光视觉诱发电位（VEP）P_{100}波潜时延长>160ms（毫秒），矫正视力<0.02，视野半径<5°；

3. 双侧上颌骨或双侧下颌骨完全缺失；

4. 一侧上颌骨及对侧下颌骨完全缺失，并伴有颜面软组织缺损大于30cm²；

5. 一侧全肺缺失并需胸改术；

6. 肺功能持续重度损害；

7. 持续性心功能不全，心功能四级；

8. 持续性心功能不全，心功能三级伴有不能控制的严重心律失常；

9. 食管闭锁，摄食依赖造瘘；

10. 肝缺损3/4，并有肝功能重度损害；

11. 胆道损伤致肝功能重度损害；

12. 全胰缺失；

13. 小肠缺损大于3/4，普通膳食不能维持营养；

14. 肾功能部分损害不全失代偿；

15. 两侧睾丸、副睾丸缺损；

16. 阴茎缺损或性功能严重障碍；

17. 双侧卵巢缺失；

18. 未育妇女子宫全部缺失或大部分缺损；

19. 四肢瘫，肌力Ⅲ级（三级）或截瘫、偏瘫，肌力Ⅲ级以下，临床判定不能恢复；

20. 双上肢腕关节以上缺失、双侧前臂缺失或双手功能完全丧失，不能装配假肢；

21. 肩、肘、髋、膝关节中有四个以上（含四个）关节功能完全丧失；

22. 重型再生障碍性贫血（Ⅰ型）。

（三）二级丙等医疗事故：存在器官缺失、严重缺损、明显畸形情形之一，有严重功能障碍，可能存在特殊医疗依赖，或生活部分不能自理。例如造成患者下列情形之一的：

1. 面部重度毁容；

2. 单眼球摘除或客观检查无光感，另眼球结构损伤，闪光视觉诱发电位（VEP）>155ms（毫秒），矫正视力<0.05，视野半径<10°；

3. 一侧上颌骨或下颌骨完全缺失，伴颜面部软组织缺损大于30cm²；

4. 同侧上下颌骨完全性缺失；

5. 双侧甲状腺或孤立甲状腺全缺失；

6. 双侧甲状旁腺全缺失；

7. 持续性心功能不全，心功能三级；

8. 持续性心功能不全，心功能二级伴有不能控制的严重心律失常；

9. 全胃缺失；

10. 肝缺损2/3，并肝功能重度损害；

11. 一侧有功能肾缺失或肾功能完全丧失，对侧肾功能不全代偿；

12. 永久性输尿管腹壁造瘘；

13. 膀胱全缺失；

14. 两侧输精管缺损不能修复；

15. 双上肢肌力Ⅳ级（四级），双下肢肌力0级，临床判定不能恢复；

16. 单肢两个大关节（肩、肘、腕、髋、膝、踝）功能完全丧失，不能行关节置换；

17. 一侧上肢肘上缺失或肘、腕、手功能完全丧失，不能手术重建功能或装配假肢；

18. 一手缺失或功能完全丧失，另一手功能丧失50%以上，不能手术重建功能或装配假肢；

19. 一手腕上缺失，另一手拇指缺失，不能手术重建功能或装配假肢；

20. 双手拇、食指均缺失或功能完全丧失无法矫正；

21. 双侧膝关节或者髋关节功能完全丧失，不能行关节置换；

22. 一下肢膝上缺失，无法装配假肢；

23. 重型再生障碍性贫血（Ⅱ型）。

（四）二级丁等医疗事故：存在器官缺失、大部分缺损、畸形情形之一，有严重功能障碍，可能存在一般医疗依赖，生活能自理。例如造成患者下列情形之一的：

1. 中度智能障碍；

2. 难治性癫痫；

3. 完全性失语，伴有神经系统客观检查阳性所见；

4. 双侧重度周围性面瘫；

5. 面部中度毁容或全身瘢痕面积大于70%；

6. 双眼球结构损伤，较好眼闪光视觉诱发电位（VEP）>155ms（毫秒），矫正视力<0.05，视野半径<10°；

7. 双耳经客观检查证实听力在原有基础上损失大于91dbHL（分贝）；

8. 舌缺损大于全舌2/3；

9. 一侧上颌骨缺损1/2，颜面部软组织缺损大于20cm²；

10. 下颌骨缺损长6cm以上的区段，口腔、颜面软组织缺损大于20cm²；

11. 甲状旁腺功能重度损害；

12. 食管狭窄只能进流食；

13. 吞咽功能严重损伤，依赖鼻饲管进食；

14. 肝缺损2/3，功能中度损害；

15. 肝缺损1/2伴有胆道损伤致严重肝功能损害；

16. 胰缺损，胰岛素依赖；

17. 小肠缺损2/3，包括回盲部缺损；

18. 全结肠、直肠、肛门缺失，回肠造瘘；

19. 肾上腺功能明显减退；

20. 大、小便失禁，临床判定不能恢复；

21. 女性双侧乳腺缺失；

22. 单肢肌力Ⅱ级（二级），临床判定不能恢复；

23. 双前臂缺失；

24. 双下肢瘫；

25. 一手缺失或功能完全丧失，另一手功能正常，不能手术重建功能或装配假肢；

26. 双拇指完全缺失或无功能；

27. 双膝以下缺失或无功能，不能手术重建功能或装配假肢；

28. 一侧下肢膝上缺失，不能手术重建功能或装配假肢；

29. 一侧膝以下缺失，另一侧前足缺失，不能手术重建功能或装配假肢；

30. 双足全肌瘫，肌力Ⅱ级（二级），临床判定不能恢复。

三、三级医疗事故

系指造成患者轻度残疾、器官组织损伤导致一般功能障碍。

（一）三级甲等医疗事故：存在器官缺失、大部分缺损、畸形情形之一，有较重功能障碍，可能存在一般医疗依赖，生活能自理。例如造成患者下列情形之一的：

1. 不完全失语并伴有失用、失写、失读、失认之一者，同时有神经系统客观检查阳性所见；

2. 不能修补的脑脊液瘘；

3. 尿崩，有严重离子紊乱，需要长期依赖药物治疗；

4. 面部轻度毁容；

5. 面颊部洞穿性缺损大于 $20cm^2$；

6. 单侧眼球摘除或客观检查无光感，另眼球结构损伤，闪光视觉诱发电位（VEP）>150ms（毫秒），矫正视力 0.05—0.1，视野半径<15°；

7. 双耳经客观检查证实听力在原有基础上损失大于81dbHL（分贝）；

8. 鼻缺损1/3以上；

9. 上唇或下唇缺损大于1/2；

10. 一侧上颌骨缺损1/4或下颌骨缺损长4cm以上区段，伴口腔、颜面软组织缺损

大于 $10cm^2$；

11. 肺功能中度持续损伤；

12. 胃缺损3/4；

13. 肝缺损1/2伴较重功能障碍；

14. 慢性中毒性肝病伴较重功能障碍；

15. 脾缺失；

16. 胰缺损2/3造成内、外分泌腺功能障碍；

17. 小肠缺损2/3，保留回盲部；

18. 尿道狭窄，需定期行尿道扩张术；

19. 直肠、肛门、结肠部分缺损，结肠造瘘；

20. 肛门损伤致排便障碍；

21. 一侧肾缺失或输尿管狭窄，肾功能不全代偿；

22. 不能修复的尿道瘘；

23. 膀胱大部分缺损；

24. 双侧输卵管缺失；

25. 阴道闭锁丧失性功能；

26. 不能修复的Ⅲ度（三度）会阴裂伤；

27. 四肢瘫，肌力Ⅳ级（四级），临床判定不能恢复；

28. 单肢瘫，肌力Ⅲ级（三级），临床判定不能恢复；

29. 肩、肘、腕关节之一功能完全丧失；

30. 利手全肌瘫，肌力Ⅲ级（三级），临床判定不能恢复；

31. 一手拇指缺失，另一手拇指功能丧失50%以上；

32. 一手拇指缺失或无功能，另一手除拇指外三指缺失或无功能，不能手术重建功能；

33. 双下肢肌力Ⅲ级（三级）以下，临床判定不能恢复。大、小便失禁；

34. 下肢双膝以上缺失伴一侧腕上缺失或手功能部分丧失，能装配假肢；

35. 一髋或一膝关节功能完全丧失，不能手术重建功能；

36. 双足全肌瘫，肌力Ⅲ级（三级），临床判定不能恢复；

37. 双前足缺失；

38. 慢性再生障碍性贫血。

（二）三级乙等医疗事故：器官大部分缺损或畸形，有中度功能障碍，可能存在一般医疗依赖，生活能自理。例如造成患者下列情形之一的：

1. 轻度智能减退；

2. 癫痫中度；

3. 不完全性失语，伴有神经系统客观检查阳性所见；

4. 头皮、眉毛完全缺损；

5. 一侧完全性面瘫，对侧不完全性面瘫；

6. 面部重度异常色素沉着或全身瘢痕面积达60%—69%；

7. 面部软组织缺损大于20cm²；

8. 双眼球结构损伤，较好眼闪光视觉诱发电位（VEP）>150ms（毫秒），矫正视力0.05—0.1，视野半径<15°；

9. 双耳经客观检查证实听力损失大于71dBHL（分贝）；

10. 双侧前庭功能丧失，睁眼行走困难，不能并足站立；

11. 甲状腺功能严重损害，依赖药物治疗；

12. 不能控制的严重器质性心律失常；

13. 胃缺损2/3伴轻度功能障碍；

14. 肝缺损1/3伴轻度功能障碍；

15. 胆道损伤伴轻度肝功能障碍；

16. 胰缺损1/2；

17. 小肠缺损1/2（包括回盲部）；

18. 腹壁缺损大于腹壁1/4；

19. 肾上腺皮质功能轻度减退；

20. 双侧睾丸萎缩，血清睾丸酮水平低于正常范围；

21. 非利手全肌瘫，肌力Ⅳ级（四级），临床判定不能恢复，不能手术重建功能；

22. 一拇指完全缺失；

23. 双下肢肌力Ⅳ级（四级），临床判定不能恢复。大、小便失禁；

24. 一髋或一膝关节功能不全；

25. 一侧踝以下缺失或一侧踝关节畸形，功能完全丧失，不能手术重建功能；

26. 双足部分肌瘫，肌力Ⅳ级（四级），临床判定不能恢复，不能手术重建功能；

27. 单足全肌瘫，肌力Ⅳ级（四级），临床判定不能恢复，不能手术重建功能。

（三）三级丙等医疗事故：器官大部分缺损或畸形，有轻度功能障碍，可能存在一般医疗依赖，生活能自理。例如造成患者下列情形之一的：

1. 不完全性失用、失写、失读、失认之一者，伴有神经系统客观检查阳性所见；

2. 全身瘢痕面积50—59%；

3. 双侧中度周围性面瘫，临床判定不能恢复；

4. 双眼球结构损伤，较好眼闪光视觉诱发电位（VEP）>140ms（毫秒），矫正视力0.1—0.3，视野半径<20°；

5. 双耳经客观检查证实听力损失大于56dbHL（分贝）；

6. 喉保护功能丧失，饮食时呛咳并易发生误吸，临床判定不能恢复；

7. 颈颏粘连，影响部分活动；

8. 肺叶缺失伴轻度功能障碍；

9. 持续性心功能不全，心功能二级；

10. 胃缺损1/2伴轻度功能障碍；

11. 肝缺损1/4伴轻度功能障碍；

12. 慢性轻度中毒性肝病伴轻度功能障碍；

13. 胆道损伤，需行胆肠吻合术；

14. 胰缺损1/3伴轻度功能障碍；

15. 小肠缺损1/2伴轻度功能障碍；

16. 结肠大部分缺损；

17. 永久性膀胱造瘘；

18. 未育妇女单侧乳腺缺失；

19. 未育妇女单侧卵巢缺失；

20. 育龄已育妇女双侧输卵管缺失；

21. 育龄已育妇女子宫缺失或部分缺损；

22. 阴道狭窄不能通过二横指；

23. 颈部或腰部活动度丧失 50% 以上；

24. 腕、肘、肩、踝、膝、髋关节之一丧失功能 50% 以上；

25. 截瘫或偏瘫，肌力 IV 级（四级），临床判定不能恢复；

26. 单肢两个大关节（肩、肘、腕、髋、膝、踝）功能部分丧失，能行关节置换；

27. 一侧肘上缺失或肘、腕、手功能部分丧失，可以手术重建功能或装配假肢；

28. 一手缺失或功能部分丧失，另一手功能丧失 50% 以上，可以手术重建功能或装配假肢；

29. 一手腕上缺失，另一手拇指缺失，可以手术重建功能或装配假肢；

30. 利手全肌瘫，肌力 IV 级（四级），临床判定不能恢复；

31. 单手部分肌瘫，肌力 III 级（三级），临床判定不能恢复；

32. 除拇指外 3 指缺失或功能完全丧失；

33. 双下肢长度相差 4cm 以上；

34. 双侧膝关节或者髋关节功能部分丧失，可以行关节置换；

35. 单侧下肢膝上缺失，可以装配假肢；

36. 双足部分肌瘫，肌力 III 级（三级），临床判定不能恢复；

37. 单足全肌瘫，肌力 III 级（三级），临床判定不能恢复。

（四）三级丁等医疗事故：器官部分缺损或畸形，有轻度功能障碍，无医疗依赖，生活能自理。例如造成患者下列情形之一的：

1. 边缘智能；

2. 发声及言语困难；

3. 双眼结构损伤，较好眼闪光视觉诱发电位（VEP）>130ms（毫秒），矫正视力 0.3—0.5，视野半径 <30°；

4. 双耳经客观检查证实听力损失大于 41dbHL（分贝）或单耳大于 91dbHL（分贝）；

5. 耳郭缺损 2/3 以上；

6. 器械或异物误入呼吸道需行肺段切除术；

7. 甲状旁腺功能轻度损害；

8. 肺段缺损，轻度持续肺功能障碍；

9. 腹壁缺损小于 1/4；

10. 一侧肾上腺缺失伴轻度功能障碍；

11. 一侧睾丸、附睾缺失伴轻度功能障碍；

12. 一侧输精管缺损，不能修复；

13. 一侧卵巢缺失，一侧输卵管缺失；

14. 一手缺失或功能完全丧失，另一手功能正常，可以手术重建功能及装配假肢；

15. 双大腿肌力近 V 级（五级），双小腿肌力 III 级（三级）以下，临床判定不能恢复。大、小便轻度失禁；

16. 双膝以下缺失或无功能，可以手术重建功能或装配假肢；

17. 单侧下肢膝上缺失，可以手术重建功能或装配假肢；

18. 一侧膝以下缺失，另一侧前足缺失，可以手术重建功能或装配假肢。

（五）三级戊等医疗事故：器官部分缺损或畸形，有轻微功能障碍，无医疗依赖，生活能自理。例如造成患者下列情形之一的：

1. 脑叶缺失后轻度智力障碍；

2. 发声或言语不畅；

3. 双眼结构损伤，较好眼闪光视觉诱发电位（VEP）>120ms（毫秒），矫正视力 <0.6，视野半径 <50°；

4. 泪器损伤，手术无法改进溢泪；

5. 双耳经客观检查证实听力在原有基础上损失大于 31dbHL（分贝）或一耳听力在原有基础上损失大于 71dbHL（分贝）；

6. 耳郭缺损大于 1/3 而小于 2/3；

7. 甲状腺功能低下；

8. 支气管损伤需行手术治疗；

9. 器械或异物误入消化道，需开腹取出；

10. 一拇指指关节功能不全；

11. 双小腿肌力 IV 级（四级），临床判定不能恢复。大、小便轻度失禁；

12. 手术后当时引起脊柱侧弯 30 度以上；

13. 手术后当时引起脊柱后凸成角（胸段大于 60 度，胸腰段大于 30 度，腰段大于 20 度以上）；

14. 原有脊柱、躯干或肢体畸形又严重加重；

15. 损伤重要脏器，修补后功能有轻微障碍。

四、四级医疗事故

系指造成患者明显人身损害的其他后果的医疗事故。例如造成患者下列情形之一的：

1. 双侧轻度不完全性面瘫，无功能障碍；

2. 面部轻度色素沉着或脱失；

3. 一侧眼睑有明显缺损或外翻；

4. 拔除健康恒牙；

5. 器械或异物误入呼吸道或消化道，需全麻后内窥镜下取出；

6. 口周及颜面软组织轻度损伤；

7. 非解剖变异等因素，拔除上颌后牙时牙根或异物进入上颌窦需手术取出；

8. 组织、器官轻度损伤，行修补术后无功能障碍；

9. 一拇指末节 1/2 缺损；

10. 一手除拇指、食指外，有两指近侧指间关节无功能；

11. 一足拇趾末节缺失；

12. 软组织内异物滞留；

13. 体腔遗留异物已包裹，无需手术取出，无功能障碍；

14. 局部注射造成组织坏死，成人大于体表面积 2%，儿童大于体表面积 5%；

15. 剖宫产术引起胎儿损伤；

16. 产后胎盘残留引起大出血，无其他并发症。

医疗事故技术鉴定暂行办法

（2002 年 7 月 31 日卫生部令第 30 号公布 自 2002 年 9 月 1 日起施行）

第一章 总 则

第一条 为规范医疗事故技术鉴定工作，确保医疗事故技术鉴定工作有序进行，依据《医疗事故处理条例》的有关规定制定本办法。

第二条 医疗事故技术鉴定工作应当按照程序进行，坚持实事求是的科学态度，做到事实清楚、定性准确、责任明确。

第三条 医疗事故技术鉴定分为首次鉴定和再次鉴定。

设区的市级和省、自治区、直辖市直接管辖的县（市）级地方医学会负责组织专家鉴定组进行首次医疗事故技术鉴定工作。

省、自治区、直辖市地方医学会负责组织医疗事故争议的再次鉴定工作。

负责组织医疗事故技术鉴定工作的医学会（以下简称医学会）可以设立医疗事故技术鉴定工作办公室，具体负责有关医疗事故技术鉴定的组织和日常工作。

第四条 医学会组织专家鉴定组，依照医疗卫生管理法律、行政法规、部门规章和诊疗护理技术操作规范、常规，运用医学科学原理和专业知识，独立进行医疗事故技术鉴定。

第二章 专家库的建立

第五条 医学会应当建立专家库。专家库应当依据学科专业组名录设置学科专业组。

医学会可以根据本地区医疗工作和医疗事故技术鉴定实际，对本专家库学科专业组设立予以适当增减和调整。

第六条 具备下列条件的医疗卫生专业技术人员可以成为专家库候选人：

（一）有良好的业务素质和执业品德；

（二）受聘于医疗卫生机构或者医学教学、科研机构并担任相应专业高级技术职务3年以上；

（三）健康状况能够胜任医疗事故技术鉴定工作。

符合前款（一）、（三）项规定条件并具备高级技术职务任职资格的法医可以受聘进入专家库。

负责首次医疗事故技术鉴定工作的医学会原则上聘请本行政区域内的专家建立专家库；当本行政区域内的专家不能满足建立专家库需要时，可以聘请本省、自治区、直辖市范围内的专家进入本专家库。

负责再次医疗事故技术鉴定工作的医学会原则上聘请本省、自治区、直辖市范围内的专家建立专家库；当本省、自治区、直辖市范围内的专家不能满足建立专家库需要时，可以聘请其他省、自治区、直辖市的专家进入本专家库。

第七条 医疗卫生机构或医学教学、科研机构、同级的医药卫生专业学会应当按照医学会要求，推荐专家库成员候选人；符合条件的个人经所在单位同意后也可以直接向组建专家库的医学会申请。

医学会对专家库成员候选人进行审核。审核合格的，予以聘任，并发给中华医学会统一格式的聘书。

符合条件的医疗卫生专业技术人员和法医，有义务受聘进入专家库。

第八条 专家库成员聘用期为4年。在聘用期间出现下列情形之一的，应当由专家库成员所在单位及时报告医学会，医学会应根据实际情况及时进行调整：

（一）因健康原因不能胜任医疗事故技术鉴定的；

（二）变更受聘单位或被解聘的；

（三）不具备完全民事行为能力的；

（四）受刑事处罚的；

（五）省级以上卫生行政部门规定的其他情形。

聘用期满需继续聘用的，由医学会重新审核、聘用。

第三章 鉴定的提起

第九条 双方当事人协商解决医疗事故争议，需进行医疗事故技术鉴定的，应共同书面委托医疗机构所在地负责首次医疗事故技术鉴定工作的医学会进行医疗事故技术鉴定。

第十条 县级以上地方人民政府卫生行政部门接到医疗机构关于重大医疗过失行为的报告或者医疗事故争议当事人要求处理医疗事故争议的申请后，对需要进行医疗事故技术鉴定的，应当书面移交负责首次医疗事故技术鉴定工作的医学会组织鉴定。

第十一条 协商解决医疗事故争议涉及多个医疗机构的，应当由涉及的所有医疗机构与患者共同委托其中任何一所医疗机构所在地负责组织首次医疗事故技术鉴定工作的医学会进行医疗事故技术鉴定。

医疗事故争议涉及多个医疗机构，当事人申请卫生行政部门处理的，只可以向其中一所医疗机构所在地卫生行政部门提出处理申请。

第四章 鉴定的受理

第十二条 医学会应当自受理医疗事故技术鉴定之日起5日内，通知医疗事故争议双方当事人按照《医疗事故处理条例》第二十八条规定提交医疗事故技术鉴定所需的材料。

当事人应当自收到医学会的通知之日起

10 日内提交有关医疗事故技术鉴定的材料、书面陈述及答辩。

对不符合受理条件的，医学会不予受理。不予受理的，医学会应说明理由。

第十三条 有下列情形之一的，医学会不予受理医疗事故技术鉴定：

（一）当事人一方直接向医学会提出鉴定申请的；

（二）医疗事故争议涉及多个医疗机构，其中一所医疗机构所在地的医学会已经受理的；

（三）医疗事故争议已经人民法院调解达成协议或判决的；

（四）当事人已向人民法院提起民事诉讼的（司法机关委托的除外）；

（五）非法行医造成患者身体健康损害的；

（六）卫生部规定的其他情形。

第十四条 委托医学会进行医疗事故技术鉴定，应当按规定缴纳鉴定费。

第十五条 双方当事人共同委托医疗事故技术鉴定的，由双方当事人协商预先缴纳鉴定费。

卫生行政部门移交进行医疗事故技术鉴定的，由提出医疗事故争议处理的当事人预先缴纳鉴定费。经鉴定属于医疗事故的，鉴定费由医疗机构支付；经鉴定不属于医疗事故的，鉴定费由提出医疗事故争议处理申请的当事人支付。

县级以上地方人民政府卫生行政部门接到医疗机构关于重大医疗过失行为的报告后，对需要移交医学会进行医疗事故技术鉴定的，鉴定费由医疗机构支付。

第十六条 有下列情形之一的，医学会中止组织医疗事故技术鉴定：

（一）当事人未按规定提交有关医疗事故技术鉴定材料的；

（二）提供的材料不真实的；

（三）拒绝缴纳鉴定费的；

（四）卫生部规定的其他情形。

第五章 专家鉴定组的组成

第十七条 医学会应当根据医疗事故争议所涉及的学科专业，确定专家鉴定组的构成和人数。

专家鉴定组组成人数应为 3 人以上单数。

医疗事故争议涉及多学科专业的，其中主要学科专业的专家不得少于专家鉴定组成员的 1/2。

第十八条 医学会应当提前通知双方当事人，在指定时间、指定地点，从专家库相关学科专业组中随机抽取专家鉴定组成员。

第十九条 医学会主持双方当事人抽取专家鉴定组成员前，应当将专家库相关学科专业组中专家姓名、专业、技术职务、工作单位告知双方当事人。

第二十条 当事人要求专家库成员回避的，应当说明理由。符合下列情形之一的，医学会应当将回避的专家名单撤出，并经当事人签字确认后记录在案：

（一）医疗事故争议当事人或者当事人的近亲属的；

（二）与医疗事故争议有利害关系的；

（三）与医疗事故争议当事人有其他关系，可能影响公正鉴定的。

第二十一条 医学会对当事人准备抽取的专家进行随机编号，并主持双方当事人随机抽取相同数量的专家编号，最后一个专家由医学会随机抽取。

双方当事人还应当按照上款规定的方法各自随机抽取一个专家作为候补。

涉及死因、伤残等级鉴定的，应当按照前款规定由双方当事人各自随机抽取一名法医参加鉴定组。

第二十二条 随机抽取结束后，医学会当场向双方当事人公布所抽取的专家鉴定组成员和候补成员的编号并记录在案。

第二十三条 现有专家库成员不能满足鉴定工作需要时，医学会应当向双方当事人说明，并经双方当事人同意，可以从本省、自治区、直辖市其他医学会专家库中抽取相关学科专业组的专家参加专家鉴定组；本省、自治区、直辖市医学会专家库成员不能满足鉴定工作需要时，可以从其他省、自治区、直辖市医学会专家库中抽取相关学科专业组的专家参加专家鉴定组。

第二十四条 从其他医学会建立的专家库中抽取的专家无法到场参加医疗事故技术鉴定，可以以函件的方式提出鉴定意见。

第二十五条 专家鉴定组成员确定后，在双方当事人共同在场的情况下，由医学会对封存的病历资料启封。

第二十六条 专家鉴定组应当认真审查双方当事人提交的材料，妥善保管鉴定材料，保护患者的隐私，保守有关秘密。

第六章 医疗事故技术鉴定

第二十七条 医学会应当自接到双方当事人提交的有关医疗事故技术鉴定的材料、书面陈述及答辩之日起45日内组织鉴定并出具医疗事故技术鉴定书。

第二十八条 医学会可以向双方当事人和其他相关组织、个人进行调查取证，进行调查取证时不得少于2人。调查取证结束后，调查人员和调查对象应当在有关文书上签字。如调查对象拒绝签字的，应当记录在案。

第二十九条 医学会应当在医疗事故技术鉴定7日前，将鉴定的时间、地点、要求等书面通知双方当事人。双方当事人应当按照通知的时间、地点、要求参加鉴定。

参加医疗事故技术鉴定的双方当事人每一方人数不超过3人。

任何一方当事人无故缺席、自行退席或拒绝参加鉴定的，不影响鉴定的进行。

第三十条 医学会应当在医疗事故技术鉴定7日前书面通知专家鉴定组成员。专家鉴定组成员接到医学会通知后认为自己应当回避的，应当于接到通知时及时提出书面回避申请，并说明理由；因其他原因无法参加医疗

事故技术鉴定的，应当于接到通知时及时书面告知医学会。

第三十一条 专家鉴定组成员因回避或因其他原因无法参加医疗事故技术鉴定时，医学会应当通知相关学科专业组候补成员参加医疗事故技术鉴定。

专家鉴定组成员因不可抗力因素未能及时告知医学会不能参加鉴定或虽告知但医学会无法按规定组成专家鉴定组的，医疗事故技术鉴定可以延期进行。

第三十二条 专家鉴定组组长由专家鉴定组成员推选产生，也可以由医疗事故争议所涉及的主要学科专家中具有最高专业技术职务任职资格的专家担任。

第三十三条 鉴定由专家鉴定组组长主持，并按照以下程序进行：

（一）双方当事人在规定的时间内分别陈述意见和理由。陈述顺序先患方，后医疗机构；

（二）专家鉴定组成员根据需要可以提问，当事人应当如实回答。必要时，可以对患者进行现场医学检查；

（三）双方当事人退场；

（四）专家鉴定组对双方当事人提供的书面材料、陈述及答辩等进行讨论；

（五）经合议，根据半数以上专家鉴定组成员的一致意见形成鉴定结论。专家鉴定组成员在鉴定结论上签名。专家鉴定组成员对鉴定结论的不同意见，应当予以注明。

第三十四条 医疗事故技术鉴定书应当根据鉴定结论作出，其文稿由专家鉴定组组长签发。

医疗事故技术鉴定书盖医学会医疗事故技术鉴定专用印章。

医学会应当及时将医疗事故技术鉴定书送达移交鉴定的卫生行政部门，经卫生行政部门审核，对符合规定作出的医疗事故技术鉴定结论，应当及时送达双方当事人；由双方当事人共同委托的，直接送达双方当事人。

第三十五条 医疗事故技术鉴定书应当包括下列主要内容:

(一)双方当事人的基本情况及要求;

(二)当事人提交的材料和医学会的调查材料;

(三)对鉴定过程的说明;

(四)医疗行为是否违反医疗卫生管理法律、行政法规、部门规章和诊疗护理规范、常规;

(五)医疗过失行为与人身损害后果之间是否存在因果关系;

(六)医疗过失行为在医疗事故损害后果中的责任程度;

(七)医疗事故等级;

(八)对医疗事故患者的医疗护理医学建议。

经鉴定为医疗事故的,鉴定结论应当包括上款(四)至(八)项内容;经鉴定不属于医疗事故的,应当在鉴定结论中说明理由。

医疗事故技术鉴定书格式由中华医学会统一制定。

第三十六条 专家鉴定组应当综合分析医疗过失行为在导致医疗事故损害后果中的作用、患者原有疾病状况等因素,判定医疗过失行为的责任程度。医疗事故中医疗过失行为责任程度分为:

(一)完全责任,指医疗事故损害后果完全由医疗过失行为造成。

(二)主要责任,指医疗事故损害后果主要由医疗过失行为造成,其他因素起次要作用。

(三)次要责任,指医疗事故损害后果主要由其他因素造成,医疗过失行为起次要作用。

(四)轻微责任,指医疗事故损害后果绝大部分由其他因素造成,医疗过失行为起轻微作用。

第三十七条 医学会参加医疗事故技术鉴定会的工作人员,应如实记录鉴定会过程和专家的意见。

第三十八条 因当事人拒绝配合,无法进行医疗事故技术鉴定的,应当终止本次鉴定,由医学会告知移交鉴定的卫生行政部门或共同委托鉴定的双方当事人,说明不能鉴定的原因。

第三十九条 医学会对经卫生行政部门审核认为参加鉴定的人员资格和专业类别或者鉴定程序不符合规定,需要重新鉴定的,应当重新组织鉴定。重新鉴定时不得收取鉴定费。

如参加鉴定的人员资格和专业类别不符合规定的,应当重新抽取专家,组成专家鉴定组进行重新鉴定。

如鉴定的程序不符合规定而参加鉴定的人员资格和专业类别符合规定的,可以由原专家鉴定组进行重新鉴定。

第四十条 任何一方当事人对首次医疗事故技术鉴定结论不服的,可以自收到首次医疗事故技术鉴定书之日起15日内,向原受理医疗事故争议处理申请的卫生行政部门提出再次鉴定的申请,或由双方当事人共同委托省、自治区、直辖市医学会组织再次鉴定。

第四十一条 县级以上地方人民政府卫生行政部门对发生医疗事故的医疗机构和医务人员进行行政处理时,应当以最后的医疗事故技术鉴定结论作为处理依据。

第四十二条 当事人对鉴定结论无异议,负责组织医疗事故技术鉴定的医学会应当及时将收到的鉴定材料中的病历资料原件等退还当事人,并保留有关复印件。

当事人提出再次鉴定申请的,负责组织首次医疗事故技术鉴定的医学会应当及时将收到的鉴定材料移送负责组织再次医疗事故技术鉴定的医学会。

第四十三条 医学会应当将专家鉴定组成员签名的鉴定结论、由专家鉴定组组长签发的医疗事故技术鉴定书文稿和复印或者复制的有关病历资料等存档,保存期限不得少于20年。

第四十四条 在受理医患双方共同委托医疗事故技术鉴定后至专家鉴定组作出鉴定结论前，双方当事人或者一方当事人提出停止鉴定的，医疗事故技术鉴定终止。

第四十五条 医学会应当于每年3月31日前将上一年度医疗事故技术鉴定情况报同级卫生行政部门。

第七章 附 则

第四十六条 必要时，对疑难、复杂并在全国有重大影响的医疗事故争议，省级卫生行政部门可以商请中华医学会组织医疗事故技术鉴定。

第四十七条 本办法由卫生部负责解释。

第四十八条 本办法自2002年9月1日起施行。

医院感染管理办法

（2006年7月6日卫生部令第48号发布 自2006年9月1日起施行）

第一章 总 则

第一条 为加强医院感染管理，有效预防和控制医院感染，提高医疗质量，保证医疗安全，根据《传染病防治法》、《医疗机构管理条例》和《突发公共卫生事件应急条例》等法律、行政法规的规定，制定本办法。

第二条 医院感染管理是各级卫生行政部门、医疗机构及医务人员针对诊疗活动中存在的医院感染、医源性感染及相关的危险因素进行的预防、诊断和控制活动。

第三条 各级各类医疗机构应当严格按照本办法的规定实施医院感染管理工作。

医务人员的职业卫生防护，按照《职业病防治法》及其配套规章和标准的有关规定执行。

第四条 卫生部负责全国医院感染管理的监督管理工作。

县级以上地方人民政府卫生行政部门负责本行政区域内医院感染管理的监督管理工作。

第二章 组织管理

第五条 各级各类医疗机构应当建立医院感染管理责任制，制定并落实医院感染管理的规章制度和工作规范，严格执行有关技术操作规范和工作标准，有效预防和控制医院感染，防止传染病病原体、耐药菌、条件致病菌及其他病原微生物的传播。

第六条 住院床位总数在100张以上的医院应当设立医院感染管理委员会和独立的医院感染管理部门。

住院床位总数在100张以下的医院应当指定分管医院感染管理工作的部门。

其他医疗机构应当有医院感染管理专（兼）职人员。

第七条 医院感染管理委员会由医院感染管理部门、医务部门、护理部门、临床科室、消毒供应室、手术室、临床检验部门、药事管理部门、设备管理部门、后勤管理部门及其他有关部门的主要负责人组成，主任委员由医院院长或者主管医疗工作的副院长担任。

医院感染管理委员会的职责是：

（一）认真贯彻医院感染管理方面的法律法规及技术规范、标准，制定本医院预防和控制医院感染的规章制度、医院感染诊断标准并监督实施；

（二）根据预防医院感染和卫生学要求，对本医院的建筑设计、重点科室建设的基本标准、基本设施和工作流程进行审查并提出意见；

（三）研究并确定本医院的医院感染管理工作计划，并对计划的实施进行考核和评价；

（四）研究并确定本医院的医院感染重点部门、重点环节、重点流程、危险因素以及采取的干预措施，明确各有关部门、人员

在预防和控制医院感染工作中的责任;

(五) 研究并制定本医院发生医院感染暴发及出现不明原因传染性疾病或者特殊病原体感染病例等事件时的控制预案;

(六) 建立会议制度,定期研究、协调和解决有关医院感染管理方面的问题;

(七) 根据本医院病原体特点和耐药现状,配合药事管理委员会提出合理使用抗菌药物的指导意见;

(八) 其他有关医院感染管理的重要事宜。

第八条 医院感染管理部门、分管部门及医院感染管理专(兼)职人员具体负责医院感染预防与控制方面的管理和业务工作。主要职责是:

(一) 对有关预防和控制医院感染管理规章制度的落实情况进行检查和指导;

(二) 对医院感染及其相关危险因素进行监测、分析和反馈,针对问题提出控制措施并指导实施;

(三) 对医院感染发生状况进行调查、统计分析,并向医院感染管理委员会或者医疗机构负责人报告;

(四) 对医院的清洁、消毒灭菌与隔离、无菌操作技术、医疗废物管理等工作提供指导;

(五) 对传染病的医院感染控制工作提供指导;

(六) 对医务人员有关预防医院感染的职业卫生安全防护工作提供指导;

(七) 对医院感染暴发事件进行报告和调查分析,提出控制措施并协调、组织有关部门进行处理;

(八) 对医务人员进行预防和控制医院感染的培训工作;

(九) 参与抗菌药物临床应用的管理工作;

(十) 对消毒药械和一次性使用医疗器械、器具的相关证明进行审核;

(十一) 组织开展医院感染预防与控制方面的科研工作;

(十二) 完成医院感染管理委员会或者医疗机构负责人交办的其他工作。

第九条 卫生部成立医院感染预防与控制专家组,成员由医院感染管理、疾病控制、传染病学、临床检验、流行病学、消毒学、临床药学、护理学等专业的专家组成。主要职责是:

(一) 研究起草有关医院感染预防与控制、医院感染诊断的技术性标准和规范;

(二) 对全国医院感染预防与控制工作进行业务指导;

(三) 对全国医院感染发生状况及危险因素进行调查、分析;

(四) 对全国重大医院感染事件进行调查和业务指导;

(五) 完成卫生部交办的其他工作。

第十条 省级人民政府卫生行政部门成立医院感染预防与控制专家组,负责指导本地区医院感染预防与控制的技术性工作。

第三章 预防与控制

第十一条 医疗机构应当按照有关医院感染管理的规章制度和技术规范,加强医院感染的预防与控制工作。

第十二条 医疗机构应当按照《消毒管理办法》,严格执行医疗器械、器具的消毒工作技术规范,并达到以下要求:

(一) 进入人体组织、无菌器官的医疗器械、器具和物品必须达到灭菌水平;

(二) 接触皮肤、粘膜的医疗器械、器具和物品必须达到消毒水平;

(三) 各种用于注射、穿刺、采血等有创操作的医疗器具必须一用一灭菌。

医疗机构使用的消毒药械、一次性医疗器械和器具应当符合国家有关规定。一次性使用的医疗器械、器具不得重复使用。

第十三条 医疗机构应当制定具体措施,保证医务人员的手卫生、诊疗环境条件、无菌操作技术和职业卫生防护工作符合规定要求，对医院感染的危险因素进行控制。

第十四条 医疗机构应当严格执行隔离技术规范，根据病原体传播途径，采取相应的隔离措施。

第十五条 医疗机构应当制定医务人员职业卫生防护工作的具体措施，提供必要的防护物品，保障医务人员的职业健康。

第十六条 医疗机构应当严格按照《抗菌药物临床应用指导原则》，加强抗菌药物临床使用和耐药菌监测管理。

第十七条 医疗机构应当按照医院感染诊断标准及时诊断医院感染病例，建立有效的医院感染监测制度，分析医院感染的危险因素，并针对导致医院感染的危险因素，实施预防与控制措施。

医疗机构应当及时发现医院感染病例和医院感染的暴发，分析感染源、感染途径，采取有效的处理和控制措施，积极救治患者。

第十八条 医疗机构经调查证实发生以下情形时，应当于 12 小时内向所在地的县级地方人民政府卫生行政部门报告，并同时向所在地疾病预防控制机构报告。所在地的县级地方人民政府卫生行政部门确认后，应当于 24 小时内逐级上报至省人民政府卫生行政部门。省人民政府卫生行政部门审核后，应当在 24 小时内上报至卫生部：

（一）5 例以上医院感染暴发；

（二）由于医院感染暴发直接导致患者死亡；

（三）由于医院感染暴发导致 3 人以上人身损害后果。

第十九条 医疗机构发生以下情形时，应当按照《国家突发公共卫生事件相关信息报告管理工作规范（试行）》的要求进行报告：

（一）10 例以上的医院感染暴发事件；

（二）发生特殊病原体或者新发病原体的医院感染；

（三）可能造成重大公共影响或者严重后果的医院感染。

第二十条 医疗机构发生的医院感染属于法定传染病的，应当按照《中华人民共和国传染病防治法》和《国家突发公共卫生事件应急预案》的规定进行报告和处理。

第二十一条 医疗机构发生医院感染暴发时，所在地的疾病预防控制机构应当及时进行流行病学调查，查找感染源、感染途径、感染因素，采取控制措施，防止感染源的传播和感染范围的扩大。

第二十二条 卫生行政部门接到报告，应当根据情况指导医疗机构进行医院感染的调查和控制工作，并可以组织提供相应的技术支持。

第四章 人员培训

第二十三条 各级卫生行政部门和医疗机构应当重视医院感染管理的学科建设，建立专业人才培养制度，充分发挥医院感染专业技术人员在预防和控制医院感染工作中的作用。

第二十四条 省级人民政府卫生行政部门应当建立医院感染专业人员岗位规范化培训和考核制度，加强继续教育，提高医院感染专业人员的业务技术水平。

第二十五条 医疗机构应当制定对本机构工作人员的培训计划，对全体工作人员进行医院感染相关法律法规、医院感染管理相关工作规范和标准、专业技术知识的培训。

第二十六条 医院感染专业人员应当具备医院感染预防与控制工作的专业知识，并能够承担医院感染管理和业务技术工作。

第二十七条 医务人员应当掌握与本职工作相关的医院感染预防与控制方面的知识，落实医院感染管理规章制度、工作规范和要求。工勤人员应当掌握有关预防和控制医院感染的基础卫生学和消毒隔离知识，并在工作中正确运用。

第五章 监督管理

第二十八条 县级以上地方人民政府卫生行

政部门应当按照有关法律法规和本办法的规定，对所辖区域的医疗机构进行监督检查。

第二十九条 对医疗机构监督检查的主要内容是：

（一）医院感染管理的规章制度及落实情况；

（二）针对医院感染危险因素的各项工作和控制措施；

（三）消毒灭菌与隔离、医疗废物管理及医务人员职业卫生防护工作状况；

（四）医院感染病例和医院感染暴发的监测工作情况；

（五）现场检查。

第三十条 卫生行政部门在检查中发现医疗机构存在医院感染隐患时，应当责令限期整改或者暂时关闭相关科室或者暂停相关诊疗科目。

第三十一条 医疗机构对卫生行政部门的检查、调查取证等工作，应当予以配合，不得拒绝和阻碍，不得提供虚假材料。

第六章 罚 则

第三十二条 县级以上地方人民政府卫生行政部门未按照本办法的规定履行监督管理和对医院感染暴发事件的报告、调查处理职责，造成严重后果的，对卫生行政主管部门主要负责人、直接责任人和相关责任人予以降级或者撤职的行政处分。

第三十三条 医疗机构违反本办法，有下列行为之一的，由县级以上地方人民政府卫生行政部门责令改正，逾期不改的，给予警告并通报批评；情节严重的，对主要负责人和直接责任人给予降级或者撤职的行政处分：

（一）未建立或者未落实医院感染管理的规章制度、工作规范；

（二）未设立医院感染管理部门、分管部门以及指定专（兼）职人员负责医院感染预防与控制工作；

（三）违反对医疗器械、器具的消毒工作技术规范；

（四）违反无菌操作技术规范和隔离技术规范；

（五）未对消毒药械和一次性医疗器械、器具的相关证明进行审核；

（六）未对医务人员职业暴露提供职业卫生防护。

第三十四条 医疗机构违反本办法规定，未采取预防和控制措施或者发生医院感染未及时采取控制措施，造成医院感染暴发、传染病传播或者其他严重后果的，对负有责任的主管人员和直接责任人员给予降级、撤职、开除的行政处分；情节严重的，依照《传染病防治法》第六十九条规定，可以依法吊销有关责任人员的执业证书；构成犯罪的，依法追究刑事责任。

第三十五条 医疗机构发生医院感染暴发事件未按本办法规定报告的，由县级以上地方人民政府卫生行政部门通报批评；造成严重后果的，对负有责任的主管人员和其他直接责任人员给予降级、撤职、开除的处分。

第七章 附 则

第三十六条 本办法中下列用语的含义：

（一）医院感染：指住院病人在医院内获得的感染，包括在住院期间发生的感染和在医院内获得出院后发生的感染，但不包括入院前已开始或者入院时已处于潜伏期的感染。医院工作人员在医院内获得的感染也属医院感染。

（二）医源性感染：指在医学服务中，因病原体传播引起的感染。

（三）医院感染暴发：是指在医疗机构或其科室的患者中，短时间内发生3例以上同种同源感染病例的现象。

（四）消毒：指用化学、物理、生物的方法杀灭或者消除环境中的病原微生物。

（五）灭菌：杀灭或者消除传播媒介上的一切微生物，包括致病微生物和非致病微生物，也包括细菌芽胞和真菌孢子。

第三十七条 中国人民解放军医疗机构的医

院感染管理工作，由中国人民解放军卫生部门归口管理。

第三十八条 采供血机构与疾病预防控制机构的医源性感染预防与控制管理参照本办法。

第三十九条 本办法自 2006 年 9 月 1 日起施行，原 2000 年 11 月 30 日颁布的《医院感染管理规范（试行）》同时废止。

消毒管理办法

(2002 年 3 月 28 日卫生部令第 27 号发布 自 2002 年 7 月 1 日起施行)

第一章 总 则

第一条 为了加强消毒管理，预防和控制感染性疾病的传播，保障人体健康，根据《中华人民共和国传染病防治法》及其实施办法的有关规定，制定本办法。

第二条 本办法适用于医疗卫生机构、消毒服务机构以及从事消毒产品生产、经营活动的单位和个人。

其他需要消毒的场所和物品管理也适用于本办法。

第三条 卫生部主管全国消毒监督管理工作。

铁路、交通卫生主管机构依照本办法负责本系统的消毒监督管理工作。

第二章 消毒的卫生要求

第四条 医疗卫生机构应当建立消毒管理组织，制定消毒管理制度，执行国家有关规范、标准和规定，定期开展消毒与灭菌效果检测工作。

第五条 医疗卫生机构工作人员应当接受消毒技术培训、掌握消毒知识，并按规定严格执行消毒隔离制度。

第六条 医疗卫生机构使用的进入人体组织或无菌器官的医疗用品必须达到灭菌要求。

各种注射、穿刺、采血器具应当一人一用一灭菌。凡接触皮肤、粘膜的器械和用品必须达到消毒要求。

医疗卫生机构使用的一次性使用医疗用品用后应当及时进行无害化处理。

第七条 医疗卫生机构购进消毒产品必须建立并执行进货检查验收制度。

第八条 医疗卫生机构的环境、物品应当符合国家有关规范、标准和规定。排放废弃的污水、污物应当按照国家有关规定进行无害化处理。运送传染病病人及其污染物品的车辆、工具必须随时进行消毒处理。

第九条 医疗卫生机构发生感染性疾病暴发、流行时，应当及时报告当地卫生行政部门，并采取有效消毒措施。

第十条 加工、出售、运输被传染病病原体污染或者来自疫区可能被传染病病原体污染的皮毛，应当进行消毒处理。

第十一条 托幼机构应当健全和执行消毒管理制度，对室内空气、餐（饮）具、毛巾、玩具和其他幼儿活动的场所及接触的物品定期进行消毒。

第十二条 出租衣物及洗涤衣物的单位和个人，应当对相关物品及场所进行消毒。

第十三条 从事致病微生物实验的单位应当执行有关的管理制度、操作规程，对实验的器材、污染物品等按规定进行消毒，防止实验室感染和致病微生物的扩散。

第十四条 殡仪馆、火葬场内与遗体接触的物品及运送遗体的车辆应当及时消毒。

第十五条 招用流动人员 200 人以上的用工单位，应当对流动人员集中生活起居的场所及使用的物品定期进行消毒。

第十六条 疫源地的消毒应当执行国家有关规范、标准和规定。

第十七条 公共场所、食品、生活饮用水、血液制品的消毒管理，按有关法律、法规的规定执行。

第三章 消毒产品的生产经营

第十八条 消毒产品应当符合国家有关规范、标准和规定。

第十九条 消毒产品的生产应当符合国家有关规范、标准和规定，对生产的消毒产品应当进行检验，不合格者不得出厂。

第二十条 消毒剂、消毒器械、卫生用品和一次性使用医疗用品的生产企业应当取得所在地省级卫生行政部门发放的卫生许可证后，方可从事消毒产品的生产。

第二十一条 省级卫生行政部门应当自受理消毒产品生产企业的申请之日起 1 个月内作出是否批准的决定。对符合《消毒产品生产企业卫生规范》要求的，发给卫生许可证；对不符合的，不予批准，并说明理由。

第二十二条 消毒产品生产企业卫生许可证编号格式为：（省、自治区、直辖市简称）卫消证字（发证年份）第 XXXX 号。

消毒产品生产企业卫生许可证的生产项目分为消毒剂类、消毒器械类、卫生用品类和一次性使用医疗用品类。

第二十三条 消毒产品生产企业卫生许可证有效期为 4 年，每年复核一次。

消毒产品生产企业卫生许可证有效期满前 3 个月，生产企业应当向原发证机关申请换发卫生许可证。经审查符合要求的，换发新证。新证延用原卫生许可证编号。

第二十四条 消毒产品生产企业迁移厂址或者另设分厂（车间），应当按本办法规定向生产场所所在地的省级卫生行政部门申请消毒产品生产企业卫生许可证。

产品包装上标注的厂址、卫生许可证号应当是实际生产地址和其卫生许可证号。

第二十五条 取得卫生许可证的消毒产品生产企业变更企业名称、法定代表人或者生产类别的，应当向原发证机关提出申请，经审查同意，换发新证。新证延用原卫生许可证编号。

第二十六条 卫生用品和一次性使用医疗用品在投放市场前应当向省级卫生行政部门备案。备案时按照卫生部制定的卫生用品和一次性使用医疗用品备案管理规定的要求提交资料。

省级卫生行政部门自受理申请之日起 15 日内对符合要求的，发给备案凭证。备案文号格式为：（省、自治区、直辖市简称）卫消备字（发证年份）第 XXXX 号。不予备案的，应当说明理由。

备案凭证在全国范围内有效。

第二十七条 进口卫生用品和一次性使用医疗用品在首次进入中国市场销售前应当向卫生部备案。备案时按照卫生部制定的卫生用品和一次性使用医疗用品备案管理规定的要求提交资料。必要时，卫生部可以对生产企业进行现场审核。

卫生部自受理申请之日起 15 日内对符合要求的，发给备案凭证。备案文号格式为：卫消备进字（发证年份）第 XXXX 号。不予备案的，应当说明理由。

第二十八条 生产消毒剂、消毒器械应当按照本办法规定取得卫生部颁发的消毒剂、消毒器械卫生许可批件。

第二十九条 生产企业申请消毒剂、消毒器械卫生许可批件的审批程序是：

（一）生产企业应当按卫生部消毒产品申报与受理规定的要求，向所在地省级卫生行政部门提出申请，由省级卫生行政部门对其申报资料和样品进行初审；

（二）省级卫生行政部门自受理之日起 1 个月内完成对申报资料完整性、合法性和规范性的审查，审查合格的方可报卫生部审批；

（三）卫生部自受理申报之日起 4 个月内作出是否批准的决定。

卫生部对批准的产品，发给消毒剂、消毒器械卫生许可批件，批准文号格式为：卫消准字（年份）第 XXXX 号。不予批准的，应当说明理由。

第三十条 申请进口消毒剂、消毒器械卫生许可批件的，应当直接向卫生部提出申请，并按照卫生部消毒产品申报与受理规定的要求提交有关材料。必要时，卫生部可以对生产企业现场进行审核。

卫生部应当自受理申报之日起 4 个月内做出是否批准的决定。对批准进口的，发给进口消毒剂、消毒器械卫生许可批件，批准文号格式为：卫消进准字（年份）第 XXXX 号。不予批准的，应当说明理由。

第三十一条 消毒剂、消毒器械卫生许可批件的有效期为 4 年。有效期满前六个月，生产企业或者进口产品代理商应当按照卫生部消毒产品申报与受理规定的要求提出换发卫生许可批件申请。获准换发的，卫生许可批件延用原批准文号。

第三十二条 经营者采购消毒产品时，应当索取下列有效证件：

（一）生产企业卫生许可证复印件；

（二）产品备案凭证或者卫生许可批件复印件。

有效证件的复印件应当加盖原件持有者的印章。

第三十三条 消毒产品的命名、标签（含说明书）应当符合卫生部的有关规定。

消毒产品的标签（含说明书）和宣传内容必须真实，不得出现或暗示对疾病的治疗效果。

第三十四条 禁止生产经营下列消毒产品：

（一）无生产企业卫生许可证、产品备案凭证或卫生许可批件的；

（二）产品卫生质量不符合要求的。

第四章 消毒服务机构

第三十五条 消毒服务机构应当向省级卫生行政部门提出申请，取得省级卫生行政部门发放的卫生许可证后方可开展消毒服务。

消毒服务机构卫生许可证编号格式为：（省、自治区、辖市简称）卫消服证字（发证年份）第 XXXX 号，有效期 4 年，每年复核一次。有效期满前 3 个月，消毒服务机构

应当向原发证机关申请换发卫生许可证。经审查符合要求的，换发新证。新证延用原卫生许可证编号。

第三十六条 消毒服务机构应当符合以下要求：

（一）具备符合国家有关规范、标准和规定的消毒与灭菌设备；

（二）其消毒与灭菌工艺流程和工作环境必须符合卫生要求；

（三）具有能对消毒与灭菌效果进行检测的人员和条件，建立自检制度；

（四）用环氧乙烷和电离辐射的方法进行消毒与灭菌的，其安全与环境保护等方面的要求按国家有关规定执行；

（五）从事用环氧乙烷和电离辐射进行消毒服务的人员必须经过省级卫生行政部门的专业技术培训，以其他消毒方法进行消毒服务的人员必须经过设区的市（地）级以上卫生行政部门组织的专业技术培训，取得相应资格证书后方可上岗工作；

第三十七条 消毒服务机构不得购置和使用不符合本办法规定的消毒产品。

第三十八条 消毒服务机构应当接受当地卫生行政部门的监督。

第五章 监 督

第三十九条 县级以上卫生行政部门对消毒工作行使下列监督管理职权：

（一）对有关机构、场所和物品的消毒工作进行监督检查；

（二）对消毒产品生产企业执行《消毒产品生产企业卫生规范》情况进行监督检查；

（三）对消毒产品的卫生质量进行监督检查；

（四）对消毒服务机构的消毒服务质量进行监督检查；

（五）对违反本办法的行为采取行政控制措施；

（六）对违反本办法的行为给予行政处

罚。

第四十条 有下列情形之一的,省级以上卫生行政部门可以对已获得卫生许可批件和备案凭证的消毒产品进行重新审查:

(一)产品配方、生产工艺真实性受到质疑的;

(二)产品安全性、消毒效果受到质疑的;

(三)产品宣传内容、标签(含说明书)受到质疑的。

第四十一条 消毒产品卫生许可批件的持有者应当在接到省级以上卫生行政部门重新审查通知1个月内,按照通知的有关要求提交材料。超过上述期限未提交有关材料的,视为放弃重新审查,省级以上卫生行政部门可以注销产品卫生许可批准文号或备案文号。

第四十二条 省级以上卫生行政部门自收到重新审查所需的全部材料之日起1个月内,应当作出重新审查决定。有下列情形之一的,注销产品卫生许可批准文号或备案文号:

(一)擅自更改产品名称、配方、生产工艺的;

(二)产品安全性、消毒效果达不到要求的;

(三)夸大宣传。

第四十三条 消毒产品检验机构应当经省级以上卫生行政部门认定。未经认定的,不得从事消毒产品检验工作。

消毒产品检验机构出具的检验和评价报告,应当客观、真实,符合有关规范、标准和规定。

消毒产品检验机构出具的检验报告,在全国范围内有效。

第四十四条 对出具虚假检验报告或者疏于管理难以保证检验质量的消毒产品检验机构,由省级以上卫生行政部门责令改正,并予以通报批评;情节严重的,取消认定资格。被取消认定资格的检验机构2年内不得重新申请认定。

第六章 罚 则

第四十五条 医疗卫生机构违反本办法第四、五、六、七、八、九条规定的,由县级以上地方卫生行政部门责令限期改正,可以处5000元以下罚款;造成感染性疾病暴发的,可以处5000元以上2万元以下罚款。

第四十六条 加工、出售、运输被传染病病原体污染或者来自疫区可能被传染病病原体污染的皮毛,未按国家有关规定进行消毒处理的,应当按照《传染病防治法实施办法》第六十八条的有关规定给予处罚。

第四十七条 消毒产品生产经营单位违反本办法第三十三、三十四条规定的,由县级以上地方卫生行政部门责令其限期改正,可以处5000元以下罚款;造成感染性疾病暴发的,可以处5000元以上2万元以下的罚款。

第四十八条 消毒服务机构违反本办法规定,有下列情形之一的,由县级以上卫生行政部门责令其限期改正,可以处5000元以下的罚款;造成感染性疾病发生的,可以处5000元以上2万元以下的罚款:

(一)消毒后的物品未达到卫生标准和要求的;

(二)未取得卫生许可证从事消毒服务业务的。

第七章 附 则

第四十九条 本办法下列用语的含义:

感染性疾病:由微生物引起的疾病。

消毒产品:包括消毒剂、消毒器械(含生物指示物、化学指示物和(灭菌物品包装物)、卫生用品和一次性使用医疗用品。

消毒服务机构:指为社会提供可能被污染的物品及场所、卫生用品和一次性使用医疗用品等进行消毒与灭菌服务的单位。

医疗卫生机构:指医疗保健、疾病控制、采供血机构及与上述机构业务活动相同的单位。

第五十条 本办法由卫生部负责解释。

第五十一条 本办法自 2002 年 7 月 1 日起施行。1992 年 8 月 31 日卫生部发布的《消毒管理办法》同时废止。

医院消毒卫生标准
（GB 15982 – 1995）

（1995 年 2 月 15 日国家技术监督局批准 自 1996 年 7 月 1 日起实施）

1. 主题内容与适用范围

本标准规定了各类从事医疗活动的环境空气、物体表面、医护人员手、医疗用品。

消毒剂、污水、污物处理卫生标准。

本标准适用于各级各类医疗、保健、卫生防疫机构。

2. 引用标准

GB 4789.4 食品卫生微生物学检验沙门氏菌检验

GB 4789.11 食品卫生微生物学检验溶血性链球菌检验

GB 4789.28 食品卫生微生物学检验染色法、培养基和试剂

GB 7918.2 化妆品微生物标准检验方法、细菌总数测定

GB 7918.4 化妆品微生物标准检验方法绿脓杆菌

GB 7918.5 化妆品微生物标准检验方法和试剂金黄色葡萄球菌

GB J 48 医院污水排放标准（试行）

3. 术语

3.1 消毒卫生标准

不同对象经消毒与灭菌处理后，允许残留微生物的最高数量。

3.2 层流洁净手术室及层流洁净病房

采用层流空气净化方式的手术室及病房。即空气通过高效过滤器，呈流线状流入室内，以等速流过房间后流出。室内产生的尘粒或微生物不会向四周扩散，随气流方向被排出房间。

3.3 重症监护病房

采用现代化仪器、设备，对各种危重病人进行持续监护与治疗的病房。

3.4 保护性隔离房间

为避免医院内高度易感病人受到来自其他病人、医护人员、探视者以及病区环境中各种致病性微生物和条件致病微生物的感染而进行隔离的房间。

3.5 供应室清洁区

灭菌前，供应室人员对清洁物品进行检查、包装及存放等处理的区域。

3.6 供应室无菌区

灭菌后，供应室内无菌物品存放的区域。

3.7 消毒剂

能杀灭细菌繁殖体、部分真菌和病毒；不能杀灭细菌芽孢的药物。

4. 卫生标准

4.1 各类环境空气、物体表面、医护人员手卫生标准

4.1.1 细菌菌落总数

允许检出值见表1。

表1 各类环境空气、物体表面、医护

人员手细菌菌落总数卫生标准

环境类别	范　围	标　准
	空气	cfu/m³
	物体表面	cfu/cm³
	医护人员手	cfu/cm³
Ⅰ类	层流洁净手术室、层流洁净病房	≤10 ≤5 ≤5
Ⅱ类	普通病房、产房、婴儿室、早产儿室、普通保护性隔离室、供应室无菌室、烧伤病房、重症监护病房	≤200 ≤5 ≤5
Ⅲ类	儿科病房、妇产科检查室、注射室、换药室、治疗室、供应室清洁室、急诊室、化验室、各类普通病房和房间	≤500 ≤10 ≤10
Ⅳ类	传染病科及病房	≤15 ≤15

4.1.2 致病性微生物

不得检出乙型溶血性链球菌、金黄色葡萄球菌及其他致病性微生物。在可疑污染情况下进行相应指标的检测。

母婴同室、早产儿室、婴儿室、新生儿及儿科病房的物体表面和医护人员手上，不得检出沙门氏菌。

4.2 医疗用品卫生标准

4.2.1 进入人体无菌组织、器官或接触破损皮肤、粘膜的医疗用品必须无菌。

4.2.2 接触粘膜的医疗用品

细菌菌落总数应 ≤20cfu/g 或 100cm²；致病性微生物不得检出。

4.2.3 接触皮肤的医疗用品

细菌菌落总数应 ≤200cfu/g 或 100cm²；致病性微生物不得检出。

4.3 使用中消毒剂与无菌器械保存液卫生标准

4.3.1 使用中消毒剂

细菌菌落总数应 ≤100cfu/ML；致病性微生物不得检出。

4.3.2 无菌器械保存液

必须无菌。

4.4 污物处理卫生标准

污染物品无论是回收再使用的物品，或是废弃的物品，必须进行无害化处理。不得检出致病性微生物。在可疑污染情况下，进行相应指标的检测。

4.5 污水排放标准

按 GHJ48（试行）执行。

5. 检查方法

5.1 采样及检查方法

按附录 A 执行。

6. 有关规定

6.1 各级、各类医疗、保健、卫生防疫机构必须执行本标准。并应指定专门科室（部门）负责具体贯彻实施。

6.2 各级卫生监督、卫生防疫部门按《中华人民共和国传染病防治法实施办法》和《消毒管理办法》有关规定负责监督、监测工作。

医疗机构病历管理规定

（2002 年 8 月 2 日 卫医发〔2002〕193 号）

第一条 为了加强医疗机构病历管理，保证病历资料客观、真实、完整，根据《医疗机构管理条例》和《医疗事故处理条例》等法规，制定本规定。

第二条 病历是指医务人员在医疗活动过程中形成的文字、符号、图表、影像、切片等资料的总和，包括门（急）诊病历和住院病历。

第三条 医疗机构应当建立病历管理制度，设置专门部门或者配备专（兼）职人员，具体负责本机构病历和病案的保存与管理工作。

第四条 在医疗机构建有门（急）诊病历档案的，其门（急）诊病历由医疗机构负责保管；没有在医疗机构建立门（急）诊病历档案的，其门（急）诊病历由患者负责保管。

住院病历由医疗机构负责保管。

第五条 医疗机构应当严格病历管理，严禁任何人涂改、伪造、隐匿、销毁、抢夺、窃取病历。

第六条 除涉及对患者实施医疗活动的医务人员及医疗服务质量监控人员外，其他任何机构和个人不得擅自查阅该患者的病历。

因科研、教学需要查阅病历的，需经患者就诊的医疗机构有关部门同意后查阅。阅后应当立即归还。不得泄露患者隐私。

第七条 医疗机构应当建立门（急）诊病历和住院病历编号制度。

门（急）诊病历和住院病历应当标注页码。

第八条 在医疗机构建有门（急）诊病历档案患者的门（急）诊病历，应当由医疗机构指定专人送达患者就诊科室；患者同时在多科室就诊的，应当由医疗机构指定专人送达后续就诊科室。

在患者每次诊疗活动结束后 24 小时内，其门（急）诊病历应当收回。

第九条 医疗机构应当将门（急）诊患者的化验单（检验报告）、医学影像检查资料等在检查结果出具后 24 小时内归入门（急）诊病历档案。

第十条 在患者住院期间，其住院病历由所在病区负责集中、统一保管。

病区应当在收到住院患者的化验单（检验报告）、医学影像检查资料等检查结果后 24 小时内归入住院病历。

住院病历在患者出院后由设置的专门部门或者专（兼）职人员负责集中、统一保存与管理。

第十一条 住院病历因医疗活动或复印、复制等需要带离病区时，应当由病区指定专门人员负责携带和保管。

第十二条 医疗机构应当受理下列人员和机构复印或者复制病历资料的申请：

（一）患者本人或其代理人；

（二）死亡患者近亲属或其代理人；

（三）保险机构。

第十三条 医疗机构应当由负责医疗服务质量监控的部门或者专（兼）职人员负责受理复印或者复制病历资料的申请。受理申请时，应当要求申请人按照下列要求提供有关证明材料：

（一）申请人为患者本人的，应当提供其有效身份证明；

（二）申请人为患者代理人的，应当提供患者及其代理人的有效身份证明、申请人

与患者代理关系的法定证明材料;

(三)申请人为死亡患者近亲属的,应当提供患者死亡证明及其近亲属的有效身份证明、申请人是死亡患者近亲属的法定证明材料;

(四)申请人为死亡患者近亲属代理人的,应当提供患者死亡证明、死亡患者近亲属及其代理人的有效身份证明,死亡患者与其近亲属关系的法定证明材料,申请人与死亡患者近亲属代理关系的法定证明材料;

(五)申请人为保险机构的,应当提供保险合同复印件,承办人员的有效身份证明,患者本人或者其代理人同意的法定证明材料;患者死亡的,应当提供保险合同复印件,承办人员的有效身份证明,死亡患者近亲属或者其代理人同意的法定证明材料。合同或者法律另有规定的除外。

第十四条 公安、司法机关因办理案件,需要查阅、复印或者复制病历资料的,医疗机构应当在公安、司法机关出具采集证据的法定证明及执行公务人员的有效身份证明后予以协助。

第十五条 医疗机构可以为申请人复印或者复制的病历资料包括:门(急)诊病历和住院病历中的住院志(即入院记录)、体温单、医嘱单、化验单(检验报告)、医学影像检查资料、特殊检查(治疗)同意书、手术同意书、手术及麻醉记录单、病理报告、护理记录、出院记录。

第十六条 医疗机构受理复印或者复制病历资料申请后,应当在医务人员按规定时限完成病历后予以提供。

第十七条 医疗机构受理复印或者复制病历资料申请后,由负责医疗服务质量监控的部门或者专(兼)职人员通知负责保管门(急)诊病历档案的部门(人员)或者病区,将需要复印或者复制的病历资料在规定时间内送至指定地点,并在申请人在场的情况下复印或者复制。

复印或者复制的病历资料经申请人核对无误后,医疗机构应当加盖证明印记。

第十八条 医疗机构复印或者复制病历资料,可以按照规定收取工本费。

第十九条 发生医疗事故争议时,医疗机构负责医疗服务质量监控的部门或者专(兼)职人员应当在患者或者其代理人在场的情况下封存死亡病例讨论记录、疑难病例讨论记录、上级医师查房记录、会诊意见、病程记录等。

封存的病历由医疗机构负责医疗服务质量监控的部门或者专(兼)职人员保管。

封存的病历可以是复印件。

第二十条 门(急)诊病历档案的保存时间自患者最后一次就诊之日起不少于15年。

第二十一条 病案的查阅、复印或者复制参照本规定执行。

第二十二条 本规定由卫生部负责解释。

第二十三条 本规定自2002年9月1日起施行。

病历书写基本规范(试行)

(2002年8月16日 卫医发〔2002〕190号)

第一章 基本要求

第一条 病历是指医务人员在医疗活动过程中形成的文字、符号、图表、影像、切片等资料的总和,包括门(急)诊病历和住院病历。

第二条 病历书写是指医务人员通过问诊、查体、辅助检查、诊断、治疗、护理等医疗活动获得有关资料,并进行归纳、分析、整理形成医疗活动记录的行为。

第三条 病历书写应当客观、真实、准确、及时、完整。

第四条 住院病历书写应当使用蓝黑墨水、碳素墨水,门(急)诊病历和需复写的资料可以使用蓝或黑色油水的圆珠笔。

第五条 病历书写应当使用中文和医学术

语。通用的外文缩写和无正式中文译名的症状、体征、疾病名称等可以使用外文。

第六条 病历书写应当文字工整，字迹清晰，表述准确，语句通顺，标点正确。书写过程中出现错字时，应当用双线划在错字上，不得采用刮、粘、涂等方法掩盖或去除原来的字迹。

第七条 病历当按照规定的内容书写，并由相应医务人员签名。

实习医务人员、试用期医务人员书写的病历，应当经过在本医疗机构合法执业的医务人员审阅、修改并签名。

进修医务人员应当由接收进修的医疗机构根据其胜任本专业工作的实际情况认定后书写病历。

第八条 上级医务人员有审查修改下级医务人员书写的病历的责任。修改时，应当注明修改日期，修改人员签名，并保持原记录清楚、可辨。

第九条 因抢救急危患者，未能及时书写病历的，有关医务人员应当在抢救结束后6小时内据实补记，并加以注明。

第十条 对按照有关规定需取得患者书面同意方可进行的医疗活动（如特殊检查、特殊治疗、手术、实验性临床医疗等），应当由患者本人签署同意书。患者不具备完全民事行为能力时，应当由其法定代理人签字；患者因病无法签字时，应当由其近亲属签字，没有近亲属的，由其关系人签字；为抢救患者，在法定代理人或近亲属、关系人无法及时签字的情况下，可由医疗机构负责人或者被授权的负责人签字。

因实施保护性医疗措施不宜向患者说明情况的，应当将有关情况通知患者近亲属，由患者近亲属签署同意书，并及时记录。患者无近亲属的或者患者近亲属无法签署同意书的，由患者的法定代理人或者关系人签署同意书。

第二章 门（急）诊病历书写要求及内容

第十一条 门（急）诊病历内容包括门诊病历首页（门诊手册封面）、病历记录、化验单（检验报告）、医学影像检查资料等。

第十二条 门（急）诊病历首页内容应当包括患者姓名、性别、出生年月、民族、婚姻状况、职业、工作单位、住址、药物过敏史等项目。

门诊手册封面内容应当包括患者姓名、性别、年龄、工作单位或住址、药物过敏史等项目。

第十三条 门（急）诊病历记录分为初诊病历记录和复诊病历记录。

初诊病历记录书写内容应当包括就诊时间、科别、主诉、现病史、既往史，阳性体征、必要的阴性体征和辅助检查结果，诊断及治疗意见和医师签名等。

复诊病历记录书写内容应当包括就诊时间、科别、主诉、病史、必要的体格检查和辅助检查结果，诊断、治疗处理意见和医师签名等。

急诊病历书写就诊时间应当具体到分钟。

第十四条 门（急）诊病历记录应当由接诊医师在患者就诊时及时完成。

第十五条 抢救危重患者时，应当书写抢救记录。对收入急诊观察室的患者，应当书写留观期间的观察记录。

第三章 住院病历书写要求及内容

第十六条 住院病历内容包括住院病案首页、住院志、体温单、医嘱单、化验单（检验报告）、医学影像检查资料、特殊检查（治疗）同意书、手术同意书、麻醉记录单、手术及手术护理记录单、病理资料、护理记录、出院记录（或死亡记录）、病程记录（含抢救记录）、疑难病例讨论记录、会诊意见、上级医师查房记录、死亡病例讨论记录等。

第十七条 住院志是指患者入院后，由经治医师通过问诊、查体、辅助检查获得有关资料，并对这些资料归纳分析书写而成的记录。住院志的书写形式分为入院记录、再次或多次入院记录、24 小时内入出院记录、24 小时内入院死亡记录。

入院记录、再次或多次入院记录应当于患者入院后 24 小时内完成；24 小时内入出院记录应当于患者出院后 24 小时内完成，24 小时内入院死亡记录应当于患者死亡后 24 小时内完成。

第十八条 入院记录的要求及内容。

（一）患者一般情况内容包括姓名、性别、年龄、民族、婚姻状况、出生地、职业、入院日期、记录日期、病史陈述者。

（二）主诉是指促使患者就诊的主要症状（或体征）及持续时间。

（三）现病史是指患者本次疾病的发生、演变、诊疗等方面的详细情况，应当按时间顺序书写。内容包括发病情况、主要症状特点及其发展变化情况、伴随症状、发病后诊疗经过及结果、睡眠、饮食等一般情况的变化，以及与鉴别诊断有关的阳性或阴性资料等。

与本次疾病虽无紧密关系、但仍需治疗的其他疾病情况，可在现病史后另起一段予以记录。

（四）既住史是指患者过去的健康和疾病情况。内容包括既往一般健康状况、疾病史、传染病史、预防接种史、手术外伤史、输血史、药物过敏史等。

（五）个人史，婚育史、女性患者的月经史，家族史。

（六）体格检查应当按照系统循序进行书写。内容包括体温、脉搏、呼吸、血压、一般情况，皮肤、粘膜，全身浅表淋巴结，头部及其器官，颈部，胸部（胸廓、肺部、心脏、血管），腹部（肝、脾等），直肠肛门，外生殖器，脊柱，四肢，神经系统等。

（七）专科情况应当根据专科需要记录专科特殊情况。

（八）辅助检查指入院前所作的与本次疾病相关的主要检查及其结果。应当写明检查日期，如系在其他医疗机构所作检查，应当写明该机构名称。

（九）初步诊断是指经治医师根据患者入院时情况，综合分析所作出的诊断。如初步诊断为多项时，应当主次分明。

（十）书写入院记录的医师签名。

第十九条 再次或多次入院记录是指患者因同一种疾病再次或多次住入同一医疗机构时书写的记录。要求及内容基本同入院记录，其特点有：主诉是记录患者本次入院的主要症状（或体征）及持续时间；现病史中要求首先对本次住院前历次有关住院诊疗经过进行小结，然后再书写本次入院的现病史。

第二十条 患者入院不足 24 小时出院的，可以书写 24 小时内入出院记录。内容包括患者姓名、性别、年龄、职业、入院时间、出院时间、主诉、入院情况、入院诊断、诊疗经过、出院情况、出院诊断、出院医嘱、医师签名等。

第二十一条 患者入院不足 24 小时死亡的，可以书写 24 小时内入院死亡记录。内容包括患者姓名、性别、年龄、职业、入院时间、死亡时间、主诉、入院情况、入院诊断、诊疗经过（抢救经过）、死亡原因、死亡诊断、医师签名等。

第二十二条 病程记录是指继住院志之后，对患者病情和诊疗过程所进行的连续性记录。内容包括患者的病情变化情况、重要的辅助检查结果及临床意义、上级医师查房意见、会诊意见、医师分析讨论意见、所采取的诊疗措施及效果、医嘱更改及理由、向患者及其近亲属告知的重要事项等。

第二十三条 病程记录的要求及内容。

（一）首次病程记录是指患者入院后由

经治医师或值班医师书写的第一次病程记录，应当在患者入院8小时内完成。首次病程记录的内容包括病例特点、诊断依据及鉴别诊断、诊疗计划等。

（二）日常病程记录是指对患者住院期间诊疗过程的经常性、连续性记录。由医师书写，也可以由实习医务人员或试用期医务人员书写。书写日常病程记录时，首先标明记录日期，另起一行记录具体内容。对病危患者应当根据病情变化随时书写病程记录，每天至少1次，记录时间应当具体到分钟。对病重患者，至少2天记录一次病程记录。对病情稳定的患者，至少3天记录一次病程记录。对病情稳定的慢性病患者，至少5天记录一次病程记录。

（三）上级医师查房记录是指上级医师查房时对患者病情、诊断、鉴别诊断、当前治疗措施疗效的分析及下一步诊疗意见等的记录。

主治医师首次查房记录应当于患者入院48小时内完成。内容包括查房医师的姓名、专业技术职务、补充的病史和体征、诊断依据与鉴别诊断的分析及诊疗计划等。主治医师日常查房记录间隔时间视病情和诊疗情况确定，内容包括查房医师的姓名、专业技术职务、对病情的分析和诊疗意见等。科主任或具有副主任医师以上专业技术职务任职资格医师查房的记录，内容包括查房医师的姓名、专业技术职务、对病情的分析和诊疗意见等。

（四）疑难病例讨论记录是指由科主任或具有副主任医师以上专业技术职务任职资格的医师主持、召集有关医务人员对确诊困难或疗效不确切病例讨论的记录。内容包括讨论日期、主持人及参加人员姓名、专业技术职务、讨论意见等。

（五）交（接）班记录是指患者经治医师发生变更之际，交班医师和接班医师分别对患者病情及诊疗情况进行简要总结的记录。交班记录应当在交班前由交班医师书写完成；接班记录应当由接班医师于接班后24小时内完成。交（接）班记录的内容包括入院日期、交班或接班日期、患者姓名、性别、年龄、主诉、入院情况、入院诊断、诊疗经过、目前情况、目前诊断、交班注意事项或接班诊疗计划、医师签名等。

（六）转科记录是指患者住院期间需要转科时，经转入科室医师会诊并同意接收后，由转出科室和转入科室医师分别书写的记录。包括转出记录和转入记录。转出记录由转出科室医师在患者转出科室前书写完成（紧急情况除外）；转入记录由转入科室医师于患者转入后24小时内完成。转科记录内容包括入院日期、转出或转入日期、患者姓名、性别、年龄、主诉、入院情况、入院诊断、诊疗经过、目前情况、目前诊断、转科目的及注意事项或转入诊疗计划、医师签名等。

（七）阶段小结是指患者住院时间较长，由经治医师每月所作病情及诊疗情况总结。阶段小结的内容包括入院日期、小结日期、患者姓名、性别、年龄、主诉、入院情况、入院诊断、诊疗经过、目前情况、目前诊断、诊疗计划、医师签名等。

交（接）班记录、转科记录可代替阶段小结。

（八）抢救记录是指患者病情危重，采取抢救措施时作的记录。内容包括病情变化情况、抢救时间及措施、参加抢救的医务人员姓名及专业技术职务等。记录抢救时间应当具体到分钟。

（九）会诊记录（含会诊意见）是指患者在住院期间需要其他科室或者其他医疗机构协助诊疗时，分别由申请医师和会诊医师书定的记录。内容包括申请会诊记录和会诊意见记录。申请会诊记录应当简要载明患者病情及诊疗情况、申请会诊的理由和目的，申请会诊医师签名等。会诊意见记录应当有会诊意见、会诊医师所在的科别或者医疗机构名称、会诊时间及会诊医师签名等。

（十）术前小结是指在患者手术前，由经治医师对患者病情所作的总结。内容包括简要病情、术前诊断、手术指征、拟施手术名称和方式、拟施麻醉方式、注意事项等。

（十一）术前讨论记录是指因患者病情较重或手术难度较大，手术前在上级医师主持下，对拟实施手术方式和术中可能出现的问题及应对措施所作的讨论记录。内容包括术前准备情况、手术指征、手术方案、可能出现的意外及防范措施、参加讨论者的姓名、专业技术职务、讨论日期、记录者的签名等。

（十二）麻醉记录是指麻醉医师在麻醉实施中书写的麻醉经过及处理措施的记录。麻醉记录应当另页书写，内容包括患者一般情况、麻醉前用药、术前诊断、术中诊断、麻醉方式、麻醉期间用药及处理、手术起止时间、麻醉医师签名等。

（十三）手术记录是指手术者书写的反映手术一般情况、手术经过、术中发现及处理等情况的特殊记录，应当在术后24小时内完成。特殊情况下由第一助手书写时，应有手术者签名。手术记录当另页书写，内容包括一般项目（患者姓名、性别、科别、病房、床位号、住院病历号或病案号）、手术日期、术前诊断、术中诊断、手术名称、手术者及助手姓名、麻醉方法、手术经过、术中出现的情况及处理等。

（十四）手术护理记录是指巡回护士对手术患者术中护理情况及所用器械、敷料的记录，应当在手术结束后即时完成。手术护理记录应当另页书写，内容包括患者姓名、住院病历号（或病案号）、手术日期、手术名称、术中护理情况、所用各种器械和敷料数量的清点核对、巡回护士和手术器械护士签名等。

（十五）术后首次病程记录是指参加手术的医师在患者术后即时完成的病程记录。内容包括手术时间、术中诊断、麻醉方式、手术方式、手术简要经过、术后处理措施、

术后应当特别注意观察的事项等。

第二十四条 手术同意书是指手术前，经治医师向患者告知拟施手术的相关情况，并由患者签署同意手术的医学文书。内容包括术前诊断、手术名称、术中或术后可能出现的并发症、手术风险、患者签名、医师签名等。

第二十五条 特殊检查、特殊治疗同意书是指在实施特殊检查、特殊治疗前，经治医师向患者告知特殊检查、特殊治疗的相关情况，并由患者签署同意检查、治疗的医学文书。内容包括特殊检查、特殊治疗项目名称、目的、可能出现的并发症及风险、患者签名、医师签名等。

第二十六条 出院记录是指经治医师对患者此次住院期间诊疗情况的总结，应当在患者出院后24小时内完成。内容主要包括入院日期、出院日期、入院情况、入院诊断、诊疗经过、出院诊断、出院情况、出院医嘱、医师签名等。

第二十七条 死亡记录指经治医师对死亡患者住院期间诊疗和抢救经过的记录，应当在患者死亡后24小时内完成。内容包括入院日期、死亡时间、入院情况、入院诊断、诊疗经过（重点记录病情演变、抢救经过）、死亡原因、死亡诊断等。记录死亡时间应当具体到分钟。

第二十八条 死亡病例讨论记录是指在患者死亡一周内，由科主任或具有副主任医师以上专业技术职务任职资格的医师主持，对死亡病例进行讨论、分析的记录。内容包括讨论日期、主持人及参加人员姓名、专业技术职务、讨论意见等。

第二十九条 医嘱是指医师在医疗活动中下达的医学指令。

医嘱内容及起始、停止时间应当由医师书写。

医嘱内容应当准确、清楚，每项医嘱应当只包含一个内容，并注明下达时间，应当具体到分钟。

医嘱不得涂改。需要取消时，应当使用红色墨水标注"取消"字样并签名。

一般情况下，医师不得下达口头医嘱。因抢救急危患者需要下达口头医嘱时，护士应当复诵一遍。抢救结束后，医师应当即刻据实补记医嘱。

医嘱单分为长期医嘱单和临时医嘱单。

长期医嘱单内容包括患者姓名、科别、住院病历号（或病案号）、页码、起始日期和时间、长期医嘱医嘱内容、停止日期和时间、医师签名、执行时间、执行护士签名。临时医嘱单内容包括医嘱时间、临时医嘱内容、医师签名、执行时间、执行护士签名等。

第三十条 辅助检查报告单是指患者住院期间所做各项检验、检查结果的记录。内容包括患者姓名、性别、年龄、住院病历号（或病案号）、检查项目、检查结果、报告日期、报告人员签名或者印章等。

第三十一条 体温单为表格式，以护士填写为主。内容包括患者姓名、科室、床号、入院日期、住院病历号（或病案号）、日期、手术后天数、体温、脉搏、呼吸、血压、大便次数、出入液量、体重、住院周数等。

第三十二条 护理记录分为一般患者护理记录和危重患者护理记录。

一般患者护理记录是指护士根据医嘱和病情对一般患者住院期间护理过程的客观记录。内容包括患者姓名、科别、住院病历号（或病案号）、床位号、页码、记录日期和时间、病情观察情况、护理措施和效果、护士签名等。

危重患者护理记录是指护士根据医嘱和病情对危重患者住院期间护理过程的客观记录。危重患者护理记录应当根据相应专科的护理特点书写。内容包括患者姓名、科别、住院病历号（或病案号）、床位号、页码、记录日期和时间、出入液量、体温、脉搏、呼吸、血压等病情观察、护理措施和效果、护士签名等。记录时间应当具体到分钟。

第四章 其 他

第三十三条 住院病案首页应当按照《卫生部关于修订下发住院病案首页的通知》（卫医发〔2001〕286号）的规定书写。

第三十四条 特殊检查、特殊治疗的含义依照1994年8月29日卫生部令第35号《医疗机构管理条例实施细则》第88条。

第三十五条 中医病历书写基本规范另行制定。

第三十六条 本规范自2002年9月1日起施行。

处方管理办法

（2007年2月14日中华人民共和国卫生部令第53号发布　自2007年5月1日起施行）

第一章 总 则

第一条 为规范处方管理，提高处方质量，促进合理用药，保障医疗安全，根据《执业医师法》、《药品管理法》、《医疗机构管理条例》、《麻醉药品和精神药品管理条例》等有关法律、法规，制定本办法。

第二条 本办法所称处方，是指由注册的执业医师和执业助理医师（以下简称医师）在诊疗活动中为患者开具的、由取得药学专业技术职务任职资格的药学专业技术人员（以下简称药师）审核、调配、核对，并作为患者用药凭证的医疗文书。处方包括医疗机构病区用药医嘱单。

本办法适用于与处方开具、调剂、保管相关的医疗机构及其人员。

第三条 卫生部负责全国处方开具、调剂、保管相关工作的监督管理。

县级以上地方卫生行政部门负责本行政区域内处方开具、调剂、保管相关工作的监督管理。

第四条 医师开具处方和药师调剂处方应当遵循安全、有效、经济的原则。

处方药应当凭医师处方销售、调剂和使用。

第二章 处方管理的一般规定

第五条 处方标准（附件1）由卫生部统一规定，处方格式由省、自治区、直辖市卫生行政部门（以下简称省级卫生行政部门）统一制定，处方由医疗机构按照规定的标准和格式印制。

第六条 处方书写应当符合下列规则：

（一）患者一般情况、临床诊断填写清晰、完整，并与病历记载相一致。

（二）每张处方限于一名患者的用药。

（三）字迹清楚，不得涂改；如需修改，应当在修改处签名并注明修改日期。

（四）药品名称应当使用规范的中文名称书写，没有中文名称的可以使用规范的英文名称书写；医疗机构或者医师、药师不得自行编制药品缩写名称或者使用代号；书写药品名称、剂量、规格、用法、用量要准确规范，药品用法可用规范的中文、英文、拉丁文或者缩写体书写，但不得使用"遵医嘱"、"自用"等含糊不清字句。

（五）患者年龄应当填写实足年龄，新生儿、婴幼儿写日、月龄，必要时要注明体重。

（六）西药和中成药可以分别开具处方，也可以开具一张处方，中药饮片应当单独开具处方。

（七）开具西药、中成药处方，每一种药品应当另起一行，每张处方不得超过5种药品。

（八）中药饮片处方的书写，一般应当按照"君、臣、佐、使"的顺序排列；调剂、煎煮的特殊要求注明在药品右上方，并加括号，如布包、先煎、后下等；对饮片的产地、炮制有特殊要求的，应当在药品名称之前写明。

（九）药品用法用量应当按照药品说明书规定的常规用法用量使用，特殊情况需要超剂量使用时，应当注明原因并再次签名。

（十）除特殊情况外，应当注明临床诊断。

（十一）开具处方后的空白处划一斜线以示处方完毕。

（十二）处方医师的签名式样和专用签章应当与院内药学部门留样备查的式样相一致，不得任意改动，否则应当重新登记留样备案。

第七条 药品剂量与数量用阿拉伯数字书写。剂量应当使用法定剂量单位：重量以克（g）、毫克（mg）、微克（μg）、纳克（ng）为单位；容量以升（L）、毫升（ml）为单位；国际单位（IU）、单位（U）；中药饮片以克（g）为单位。

片剂、丸剂、胶囊剂、颗粒剂分别以片、丸、粒、袋为单位；溶液剂以支、瓶为单位；软膏及乳膏剂以支、盒为单位；注射剂以支、瓶为单位，应当注明含量；中药饮片以剂为单位。

第三章 处方权的获得

第八条 经注册的执业医师在执业地点取得相应的处方权。

经注册的执业助理医师在医疗机构开具的处方，应当经所在执业地点执业医师签名或加盖专用签章后方有效。

第九条 经注册的执业助理医师在乡、民族乡、镇、村的医疗机构独立从事一般的执业活动，可以在注册的执业地点取得相应的处方权。

第十条 医师应当在注册的医疗机构签名留样或者专用签章备案后，方可开具处方。

第十一条 医疗机构应当按照有关规定，对本机构执业医师和药师进行麻醉药品和精神药品使用知识和规范化管理的培训。执业医师经考核合格后取得麻醉药品和第一类精神药品的处方权，药师经考核合格后取得麻醉药品和第一类精神药品调剂资格。

医师取得麻醉药品和第一类精神药品处方权后，方可在本机构开具麻醉药品和第一类精神药品处方，但不得为自己开具该类药品处方。药师取得麻醉药品和第一类精神药品调剂资格后，方可在本机构调剂麻醉药品和第一类精神药品。

第十二条 试用期人员开具处方，应当经所在医疗机构有处方权的执业医师审核、并签名或加盖专用签章后方有效。

第十三条 进修医师由接收进修的医疗机构对其胜任本专业工作的实际情况进行认定后授予相应的处方权。

第四章 处方的开具

第十四条 医师应当根据医疗、预防、保健需要，按照诊疗规范、药品说明书中的药品适应证、药理作用、用法、用量、禁忌、不良反应和注意事项等开具处方。

开具医疗用毒性药品、放射性药品的处方应当严格遵守有关法律、法规和规章的规定。

第十五条 医疗机构应当根据本机构性质、功能、任务，制定药品处方集。

第十六条 医疗机构应当按照经药品监督管理部门批准并公布的药品通用名称购进药品。同一通用名称药品的品种，注射剂型和口服剂型各不得超过2种，处方组成类同的复方制剂1~2种。因特殊诊疗需要使用其他剂型和剂量规格药品的情况除外。

第十七条 医师开具处方应当使用经药品监督管理部门批准并公布的药品通用名称、新活性化合物的专利药品名称和复方制剂药品名称。

医师开具院内制剂处方时应当使用经省级卫生行政部门审核、药品监督管理部门批准的名称。

医师可以使用由卫生部公布的药品习惯名称开具处方。

第十八条 处方开具当日有效。特殊情况下需延长有效期的，由开具处方的医师注明有效期限，但有效期最长不得超过3天。

第十九条 处方一般不得超过7日用量；急诊处方一般不得超过3日用量；对于某些慢性病、老年病或特殊情况，处方用量可适当延长，但医师应当注明理由。

医疗用毒性药品、放射性药品的处方用量应当严格按照国家有关规定执行。

第二十条 医师应当按照卫生部制定的麻醉药品和精神药品临床应用指导原则，开具麻醉药品、第一类精神药品处方。

第二十一条 门（急）诊癌症疼痛患者和中、重度慢性疼痛患者需长期使用麻醉药品和第一类精神药品的，首诊医师应当亲自诊查患者，建立相应的病历，要求其签署《知情同意书》。

病历中应当留存下列材料复印件：

（一）二级以上医院开具的诊断证明；

（二）患者户籍簿、身份证或者其他相关有效身份证明文件；

（三）为患者代办人员身份证明文件。

第二十二条 除需长期使用麻醉药品和第一类精神药品的门（急）诊癌症疼痛患者和中、重度慢性疼痛患者外，麻醉药品注射剂仅限于医疗机构内使用。

第二十三条 为门（急）诊患者开具的麻醉药品注射剂，每张处方为一次常用量；控缓释制剂，每张处方不得超过7日常用量；其他剂型，每张处方不得超过3日常用量。

第一类精神药品注射剂，每张处方为一次常用量；控缓释制剂，每张处方不得超过7日常用量；其他剂型，每张处方不得超过3日常用量。哌醋甲酯用于治疗儿童多动症时，每张处方不得超过15日常用量。

第二类精神药品一般每张处方不得超过7日常用量；对于慢性病或某些特殊情况的患者，处方用量可以适当延长，医师应当注明理由。

第二十四条 为门（急）诊癌症疼痛患者

和中、重度慢性疼痛患者开具的麻醉药品、第一类精神药品注射剂，每张处方不得超过3日常用量；控缓释制剂，每张处方不得超过15日常用量；其他剂型，每张处方不得超过7日常用量。

第二十五条 为住院患者开具的麻醉药品和第一类精神药品处方应当逐日开具，每张处方为1日常用量。

第二十六条 对于需要特别加强管制的麻醉药品，盐酸二氢埃托啡处方为一次常用量，仅限于二级以上医院内使用；盐酸哌替啶处方为一次常用量，仅限于医疗机构内使用。

第二十七条 医疗机构应当要求长期使用麻醉药品和第一类精神药品的门（急）诊癌症患者和中、重度慢性疼痛患者，每3个月复诊或者随诊一次。

第二十八条 医师利用计算机开具、传递普通处方时，应当同时打印出纸质处方，其格式与手写处方一致；打印的纸质处方经签名或者加盖签章后有效。药师核发药品时，应当核对打印的纸质处方，无误后发给药品，并将打印的纸质处方与计算机传递处方同时收存备查。

第五章　处方的调剂

第二十九条 取得药学专业技术职务任职资格的人员方可从事处方调剂工作。

第三十条 药师在执业的医疗机构取得处方调剂资格。药师签名或者专用签章式样应当在本机构留样备查。

第三十一条 具有药师以上专业技术职务任职资格的人员负责处方审核、评估、核对、发药以及安全用药指导；药士从事处方调配工作。

第三十二条 药师应当凭医师处方调剂处方药品，非经医师处方不得调剂。

第三十三条 药师应当按照操作规程调剂处方药品：认真审核处方，准确调配药品，正确书写药袋或粘贴标签，注明患者姓名和药品名称、用法、用量，包装；向患者交付药

品时，按照药品说明书或者处方用法，进行用药交待与指导，包括每种药品的用法、用量、注意事项等。

第三十四条 药师应当认真逐项检查处方前记、正文和后记书写是否清晰、完整，并确认处方的合法性。

第三十五条 药师应当对处方用药适宜性进行审核，审核内容包括：

（一）规定必须做皮试的药品，处方医师是否注明过敏试验及结果的判定；

（二）处方用药与临床诊断的相符性；

（三）剂量、用法的正确性；

（四）选用剂型与给药途径的合理性；

（五）是否有重复给药现象；

（六）是否有潜在临床意义的药物相互作用和配伍禁忌；

（七）其它用药不适宜情况。

第三十六条 药师经处方审核后，认为存在用药不适宜时，应当告知处方医师，请其确认或者重新开具处方。

药师发现严重不合理用药或者用药错误，应当拒绝调剂，及时告知处方医师，并应当记录，按照有关规定报告。

第三十七条 药师调剂处方时必须做到"四查十对"：查处方，对科别、姓名、年龄；查药品，对药名、剂型、规格、数量；查配伍禁忌，对药品性状、用法用量；查用药合理性，对临床诊断。

第三十八条 药师在完成处方调剂后，应当在处方上签名或者加盖专用签章。

第三十九条 药师应当对麻醉药品和第一类精神药品处方，按年月日逐日编制顺序号。

第四十条 药师对于不规范处方或者不能判定其合法性的处方，不得调剂。

第四十一条 医疗机构应当将本机构基本用药供应目录内同类药品相关信息告知患者。

第四十二条 除麻醉药品、精神药品、医疗用毒性药品和儿科处方外，医疗机构不得限制门诊就诊人员持处方到药品零售企业购药。

第六章 监督管理

第四十三条 医疗机构应当加强对本机构处方开具、调剂和保管的管理。

第四十四条 医疗机构应当建立处方点评制度，填写处方评价表（附件2），对处方实施动态监测及超常预警，登记并通报不合理处方，对不合理用药及时予以干预。

第四十五条 医疗机构应当对出现超常处方3次以上且无正当理由的医师提出警告，限制其处方权；限制处方权后，仍连续2次以上出现超常处方且无正当理由的，取消其处方权。

第四十六条 医师出现下列情形之一的，处方权由其所在医疗机构予以取消：

（一）被责令暂停执业；

（二）考核不合格离岗培训期间；

（三）被注销、吊销执业证书；

（四）不按照规定开具处方，造成严重后果的；

（五）不按照规定使用药品，造成严重后果的；

（六）因开具处方牟取私利。

第四十七条 未取得处方权的人员及被取消处方权的医师不得开具处方。未取得麻醉药品和第一类精神药品处方资格的医师不得开具麻醉药品和第一类精神药品处方。

第四十八条 除治疗需要外，医师不得开具麻醉药品、精神药品、医疗用毒性药品和放射性药品处方。

第四十九条 未取得药学专业技术职务任职资格的人员不得从事处方调剂工作。

第五十条 处方由调剂处方药品的医疗机构妥善保存。普通处方、急诊处方、儿科处方保存期限为1年，医疗用毒性药品、第二类精神药品处方保存期限为2年，麻醉药品和第一类精神药品处方保存期限为3年。

处方保存期满后，经医疗机构主要负责人批准、登记备案，方可销毁。

第五十一条 医疗机构应当根据麻醉药品和精神药品处方开具情况，按照麻醉药品和精神药品品种、规格对其消耗量进行专册登记，登记内容包括发药日期、患者姓名、用药数量。专册保存期限为3年。

第五十二条 县级以上地方卫生行政部门应当定期对本行政区域内医疗机构处方管理情况进行监督检查。

县级以上卫生行政部门在对医疗机构实施监督管理过程中，发现医师出现本办法第四十六条规定情形的，应当责令医疗机构取消医师处方权。

第五十三条 卫生行政部门的工作人员依法对医疗机构处方管理情况进行监督检查时，应当出示证件；被检查的医疗机构应当予以配合，如实反映情况，提供必要的资料，不得拒绝、阻碍、隐瞒。

第七章 法律责任

第五十四条 医疗机构有下列情形之一的，由县级以上卫生行政部门按照《医疗机构管理条例》第四十八条的规定，责令限期改正，并可处以5000元以下的罚款；情节严重的，吊销其《医疗机构执业许可证》：

（一）使用未取得处方权的人员、被取消处方权的医师开具处方的；

（二）使用未取得麻醉药品和第一类精神药品处方资格的医师开具麻醉药品和第一类精神药品处方的；

（三）使用未取得药学专业技术职务任职资格的人员从事处方调剂工作的。

第五十五条 医疗机构未按照规定保管麻醉药品和精神药品处方，或者未依照规定进行专册登记的，按照《麻醉药品和精神药品管理条例》第七十二条的规定，由设区的市级卫生行政部门责令限期改正，给予警告；逾期不改正的，处5000元以上1万元以下的罚款；情节严重的，吊销其印鉴卡；对直接负责的主管人员和其他直接责任人员，依法给予降级、撤职、开除的处分。

第五十六条 医师和药师出现下列情形之一

的，由县级以上卫生行政部门按照《麻醉药品和精神药品管理条例》第七十三条的规定予以处罚：

（一）未取得麻醉药品和第一类精神药品处方资格的医师擅自开具麻醉药品和第一类精神药品处方的；

（二）具有麻醉药品和第一类精神药品处方医师未按照规定开具麻醉药品和第一类精神药品处方，或者未按照卫生部制定的麻醉药品和精神药品临床应用指导原则使用麻醉药品和第一类精神药品的；

（三）药师未按照规定调剂麻醉药品、精神药品处方的。

第五十七条 医师出现下列情形之一的，按照《执业医师法》第三十七条的规定，由县级以上卫生行政部门给予警告或者责令暂停六个月以上一年以下执业活动；情节严重的，吊销其执业证书。

（一）未取得处方权或者被取消处方权后开具药品处方的；

（二）未按照本办法规定开具药品处方的；

（三）违反本办法其他规定的。

第五十八条 药师未按照规定调剂处方药品，情节严重的，由县级以上卫生行政部门责令改正、通报批评，给予警告；并由所在医疗机构或者其上级单位给予纪律处分。

第五十九条 县级以上地方卫生行政部门未按照本办法规定履行监管职责的，由上级卫生行政部门责令改正。

第八章 附 则

第六十条 乡村医生按照《乡村医生从业管理条例》的规定，在省级卫生行政部门制定的乡村医生基本用药目录范围内开具药品处方。

第六十一条 本办法所称药学专业技术人员，是指按照卫生部《卫生技术人员职务试行条例》规定，取得药学专业技术职务任职资格人员，包括主任药师、副主任药师、主

管药师、药师、药士。

第六十二条 本办法所称医疗机构，是指按照《医疗机构管理条例》批准登记的从事疾病诊断、治疗活动的医院、社区卫生服务中心（站）、妇幼保健院、卫生院、疗养院、门诊部、诊所、卫生室（所）、急救中心（站）、专科疾病防治院（所、站）以及护理院（站）等医疗机构。

第六十三条 本办法自2007年5月1日起施行。《处方管理办法（试行）》（卫医发〔2004〕269号）和《麻醉药品、精神药品处方管理规定》（卫医法〔2005〕436号）同时废止。

附件1

处 方 标 准

一、处方内容

1. 前记：包括医疗机构名称、费别、患者姓名、性别、年龄、门诊或住院病历号，科别或病区和床位号、临床诊断、开具日期等。可添列特殊要求的项目。

麻醉药品和第一类精神药品处方还应当包括患者身份证明编号，代办人姓名、身份证明编号。

2. 正文：以 Rp 或 R（拉丁文 Recipe "请取"的缩写）标示，分列药品名称、剂型、规格、数量、用法用量。

3. 后记：医师签名或者加盖专用签章，药品金额以及审核、调配、核对、发药药师签名或者加盖专用签章。

二、处方颜色

1. 普通处方的印刷用纸为白色。

2. 急诊处方印刷用纸为淡黄色，右上角标注"急诊"。

3. 儿科处方印刷用纸为淡绿色，右上角标注"儿科"。

4. 麻醉药品和第一类精神药品处方印刷用纸为淡红色，右上角标注"麻、精

一"。

5. 第二类精神药品处方印刷用纸为白色，右上角标注"精二"。

附件2（略）

最高人民法院关于参照《医疗事故处理条例》审理医疗纠纷民事案件的通知

（2003年1月6日 法〔2003〕20号）

各省、自治区、直辖市高级人民法院，解放军军事法院，新疆维吾尔自治区高级人民法院生产建设兵团分院：

2002年4月4日国务院公布了《医疗事故处理条例》（以下简称条例），自2002年9月1日起施行。条例对于妥善解决医疗纠纷，保护医患双方的合法权益，维护医疗秩序具有重要意义。现就人民法院参照条例审理医疗纠纷民事案件的有关问题通知如下：

一、条例施行后发生的医疗事故引起的医疗赔偿纠纷，诉到法院的，参照条例的有关规定办理；因医疗事故以外的原因引起的其他医疗赔偿纠纷，适用民法通则的规定。

人民法院在条例施行前已经按照民法通则、原《医疗事故处理办法》等法律、法规审理的民事案件，依法进行在审的，不适用条例的规定。

二、人民法院在民事审判中，根据当事人的申请或者依职权决定进行医疗事故司法鉴定的，交由条例所规定的医学会组织鉴定。因医疗事故以外的原因引起的其他医疗赔偿纠纷需要进行司法鉴定的，按照《人民法院对外委托司法鉴定管理规定》组织鉴定。

人民法院对司法鉴定申请和司法鉴定结论的审查按照《最高人民法院关于民事诉讼证据的若干规定》的有关规定处理。

三、条例实施后，人民法院审理因医疗事故引起的医疗赔偿纠纷民事案件，在确定医疗事故赔偿责任时，参照条例第四十九条、第五十条、第五十一条和第五十二条的规定办理。

人民法院在审理涉及医疗事故民事案件中遇到的其他重大问题，请及时层报我院。

最高人民法院民一庭负责人就审理医疗纠纷案件的法律适用问题答记者问

医疗纠纷应当区别不同类型分别适用法律

问：人民法院审理医疗纠纷案件，为什么有的案件适用《民法通则》，有的案件适用《医疗事故处理条例》，请问最高人民法院在医疗纠纷的法律适用问题上掌握的原则是什么？

答：医疗纠纷确实是近年来社会各界关注的焦点，由于医患双方的利益冲突，对医疗纠纷的法律适用也有不同的主张。人民法院审理医疗纠纷案件，应当依据我国现有法律、行政法规的规定，依法平等保护医患双方的合法权益，以实现社会的公平与正义。正确适用法律，确保执法标准的统一，始终是人民法院审理医疗纠纷案件掌握的基本原则。对审判实践中处理医疗纠纷案件适用法律的"二元化"现象，应当如何理解？我想从以下几个方面予以说明：

第一，医疗纠纷案件，实际上是因医疗过失致人损害这一特殊领域的侵权行为引发的民事赔偿纠纷。目前，根据我国的法律和行政法规的规定，医疗纠纷可以分为两类，一类是医疗事故侵权行为引起的医疗赔偿纠纷案件；另一类是非医疗事故侵权行为或者医疗事故以外的其他原因而引起的医疗赔偿纠纷案件。虽然这两类案件都与医疗行为有关，但是发生的原因不同，前者致害的原因以构成医疗事故为前提，而后者致害的原因是不构成医疗事故的其他医疗过失行为。

第二，医疗赔偿纠纷应当区别情形分别适用《民法通则》和《条例》处理。在医疗服务过程中因过失致患者人身损害引起的赔偿纠纷，本质上属于民事侵权损害赔偿纠纷，原则上应当适用我国的《民法通则》处理。为了妥善处理医疗事故纠纷，国务院于2002年4月4日公布了《医疗事故处理条例》（以下简称《条例》）。《条例》属于行政法规，其法律位阶低于《民法通则》；但由于《条例》是专门处理医疗事故的行政法规，体现了国家对医疗事故处理及其损害赔偿的特殊立法政策，因此，人民法院处理医疗事故引起的人身损害赔偿纠纷时应当以《条例》为依据。但是，对不构成医疗事故的其他医疗侵权纠纷应当按照《民法通则》第一百零六条和一百一十九条规定处理。

第三，受害人的损害必须给予救济。如果患者的生命或者身体健康因为医疗机构的过错行为受到了损害，致害人就应当对患者受到的损害承担赔偿责任。在有的情况下，虽然患者身体因医疗机构的过错行为受到了损害，但是经过鉴定医疗机构的行为不构成医疗事故的，当然不能作为医疗事故进行处理。但医疗机构仍应当对患者身体受到的损害承担医疗过失致人损害的民事赔偿责任。不能因为医疗机构的过错行为不构成医疗事故，就不对受害人的损害承担赔偿责任。公民的生命健康权是人的最基本的权利，尊重保护人的权利这是我国宪法和法律确定的基本原则。不论什么性质的侵权行为，只要损害了公民的生命、健康，就应当给予经济赔偿，这既是我国法律给受害人最基本的救济方式，也是宪法中关于保护人的基本权利的具体体现。

综上所述，《条例》只是从特别规定的意义上解决了医疗事故这一特殊侵权类型纠纷的责任承担问题，对不属于医疗事故的一般医疗侵权纠纷，还是应当按照《民法通则》的有关规定处理。这里体现的适用法律的"二元化"，不是法律适用依据不统一，而是法律、法规在适用范围上分工配合的体现。

不构成医疗事故的其他医疗侵权应当适用《民法通则》

问：《医疗事故处理条例》第四十九条第二款规定："不属于医疗事故的，医疗机构不承担赔偿责任。"《条例》的规定显然排除了医疗机构对非医疗事故的赔偿责任。对此，应当如何解释？

答：我认为这种理解是片面的或者说对《条例》第四十九条规定的理解是不正确的。因为：

第一，《民法通则》第一百零六条第二款关于"公民、法人由于过错……侵害他人财产、人身的，应当承担民事责任"的规定，是我国民法确立的对侵权行为造成损害予以救济的基本原则，也是法治社会对人权提供的最基本的法律保障，作为行政法规的《条例》，不可能与民事基本法的这一基本原则相抵触。

第二，《条例》是处理医疗事故的特别规定，其适用的范围仅限于医疗事故而引起的人身损害赔偿纠纷。对因医疗事故以外的其他医疗行为引起的医疗纠纷，已经超出了作为处理医疗事故特别规定的《条例》的调整范围，因此，对这类纠纷的处理，不能适用《条例》的规定处理，而应当适用《民法通则》的相关规定处理。

第三，如果患者身体因医疗机构非医疗事故的行为受到了损害，医疗机构不承担民事赔偿责任，那就不仅违反了我国宪法确立的法律面前人人平等的原则，而且还会导致受害人受到损害没有人承担赔偿责任的局面，受害人因侵权行为受到损害，没有任何

救济渠道，这也违背了公平正义的基本要
求，也不可能为社会或者广大人民群众所认
可。

　　综上所述，我认为《条例》调整的仅
是医疗事故而造成的人身损害赔偿纠纷，而
对不属于医疗事故的医疗行为造成的人身损
害赔偿纠纷，自应当适用《民法通则》的
有关规定处理。《条例》第四十九条第二款
的规定，应当理解为，不构成医疗事故的，
医疗机构不能按照《条例》的规定承担赔
偿责任。但是，该条规定并没有免除其按照
《民法通则》有关规定应当承担的侵权的民
事赔偿责任。

医疗事故损害赔偿应当参
照适用《条例》的规定

　　问：最高人民法院不久前公布了《关
于审理人身损害赔偿案件适用法律若干问题
的解释》，对人身损害赔偿的范围、标准作
了统一的规定。与《医疗事故处理条例》
比较，司法解释规定的赔偿标准较高，如果
当事人按照一般医疗纠纷向法院起诉时，人
民法院应当如何适用法律？

　　答：《条例》是对构成医疗事故如何处
理所作的特别规定，人民法院在处理因医疗
事故引起的民事赔偿纠纷时，应当优先适用
《条例》的规定，即参照《条例》的规定确
定损害赔偿的数额。为了贯彻执行《条
例》，最高人民法院下发了《关于参照〈医
疗事故处理条例〉审理医疗纠纷民事案件的
通知》（以下简称《通知》)。《通知》已就
上述法律适用问题作出了明确的规定，人身
损害赔偿的司法解释与《通知》的精神是
一致的。鉴于人身损害赔偿司法解释对赔偿
的标准作了一些调整，赔偿的数额比《条
例》规定的赔偿数额高，所以因医疗事故受
到损害的患者，可能会以一般的医疗纠纷向
法院起诉。在这种情况下，如果医疗机构提
出不构成一般医疗纠纷的抗辩，并且经鉴定
能够证明受害人的损害确实是医疗事故造成

的，那么人民法院应当按照《条例》的规
定确定赔偿的数额，而不能按照人身损害赔
偿司法解释的规定确定赔偿数额。

完善医疗风险分散机制？
促进医学科学技术进步

　　问：鉴于医疗行为的风险性比较高，
鉴于医疗行业属于具有公共福利性质的行
业，是否应当对医疗赔偿金额进行限制，以
推动医疗卫生事业的发展和医疗技术的进
步，你对此有何评价？

　　答：《条例》对医疗事故损害赔偿标准
的规定，不仅充分体现了上述原则，而且充
分考虑了我国医疗机构的承受能力和我国经
济的发展水平。保护受害人合法的民事权益
与促进医疗技术的进步确实是一对矛盾，如
何调整双方的利益冲突，涉及到在全社会分
配公平与正义的问题，应当通过完善我国法
律和相关制度的途径解决。我认为，在我国
现有的法律框架内，为了实现既保护广大人
民群众合法民事权益、又能够为我国医疗事
业的发展和医疗技术的进步创造有利的环境
的双重目的，医疗机构可以通过投医疗损害
责任险或者设立损害赔偿基金的方式，以分
散因医院过错行为造成的风险，减轻因医疗
机构承担的损害赔偿责任。因此，建议有关
部门应当将进一步完善医疗事故赔偿的相关
法律和相关机制，为公共医疗卫生事业提供
必要和充分保障的问题列入重要的议事日程
予以考虑。

　　正确认识医疗侵权举证责任倒置
　　问：在涉及医疗纠纷的诉讼中，医疗机
构对最高人民法院《证据规定》中实行
"举证责任倒置"的规定不理解，认为由医
疗机构就医疗行为与损害结果之间不存在因
果关系及不存在过错承担举证责任不合理？
不知最高人民法院如何看待这个问题？

　　答：民事诉讼中对举证责任的分配，通
常遵循"谁主张，谁举证"的原则，由提
出权利请求和事实主张的一方承担举证责

任。《最高人民法院关于民事诉讼证据的若干规定》（以下简称《规定》）第四条第二款第（八）项规定，"因医疗行为引起的侵权诉讼，由医疗机构就医疗行为与损害结果之间不存在因果关系，及不存在医疗过错承担举证责任。"这条规定有以下三层含义：

第一，患者应当承担初步举证责任。在医疗侵权损害赔偿诉讼中，患者应当对其损害赔偿请求权的成立，负有初步的举证责任。即原告应当首先证明其与医疗机构间存在医疗服务合同关系，接受过被告医疗机构的诊断、治疗，并因此受到损害。如果患者不能对上述问题提供证据予以证明，其请求权是不能得到人民法院支持的。

第二，举证责任是可以转移的。如果患者对损害赔偿请求权成立的证明达到了表见真实的程度，证明责任就向医疗机构转移。也就是说在这样的情况下，医疗机构应当提供证据反驳原告的诉讼请求，即医疗机构应当证明其医疗行为与损害结果之间不存在因果关系或者其医疗行为没有过错，这是合情合理的。如果医疗机构提不出具有合理说服力、足以使人信赖的证据，医疗机构就要承担败诉的结果。因此，从这种意义上讲，"医疗侵权"的举证责任并非倒置，而是举证责任转移的法律后果。

第三，确定证明责任转移的依据。确定由医疗机构对不存在因果关系和不存在医疗过错承担证明责任，主要是基于以下三点考虑。首先，患者的医学知识非常有限，并且其在治疗过程也是处于被动服从的地位；医疗机构则通过检查、化验等诊疗手段掌握和了解患者的生理、病理状况，制定治疗方案、熟悉治疗过程。如患者因手术治疗过错造成损害的，其在手术过程中一直处于麻醉的状态，对医疗过程是不可能知道的。因此，依据公平和诚实信用原则，应当由医疗机构承担举证责任。其次，按照举证责任的实质分配标准，举证责任应当由距离证据最近，或者控制证据源的一方当事人负担。诊

疗过程中的检查、化验、病程记录都由医疗机构方面实施或掌握，医疗机构是控制证据源、距离证据最近的一方，由其承担举证责任，符合举证责任分配的实质标准。再次，对因果关系和医疗过失的认定，涉及医学领域中的专门问题，一般都要通过鉴定才能认定。因此，在这样的情形下，医疗机构所需要做的，不过是申请鉴定、启动鉴定程序。这种意义上的"举证责任倒置"，对医疗机构而言并没有过分加重其负担，也不会出现所谓"举证责任之所在，即败诉之所在"那样一种证明责任分配的风险。所以，我们不赞成在医疗侵权证明责任负担的问题上，过分夸大其"举证责任倒置"的作用。从严格意义上说，举证责任倒置的前提是过失推定、因果关系推定，而医疗事故诉讼中对因果关系和医疗过失的认定最终依据鉴定结论，推定的作用极其微弱，完全没有必要对这个问题过度地担心。

司法正义的目标：人权保障与医学科学发展"双赢"

问：有的人认为，举证责任倒置会对医学科学进步和医疗事业发展造成消极的影响？你对此有何评价？

答：我认为这种观点也是不正确的。从证据规定实施后近两年的情况看，它对于提高医护人员的工作责任心，促进医疗技术的进步，尊重人的生命和身体健康，都产生了积极的影响，不仅受到社会广大人民群众的认可，也受到了许多医疗机构工作人员的好评。我认为，当前在处理尊重人民生命健康、保护患者受到损害后的合法民事权益与促进医疗事业发展、医学科学进步这对矛盾的问题上，我们不应当把重点过多的放到医疗机构应当如何不承担赔偿责任上，而应当立足于如何充分保护人的基本权利，并从相应的法律制度或者机制上分散医疗机构承担的风险，减轻医疗机构承担的赔偿责任上。只有这样，才能实现既在全社会分配了公平

与正义，又能够科学的分散医疗机构承担的风险，为我国医疗事业的发展和医学科学进步提供良好法制环境的双重目的。因此，我在此也再次呼吁，我国应当尽快建立分散医疗机构承担医疗责任风险的相关机制。我也衷心地希望社会各界应当把关注的重点放到这个问题的解决上，只有这样，才能体现我国贯彻以人为本的理念对受害人的关爱，才能体现我国社会的文明和进步，才能比较科学地调整患者和医疗机构的利益冲突，实现患者和医疗机构的"双赢"。

最高人民法院关于当事人对医疗事故鉴定结论有异议又不申请重新鉴定而以要求医疗单位赔偿经济损失为由向人民法院起诉的案件应否受理问题的复函

（1990 年 11 月 7 日　〔1990〕民他字第 44 号）

四川省高级人民法院：

你院川法研〔1990〕41 号请示收悉。经研究，同意你院审判委员会的倾向性意见，即：当事人对医疗事故鉴定结论虽有异议，但不申请重新鉴定，而以要求医疗单位赔偿经济损失为由向人民法院起诉的，如符合《中华人民共和国民事诉讼法（试行）》第八十一条规定，人民法院应作为民事案件受理。

中华人民共和国执业医师法（节录）

（1998 年 6 月 26 日第九届全国人民代表大会常务委员会第三次会议通过　1998 年 6 月 26 日中华人民共和国主席令第 5 号公布　自 1999 年 5 月 1 日起施行）

……

第二条　依法取得执业医师资格或者执业助理医师资格，经注册在医疗、预防、保健机构中执业的专业医务人员，适用本法。

本法所称医师，包括执业医师和执业助理医师。

……

第三章　执业规则

第二十一条　医师在执业活动中享有下列权利：

（一）在注册的执业范围内，进行医学诊查、疾病调查、医学处置、出具相应的医学证明文件，选择合理的医疗、预防、保健方案；

（二）按照国务院卫生行政部门规定的标准，获得与本人执业活动相当的医疗设备基本条件；

（三）从事医学研究、学术交流，参加专业学术团体；

（四）参加专业培训，接受继续医学教育；

（五）在执业活动中，人格尊严、人身安全不受侵犯；

（六）获取工资报酬和津贴，享受国家规定的福利待遇；

（七）对所在机构的医疗、预防、保健工作和卫生行政部门的工作提出意见和建议，依法参与所在机构的民主管理。

第二十二条 医师在执业活动中履行下列义务：

（一）遵守法律、法规，遵守技术操作规范；

（二）树立敬业精神，遵守职业道德，履行医师职责，尽职尽责为患者服务；

（三）关心、爱护、尊重患者，保护患者的隐私；

（四）努力钻研业务，更新知识，提高专业技术水平；

（五）宣传卫生保健知识，对患者进行健康教育。

第二十三条 医师实施医疗、预防、保健措施，签署有关医学证明文件，必须亲自诊查、调查，并按照规定及时填写医学文书，不得隐匿、伪造或者销毁医学文书及有关资料。

医师不得出具与自己执业范围无关或者与执业类别不相符的医学证明文件。

第二十四条 对急危患者，医师应当采取紧急措施进行诊治；不得拒绝急救处置。

第二十五条 医师应当使用经国家有关部门批准使用的药品、消毒药剂和医疗器械。

除正当诊断治疗外，不得使用麻醉药品、医疗用毒性药品、精神药品和放射性药品。

第二十六条 医师应当如实向患者或者其家属介绍病情，但应注意避免对患者产生不利后果。

医师进行实验性临床医疗，应当经医院批准并征得患者本人或者其家属同意。

第二十七条 医师不得利用职务之便，索取、非法收受患者财物或者牟取其他不正当利益。

第二十八条 遇有自然灾害、传染病流行、突发重大伤亡事故及其他严重威胁人民生命健康的紧急情况时，医师应当服从县级以上人民政府卫生行政部门的调遣。

第二十九条 医师发生医疗事故或者发现传染病疫情时，应当按照有关规定及时向所在机构或者卫生行政部门报告。

医师发现患者涉嫌伤害事件或者非正常死亡时，应当按照有关规定向有关部门报告。

第三十条 执业助理医师应当在执业医师的指导下，在医疗、预防、保健机构中按照其执业类别执业。

在乡、民族乡、镇的医疗、预防、保健机构中工作的执业助理医师，可以根据医疗诊治的情况和需要，独立从事一般的执业活动。

......

第五章 法律责任

第三十六条 以不正当手段取得医师执业证书的，由发给证书的卫生行政部门予以吊销；对负有直接责任的主管人员和其他直接责任人员，依法给予行政处分。

第三十七条 医师在执业活动中，违反本法规定，有下列行为之一的，由县级以上人民政府卫生行政部门给予警告或者责令暂停6个月以上1年以下执业活动；情节严重的，吊销其执业证书；构成犯罪的，依法追究刑事责任：

（一）违反卫生行政规章制度或者技术操作规范，造成严重后果的；

（二）由于不负责任延误急危患者的抢救和诊治，造成严重后果的；

（三）造成医疗责任事故的；

（四）未经亲自诊查、调查，签署诊断、治疗、流行病学等证明文件或者有关出生、死亡等证明文件的；

（五）隐匿、伪造或者擅自销毁医学文书及有关资料的；

（六）使用未经批准使用的药品、消毒药剂和医疗器械的；

（七）不按照规定使用麻醉药品、医疗用毒性药品、精神药品和放射性药品的；

（八）未经患者或者其家属同意，对患者进行实验性临床医疗的；

（九）泄露患者隐私，造成严重后果的；

（十）利用职务之便，索取、非法收受患者财物或者牟取其他不正当利益的；

（十一）发生自然灾害、传染病流行、突发重大伤亡事故以及其他严重威胁人民生命健康的紧急情况时，不服从卫生行政部门调遣的；

（十二）发生医疗事故或者发现传染病疫情，患者涉嫌伤害事件或者非正常死亡，不按照规定报告的。

第三十八条 医师在医疗、预防、保健工作中造成事故的，依照法律或者国家有关规定处理。

第三十九条 未经批准擅自开办医疗机构行医或者非医师行医的，由县级以上人民政府卫生行政部门予以取缔，没收其违法所得及其药品、器械，并处10万元以下的罚款；对医师吊销其执业证书；给患者造成损害的，依法承担赔偿责任；构成犯罪的，依法追究刑事责任。

第四十条 阻碍医师依法执业，侮辱、诽谤、威胁、殴打医师或者侵犯医师人身自由、干扰医师正常工作、生活的，依照治安管理处罚条例的规定处罚；构成犯罪的，依法追究刑事责任。

第四十一条 医疗、预防、保健机构未依照本法第十六条的规定履行报告职责，导致严重后果的，由县级以上人民政府卫生行政部门给予警告；并对该机构的行政负责人依法给予行政处分。

第四十二条 卫生行政部门工作人员或者医疗、预防、保健机构工作人员违反本法有关规定，弄虚作假、玩忽职守、滥用职权、徇私舞弊，尚不构成犯罪的，依法给予行政处分；构成犯罪的，依法追究刑事责任。

第六章 附 则

第四十三条 本法颁布之日前按照国家有关规定取得医学专业技术职称和医学专业技术职务的人员，由所在机构报请县级以上人民政府卫生行政部门认定，取得相应的医师资格。其中在医疗、预防、保健机构中从事医疗、预防、保健业务的医务人员，依照本法规定的条件，由所在机构集体核报县级以上人民政府卫生行政部门，予以注册并发给医师执业证书。具体办法由国务院卫生行政部门会同国务院人事行政部门制定。

第四十四条 计划生育技术服务机构中的医师，适用本法。

第四十五条 在乡村医疗卫生机构中向村民提供预防、保健和一般医疗服务的乡村医生，符合本法有关规定的，可以依法取得执业医师资格或者执业助理医师资格；不具备本法规定的执业医师资格或者执业助理医师资格的乡村医生，由国务院另行制定管理办法。

第四十六条 军队医师执行本法的实施办法，由国务院、中央军事委员会依据本法的原则制定。

第四十七条 境外人员在中国境内申请医师考试、注册、执业或者从事临床示教、临床研究等活动的，按照国家有关规定办理。

第四十八条 本法自1999年5月1日起施行。

中华人民共和国药品管理法（节录）

（1984年9月20日第六届全国人民代表大会常务委员会第七次会议通过 2001年2月28日第九届全国人民代表大会常务委员会第二十次会议修订通过 2001年2月28日中华人民共和国主席令第45号公布 自2001年12月1日起施行）

⋯⋯

第九十三条 药品的生产企业、经营企业、医疗机构违反本法规定，给药品使用者造成损害的，依法承担赔偿责任。

⋯⋯

工伤事故赔偿

中华人民共和国劳动法（节录）

（1994年7月5日第八届全国人民代表大会常务委员会第八次会议通过 1994年7月5日中华人民共和国主席令第28号公布 自1995年1月1日起施行）

······

第六章　劳动安全卫生

第五十二条 用人单位必须建立、健全劳动安全卫生制度，严格执行国家劳动安全卫生规程和标准，对劳动者进行劳动安全卫生教育，防止劳动过程中的事故，减少职业危害。

第五十三条 劳动安全卫生设施必须符合国家规定的标准。

新建、改建、扩建工程的劳动安全卫生设施必须与主体工程同时设计、同时施工、同时投入生产和使用。

第五十四条 用人单位必须为劳动者提供符合国家规定的劳动安全卫生条件和必要的劳动防护用品，对从事有职业危害作业的劳动者应当定期进行健康检查。

第五十五条 从事特种作业的劳动者必须经过专门培训并取得特种作业资格。

第五十六条 劳动者在劳动过程中必须严格遵守安全操作规程。

劳动者对用人单位管理人员违章指挥、强令冒险作业，有权拒绝执行；对危害生命安全和身体健康的行为，有权提出批评、检举和控告。

第五十七条 国家建立伤亡事故和职业病统计报告和处理制度。县级以上各级人民政府劳动行政部门、有关部门和用人单位应当依法对劳动者在劳动过程中发生的伤亡事故和劳动者的职业病状况，进行统计、报告和处理。

······

第九章　社会保险和福利

第七十条 国家发展社会保险事业，建立社会保险制度，设立社会保险基金，使劳动者在年老、患病、工伤、失业、生育等情况下获得帮助和补偿。

第七十一条 社会保险水平应当与社会经济发展水平和社会承受能力相适应。

第七十二条 社会保险基金按照保险类型确定资金来源，逐步实行社会统筹。用人单位和劳动者必须依法参加社会保险，缴纳社会保险费。

第七十三条 劳动者在下列情形下，依法享受社会保险待遇：

（一）退休；

（二）患病、负伤；

（三）因工伤残或者患职业病；

（四）失业；

（五）生育。

劳动者死亡后，其遗属依法享受遗属津贴。

劳动者享受社会保险待遇的条件和标准由法律、法规规定。

劳动者享受的社会保险金必须按时足额支付。

第七十四条 社会保险基金经办机构依照法律规定收支、管理和运营社会保险基金，并负有使社会保险基金保值增值的责任。

社会保险基金监督机构依照法律规定，对社会保险基金的收支、管理和运营实施监督。

社会保险基金经办机构和社会保险基金监督机构的设立和职能由法律规定。

任何组织和个人不得挪用社会保险基金。

第七十五条 国家鼓励用人单位根据本单位实际情况为劳动者建立补充保险。

国家提倡劳动者个人进行储蓄性保险。

第七十六条 国家发展社会福利事业，兴建公共福利设施，为劳动者休息、休养和疗养提供条件。

用人单位应当创造条件，改善集体福利，提高劳动者的福利待遇。

……

第十二章 法律责任

第八十九条 用人单位制定的劳动规章制度违反法律、法规规定的，由劳动行政部门给予警告，责令改正；对劳动者造成损害的，应当承担赔偿责任。

第九十条 用人单位违反本法规定，延长劳动者工作时间的，由劳动行政部门给予警告，责令改正，并可以处以罚款。

第九十一条 用人单位有下列侵害劳动者合法权益情形之一的，由劳动行政部门责令支付劳动者的工资报酬、经济补偿，并可以责令支付赔偿金：

（一）克扣或者无故拖欠劳动者工资的；

（二）拒不支付劳动者延长工作时间工资报酬的；

（三）低于当地最低工资标准支付劳动者工资的；

（四）解除劳动合同后，未依照本法规定给予劳动者经济补偿的。

第九十二条 用人单位的劳动安全设施和劳动卫生条件不符合国家规定或者未向劳动者提供必要的劳动防护用品和劳动保护设施的，由劳动行政部门或者有关部门责令改正，可以处以罚款；情节严重的，提请县级以上人民政府决定责令停产整顿；对事故隐患不采取措施，致使发生重大事故，造成劳动者生命和财产损失的，对责任人员比照刑法第一百八十七条的规定追究刑事责任。

第九十三条 用人单位强令劳动者违章冒险作业，发生重大伤亡事故，造成严重后果的，对责任人员依法追究刑事责任。

第九十四条 用人单位非法招用未满16周岁的未成年人的，由劳动行政部门责令改正，处以罚款；情节严重的，由工商行政管理部门吊销营业执照。

第九十五条 用人单位违反本法对女职工和未成年工的保护规定，侵害其合法权益的，由劳动行政部门责令改正，处以罚款；对女职工或者未成年工造成损害的，应当承担赔偿责任。

第九十六条 用人单位有下列行为之一，由公安机关对责任人员处以15日以下拘留、罚款或者警告；构成犯罪的，对责任人员依法追究刑事责任：

（一）以暴力、威胁或者非法限制人身自由的手段强迫劳动的；

（二）侮辱、体罚、殴打、非法搜查和拘禁劳动者的。

第九十七条 由于用人单位的原因订立的无效合同，对劳动者造成损害的，应当承担赔偿责任。

第九十八条　用人单位违反本法规定的条件解除劳动合同或者故意拖延不订立劳动合同的，由劳动行政部门责令改正；对劳动者造成损害的，应当承担赔偿责任。

第九十九条　用人单位招用尚未解除劳动合同的劳动者，对原用人单位造成经济损失的，该用人单位应当依法承担连带赔偿责任。

第一百条　用人单位无故不缴纳社会保险费的，由劳动行政部门责令其限期缴纳；逾期不缴的，可以加收滞纳金。

第一百零一条　用人单位无理阻挠劳动行政部门、有关部门及其工作人员行使监督检查权，打击报复举报人员的，由劳动行政部门或者有关部门处以罚款；构成犯罪的，对责任人员依法追究刑事责任。

第一百零二条　劳动者违反本法规定的条件解除劳动合同或者违反劳动合同中约定的保密事项，对用人单位造成经济损失的，应当依法承担赔偿责任。

第一百零三条　劳动行政部门或者有关部门的工作人员滥用职权、玩忽职守、徇私舞弊，构成犯罪的，依法追究刑事责任；不构成犯罪的，给予行政处分。

第一百零四条　国家工作人员和社会保险基金经办机构的工作人员挪用社会保险基金，构成犯罪的，依法追究刑事责任。

第一百零五条　违反本法规定侵害劳动者合法权益，其他法律、行政法规已规定处罚的，依照该法律、行政法规的规定处罚。

……

中华人民共和国职业病防治法

（2001年10月27日第九届全国人民代表大会常务委员会第二十四次会议通过　2001年10月27日中华人民共和国主席令第60号公布　自2002年5月1日起施行）

第一章　总　　则

第一条　为了预防、控制和消除职业病危害，防治职业病，保护劳动者健康及其相关权益，促进经济发展，根据宪法，制定本法。

第二条　本法适用于中华人民共和国领域内的职业病防治活动。

本法所称职业病，是指企业、事业单位和个体经济组织（以下统称用人单位）的劳动者在职业活动中，因接触粉尘、放射性物质和其他有毒、有害物质等因素而引起的疾病。

职业病的分类和目录由国务院卫生行政部门会同国务院劳动保障行政部门规定、调整并公布。

第三条　职业病防治工作坚持预防为主、防治结合的方针，实行分类管理、综合治理。

第四条　劳动者依法享有职业卫生保护的权利。

用人单位应当为劳动者创造符合国家职业卫生标准和卫生要求的工作环境和条件，并采取措施保障劳动者获得职业卫生保护。

第五条　用人单位应当建立、健全职业病防治责任制，加强对职业病防治的管理，提高职业病防治水平，对本单位产生的职业病危害承担责任。

第六条　用人单位必须依法参加工伤社会保险。

国务院和县级以上地方人民政府劳动保障行政部门应当加强对工伤社会保险的监督

管理，确保劳动者依法享受工伤社会保险待遇。

第七条 国家鼓励研制、开发、推广、应用有利于职业病防治和保护劳动者健康的新技术、新工艺、新材料，加强对职业病的机理和发生规律的基础研究，提高职业病防治科学技术水平；积极采用有效的职业病防治技术、工艺、材料；限制使用或者淘汰职业病危害严重的技术、工艺、材料。

第八条 国家实行职业卫生监督制度。

国务院卫生行政部门统一负责全国职业病防治的监督管理工作。国务院有关部门在各自的职责范围内负责职业病防治的有关监督管理工作。

县级以上地方人民政府卫生行政部门负责本行政区域内职业病防治的监督管理工作。县级以上地方人民政府有关部门在各自的职责范围内负责职业病防治的有关监督管理工作。

第九条 国务院和县级以上地方人民政府应当制定职业病防治规划，将其纳入国民经济和社会发展计划，并组织实施。

乡、民族乡、镇的人民政府应当认真执行本法，支持卫生行政部门依法履行职责。

第十条 县级以上人民政府卫生行政部门和其他有关部门应当加强对职业病防治的宣传教育，普及职业病防治的知识，增强用人单位的职业病防治观念，提高劳动者的自我健康保护意识。

第十一条 有关防治职业病的国家职业卫生标准，由国务院卫生行政部门制定并公布。

第十二条 任何单位和个人有权对违反本法的行为进行检举和控告。

对防治职业病成绩显著的单位和个人，给予奖励。

第二章 前期预防

第十三条 产生职业病危害的用人单位的设立除应当符合法律、行政法规规定的设立条件外，其工作场所还应当符合下列职业卫生要求：

（一）职业病危害因素的强度或者浓度符合国家职业卫生标准；

（二）有与职业病危害防护相适应的设施；

（三）生产布局合理，符合有害与无害作业分开的原则；

（四）有配套的更衣间、洗浴间、孕妇休息间等卫生设施；

（五）设备、工具、用具等设施符合保护劳动者生理、心理健康的要求；

（六）法律、行政法规和国务院卫生行政部门关于保护劳动者健康的其他要求。

第十四条 在卫生行政部门中建立职业病危害项目的申报制度。

用人单位设有依法公布的职业病目录所列职业病的危害项目的，应当及时、如实向卫生行政部门申报，接受监督。

职业病危害项目申报的具体办法由国务院卫生行政部门制定。

第十五条 新建、扩建、改建建设项目和技术改造、技术引进项目（以下统称建设项目）可能产生职业病危害的，建设单位在可行性论证阶段应当向卫生行政部门提交职业病危害预评价报告。卫生行政部门应当自收到职业病危害预评价报告之日起30日内，作出审核决定并书面通知建设单位。未提交预评价报告或者预评价报告未经卫生行政部门审核同意的，有关部门不得批准该建设项目。

职业病危害预评价报告应当对建设项目可能产生的职业病危害因素及其对工作场所和劳动者健康的影响作出评价，确定危害类别和职业病防护措施。

建设项目职业病危害分类目录和分类管理办法由国务院卫生行政部门制定。

第十六条 建设项目的职业病防护设施所需费用应当纳入建设项目工程预算，并与主体工程同时设计，同时施工，同时投入生产和使用。

职业病危害严重的建设项目的防护设施设计,应当经卫生行政部门进行卫生审查,符合国家职业卫生标准和卫生要求的,方可施工。

建设项目在竣工验收前,建设单位应当进行职业病危害控制效果评价。建设项目竣工验收时,其职业病防护设施经卫生行政部门验收合格后,方可投入正式生产和使用。

第十七条 职业病危害预评价、职业病危害控制效果评价由依法设立的取得省级以上人民政府卫生行政部门资质认证的职业卫生技术服务机构进行。职业卫生技术服务机构所作评价应当客观、真实。

第十八条 国家对从事放射、高毒等作业实行特殊管理。具体管理办法由国务院制定。

第三章 劳动过程中的防护与管理

第十九条 用人单位应当采取下列职业病防治管理措施:

(一)设置或者指定职业卫生管理机构或者组织,配备专职或者兼职的职业卫生专业人员,负责本单位的职业病防治工作;

(二)制定职业病防治计划和实施方案;

(三)建立、健全职业卫生管理制度和操作规程;

(四)建立、健全职业卫生档案和劳动者健康监护档案;

(五)建立、健全工作场所职业病危害因素监测及评价制度;

(六)建立、健全职业病危害事故应急救援预案。

第二十条 用人单位必须采用有效的职业病防护设施,并为劳动者提供个人使用的职业病防护用品。

用人单位为劳动者个人提供的职业病防护用品必须符合防治职业病的要求;不符合要求的,不得使用。

第二十一条 用人单位应当优先采用有利于防治职业病和保护劳动者健康的新技术、新工艺、新材料,逐步替代职业病危害严重的技术、工艺、材料。

第二十二条 产生职业病危害的用人单位,应当在醒目位置设置公告栏,公布有关职业病防治的规章制度、操作规程、职业病危害事故应急救援措施和工作场所职业病危害因素检测结果。

对产生严重职业病危害的作业岗位,应当在其醒目位置,设置警示标识和中文警示说明。警示说明应当载明产生职业病危害的种类、后果、预防以及应急救治措施等内容。

第二十三条 对可能发生急性职业损伤的有毒、有害工作场所,用人单位应当设置报警装置,配置现场急救用品、冲洗设备、应急撤离通道和必要的泄险区。

对放射工作场所和放射性同位素的运输、贮存,用人单位必须配置防护设备和报警装置,保证接触放射线的工作人员佩戴个人剂量计。

对职业病防护设备、应急救援设施和个人使用的职业病防护用品,用人单位应当进行经常性的维护、检修,定期检测其性能和效果,确保其处于正常状态,不得擅自拆除或者停止使用。

第二十四条 用人单位应当实施由专人负责的职业病危害因素日常监测,并确保监测系统处于正常运行状态。

用人单位应当按照国务院卫生行政部门的规定,定期对工作场所进行职业病危害因素检测、评价。检测、评价结果存入用人单位职业卫生档案,定期向所在地卫生行政部门报告并向劳动者公布。

职业病危害因素检测、评价由依法设立的取得省级以上人民政府卫生行政部门资质认证的职业卫生技术服务机构进行。职业卫生技术服务机构所作检测、评价应当客观、真实。

发现工作场所职业病危害因素不符合国

家职业卫生标准和卫生要求时，用人单位应当立即采取相应治理措施，仍然达不到国家职业卫生标准和卫生要求的，必须停止存在职业病危害因素的作业；职业病危害因素经治理后，符合国家职业卫生标准和卫生要求的，方可重新作业。

第二十五条 向用人单位提供可能产生职业病危害的设备的，应当提供中文说明书，并在设备的醒目位置设置警示标识和中文警示说明。警示说明应当载明设备性能、可能产生的职业病危害、安全操作和维护注意事项、职业病防护以及应急救治措施等内容。

第二十六条 向用人单位提供可能产生职业病危害的化学品、放射性同位素和含有放射性物质的材料的，应当提供中文说明书。说明书应当载明产品特性、主要成份、存在的有害因素、可能产生的危害后果、安全使用注意事项、职业病防护以及应急救治措施等内容。产品包装应当有醒目的警示标识和中文警示说明。贮存上述材料的场所应当在规定的部位设置危险物品标识或者放射性警示标识。

国内首次使用或者首次进口与职业病危害有关的化学材料，使用单位或者进口单位按照国家规定经国务院有关部门批准后，应当向国务院卫生行政部门报送该化学材料的毒性鉴定以及经有关部门登记注册或者批准进口的文件等资料。

进口放射性同位素、射线装置和含有放射性物质的物品的，按照国家有关规定办理。

第二十七条 任何单位和个人不得生产、经营、进口和使用国家明令禁止使用的可能产生职业病危害的设备或者材料。

第二十八条 任何单位和个人不得将产生职业病危害的作业转移给不具备职业病防护条件的单位和个人。不具备职业病防护条件的单位和个人不得接受产生职业病危害的作业。

第二十九条 用人单位对采用的技术、工艺、材料，应当知悉其产生的职业病危害，对有职业病危害的技术、工艺、材料隐瞒其危害而采用的，对所造成的职业病危害后果承担责任。

第三十条 用人单位与劳动者订立劳动合同（含聘用合同，下同）时，应当将工作过程中可能产生的职业病危害及其后果、职业病防护措施和待遇等如实告知劳动者，并在劳动合同中写明，不得隐瞒或者欺骗。

劳动者在已订立劳动合同期间因工作岗位或者工作内容变更，从事与所订立劳动合同中未告知的存在职业病危害的作业时，用人单位应当依照前款规定，向劳动者履行如实告知的义务，并协商变更原劳动合同相关条款。

用人单位违反前两款规定的，劳动者有权拒绝从事存在职业病危害的作业，用人单位不得因此解除或者终止与劳动者所订立的劳动合同。

第三十一条 用人单位的负责人应当接受职业卫生培训，遵守职业病防治法律、法规，依法组织本单位的职业病防治工作。

用人单位应当对劳动者进行上岗前的职业卫生培训和在岗期间的定期职业卫生培训，普及职业卫生知识，督促劳动者遵守职业病防治法律、法规、规章和操作规程，指导劳动者正确使用职业病防护设备和个人使用的职业病防护用品。

劳动者应当学习和掌握相关的职业卫生知识，遵守职业病防治法律、法规、规章和操作规程，正确使用、维护职业病防护设备和个人使用的职业病防护用品，发现职业病危害事故隐患应当及时报告。

劳动者不履行前款规定义务的，用人单位应当对其进行教育。

第三十二条 对从事接触职业病危害的作业的劳动者，用人单位应当按照国务院卫生行政部门的规定组织上岗前、在岗期间和离岗时的职业健康检查，并将检查结果如实告知劳动者。职业健康检查费用由用人单位承担。

用人单位不得安排未经上岗前职业健康检查的劳动者从事接触职业病危害的作业；不得安排有职业禁忌的劳动者从事其所禁忌的作业；对在职业健康检查中发现有与所从事的职业相关的健康损害的劳动者，应当调离原工作岗位，并妥善安置；对未进行离岗前职业健康检查的劳动者不得解除或者终止与其订立的劳动合同。

职业健康检查应当由省级以上人民政府卫生行政部门批准的医疗卫生机构承担。

第三十三条　用人单位应当为劳动者建立职业健康监护档案，并按照规定的期限妥善保存。

职业健康监护档案应当包括劳动者的职业史、职业病危害接触史、职业健康检查结果和职业病诊疗等有关个人健康资料。

劳动者离开用人单位时，有权索取本人职业健康监护档案复印件，用人单位应当如实、无偿提供，并在所提供的复印件上签章。

第三十四条　发生或者可能发生急性职业病危害事故时，用人单位应当立即采取应急救援和控制措施，并及时报告所在地卫生行政部门和有关部门。卫生行政部门接到报告后，应当及时会同有关部门组织调查处理；必要时，可以采取临时控制措施。

对遭受或者可能遭受急性职业病危害的劳动者，用人单位应当及时组织救治、进行健康检查和医学观察，所需费用由用人单位承担。

第三十五条　用人单位不得安排未成年工从事接触职业病危害的作业；不得安排孕期、哺乳期的女职工从事对本人和胎儿、婴儿有危害的作业。

第三十六条　劳动者享有下列职业卫生保护权利：

（一）获得职业卫生教育、培训；

（二）获得职业健康检查、职业病诊疗、康复等职业病防治服务；

（三）了解工作场所产生或者可能产生的职业病危害因素、危害后果和应当采取的职业病防护措施；

（四）要求用人单位提供符合防治职业病要求的职业病防护设施和个人使用的职业病防护用品，改善工作条件；

（五）对违反职业病防治法律、法规以及危及生命健康的行为提出批评、检举和控告；

（六）拒绝违章指挥和强令进行没有职业病防护措施的作业；

（七）参与用人单位职业卫生工作的民主管理，对职业病防治工作提出意见和建议。

用人单位应当保障劳动者行使前款所列权利。因劳动者依法行使正当权利而降低其工资、福利等待遇或者解除、终止与其订立的劳动合同的，其行为无效。

第三十七条　工会组织应当督促并协助用人单位开展职业卫生宣传教育和培训，对用人单位的职业病防治工作提出意见和建议，与用人单位就劳动者反映的有关职业病防治的问题进行协调并督促解决。

工会组织对用人单位违反职业病防治法律、法规，侵犯劳动者合法权益的行为，有权要求纠正；产生严重职业病危害时，有权要求采取防护措施，或者向政府有关部门建议采取强制性措施；发生职业病危害事故时，有权参与事故调查处理；发现危及劳动者生命健康的情形时，有权向用人单位建议组织劳动者撤离危险现场，用人单位应当立即作出处理。

第三十八条　用人单位按照职业病防治要求，用于预防和治理职业病危害、工作场所卫生检测、健康监护和职业卫生培训等费用，按照国家有关规定，在生产成本中据实列支。

第四章　职业病诊断与职业病病人保障

第三十九条　职业病诊断应当由省级以上人民政府卫生行政部门批准的医疗卫生机构承担。

第四十条　劳动者可以在用人单位所在地或者本人居住地依法承担职业病诊断的医疗卫生机构进行职业病诊断。

第四十一条　职业病诊断标准和职业病诊断、鉴定办法由国务院卫生行政部门制定。职业病伤残等级的鉴定办法由国务院劳动保障行政部门会同国务院卫生行政部门制定。

第四十二条　职业病诊断，应当综合分析下列因素：

（一）病人的职业史；

（二）职业病危害接触史和现场危害调查与评价；

（三）临床表现以及辅助检查结果等。

没有证据否定职业病危害因素与病人临床表现之间的必然联系的，在排除其他致病因素后，应当诊断为职业病。

承担职业病诊断的医疗卫生机构在进行职业病诊断时，应当组织3名以上取得职业病诊断资格的执业医师集体诊断。

职业病诊断证明书应当由参与诊断的医师共同签署，并经承担职业病诊断的医疗卫生机构审核盖章。

第四十三条　用人单位和医疗卫生机构发现职业病病人或者疑似职业病病人时，应当及时向所在地卫生行政部门报告。确诊为职业病的，用人单位还应当向所在地劳动保障行政部门报告。

卫生行政部门和劳动保障行政部门接到报告后，应当依法作出处理。

第四十四条　县级以上地方人民政府卫生行政部门负责本行政区域内的职业病统计报告的管理工作，并按照规定上报。

第四十五条　当事人对职业病诊断有异议的，可以向作出诊断的医疗卫生机构所在地地方人民政府卫生行政部门申请鉴定。

职业病诊断争议由设区的市级以上地方人民政府卫生行政部门根据当事人的申请，组织职业病诊断鉴定委员会进行鉴定。

当事人对设区的市级职业病诊断鉴定委员会的鉴定结论不服的，可以向省、自治区、直辖市人民政府卫生行政部门申请再鉴定。

第四十六条　职业病诊断鉴定委员会由相关专业的专家组成。

省、自治区、直辖市人民政府卫生行政部门应当设立相关的专家库，需要对职业病争议作出诊断鉴定时，由当事人或者当事人委托有关卫生行政部门从专家库中以随机抽取的方式确定参加诊断鉴定委员会的专家。

职业病诊断鉴定委员会应当按照国务院卫生行政部门颁布的职业病诊断标准和职业病诊断、鉴定办法进行职业病诊断鉴定，向当事人出具职业病诊断鉴定书。职业病诊断鉴定费用由用人单位承担。

第四十七条　职业病诊断鉴定委员会组成人员应当遵守职业道德，客观、公正地进行诊断鉴定，并承担相应的责任。职业病诊断鉴定委员会组成人员不得私下接触当事人，不得收受当事人的财物或者其他好处，与当事人有利害关系的，应当回避。

人民法院受理有关案件需要进行职业病鉴定时，应当从省、自治区、直辖市人民政府卫生行政部门依法设立的相关的专家库中选取参加鉴定的专家。

第四十八条　职业病诊断、鉴定需要用人单位提供有关职业卫生和健康监护等资料时，用人单位应当如实提供，劳动者和有关机构也应当提供与职业病诊断、鉴定有关的资料。

第四十九条　医疗卫生机构发现疑似职业病人时，应当告知劳动者本人并及时通知用人单位。

用人单位应当及时安排对疑似职业病病人进行诊断；在疑似职业病人诊断或者医

学观察期间，不得解除或者终止与其订立的劳动合同。

疑似职业病病人在诊断、医学观察期间的费用，由用人单位承担。

第五十条 职业病病人依法享受国家规定的职业病待遇。

用人单位应当按照国家有关规定，安排职业病病人进行治疗、康复和定期检查。

用人单位对不适宜继续从事原工作的职业病病人，应当调离原岗位，并妥善安置。

用人单位对从事接触职业病危害的作业的劳动者，应当给予适当岗位津贴。

第五十一条 职业病病人的诊疗、康复费用，伤残以及丧失劳动能力的职业病病人的社会保障，按照国家有关工伤社会保险的规定执行。

第五十二条 职业病病人除依法享有工伤社会保险外，依照有关民事法律，尚有获得赔偿的权利的，有权向用人单位提出赔偿要求。

第五十三条 劳动者被诊断患有职业病，但用人单位没有依法参加工伤社会保险的，其医疗和生活保障由最后的用人单位承担；最后的用人单位有证据证明该职业病是先前用人单位的职业病危害造成的，由先前的用人单位承担。

第五十四条 职业病病人变动工作单位，其依法享有的待遇不变。

用人单位发生分立、合并、解散、破产等情形的，应当对从事接触职业病危害的作业的劳动者进行健康检查，并按照国家有关规定妥善安置职业病病人。

第五章 监督检查

第五十五条 县级以上人民政府卫生行政部门依照职业病防治法律、法规、国家职业卫生标准和卫生要求，依据职责划分，对职业病防治工作及职业病危害检测、评价活动进行监督检查。

第五十六条 卫生行政部门履行监督检查职责时，有权采取下列措施：

（一）进入被检查单位和职业病危害现场，了解情况，调查取证；

（二）查阅或者复制与违反职业病防治法律、法规的行为有关的资料和采集样品；

（三）责令违反职业病防治法律、法规的单位和个人停止违法行为。

第五十七条 发生职业病危害事故或者有证据证明危害状态可能导致职业病危害事故发生时，卫生行政部门可以采取下列临时控制措施：

（一）责令暂停导致职业病危害事故的作业；

（二）封存造成职业病危害事故或者可能导致职业病危害事故发生的材料和设备；

（三）组织控制职业病危害事故现场。

在职业病危害事故或者危害状态得到有效控制后，卫生行政部门应当及时解除控制措施。

第五十八条 职业卫生监督执法人员依法执行职务时，应当出示监督执法证件。

职业卫生监督执法人员应当忠于职守，秉公执法，严格遵守执法规范；涉及用人单位的秘密的，应当为其保密。

第五十九条 职业卫生监督执法人员依法执行职务时，被检查单位应当接受检查并予以支持配合，不得拒绝和阻碍。

第六十条 卫生行政部门及其职业卫生监督执法人员履行职责时，不得有下列行为：

（一）对不符合法定条件的，发给建设项目有关证明文件、资质证明文件或者予以批准；

（二）对已经取得有关证明文件的，不履行监督检查职责；

（三）发现用人单位存在职业病危害的，可能造成职业病危害事故，不及时依法采取控制措施；

（四）其他违反本法的行为。

第六十一条 职业卫生监督执法人员应当依法经过资格认定。

卫生行政部门应当加强队伍建设，提高职业卫生监督执法人员的政治、业务素质，依照本法和其他有关法律、法规的规定，建立、健全内部监督制度，对其工作人员执行法律、法规和遵守纪律的情况，进行监督检查。

第六章　法律责任

第六十二条　建设单位违反本法规定，有下列行为之一的，由卫生行政部门给予警告，责令限期改正；逾期不改正的，处 10 万元以上 50 万元以下的罚款；情节严重的，责令停止产生职业病危害的作业，或者提请有关人民政府按照国务院规定的权限责令停建、关闭：

（一）未按照规定进行职业病危害预评价或者未提交职业病危害预评价报告，或者职业病危害预评价报告未经卫生行政部门审核同意，擅自开工的；

（二）建设项目的职业病防护设施未按照规定与主体工程同时投入生产和使用的；

（三）职业病危害严重的建设项目，其职业病防护设施设计不符合国家职业卫生标准和卫生要求施工的；

（四）未按照规定对职业病防护设施进行职业病危害控制效果评价、未经卫生行政部门验收或者验收不合格，擅自投入使用的。

第六十三条　违反本法规定，有下列行为之一的，由卫生行政部门给予警告，责令限期改正；逾期不改正的，处 2 万元以下的罚款：

（一）工作场所职业病危害因素检测、评价结果没有存档、上报、公布的；

（二）未采取本法第十九条规定的职业病防治管理措施的；

（三）未按照规定公布有关职业病防治的规章制度、操作规程、职业病危害事故应急救援措施的；

（四）未按照规定组织劳动者进行职业卫生培训，或者未对劳动者个人职业病防护采取指导、督促措施的；

（五）国内首次使用或者首次进口与职业危害有关的化学材料，未按照规定报送毒性鉴定资料以及经有关部门登记注册或者批准进口的文件的。

第六十四条　用人单位违反本法规定，有下列行为之一的，由卫生行政部门责令限期改正，给予警告，可以并处 2 万元以上 5 万元以下的罚款：

（一）未按照规定及时、如实向卫生行政部门申报产生职业病危害的项目的；

（二）未实施由专人负责的职业病危害因素日常监测，或者监测系统不能正常监测的；

（三）订立或者变更劳动合同时，未告知劳动者职业病危害真实情况的；

（四）未按照规定组织职业健康检查、建立职业健康监护档案或者未将检查结果如实告知劳动者的。

第六十五条　用人单位违反本法规定，有下列行为之一的，由卫生行政部门给予警告，责令限期改正，逾期不改正的，处 5 万元以上 20 万元以下的罚款；情节严重的，责令停止产生职业病危害的作业，或者提请有关人民政府按照国务院规定的权限责令关闭：

（一）工作场所职业病危害因素的强度或者浓度超过国家职业卫生标准的；

（二）未提供职业病防护设施和个人使用的职业病防护用品，或者提供的职业病防护设施和个人使用的职业病防护用品不符合国家职业卫生标准和卫生要求的；

（三）对职业病防护设备、应急救援设施和个人使用的职业病防护用品未按照规定进行维护、检修、检测，或者不能保持正常运行、使用状态的；

（四）未按照规定对工作场所职业病危害因素进行检测、评价的；

（五）工作场所职业病危害因素经治理仍然达不到国家职业卫生标准和卫生要求

时，未停止存在职业病危害因素的作业的；

（六）未按照规定安排职业病病人、疑似职业病病人进行诊治的；

（七）发生或者可能发生急性职业病危害事故时，未立即采取应急救援和控制措施或者未按照规定及时报告的；

（八）未按照规定在产生严重职业病危害的作业岗位醒目位置设置警示标识和中文警示说明的；

（九）拒绝卫生行政部门监督检查的。

第六十六条　向用人单位提供可能产生职业病危害的设备、材料，未按照规定提供中文说明书或者设置警示标识和中文警示说明的，由卫生行政部门责令限期改正，给予警告，并处5万元以上20万元以下的罚款。

第六十七条　用人单位和医疗卫生机构未按照规定报告职业病、疑似职业病的，由卫生行政部门责令限期改正，给予警告，可以并处1万元以下的罚款；弄虚作假的，并处2万元以上5万元以下的罚款；对直接负责的主管人员和其他直接责任人员，可以依法给予降级或者撤职的处分。

第六十八条　违反本法规定，有下列情形之一的，由卫生行政部门责令限期治理，并处5万元以上30万元以下的罚款；情节严重的，责令停止产生职业病危害的作业，或者提请有关人民政府按照国务院规定的权限责令关闭：

（一）隐瞒技术、工艺、材料所产生的职业病危害而采用的；

（二）隐瞒本单位职业卫生真实情况的；

（三）可能发生急性职业损伤的有毒、有害工作场所、放射工作场所或者放射性同位素的运输、贮存不符合本法第二十三条规定的；

（四）使用国家明令禁止使用的可能产生职业病危害的设备或者材料的；

（五）将产生职业病危害的作业转移给没有职业病防护条件的单位和个人，或者没

有职业病防护条件的单位和个人接受产生职业病危害的作业的；

（六）擅自拆除、停止使用职业病防护设备或者应急救援设施的；

（七）安排未经职业健康检查的劳动者、有职业禁忌的劳动者、未成年工或者孕期、哺乳期女职工从事接触职业病危害的作业或者禁忌作业的；

（八）违章指挥和强令劳动者进行没有职业病防护措施的作业的。

第六十九条　生产、经营或者进口国家明令禁止使用的可能产生职业病危害的设备或者材料的，依照有关法律、行政法规的规定给予处罚。

第七十条　用人单位违反本法规定，已经对劳动者生命健康造成严重损害的，由卫生行政部门责令停止产生职业病危害的作业，或者提请有关人民政府按照国务院规定的权限责令关闭，并处10万元以上30万元以下的罚款。

第七十一条　用人单位违反本法规定，造成重大职业病危害事故或者其他严重后果，构成犯罪的，对直接负责的主管人员和其他直接责任人员，依法追究刑事责任。

第七十二条　未取得职业卫生技术服务资质认证擅自从事职业卫生技术服务的，或者医疗卫生机构未经批准擅自从事职业健康检查、职业病诊断的，由卫生行政部门责令立即停止违法行为，没收违法所得；违法所得5000元以上的，并处违法所得2倍以上10倍以下的罚款；没有违法所得或者违法所得不足5000元的，并处5000元以上5万元以下的罚款；情节严重的，对直接负责的主管人员和其他直接责任人员，依法给予降级、撤职或者开除的处分。

第七十三条　从事职业卫生技术服务的机构和承担职业健康检查、职业病诊断的医疗卫生机构违反本法规定，有下列行为之一的，由卫生行政部门责令立即停止违法行为，给予警告，没收违法所得；违法所得5000元

以上的，并处违法所得 2 倍以上 5 倍以下的罚款；没有违法所得或者违法所得不足 5000 元的，并处 5000 元以上 2 万元以下的罚款；情节严重的，由原认证或者批准机关取消其相应的资格；对直接负责的主管人员和其他直接责任人员，依法给予降级、撤职或者开除的处分；构成犯罪的，依法追究刑事责任：

（一）超出资质认证或者批准范围从事职业卫生技术服务或者职业健康检查、职业病诊断的；

（二）不按照本法规定履行法定职责的；

（三）出具虚假证明文件的。

第七十四条 职业病诊断鉴定委员会组成人员收受职业病诊断争议当事人的财物或者其他好处的，给予警告，没收收受的财物，可以并处 3000 元以上 5 万元以下的罚款，取消其担任职业病诊断鉴定委员会组成人员的资格，并从省、自治区、直辖市人民政府卫生行政部门设立的专家库中予以除名。

第七十五条 卫生行政部门不按照规定报告职业病和职业危害事故的，由上一级卫生行政部门责令改正，通报批评，给予警告；虚报、瞒报的，对单位负责人、直接负责的主管人员和其他直接责任人员依法给予降级、撤职或者开除的行政处分。

第七十六条 卫生行政部门及其职业卫生监督执法人员有本法第六十条所列行为之一，导致职业病危害事故发生，构成犯罪的，依法追究刑事责任；尚不构成犯罪的，对单位负责人、直接负责的主管人员和其他直接责任人员依法给予降级、撤职或者开除的行政处分。

第七章 附 则

第七十七条 本法下列用语的含义：

职业病危害，是指对从事职业活动的劳动者可能导致职业病的各种危害。职业病危害因素包括：职业活动中存在的各种有害的化学、物理、生物因素以及在作业过程中产生的其他职业有害因素。

职业禁忌，是指劳动者从事特定职业或者接触特定职业病危害因素时，比一般职业人群更易于遭受职业病危害和罹患职业病或者可能导致原有自身疾病病情加重，或者在从事作业过程中诱发可能导致对他人生命健康构成危险的疾病的个人特殊生理或者病理状态。

第七十八条 本法第二条规定的用人单位以外的单位，产生职业病危害的，其职业病防治活动可以参照本法执行。

中国人民解放军参照执行本法的办法，由国务院、中央军事委员会制定。

第七十九条 本法自 2002 年 5 月 1 日起施行。

职业病诊断与鉴定管理办法

（2002 年 3 月 28 日卫生部令第 24 号公布 自 2002 年 5 月 1 日起实施）

第一章 总 则

第一条 为了规范职业病诊断鉴定工作，加强职业病诊断、鉴定管理，根据《中华人民共和国职业病防治法》（以下简称《职业病防治法》），制定本办法。

第二条 职业病的诊断与鉴定工作应当遵循科学、公正、公开、公平、及时、便民的原则。

职业病诊断、鉴定工作应当依据《职业病防治法》及本办法的规定和国家职业病诊断标准进行，并符合职业病诊断与鉴定的程序。

第二章 诊 断 机 构

第三条 职业病诊断应当由省级卫生行政部门批准的医疗卫生机构承担。

第四条 从事职业病诊断的医疗卫生机构，

应当具备以下条件：

（一）持有《医疗机构执业许可证》；

（二）具有与开展职业病诊断相适应的医疗卫生技术人员；

（三）具有与开展职业病诊断相适应的仪器、设备；

（四）具有健全的职业病诊断质量管理制度。

第五条 医疗卫生机构从事职业病诊断，应当向省级卫生行政部门提出申请，并提交以下资料：

（一）职业病诊断机构申请表；

（二）医疗机构执业许可证；

（三）申请从事的职业病诊断项目；

（四）与职业病诊断项目相适应的技术人员、仪器设备等资料；

（五）职业病诊断质量管理制度有关资料；

（六）省级卫生行政部门规定提交的其他资料。

第六条 省级卫生行政部门收到申请资料后，应当在90日内完成资料审查和现场考核，自现场考核结束之日起15日内，做出批准或者不批准的决定，并书面通知申请单位。批准的由省级卫生行政部门颁发职业病诊断机构批准证书。

职业病诊断机构批准证书有效期限为4年。

第七条 职业病诊断机构的职责是：

（一）在批准的职业病诊断项目范围内开展职业病诊断；

（二）职业病报告；

（三）承担卫生行政部门交付的有关职业病诊断的其他工作。

第八条 从事职业病诊断的医师应当具备以下条件，并取得省级卫生行政部门颁发的资格证书：

（一）具有执业医师资格；

（二）具有中级以上卫生专业技术职务任职资格；

（三）熟悉职业病防治法律规范和职业病诊断标准；

（四）从事职业病诊疗相关工作5年以上；

（五）熟悉工作场所职业病危害防治及其管理；

（六）经培训、考核合格。

第三章 诊 断

第九条 职业病诊断机构依法独立行使诊断权，并对其做出的诊断结论承担责任。

第十条 劳动者可以选用用人单位所在地或本人居住地的职业病诊断机构进行诊断。

本办法所称居住地是指劳动者的经常居住地。

第十一条 申请职业病诊断时应当提供：

（一）职业史、既往史；

（二）职业健康监护档案复印件；

（三）职业健康检查结果；

（四）工作场所历年职业病危害因素检测、评价资料；

（五）诊断机构要求提供的其他必需的有关材料。

用人单位和有关机构应当按照诊断机构的要求，如实提供必要的资料。

没有职业病危害接触史或者健康检查没有发现异常的，诊断机构可以不予受理。

第十二条 职业病诊断应当依据职业病诊断标准，结合职业病危害接触史、工作场所职业病危害因素检测与评价、临床表现和医学检查结果等资料，进行综合分析做出。

对不能确诊的疑似职业病病人，可以经必要的医学检查或者住院观察后，再做出诊断。

第十三条 没有证据否定职业病危害因素与病人临床表现之间的必然联系的，在排除其他致病因素后，应当诊断为职业病。

第十四条 职业病诊断机构在进行职业病诊断时，应当组织三名以上取得职业病诊断资格的执业医师进行集体诊断。

对职业病诊断有意见分歧的，应当按多数人的意见诊断；对不同意见应当如实记录。

第十五条 职业病诊断机构做出职业病诊断后，应当向当事人出具职业病诊断证明书。职业病诊断证明书应当明确是否患有职业病，对患有职业病的，还应当载明所患职业病的名称、程度（期别）、处理意见和复查时间。

职业病诊断证明书应当由参加诊断的医师共同签署，并经职业病诊断机构审核盖章。

职业病诊断证明书应当一式三份，劳动者、用人单位各执一份，诊断机构存档一份。

职业病诊断证明书的格式由卫生部统一规定。

第十六条 用人单位和医疗卫生机构发现职业病病人或者疑似职业病病人时，应当按规定报告。确诊为职业病的，用人单位还应当向所在地县级劳动保障行政部门报告。

第十七条 职业病诊断机构应当建立职业病诊断档案并永久保存，档案内容应当包括：

（一）职业病诊断证明书；

（二）职业病诊断过程记录：包括参加诊断的人员、时间、地点、讨论内容及诊断结论；

（三）用人单位和劳动者提供的诊断用所有资料；

（四）临床检查与实验室检验等结果报告单；

（五）现场调查笔录及分析评价报告。

第十八条 确诊为职业病的患者，用人单位应当按照职业病诊断证明书上注明的复查时间安排复查。

第四章 鉴 定

第十九条 当事人对职业病诊断有异议的，在接到职业病诊断证明书之日起30日内，可以向做出诊断的医疗卫生机构所在地设区的市级卫生行政部门申请鉴定。

设区的市级卫生行政部门组织的职业病诊断鉴定委员会负责职业病诊断争议的首次鉴定。

当事人对设区的市级职业病诊断鉴定委员会的鉴定结论不服的，在接到职业病诊断鉴定书之日起15日内，可以向原鉴定机构所在地省级卫生行政部门申请再鉴定。

省级职业病诊断鉴定委员会的鉴定为最终鉴定。

第二十条 省级卫生行政部门应当设立职业病诊断鉴定专家库。专家库由具备下列条件专业技术人员组成：

（一）具有良好的业务素质和职业道德；

（二）具有相关专业的高级卫生技术职务任职资格；

（三）具有五年以上相关工作经验；

（四）熟悉职业病防治法律规范和职业病诊断标准；

（五）身体健康，能够胜任职业病诊断鉴定工作。

专家库专家任期四年，可以连聘连任。

第二十一条 职业病诊断鉴定委员会承担职业病诊断争议的鉴定工作。职业病诊断鉴定委员由卫生行政部门组织。

第二十二条 卫生行政部门可以委托办事机构承担职业诊断鉴定的组织和日常性工作。职业病诊断鉴定办事机构的职责是：

（一）接受当事人申请；

（二）组织当事人或者接受当事人委托抽取职业病诊断鉴定委员会专家；

（三）管理鉴定档案；

（四）承办与鉴定有关的事务性工作；

（五）承担卫生行政部门委托的有关鉴定的其他工作。

第二十三条 参加职业病诊断鉴定的专家，由申请鉴定的当事人在职业病诊断鉴定办事机构的主持下，从专家库中以随机抽取的方式确定。

当事人也可以委托职业病诊断鉴定办事

机构抽取专家。

职业病诊断鉴定委员会组成人数为 5 人以上单数,鉴定委员会设主任委员 1 名,由鉴定委员会推举产生。

在特殊情况下,职业病诊断鉴定专业机构根据鉴定工作的需要,可以组织在本地区以外的专家库中随机抽取相关专业的专家参加鉴定或者函件咨询。

第二十四条 职业病诊断鉴定委员会专家有下列情形之一的,应当回避:

(一)是职业病诊断鉴定当事人或者当事人近亲属的;

(二)与职业病诊断鉴定有利害关系的;

(三)与职业病诊断鉴定当事人有其他关系,可能影响公正鉴定的。

第二十五条 当事人申请职业病诊断鉴定时,应当提供以下材料:

(一)职业病诊断鉴定申请书;

(二)职业病诊断证明书;

(三)本办法第十一条规定的材料;

(四)其他有关资料。

第二十六条 职业病诊断鉴定办事机构应当自收到申请资料之日起 10 日内完成材料审核,对材料齐全的发给受理通知书;材料不全的,通知当事人补充。

职业病诊断鉴定办事机构应当在受理鉴定之日起 60 日内组织鉴定。

第二十七条 鉴定委员会应当认真审查当事人提供的材料,必要时可以听取当事人的陈述和申辩,对被鉴定人进行医学检查,对被鉴定人的工作场所进行现场调查取证。

鉴定委员会根据需要可以向原职业病诊断机构调阅有关的诊断资料。

鉴定委员会根据需要可以向用人单位索取与鉴定有关的资料。用人单位应当如实提供。

对被鉴定人进行医学检查,对被鉴定人的工作场所进行现场调查取证等工作由职业病诊断鉴定办事机构安排、组织。

第二十八条 职业病诊断鉴定委员会可以根据需要邀请其他专家参加职业病诊断鉴定。邀请的专家可以提出技术意见、提供有关资料,但不参与鉴定结论的表决。

第二十九条 职业病诊断鉴定委员会应当认真审阅有关资料,依照有关规定和职业病诊断标准,运用科学原理和专业知识,独立进行鉴定。在事实清楚的基础上,进行综合分析,做出鉴定结论,并制作鉴定书。鉴定结论以鉴定委员会成员的过半数通过。鉴定过程应当如实记载。

职业病诊断鉴定书应当包括以下内容:

(一)劳动者、用人单位的基本情况及鉴定事由;

(二)参加鉴定的专家情况;

(三)鉴定结论及其依据,如果为职业病,应当注明职业病名称,程度(期别);

(四)鉴定时间。

参加鉴定的专家应当在鉴定书上签字,鉴定书加盖职业病诊断鉴定委员会印章。

职业病诊断鉴定书应当于鉴定结束之日起 20 日内由职业病诊断鉴定办事机构发送当事人。

第三十条 职业病诊断鉴定过程应当如实记录,其内容应当包括:

(一)鉴定专家的情况;

(二)鉴定所用资料的名称和数目;

(三)当事人的陈述和申辩;

(四)鉴定专家的意见;

(五)表决的情况;

(六)鉴定结论;

(七)对鉴定结论的不同意见;

(八)鉴定专家签名;

(九)鉴定时间。

鉴定结束后,鉴定记录应当随同职业病诊断鉴定书一并由职业病诊断鉴定办事机构存档。

第三十一条 职业病诊断、鉴定的费用由用人单位承担。

第五章 监督管理

第三十二条 在职业病诊断机构批准证书有效期届满前6个月内,职业病诊断机构应当向原批准机关申请续展,原批准机关复核后,对合格的,换发证书;逾期未申请续展的,其《职业病诊断机构批准证书》过期失效。

第三十三条 省级卫生行政部门应当对取得批准证书的职业病诊断机构进行日常监督检查与年度考核,对日常监督检查或者年度考核不合格的,责令限期改正,逾期不改正或者经检查仍不合格的,由原发证机关注消其资格,并收缴《职业病诊断机构批准证书》;对不合格的职业病诊断医师,应当注销其诊断资格。

第三十四条 省级卫生行政部门应当对其设立的专家库定期复审,并根据职业病诊断鉴定工作需要及时进行调整。

第六章 罚 则

第三十五条 用人单位违反《职业病防治法》及本办法规定,未安排职业病病人、疑似职业病病人进行诊治的,由卫生行政部门给予警告,责令限期改正,逾期不改正的,处5万元以上20万元以下的罚款。

第三十六条 用人单位违反《职业病防治法》及本办法规定,隐瞒本单位职业卫生真实情况的,由卫生行政部门责令限期改正,并处5万元以上10万元以下的罚款。

第三十七条 违反《职业病防治法》及本办法规定,医疗卫生机构未经批准擅自从事职业病诊断的,由卫生行政部门责令立即停止违法行为,没收违法所得;违法所得5000元以上的,并处违法所得2倍以上10倍以下的罚款;没有违法所得或者违法所得不足5000元的,并处5000元以上5万元以下的罚款;情节严重的,对直接负责的主管人员和其他直接责任人员,依法给予降级、撤职或者开除的处分。

第三十八条 职业病诊断机构违反《职业病防治法》及本办法规定,有下列行为之一的,由卫生行政部门责令立即停止违法行为,给予警告,没收违法所得;违法所得5000元以上的,并处违法所得2倍以上5倍以下的罚款;没有违法所得或者违法所得不足5000元的,并处5000元以上2万元以下的罚款;情节严重的,由原批准机关取消其相应的资格;对直接负责的主管人员和其他直接责任人员,依法给予降级、撤职或者开除的处分;构成犯罪的,依法追究刑事责任:

（一）超出批准范围从事职业病诊断的;

（二）不按照本法规定履行法定职责的;

（三）出具虚假证明文件的。

第三十九条 职业病诊断鉴定委员会组成人员违反《职业病防治法》及本办法规定,收受职业病诊断争议当事人的财物或者其他好处的,给予警告,没收收受的财物,可以并处3000元以上5万元以下的罚款,取消其担任职业病诊断鉴定委员会组成人员的资格,并从省级卫生行政部门设立的专家库中予以除名。

第四十条 用人单位和医疗卫生机构违反《职业病防治法》及本办法规定,未报告职业病、疑似职业病的,由卫生行政部门责令限期改正,给予警告,可以并处1万元以下的罚款;弄虚作假的,并处2万元以上5万元以下的罚款;对直接负责的主管人员和其他直接责任人员,可以依法给予降级或者撤职的处分。

第七章 附 则

第四十一条 本办法自2002年5月1日实施。卫生部1984年3月29日颁发的《职业病诊断管理办法》同时废止。

关于印发《职业病
目录》的通知

（2002 年 4 月 18 日发布实施　卫生部、劳动和保障部卫法监发〔2002〕108 号）

根据《中华人民共和国职业病防治法》第二条的规定，现将《职业病目录》印发给你们，请遵照执行。1987 年 11 月 5 日卫生部、劳动人事部、财政部和全国总工会联合发布的《职业病范围和职业病患者处理办法的规定》中的职业病名单同时废止。

职业病目录

一、尘肺

1. 矽肺
2. 煤工尘肺
3. 石墨尘肺
4. 碳黑尘肺
5. 石棉肺
6. 滑石尘肺
7. 水泥尘肺
8. 云母尘肺
9. 陶工尘肺
10. 铝尘肺
11. 电焊工尘肺
12. 铸工尘肺
13. 根据《尘肺病诊断标准》和《尘肺病理诊断标准》可以诊断的其他尘肺

二、职业性放射性疾病

1. 外照射急性放射病
2. 外照射亚急性放射病
3. 外照射慢性放射病
4. 内照射放射病
5. 放射性皮肤疾病
6. 放射性肿瘤
7. 放射性骨损伤
8. 放射性甲状腺疾病
9. 放射性性腺疾病
10. 放射复合伤
11. 根据《职业性放射性疾病诊断标准（总则）》可以诊断的其他放射性损伤

三、职业中毒

1. 铅及其化合物中毒（不包括四乙基铅）
2. 汞及其化合物中毒
3. 锰及其化合物中毒
4. 镉及其化合物中毒
5. 铍病
6. 铊及其化合物中毒
7. 钡及其化合物中毒
8. 钒及其化合物中毒
9. 磷及其化合物中毒
10. 砷及其化合物中毒
11. 铀中毒
12. 砷化氢中毒
13. 氯气中毒
14. 二氧化硫中毒
15. 光气中毒
16. 氨中毒
17. 偏二甲基肼中毒
18. 氮氧化合物中毒
19. 一氧化碳中毒
20. 二硫化碳中毒
21. 硫化氢中毒
22. 磷化氢、磷化锌、磷化铝中毒
23. 工业性氟病
24. 氰及腈类化合物中毒
25. 四乙基铅中毒
26. 有机锡中毒
27. 羰基镍中毒
28. 苯中毒
29. 甲苯中毒
30. 二甲苯中毒
31. 正己烷中毒
32. 汽油中毒

33. 一甲胺中毒

34. 有机氟聚合物单体及其热裂解物中毒

35. 二氯乙烷中毒

36. 四氯化碳中毒

37. 氯乙烯中毒

38. 三氯乙烯中毒

39. 氯丙烯中毒

40. 氯丁二烯中毒

41. 苯的氨基及硝基化合物（不包括三硝基甲苯）中毒

42. 三硝基甲苯中毒

43. 甲醇中毒

44. 酚中毒

45. 五氯酚（钠）中毒

46. 甲醛中毒

47. 硫酸二甲酯中毒

48. 丙烯酰胺中毒

49. 二甲基甲酰胺中毒

50. 有机磷农药中毒

51. 氨基甲酸酯类农药中毒

52. 杀虫脒中毒

53. 溴甲烷中毒

54. 拟除虫菊酯类农药中毒

55. 根据《职业性中毒性肝病诊断标准》可以诊断的职业性中毒性肝病

56. 根据《职业性急性化学物中毒诊断标准（总则）》可以诊断的其他职业性急性中毒

四、物理因素所致职业病

1. 中暑

2. 减压病

3. 高原病

4. 航空病

5. 手臂振动病

五、生物因素所致职业病

1. 炭疽

2. 森林脑炎

3. 布氏杆菌病

六、职业性皮肤病

1. 接触性皮炎

2. 光敏性皮炎

3. 电光性皮炎

4. 黑变病

5. 痤疮

6. 溃疡

7. 化学性皮肤灼伤

8. 根据《职业性皮肤病诊断标准（总则）》可以诊断的其他职业性皮肤病

七、职业性眼病

1. 化学性眼部灼伤

2. 电光性眼炎

3. 职业性白内障（含放射性白内障、三硝基甲苯白内障）

八、职业性耳鼻喉口腔疾病

1. 噪声聋

2. 铬鼻病

3. 牙酸蚀病

九、职业性肿瘤

1. 石棉所致肺癌、间皮瘤

2. 联苯胺所致膀胱癌

3. 苯所致白血病

4. 氯甲醚所致肺癌

5. 砷所致肺癌、皮肤癌

6. 氯乙烯所致肝血管肉瘤

7. 焦炉工人肺癌

8. 铬酸盐制造业工人肺癌

十、其他职业病

1. 金属烟热

2. 职业性哮喘

3. 职业性变态反应性肺泡炎

4. 棉尘病

5. 煤矿井下工人滑囊炎

卫生部关于印发《职业病危害因素分类目录》和《建设项目职业病危害评价规范》的通知

(2002 年 3 月 11 日　卫法监发〔2002〕63 号)

各省、自治区、直辖市卫生厅局，各计划单列市及新疆生产建设兵团卫生局，各集团公司、行业协会：

根据《中华人民共和国职业病防治法》第十五条的规定，现将《职业病危害因素分类目录》和《建设项目职业病危害评价规范》印发给你们，请按照目录和规范要求，组织当地用人单位认真做好职业病危害申报和建设项目职业病危害评价工作。

附件一：

职业病危害因素分类目录

一、粉尘类

（一）矽尘（游离二氧化硅含量超过 10% 的无机性粉尘）

1. 可能产生的职业病：矽肺

2. 行业举例：

（1）煤炭采选业：岩巷凿岩、岩巷爆破、岩巷装载、出矸推车、喷浆砌碹、岩巷掘进、煤巷打眼、煤巷爆破、煤巷加固、采煤运输、井下通风

（2）石油天然气采选业：泥浆配置、地质磨片

（3）黑色金属矿采选业：黑色矿穿孔、炮采、机采、装载、运输、回填、支护、采矿辅助、破碎、筛选、研磨、浮选、重选、磁选、选矿辅助

（4）有色金属矿采选业：打孔、炮采、机采、装载、运输、回填、支护、采矿辅助破碎、筛选、研磨、浮选、重选、磁选、电选、选矿辅助

（5）建筑材料及其他非金属矿采选业：土砂石打孔、炮采、机采、装载、运输、破碎、筛选、研磨、转运、开采辅助；河砂吸采、河砂手采、河砂筛选、河砂转运、河砂运输、河砂开采辅助、化学矿打孔、炮采、机采、装载、运输、回填、支护、采矿辅助、破碎、筛选、研磨、浮选、重选、选矿辅助、非金属矿打孔、炮采、机采、装载、运输、回填、支护、采矿辅助、破碎、筛选、研磨、重选、选矿辅助

（6）工艺美术品制造业：石质工艺品雕刻

（7）电力、蒸汽、热水生产和供应业：水电施工

（8）碱产品制造业：泡化碱制取

（9）无机盐制造业：硅酸钾制取、氟化钠制取

（10）化学肥料制造业：电炉制磷

（11）涂料及颜料制造业：搪瓷色素备料、玻璃色素溶制、玻璃色素成品

（12）催化剂及各种化学助剂制造业：两步共胶

（13）橡胶制品业：胶辊辊芯处理

（14）砖瓦、石灰和轻质建材制造业：砂石装卸、筛选、转运、堆垛、运输、辅助、装卸、筛选、转运、投料、拌和、浇注、辅助、石材切割、雕凿、研磨、整修、辅助、荒料锯切、板材研磨、板材切割

（15）玻璃及玻璃制品业：玻璃备料、光学玻璃配料、玻璃喷砂、玻壳备料（灯具、荧屏）、玻璃纤维配料

（16）陶瓷制品业：釉料选择、粉碎、陶瓷烘筛、灌砂

（17）耐火材料制品业：耐材破碎、筛分、配料、混合、成型、耐火砖干燥、耐材烧成、物料输送、耐火材料磨制

（18）矿物纤维及其制品业：玻纤备料

（19）磨具磨料制造业：磨料备料

（20）炼铁业：矿石装卸、转运、堆场、整粒、泥炮制作

（21）炼钢业：炼钢铸模、炼钢砌炉

（22）铁合金冶炼业：硅铁冶炼、铬铁冶炼、钛铁冶炼

（23）重有色金属冶炼：铅锌配布料、铅电解液备料、矿石破碎

（24）金属制品业：金属喷砂、模具喷砂、搪瓷喷花、焊药制备、焊条配粉

（25）金属表面处理及热处理业：镀件喷砂、工件喷砂、除油除锈、喷砂粗糙

（26）机械工业：铸造型砂、铸造造型、铸造落砂、铸件清砂、熔模铸造、石英砂打磨、抛光

（27）电子及通讯设备制造业：镀层喷砂、玻粉制取、电子玻璃配料

（28）交通水利基本建设业：隧道掘进、打眼、爆破、碎石转运、喷浆砌碹、辅助、路基砌碹、路面浇注、路面摊铺、坝基砌碹、坝基浇注

（二）煤尘（煤矽尘）

1. 可能导致的职业病：煤工尘肺

2. 行业举例：

（1）煤炭采选业：煤巷打眼、煤巷爆破、煤巷加固、采煤打眼、爆破采煤、水力采煤、机械采煤、采煤装载、采煤运输、采煤支护、井下通风、采煤辅助、选煤运输、筛煤、煤块破碎

（2）电力、蒸汽、热水生产和供应业：上煤、磨煤、司炉、锅炉出灰、锅炉检修

（3）炼焦、煤气及煤制品业：原煤输送、炼焦备煤、炼焦洗煤、炼焦选煤、炼焦配煤、炼焦干馏、熄焦、运焦、炼焦辅助、煤块破碎、煤制品制取

（4）碱产品制造业：石灰煅烧、钾碱煅烧碳化

（5）无机盐制造业：硫化钠制取、碳酸钡制取

（6）水泥制造业：水泥供料、均化、煤粉制备、输送

（7）石墨及碳素制品业：碳素粉碎、煅烧、筛分、配料、合成

（8）炼铁业：煤粉操作

（9）重有色金属冶炼：锌矿焙烧

（10）电气机械及器材制造业：蓄电池封口

（三）石墨尘

1. 可能导致的职业病：石墨尘肺

2. 行业举例：

（1）建筑材料及其他非金属矿采选业：石墨矿打孔、炮采、机采、装载、运输、回填、支护、采矿辅助、破碎、筛选、研磨、重选、选矿辅助

（2）催化剂及各种化学助剂制造业：催化剂干燥

（3）耐火材料制品业：耐材粉碎、筛分、配料、混合、成型、烧成、磨制、物料输送、耐火砖干燥

（4）石墨及碳素制品业：碳素制品清理、金属粉混合、石墨机加工、石墨制品制取

（5）钢压延加工业：管坯穿孔

（6）铁合金冶炼业：锰铁铸锭、其它铁合金铸锭

（7）有色金属压延加工业：有色金属挤压、穿孔

（8）金属制品业：焊粉制备

（9）机械工业：粉末冶金压制

（10）电气机械及器材制造业：锌锰电池制备、电池芯制备、炭棒混合

（11）电子及通讯设备制造业：支座装配、涂内层石墨、喷外层石墨、钨钼拉丝

（四）炭黑尘

1. 可能导致的职业病：炭黑尘肺

2. 行业举例：

（1）纸及纸制品业：涂料配制、色浆制取

（2）文教体育用品制造业：色带备料

（3）其他基本化学原料制造业：炭黑制备、造粒

（4）日用化学产品制造业：火柴制浆

（5）橡胶制品业：橡胶配料、混炼

（6）耐火材料制品业：耐材配料、成型

（7）石墨及碳素制品业：碳素粉碎、配料、煅烧、筛分、成型、冷却、整理、包装

（8）稀有金属冶炼业：碳化钨制备、复式碳化钨制备、铌制取

（9）电气机械及器材制造业：锌锰电池备料、电池芯制配、炭棒混粉、电缆电线挤压

（五）石棉尘

1. 可能导致的职业病：石棉肺

2. 行业举例：

（1）有色金属矿采选业：有色矿打孔、炮采、机采、装载、运输、回填、支护、采矿辅助、破碎、筛选、研磨、重选、磁选、电选、选矿辅助

（2）建筑材料及其他非金属矿采选业：非金属矿打孔、炮采、机采、装载、运输、回填、支护、采矿辅助、破碎、筛选、研磨、重选、选矿辅助

（3）木材加工业：装饰板配料

（4）电力、蒸汽、热水生产和供应业：电厂保温、锅炉检修

（5）涂料及颜料制造业：二氧化钛制备、钛白粉制备、有机颜料合成

（6）合成纤维单（聚合）体制造业：聚酯脱醇、聚合

（7）水泥制品业和石棉水泥制品业：石棉配料、制浆均和

（8）砖瓦、石灰和轻质建材制造业：防水材料混合

（9）石棉制品业：石棉梳棉、拼线、编织、湿纺、处理、混炼、压制、磨片、汽车刹车片制造、铁路车辆制动件制造、电气绝缘品制造、拆卸

（10）炼铁业：热风炉操作

（11）稀有金属冶炼业：复式碳化钨制备

（12）交通运输设备制造业：船舶泥工

（六）滑石尘

1. 可能导致的职业病：滑石尘肺

2. 行业举例：

（1）建筑材料及其他非金属矿采选业：滑石矿打孔、炮采、机采、装载、运输、回填、支护、采矿辅助、破碎、筛选、研磨、重选、选矿辅助、滑石粉加工

（2）皮革、毛皮及其制品业：帮料划裁、绷帮

（3）造纸及纸制品业：投料、制浆

（4）石油加工业：氧化沥青

（5）其他有机化学产品制造业：轧胶、氯丁胶备料

（6）日用化学产品制造业：粉剂制备、香饼压制、粉剂灌装

（7）医药工业：药物拌粉、片剂压制、片剂包衣、制丸

（8）橡胶制品业：橡胶配料、混炼、硫化、压延、切片、制管、模压、切制、成型、包装、医用乳胶制品制造

（9）砖瓦、石灰和轻质建材制造业：防水材料混合、包装、卷毡

（10）陶瓷制造业：陶瓷成型

（11）金属制品业：焊条涂药

（12）电气机械及器材制造业：电缆电线挤胶

（七）水泥尘

1. 可能导致的职业病：水泥尘肺

2. 行业举例：

（1）煤炭采选业：喷浆砌碹、煤巷加固

（2）黑色金属矿采选业：黑色矿支护

（3）有色金属矿采选业：有色矿支护

（4）建筑材料及其他非金属矿采选业：化学矿支护、非金属矿支护

（5）电力、蒸汽、热水生产和供应业：水电施工

（6）水泥制造业：生料煅烧、熟料冷却、熟料粉磨、水泥包装、水泥均化、水泥煤粉制备、水泥输送

（7）水泥制品和石棉水泥制品业：称量配料、混合搅拌、紧实成型、制浆均和

（8）交通运输设备制造业：船舶泥工

（9）建筑业：水泥运输、投料、拌和、浇捣

（八）云母尘

1. 可能导致的职业病：云母尘肺

2. 行业举例：

（1）建筑材料及其他非金属矿采选业：云母矿打孔、炮采、机采、装载、运输、回填、支护、采矿辅助、破碎、筛选、研磨、重选、选矿辅助

（2）云母制品业：云母制粉、煅烧、制浆、配胶、施胶、复合、成型、云母绝缘成品

（3）电子及通讯设备制造业：云母电容制取

（九）陶瓷尘

1. 可能导致的职业病：陶工尘肺

2. 行业举例：

（1）建筑材料及其他非金属矿采选业：土砂石打孔、炮采、机采、装载、运输、开采辅助、陶土粉碎、研磨、筛分、包装、运输

（2）陶瓷制品业：陶瓷粉碎、筛分、配料、搅拌、泥浆脱水、炼泥、成型、干燥、上釉、烧成、装出窑、成品包装

（3）磨具磨料制造业：磨具配料

（4）电气机械及器材制造业：蓄电池封口、电缆电线挤胶

（十）铝尘（铝、铝合金、氧化铝粉尘）

1. 可能导致的职业病：铝尘肺

2. 行业举例：

（1）有色金属矿采选业：铝矿打孔、炮采、机采、装载、运输、回填、支护、采矿辅助、破碎、筛选、研磨、重选、磁选、电选、选矿辅助

（2）轻有色金属冶炼业：氧化铝烧结、熔烧、精制、铝锭铸锭、铝电解、铝合金熔铸、铝合金氧化

（3）炸药及火工产品制造业：黑铝炸药制取、燃烧弹制取

（4）磨具磨料制造业：磨料备料、炼制、粉碎、精筛、包装、砂布植砂

（5）铁合金冶炼业：钛铁冶炼

（6）金属制品业：焊药制备、焊条配粉

（7）机械工业：粉末冶金压制

（十一）电焊烟尘

1. 可能导致的职业病：电焊工尘肺

2. 行业举例：

（1）体育用品制造业：铜管打孔

（2）机械工业：手工电弧焊、气体保护焊、氩弧焊、碳弧气刨、气焊

（3）交通运输设备制造业：机车部件组装、平台组装、船舶管系安装、船舶电气安装、船舶锚链

（4）加工、制动梁加工、汽车总装、摩托车装配

（十二）铸造粉尘

1. 可能导致的职业病：铸工尘肺

2. 行业举例：

机械工业：铸造型砂、模型、熔炼、造型、浇铸、落砂、铸件清理、压铸铸造、熔模铸造、铝合金、铜材零部件（制品）等的铸造

（十三）其他粉尘

可能导致的职业病：其他尘肺

二、放射性物质类（电离辐射）

1. 可能导致的职业病：

（1）外照射急性放射病

（2）外照射亚急性放射病

（3）外照射慢性放射病

（4）内照射放射病

（5）放射性皮肤疾病

（6）放射性白内障

(7) 放射性肿瘤

(8) 放射性骨损伤

(9) 放射性甲状腺疾病

(10) 放射性性腺疾病

(11) 放射复合伤

(12) 根据《放射性疾病诊断总则》可以诊断的其他放射性损伤

2. 行业举例：

(1) 石油和天然气开采业：钻井、测井

(2) 有色金属矿采选业：有色矿打孔、炮采、机采、装载、运输、回填、支护、采矿辅助、破碎、筛选、研磨、重选、磁选、电选、选矿辅助

(3) 造纸及纸制品业：原纸涂布

(4) 无机酸制造业：钨酸合成

(5) 有机化工原料制造业：苯酐氧化

(6) 合成橡胶制造业：丁苯橡胶聚合、丁腈橡胶聚合、顺丁橡胶聚合、乙丙橡胶聚合、乙丙橡胶回收

(7) 合成纤维单（聚合）体制造业：对二甲苯氧化、DMT 酯化、PTA 氧化、PTA 精制、聚酯聚合

(8) 日用化学产品制造业：感光材料检验、片基制备

(9) 医药工业：放射性药物生产

(10) 化学纤维工业：锦纶缩聚

(11) 塑料制品业：塑料薄膜测厚

(12) 钢压延加工业：钢管探伤

(13) 稀有金属冶炼业：稀土酸溶、稀土萃取、稀土沉淀、钽铌矿分解、氧化钽（铌）制取、氧化钇制取、碳化钽制取

(14) 金属制品业：金属构件探伤

(15) 机械工业：机械设备探伤、医疗器械调试、射线装置生产

(16) 交通运输设备制造业：船舶电气安装、船用仪器装配、核反应堆安装、放射性物质运输

(17) 电子及通讯设备制造业：打高压老炼、电视机调试

(18) 仪器仪表及其他计量器具制造业：放射源装配

(19) 核燃料工业：铀矿开采、铀矿加工、铀矿浓缩、铀矿转化、核反应堆安装、核反应堆运行、受照燃料后处理

(20) 射线探伤业：射线照相、γ 射线探伤、X 射线显象探伤、射线显像探伤、中子照相术、加速器探伤

(21) 辐照加工业：γ 辐照加工、电子束辐照加工、辐射灭菌、辐射食品保鲜、涂层辐射固化、辐射交联、辐射聚合

(22) 辐射应用业：荧光涂料、放射性同位素生产和经销、含密封型放射源仪表的生产和使用、加速器运行

(23) 非密封型放射源应用业：放射性同位素实验室、汽灯纱罩、同位素示踪

(24) 辐射医学：X 线透视检查、X 线摄影检查、发射计算机断层成像术应用、核医学、放射性药物诊断性应用、近距离辐射治疗法、远距离辐射治疗法、放射性药物治疗、介入治疗、组织间质疗法

(25) 辐射农业：育种、杀虫

(26) 国防工业：核武器生产、海舰核动力装置

(27) 放射性废物贮存和处置业：废物库、处理场

三、化学物质类

（一）铅及其化合物（铅尘、铅烟、铅化合物，不包括四乙基铅）

1. 可能导致的职业病：铅及其化合物中毒

2. 行业举例：

铅尘

(1) 食品制造业：再制蛋配料

(2) 印刷业：活字排版

(3) 文教体育用品制造业：乐器灌铅

(4) 工艺美术品制造业：药料制备、药料筛选、药料制粒、烟花组装、金银检验

(5) 无机盐制造业：铅盐制取

(6) 涂料及颜料制造业：油漆配料、

树脂制备、铅铬黄成品、铅铬绿制取、搪瓷色素备料、搪瓷色素锻烧、玻璃色素熔制、玻璃色素成品

（7）化学试剂制造业：无机试剂提纯

（8）催化剂及各种化学助剂制造业：热稳定剂合成

（9）炸药及火工产品制造业：含铅弹头制取

（10）橡胶制品业：包铅硫化

（11）玻璃及玻璃制造业：玻璃备料

（12）石墨及碳素制品业：金属粉制备、金属粉混合

（13）重有色金属冶炼业：铅锌配布料、铅锌烧结、铅锌熔炼、铅浴冷凝、虹吸放铅、锌烟输送、铅冷却分离、铅锌造渣、锌铸型、保温分层、粗铅铸板、铅还原、铅尘回收、锌矿干燥、锌矿焦结、锌矿蒸馏、锌精馏、铜熔炼、铅吹炼、锡矿炉前配料、锡矿烟化

（14）交通运输设备制造业：船舶除锈

（15）电气机械及器材制造业：制铅粉、制铅膏

（16）电子及通讯设备制造业：陶瓷电容配浆、电容端面喷铅

铅烟

（1）印刷业：活字铸造、凸版制型、铅板制板

（2）文教体育用品制造业：乐器灌铅

（3）无机盐制造业：氯化物制取、铅盐制取

（4）涂料及颜料制造业：铅铬黄化合、铅铬绿制取、扩瓷色素锻烧、扩瓷色素熔制

（5）催化剂及各种化学助剂制造业：热稳定剂合成

（6）炸药及火工产品制造业：微烟药制取、含铅弹头制取、雷管击穿试验

（7）橡胶制品业：包铅硫化

（8）玻璃及玻璃制品业：玻璃熔化

（9）陶瓷制品业：陶瓷搪锡

（10）石墨及碳素制品业：金属粉制备

（11）重有色金属冶炼业：铅锌烧结、铅锌熔炼、铅浴冷凝、虹吸放铅、锌烟输送、铅锌冷却分离、铅锌造渣、锌铸型、保温分层、粗铅铸板、铅还原、铅电解、粗铅脱铜、铅尘回收、锌矿蒸馏、锌精馏、铜熔炼、铜吹炼、粗铜铸板、铜铸型、锌镉熔炼、镉烟冷凝、锡矿炉前配料、砷渣焙烧、锡熔炼、锡精炼、锡矿烟化、氯化炼铅、锡电解

（12）稀有金属冶炼业：硒焙烧、硒氧化、除硫焙烧、还原熔炼、氧化精炼、铟制取

（13）有色金属压延加工业：有色金属熔炼、有色金属浇铸

（14）金属表面处理及热处理业：铅浴

（15）机械工业：金属粉末冶炼

（16）交通运输设备制造业：船舶批碳、船用仪器装配、汽车元器件镀铅

（17）电气机械及器材制造业：铅锑熔炼、铅锑铸锭、制板栅、制铅球、焊极板、蓄电池焊接、锌锰电池装配、电线电缆镀锡、电缆电线压铅、灯头浇铅

（18）电子及通讯设备制造业：电路基片烧结、陶瓷电容制取、云母电容制取、电容端面喷铅、元器件搪锡、元器件波峰焊、元器件手工焊

（19）拆船业：焊割

铅化合物

（1）纺织业：防水整理

（2）有机化工原料制造业：脂肪胺合成、有机酸合成、其他有机原料合成

（3）染料制造业：碱性染料合成

（4）化学试剂制造业：无机试剂备料、无机试剂合成

（5）催化剂及各种化学助剂制造业：热稳定剂合成

（6）塑料制品业：塑料备料、塑料筛分研磨、塑料捏和

（7）玻璃及玻璃制品业：光学玻璃配料

(8) 陶瓷制品业：陶瓷模型

（二）汞及其化合物（汞、氯化高汞、汞化合物）

1. 可能导致的职业病：汞及其化合物中毒

2. 行业举例：

汞

(1) 石油和天然气开采业：压汞试验

(2) 有色金属采选业：有色矿打孔、炮采、机采、装载、运输、回填、支护、采矿辅助、破碎、筛选、研磨、重选、磁选、电选、选矿辅助

(3) 碱产品制造业：盐水汞电解、除汞

(4) 涂料及颜料制造业：油漆配料

(5) 染料制造业：蒽醌中间体合成

(6) 医药工业：汞制剂制取

(7) 医用仪表制造业：体温计制造、血压计制造与修理

(8) 航天设备制造业：引射管制造

(9) 重有色金属冶炼业：锌矿焙烧、锌矿干燥、锌镉熔炼、炼汞、汞洗涤、汞电解、汞蒸馏、氯化汞合成、钛汞合金冶炼

(10) 稀有金属冶炼业：硒净化除汞、除硫焙烧

(11) 交通运输设备制造业：船舶除锈

(12) 电气机械及器材制造业：灯管灌汞、汞整流

(13) 医疗卫生业：补牙

氯化高汞

(1) 塑料制造业：氯乙稀合成

(2) 重有色金属冶炼业：氯化汞合成、汞催化剂制备

(3) 电气机械及器材制造业：锌锰电池配液、电池蕊制配

汞化合物

(1) 有机化工原料制造业：乙炔水合、其他有机原料合成

(2) 医药工业：合成药还原、合成药消除

（三）锰及其化合物（锰烟、锰尘、锰化合物）

1. 可能导致的职业病：锰及其化合物中毒

2. 行业举例：

锰烟

(1) 无机盐制造业：高锰酸钾制取

(2) 涂料及颜料制造业：熟油热炼

(3) 日用化学产品制造业：火柴制浆

(4) 炼钢业：炉外精炼、钢水铸锭

(5) 铁合金冶炼业：锰铁烧结、锰铁高炉冶炼

(6) 金属制品业：焊条烘焙

(7) 交通运输设备制造业：平台组装、船舶管系安装、船舶电气安装、船舶锚链加工

(8) 电气机械及器材制造业：锌锰电池备料、电池芯制配、锌锰电池装配

锰尘

(1) 黑色金属矿采选业：黑色矿穿孔、炮采、机采、装载、运输、回填、支护、采矿辅助、破碎、筛选、研磨、浮选、重选、磁选、选矿辅助

(2) 无机盐制造业：高锰酸钾制取

(3) 日用化学产品制造业：火柴制浆

(4) 玻璃及玻璃制品业：玻璃备料

(5) 陶瓷制品业：釉料选择、釉料粉碎

(6) 炼钢业：炉外精炼、钢水铸锭

(7) 铁合金冶炼业：锰矿筛分、硫酸锰制取、锰电解、锰铁烧结、锰铁高炉称量、锰铁高炉冶炼、锰炼高炉清灰

(8) 金属制品业：焊药制备、焊条配粉

(9) 机械工业：手工电弧焊、气体保护焊、碳弧气刨

锰化合物

(1) 纺织业：防缩整理

(2) 其他基本化学原料制造业：锰及其化合物制取、二氧化锰制取

（3）化学农药制造业：有机硫杀菌剂合成、其他杀菌剂合成

（4）化学试剂制造业：有机试剂合成

（5）医药工业：合成药加成、合成药催化氧化

（6）重有色金属冶炼业：焙砂浸出

（7）金属表面处理及热处理业：磷化

（8）电气机械及器材制造业：电池芯制配

（四）镉及其化合物

1. 可能导致的职业病：镉及其化合物中毒

2. 行业举例：

（1）工艺美术品制造业：金银熔炼

（2）其他基本化学原料制造业：镉化物制取、荧光粉制取

（3）涂料及颜料制造业：镉红锻烧、镉红成品、镉红制取、玻璃色素成品

（4）催化剂及各种化学助剂制造业：热稳定剂合成

（5）重有色金属冶炼业：铅锌烧结、铅锌熔炼、铅尘回收、锌矿焦结、锌矿蒸馏、锌精馏、锌镉熔炼、镉烟冷凝、镉造渣、镉铸型

（6）有色金属压延加工业：有色金属熔炼、有色金属浇铸

（7）金属表面处理及热处理业：镀镉

（8）电气机械及器材制造业：镍镉电池装配、镉阴极制备

（9）电子及通讯设备制造业：涂荧光层、陶瓷电容配浆、陶瓷电容制取

（五）铍及其化合物

1. 可能导致的职业病：铍病

2. 行业举例：

重有色金属冶炼业：金属铍冶炼、氧化铍冶炼、铍真空熔铸、氧化铍烧结、铍粉制取

（六）铊及其化合物

1. 可能导致的职业病：铊及其化合物中毒

2. 行业举例：

（1）造纸及纸制品业：玻璃纸制取

（2）重有色金属冶炼业：铊冶炼

（七）钡及其化合物

1. 可能导致的职业病：钡及其化合物中毒

2. 行业举例：

（1）造纸及纸制品业：涂料配制

（2）化学原料制造业：锌钡白制造

（3）医药工业：X线检查的造影剂制造

（4）金属表面处理及热处理业：镀件纯化、钢材淬火

（八）钒及其化合物

1. 可能导致的职业病：钒及其化合物中毒

2. 行业举例：

（1）石油加工业：重油分馏

（2）无机酸制造业：二氧化硫转化、氧化氮氧化

（3）其他基本化学原料制造业：钒及其化合物制取

（4）有机化工原料制造业：醇酮氧化

（5）日用化学产品制造业：三氧化硫制备

（6）医药工业：合成药氧化、合成药催化氧化

（7）铁合金冶炼业：钒铁冶炼

（九）磷及其化合物（不包括磷化氢、磷化锌、磷化铝）

1. 可能导致的职业病：磷及其化合物中毒

2. 行业举例：

（1）化学肥料制造业：磷矿粉制备、电炉制磷、磷肥原料制备、磷矿酸解、过磷酸钙合成、钙镁磷肥合成、磷酸铵合成、磷酸二钙合成、磷肥脱氟、硝酸磷肥合成

（2）建筑材料及其他非金属矿采选业：化学矿打孔、炮采、机采、装载、运输、回填、支护、采矿辅助、破碎、筛选、研磨、重选、选矿辅助

（3）无机酸制造业：多聚磷酸合成

（4）无机盐制造业：磷酸钠盐制取

（5）其他基本化学原料制造业：五氧化二磷制取、黄磷制取、赤磷制取

（6）催化剂及各种化学助剂制造业：光稳定剂合成、引发剂合成、增塑剂合成、热稳定剂合成、其他助剂合成

（7）塑料制造业：三氟氯乙烯制备、聚砜单体合成

（8）医药工业：合成药卤化、酰化、酯化、缩合、环合、消除、重排、裂解、精制

（9）有色金属矿采选业：选矿药剂制取

（10）化学农药制造业：乐果硫化、马拉硫磷合成、甲拌磷硫化、对硫磷酯化、有机磷杀虫剂合成、其他杀虫剂合成

（11）有机化工原料制造业：酯类合成、酸酐合成、其他有机原料合成

（12）炸药及火工产品制造业：发烟弹制取

（十）砷及其他合物（不包括砷化氢）

1. 可能导致的职业病：砷及其化合物中毒

2. 行业举例：

（1）有色金属矿采选业：有色矿打孔、炮采、机采、装载、运输、回填、支护、采矿辅助、破碎、筛选、研磨、重选、磁选、电选、选矿辅助

（2）建筑材料及其他非金属矿采选业：化学矿打孔、炮采、机采、装载、运输、回填、支护、采矿辅助、破碎、筛选、研磨、重选、选矿辅助

（3）化学农药制造业：有机砷杀菌剂合成、其他杀菌剂合成

（4）有机化工原料制造业：卤代烃合成

（5）重有色金属冶炼业：焙砂浸出、铅尘回收、锌矿焙烧

（6）稀有金属冶炼业：硒焙烧、硒氧化、硒净化除汞、除硫焙烧、铋制取

（十一）铀

1. 可能导致的职业病：铀中毒

2. 行业举例：

（1）核燃料制造业：铀矿开采、铀矿加水冶、铀浓缩和转化、核燃料元件制造、核反应堆运行、受照燃料后处理

（2）核设施业：核电厂、核热电厂、核供冷供热厂、核反应堆、放射性废物处理

（3）国防工业：核武器生产、海舰核动力装置

（十二）砷化氢

1. 可能导致的职业病：砷化氢中毒

2. 行业举例：

（1）无机盐制造业：氯化物制取、锌盐制取

（2）其他基本化学原料制造业：镉化合物制取

（3）涂料及颜料制造业：锌钡白制取

（4）医药工业：汞制剂制取

（5）重有色金属冶炼业：铜电解液净化、锡矿炉前配料

（十三）氯气

1. 可能导致的职业病：氯气中毒

2. 行业举例：

（1）自来水生产和供应业：加药

（2）食品制造业：卤水净化

（3）纺织业：漂白

（4）造纸及纸制品业：纸浆漂白

（5）工艺美术品制造业：地毯清洗

（6）电力、蒸汽、热水生产和供应业：水处理

（7）无机酸制造业：氯化氢合成、氯酸钠电解、钨酸合成

（8）碱产品制造业：盐水电解、氯氢处理、盐水汞电解、盐水膜电解、氯吸收

（9）无机盐制造业：硫酸盐制取、氯化物制取、磷酸钠盐制取、氯酸钾制取

（10）其他基本化学原料制造业：金属钙制取、镍化合物制取、碘制取、溴制取、

一氯化硫制取、亚硫酰氯制取、硫酰氯制取、漂粉精制备、液氯冷冻、液氯灌装

（11）化学农药制造业：对硫磷氯化、有机磷杀虫剂合成、六六六合成、三氯乙醛制备、毒杀芬合成、有机氯杀菌剂合成、有机硫杀菌剂合成、二甲四氯合成、滴丁酯合成、氟乐灵氯氟化、氯化苦合成、其他杀虫剂合成、其他杀菌剂合成、其他除草剂合成

（12）有机化工原料制造业：氯丁二烯合成、甲烷氯化、甲醇加氢氯化、一氯甲烷氯化、甲烷氟氯化、丙烯氯化、卤代烃合成、苯氯化、卤代环烃合成、卤代醇合成、酚类合成、醚类合成、醛类合成、酮类合成、丙烯氯化、环氧氯丙烷合成、一氧化碳氯化、水合肼合成、其他有机原料合成

（13）染料制造业：还原染料合成、硝基中间体合成、其他中间体合成

（14）化学试剂制造业：有机试剂合成

（15）催化剂及各种化学助剂制造业：引发剂合成、阻燃剂合成、防焦剂合成、发泡剂合成、热稳定剂合成、光稳定剂合成、增塑剂合成、TMTD 氧化、其他助剂合成

（16）塑料制造业：氧氯化、六氯乙烷制备、TDI 合成、苯基氯基硅烷合成

（17）合成橡胶制造业：氯化橡胶合成、氟橡胶合成、氯丁橡胶合成

（18）合成纤维单（聚合）体制造业：己二胺制备

（19）林产化学产品制造业：炭粉漂洗

（20）日用化学产品制造业：液氯气化、磺氯酰化

（21）医药工业：合成药卤化、氧化、加成、扩开环、硫化

（22）化学纤维工业：浆粕漂白

（23）石墨及碳素制品业：石墨化

（24）重有色金属冶炼业：镍净化、镍电解质净化、钴溶解、钴电解、钴萃取净化、氯化汞合成、氯化炼铅

（25）轻有色金属冶炼业：铝合金熔铸、镁电解、镁氯化、四氯化钛冶炼

（26）稀有色金属冶炼业：铋制取、氧化锗制取

（27）金属表面处理及热处理业：淬火

（十四）二氧化硫

1. 可能导致的职业病：二氧化硫中毒

2. 行业举例：

（1）食品制造业：蔗汁澄清

（2）饮料制造业：加工果汁

（3）石油加工业：稳定脱硫、脱硫醇、制氢脱硫、汽油加氢精制、汽油精制分离、加氢处理、酸性气燃烧、硫磺捕集转化、石蜡加氢精制、润滑油萃取、润滑油汽提

（4）无机酸制造业：硫化物焙烧、二氧化硫净化、二氧化硫转化、三氧化硫吸收、硫酸尾气吸收、硫化氢燃烧、塔式硫酸合成、二氧化氮冷凝、硼酸合成

（5）无机盐制造业：亚硫酸钠制取、保险粉制取、氟化物制取、氟化氢制取、钼酸铵制取、氰化亚铜制取

（6）其他基本化学原料制造业：镍化合物制取、锌粉制取、三氧化铝制取、α 氧化铝制取、三氧化二砷制取、硫磺制取、亚硫酸酰氯制取、硫酰氯制取

（7）化学肥料制造业：亚硫酸氢铵合成、钙镁磷肥合成、磷肥脱氟、硫酸钾合成

（8）有机化工原料制造业：溴甲烷合成、苯磺酸钠碱溶、酚类合成、醚类合成、苯磺酸中和、有机酸合成、脱氢氰酸、酰卤（胺）合成、苯酐氧化、其他有机原料合成

（9）涂料及颜料制造业：镉红锻烧、锌钡白制取、钛液制备、钛白粉制备、搪瓷色素备料、搪瓷色素锻烧

（10）染料制造业：直接染料合成、还原染料合成、酚类中间体合成、酸类中间体合成、其他中间体合成

（11）化学试剂制造业：无机试剂提纯、无机试剂溶解、无机试剂精制

（12）催化剂及各种化学助剂制造业：发炮剂合成、光稳定剂合成、增塑剂合成、其他助剂合成

（13）日用化学产品制造业：照相明胶制备、二氧化硫制备、三氧化硫制备、磺化中和、液氯气化、磺氯酰化、醛类香料合成、骨胶熏洗

（14）医药工业：合成药置换、加成、聚合、裂解、中和成盐、精制、中药材炮制

（15）橡胶制品业：橡胶硫化

（16）陶瓷制品业：陶瓷烧成

（17）石墨及碳素制品业：碳素焙烧

（18）磨具磨料制造业：磨料炼制

（19）炼铁业：烧结点火、炼铁烧结、高炉吹炼、高炉出铁、炉渣处理

（20）铁合金冶炼业：锰铁烧结、锰铁高炉冶炼

（21）重有色金属冶炼业：铅锌烧结、锌矿焙烧、锌矿干燥、铜熔炼、铜吹炼、镍熔化、粗镍铸板、羰基镍粉制管、钴萃取净化、炼汞、砷渣焙烧、镍熔炼、锑熔炼

（22）轻有色金属冶炼业：氧化铝烧结

（23）稀有金属冶炼业：硒焙烧、硒还原、除硫焙烧

（24）有色金属压延加工业：有色金属熔炼、有色金属浇铸

（十五）光气

1. 可能导致的职业病：光气中毒

2. 行业举例：

（1）化学农药制造业：氨基类杀虫剂合成、多菌灵合成、其他除草剂合成

（2）有机化工原料制造业：酯类合成、甲基异氰酸酯合成、一氧化碳氯化、光气纯化、其他有机原料合成

（3）染料制造业：直接染料合成、酸类中间体合成

（4）催化剂及各种化学助剂制造业：引发剂合成

（5）塑料制造业：PAPI 合成、TDI 合成、聚碳酸酯合成、聚氨酯树脂合成

（6）医药工业：合成药酰化

（7）石墨及碳素制品业：石墨化

（十六）氨

1. 可能导致的职业病：氨中毒

2. 行业举例：

（1）石油和天然气开采业：气体净化

（2）食品制造业：发酵、氨基酸制取、酶压泸、盐水降温

（3）纺织业：防缩整理

（4）皮革、毛皮及其制品业：皮革鞣制、皮革喷涂

（5）家具制造业：竹家具压片

（6）造纸及纸制品业：化学制浆、黑液蒸发

（7）石油加工业：预加氢精制、重整加氢精制、酮苯结晶脱蜡、酮苯脱油、页岩干馏

（8）炼焦、煤气及煤制品业：煤气脱氢

（9）无机酸制造业：硫酸尾气吸收、氨氢混合、氨氧化、氧化氮洗涤、氯磺酸合成、硼酸合成

（10）碱产品制造业：碱精制、氨盐水制备、重碱锻烧

（11）无机盐制造业：硫酸盐制取、氯化物制取、氰化钠制取

（12）化学肥料制造业：氨合成、尿素合成、尿素加工、硝酸铵中和、硫酸铵中和、氯化铵结晶、碳酸氢铵碳化、过硫酸铵合成、磷酸铵合成、硝酸磷肥合成

（13）化学农药制造业：草甘磷合成、有机磷杀虫剂合成、有机硫杀菌剂合成、其他杀菌剂合成、其他除草剂合成

（14）有机化工原料制造业：异戊二烯合成、芳烃抽提、甲醇气相氨化、脂肪胺合成、对硝基苯胺合成、蛋氨酸合成、己二腈合成、尿素分解、双氰胺聚合、光气纯化、甲酸甲酯氨化、水合肼合成、酸酐合成、甲烷氨氧化、丙烷氨氧化、其他有机原料合成

（15）涂料及颜料制造业：硝酸亚铁氧化

（16）染料制造业：中性染料合成、阳离子染料合成、活性染料合成、还原染料合

成、冰染染料合成、有机染料合成、胺类中间体合成、酸类中间体合成

(17) 化学试剂制造业：有机试剂配料、有机试剂合成、有机试剂提纯、有机试剂溶解、无机试剂备料、无机试剂合成、无机试剂提纯

(18) 催化剂及各种化学助剂制造业：发泡剂合成、MB 防老剂氨化

(19) 塑料制造业：聚甲醛合成

(20) 合成纤维单（聚合）体制造业：丙烯氨氧化、丙烯腈精制、己内烯胺制备、己二胺制备

(21) 日用化学产品制造业：鞋油制备

(22) 医药工业：合成药卤化、磺化、硝化、烃化、酰化、酯化、胺化、置换、氧化、还原、加成、缩合、环合、水解、裂解、拆分、中和成盐、精制、提取、微生物发酵

(23) 橡胶制品业：橡胶制浆、橡胶喷浆、胶乳海绵制取

(24) 玻璃及玻璃制品业：玻璃镀膜

(25) 石墨及碳素制品业：碳素纤维制取

(26) 铁合金冶炼业：硫酸锰制取、锰电解

(27) 重有色金属冶炼业：草酸钴制备、金属铍冶炼

(28) 稀有金属冶炼业：钼焙烧压煮、钼粉还原、钨酸铵溶结晶、稀土萃取、金洗涤、氟化铌萃取、氧化钽（铌）制取

(29) 有色金属压延加工业：有色金属淬火

(30) 金属表面处理及热处理业：渗氮、碳氮共渗

(31) 机械工业：熔模铸造、粉末冶金烧结

(32) 电子及通讯设备制造业：灯丝熔解、钨钼粉制取

(十七) 偏二甲肼

1. 可能导致的职业病：偏二甲肼中毒

2. 行业举例：

(1) 化学试剂制造业：照相试剂

(2) 有机化工原料制造业：化学合成

(3) 化学农药制造业：植物生长调节剂合成

(4) 国防工业：火箭推进剂、燃料稳定剂、添加剂

(十八) 氮氧化合物

1. 可能导致的职业病：氮氧化合物中毒

2. 行业举例：

(1) 煤炭采选业：岩巷爆破、煤巷爆破、爆破采煤

(2) 黑色金属矿采选业：黑色矿炮采

(3) 有色金属矿采选业：有色矿炮采、选矿药剂制取

(4) 建筑材料及其他非金属矿采选业：土砂石炮采、化学矿炮采、非金属矿炮采

(5) 饮料制造业：咖啡焙烧

(6) 工艺美术品制造业：金银提纯

(7) 电力、蒸汽、热水生产和供应业：水电施工

(8) 石油加工业：预加氢精制、重整加氢精制、汽油加氢精制、加氢处理、石蜡加氢精制、丙烷脱沥青、丙烷回收、润滑油萃取、润滑油汽提

(9) 无机酸制造业：塔式硫酸合成、氨氧化、氧化氮氧化、硝酸吸收、二氧化氮冷凝、浓硝酸合成、钼酸合成

(10) 无机盐制造业：氯化物制取、硝酸钠制取

(11) 其他基本化学原料制造业：钴化物制取、镍化物制取、氧化铝制取、磷化液制取

(12) 化学肥料制造业：硝酸铵中和

(13) 化学农药制造业：其他杀菌剂合成

(14) 有机化工原料制造业：酸酐合成

(15) 涂料及颜料制造业：镉红制取、

含钴颜料氧化、硝酸亚铁氧化、搪瓷色素备料、搪瓷色素煅烧、玻璃色素熔制

(16) 染料制造业：直接染料合成、还原染料合成、分散染料合成、有机染料合成、胺类中间体合成、酸类中间体合成、蒽酯中间体合成

(17) 化学试剂制造业：无机试剂备料、无机试剂合成、无机试剂提纯

(18) 催化剂及各种化学助剂制造业：发孔剂合成、热稳定剂合成

(19) 林产化学品制造业：木材热解、木屑炭化、松明采集、松根干馏

(20) 炸药及火工产品制造业：太安炸药制取

(21) 玻璃及玻璃制品业：玻璃镀膜

(22) 陶瓷制品业：陶瓷烧成

(23) 机械工业：手工电弧焊、埋弧焊、气体保护焊、氩弧焊、电渣焊、气割、气焊

(24) 交通运输设备制造业：平台组装、船舶泥工、船舶管系安装、船舶钣金工、船舶电气安装、船舶锚链加工

(25) 电子及通讯设备制造业：金属陶瓷封接

(十九) 一氧化碳

1. 可能导致的职业病：一氧化碳中毒

2. 行业举例：

(1) 煤炭采选业：岩巷爆破、煤炭爆破、采煤打眼、水力采煤、机械采煤、采煤装载、采煤支护、井下通风

(2) 黑色金属矿采选业：黑色矿炮采

(3) 有色金属矿采选业：有色矿炮采

(4) 建筑材料及其他非金属矿采选业：土砂石炮采、化学矿炮采、非金属矿炮采

(5) 纺织业：烧毛

(6) 电力、蒸汽、热水生产和供应业：水电施工

(7) 石油加工业：电脱盐初馏、常压蒸馏、减压蒸馏、延迟焦化、渣油减粘、制氢转化、制氢变换、制氢甲烷化、汽油加氢

精制、汽油精制分离、蒸汽裂化、瓦斯脱硫、胺液闪蒸、石蜡加氢精制、丙烷脱沥青、丙烷回收

(8) 炼焦、煤气及煤制品业：炼焦干馏、熄焦、煤气净化、煤气脱氨、煤气提纯、煤气脱硫脱氰、煤气输配、煤气管道安装、黄血盐提取

(9) 碱产品制造业：精氨盐水碳化、重碱煅烧、石灰煅烧

(10) 无机盐制造业：硫化钠制取、氯化物制取

(11) 其他基本化学原料制造业：硫磺制取

(12) 化学肥料制造业：煤焦气化、油气转化、合成氨净化、电炉制磷、钙镁磷肥合成、硫酸钾合成

(13) 有机化工原料制造业：烃类原料裂解、裂解气急冷、裂解气净化、异戊二烯合成、甲醇合成、甲醇羰基化、羰基合成、丙醛合成、二甲基甲酰胺合成、一氧化碳氢化

(14) 染料制造业：酸类中间体合成

(15) 塑料制造业：TDI 合成

(16) 林产化学产品制造业：木材热解、木屑炭化、松根干

(17) 日用化学产品制造业：醛类香料合成

(18) 医药工业：片剂压制、片剂包衣

(19) 砖瓦、石灰和轻质建材制造业：石灰砖瓦炉窑

(20) 陶瓷制品业：陶瓷烧成

(21) 耐火材料制品业：耐火砖干燥、耐材烧成

(22) 石墨及碳素制品业：碳素煅烧、碳素焙烧、碳砂合成

(23) 磨具磨料制造业：磨料炼制

(24) 炼铁业：烧结点火、炼铁烧结、高炉配管、高炉吹炼、高炉出铁、热风炉操作

(25) 炼钢业：平炉炼钢

(26) 钢压延加工业：钢锭加热、钢锭轧制

(27) 铁合金冶炼业：锰铁高炉冶炼、锰铁高炉清灰

(28) 重有色金属冶炼业：铅锌烧结、铅锌熔炼、羰基镍制取、锌镉熔烧、钴煅烧

(29) 轻有色金属冶炼业：氧化铝烧结、氧化铝焙烧、铝电解

(30) 稀有金属冶炼业：还原熔炼、银铸板、铌制取

(31) 有色金属压延加工业：有色金属熔炼

(32) 金属表面处理及热处理业：淬火、渗碳、碳氮共渗

(33) 机械工业：手工电弧焊、埋弧焊、气体保护焊、氩弧焊、电渣焊、气割、气焊

(34) 交通运输设备制造业：平台组装、船舶批碳

(35) 电气机械及器材制造业：灯管烧氢、灯管加热清洗、灯管灌汞、灯管热加工

(36) 电子及通讯设备制造业：压枪、芯柱压制

（二十）二硫化碳

1. 可能导致的职业病：二硫化碳中毒

2. 行业举例：

(1) 黑色金属矿采选业：黑色浮选

(2) 有色金属矿采选业：有色矿浮选、选矿药剂制取

(3) 建筑材料及其他非金属矿采选业：化学矿浮选

(4) 造纸及纸制品业：碱纤维制备、玻璃纸制取

(5) 石油加工业：汽油加氢精制、加氢裂化、燃料油调和

(6) 无机盐制造业：二硫化碳电炉制取、二硫化碳甲烷制取、二硫化碳液化、二硫化碳精馏

(7) 其他基本化学原料制造业：一氯化硫制取

(8) 化学农药制造业：代森锌合成、有机硫杀菌剂合成、其他杀菌剂合成

(9) 有机化工原料制造业：醚类合成、其他有机原料合成

(10) 化学试剂制造业：有机试剂合成、无机试剂提纯、无机试剂溶解、无机试剂精制

(11) 催化剂及各种化学助剂制造业：促进剂合成、TMTD 缩合、DM 缩合

(12) 医药工业：合成药缩合、水解、硫化、裂解、肼化、中和成盐

(13) 化学纤维工业：粘纤磺化、粘纤后溶解、粘纤过滤、粘纤纺丝、粘纤塑化、粘纤切断、粘纤精炼

(14) 橡胶制品业：冲边清洗

(15) 重有色金属冶炼业：镍浮选

(16) 稀有色金属冶炼业：铜制取

（二十一）硫化氢

1. 可能导致的职业病：硫化氢中毒

2. 行业举例：

(1) 煤炭采选业：爆破采煤、机械采煤、采煤装载、采煤支护、井下通风

(2) 石油和天然气开采业：钻井、采油、转油、气体净化

(3) 有色金属采选业：选矿药剂制取

(4) 食品制造业：味精精制

(5) 纺织业：生麻脱胶

(6) 皮革、毛皮及其制品业：皮革鞣制

(7) 造纸及纸制品业：化学制浆、黑液蒸发、黑液燃烧、清浆、玻璃纸制取

(8) 石油加工业：稳定脱硫、脱硫醇、预加氢精制、重整加氢精制、延迟焦化、烷基化加成、烷基化分馏、制氢脱硫、汽油加氢精制、汽油精制分离、加氢处理、液态烃脱硫、瓦斯脱硫、胺液闪蒸、酸性气燃烧、硫磺捕集转化、石蜡加氢精制、煤气脱硫脱氰

(9) 无机酸制造业：硫化氢燃烧

(10) 碱产品制造业：精氨盐水碳化

（11）无机盐制造业：二硫化碳电炉制取、二硫化碳甲烷制取、二硫化钼制取、碳酸钡制取、氯化物制取、锌盐制取、钼酸铵制取、偏硼酸钠制取

（12）其他基本化学原料制造业：硫磺制取、硫氢化钠制取、氢氧化钡制取、荧光粉制取

（13）化学肥料制造业：煤焦气化、油气转化、合成氨净化

（14）化学农药制造业：乐果硫化、马拉硫磷合成、甲拌磷硫化、对硫磷脂化

（15）有机化工原料制造业：烃类原料裂解、裂解气急冷、裂解气净化、芳烃抽提、煤油加氢、烷基苯脱蜡脱氢、有机酸合成、其他有机原料合成

（16）涂料及颜料制造业：含钴颜料氧化、锌钡白制取、钛液制备

（17）染料制造业：直接染料合成、还原染料合成、分数染料合成、醚类中间体合成、其他中间体合成

（18）化学试剂制造业：有机试剂合成

（19）催化剂及各种化学助剂制造业：硫化剂合成、软化剂配制、促进剂 M 合成、ZDC 促进剂合成、其他助剂合成

（20）合成纤维单（聚）体制造业：硫氰酸钠加成、硫氰酸钠精制

（21）医药工业：合成药加成

（22）化学纤维工业：粘纤纺丝、塑化、切断、精炼

（23）橡胶制品业：橡胶硫化、冲边硫化、旧胎硫化

（24）砖瓦、石灰和轻质建材制造业：防水材料浸涂、防水材料混合

（25）电气机械及器材制造业：碳棒沥青熔化

（26）污水处理业：污水处理、城建环卫、窨井作业

（27）腌业：腌糟（坑）清理

（28）酒业：酒糟清理

（29）渔轮业：渔轮清理

（二十二）磷化氢、磷化锌、磷化铝

1. 可能导致的职业病：磷化氢、磷化锌、磷化铝中毒

2. 行业举例：

（1）无机盐制造业：锌盐制取、磷酸钠盐制取

（2）其他基本化学原料制造业：黄磷制取、赤磷制取

（3）化学原料制造业：钙镁磷肥合成

（4）化学农药制造业：磷化锌灭鼠药制造

（5）粮食进出口制造业：粮食熏蒸

（二十三）氟及其化合物

1. 可能导致的职业病：工业性氟病

2. 行业举例：

（1）建筑材料及其他非金属矿采选业：化学矿打孔、炮采、机采、装载、运输、回填、支护、采矿辅助、破碎、筛选、研磨、重选、选矿辅助

（2）木材加工业：木材防腐

（3）石油和天然气开采业：井下维修

（4）石油加工业：延迟焦化、烷基化加成

（5）无机酸制造业：氟硼酸合成、氢氟酸合成、磷酸合成

（6）无机盐制造业：二硫化钼制取、氟硅酸镁制取、氟化氢制取、氟化钠制取、氢氟酸盐制取、氟钽酸钾制取

（7）其他基本化学原料制造业：钒铁制取、金属钽粉制取、六氟化硫制取、氟制取

（8）化学肥料制造业：电石氮化、磷矿粉制备、磷酸酸解、过磷酸钙合成、钙镁磷肥合成、磷酸二钙合成、磷肥脱氟、氟硅酸钠合成

（9）化学农药制造业：氟乐灵氯氟化、其他除草剂合成

（10）有机化工原料制造业：烷基苯烷基化、甲烷氟氯化、卤代烃合成、酚类合成

（11）化学试剂制造业：无机试剂备

料、无机试剂合成、无机试剂提纯、无机试剂溶解、无机试剂精制

（12）催化剂及各种化学助剂制造业：分散剂合成、焙烧浸渍

（13）塑料制造业：三氟三氯乙烷制备、聚三氟乙烯合成

（14）合成橡胶制造业：氟橡胶合成、氟硅橡胶合成

（15）玻璃及玻璃制品业：玻璃酸处理、玻璃酸抛光、玻璃腐蚀（16）铁合金冶炼业：锰铁高炉冶炼

（17）重有色金属冶炼业：铅电解、金属铍冶炼

（18）轻有色金属冶炼业：铝合金熔铸、铝电解

（19）稀有色金属冶炼业：钽铌矿分解、氧化钽（铌）制取、钽制取、碳化钽制取

（20）金属表面处理及热处理业：镀铬、镀件浸蚀

（21）电气机械及器材制造业：日用电器制冷、电器部件清洗、电缆电线挤塑、电缆电线电镀

（22）电子及通讯设备制造业：超声波清洗、玻壳清洗、钨粉清洗

（23）仪器仪表及其他计量器具制造业：腐蚀刻度、光学仪器镀膜

（24）医药工业：合成药置换、中和成盐

（25）石墨及碳素制品业：碳素焙烧、石墨化

（二十四）氰及腈类化合物

1. 可能导致的职业病：氰及腈类化合物中毒

2. 行业举例：

氰化氢或氢氰酸

（1）炼焦、煤气及煤制品业：黄血盐制取

（2）无机盐制造业：氢氰酸盐制取

（3）化学肥料制造业：过硫酸铵合成

（4）有机化工原料制造业：乙醛合成乳酸、丙酮氰醇加成、脱氢氰酸、酰卤（胺）合成、甲烷氨氧化、丙烷氨氧化

（5）涂料及颜料制造业：华兰制取

（6）染料制造业：其他中间体合成

（7）化学试剂制造业：有机试剂合成、无机试剂合成、无机试剂提纯

（8）催化剂及各种化学助剂制造业：引发剂合成

（9）塑料制造业：MMA 酰胺化

（10）合成纤维单（聚合）体制造业：丙烯氨氧化、丙烯腈精制

（11）石墨及碳素制造业：碳素纤维制取

（12）金属表面处理及热处理业：镀锌、镀锦、镀银、镀铜、镀青铜、镀黄铜

（13）电气机械及器材制造业：炭棒沥青熔化

氰化物

（1）炼焦、煤气及煤制品业：煤气脱硫脱氰

（2）无机盐制造业：氰化钠制取、氰化亚铜制取

（3）化学农药制造业：菊酯类杀虫剂合成、阿特拉津合成、其他除草剂合成

（4）有机化工原料制造业：酯类合成、蛋氨酸合成

（5）染料制造业：活性染料合成、还原染料合成、其他中间体合成

（6）催化剂及各种化学助剂制造业：引发剂合成、增白剂备料、增白剂合成

（7）合成纤维单（聚合）体制造业：硫氰酸钠加成

（8）医药工业：合成药磺化、氰化、加成、环合、水解、缩酮

（9）金属表面处理及热处理业：镀锌、镀镉、镀银、镀铜、镀青铜、镀黄铜

（10）电子及通讯设备制造业：陶瓷零件清洗

丙烯腈

（1）有机化工原料制造业：脂肪胺合成、丙烯酰胺合成、酰卤（胺）合成、其他有机原料合成

（2）染料制造业：分散染料合成

（3）化学试剂制造业：有机试剂配料、有机试剂合成

（4）塑料制造业：苯乙烯共聚、ABS 粉料制备、SA. 珠料制备、ABS 树脂成品

（5）合成橡胶制造业：丁腈橡胶聚合、丁腈橡胶回收

（6）合成纤维单（聚合）体制造业：丙烯腈聚合、丙烯氨氧化、丙烯腈精制、己二胺制备

（7）医药工业：合成药加成、缩合

（8）化学纤维工业：脂纶原液制备、纺丝

（9）石棉制品业：石棉混炼、石棉压制

（二十五）四乙基铅

1. 可能导致的职业病：四乙基铅中毒

2. 行业举例：

（1）石油加工业：燃料油调和

（2）催化剂及各种化学助剂制造业：四乙基铅合成

（3）其他：航空汽油使用

（二十六）有机锡

1. 可能导致的职业病：有机锡中毒

2. 行业举例：

（1）催化物及各种化学助剂制造业：热稳定剂合成

（2）塑料制品业：塑料备料、塑料筛分研磨、塑料捏和、塑化

（二十七）羰基镍

1. 可能导致的职业病：羰基镍中毒

2. 行业举例：

（1）有机化工原料制造业：烃类原料裂解

（2）重有色金属冶炼业：镍熔化、粗镍铸板、羰基镍制取、羰基镍粉制管

（3）电子及通讯设备制造业：电路浆料印刷

（二十八）苯

1. 可能导致的职业病：苯中毒

2. 行业举例：

（1）皮革、毛皮及其制品业：刷胶、支跟包头、翃韩、活化酸面、外底粘合、包鞋跟、胶木跟

（2）家具制造业：家具涂饰

（3）石油加工业：催化重整、重整高压分离、酮苯结晶脱蜡、酮苯脱油

（4）炼焦、煤气及煤制品业：煤气提纯、煤焦油制取

（5）其他基本化学原料制造业：双氧水制取

（6）化学农药制造业：有机磷杀虫剂合成、六六六合成、有机氯杀菌剂合成、敌鼠钠盐合成、其他杀菌剂合成、其他除草剂合成

（7）有机化工原料制造业：芳烃抽提、苯（甲苯）分离、苯烃化、环己烷合成、煤油加氢、烷基苯脱蜡脱氢、烷基苯烷基化、加氢脱烷、甲苯歧化、苯氯化、硝基苯氢化、苯胺精制、苯硝基化、硝基苯精制、醇类合成、酚类合成、醚类合成、苯磺化、酸酐合成、其他有机原料合成

（8）涂料及颜料制造业：油漆轧浆、油漆调配、油漆稀释、油漆熬炼、树脂溶解、油漆包装、树脂制备

（9）染料制造业：阳离子染料合成、胺类中间体合成、蒽醌中间体合成、其他中间体合成

（10）化学试剂制造业：有机试剂配料、有机试剂合成、有机试剂提纯

（11）催化剂及各种化学助剂制造业：阻燃剂合成、硫化剂合成、促进剂合成、发泡剂合成、热稳定剂合成、乳化剂合成、光稳定剂合成、增塑剂合成、其他助剂合成

（12）其他有机化学产品制造业：环氧树脂合成

（13）塑料制造业：烷基化、乙苯精

馏、乙苯脱氢、苯乙烯精馏、聚苯醚合成、苯基氯硅烷合成 DAP 制备、离子交换树脂合成、醇酸树脂合成、聚芳醚树脂合成

（14）合成橡胶制造业：氯丁橡胶合成

（15）合成纤维单（聚合）体制造业：己内酰胺制备

（16）炸药及火工产品制造业：发烟弹制取、照明弹制取、燃烧弹制取

（17）日用化学产品制造业：烃类香料合成、醇类香料合成、醛类香料合成、酮类香料合成、花香溶剂萃取、骨胶浸油、骨胶提取

（18）医药工业：合成药卤化、烃化、酰化、脂化、醚化、胺化、氧化、还原、加成、缩合、环合、消除、水解、重排、催化氢化、裂解、缩酮、拆分、提取、中药材炮制

（19）橡胶制品业：橡胶制浆、浸胶制浆、橡胶成型

（20）玻璃及玻璃制品业：玻璃印花

（21）石墨及碳素制品业：金属粉混合

（22）石棉制品业：石棉浸胶

（23）矿物纤维及其制品业：玻璃钢固化

（24）金属表面处理及热处理业：渗碳、碳氮共渗

（25）机械工业：日用机械贴花、静电涂装、电泳涂装、揩涂、刮涂、转鼓涂装、喷徐、刷涂、浸涂、淋涂、其他涂装

（26）交通运输设备制造业：船舶涂装

（27）电气机械及器材制造业：漆包线涂布、电机绝缘、镇流器绝缘

（28）电子及通讯设备制造业：碳化、云母电容制取

（29）仪器仪表及其他计量器具制造业：色谱调试

（30）装饰业：居室装潢（包括家庭、办公楼、公共场所）

（31）房修业：油漆

（32）粘胶剂制造业：粘胶剂制造操作

（二十九）甲苯

1. 可能导致的职业病：甲苯中毒

2. 行业举例：

（1）石油和天然气开采业：油层物性分析

（2）有色金属矿采选业：选矿药剂制取

（3）皮革、毛皮及其制品业：刷胶、支跟包头、绷帮、活化胶面、外底粘合、包鞋跟、胶木跟

（4）家具制造业：家具涂饰

（5）文教体育用品制造业：电带粘接、玩具印刷、球胆绕线

（6）石油加工业：催化重整、重整高压分离、酮苯结晶脱蜡、酮苯脱油

（7）化学农药制造业：马拉硫磷合成、甲拌磷配制、稻瘟净缩合、有机氯杀菌剂合成、有机硫杀菌剂合成、其他杀菌剂合成

（8）有机化工原料制造业：丁二烯萃取、丁二烯精馏、芳烃抽提、苯（甲苯）分离、对二甲苯吸附、对二甲苯精制、加氢脱烷、甲苯歧化、甲苯硝化、酯类合成、酚类合成、醛类合成、甲苯氧化、酰卤（胺）合成、其他有机原料合成

（9）涂料及颜料制造业：油漆轧浆、油漆调配、油漆稀料、油漆熬炼、树脂溶解、油漆包装、树脂制备

（10）染料制造业：胺类中间体合成、其他中间体合成

（11）化学试剂制造业：有机试剂合成

（12）催化剂及各种化学助剂制造业：硫化剂合成、抗氧化剂合成、光稳定剂合成、防老剂 RD 合成

（13）其他有机化学产品制造业：胶水制取、醇酸树脂稀释、氯丁胶制取、树脂胶制取、磁浆制备、磁带涂布压光

（14）塑料制造业：苯乙烯精馏、有机玻璃合成、TDI 合成、聚砜塑料合成、有机硅合成、环氧树脂合成、醇酸树脂合成、聚醚树脂合成

（15）合成纤维单（聚合）体制造业：己内酰胺制备

（16）炸药及火工产品制造业：梯恩梯制取

（17）日用化学产品制造：照相乳剂制备、照相乳剂溶化、照相材料涂布、感光材料涂布、醛类香料合成、酮类香料合成、酯类香料合成、羧类香料合成、硝基麝香合成、多环麝香合成

（18）医药工业：合成药卤化、烃化、酰化、酯化、醚化、胺化、氧化、加成、缩合、环合、水解、催化氧化、缩酮、乙炔化、中和成盐、精制、提取、中药酶提成

（19）橡胶制品业：橡胶制浆、浸酸刮浆、橡胶成型、橡胶上光

（20）塑料制品业：涂塑、合成革发泡、塑料印花

（21）砖瓦、石灰及轻质建材制造业：防水材料混合

（22）玻璃及玻璃制品业：玻璃印花

（23）石棉制品业：石棉浸胶

（24）矿物纤维及其制品业：玻纤涂层、玻璃钢固化

（25）金属表面处理及热处理业：渗碳、碳氮共渗、外部清洗

（26）机械工业：手表部件研磨、日用机械贴花、静电涂装、电泳涂装、揩涂、刮涂、转鼓涂装、喷涂、刷涂、浸涂、淋涂、其他涂装

（27）交通运输设备制造业：船舶泥工、船舶涂装、汽车元器件绝缘

（28）电气机械及器材制造业：漆包线涂布、电机绝缘、镇流器绝缘

（29）电子及通讯设备制造业：涂荧光层、锥体清洗、涂内层石墨、云母电容制取、电容环氧浇制

（30）装饰业：居室装潢（包括家庭、办公楼、公共场所）

（31）房修业：油漆

（32）粘胶剂制造业：粘胶剂制造操作

（三十）二甲苯

1. 可能导致的职业病：二甲苯中毒

2. 行业举例：

（1）石油和天然气开采业：重残矿鉴定、地质磨片

（2）家具制造业：家具涂饰

（3）印刷业：凸片制型、油墨调配

（4）文教体育用品制造业：玩具烘道干燥、玩具印刷

（5）石油加工业：催化重整、重整高压分离

（6）化学农药制造业：内吸磷合成、有机磷杀虫剂合成、菊酯类杀虫剂合成、双甲脒合成、其他杀菌剂合成、其他除草剂合成

（7）有机化工原料制造业：对二甲苯吸附、对二甲苯精制、加氢脱烷、甲苯歧化、酚类合成、酸酐合成、苯酐氧化、苯酐精制、其他有机原料合成

（8）涂料及颜料制造业：油漆轧浆、油漆调配、油漆稀料、油漆熬炼、树脂溶解、油漆包装、树脂制备、酞菁蓝制取、有机颜料合成

（9）染料制造业：碱性染料合成、阳离子染料合成、硝基中间体合成

（10）催化剂及各种化学助剂制造业：活性剂合成、软性剂配制

（11）其他有机化学产品制造业：醇酸树脂稀释、氨醛树脂合成

（12）塑料制品业：苯乙烯精馏、有机硅合成、聚碳酸酯合成、氨基树脂合成、醇酸树脂合成、聚芳醚树脂合成

（13）合成纤维单（聚合）体制造业：对二甲苯氧化、PTA氧化

（14）日用化学产品制造业：铝管印刷

（15）医药工业：合成药卤化、硝化、酯化、醚化、胺化、氧化、加成、缩合、环合、水解、催化氧化、精制、安瓿印字、软管印刷、中药酶提成、生化药提取

（16）橡胶制品业：橡胶制浆、浸胶刮

浆、橡胶成型

（17）玻璃及玻璃制品业：玻璃印花

（18）石棉制品业：石棉浸胶

（19）矿物纤维及其制品业：玻璃钢固化

（20）磨具磨料制造业：砂布涂布、砂布植砂

（21）金属制品业：铸铁管徐层

（22）机械工业：日用机械贴花、静电涂装、电泳涂装、揩涂、乱涂、转鼓涂装、喷涂、刷涂、浸涂、淋涂、其他涂装

（23）交通运输设备制造业：船舶泥工、船舶涂装、汽车元器件绝缘

（24）电气机械及器材制造业：漆包线涂布、电机绝缘、镇流器绝缘

（25）电子及通讯设备制造业：陶瓷电容制取、电容外层涂覆、环氧固化

（26）仪器仪表及其他计量器具制造业：光学仪器

（27）装饰业：居室装潢（包括家庭、办公楼、公共场所）

（28）房修业：油漆

（29）粘胶剂制造业：粘胶剂制造操作

（30）皮革、毛皮及其制品业：刷胶、支跟包头、绷帮、活性胶面、外底粘合、包鞋服、胶木服

（三十一）正己烷

1. 可能导致的职业病：正己烷中毒

2. 行业举例：

（1）食品制造业：粗油浸出

（2）石油加工业：催化重整

（3）塑料制造业：丙烯溶剂回收

（4）日用化学产品制造业：花香溶剂萃取

（5）粘胶剂制品业：制造、使用

（三十二）汽油

1. 可能导致的职业病：汽油中毒

2. 行业举例：

（1）纺织业：修布

（2）皮革、毛皮及其制品业：刷胶、

支跟包头、绷带、活化胶面、外底粘合、包鞋跟、胶木跟、皮革装饰、料片粘合

（3）文教体育用品制造业：球胆绕线

（4）石油加工业：电脱盐初馏、常压蒸馏、减压蒸馏、电化学精制、稳定脱硫、叠合蒸馏、脱硫醇、延迟焦化、渣油减粘、烷基化加成、烷基化分馏、汽油加氢精制、汽油精制分离、汽油精制汽提、页岩油分馏、页岩油加氢精制

（5）炼焦、煤气及煤制品业：煤气提纯

（6）有机化工原料制造业：烃类原料裂解、裂解气急冷、芳烃抽提、煤油加氢、烷基萘加氢脱烷

（7）涂料及颜料制造业：油漆配料、油漆轧浆、油漆调配、油漆稀料、油漆包装、熟油热炼

（8）其他有机化学产品制造业：醇酸树酯稀释、汽油胶制取、氯丁胶制取

（9）塑料制造业：乙烯淤浆聚合、聚甲醛合成

（10）林产化学产品制造业：松明加工

（11）炸药及火工产品制造业：发射药制取、发烟弹制取、照明弹制取

（12）日用化学产品制造业：鞋油制备

（13）医药工业：生化药提取

（14）橡胶制品业：橡胶制浆、浸胶刮浆、橡胶喷浆、橡胶成型、橡胶上光、帘布贴合、胶辊辊芯处理、旧胎修复

（15）砖瓦、石灰及轻质建材制造业：防水材料混合

（16）石棉制品业：石棉浸胶、石棉混炼、石棉压制

（17）金属表面处理及热处理业：溶剂除油、外部清洗

（18）机械工业：机械部件清洗、日用机械贴花

（19）交通运输设备制造业：机车总装、机车零件清洗、船舶徐装、油罐车清洗、发动机装配

（20）仪器仪表及其他计量器具制造业：光学仪器

（21）加油站：加油工

（22）粘胶剂制造业：粘胶剂制造操作

（三十三）一甲胺

1. 可能导致的职业病：一甲胺中毒

2. 行业举例：

（1）化学试剂制造业：乐果胺化、久效磷合成、叶蝉散合成

（2）医药工业：合成药胺化

（3）橡胶制品业：橡胶硫化促进剂合成

（三十四）有机氟聚合物单体及其热裂解物

1. 可能导致的职业病：有机氟聚合物单体及其热裂解物中毒

2. 行业举例：

（1）塑料制造业：二氟一氯甲烷裂解、三氟三氯乙烷制备、三氟氯乙烯制备

（2）合成橡胶制造业：氟橡胶合成、氟硅橡胶合成

（3）合成纤维单（聚）体制造业：聚四氟乙烯裂解、聚四氟乙烯精馏、聚四氟乙烯聚合

（三十五）二氯乙烷

1. 可能导致的职业病：二氯乙烷中毒

2. 行业举例：

（1）石油加工业：燃料油调和

（2）化学农药制造业：有机磷杀虫剂合成、有机氯杀菌剂合成、其他杀菌剂合成、生长调节剂合成

（3）有机化工原料制造业：脂肪胺合成、乙烯氧化、氯乙醇环化

（4）染料制造业：活性染料合成

（5）催化剂及各种化学助剂制造业：硫化剂合成

（6）塑料制造业：氧氯化、二氯乙烷精馏、二氯乙烷裂解、氯乙烯精制

（7）医药工业：合成药卤化、合成药酰化、合成药缩合、合成药环合、合成药消

（8）塑料制品业：塑料粘接

（三十六）四氯化碳

1. 可能导致的职业病：四氯化碳中毒

2. 行业举例：

（1）石油和天然气开采业：油层物性分析

（2）其他基本化学原料制造业：一氯化硫制取、消气剂合成

（3）化学农药制造业：毒杀芬合成

（4）有机化工原料制造业：甲烷氯化、一氯甲烷氯化、卤代烃合成、丙烯氯化

（5）化学试剂制造业：有机试剂提纯、无机试剂合成

（6）塑料制造业：甲基氯硅烷合成

（7）合成橡胶制造业：氯化橡胶合成、氟硅橡胶合成

（8）合成纤维单（聚）体制造业：己内酰胺制备

（9）日用化学产品制造业：花香溶剂萃取、花香气体萃取

（10）医药工业：合成药卤化、加成、消除

（11）金属表面处理及热处理业：溶剂除油

（12）机械工业：机械部件清洗

（13）电子及通讯设备制造业：钨坯压制

（三十七）氯乙烯

1. 可能导致的职业病：氯乙烯中毒

2. 行业举例：

（1）有机化工原料制造业：氯丁二烯合成、卤代烃合成、醛类合成

（2）化学试剂制造业：无机试剂备料、无机试剂合成

（3）塑料制造业：二氯乙烷裂解、氯乙烯精制、氯乙烯合成、氯乙烯聚合、氯乙烯汽提

（4）塑料制品业：聚氯乙烯发泡、壁纸发泡、合成革发泡

（5）电气机械及器材制造业：电缆电线挤塑

（三十八）三氯乙烯

1. 可能导致的职业病：三氯乙烯中毒

2. 行业举例：

（1）有机化工原料制造业：卤代烃合成

（2）塑料制造业：六氯乙烷制备

（3）医药工业：合成药卤化、酯化、加成、缩合

（4）金属表面处理及热处理业：溶剂除油

（5）电气机械及器材制造业：蒸发器清洗

（6）电子及通讯设备制造业：涂荧光层

（7）服装干洗业：干洗

（三十九）氯丙烯

1. 可能导致的职业病：氯丙烯中毒

2. 行业举例：

（1）化学农药制造业：其他杀虫剂合成

（2）有机化工原料制造业：丙烯氯化、卤代烃合成、环氧氯丙烷合成

（3）催化剂及各种化学助剂制造业：其他助剂合成

（4）塑料制造业：DAP 制备

（5）医药工业：合成药加成

（四十）氯丁二烯

1. 可能导致的职业病：氯丁二烯中毒

2. 行业举例：

（1）有机化工原料制造业：氯丁二烯合成

（2）合成橡胶制造业：氯丁橡胶合成

（3）医药工业：合成药环合

（四十一）苯胺、甲苯胺、二甲苯胺、N，N—二甲基苯胺、二苯胺、硝基苯、硝基甲苯、对硝基苯胺、二硝基苯、二硝基甲苯

1. 可能导致的职业病：苯的氨基及硝基化合物（不包括三硝基甲苯）中毒

2. 行业举例：

苯胺

（1）化学农药制造业：有机氯杀菌剂合成、其他杀菌剂合成、其他除草剂合成

（2）有机化工原料制造业：硝基苯氢化、苯胺精制

（3）涂料及颜料制造业：大红粉制取

（4）染料制造业：直接染料合成、酸性染料合成、碱性染料合成、阳离子染料合成、活性染料合成、分散染料合成、冰染染料合成、缩聚染料合成、有机染料合成、胺类中间体合成、硝基中间体合成、酚类中间体合成、酮类中间体合成、酸类中间体合成

（5）化学试剂制造业：有机试剂配料、有机试剂合成、有机试剂提纯、有机试剂溶解、有机试剂精制

（6）催化剂及各种化学助剂制造业：防老剂 D 合成、中和蒸馏、促进剂合成、增白剂备料、增白剂合成、防老剂 RD 合成

（7）塑料制造业：PAPI 合成、酚醛缩合、聚氨酯树脂合成

（8）日用化学产品制造业：烃类香料合成

（9）医药工业：合成药烃化、重氮化、还原、缩合、环合、肟化

甲苯胺

（1）有色金属矿采选业：选矿药剂制取

（2）化学农药制造业：有机硫杀菌剂合成、其他杀菌剂合成

（3）有机化工原料制造业：脂肪胺合成

（4）染料制造业：碱性染料合成、阳离子染料合成、冰染染料合成、有机染料合成、胺类中间体合成

（5）医药工业：合成药重氮化、缩合

二甲苯胺

（1）化学农药制造业：双甲脒合成、其他杀菌剂合成

（2）医药工业：合成药卤化

N，N—二甲基苯胺

（1）化学农药制造业：其他杀菌剂合成

（2）有机化工原料制造业：脂肪胺合成

（3）染料制造业：碱性染料合成、阳离子染料合成、活性染料合成、冰染染料合成、胺类中间体合成

二苯胺

（1）皮革、毛皮及其制品业：皮毛硝染

（2）染料制造业：胺类中间体合成、硝基中间体合成、酮类中间体合成

（3）催化剂及各种化学助剂制造业：阻聚剂合成

（4）炸药及火工产品制造业：单基药制取

（5）医药工业：合成药环合、磺化

硝基苯

（1）化学农药制造业：有机氯杀菌剂合成、氨基类杀虫剂合成、其他杀菌剂合成

（2）有机化工原料制造业：硝基苯氢化、苯胺精制、苯硝基化、硝基苯精制

（3）染料制造业：碱性染料合成、还原染料合成、胺类中间体合成、醚类中间体合成

（4）化学试剂制造业：有机试剂配料、合成、提纯、溶解、精制

（5）塑料制造业：聚芳醚树脂合成、聚酰胺树脂合成

（6）日用化学产品制造业：硝基麝香合成

（7）医药工业：合成药酰化、还原

硝基甲苯

（1）有色金属矿采选业：选矿药剂制取

（2）化学农药制造业：其他除草剂合成

（3）有机化工原料制造业：甲苯硝化、醚类合成

（4）染料制造业：碱性染料合成、胺类中间体合成、酸类中间体合成

（5）化学试剂制造业：有机试剂提纯、溶解、精制

（6）塑料制造业：TDI合成

（7）医药工业：合成药卤化、烃化、氧化

对硝基苯胺

（1）有机化工原料制造业：对硝苯胺合成、醛类合成

（2）染料制造业：直接染料合成、胺类中间体合成

（3）医药工业：合成药重氮化、置换、环合、肿化

二硝基苯

（1）塑料制造业：赛璐珞合成

（2）炸药及化工产品制造业：梯恩梯制取

二硝基甲苯

（1）催化剂及各种化学助剂制造业：其他助剂合成

（2）塑料制造业：TDI合成

（3）炸药及火工产品制造业：梯恩梯制取

（4）日用化学产品制造业：氮类香料合成

（四十二）三硝基甲苯

1. 可能导致的职业病：三硝基甲苯中毒

2. 行业举例：

（1）黑色金属矿采选业：黑色矿采矿辅助

（2）林产化学产品制造业：松明采集

（3）炸药及火工产品制造业：硝铵炸药备料、硝铵炸药装药、炮弹装配、梯思梯制取

（4）交通运输设备制造业：爆炸加工

（四十三）甲醇

1. 可能导致的职业病：甲醇中毒

2. 行业举例：

（1）饮料制造业：固体酒精制取

（2）造纸及纸制品业：玻璃纸制取

（3）化学农药制造业：敌百虫合成、乐果硫化、乐果成盐、乐果酯化、乐果胺化、马拉硫磷合成、杀螟松合成、有机磷杀虫剂合成、林丹合成、菊酯类杀虫剂合成、多菌灵合成、其他除草剂合成

（4）有机化工原料制造业：脂肪烃合成、甲醇加氢氯化、一氯甲烷氯化、溴甲烷合成、卤代烃合成、甲醇气相氨化、脂肪胺合成、甲醇合成、甲醇分离、酯类合成、丙烯酸甲酯制取、甲醇羰基化、甲醇醚化、醚类合成、甲醇氧化、醛类合成、丁烷氯化、有机酸合成、其他有机原料合成

（5）涂料及颜料制造业：油漆轧浆、油漆调配、树脂制备

（6）染料制造业：阳离子染料合成、胺类中间体合成、硝基中间体合成、醚类中间体合成、

（7）化学试剂制造业：有机试剂合成、有机试剂提纯

（8）催化剂及各种化学助剂制造业：抗氧剂合成、发孔剂合成、热稳定剂合成、分散剂合成、光稳定剂合成、增塑剂合成、其他助剂合成

（9）其他有机化学产品制造业：粘合剂 A 制取

（10）塑料制造业：聚丙烯醇解、丙烯溶剂回收、二氟一氯甲烷裂解、三氟氯乙烯制备、MMA 酯化、二氯五环合成、二甲基苯酚合成、聚苯醚合成、聚三氟乙烯合成、丙烯酸甲酯合成、聚醚醚树脂合成、聚芳醚树脂合成

（11）合成纤维单（聚）体制造业：醋酸乙烯聚合、聚乙烯醇醇解、DMT 酯化、DMT 精制、DMT 酯交换

（12）林产化学产品制造业：木材热解、木屑炭化、松根干馏、水解酒精合成

（13）日用化学产品制造业：照相乳剂制备、照相乳剂溶化、感光材料涂布、片基

制备、醚类香料合成、醛类香料合成、酯类香料合成、氮类香料合成

（14）医药工业：合成药卤化、磺化、烃化、酰化、酯化、醚化、胺化、置换、氧化、还原、加成、缩合、环合、消除、水解、催化氧化、催化氢化、降解、缩酮、拆分、异物、中和成盐

（15）化学纤维工业：维纶湿纺

（16）金属表面处理及热处理业：渗碳、碳氮共渗

（17）机械工业：静电涂装

（18）电气机械及器材制造业：灯管涂层、灯丝电泳

（19）电子及通讯设备制造业：调化、灯丝卷绕涂覆、灯丝熔解、阴极清洗、定向涂膜

（20）仪器仪表及其他计量器具制造业：色谱调试

（四十四）酚

1. 可能导致的职业病：酚中毒

2. 行业举例：

（1）木材加工业：板块涂胶、组坯、板块涂饰、热固化

（2）家具制造业：竹家具备料

（3）造纸及纸制品业：原纸涂布

（4）炼焦、煤气及煤制品业：煤焦油制取、黄血盐制取

（5）化学农药制造业：有机硫杀菌剂合成、滴丁酯合成

（6）有机化工原料制造业：醇类合成、酯类合成、酚酮分解、酚酮精制、苯磺酸钠碱溶、异丙苯氧化、苯甲酸氧化、酚类合成、醚类合成、酮类合成、水杨酸合成、氮杂环类合成、其他有机原料合成

（7）染料制造业：酸性染料合成、分散染料合成、酚类中间体合成

（8）化学试剂制造业：有机试剂提纯、有机试剂溶解、有机试剂精制

（9）催化剂及各种化学助剂制造业：抗氧剂合成、光稳定剂合成、增塑剂合成、

其他助剂合成、

（10）塑料制造业：二甲基苯酚合成、酚醛缩合、环氧树脂合成、聚碳酸脂合成、聚酯醚树脂合成、氨基树脂合成、聚芳醚树脂合成、聚酰胺树脂合成

（11）合成纤维单（聚合）体制造业：己内酰胺制备

（12）炸药及火工产品制造业：照明炬制取

（13）日用化学产品制造业：照相乳剂制备、照相乳剂溶化、感光材料涂布、醚类香料合成、醛类香料合成、酮类香料合成

（14）医药工业：合成药卤化、硝化、烃化、酰化、酯化、羧化、缩合、硫化、肿化、软管消毒

（15）磨具磨料制造业：固化磨具

（16）机械工业：熔模铸造

（17）交通运输设备制造业：船舶泥工

（18）电气机械及器材制造业：酚醛材料压制

（四十五）五氯酚

1. 可能导致的职业病：五氯酚中毒

2. 行业举例：

化学农药制造业：有机氯杀菌剂合成、其他杀菌剂合成

（四十六）甲醛

1. 可能导致的职业病：甲醛中毒

2. 行业举例：

（1）饮料制造业：麦芽糖化、麦汁发酵

（2）纺织业：树脂整理

（3）皮革、毛皮及其制品业：皮革装饰、皮革鞣制、皮革喷涂、皮毛硝染

（4）木材加工业：木材防腐、竹木纤维拌胶、热压、接板、板块涂胶、组坯、板块涂饰、热固化、装饰板配料、装饰板粘贴

（5）造纸及纸制品业：厚纸涂布

（6）其他基本化学原料制造业：锌粉制取

（7）化学农药制造业：甲拌磷缩合、草甘磷合成、其他杀菌剂合成、其他除草剂合成、生长调节剂合成

（8）有机化工原料制造业：异戊二烯合成、脂肪烃合成、季戊四醇合成、新戊二醇合成、醇类合成、酯类合成、醚类合成、甲醇氧化、甲醛精制、二甲醚氧化、酰卤（胺）合成、其他有机原料合成

（9）涂料及颜料制造业：油漆熬炼、树脂制备

（10）染料制造业：酸性染料合成、其他中间体合成

（11）化学试剂制造业：有机试剂配料、合成、提纯

（12）催化剂及各种化学助剂制造业：硫化剂合成、发孔剂合成、光稳定剂合成、其他助剂合成

（13）其他有机化学产品制造业：氨醛树脂合成、粘合剂A制取

（14）塑料制造业：三聚甲醛合成、三聚甲醛精制、三氧五环合成、聚甲醛合成、PAPI合成、酚醛缩合、丙烯酸甲酯合成、氨基树脂合成

（15）林产化学产品制造业：木材热解、木屑炭化

（16）炸药及火工产品制造业：照明炬制取

（17）日用化学产品制造业：铝管印刷、火柴制浆、烃类香料合成、醇类香料合成、醛类香料合成、多环麝香合成

（18）医药工业：合成药烃化、酯化、加成、缩合、环合、消除、催化氢化、聚合、乙炔化、安瓿印字、软管印刷

（19）化学纤维工业：维纶缩醛化

（20）橡胶制品业：橡胶制浆、橡胶喷浆、胶乳海绵制取

（21）石墨及碳素制品业：碳素浸树脂

（22）磨具磨料制造业：固化磨具

（23）机械工业：熔模铸造

（24）交通运输设备制造业：贴面材料粘制

（25）电气机械及器材造业：酚醛材料压制

（26）装饰业：居室装潢（包括家庭、办公楼、公共场所）

（四十七）硫酸二甲酯

1. 可能导致的职业病：硫酸二甲酯中毒

2. 行业举例：

（1）化学农药制造业：有机磷杀虫剂合成、其他杀菌剂合成、其他除草剂合成

（2）有机化工原料制造业：硫酸二甲酯合成、醚类合成、醛类合成

（3）染料制造业：阳离子染料合成、活性染料合成

（4）催化剂及各种化学助剂制造业：光稳定剂合成

（5）塑料制造业：聚砜单体合成

（6）日用化学产品制造业：照相乳剂制备、照相乳剂溶化、感光材料涂布、酚类香料合成、醚类香料合成、醛类香料合成、硝基麝香合成

（7）医药工业：合成药卤化、烃化、酰化、醚化

（8）仓储：仓储运输

（四十八）丙烯酰胺

1. 可能导致的职业病：丙烯酰胺中毒

2. 行业举例：

（1）有机化工原料制造业：丙烯酰胺合成、酰卤（胺）合成

（2）合成纤维单（聚合）体制造业：丙烯脂聚合

（四十九）二甲基甲酰胺

1. 可能导致的职业病：二甲基甲酰胺中毒

2. 行业举例：

（1）有机化工原料制造业：丁二烯萃取、丁二烯精馏、异戊二烯合成

（2）染料制造业：阳离子染料合成

（3）合成纤维单（聚合）体制造业：丙烯腈聚合

（4）医药工业：合成药卤化、酯化、加成、缩合、催化氢化

（五十）有机磷农药

1. 可能导致的职业病：有机磷农药中毒

2. 行业举例：

（1）化学农药制造业：敌百虫合成、敌敌畏合成、乐果胺化、马拉硫磷合成、内吸磷合成、杀螟松合成、甲拌磷配制、稻瘟净缩合、对硫磷缩合、有机磷杀虫剂合成

（2）农田生产：喷洒农药

（3）其他：包装

（五十一）氨基甲酸酯类农药

1. 可能导致的职业病：氨基甲酸酯类农药中毒

2. 行业举例：

（1）化学农药制造业：速灭威合成、西维因合成、氨基类杀虫剂合成

（2）农田生产：喷洒农药

（3）其他：包装

（五十二）杀虫脒

1. 可能导致的职业病：杀虫脒中毒

2. 行业举例：

（1）化学农药制造业：杀虫脒合成

（2）农田生产：喷洒农药

（3）其他：包装

（五十三）溴甲烷

1. 可能导致的职业病：溴甲烷中毒

2. 行业举例：

（1）有机化工原料制造业：溴甲烷合成

（2）医药工业：合成药加成、中和成盐

（3）粮食进出口仓储：粮食熏蒸

（五十四）拟除虫菊酯类

1. 可能导致的职业病：拟除虫菊酯类农药中毒

2. 行业举例：

（1）化学农药制造业：菊酯类杀虫剂合成

（2）农田生产：喷洒

（3）其他：包装

（五十五）导致职业性中毒性肝病的化学类物质：二氯乙烷、四氯化碳、氯乙烯、三氯乙烯、氯丙烯、氯丁二烯、苯的氨基及硝基化合物、三硝基甲苯、五氯酚、硫酸二甲酯。

1. 可能导致的职业病：职业性中毒性肝病

2. 行业举例：行业工种举例参见化学物质类。

（五十六）根据《职业性急性中毒诊断标准及处理原则总则》可以诊断的其他职业性急性中毒的危害因素：

刺激性气体：氯气、二氧化硫、氮氧化物、氨、光气、硫酸二甲酯、甲醛、氢氟酸

窒息性气体：一氧化碳、硫化氢、氰及腈类化合物（氰化氢）

有机溶剂：苯、甲苯、二甲苯、汽油、二硫化碳、四氯化碳、正己烷、氯乙烯、三氯乙烯、氯丙烯、氯丁二烯

急性苯的氨基及硝基化合物：苯胺、甲苯胺、二甲苯胺、N，N—二甲基苯胺、二苯胺、硝基苯、硝基甲苯、对硝基苯胺、二硝基苯、二硝基甲苯、三硝基甲苯

溶血性毒物：酚、砷化氢、磷化氢

高分子化合物单体（热裂解气）：有机氯聚合物单体及其热裂解物、氯乙烯、

氰及腈类化合物（丙烯腈）

农药：有机磷农药、氨基甲酸酯类农药、杀虫脒、溴甲烷、拟除虫菊酯类农药

金属类金属化合物：铅及其化合物、汞及其化合物、锰及其化合物、镉及其化合物、铊及其化合物、砷及其化合物

上述行业与工种参见化学物质类。

四、物理因素

（一）高温

1. 可能导致的职业病：中暑

2. 行业举例：

（1）石油和天然气开采业：钻井、井下维修、井架安装

（2）黑色金属矿采选业：黑色矿干燥

（3）有色金属矿采选业：有色矿干燥

（4）建筑材料及其他非金属矿采选业：化学矿干燥

（5）食品制造业：生面熟化、油料软化、油料烘榨、蒸发脱磷、毛油碱炼、毛油脱色脱臭、蔗汁澄清、粗糖制浆、粗糖精制、冰糖制取、肉品烘烤、肉品去脂、肉松制取、乳品灭菌、乳品浓缩、乳品干燥、卤水蒸发、食盐干燥、粮食蒸煮、柠檬酸钙制取、蜜钱浓缩干燥、糕点烘烤、糖浆烧制、水产品干制、食品油炸、煮浆、蔬菜漂烫、酶干燥

（6）饮料制造业：醅料拌和、蒸酒、蒸饭、原料蒸煮、酒精糖化、冷饮烧料、饮料浓缩干燥、咖啡焙炒、茶叶初制

（7）烟草加工业：烟叶干燥、烟丝烘干

（8）饲料加工业：饲料制粒

（9）纺织业：浆纱、蒸纱、烘纱、煮呢、烘呢、烧毛、染色、印花、定型、煮茧、索绪、集绪、浸渍

（10）缝纫业：熨烫

（11）皮革、毛皮及其制品业：活化脱面、坏皮脱脂、皮革整理

（12）木材加工业：竹木纤维烘干、热压、竹料软化、竹料展开、竹片定型、热固化、装饰板涂布

（13）家具制造业：木家具胶压、竹家具备料

（14）造纸及纸制品业：化学制浆、黑液蒸发、黑液燃烧、造纸、原纸涂布、原纸压光、色浆制取、瓦楞制纸、粘胶制备

（15）印刷业：活字铸造、凸版制型、铅版制版

（16）文教体育用品制造业：玩具去污、玩具清洗、玩具烘干、坑具热洗、玩具烘道干燥、球类商标烫印、铜管打孔

（17）工艺美术品制造业：地毯清洗、

地毯上胶、石蜡溶解、蜡烛浇铸、珐琅烧炼、木材干燥

（18）电力、蒸汽、热水生产和供应业：司炉、汽机发电、水坝养护、线路安装、电厂保温

（19）石油加工业：电脱盐初馏、高压蒸馏、减压蒸馏、催化裂化、重油分馏、稳定脱硫、烯烃叠合、预加氢精制、延迟焦化、渣油减粘、制氢脱硫、制氢转化、制氢甲烷化、汽油加氢精制、加氢裂化、裂化分离、蒸汽裂化、加氢处理、酸性气燃烧、硫磺捕集转化、石蜡加氢精制、氧化沥青、润滑油萃取、润滑油汽提、润滑油白土精制、页岩干馏、页岩油分馏

（20）炼焦、煤气及煤制品业：炼焦干馏、熄焦、煤气管道安装、煤气管道密封

（21）无机酸制造业：硫化物焙烧、硫化氢燃烧、塔式硫酸合成、氯化氢合成

（22）碱产口制造业：液碱蒸发、碱精制、氨盐水制备、石灰煅烧、碱矿石加工、霞石制碱、重灰水合、碳酸氢钠碳化、碳酸氢钠精制、钾碱煅烧碳化

（23）无机盐制造业：二硫化碳电炉制取、高锰酸钾制取、氧化钠制取

（24）其他基本化学原料制造业：氧化镁制取

（25）化学肥料制造业：煤焦气化、油气转化、氨合成、尿素合成、尿素加工、电石氮化、磷矿粉制备、电炉制磷、磷肥原料制备、钙镁磷肥合成、磷肥脱氟、硫酸钾合成、氯化钾合成、多效肥制取

（26）有机化工原料制造业：醇类合成、酯类合成、酸酐合成、其他有机原料合成

（27）涂料及颜料制造业：植物油漂炼、熟油热炼、镉红煅烧、镉红成品、钛白粉制备、氧化锌制粉、搪瓷色素备料、搪瓷色素煅烧、玻璃色素熔制、玻璃色素成品

（28）化学试剂制造业：有机试剂合成、溶解

（29）催化剂及各种化学助剂制造业：干燥成型、防老剂D合成、催化剂制备、催化剂干燥、增白剂精制、MB防老剂还原、MB防老剂缩合

（30）其他有机化学产品制造业：粘合剂聚合、树脂胶制取

（31）塑料制造业：乙烯高压聚合、二氯乙烷裂解、乙苯脱氢、苯乙烯聚合、苯乙烯回收、ABS树脂成品、聚氨酯熟化、赛璐珞合成

（32）合成橡胶制造业：丁苯橡胶聚合

（33）合成纤维单（聚）体制造业：丙烯氨氧化

（34）林产化学产品制造业：蒸汽制胶、栲胶备料、栲胶预处理、栲胶干燥、木材热解、木屑炭化、炭粉漂洗、炭粉干燥、木炭活化、松脂采割、松脂加工、松明采集、松明加工、松根干馏、混合原油分馏、松焦油配制、水解酒精合成

（35）日用化学产品制造业：油脂备料、油脂皂化、糖油处理、皂基处理、甘油精制、二氧化硫制备、三氧化硫制备、液氯气化、液碱皂化、气化分离、酸化精制、硬脂酸合成、硬脂酸结晶、铝管烘干、天然香料蒸馏、鞋油制备

（36）医药工业：合成药消除、合成药蒸发、合成药蒸馏、合成药干燥包装、药物制粒、片剂压制、溶胶、片剂包衣、空安瓶处理、药液配料、药液滤过、安瓿熔封、药液灭菌、软膏制备、软管烘干、软管消毒、中药水提成、中药浓缩

（37）化学纤维工业：浆液蒸煮、水浆造粕、粘纤烘干、聚酯融体纺丝、聚酯切片纺丝、锦纶缩聚、锦纶纺丝、腈纶纺丝、合成纤维后处理

（38）橡胶制品业：橡胶配料、橡胶混炼、橡胶硫化、冲边清洗、胶乳海锦制取、废胶脱硫、再生胶精炼、旧胎硫化

（39）塑料制品业：塑料成型、瓦楞纸热熔

（40）水泥制造业：水泥供料、生料煅烧、熟料冷却、水泥煤制备

（41）水泥制品和石棉水泥制品业：湿热养护

（42）砖瓦、石灰和轻质建材制造业：轻质材料焙烧、烘烤、石灰砖瓦炉窑、防水材料浸涂、防水材料混合

（43）玻璃及玻璃制品业：玻璃熔化、成型、退化、切裁、焙烧、熔制、钢化、灯工、玻璃制品成型

（44）陶瓷制品业：陶瓷成型、干燥、烧成、装出窑

（45）耐火材料制品业：耐火砖干燥、耐材烧成、耐火纤维吹

（46）石墨及碳素制品业：碳素煅烧、碳素焙烧、石墨化、绕铸磷铁、沥青破碎

（47）石棉制品业：石棉湿纺

（48）云母制品业：云母煅烧

（49）矿物纤维及其制品业：熔解制球、玻球熔化、玻纤拉丝、玻纤涂层

（50）磨具磨料制造业：磨料炼制、砂布植砂、固化磨具

（51）炼铁业：球团矿焙烧、烧结点火、炼铁烧结、冷却筛分、矿石焙烧、高炉加料、高炉配管、高炉吹炼、高炉出铁、炉渣处理、铸铁、铁库操作、热风炉操作、煤粉操作

（52）炼钢业：转炉炼钢、平炉炼钢、炉外精练、钢水铸锭、钢锭脱模、炼钢整模、坯钢连铸、炼钢熔铁、钢锭整修、炼钢砌炉

（53）钢压延加工业：钢锭加热、钢锭轧制、钢锭开坯、钢材精整、管坯穿孔、无缝管轧制、管材均整、带钢卷取、钢材镀锌、轧钢备品

（54）铁合金冶炼业：锰铁烧结、锰铁高炉冶炼、锰铁铸锭、钒铁冶炼、硅铁冶炼、铬铁冶炼、钨铁冶炼、钼铁冶炼、钛铁冶炼

（55）重有色金属冶炼业：铅锌烧结、铅锌熔炼、铅浴冷凝、虹吸放铅、锌烟输送、铅锌冷却分离、铅锌造渣、锌铸型、保温分层、粗铅铸板、铅还原、锌矿焙烧、粗铅脱铜、铅尘回收、锌矿干燥、铜熔炼、铜吹炼、粗铜铸板、铜铸型、镍熔化、粗镍铸板、镍粉制取、锌镉熔炼、镉造渣、镉铸型、硫化镉干燥、钴煅烧、粗钴铸板、钴制取、氧化钴制取、炼汞、汞蒸馏、锡矿炉前配料、砷渣焙烧、锡熔炼、锡精炼、氯化炼铅、锑熔炼、锑氧化、氧化铋

（56）冶炼轻有色金属冶炼业：氧化铝烧结、氧化铝焙烧、铝铸锭、镁精炼、镁氯化、喷硫铸镁锭、四氯化钛冶炼、海绵钛还原

（57）稀有金属冶炼业：氧化钨制备、复式碳化钨制备、钨钼烧结、钼焙烧压煮、钨矿焙烧、钨酸铵煅烧、稀土灼烧、硒焙烧、硒氧化、硒铸锭、还原熔炼、氧化精炼、银铸板、粗金浇板、金铸锭、氧化钽（铌）制取、钽制取、铌制取、氧化锗制取、氧化钇制取、碳化钽制取

（58）有色金属压延加工业：有色金属熔炼、有色金属浇铸、有色金属热轧、有色金属挤压、有色金属穿孔、有色金属退火、有色金属淬火

（59）金属制品业：金属退火、金属材料切割、金属构件修整、金属锻打、坯饼浇铸、钢板热成型、搪瓷烧成、铝制品熔炼、铝制品浇铸、铝制品热轧、焊药制备、焊条烘焙、焊粉制备、焊粉筛选、焊丝制备

（60）金属表面处理及热处理业：镀件驱氢、镀件干燥、退火、正火、回火、铅浴、电喷涂、气喷涂、火焰喷涂、等离子喷涂

（61）机械工业：铸造熔炼、铸造浇铸、铸造落砂、压铸铸造、锻造、机械部件清洗、金属粉末冶炼、粉末冶金烧结

（62）交通运输设备制造业：机车水阻试验、机车试运行、木机加工、机车部件组装、船体热加工、平台组装、船舶批碳、船

舶泥工、管系安装、电气安装、锚链加工、车用弹簧加工、制动梁加工、轴瓦加工、车用软轴加工、电缆嵌装、汽车线路整修、油罐车清洗、汽车总装、摩托车装配

（63）电气机械及器材制造业：铅锑熔炼、铅锑铸锭、制板栅、制铅球、焊极板、蓄电池焊接、蓄电池封口、镍阳极坯体制备、镍阳极烧结、镉阴极制备、炭棒混粉、炭棒制坯、炭棒焙烧、电线电缆备料、电线电缆韧炼、电线电缆镀锡、电缆电线挤塑、电缆电线挤胶、电缆电线压铅、电缆电线装铠、电缆干燥浸油、灯管烧氢、灯管加热清洗、灯管灌录、灯管热加工、瓷绝缘体制备、酚醛材料压制

（64）电子及通讯设备制造业：烧氢、压枪、灯丝烧结、芯柱压制、电路基片烧结、电路老化、金属陶瓷封装、涂层焙烧、低熔玻璃熔封、玻管排气、喷外层石墨、钨钼粉制取、钨钼材料烧制、钨钼拉丝、电子器具老化、玻粉制取、电子玻璃制取

（二）高气压

1. 可能导致的职业病：减压病

2. 行业举例：

（1）电力、蒸汽、热水生产和供应业

（2）打捞及海底救助业：潜水

（三）低气压

1. 可能导致的职业病：高原病、航空病

2. 行业举例：

（1）高原作业：高原作业

（2）航空航天业：航空航天作业

（四）局部振动

1. 可能导致的职业病：手臂振动病

2. 行业举例：

（1）煤炭采选业：采煤凿岩、岩巷装载、岩巷掘进、煤巷打眼、采煤打眼

（2）石油和天然气开采业：钻井、采油、转油、气体净化

（3）黑色金属矿采选业：黑色矿穿孔、炮采、机采、装载、运输、破碎、筛选

（4）有色金属矿采选业：有色矿穿孔、炮采、机采、装载、运输、破碎、筛选

（5）建筑材料及其他非金属矿采选业：土砂石打孔、土砂石炮采、土砂石机采、土砂石装载、非金属矿打孔、非金属矿炮采、非金属矿机采、非金属矿装载、非金属矿破碎

（6）电力、蒸汽、热水生产和供应业：水电施工

（7）炼焦、煤气及煤制品业：煤气管道安装

（8）水泥制品和石棉水泥制品业：紧实成型

（9）耐火材料制品业：耐材成型

（10）磨具磨料制造业：磨料精筛

（11）炼钢业：钢锭整修

（12）金属制品业：金属构件铆接、金属锻打

（13）机械工业：铸造落砂、铸件清理、铸件初加工、压铸铸造、锻造、机械部件落料

（14）交通运输设备制造业：机车试运行、机车总装、船舶批碳、船舶除锈、爆炸加工、汽车线路整修

五、生物因素

（一）炭疽杆菌

1. 可能导致的职业病：炭疽

2. 行业举例：

（1）食品制造业：牲畜检疫

（2）纺织业：拣毛

（3）皮革、毛皮及其制品业：坯皮准备

（4）畜牧业：牧民、饲养员、兽医

（5）动物园：饲养员、兽医

（二）森林脑炎病毒

1. 可能导致的职业病：森林脑炎

2. 行业举例：

（1）伐木业：原木采伐、原木运输、其他出入森林作业人员

（2）护林业：护林、其他出入森林作

业人员

（3）林产化学产品制造业：栲胶备料、松脂采割、松明采集、野生果品采摘、菌菇采摘

（4）中草药业：野生中草药采集

（5）狩猎业：狩猎人员

（三）布氏杆菌

1. 可能导致的职业病：布氏杆菌病

2. 行业举例：

（1）食品制造业：牲畜检疫

（2）畜牧业：牧民、饲养员、兽医

六、导致职业性皮肤病的危害因素

（一）导致接触性皮炎的危害因素

1. 可能导致的职业病：接触性皮炎

2. 行业举例：

硫酸、硝酸、盐酸、氢氧化钠

行业、工种举例参见化学性眼部灼伤。

重铬酸盐（六价铬）

（1）涂料及颜料制造业：搪瓷色素备料

（2）日用化学产品制造业：火柴制浆

（3）医药工业：合成药氧化、水解

（4）铁合金冶炼业：锰电解

（5）轻有色金属冶炼业：铅合金氧化

（6）金属表面处理及热处理业：除油除锈、腐蚀粗糙

铬酸盐

（1）纺织业：花筒镀铬、剥铬

（2）涂料及颜料制造业：铅铬黄化合、锌铬黄制取、铅铬绿制取

（3）陶瓷制品业：釉料选择、粉碎

（4）电子及通讯设备制造业：陶瓷零件清洗

三氯甲烷（氯仿）

（1）化学农药制造业：有机硫杀菌剂合成、其他杀菌剂合成

（2）有机化工原料制造业：甲烷氯化、一氯甲烷氯化

（3）染料制造业：碱性燃料合成、阳离子燃料合成

（4）化学试剂制造业：有机试剂配料、提纯、溶解、精制

（5）日用化学产品制造业：卤素香料合成

（6）医药工业：合成药卤化、磺化、酰化、酯化、氧化、还原、缩合、扩开环、降解、肟化、中和成盐、提取

（7）塑料制品业：塑料粘接

三氯乙烯

行业与工种参见相应的职业病危害因素

β—萘胺

（1）涂料及颜料制造业：有机颜料合成

（2）染料制造业：酸性染料合成、冰染染料合成、酸类中间体合成

乙醇（酒精）

（1）饮料制造业：蒸酒、麦汁发酵、酒精分馏、固体酒制取

（2）纺织业：防水整理、感光制版、生麻脱胶

（3）无机盐制造业：保险粉制取

（4）化学农药制造业：甲拌磷硫化、乙硫醇制备、稻瘟净酯化、对硫磷酯化、有机磷杀虫剂合成、三氯乙醛制备

（5）有机化工原料制造业：脂肪胺合成、乙醇合成、酯类合成、乙醇脱氢氧化

（6）涂料及颜料制造业：树脂制备

（7）染料制造业：酸性染料合成、阳离子染料合成、分散染料合成、有机染料合成、醚类中间体合成

（8）化学试剂制造业：有机试剂配料、合成、提纯、溶解

（9）催化剂及各种化学助剂制造业：抗氧剂合成、光稳定剂合成

（10）塑料制造业：赛璐珞合成、氯化聚醚合成、树脂合成

（11）林产化学产品制造业：溶剂制胶、酒精漆制取、水解酒精合成

（12）日用化学产品制造业：洗涤剂脱油、香水配置、醚类香料合成、醇类香料合

成、醛类香料合成、酯类香料合成、氮类香料合成、硝基麝香合成、花香溶剂萃取

（13）医药工业：合成药卤化、烃化、氰化、酰化、酯化、醚化、胺化、置换、氧化、还原、加成、缩合、环合、扩开环、消除、水解、重排、催化氢化、酶催化、硫化、肿化、膦化、降解、缩酮、拆分、肼化、异构、转化、肟化、中和成盐、精制、提取、中药乙醇提成

（14）石墨及碳素制品业：碳素浸树脂

（15）金属表面处理及热处理业：溶剂除油、外部清洗

（16）机械工业：机械部件清洗

（17）电子及通讯设备制造业：压枪、电路浆料印刷、超声波清洗

醚

（1）染料制造业：胺类中间体合成

（2）日用化学产品制造业：花香溶剂萃取

（3）机械工业：溶模铸造

甲醛

行业工种举例参见化学物质类。

环氧树脂

（1）纺织业：防水整理

（2）砖瓦、石灰和轻质建材制造业：板材修整

尿醛树脂

木材加工业：竹木纤维拌胶、装饰板配料、装饰板粘贴

酚醛树脂

（1）木材加工业：板块涂胶、组坯、板块涂饰、热固化

（2）造纸及纸制品业：原纸涂布

松节油

（1）造纸及纸制品业：纸箱印刷

（2）化学肥料制造业：氯化钾合成

（3）化学农药制造业：毒杀芬合成

（4）有机化工原料制造业：其他有机原料合成

（5）林产化学产品制造业：松脂加工

（6）日用化学产品制造业：醚类香料合成、醇类香料合成、鞋油制备

（7）交通运输设备制造业：船舶涂装苯胺

染料制造业：分散染料合成

润滑油

石油加工业：酮苯结晶脱蜡、酮苯脱油、尿素脱蜡、氧化沥青、丙烷脱沥青、丙烷回收、润滑油萃取、润滑油汽提、润滑油白土精制

对苯二酚

（1）染料制造业：还原染料合成、分散染料合成、冰染染料合成、酚类中间体合成、蒽醌中间体合成

（2）塑料制造业：MMA 精制

（3）医药工业：合成药环合、消除、裂解、精制

有机磷农药、氨基甲酸酯类农药、杀虫脒、拟除虫菊酯类农药

行业工种举例参见化学物质类。

肥皂添加剂、合成清洁剂

日用化学产品制造业：肥皂制造、清洁剂合成

（二）导致光敏性皮炎的危害因素

1. 可能导致的职业病：光敏性皮炎

2. 行业举例：

焦油

（1）木材加工业：木材防腐

（2）炼焦、煤气及煤制品业：炼焦干馏、熄焦、煤气净化、煤焦油制取

（3）林产化学产品制造业：混合原油分馏、松焦油配制

（4）橡胶制品业：废胶脱硫、再生胶精炼

沥青

（1）石油加工业：蒸汽裂化、氧化沥青、丙烷脱沥青、丙烷回收

（2）炼焦、煤气及煤制品业：煤气管道密封

（3）有机化工原料制造业：有机化工

原料合成

（4）涂料及颜料制造业：油漆熬炼、树脂溶解

（5）催化剂及各种化学助剂制造业：软化剂配制

（6）砖瓦、石灰和轻质建材制造业：防水材料浸涂、混合

（7）耐火材料制造业：耐火材料浸油、沥青砖配料、压型

（8）石墨及碳素制品业：碳素配料、碳素成型、碳素焙烧、碳素浸沥青、金属粉混合、沥青破碎、粘结剂制备

（9）炼铁业：高炉吹炼、出炉

（10）炼钢业：转炉炼钢

（11）钢压延加工业：轧钢备品

（12）铁合金冶炼业：钨铁冶炼

（13）金属制品业：铸铁管涂层

（14）交通运输设备制造业：防腐处理、船舶锚链加工、筑路

（15）电气机械及器材制造业：蓄电池封口、锌锰电池装配、炭棒沥青溶化、炭棒混粉、碳棒制坯、焙烧、电缆电线装铠、镇流器绝缘

醌

有机化工原料制造业：蒽氧化

蒽醌

染料制造业：蒽醌基染料合成、苯绕蒽酮合成

蒽油

有机化工原料制造业：合成

木酚油

木材加工业：木材防腐

吖啶

石油加工业：反应工

菲

石油加工业：反应工

荧光素

染料制造业：合成

六氯苯

化学农药制造业：合成

硫氯酚

化学农药制造业：合成

氯丙嗪

医药工业：合成、包装

氯噻嗪

医药工业：合成、包装

酚噻嗪

医药工业：合成、包装

异丙嗪

医药工业：合成、包装

荧光增白剂

服装业：缝纫、裁剪、熨烫、检验

（三）导致电光性皮炎的危害因素：紫外线

1. 可能导致的职业病：电光性皮炎

2. 行业举例：

（1）文教体育用品制造业：铜管打孔

（2）金属制品业：金属材料切割

（3）医药工业：软管消毒

（4）金属表面处理及热处理业：等离子喷涂、电喷涂

（5）机械工业：手工电弧焊、气体保护焊、氩弧焊、电渣焊、碳弧气刨、气割

（6）交通运输设备制造业：平台组装、船舶管系安装、船舶、电气安装、船舶锚链加工、制动梁加工、汽车总装、摩托车装配

（7）医疗卫生：消毒

（8）文艺界：碳精灯、石英水银灯具安装

（四）导致黑变病的危害因素

1. 可能导致的职业病：黑变病

2. 行业举例：

焦油

（1）木材加工业：木材防腐

（2）炼焦、煤气及煤制品业：炼焦干馏、熄焦、煤气净化、煤焦油制取

（3）林产化学产品制造：混合原油分馏、松焦油配制

（4）橡胶制品业：废胶脱硫、再生胶精炼

沥青

（1）石油加工业：蒸汽裂化、氧化沥青、丙烷脱沥青、丙烷回收

（2）炼焦、煤气及煤制品业：煤气管道密封

（3）有机化工原料制造业：有机化工原料合成

（4）涂料及颜料制造业：油漆熬炼、树脂溶解

（5）催化剂及各种化学助剂制造业：软化剂配制

（6）砖瓦、石灰和轻质建材制造业：防水材料浸涂、混合

（7）耐火材料制造业：耐火材料浸油、沥青砖配料、压型

（8）石墨及碳素制品业：碳素配料、碳素成型、碳素焙烧、碳素浸沥青、金属粉混合、沥青破碎、粘结剂制备

（9）炼铁业：高炉吹炼、出炉

（10）炼钢业：转炉炼钢

（11）钢压延加工业：轧钢备品

（12）铁合金冶炼业：钨铁冶炼

（13）金属制品业：铸铁管涂层

（14）交通运输设备制造业：防腐处理、船舶锚链加工、筑路

（15）电气机械及器材制造业：蓄电池封口、锌锰电池装配、炭棒沥青溶化、炭棒混粉、碳棒制坯、碳棒焙烧、电缆电线装铠、镇流器绝缘

蒽油

有机化工原料制造业：合成

汽油

（1）石油加工业：电脱盐初馏、常压蒸馏、减压蒸馏、电化学精制、稳定脱硫、叠合蒸馏、脱硫醇、延迟焦化、渣油减粘、烷基化加成、烷基化分馏、汽油加氢精制、汽油精制分离、汽油精制汽提、页岩油分馏、页岩油加氢精制

（2）其他有机化学产品制造业：醇酸树脂稀释、汽油胶制取、氯丁胶制取

（3）日用化学产品制造业：鞋油制备

（4）橡胶制品业：橡胶制浆、喷浆、成型、上光、浸胶刮浆、帘布贴合、胶辊辊芯处理、旧胎修复

（5）金属处理业：溶剂除油、外部清洗

（6）机械工业：机械部件清洗、日用机械贴花

（7）交通运输设备制造业：机车总装、机车零件清洗、船舶涂装、油罐车清洗、发动机装配

润滑油

石油加工业：酮苯结晶脱蜡、酮苯脱油、尿素脱蜡、氧化沥青、丙烷脱沥青、丙烷回收、润滑油萃取、润滑油汽提、润滑油白土精

油彩

文艺界：演员

（五）导致痤疮的危害因素

1. 可能导致的职业病：痤疮

2. 行业举例：

沥青

（1）石油加工业：蒸汽裂化、氧化沥青、丙烷脱沥青、丙烷回收

（2）炼焦、煤气及煤制品业：煤气管道密封

（3）有机化工原料制造业：有机化工原料合成

（4）涂料及颜料制造业：油漆熬炼、树脂溶解

（5）催化剂及各种化学助剂制造业：软化剂配制

（6）砖瓦、石灰和轻质建材制造业：防水材料浸涂、混合

（7）耐火材料制品业：耐火材料浸油、沥青砖配料、压型

（8）石墨及碳素制品业：碳素配料、碳素成型、碳素焙烧、碳素浸沥青、金属粉混合、沥青破碎、粘结剂制备

（9）炼铁业：高炉吹炼、出炉

（10）炼钢业：转炉炼钢

（11）钢压延加工业：轧钢备品

（12）铁合金冶炼业：钨铁冶炼

（13）金属制品业：铸铁管涂层

（14）交通运输设备制造业：防腐处理、船舶锚链加工、筑路

（15）电气机械及器材制造业：蓄电池封口、锌锰电池装配、炭棒沥青溶化、炭棒混粉、碳棒制坯、碳棒焙烧、电缆电线装铠、镇流器绝缘

柴油

（1）煤炭采选业：精煤浮选

（2）石油加工业：常压蒸馏、减压蒸馏、重油分馏、重整加氢精制、延迟焦化、渣油减粘、加氢裂化、裂化分馏、加氢处理、页岩油分馏、页岩油加氢精制

（3）无机盐制业：二硫化碳液化

（4）医药工业：合成药环合

煤油

（1）皮革、毛皮及其制品业：坯皮脱脂

（2）造纸及纸制品业：纸箱印刷

（3）石油加工业：常压蒸馏、减压蒸馏、电化学精制、重整加氢精制、汽油加氢精制、汽油精制分离、汽油精制汽提、加氢裂化、裂化分馏、尿素脱蜡、页岩油加氢精制

（4）稀有金属冶炼业：稀土萃取

（5）金属表面处理及热处理业：溶剂除油

（6）交通运输设备制造业：油罐车清洗

润滑油

石油加工业：酮苯结晶脱蜡、酮苯脱油、尿素脱蜡、氧化沥青、丙烷脱沥青、丙烷回收、润滑油萃取、润滑油汽提、润滑油

白土精

多氯苯

（1）化学农药制造业：三氯杀螨砜合成、滴滴涕合成、氰戊菊酯合成、菊酯类杀虫剂合成

（2）有机化工原料制造业：苯氯化、氯苯硝化、醚类合成

（3）医药工业：合成药卤化、磺化

多氯联苯

有机化工原料制造业：脂肪烃合成、卤代环烃合成

氯化萘

有机化工原料制造业：合成

多氯萘

有机化工原料制造业：合成

多氯酚

有机化工原料制造业：合成

聚氯乙烯

塑料制品业：聚氯乙烯发泡、搪塑、修割

（六）导致溃疡的危害因素

1. 可能导致的职业病：溃疡

2. 行业举例：

铬及其化合物、铬酸盐

（1）皮革、毛皮及其制品业：皮革鞣制、制革配料、皮革铲磨、皮毛熟制、皮毛硝染

（2）纺织业：花筒镀铬、剥铬

（3）有机化工原料制造业：醛类合成

（4）涂料及颜料制造业：油漆配料、铅铬黄化合、锌铬黄制取、铅铬绿制取

（5）染料制造业：中性染料合成

（6）医药工业：合成药扩环

（7）陶瓷制品业：釉料选择、粉碎

（8）铁合金冶炼业：铬铁冶炼

（9）重有色金属冶炼业：铝合金氧化

（10）金属制品业：焊药制备、焊条配粉、焊粉制备

（11）金属表面处理及热处理业：镀铬、镀件纯化、除油除锈、腐蚀粗糙

（12）电子及通讯设备制造业：陶瓷零件清洗

铍及其化合物

重有色金属冶炼业：金属铍冶炼、氧化

铍冶炼、铍真空熔铸、氧化铍烧结、铍粉制取，氟化铍制取、氯化铍制取、硫化铍制取

砷化合物

（1）化学农药制造业：有机硫杀菌剂合成、其他杀菌剂合成

（2）有机化工原料制造业：卤代烃合成

（3）稀有色金属冶炼业：硒焙烧、硒氧化、硒净化除汞

氯化钠

食品制造：制盐、腌渍

（七）导致化学性皮肤灼伤的危害因素：硫酸、硝酸、盐酸、氢氧化钠

1. 可能导致的职业病：化学性皮肤灼伤

2. 行业举例：参见化学性眼部灼伤。

（八）导致其他职业性皮肤病的危害因素

油彩

1. 可能导致的职业病：油彩皮炎

2. 行业举例：

文艺界：演员

高湿

1. 可能导致的职业病：职业性浸渍、糜烂

2. 行业举例：

（1）纺织业：煮茧

（2）腌制业：腌咸菜

（3）家禽加工：家禽宰杀

（4）农业生产：稻田拔秧、插秧

有机溶剂

1. 可能导致的职业病：职业性角化过度、皲裂

2. 行业举例：参见化学性眼部灼伤。

螨、羌、蚤

1. 可能导致的职业病：职业性痒疹

2. 行业举例：

（1）纺织业：棉、毛、麻原料仓储运输

（2）皮革、毛皮及其制品业：生皮、原毛及羽毛仓储运输

（3）饲料及粮食加工业：仓储运输、粮食饲料粗加工

（4）有机化工原料制造业：乙醇制造的原料仓储运输

七、导致职业性眼病的危害因素

（一）导致化学性眼部灼伤的危害因素

1. 可能导致的职业病：化学性眼部灼伤

2. 行业举例：

硫酸

（1）食品制造业：柠檬酸制取

（2）纺织业：炭化、防缩整理、染色

（3）皮革、毛皮及其制品业：坯皮浸酸、皮革鞣制、制革配

（4）家具制造业：金属家具清洗

（5）造纸及纸制造业：玻璃纸制取

（6）印刷业：凹版制版

（7）文教体育用品制造业：玩具酸洗

（8）石油加工业：电化学精制、烯烃叠合、烷基化加成、页岩油分馏

（9）无机酸制造业：三氧化硫吸收、塔式硫酸合成、间接浓硝、氯化氢干燥、过氧乙酸合成、硼酸合成、氢氟酸合成、磷酸合成

（10）碱产品制造业：氯氢处理

（11）无机盐制造业：硫化钠制取、硫酸盐制取、氟化氢制取、锌盐制取、氟钽酸钾制取

（12）其他基本化学原料制造业：金属钽粉制取、锰及其化合物制取、钴化物制取、镍化物制取、镉化物制取

（13）化学肥料制造业：硫酸铵中和、过硫酸铵合成、磷矿酸解、过磷酸铵合成、氟硅酸钠合成

（14）化学农药制造业：乙硫醇制备、有机磷杀虫剂合成、三氯杀螨砜合成、三氯乙醛制备、滴滴涕合成、有机氯杀菌剂合成、氟乐灵硝化、其他杀菌剂、杀虫剂、除草剂合成

（15）有机化工原料制造业：异戊二烯合成、苯硝基化、硝基苯精制、氯苯硝化、硝基氯苯硝化、甲苯硝化、卤代醇合成、乙醇合成、季戊四醇提纯、酯类合成、硫酸气化、酚酮分解、异丙苯氧化、酚醛合成乳酸、丙醇腈合成乳酸、有机醇合成、丙酮氰醇精制、丙烯酰胺合成、酰卤（铵）合成、氮杂环类合成

（16）涂料及颜料制造业：树脂制备、铅铬氯制取、华蓝制取、含钴颜料氧化、硫酸亚铁制备、氧化铁黄制取、有机颜料合成

（17）染料制造业：酸性染料合成、碱性染料合成、阳离子染料合成、还原染料合成、分散染料合成、冰染染料合成、食用染料合成、有机染料合成、胺类中间体合成、硝基中间体合成、酚类中间体合成、酸类中间体合成、蒽醌中间体合成、其他中间体合成

（18）化学试剂制造业：有机试剂配料、合成、提纯、溶解

（19）催化剂和各种化学助剂制造业：两步共胶、酸化吸滤、阻燃剂合成、促进剂合成、发泡剂合成、热稳定剂、乳化剂合成、增塑剂合成、防老剂 SP 合成，DM 氧化酸化、其他助剂合成等

（20）其他有机化学产品制造业：粘合剂 A 制取

（21）塑料制造业：MMA 酰胺化、三聚甲醛合成、聚砜单体合成、DAP 制备、环氧树脂合成、离子交换树脂合成

（22）合成纤维单（聚合）体制造业：已内酰胺制备

（23）医药工业：合成药卤化、磺化、硝化、氰化、酰化、脂化、醚化、重氮化、置换、氧化、还原、加成、综合、环合、扩开环、水解、催化氢化、聚合、裂解、缩酮、肼化、转化、肟化、转化、中和成盐、精制、提取、生化药提取

（24）化学纤维工业：粘纤纺丝、腈纶溶剂回收、维纶缩醛化

（25）水泥制品和石棉水泥制品业：钢筋除锈

（26）玻璃及玻璃制品业：玻璃酸处理、玻璃酸抛光、镜架清洗

（27）石墨及碳素制品业：金属粉制备

（28）磨具磨料制造业：磨料清洗

（29）钢压延加工业：钢材酸洗

（30）铁合金冶炼业：硫酸锰制取

（31）重有色金属冶炼业：焙烧浸出、锌液净化、锌液电解、铜电解、铜电解液净化、镍净化、氧化钴制取、汞电解

（32）稀有金属冶炼业：稀土酸溶、硒还原、硒洗涤干燥、钽铌矿分解、氧化钽（铌）制取、钽制取

（33）有色金属压延加工业：有色金属酸洗

（34）金属制品业：金属酸洗、坯饼清洗、搪瓷镍洗、搪瓷酸洗、铝制品氧化、焊芯酸洗、焊丝酸洗

（35）金属表面处理及热处理业：化学除油、镀件浸蚀、镀锡、镀银、镀铜、镀镍、镀铬、镀件钝化、工件酸洗、腐蚀粗糙

（36）电气机械及器材制造业：制铅膏、制极板、蓄电池化成、蓄电池检验、电线电缆酸洗、灯管加热清洗、灯管电解清洗

（37）仪器仪表及其他计量器具制造业：腐蚀刻度

氮氧化物

（1）石油加工业：预加氢精制、重整加氢精制、汽油加氢精制、烷基化加成

（2）无机酸制造业：塔式硫酸合成、氧化氮洗涤、氧化氮氧化、硝酸吸收、二氧化氮冷凝、浓硝酸合成、钼酸合成

（3）无机盐制造业：氯化物制取、硝酸钠制取

（4）其他基本化学原料制造业：钴化合物制取、镍化合物制取、氧化铝制取、磷化液制取

（5）化学肥料制造业：硝酸铵中和

（6）化学农药制造业：其他杀菌剂合

成

(7) 有机化工原料制造业：酸酐合成

(8) 涂料及颜料制造业：镉红制取、含钴颜料氧化、硝酸亚铁氧化、搪瓷色素备料、搪瓷色素煅烧、玻璃色素熔制

(9) 染料制造业：直接染料合成、还原染料合成、分散染料合成、有机染料合成、胺类中间体合成、硝基中间体合成、酚类中间体合成、酸类中间体合成、蒽醌中间体合成

(10) 化学试剂制造业：无机试剂备料、合成、提纯

硝酸

(1) 纺织业：花筒腐蚀

(2) 工艺美术制造业：金银提纯

(3) 无机酸制造业：氧化氮洗涤、氧化氮氧化、硝酸吸收、浓硝酸合成、钼酸合成

(4) 无机盐制造业：锡酸钠、硝酸钠、钼酸铵制取

(5) 其他基本化学原料制造业：锰化合物制取、镉化合物制取、氧化钽制取、氧化铝制取、消气剂合成

(6) 化学肥料制造业：硝酸铵中和、硝酸钾合成、硝酸磷肥合成

(7) 化学农药制造业：有机磷杀虫剂合成、氟乐灵硝化、其他杀菌剂合成、除草剂合成

(8) 有机化工原料制造业：苯硝基化、硝基苯精制、氯苯硝化、硝基氯苯硝化、甲苯硝化、醇酮氧化、其他有机原料合成

(9) 涂料及颜料制造业：铅铬黄化合、镉红制取、含钴颜料氧化、硝酸亚铁制备、晶核制备

(10) 染料制造业：酸性染料合成、还原染料合成、冰染染料合成、食用染料合成、胺类中间体、硝基中间体、酮类中间体、酸类中间体、蒽醌中间体合成

(11) 化学试剂制造业：有机试剂配料、有机试剂合成、无机试剂备料、无机试剂合成、无机试剂提纯

(12) 医药工业：合成药硝化、酯化、氧化、汞制剂制取

(13) 金属制品业：金属酸洗、铝制品浸洗、焊丝酸洗

(14) 金属表面处理及热处理业：镀件浸蚀、镀件钝化

(15) 电子及通讯设备制造业：灯丝熔解、陶瓷零件清洗、定向涂膜

(16) 仪器仪表及其他计量器具制造业：腐蚀刻度

盐酸

(1) 食品制造业：淀粉糖化、味精提取

(2) 纺织业：炭化、花筒腐蚀

(3) 皮革、毛皮及其制品业：坯皮浸酸

(4) 印刷业：凹版制版

(5) 无机酸制造业：氯化氢合成、氯化氢冷却、氯化氢干燥、氯磺酸冷却、高氯酸合成、亚磷酸合成

(6) 碱产品制造业：盐水膜电解

(7) 无机盐制造业：二硫化钼制取、氯化物制取、锌盐制取

(8) 其他基本化学原料制造业：钴化合物、镍化合物、聚合铝、氢氧化钡、三氯氢硅、荧光粉制取

(9) 化学肥料制造业：氯化铵结晶、磷酸二钙合成、氟硅酸钠合成、硝酸钾合成

(10) 化学农药制造业：敌百虫合成、杀螟松合成、稻瘟净酯化、对硫磷氯化、氟乐灵氯氟化、三氯乙醛制备、三氯杀螨砜合成、六六六合成、毒杀芬合成、有机氯杀菌剂合成、菊酯类杀虫剂合成、滴丁酯合成、二甲四氯合成、其他杀菌剂合成、其他杀虫剂合成

(11) 有机化工原料制造业：氯丁二烯合成、甲烷氯化、甲醇加氢氯化、甲烷氟氯化、丙烯氯化、卤代烃合成、苯氯化、卤代醇合成、酯类合成、乙醛氧化、乙烯直接氧

化、丙烯氧化、丙烯氯化、甲基异氰酸酯合成、酰卤（胺）合成、其他有机原料合成

（12）涂料及颜料制造业：树脂制备、锌铬黄制取、酞菁蓝制取、华蓝制取、镉红制取、大红粉制取、有机颜料合成

（13）染料制造业：酸性染料、碱性染料、阳离子染料、还原染料、分散染料、冰染染料、食用染料、有机染料、胺类中间体、硝基中间体、酚类中间体、酸类中间体、蒽醌中间体、其他中间体合成

（14）塑料制造业：氧氯化、二氯乙烷裂解、氯乙烯精制、氯乙烯合成、烷基化、二氟一氯甲烷裂解、三氟三氯乙烷制备、四氟乙烯制备、PAPL 合成、聚砜单体合成、酚醛缩合、环氧树脂合成

（15）合成橡胶制造业：氯化橡胶合成、氟橡胶合成

（16）合成纤维单（聚合）体制造业：己内酰胺制备、己二胺制备

（17）林产化学产品制造业：炭粉漂洗、活性炭洗涤

（18）日用化学产品制造业：照相乳剂制备、照相乳剂溶化、感光材料涂布、照相明胶制备、液氯气化、醛类香料合成、酮类香料合成、酯类香料合成、氮类香料合成、多环麝香合成

（19）化学纤维工业：浆粕酸处理、粘纤精炼

（20）塑料制品业：塑料捏和、塑化、塑料成型、聚氯乙烯发泡、壁纸发泡、合成革发泡

（21）重有色金属冶炼业：镍电解、镍电解质净化、钴溶解、钴电解、氯化钴制备、草酸钴制备、锡电解

（22）轻有色金属冶炼业：铝合金熔铸、铝合金氧化、海绵钛还原、海绵钛蒸馏

（23）稀有金属冶炼业：钨矿酸解洗涤、稀土酸溶、粗金浇板、金电解、金洗涤、钽制取、氧化钇制取、碳化钽制取

（24）金属制品业：金属酸洗、搪瓷酸洗、焊芯酸洗

甲醛、酚

（1）木材加工业：木材防腐、竹木纤维拌胶、板块涂胶、组坯、板块涂饰、热固化、装饰板配料、装饰板粘贴

（2）印刷业：油墨调配

硫化氢

（1）造纸及纸制品业：化学制浆、黑液蒸发、苛化、清浆、玻璃纸制取

（2）石油加工业：脱硫醇、预加氢精制、重整加氢精制、延迟焦化、烷基化加成

（二）导致电光性眼炎的危害因素：紫外线

1. 可能导致的职业病：电光性眼炎

2. 行业举例：

（1）文教体育用品制造业：铜管打孔

（2）金属制品业：金属材料切割

（3）金属表面处理及热处理业：等离子喷涂、电喷涂

（4）机械工业：手工电弧焊、气体保护焊、氩弧焊、电渣焊、碳弧气刨、气割

（5）交通运输设备制造业：平台组装、船舶管系安装、船舶电气安装、船舶锚链加工、制动梁加工、汽车总装、摩托车装配

（三）导致职业性白内障的危害因素：放射性物质、三硝基甲苯、高温、激光

1. 可能导致的职业病：职业性白内障

2. 行业举例：

放射性物质：行业工种举例参见放射性物质类。

三硝基甲苯

炸药及火工产品制造业：硝铵炸药备料、装药、炮弹装配、甲苯、T. T 制取

高温

（1）玻璃及玻璃制品业：玻璃熔化、成型、退火、熔制、灯工、玻璃制品成型

（2）矿物纤维及其制品业：玻球熔化、玻纤拉丝

（3）炼钢业：平炉炼钢

（4）钢压延加工业：高频焊管

（5）重有色金属冶炼业：有色金属焊管

（6）机械工业：医疗器械调试、自行车焊管、等离子弧焊

（7）交通运输设备制造业：船用仪器装配

（8）电气机械及器材制造业：电线火花检验

（9）电子及通讯设备制造业：玻管排气、雷达调试

激光

（1）文教体育用品制造业：色带分切

（2）电子及通讯设备制造业：激光调阻

（3）仪器仪表及其他计量器具制造业：激光刻度

八、导致职业性耳鼻喉口腔疾病的危害因素

（一）导致噪声聋的危害因素：噪声

1. 可能导致的职业病：噪声聋

2. 行业举例：

（1）煤炭采选业：凿岩、爆破、装载、喷浆砌碹、掘进、打眼、水力采煤、机械采煤、运输

（2）石油和天然气开采业：钻井、采油、转油、气体净化

（3）黑色金属矿采选业：穿孔、炮采、机采、装载、运输、破碎、筛选、研磨、浮选、干燥、脱水、重选、磁选

（4）有色金属矿采选业：打孔、炮采、机采、装载、运输、破碎、筛选、研磨、浮选、干燥、脱水、重选、磁选、电选

（5）建筑材料及其他非金属矿采选业：打孔、炮采、机采、装载、运输、破碎、筛选、研磨、脱水、重选

（6）自来水生产和供应业：取水

（7）食品制造业：砻谷、碾米、擦米、分级提碎、筛麦、打麦、精选、皮磨、清粉、心磨、震动卸料、撞击杀虫、打包、油料筛分、轧坯、乳品浓缩、盐浆分离、磨浆

（8）饮料制造业：粉碎、米精白、制麦、麦芽糖化、加工果汁、酒类灌装、原料粉碎

（9）饲料加工业：粉碎、配料、混合、制粒

（10）纺织业：粗纱、细纱、织造、精织、筒子、整经、经编、梳毛、制条（球）、并条、精梳、纺纱

（11）缝纫业：缝纫

（12）皮革、毛皮及其制品业：砂帮脚

（13）木材加工业：制材加工、去皮、切片、开料、压刨、定型、热压、纤维粉碎、纤维筛选

（14）家具制造业：备料、机加工

（15）造纸及纸制品业：纸浆备料、打浆、原纸压光

（16）印刷业：凸版制型、印刷

（17）文教体育制品制造业：铜管打孔、琴弦加工

（18）工艺美术品制造业：地毯修整、簇绒、针刺、石料切割、雕石

（19）电力、蒸气、热水生产和供应业：磨煤、司炉、汽机发电、发电运作、水坝养护、水电施工

（20）石油加工业：萃取、汽提、页岩预处理

（21）炼焦、煤气及煤制品业：原煤输送、备煤、洗煤、配煤、选煤、运焦、煤块破碎、煤制品制取

（22）无机酸制造业：氯化氢合成

（23）碱产品制造业：矿石加工、重灰挤压、碳酸氢钠精制

（24）化学肥料制造业：煤焦气化、尿素合成、尿素加工、磷矿粉制备、多效肥制取

（25）有机化工原料制造业：酯类合成

（26）涂料及颜料制造业：油漆轧浆、镉红成品、钛铁矿粉碎、钛液冷却、钛白粉制备、搪瓷色素煅烧

（27）化学试剂制造业：有机试剂提

纯、无机试剂合成、无机试剂提纯

（28）催化剂及各种化学助剂制造业：催化剂制备

（29）其他有机化学产品制造业：磁浆制备

（30）塑料制造业：赛璐珞合成

（31）林产化学产品制造业：原胶破碎、栲胶预处理、木材热解、炭粉干燥、炭粉精制、活化备料、活性炭粉碎、松明采集、松明加工、松根干馏

（32）炸药及火工产品制造业：照明炬制取、雷管击穿试验

（33）日用化学产品制造业：皂基处理、肥皂成型、粉剂制备、铝管压制

（34）医药工业：合成药干燥、药物配料、软管冲压、中药材粉碎

（35）化学纤维工业：浆粕打浆、水浆造粕、聚酯融体纺丝、锦纶纺丝、腈纶纺丝、合成纤维后处理

（36）橡胶制品业：冲边清洗、编织缠绕、橡胶压延

（37）塑料制品业：塑料筛分研磨、聚氨酯发泡、塑料切割、塑料编织

（38）水泥制造业：生料破碎、生料研磨、熟料冷却、熟料磨粉、水泥煤粉制备、水泥输送

（39）水泥制品和石棉水泥制品业：混合搅拌、紧实成型

（40）砖瓦、石灰和轻质建材制造业：轻质材料粉碎、轻质材料球磨、轻质材料锯边、石灰砖瓦破碎、荒料锯切、板材研磨、板材切割

（41）玻璃及玻璃制品业：玻璃备料、切裁、钢化、研磨、镜架备料

（42）陶瓷制品业：粉碎、筛分、配料、搅拌、成型、装出窑、喷铝、泥浆脱水、炼泥、釉料选择、釉料粉碎

（43）耐火材料制品业：耐材粉碎、筛分、配料、混合、成型、耐火纤维吹制、耐火纤维磨制

（44）石墨及碳素制品业：碳素粉碎、碳素成型、沥青破碎、石墨机加工

（45）石棉制品业：编织

（46）云母制品业：制粉

（47）矿物纤维及其制品业：玻纤备料、拉丝、退并、准整、织造、玻璃钢修整

（48）炼铁业：球团矿配料、精矿造球、球团矿焙烧、炼铁备料、烧结矿配料、混合、烧结布料、炼铁烧结、冷却筛分、矿石整粒、高炉配管、高炉吹炼、高炉出铁、煤粉操作

（49）炼钢业：转炉炼钢、平炉炼钢、炉外精炼、钢水铸锭、炼钢整模、坯钢连铸、炼钢熔铁、炼钢备料、钢铁整修、炼钢砌炉

（50）钢压延加工业：钢锭轧制、钢锭开坯、钢材精整、管坯穿孔、无缝管轧制、管材均整、带钢卷取、高频焊管、钢材镀锌

（51）铁合金冶炼业：筛分、备料

（52）重有色金属冶炼业：铅锌熔炼、锌铸型、粗铅铸板、锌矿焙烧、铜矿压团、铜吹炼、铜破碎、矿石破碎、镍矿球磨、镍浮选、粗镍铸板、锌镉熔炼、镉铸型、硫化钴干燥、钴煅烧、粗钴铸板

（53）轻有色金属冶炼业：铝铸锭

（54）稀有色金属冶炼业：钨矿酸解洗涤、稀土过滤、稀土筛分、钽铌矿分解、氧化钇制取、碳化钽制取

（55）有色金属压延加工业：锯切、铣面、热轧、冷轧、挤压、穿孔、矫直、焊管、卷取、剪切

（56）金属制品业：金属拉丝、纱网编织、制绳、切割、铆接、抛丸、喷砂、修整、落料、锻打、币章压花、坯并制作、铝制品热轧、铝制品冷轧、焊药制备、焊芯制备、焊条涂药、焊丝酸洗、金属门窗加工、铰链冲制、铰链甩光、金属滚压

（57）金属表面处理及热处理业：镀件磨光、抛光、喷砂、刷滚光、抛丸除锈、除油除锈、机加工粗糙、镍拉毛粗糙、等离子

喷涂、喷砂粗糙

（58）机械工业：铸造模型、熔炼、造型、落砂、铸件清理、铸件初加工、压铸铸造、锻造、机械部件落料、机械部件清洗、机械调试、氩弧焊、车削、刨削、铣削

（59）交通运输设备制造业：柴油机试验、机车水阻试验、机车试运行、木机加工、机车部件组装、机车总装、船体冷加工、船体热加工、平台组装、船舶批碳、船舶管系安装、船舶钣金工、船舶电气安装、船舶锚链加工、船舶除锈、爆炸加工、弹簧加工、轴瓦加工、零部件加工、软轴加工、电缆嵌装、汽车线路整修、汽车总装、发动机装配、摩托车装配

（60）电气机械及器材制造业：制铝粉、电线电缆拉线、电线电缆绞制、电热管填粉、瓷绝缘体制备

（61）电子及通讯设备制造业：滚磨去毛刺、钨钼材料烧制

（二）导致铬鼻病的危害因素：铬及其化合物、铬酸盐

1. 可能导致的职业病：铬鼻病

2. 行业举例：

（1）黑色金属矿采选业：穿孔、炮采、机采、装载、运输、回填、支护、采矿辅助、破碎、筛选、研磨、浮选、重选、磁选、选矿辅助

（2）皮革、毛皮及其制品业：皮革鞣制、制革配料、皮革铲磨、皮毛熟制、皮毛硝染

（3）纺织业：花筒镀铬、剥铬

（4）有机化工原料制造业：醛类合成

（5）涂料及颜料制造业：油漆配料、铅铬黄合成、锌铬黄制取、铅铬绿制取

（6）染料制造业：中性染料合成

（7）化学试剂制造业：无机试制提纯、溶解、精制

（8）催化剂及各种化学助剂制造业：催化剂制备、干燥

（9）日用化学产品制造业：火柴制浆

（10）医药工业：合成药扩开环、氧化、水解

（11）陶瓷制品业：釉料选择、粉碎

（12）铁合金冶炼业：铬铁冶炼、锰电解

（13）轻有色金属冶炼业：铝合金氧化

（14）金属制品业：焊药制备、焊条配粉、焊粉制备

（15）金属表面处理及热处理业：镀铬、镀件钝化、除油除锈、腐蚀粗糙

（16）电子及通讯设备制造业：陶瓷零件清洗

（三）导致牙酸蚀病的危害因素：氟化氢、硫酸酸雾、硝酸酸雾、盐酸酸雾

1. 可能导致的职业病：牙酸蚀病

2. 行业举例：

氟化氢

（1）石油和天然气开采业：井下维修

（2）石油加工业：延迟焦化、烷基化加成

（3）无机酸制造业：氟硼酸合成、氢氟酸合成、磷酸合成

（4）无机盐制造业：二硫化钼取、氟硅酸镁制取、氟化氢制取、氟化钠制取、氢氟酸盐制取、氟钽酸钾制取

（5）其他基本化学原料制造业：钒铁制取、氧化钼制取、六氟化硫制取、消气剂合成

（6）化学肥料制造业：电石氮化、磷矿粉制备、磷矿酸解、过磷酸钙合成、钙镁磷肥合成、磷酸二钙合成、磷肥脱氟

（7）化学农药制造业：氟乐灵氯氟化

（8）人机化工原料制造业：烷基苯烷基化、甲烷氟氯化、卤代烃合成、酚类合成

（9）化学试剂制造业：无机试剂备料、合成、提纯、溶解、精制

（10）催化剂及各种化学助剂制造业：分散剂合成

（11）塑料制造业：三氟三氯乙烷制备、聚三氟乙烯合成

（12）合成橡胶制造业：氟橡胶合成、氟硅橡胶合成

（13）玻璃及玻璃制造业：玻璃酸处理、玻璃酸抛光、玻璃腐蚀

（14）铁合金冶炼业：锰铁高炉冶炼

（15）重有色金属冶炼业：铅电解、金属铍冶炼

（16）轻有色金属冶炼业：铝合金熔铸

（17）稀有金属冶炼业：钽铌矿分解、氧化钽（铌）制取、钽制取、碳化钽制取

（18）金属表面处理及热处理业：镀件浸蚀

（19）电气机械及器材制造业：日用电器制冷、电器部件清洗

（20）电子及通讯设备制造业：超声波清洗、玻壳清洗、钨粉清洗

（21）仪器仪表及其他计量器具制造业：腐蚀刻度

硫酸酸雾

（1）无机酸制造业：三氧化硫吸收、塔式硫酸合成、间接浓硝

（2）无机盐制造业：硫酸盐制取

（3）有机化工原料制造业：硫酸气化

（4）涂料及颜料制造业：硫酸亚铁制备、氧化铁黄制取

（5）染料制造业：酸类中间体合成

（6）有色金属压延加工业：有色金属酸洗

（7）金属制品业：金属酸洗、焊丝酸洗

（8）金属表面处理及热处理业：化学除油、镀件浸蚀、镀锡、镀铜、镀银、镀镍、镀铬、工件酸洗、腐蚀粗糙

（9）电气机械及器材制造业：制铅膏、制极板、蓄电池化成、电线电缆酸洗

硝酸酸雾

（1）无机酸制造业：氧化氮洗涤、氧化氮氧化、硝酸吸收、间接浓硝、浓硝酸合成

（2）化学肥料制造业：硝酸铵中和、硝酸钾合成、硝酸磷肥合成

（3）化学农药制造业：有机磷杀虫剂合成、氟乐灵硝化

（4）有机化工原料制造业：苯硝基化、硝基苯精制、氯苯硝化、硝基氯苯硝化、甲苯硝化

（5）涂料及颜料制造业：铅铬黄化合、镉红制取、硝酸亚铁制备

（6）金属制品业：金属酸洗、焊丝酸洗

（7）金属表面处理及热处理业：镀件浸蚀

（8）电子及通讯设备制造业：陶瓷零件清洗

（9）仪器仪表及其他计量器具制造业：腐蚀刻度

盐酸酸雾

（1）无机酸制造业：氯化氢合成、冷却、干燥

（2）化学农药制造业：敌百虫合成、杀螟松合成、稻瘟净酯化、对硫磷氯化、三氯杀螨砜合成、毒杀芬合成、有机氯杀菌剂合成、二甲四氯合成

（3）有机化工原料制造业：氯丁二烯合成、甲烷氯化、甲醇加氢氯化、甲烷氟氯化、丙烯氯化

（4）日用化学产品制造业：液氯气化

（5）化学纤维工业：浆粕酸处理、粘纤精炼

（6）塑料制品业：聚氯乙烯发泡、壁纸发泡、合成革发泡

（7）玻璃及玻璃制品业：玻璃酸处理

（8）钢压延加工业：钢材酸洗

（9）重有色金属冶炼业：镍电解、镍电解质净化、钴溶解、钴电解、锡电解

（10）稀有金属冶炼业：钨矿酸解洗涤、稀土酸溶、金电解、氧化钇制取、碳化钽制取

（11）金属制品业：金属酸洗、搪瓷酸洗、焊芯酸洗

（12）金属表面处理及热处理业：镀件浸蚀、镀银、镀镍、淬火、工件酸洗

（13）电气机械及器材制造业：电线电缆酸洗、灯管加热清洗

九、职业性肿瘤的职业病危害因素

（一）石棉所致肺癌、间皮瘤的危害因素：石棉

1. 可能导致的职业病：石棉所致肺癌、间皮瘤

2. 行业举例：参见粉尘类石棉尘。

（二）联苯胺所致膀胱癌的危害因素：联苯胺

1. 可能导致的职业病：联苯胺所致膀胱癌

2. 行业举例：

染料制造业：酸性染料合成、硫化染料合成、胺类中间体合成

（三）苯所致白血病的危害因素：苯

1. 可能导致的职业病：苯所致白血病

2. 行业举例：参见化学物质类苯。

（四）氯甲醚所致肺癌的危害因素：氯甲醚

1. 可能导致的职业病：氯甲醚所致肺癌

2. 行业举例：

（1）化学农药制造业：其他除草剂合成

（2）有机化工原料制造业：醚类合成

（3）塑料制造业：离子交换树脂合成

（五）砷所致肺癌、皮肤癌的危害因素：砷

1. 可能导致的职业病：砷所致肺癌、皮肤癌

2. 行业举例：参见化学物质类砷。

（六）氯乙烯所致肝血管肉瘤的危害因素：氯乙烯

1. 可能导致的职业病：氯乙烯所致肝血管肉瘤

2. 行业举例：参见化学物质类氯乙烯。

（七）焦炉工人肺癌的危害因素：焦炉烟气

1. 可能导致的职业病：焦炉工人肺癌

2. 行业举例：

炼焦、煤气及煤制品业：炼焦干馏、熄焦

（八）铬酸盐制造业工人肺癌的危害因素：铬酸盐

1. 可能导致的职业病：铬酸盐制造业工人肺癌

2. 行业举例：

（1）纺织业：花筒镀铬、剥铬

（2）涂料及颜料制造业：铅铬黄化合、锌铬黄制取、铅铬绿制取

（3）陶瓷制品业：釉料选择、釉料粉碎

（4）电子及通讯设备制造业：陶瓷零件清洗

十、其他职业病危害因素

（一）氧化锌

1. 可能导致的职业病：金属烟热

2. 行业举例：

（1）无机盐制造业：锌盐制取

（2）其他基本化学原料制造业：锌粉制取、氧化锌制取

（3）化学农药制造业：其他杀菌剂合成

（4）涂料及颜料制造业：油漆配料、树脂制备、锌铬黄制取、氧化锌制粉

（5）催化剂及各种化学助剂制造业：ZDC 促进剂合成、光稳定剂合成

（6）其他有机化学产品制造业：氯丁胶备料

（7）日用化学产品制造业：粉剂制备、香饼压制、粉剂灌装

（8）橡胶制品业：橡胶配料、混炼

（9）塑料制品业：塑料备料、筛分研磨

（10）陶瓷制品业：釉料粉碎

（11）钢压延加工业：钢材镀锌

（12）重有色金属冶炼业：铅锌配布

料、铅锌烧结、铅锌熔炼、铅浴冷凝、虹吸放铅、锌烟输送、铅锌冷却分离、保温分层、粗铅铸板、锌矿焦结、锌矿蒸馏、锌镉熔炼、镉烟冷凝、锡矿烟化

（13）稀有金属冶炼业：氧化锗制取

（14）有色金属压延加工业：有色金属熔炼、有色金属浇铸、有色金属热轧

（15）金属制品业：金属材料切割、模具模型、焊丝制备

（16）金属表面处理及热处理业：镀锌、镀件钝化

（17）机械工业：金属粉末冶炼

（18）交通运输设备制造业：船舶批碳、船舶泥工、船舶板金

（二）二异氰酸甲苯酯

1. 可能导致的职业病：职业性哮喘

2. 行业举例：

（1）催化剂及各种化学助剂制造业：硫化剂合成

（2）其他有机化学产品制造业：树脂胶制取

（3）塑料制造业：聚氨酯合成、TDI 合成、聚氨酯树脂合成

（4）塑料制品业：涂塑、聚氨酯发泡、合成革发泡

（5）电气机械及器材制造业：日用电器隔热

（三）嗜热性放线菌

1. 可能导致的职业病：职业性变态反应性肺泡炎

2. 行业举例：

（1）饲料业：粉碎

（2）制糖业：榨糖、仓储运输

（四）棉尘

1. 可能导致的职业病：棉尘病

2. 行业举例：

纺织业：清花、粗梳、精梳、并条、粗纱、细纱

（五）不良作业条件（压迫及摩擦）

1. 可能导致的职业病：煤矿井下工人滑囊炎

2. 行业举例：

煤炭采选业：煤矿井下作业

附件二：

建设项目职业病危害评价规范

1. 总则

1.1 为了规范建设项目职业病危害评价工作，根据《中华人民共和国职业病防治法》制定本规范。

1.2 本规范适用于新建、扩建、改建建设项目和技术改造、技术引进等项目（以下简称建设项目）的职业病危害预评价、控制效果评价。

1.3 职业病危害预评价、控制效果评价应当依法取得资质认证的职业卫生技术服务机构承担；评价的方法和要求应当符合职业病防治法及本规范的规定。

2. 职业病危害预评价

2.1 进行职业病危害预评价时，建设单位应当向承担评价任务的机构（以下简称评价机构）提供以下资料：

a. 建设项目的审批文件；

b. 可行性研究资料（含职业卫生专篇）；

c. 其它有关资料。

2.2 评价机构按照准备、评价、报告编制三个阶段进行职业病危害预评价。职业病危害预评价程序见附件1。

2.3 准备

准备阶段完成以下工作：

a. 对建设单位的总平面布置、工艺流程、设备布局、卫生防护措施、组织管理等，进行初步工程分析；

b. 筛选重点评价因子，确定评价单元；

c. 编制预评价方案。预评价方案包括以下内容：

a). 建设项目概况；

b). 预评价目的、依据、类别、标准

等；

　　c). 建设项目工程及职业病危害因素分析内容和方法；

　　d). 预评价工作的组织、经费、计划安排。

　　2.4 评价

　　评价阶段完成以下工作：

　　a. 工程分析；

　　b. 职业卫生调查；

　　c. 职业危害因素定性、定量分析和评价。

　　2.4.1 工程分析

　　工程分析主要包括以下内容：

　　a. 建设项目基本，包括建设地点、性质、规模、总投资、设计能力、劳动定员等；

　　b. 总平面布置、生产工艺、技术路线等；

　　c. 生产过程拟使用的原料、辅料、中间品、产品名称、用量或产量，主要生产工艺流程，主要生产设备，可能产生的职业病危害因素种类、部位、存在形态，生产设备机械化或自动化程度、密闭化程度；

　　d. 拟采取的职业病防护设备及应急救援设施；

　　e. 拟配置的个人使用的职业病防护用品；

　　f. 拟设置的卫生设施；

　　g. 拟采取的职业病防治管理措施。

　　2.4.2 职业卫生调查

　　当建设项目可行性研究等技术资料不能满足评价需求时，应当进一步收集有关资料，进行类比调查。

　　2.4.2.1 收集资料

　　对扩建、改建和技术改造建设项目，应收集扩建、改建和技术改造前运行期间的职业病危害监测、健康监护、职业病危害评价等资料。

　　2.4.2.2 类比调查

　　对新建建设项目，应选择同类生产企业进行类比调查，内容如下：

　　a. 选址

　　同类建设单位自投入使用以来，其选址与国家现行卫生法律、法规的协调情况。

　　b. 总平面布置

　　同类建设单位工作区、生活区、居住区、废弃物处理、辅助用地的分布，尤其是存在职业病危害因素的场所布置、运行、相互之间的影响情况。

　　c. 职业病危害现状

　　同类建设单位职业病危害因素种类、性质，近年来工作场所化学因素、物理因素、生物因素平均浓度（强度）。

　　d. 职业病防护设备

　　同类建设单位防毒、防尘、防高温、防寒、防湿、防噪声、防振动、防电离和非电离辐射等各类防护设施配置和运行效果。

　　护耳用品、防护口罩、防护服、急救箱等个人使用的职业病防护用品的配置和使用情况。

　　休息室、卫生间、洗眼器、喷淋装置等卫生设施的配置、使用情况。

　　e. 职业病发病情况

　　同类建设单位劳动者职业健康监护和职业病发生的情况，急性职业中毒事故的案例（包括原因、过程、抢救、整改措施）。

　　f. 组织管理

　　同类建设单位职业卫生管理机构或组织、人员设置。

　　g. 专项经费

　　同类建设单位职业病防护设备建设和运行经费投入情况。

　　2.4.3 分析和评价

　　2.4.3.1 评价依据

　　依据国家法律、法规、标准等进行建设项目职业病危害评价。主要评价标准见附件2。采用评价标准时应注意引用标准的最新版本。

　　2.4.3.2 评价方法

　　根据建设项目职业病危害特点，采用检

查表法、类比法与定量分级法相结合原则进行定性和定量评价。

a. 检查表法

依据评价标准、规范，编制检查表，逐项检查建设项目职业卫生有关内容与国家标准、规范符合情况。

b. 类比法

利用同类和相似工作场所监测、统计数据，类推拟评价的建设项目工作场所职业病危害因素浓度（强度）、职业危害后果和应采取的职业病防护措施。

c. 定量分级法

对建设项目工作场所职业病危害因素浓度（强度）、职业病危害因素的固有危害性、劳动者接触时间进行综合考虑，计算危害指数，确定劳动者作业危害程度等级。

依据有关标准，新建建设项目根据建设项目工程分析和同类企业类比调查，扩建、改建和技术改造建设项目根据已有测定资料，分别取得劳动者接触粉尘、化学毒物、噪声等职业病危害因素时间以及工作场所职业病危害因素浓度（强度）等数据，计算劳动者作业危害等级指数。计算方法按国家职业卫生标准执行。

对目前尚无分级标准的或无类比调查数据的职业病危害因素，可依据国家、行业、地方等职业卫生标准、规范等，结合职业卫生防护设施配置方案，预测作业场所职业病危害因素浓度（强度）是否符合有关卫生标准。

2.4.3.3 评价内容和指标

2.4.3.3.1 职业病危害因素识别与评价

根据工程分析和类比调查资料，确定建设项目各评价单元存在的职业病危害因素，描述其理化特性、毒性、对人体危害、工作场所最高容许浓度、接触人数、接触方式，评价劳动者作业危害等级。

2.4.3.3.2 选址、总平面布置按国家有关职业卫生标准。

2.4.3.3.3 生产工艺及设备布局

a. 采用无毒、低毒或避免劳动者直接接触职业病危害因素的生产工艺；

b. 在生产许可的条件下，隔离含有害作业的区域，使其避免对无害区域或相互之间的污染和干扰；

c. 有害物质的发生源，布置在工作地点机械或自然通风的下侧；

d. 放散大量热量的厂房，热作业应设在建筑物的最上层；热源应尽可能设置在夏季主导风向的下风侧或有天窗下方。

2.4.3.3.4 建筑物卫生学要求

a. 建筑物容积应保证劳动者有足够的新鲜空气量，设计要求参照《工业企业设计卫生标准》；

b. 建筑物的构造应使产生粉尘、毒物的车间结构表面不易积尘沾毒，并易于清除；热发散车间应利于通风散热；高湿车间应设置防湿排水设施，防止顶棚滴水和地面积水；

c. 建筑物采光、照明符合现行《工业企业采光设计标准》、《工业企业照明设计标准》等。

2.4.3.3.5 职业病防护设施评价主要包括：

a. 除尘设施

b. 排毒净化设施

c. 通风换气设施

d. 事故应急设施

e. 噪声控制设施

f. 防暑设施

g. 防寒设施

h. 防湿设施

i. 振动控制设施

j. 非电离辐射防护设施

k. 电离辐射防护设施

2.4.3.3.6 应急救援设施

2.4.3.3.7 个人使用的职业病防护用品

2.4.3.3.8 卫生设施

2.4.3.3.9 职业卫生管理

2.4.3.3.10 职业卫生经费概算

2.5 预评价报告编制

预评价报告编制阶段完成以下工作:

a. 汇总、分析各类资料、数据;

b. 做出评价结论,完成预评价报告。

2.6 建设项目职业危害预评价报告按规定格式编写(格式见附件3),其主要内容包括:

a. 职业病危害预评价目的、依据、范围、内容和方法;

b. 建设项目概况,包括建设地点、性质、规模、总投资、设计能力、劳动定员等;

c. 对建设项目选址和可能产生的职业病危害因素及其对作业场所、劳动者健康的影响进行分析和评价,主要包括职业病危害因素名称、主要产生环节、对人体的主要职业危害、可能产生的浓度(强度)及其职业危害程度预测等;

d. 对拟采取职业病危害防护措施进行技术分析及评价,主要包括总平面布置、生产工艺及设备布局、建筑物卫生学要求、职业病防护设备、应急救援设施、个人使用的职业病防护用品、卫生设施、职业卫生管理等方面进行分析和评价;

e. 对存在的职业卫生问题提出有效的防护对策;

f. 评价结论:对评价内容进行归纳,指出存在的问题以及改进措施的建议,确定职业病危害类别,建设项目是否可行。

3. 建设项目职业病危害控制效果评价

3.1 建设单位在建设项目竣工验收前委托评价机构进行建设项目职业病危害控制效果评价。

3.2 评价方案编制

评价单位依据建设项目可行性论证预评价报告内容和工程建设及试运行情况编制竣工验收前职业病危害控制效果评价方案。

评价方案主要包括以下内容:

a. 评价目的、依据和范围;

b. 工程建设概况,各项职业病防护设施建设及其试运行情况;

c. 现场调查与监测的内容与方法,质量保证措施;

d. 组织实施计划与进度、经费安排。

3.3 现场调查

评价单位在接受评价委托后进行职业卫生学调查。职业卫生学调查主要包括以下方面:

3.3.1 生产过程的卫生学调查:了解生产工艺的全过程和确定生产中存在的职业病危害因素。

a. 化学因素(有毒物质、生产性粉尘):原料、半成品、中间产物、产品和废弃物的名称、生产和使用数量、理化特性、劳动者接触方式和接触时间;

b. 物理因素:噪声、高温、低温、振动、电离和非电离辐射等;

c. 生物因素:生产过程中存在的致病病原体。

3.3.2 作业环境卫生学调查:总平面布置、生产工艺及设备布局、建筑学卫生要求、职业病防护设备、应急救援设施、个人使用的职业病防护用品、卫生设施等方面的卫生防护措施的落实情况。

3.3.3 调查建设项目是否严格按现行《工业企业设计卫生标准》规定进行施工,是否落实各阶段设计审查时提出的职业卫生审查意见。

3.3.4 职业卫生管理调查

a. 职业卫生管理机构设置情况;

b. 职业卫生规章制度、操作规程的完善情况;

c. 职业健康教育、职业病危害因素测定、健康监护情况;

d. 职业卫生资料归档情况。

3.4 现场监测:测定工作场所职业病危害因素浓度(强度)。

3.4.1 测试方法:按照国家有关职业卫生标准执行。

3.4.2 测试条件:按设计满负荷生产状

况。

3.4.3 测试频次：根据生产工艺、职业危害因素的种类、性质、变化情况以及危害程度分类，一般连续采样测定三天，每日上、下午各一次。

每次同一点不同时间内测定，采取样品不得少于三个，测试结果取其均值（放射、噪声等物理因素测试结果除外）。

特殊情况按相应国家职业卫生标准执行。

3.4.4 化学因素、物理因素测试点的设置原则见附件4。

3.5 职业性健康检查

对可能接触职业病危害的劳动者，应当进行职业健康检查，根据职业危害因素确定职业性健康检查项目，依据职业健康检查的结果评价职业危害控制效果。

3.6 评价结果

a. 评价选址、总平面布置是否符合国家规定要求；

b. 工程防护设施及其效果；

c. 计算职业病危害因素每个测试点浓度（或强度）的均值，其中粉尘浓度的测试数据计算几何平均数，毒物浓度计算算术平均数或几何平均数（其测试数据如为正态分布计算算术平均数，如为偏态分布则计算几何平均数），噪声测试数据不计算均值；每个测试点职业病危害因素浓度（或强度）未超过标准的为合格，超过标准的为不合格；

d. 依据上述计算结果，评价各项职业卫生工程防护设施的控制效果；评价因生产工艺或设备技术水平限制，对一些职业病危害因素超标的岗位所采取职业卫生防护补救措施效果；

e. 评价个人卫生防护用品、应急救援设施、警示标识配置情况；

f. 评价建设项目职业卫生管理机构、人员、规章制度执行落实情况。

3.7 控制效果评价报告

建设项目控制效果评价报告应当包括以下主要内容：

a. 评价目的、依据、范围和内容；

b. 建设项目及其试运行概况；

c. 建设项目生产过程中存在的职业病危害因素种类、分布及其浓度或强度，职业病危害程度；

d. 职业病防护措施的实施情况，包括总平面布置、生产工艺及设备布局、建筑物卫生学要求、卫生工程防护设施、应急、救援措施、个人防护设施、辅助卫生用室、职业卫生管理措施的落实情况；

e. 职业病危害防护设施效果评价；

f. 评价结论及建议。

3.8 建设项目职业病危害控制效果评价报告按规定格式编写，格式见附件5。

附件1：职业病危害预评价程序图（略）

附件2：主要评价标准（略）

附件3：建设项目职业病危害预评价报告书格式（略）

附件4：建设项目职业病危害控制效果评价测试点设置原则（略）

附件5：建设项目职业病危害控制效果评价报告书格式（略）

卫生部关于《职业病危害因素分类目录》中"行业举例"问题的批复

（2004年1月17日　卫法监函［2004］13号）

上海市卫生局：

你局《关于如何理解〈职业病危害因素分类目录〉中"行业举例"的请示》（沪卫法＜2003＞10号）收悉。经研究，答复如下：

一、《职业病危害因素分类目录》中规定的是法定职业病危害因素，其中的"行业举例",仅是举例说明职业活动中存在该种职业病危害因素的部分常见行业和工种,并未列出全部行业和工种。

二、关于产生职业病危害的工种的认定,应当根据工作场所中实际存在的职业病危害因素和劳动者接触情况进行综合判定。

此复。

工伤保险条例

（2003年4月16日国务院第5次常务会议通过 2003年4月27日中华人民共和国国务院令第375号公布 自2004年1月1日起施行）

第一章 总 则

第一条 为了保障因工作遭受事故伤害或者患职业病的职工获得医疗救治和经济补偿,促进工伤预防和职业康复,分散用人单位的工伤风险,制定本条例。

第二条 中华人民共和国境内的各类企业、有雇工的个体工商户（以下称用人单位）应当依照本条例规定参加工伤保险,为本单位全部职工或者雇工（以下称职工）缴纳工伤保险费。

中华人民共和国境内的各类企业的职工和个体工商户的雇工,均有依照本条例的规定享受工伤保险待遇的权利。

有雇工的个体工商户参加工伤保险的具体步骤和实施办法,由省、自治区、直辖市人民政府规定。

第三条 工伤保险费的征缴按照《社会保险费征缴暂行条例》关于基本养老保险费、基本医疗保险费、失业保险费的征缴规定执行。

第四条 用人单位应当将参加工伤保险的有关情况在本单位内公示。

用人单位和职工应当遵守有关安全生产和职业病防治的法律法规,执行安全卫生规程和标准,预防工伤事故发生,避免和减少

职业病危害。

职工发生工伤时,用人单位应当采取措施使工伤职工得到及时救治。

第五条 国务院劳动保障行政部门负责全国的工伤保险工作。

县级以上地方各级人民政府劳动保障行政部门负责本行政区域内的工伤保险工作。

劳动保障行政部门按照国务院有关规定设立的社会保险经办机构（以下称经办机构）具体承办工伤保险事务。

第六条 劳动保障行政部门等部门制定工伤保险的政策、标准,应当征求工会组织、用人单位代表的意见。

第二章 工伤保险基金

第七条 工伤保险基金由用人单位缴纳的工伤保险费、工伤保险基金的利息和依法纳入工伤保险基金的其他资金构成。

第八条 工伤保险费根据以支定收、收支平衡的原则,确定费率。

国家根据不同行业的工伤风险程度确定行业的差别费率,并根据工伤保险费使用、工伤发生率等情况在每个行业内确定若干费率档次。行业差别费率及行业内费率档次由国务院劳动保障行政部门会同国务院财政部门、卫生行政部门、安全生产监督管理部门制定,报国务院批准后公布施行。

统筹地区经办机构根据用人单位工伤保险费使用、工伤发生率等情况,适用所属行业内相应的费率档次确定单位缴费费率。

第九条 国务院劳动保障行政部门应当定期了解全国各统筹地区工伤保险基金收支情况,及时会同国务院财政部门、卫生行政部门、安全生产监督管理部门提出调整行业差别费率及行业内费率档次的方案,报国务院批准后公布施行。

第十条 用人单位应当按时缴纳工伤保险费。职工个人不缴纳工伤保险费。

用人单位缴纳工伤保险费的数额为本单位职工工资总额乘以单位缴费费率之积。

第十一条 工伤保险基金在直辖市和设区的

市实行全市统筹，其他地区的统筹层次由省、自治区人民政府确定。

跨地区、生产流动性较大的行业，可以采取相对集中的方式异地参加统筹地区的工伤保险。具体办法由国务院劳动保障行政部门会同有关行业的主管部门制定。

第十二条 工伤保险基金存入社会保障基金财政专户，用于本条例规定的工伤保险待遇、劳动能力鉴定以及法律、法规规定的用于工伤保险的其他费用的支付。任何单位或者个人不得将工伤保险基金用于投资运营、兴建或者改建办公场所、发放奖金，或者挪作其他用途。

第十三条 工伤保险基金应当留有一定比例的储备金，用于统筹地区重大事故的工伤保险待遇支付；储备金不足支付时，由统筹地区的人民政府垫付。储备金占基金总额的具体比例和储备金的使用办法，由省、自治区、直辖市人民政府规定。

第三章 工 伤 认 定

第十四条 职工有下列情形之一的，应当认定为工伤：

（一）在工作时间和工作场所内，因工作原因受到事故伤害的；①

（二）工作时间前后在工作场所内，从事与工作有关的预备性或者收尾性工作受到事故伤害的；②

（三）在工作时间和工作场所内，因履行工作职责受到暴力等意外伤害的；③

（四）患职业病的；

（五）因工外出期间，由于工作原因受到伤害或者发生事故下落不明的；

（六）在上下班途中，受到机动车事故伤害的；

（七）法律、行政法规规定应当认定为工伤的其他情形。

第十五条 职工有下列情形之一的，视同工伤：

（一）在工作时间和工作岗位，突发疾病死亡或者在 48 小时之内经抢救无效死亡的；④

（二）在抢险救灾等维护国家利益、公共利益活动中受到伤害的；

（三）职工原在军队服役，因战、因公负伤致残，已取得革命伤残军人证，到用人单位后旧伤复发的。

职工有前款第（一）项、第（二）项情形的，按照本条例的有关规定享受工伤保险待遇；职工有前款第（三）项情形的，

---

①"工作时间"是指法律规定的或者单位要求职工工作的时间。单位规定的加班加点时间也应视为工作时间。"工作场所"是指职工日常工作所在的场所，以及领导临时指派其从事工作的场所。需要注意的是职工虽不在本岗位劳动，但由于单位的设施和设备不完善、劳动条件或劳动环境不良、管理不善等原因造成职工伤害的，也应当认定为工伤。

②预备性或者收尾性工作主要是指在法律规定的或者单位要求的开始工作时间之前的一段合理时间内，以及在法律规定的或者单位要求的结束工作时间之后的一段合理时间内职工在工作场所内从事本职工作或者领导指派的其他工作有关的相关工作，前者包括从事与工作有关的准备工作，诸如运输、备料、准备工具等，后者包括从事与工作有关的工作，诸如清理、安全存储、收拾工具和衣物等。

③"因履行工作职责受到暴力等意外伤害的"，有两层含义：一层是指职工因履行工作职责，使某些人的不合理的或违法的目的没有达到，这些人出于报复而对该职工进行的暴力人身伤害；另一层是指在工作时间和工作场所内，职工因履行工作职责受到的意外伤害，诸如地震、厂区失火、车间房屋倒塌以及由于单位其他设施不安全而造成的伤害等。需要注意的是，因履行工作职责受到伤害是指受到的暴力伤害与履行工作职责之间有因果关系。

④"突发疾病"是指上班期间突然发生任何种类的疾病，一般多为心脏病、脑出血、心肌梗塞等突发性疾病。本条需要注意的是，"48 小时"的起算时间，以医疗机构的初次诊断时间作为突发疾病的起算时间。职工在工作时间和工作岗位突发疾病当场死亡的，以及职工在工作时间和工作岗位突发疾病后没有当场死亡，但在 48 小时之内经抢救无效死亡的，应当视同工伤。

按照本条例的有关规定享受除一次性伤残补助金以外的工伤保险待遇。

第十六条 职工有下列情形之一的，不得认定为工伤或者视同工伤：

（一）因犯罪或者违反治安管理伤亡的；

（二）醉酒导致伤亡的；

（三）自残或者自杀的。

第十七条 职工发生事故伤害或者按照职业病防治法规定被诊断、鉴定为职业病，所在单位应当自事故伤害发生之日或者被诊断、鉴定为职业病之日起 30 日内，向统筹地区劳动保障行政部门提出工伤认定申请。遇有特殊情况，经报劳动保障行政部门同意，申请时限可以适当延长。

用人单位未按前款规定提出工伤认定申请的，工伤职工或者其直系亲属、工会组织在事故伤害发生之日或者被诊断、鉴定为职业病之日起 1 年内，可以直接向用人单位所在地统筹地区劳动保障行政部门提出工伤认定申请。

按照本条第一款规定应当由省级劳动保障行政部门进行工伤认定的事项，根据属地原则由用人单位所在地的设区的市级劳动保障行政部门办理。

用人单位未在本条第一款规定的时限内提交工伤认定申请，在此期间发生符合本条例规定的工伤待遇等有关费用由该用人单位负担。

第十八条 提出工伤认定申请应当提交下列材料：

（一）工伤认定申请表；

（二）与用人单位存在劳动关系（包括事实劳动关系）的证明材料；①

（三）医疗诊断证明或者职业病诊断证明书（或者职业病诊断鉴定书）。

工伤认定申请表应当包括事故发生的时间、地点、原因以及职工伤害程度等基本情况。

工伤认定申请人提供材料不完整的，劳动保障行政部门应当一次性书面告知工伤认定申请人需要补正的全部材料。申请人按照书面告知要求补正材料后，劳动保障行政部门应当受理。

第十九条 劳动保障行政部门受理工伤认定申请后，根据审核需要可以对事故伤害进行调查核实，用人单位、职工、工会组织、医疗机构以及有关部门应当予以协助。职业病诊断和诊断争议的鉴定，依照职业病防治法的有关规定执行。对依法取得职业病诊断证明书或者职业病诊断鉴定书的，劳动保障行政部门不再进行调查核实。

职工或者其直系亲属认为是工伤，用人单位不认为是工伤的，由用人单位承担举证责任。

第二十条 劳动保障行政部门应当自受理工伤认定申请之日起 60 日内作出工伤认定的决定，并书面通知申请工伤认定的职工或者其直系亲属和该职工所在单位。

劳动保障行政部门工作人员与工伤认定申请人有利害关系的，应当回避。

第四章 劳动能力鉴定

第二十一条 职工发生工伤，经治疗伤情相对稳定后存在残疾、影响劳动能力的，应当

---

① 关于与用人单位存在劳动关系（包括事实劳动关系）的证明材料，劳动合同是证明用人单位和职工之间存在劳动关系的法定凭证，目前，在各类企业中已普遍实行劳动合同制，但在现实中存在部分私营企业、个体工商户不签订劳动合同的现象。在这种情形下，一律要求提供劳动合同不太现实。为使职工的权益不受影响，本条规定可以把其他有关的材料作为事实劳动关系的证明材料，如工资报酬的领取证明、工友同事的书面证明等。

进行劳动能力鉴定。①

第二十二条 劳动能力鉴定是指劳动功能障碍程度和生活自理障碍程度的等级鉴定。

劳动功能障碍分为十个伤残等级，最重的为一级，最轻的为十级。

生活自理障碍分为三个等级：生活完全不能自理、生活大部分不能自理和生活部分不能自理。

劳动能力鉴定标准由国务院劳动保障行政部门会同国务院卫生行政部门等部门制定。

第二十三条 劳动能力鉴定由用人单位、工伤职工或者其直系亲属向设区的市级劳动能力鉴定委员会提出申请，并提供工伤认定决定和职工工伤医疗的有关资料。

第二十四条 省、自治区、直辖市劳动能力鉴定委员会和设区的市级劳动能力鉴定委员会分别由省、自治区、直辖市和设区的市级劳动保障行政部门、人事行政部门、卫生行政部门、工会组织、经办机构代表以及用人单位代表组成。

劳动能力鉴定委员会建立医疗卫生专家库。列入专家库的医疗卫生专业技术人员应当具备下列条件：

（一）具有医疗卫生高级专业技术职务任职资格；

（二）掌握劳动能力鉴定的相关知识；

（三）具有良好的职业品德。

第二十五条 设区的市级劳动能力鉴定委员会收到劳动能力鉴定申请后，应当从其建立的医疗卫生专家库中随机抽取3名或者5名相关专家组成专家组，由专家组提出鉴定意见。设区的市级劳动能力鉴定委员会根据专家组的鉴定意见作出工伤职工劳动能力鉴定

结论；必要时，可以委托具备资格的医疗机构协助进行有关的诊断。

设区的市级劳动能力鉴定委员会应当自收到劳动能力鉴定申请之日起60日内作出劳动能力鉴定结论，必要时，作出劳动能力鉴定结论的期限可以延长30日。劳动能力鉴定结论应当及时送达申请鉴定的单位和个人。②

第二十六条 申请鉴定的单位或者个人对设区的市级劳动能力鉴定委员会作出的鉴定结论不服的，可以在收到该鉴定结论之日起15日内向省、自治区、直辖市劳动能力鉴定委员会提出再次鉴定申请。省、自治区、直辖市劳动能力鉴定委员会作出的劳动能力鉴定结论为最终结论。

第二十七条 劳动能力鉴定工作应当客观、公正。劳动能力鉴定委员会组成人员或者参加鉴定的专家与当事人有利害关系的，应当回避。

第二十八条 自劳动能力鉴定结论作出之日起1年后，工伤职工或者其直系亲属、所在单位或者经办机构认为伤残情况发生变化的，可以申请劳动能力复查鉴定。

第五章 工伤保险待遇

第二十九条 职工因工作遭受事故伤害或者患职业病进行治疗，享受工伤医疗待遇。

职工治疗工伤应当在签订服务协议的医疗机构就医，情况紧急时可以先到就近的医疗机构急救。

治疗工伤所需费用符合工伤保险诊疗项目目录、工伤保险药品目录、工伤保险住院

①除本条规定外，以下情况也应进行劳动能力鉴定：停工留薪超过一定时限的、旧伤复发的、工亡职工亲属完全丧失劳动能力享受抚恤待遇的、工伤职工安装辅助器具的等。

②注意，根据《劳动和社会保障行政复议办法》第5条第（二）项的规定，公民、法人或者其他组织对劳动鉴定委员会作出的伤残等级鉴定结论不服的，不能申请行政复议。对伤残等级鉴定结论不服的，正确的做法是在收到鉴定结论起15日内申请再次鉴定。另外，也可以在工伤劳动争议诉讼中借助司法鉴定程序。

服务标准的，从工伤保险基金支付。工伤保险诊疗项目目录、工伤保险药品目录、工伤保险住院服务标准，由国务院劳动保障行政部门会同国务院卫生行政部门、药品监督管理部门等部门规定。

职工住院治疗工伤的，由所在单位按照本单位因公出差伙食补助标准的70%发给住院伙食补助费；经医疗机构出具证明，报经办机构同意，工伤职工到统筹地区以外就医的，所需交通、食宿费用由所在单位按照本单位职工因公出差标准报销。

工伤职工治疗非工伤引发的疾病，不享受工伤医疗待遇，按照基本医疗保险办法处理。

工伤职工到签订服务协议的医疗机构进行康复性治疗的费用，符合本条第三款规定的，从工伤保险基金支付。

第三十条 工伤职工因日常生活或者就业需要，经劳动能力鉴定委员会确认，可以安装假肢、矫形器、假眼、假牙和配置轮椅等辅助器具，所需费用按照国家规定的标准从工伤保险基金支付。

第三十一条 职工因工作遭受事故伤害或者患职业病需要暂停工作接受工伤医疗的，在停工留薪期内，原工资福利待遇不变，由所在单位按月支付。①

停工留薪期一般不超过12个月。伤情严重或者情况特殊，经设区的市级劳动能力鉴定委员会确认，可以适当延长，但延长不得超过12个月。工伤职工评定伤残等级后，停发原待遇，按照本章的有关规定享受伤残待遇。工伤职工在停工留薪期满后仍需治疗的，继续享受工伤医疗待遇。

生活不能自理的工伤职工在停工留薪期需要护理的，由所在单位负责。

第三十二条 工伤职工已经评定伤残等级并经劳动能力鉴定委员会确认需要生活护理的，从工伤保险基金按月支付生活护理费。

生活护理费按照生活完全不能自理、生活大部分不能自理或者生活部分不能自理3个不同等级支付，其标准分别为统筹地区上年度职工月平均工资的50%、40%或者30%。

第三十三条 职工因工致残被鉴定为一级至四级伤残的，保留劳动关系，退出工作岗位，享受以下待遇：

（一）从工伤保险基金按伤残等级支付一次性伤残补助金，标准为：一级伤残为24个月的本人工资，二级伤残为22个月的本人工资，三级伤残为20个月的本人工资，四级伤残为18个月的本人工资；

（二）从工伤保险基金按月支付伤残津贴，标准为：一级伤残为本人工资的90%，二级伤残为本人工资的85%，三级伤残为本人工资的80%，四级伤残为本人工资的75%。伤残津贴实际金额低于当地最低工资标准的，由工伤保险基金补足差额；

（三）工伤职工达到退休年龄并办理退休手续后，停发伤残津贴，享受基本养老保险待遇。基本养老保险待遇低于伤残津贴的，由工伤保险基金补足差额。

职工因工致残被鉴定为一级至四级伤残的，由用人单位和职工个人以伤残津贴为基数，缴纳基本医疗保险费。

第三十四条 职工因工致残被鉴定为五级、六级伤残的，享受以下待遇：

（一）从工伤保险基金按伤残等级支付一次性伤残补助金，标准为：五级伤残为16个月的本人工资，六级伤残为14个月的本人工资；

（二）保留与用人单位的劳动关系，由用人单位安排适当工作。难以安排工作的，由用人单位按月发给伤残津贴，标准为：五

①这里所称的原待遇是指职工在受伤或被确诊患职业病前，原用人单位发给职工的按照出勤对待的全部工资和福利待遇。工伤职工评定伤残等级后，停发原待遇，按照本条例规定享受伤残待遇。

级伤残为本人工资的70%，六级伤残为本人工资的60%，并由用人单位按照规定为其缴纳应缴纳的各项社会保险费。伤残津贴实际金额低于当地最低工资标准的，由用人单位补足差额。

经工伤职工本人提出，该职工可以与用人单位解除或者终止劳动关系，由用人单位支付一次性工伤医疗补助金和伤残就业补助金。具体标准由省、自治区、直辖市人民政府规定。

第三十五条 职工因工致残被鉴定为七级至十级伤残的，享受以下待遇：

（一）从工伤保险基金按伤残等级支付一次性伤残补助金，标准为：七级伤残为12个月的本人工资，八级伤残为10个月的本人工资，九级伤残为8个月的本人工资，十级伤残为6个月的本人工资；

（二）劳动合同期满终止，或者职工本人提出解除劳动合同的，由用人单位支付一次性工伤医疗补助金和伤残就业补助金。具体标准由省、自治区、直辖市人民政府规定。

第三十六条 工伤职工工伤复发，确认需要治疗的，享受本条例第二十九条、第三十条和第三十一条规定的工伤待遇。

第三十七条 职工因工死亡，其直系亲属按照下列规定从工伤保险基金领取丧葬补助金、供养亲属抚恤金和一次性工亡补助金：

（一）丧葬补助金为6个月的统筹地区上年度职工月平均工资；

（二）供养亲属抚恤金按照职工本人工资的一定比例发给由因工死亡职工生前提供主要生活来源、无劳动能力的亲属。标准为：配偶每月40%，其他亲属每人每月30%，孤寡老人或者孤儿每人每月在上述标

准的基础上增加10%。核定的各供养亲属的抚恤金之和不应高于因工死亡职工生前的工资。供养亲属的具体范围由国务院劳动保障行政部门规定；

（三）一次性工亡补助金标准为48个月至60个月的统筹地区上年度职工月平均工资。具体标准由统筹地区的人民政府根据当地经济、社会发展状况规定，报省、自治区、直辖市人民政府备案。

伤残职工在停工留薪期内因工伤导致死亡的，其直系亲属享受本条第一款规定的待遇。

一级至四级伤残职工在停工留薪期满后死亡的，其直系亲属可以享受本条第一款第（一）项、第（二）项规定的待遇。

第三十八条 伤残津贴、供养亲属抚恤金、生活护理费由统筹地区劳动保障行政部门根据职工平均工资和生活费用变化等情况适时调整。调整办法由省、自治区、直辖市人民政府规定。

第三十九条 职工因工外出期间发生事故或者在抢险救灾中下落不明的，从事故发生当月起3个月内照发工资，从第4个月起停发工资，由工伤保险基金向其供养亲属按月支付供养亲属抚恤金。生活有困难的，可以预支一次性工亡补助金的50%。职工被人民法院宣告死亡的，按照本条例第三十七条职工因工死亡的规定处理。

第四十条 工伤职工有下列情形之一的，停止享受工伤保险待遇：

（一）丧失享受待遇条件的；

（二）拒不接受劳动能力鉴定的；

（三）拒绝治疗的；

（四）被判刑正在收监执行的。①

第四十一条 用人单位分立、合并、转让

---

①被判刑正在收监执行，是指工伤职工被判处死刑缓期2年执行、无期徒刑、有期徒刑被送交监狱执行的情形，如果被判处管制或监外执行的，属于未被收监，可继续享受原待遇。且在工伤职工服刑期满刑释后，如果其不具有本条规定的应当停止享受工伤保险待遇的情形的，则应当恢复其的工伤待遇。

的，承继单位应当承担原用人单位的工伤保险责任；原用人单位已经参加工伤保险的，承继单位应当到当地经办机构办理工伤保险变更登记。

用人单位实行承包经营的，工伤保险责任由职工劳动关系所在单位承担。

职工被借调期间受到工伤事故伤害的，由原用人单位承担工伤保险责任，但原用人单位与借调单位可以约定补偿办法。

企业破产的，在破产清算时优先拨付依法应由单位支付的工伤保险待遇费用。

第四十二条 职工被派遣出境工作，依据前往国家或者地区的法律应当参加当地工伤保险的，参加当地工伤保险，其国内工伤保险关系中止；不能参加当地工伤保险的，其国内工伤保险关系不中止。

第四十三条 职工再次发生工伤，根据规定应当享受伤残津贴的，按照新认定的伤残等级享受伤残津贴待遇。

第六章 监 督 管 理

第四十四条 经办机构具体承办工伤保险事务，履行下列职责：

（一）根据省、自治区、直辖市人民政府规定，征收工伤保险费；

（二）核查用人单位的工资总额和职工人数，办理工伤保险登记，并负责保存用人单位缴费和职工享受工伤保险待遇情况的记录；

（三）进行工伤保险的调查、统计；

（四）按照规定管理工伤保险基金的支出；

（五）按照规定核定工伤保险待遇；

（六）为工伤职工或者其直系亲属免费提供咨询服务。

第四十五条 经办机构与医疗机构、辅助器具配置机构在平等协商的基础上签订服务协议，并公布签订服务协议的医疗机构、辅助器具配置机构的名单。具体办法由国务院劳动保障行政部门分别会同国务院卫生行政部门、民政部门等部门制定。

第四十六条 经办机构按照协议和国家有关目录、标准对工伤职工医疗费用、康复费用、辅助器具费用的使用情况进行核查，并按时足额结算费用。

第四十七条 经办机构应当定期公布工伤保险基金的收支情况，及时向劳动保障行政部门提出调整费率的建议。

第四十八条 劳动保障行政部门、经办机构应当定期听取工伤职工、医疗机构、辅助器具配置机构以及社会各界对改进工伤保险工作的意见。

第四十九条 劳动保障行政部门依法对工伤保险费的征缴和工伤保险基金的支付情况进行监督检查。

财政部门和审计机关依法对工伤保险基金的收支、管理情况进行监督。

第五十条 任何组织和个人对有关工伤保险的违法行为，有权举报。劳动保障行政部门对举报应当及时调查，按照规定处理，并为举报人保密。

第五十一条 工会组织依法维护工伤职工的合法权益，对用人单位的工伤保险工作实行监督。

第五十二条 职工与用人单位发生工伤待遇方面的争议，按照处理劳动争议的有关规定处理。

第五十三条 有下列情形之一的，有关单位和个人可以依法申请行政复议；对复议决定不服的，可以依法提起行政诉讼：

（一）申请工伤认定的职工或者其直系亲属、该职工所在单位对工伤认定结论不服的；

（二）用人单位对经办机构确定的单位缴费费率不服的；

（三）签订服务协议的医疗机构、辅助器具配置机构认为经办机构未履行有关协议或者规定的；

（四）工伤职工或者其直系亲属对经办机构核定的工伤保险待遇有异议的。

第七章　法 律 责 任

第五十四条　单位或者个人违反本条例第十二条规定挪用工伤保险基金，构成犯罪的，依法追究刑事责任；尚不构成犯罪的，依法给予行政处分或者纪律处分。被挪用的基金由劳动保障行政部门追回，并入工伤保险基金；没收的违法所得依法上缴国库。

第五十五条　劳动保障行政部门工作人员有下列情形之一的，依法给予行政处分；情节严重，构成犯罪的，依法追究刑事责任：

（一）无正当理由不受理工伤认定申请，或者弄虚作假将不符合工伤条件的人员认定为工伤职工的；

（二）未妥善保管申请工伤认定的证据材料，致使有关证据灭失的；

（三）收受当事人财物的。

第五十六条　经办机构有下列行为之一的，由劳动保障行政部门责令改正，对直接负责的主管人员和其他责任人员依法给予纪律处分；情节严重，构成犯罪的，依法追究刑事责任；造成当事人经济损失的，由经办机构依法承担赔偿责任：

（一）未按规定保存用人单位缴费和职工享受工伤保险待遇情况记录的；

（二）不按规定核定工伤保险待遇的；

（三）收受当事人财物的。

第五十七条　医疗机构、辅助器具配置机构不按服务协议提供服务的，经办机构可以解除服务协议。

经办机构不按时足额结算费用的，由劳动保障行政部门责令改正；医疗机构、辅助器具配置机构可以解除服务协议。

第五十八条　用人单位瞒报工资总额或者职工人数的，由劳动保障行政部门责令改正，并处瞒报工资数额1倍以上3倍以下的罚款。

用人单位、工伤职工或者其直系亲属骗取工伤保险待遇，医疗机构、辅助器具配置机构骗取工伤保险基金支出的，由劳动保障行政部门责令退还，并处骗取金额1倍以上

3倍以下的罚款；情节严重，构成犯罪的，依法追究刑事责任。

第五十九条　从事劳动能力鉴定的组织或者个人有下列情形之一的，由劳动保障行政部门责令改正，并处2000元以上1万元以下的罚款；情节严重，构成犯罪的，依法追究刑事责任：

（一）提供虚假鉴定意见的；

（二）提供虚假诊断证明的；

（三）收受当事人财物的。

第六十条　用人单位依照本条例规定应当参加工伤保险而未参加的，由劳动保障行政部门责令改正；未参加工伤保险期间用人单位职工发生工伤的，由该用人单位按照本条例规定的工伤保险待遇项目和标准支付费用。

第八章　附　　则

第六十一条　本条例所称职工，是指与用人单位存在劳动关系（包括事实劳动关系）的各种用工形式、各种用工期限的劳动者。

本条例所称工资总额，是指用人单位直接支付给本单位全部职工的劳动报酬总额。

本条例所称本人工资，是指工伤职工因工作遭受事故伤害或者患职业病前12个月平均月缴费工资。本人工资高于统筹地区职工平均工资300%的，按照统筹地区职工平均工资的300%计算；本人工资低于统筹地区职工平均工资60%的，按照统筹地区职工平均工资的60%计算。

第六十二条　国家机关和依照或者参照国家公务员制度进行人事管理的事业单位、社会团体的工作人员因工作遭受事故伤害或者患职业病的，由所在单位支付费用。具体办法由国务院劳动保障行政部门会同国务院人事行政部门、财政部门规定。

其他事业单位、社会团体以及各类民办非企业单位的工伤保险等办法，由国务院劳动保障行政部门会同国务院人事行政部门、民政部门、财政部门等部门参照本条例另行规定，报国务院批准后施行。

第六十三条　无营业执照或者未经依法登记、备案的单位以及被依法吊销营业执照或者撤销登记、备案的单位的职工受到事故伤害或者患职业病的，由该单位向伤残职工或者死亡职工的直系亲属给予一次性赔偿，赔偿标准不得低于本条例规定的工伤保险待遇；用人单位不得使用童工，用人单位使用童工造成童工伤残、死亡的，由该单位向童工或者童工的直系亲属给予一次性赔偿，赔偿标准不得低于本条例规定的工伤保险待遇。具体办法由国务院劳动保障行政部门规定。

前款规定的伤残职工或者死亡职工的直系亲属就赔偿数额与单位发生争议的，以及前款规定的童工或者童工的直系亲属就赔偿数额与单位发生争议的，按照处理劳动争议的有关规定处理。

第六十四条　本条例自 2004 年 1 月 1 日起施行。本条例施行前已受到事故伤害或者患职业病的职工尚未完成工伤认定的，按照本条例的规定执行。

工伤认定办法

（2003 年 9 月 23 日劳动和社会保障部令第 17 号公布　自 2004 年 1 月 1 日起施行）

第一条　为规范工伤认定程序，依法进行工伤认定，维护当事人的合法权益，根据《工伤保险条例》的有关规定，制定本办法。

第二条　劳动保障行政部门进行工伤认定按照本办法执行。

第三条　职工发生事故伤害或者按照职业病防治法规定被诊断、鉴定为职业病，所在单位应当自事故伤害发生之日或者被诊断、鉴定为职业病之日起 30 日内，向统筹地区劳动保障行政部门提出工伤认定申请。遇有特殊情况，经报劳动保障行政部门同意，申请时限可以适当延长。

按照前款规定应当向省级劳动保障行政部门提出工伤认定申请的，根据属地原则应向用人单位所在地设区的市级劳动保障行政部门提出。

第四条　用人单位未在规定的期限内提出工伤认定申请的，受伤害职工或者其直系亲属、工会组织在事故伤害发生之日或者被诊断、鉴定为职业病之日起 1 年内，可以直接按本办法第三条规定提出工伤认定申请。

第五条　提出工伤认定申请应当填写《工伤认定申请表》，并提交下列材料：

（一）劳动合同文本复印件或其他建立劳动关系的有效证明；

（二）医疗机构出具的受伤后诊断证明书或者职业病诊断证明书（或者职业病诊断鉴定书）。

工伤认定申请表的样式由劳动保障部统一制定。

第六条　申请人提供材料不完整的，劳动保障行政部门应当当场或者在 15 个工作日内以书面形式一次性告知工伤认定申请人需要补正的全部材料。

第七条　工伤认定申请人提供的申请材料完整，属于劳动保障行政部门管辖范围且在受理时效内的，劳动保障行政部门应当受理。

劳动保障行政部门受理或者不予受理的，应当书面告知申请人并说明理由。

第八条　劳动保障行政部门受理工伤认定申请后，根据需要可以对提供的证据进行调查核实，有关单位和个人应当予以协助。用人单位、医疗机构、有关部门及工会组织应当负责安排相关人员配合工作，据实提供情况和证明材料。

第九条　劳动保障行政部门在进行工伤认定时，对申请人提供的符合国家有关规定的职业病诊断证明书或者职业病诊断鉴定书，不再进行调查核实。职业病诊断证明书或者职业病诊断鉴定书不符合国家规定的格式和要求的，劳动保障行政部门可以要求出具证据部门重新提供。

第十条 劳动保障行政部门受理工伤认定申请后，可以根据工作需要，委托其他统筹地区的劳动保障行政部门或相关部门进行调查核实。

第十一条 劳动保障行政部门工作人员进行调查核实，应由两名以上人员共同进行，并出示执行公务的证件。

第十二条 劳动保障行政部门工作人员进行调查核实时，可以行使下列职权：

（一）根据工作需要，进入有关单位和事故现场；

（二）依法查阅与工伤认定有关的资料，询问有关人员；

（三）记录、录音、录像和复制与工伤认定有关的资料。

第十三条 劳动保障行政部门人员进行调查核实时，应当履行下列义务：

（一）保守有关单位商业秘密及个人隐私；

（二）为提供情况的有关人员保密。

第十四条 职工或者其直系亲属认为是工伤，用人单位不认为是工伤的，由该用人单位承担举证责任。用人单位拒不举证的，劳动保障行政部门可以根据受伤害职工提供的证据依法作出工伤认定结论。

第十五条 劳动保障行政部门应当自受理工伤认定申请之日起60日内作出工伤认定决定。认定决定包括工伤或视同工伤的认定决定和不属于工伤或不视同工伤的认定决定。

第十六条 工伤认定决定应当载明下列事项：

（一）用人单位全称；

（二）职工的姓名、性别、年龄、职业、身份证号码；

（三）受伤部位、事故时间和诊治时间或职业病名称、伤害经过和核实情况、医疗救治的基本情况和诊断结论；

（四）认定为工伤、视同工伤或认定为不属于工伤、不视同工伤的依据；

（五）认定结论；

（六）不服认定决定申请行政复议的部门和期限；

（七）作出认定决定的时间。

工伤认定决定应加盖劳动保障行政部门工伤认定专用印章。

第十七条 劳动保障行政部门应当自工伤认定决定作出之日起20个工作日内，将工伤认定决定送达工伤认定申请人以及受伤害职工（或其直系亲属）和用人单位，并抄送社会保险经办机构。

工伤认定法律文书的送达按照《民事诉讼法》有关送达的规定执行。

第十八条 工伤认定结束后，劳动保障行政部门应将工伤认定的有关资料至少保存20年。

第十九条 职工或者其直系亲属、用人单位对不予受理决定不服或者对工伤认定决定不服的，可以依法申请行政复议或者提起行政诉讼。

第二十条 进行工伤认定调查核实时，用人单位及人员拒不依法履行协助义务的，由劳动保障行政部门责令改正。

第二十一条 本办法自2004年1月1日起施行。

工伤认定申请表

编号：

工伤认定申请表

申请人：

受伤害职工：

申请人与受伤害职工关系：

申请人地址：

邮政编码：

联系电话：

填表日期：

劳动和社会保障部　制

填 表 说 明

1. 用钢笔或签字笔填写，字体工整清楚。

2. 申请人为用人单位或工会组织的，在名称处加盖公章。

3. 事业单位职工填写职业类别，企业职工填写工作岗位（或工种）类别。

4. 伤害部位一栏填写受伤的具体部位。

5. 诊断时间一栏，职业病者，按职业病确诊时间填写；受伤或死亡的，按初诊时间填写。

6. 职业病名称按照职业病诊断证明书或者职业病诊断鉴定书填写，接触职业病危害时间按实际接触时间填写。不是职业病的不填。

7. 受伤害经过简述，应写清事故时间、地点，当时所从事的工作，受伤害的原因以及伤害部位和程度。

职业病患者应写清在何单位从事何种有害作业，起止时间，确诊结果。

属于下列情况应提供相关的证明材料：

（1）因履行工作职责受到暴力伤害的，提交公安机关或人民法院的判决书或其他有效证明。

（2）由于机动车事故引起的伤亡事故提出工伤认定的，提交公安交通管理等部门的责任认定书或其他有效证明。

（3）因工外出期间，由于工作原因受到伤害的，提交公安部门证明或其他证明；发生事故下落不明的，认定因工死亡提交人民法院宣告死亡的结论。

（4）在工作时间和工作岗位，突发疾病死亡或者在48小时之内经抢救无效死亡的，提交医疗机构的抢救和死亡证明。

（5）属于抢险救灾等维护国家利益、公众利益活动中受到伤害的，按照法律法规规定，提交有效证明。

（6）属于因战、因公负伤致残的转业、复员军人，旧伤复发的，提交《革命伤残军人证》及医疗机构对旧伤复发的诊断证明。

对因特殊情况，无法提供相关证明材料的，应书面说明情况。

8. 受伤害职工或亲属意见栏应写明是否同意申请工伤认定，以上所填内容是否真实。

9. 用人单位意见栏，单位应签署是否同意申请工伤，所填情况是否属实，法定代表人签字并加盖单位公章。

10. 劳动和社会保障行政部门审查资料和受理意见栏应填写补正材料的情况，是否受理的意见。

职工姓名		性别		出生年月日	
身份证号码					
工作单位					
联系电话					
职业、工种或工作岗位		参加工作时间		申请工伤或视同工伤	
事故时间		诊断时间		伤害部位或疾病名称	
接触职业病危害时间		接触职业病危害岗位		职业病名称	
家庭详细地址					

受伤害经过简述（可附页）：

受伤害职工或亲属意见：

签字
年   月   日

用人单位意见：

法定代表人签字
印章
年   月   日

劳动保障行政部门审查资料情况和受理意见：

印章
年   月   日

备注：

因工死亡职工供养
亲属范围规定

(2003 年 9 月 23 日　劳动和社会保障部令第 18 号　自 2004 年 1 月 1 日起施行)

第一条　为明确因工死亡职工供养亲属范围，根据《工伤保险条例》第三十七条第一款第二项的授权，制定本规定。

第二条　本规定所称因工死亡职工供养亲属，是指该职工的配偶、子女、父母、祖父母、外祖父母、孙子女、外孙子女、兄弟姐妹。

本规定所称子女，包括婚生子女、非婚生子女、养子女和有抚养关系的继子女，其中，婚生子女、非婚生子女包括遗腹子女；

本规定所称父母，包括生父母、养父母和有抚养关系的继父母；

本规定所称兄弟姐妹，包括同父母的兄弟姐妹、同父异母或者同母异父的兄弟姐妹、养兄弟姐妹、有抚养关系的继兄弟姐妹。

第三条　上条规定的人员，依靠因工死亡职工生前提供主要生活来源，并有下列情形之一的，可按规定申请供养亲属抚恤金：

（一）完全丧失劳动能力的；

（二）工亡职工配偶男年满 60 周岁、女年满 55 周岁的；

（三）工亡职工父母男年满 60 周岁、女年满 55 周岁的；

（四）工亡职工子女未满 18 周岁的；

（五）工亡职工父母均已死亡，其祖父、外祖父年满 60 周岁，祖母、外祖母年满 55 周岁的；

（六）工亡职工子女已经死亡或完全丧失劳动能力，其孙子女、外孙子女未满 18 周岁的；

（七）工亡职工父母均已死亡或完全丧失劳动能力，其兄弟姐妹未满 18 周岁的。

第四条　领取抚恤金人员有下列情形之一的，停止享受抚恤金待遇：

（一）年满 18 周岁且未完全丧失劳动能力的；

（二）就业或参军的；

（三）工亡职工配偶再婚的；

（四）被他人或组织收养的；

（五）死亡的。

第五条　领取抚恤金的人员，在被判刑收监执行期间，停止享受抚恤金待遇。刑满释放仍符合领取抚恤金资格的，按规定的标准享受抚恤金。

第六条　因工死亡职工供养亲属享受抚恤金待遇的资格，由统筹地区社会保险经办机构核定。

因工死亡职工供养亲属的劳动能力鉴定，由因工死亡职工生前单位所在地设区的市级劳动能力鉴定委员会负责。

第七条　本办法自 2004 年 1 月 1 日起施行。

关于事业单位、民间
非营利组织工作人员工伤
有关问题的通知

(2005 年 12 月 29 日　劳社部发〔2005〕36 号)

各省、自治区、直辖市劳动保障、人事、民政、财政厅（局）：

为保障事业单位、民间非营利组织因工作遭受事故伤害或者患职业病的工作人员依法享受工伤保险待遇，根据《工伤保险条例》规定，经国务院批准，现就有关问题通知如下：

一、事业单位、民间非营利组织工作人员遭受事故伤害或者患职业病的，其工伤范围、工伤认定、劳动能力鉴定、待遇标准等按照《工伤保险条例》的有关规定执行。

二、不属于财政拨款支持范围或者没有经常性财政拨款的事业单位、民间非营利组织，参加统筹地区的工伤保险。缴纳工伤保险费所需费用在社会保障缴费中列支。

三、依照或者参加国家公务员制度管理的事业单位、社会团体的工作人员，执行国家机关工作人员的工伤政策。

四、第二条、第三条规定范围以外的事业单位、民间非营利组织，可参加统筹地区的工伤保险，也可按照国家机关工作人员的有关工伤政策执行。具体办法由省级人民政府根据当地经济社会发展的事业单位、民间非营利组织的具体情况确定。

五、本通知下发之日起施行。参加工伤保险的事业单位、民间非营利组织，其工作人员在本通知下发前已发生工伤的，其原享受的工伤待遇不变。

六、本通知所称民间非营利组织是指社会团体、基金会和民办非企业单位。

事业单位、民间非营利组织的工伤保险，关系广大职工的切身利益，涉及面广。劳动保障、人事、民政、财政等有关部门要认真履行各自的职责。各地区、各部门要密切配合，加强对事业单位、民间非营利组织工伤保险运行情况的监督和管理，确保事业单位、民间非营利组织工伤保险工作的正常开展，维护职工的合法权益，促进社会稳定和发展。重大问题请及时报告。

最高人民法院关于雇工合同"工伤概不负责"是否有效的批复

（1988 年 10 月 14 日）

天津市高级人民法院：

你院〔1987〕第 60 号请示报告收悉。据报告称，你市塘沽区张学珍、徐广秋开办新村青年服务站，于 1985 年 6 月招雇张国胜（男，21 岁）为临时工，招工登记表中注明"工伤概不负责"。次年 11 月 17 日，该站在天津碱厂拆除旧厂房时，因房梁折落，造成张国胜左踝关节挫伤，引起局部组织感染坏死，导致因脓毒性败血症而死亡。张国胜生前为治伤用去医疗费 14151.15 元。为此，张国胜的父母张连起、焦容兰向雇主张学珍等索赔，张等则以"工伤概不负责"为由拒绝承担民事责任。张连起、焦容兰遂向法院起诉。

经研究认为，对劳动者实行劳动保护，在我国宪法中已有明文规定，这是劳动者所享有的权利。张学珍、徐广秋身为雇主，对雇员理应依法给予劳动保护，但他们却在招工登记表中注明"工伤概不负责"。这种行为既不符合宪法和有关法律的规定，也严重违反了社会主义公德，应属于无效的民事行为。至于该行为被确认无效后的法律后果和赔偿等问题，请你院根据民法通则等法律的有关规定，并结合本案具体情况妥善处理。

劳动能力鉴定　职工工伤与职业病致残等级

（2006 年 11 月 2 日中华人民共和国国家质量监督检验检疫总局、中国国家标准化管理委员会发布　2007 年 5 月 1 日实施）

前　言

本标准的全部内容为推荐性的。

本标准参考了世界卫生组织有关"损害、功能障碍与残疾"的国际分类，以及美国、英国、日本等国家残疾分级原则和基准。

根据《工伤保险条例》（中华人民共和国国务院第 375 号令）制定本标准。本标准代替 GB/T 16180—1996《职工工伤与职业病致残程度鉴定》。

本标准参考与协调的国家文件、医学技

术标准与相关评残标准有：残疾人标准，革命伤残军人评定标准等。

为使劳动能力鉴定适应我国当前社会经济发展的要求，保障因工作遭受事故伤害或者患职业病的劳动者获得医疗救治和经济补偿，对工伤或患职业病劳动者的伤残程度做出更加客观、科学的技术鉴定，在总结分析10余年工伤评残实践经验基础上，对GB/T16180—1996进行了修订与完善，并与我国劳动能力鉴定法规制度相配套，将原标准更名为《劳动能力鉴定 职工工伤与职业病致残等级》，并对以下技术原则作了调整：

——增加了总则中4.1.3医疗依赖的分级判定；

——取消了总则中关于工伤、职业病证明的规定；

——取消了总则中关于重新鉴定的规定；

——伤残类别增加了十二指肠的损伤，同时取消了单列的耳廓缺损；

——智能减退改为智能损伤，增加记忆商（MQ）判定指标；

——取消了利手与非利手的表述；

——增加了低氧血症的判断标准；

——增加了活动性肺结核诊断要点的判定；

——增加了大血管的界定；

——增加了瘢痕诊断的界定；

——增加了贫血诊断标准与分级；

——修订了6.4.1肝功能损害的判定与分级；

——修订了6.5.4中毒性肾病和6.5.5肾功能不全的判定指标；

——取消了辅助器具如安装假肢的表述；

——修订了人格改变的判定基准指标；

——全身瘢痕的最低下限由≤30%修改为<5%，但≥1%；

——对附录A判定基准补充的A.1智能损伤表述内容作了调整；

——取消了判定基准补充的A.3人格障碍与人格改变的表述，同时增加了"与工伤、职业病相关的精神障碍的认定"的表述；

——伤残条目由470条调整为572条；

——根据国家工伤保险法规及有关文件精神，对"于国家社会保险法规所规定的医疗期满后……"的表述改为"于国家工伤保险法规所规定的停工留薪期满……"，达到与相关法规相衔接，以便于判断与执行。

本标准的附录A、附录B是规范性附录。

本标准的附录C是资料性附录。

本标准由中华人民共和国劳动和社会保障部、卫生部共同提出。

本标准由劳动和社会保障部工伤保险司归口。

本标准负责起草单位：中国疾病预防控制中心职业卫生与中毒控制所。

本标准参加起草单位：中国医学科学院协和医院、北京医院、北京积水潭医院、北京市红十字朝阳医院、北京市宣武医院、中日友好医院、北京市安定医院、北京市口腔医院、北京大学第三医院、北京大学第一医院、北京同仁医院、北京友谊医院、北京天坛医院、北京市结核病胸部肿瘤研究所、北京市安贞医院、北京市儿科研究所以及天津市劳动和社会保障局和广州市劳动和社会保障局。

本标准主要起草人：周安寿、李舜伟、田祖恩、张寿林、游凯涛、鲁锡荣、朱秀安、杨秉贤、安宗超、白连启、陈秉良、刘磊、吕名端、宫月秋、姜宏志、李锦涛、李忠实、梁枝松、沈祖尧、隋良朋、孙家帮、严尚诚、杨和均、于庆波、赵金垣、左峰、张敏、陈泰才、任广田、赵振华。

本标准由劳动和社会保障部负责解释。

劳动能力鉴定　职工工伤与职业病致残等级

1　范围

本标准规定了职工工伤致残劳动能力鉴定原则和分级标准。

本标准适用于职工在职业活动中因工负伤和因职业病致残程度的鉴定。

2　规范性引用文件

下列文件中的条款通过本标准的引用而成为本标准的条款。凡是注日期的引用文件，其随后所有的修改单（不包括勘误的内容）或修订版均不适用于本标准，然而，鼓励根据本标准达成协议的各方研究是否可使用这些文件的最新版本。凡是不注日期的引用文件，其最新版本适用于本标准。

GB 4854　校准纯音听力计用的标准零级

GB/T 7341　听力计

GB/T 7582—2004　声学　听阈与年龄关系的统计分布

GB/T 7583　声学　纯音气导听阈测定保护听力用

GB 11533　标准对数视力表

GBZ 4　职业性慢性二硫化碳中毒诊断标准

GBZ 5　工业性氟病诊断标准

GBZ 7　职业性手臂振动病诊断标准

GBZ 9　职业性急性电光性眼炎（紫外线角膜结膜炎）诊断标准

GBZ12　职业性铬鼻病诊断标准

GBZ 23　职业性急性一氧化碳中毒诊断标准

GBZ 24　职业性减压病诊断标准

GBZ 35　职业性白内障诊断标准

GBZ 45　职业性三硝基甲苯白内障诊断标准

GBZ 54　职业性化学性眼灼伤诊断标准

GBZ 61　职业性牙酸蚀病诊断标准

GBZ 69　职业性慢性三硝基甲苯中毒诊断标准

GBZ 70　尘肺病诊断标准

GBZ 81　职业性磷中毒诊断标准

GBZ 82　职业性煤矿井下工人滑囊炎诊断标准

GBZ 83　职业性慢性砷中毒诊断标准

GBZ 94　职业性肿瘤诊断标准

GBZ 95　放射性白内障诊断标准

GBZ 96　内照射放射病诊断标准

GBZ 97　放射性肿瘤诊断标准

GBZ 104　外照射急性放射病诊断标准

GBZ 105　外照射慢性放射病诊断标准

GBZ 106　放射性皮肤疾病诊断标准

3　术语和定义

劳动能力鉴定是指劳动能力鉴定机构对劳动者在职业活动中因工负伤或患职业病后，根据国家工伤保险法规规定，在评定伤残等级时通过医学检查对劳动功能障碍程度（伤残程度）和生活自理障碍程度做出的判定结论。

4　总则

4.1　判断依据

本标准依据工伤致残者于评定伤残等级技术鉴定时的器官损伤、功能障碍及其对医疗与护理的依赖程度，适当考虑了由于伤残引起的社会心理因素影响，对伤残程度进行综合判定分级。

4.1.1　器官损伤

是工伤的直接后果，但职业病不一定有器官缺损。

4.1.2　功能障碍

工伤后功能障碍的程度与器官缺损的部位及严重程度有关，职业病所致的器官功能障碍与疾病的严重程度相关。对功能障碍的判定，应以评定伤残等级技术鉴定时的医疗检查结果为依据，根据评残对象逐个确定。

4.1.3　医疗依赖

指工伤致残于评定伤残等级技术鉴定后仍不能脱离治疗者。

医疗依赖判定分级：

a)　特殊医疗依赖　是指工伤致残后必须终身接受特殊药物、特殊医疗设备或装置进行治疗者；

b)　一般医疗依赖　是指工伤致残后仍需接受长期或终身药物治疗者。

4.1.4　护理依赖

指工伤致残者因生活不能自理，需依赖他人护理者。生活自理范围主要包括下列五项：

a)　进食；

b)　翻身；

c)　大、小便；

d)　穿衣、洗漱；

e)　自主行动。

护理依赖的程度分三级：

a)　完全护理依赖　指生活完全不能自理，上述五项均需护理者；

b)　大部分护理依赖　指生活大部分不能自理，上述五项中三项需要护理者；

c)　部分护理依赖　指部分生活不能自理，上述五项中一项需要护理者。

4.1.5　心理障碍

一些特殊残情，在器官缺损或功能障碍的基础上虽不造成医疗依赖，但却导致心理障碍或减损伤残者的生活质量，在评定伤残等级时，应适当考虑这些后果。

4.2　门类划分

按照临床医学分科和各学科间相互关联的原则，本标准对残情的判定划分为五个门类。

4.2.1　神经内科、神经外科、精神科门。

4.2.2　骨科、整形外科、烧伤科门。

4.2.3　眼科、耳鼻喉科、口腔科门。

4.2.4　普外科、胸外科、泌尿生殖科门。

4.2.5　职业病内科门。

4.3　条目划分

本标准按照上述五个门类，以附录B中表B.1~B.5及一至十级分级系列，根据伤残的类别和残情的程度划分伤残条目，共列出残情573条。

4.4　等级划分

根据条目划分原则以及工伤致残程度，综合考虑各门类间的平衡，将残情级别分为一至十级。最重为第一级，最轻为第十级。对本标准未列载的个别伤残情况，可根据上述原则，参照本标准中相应等级进行评定。

4.5　晋级原则

对于同一器官或系统多处损伤，或一个以上器官不同部位同时受到损伤者，应先对单项伤残程度进行鉴定。如果几项伤残等级不同，以重者定级；如果两项及以上等级相同，最多晋升一级。

4.6　对原有伤残及合并症的处理

如受工伤损害的器官原有伤残和疾病史，或工伤及职业病后出现合并症，其致残等级的评定以鉴定时实际的致残结局为依据。

5　分级原则

5.1　一级

器官缺失或功能完全丧失，其他器官不能代偿，存在特殊医疗依赖，或完全或大部分护理依赖。

5.2　二级

器官严重缺损或畸形，有严重功能障碍或并发症，存在特殊医疗依赖，或大部分护理依赖。

5.3　三级

器官严重缺损或畸形，有严重功能障碍或并发症，存在特殊医疗依赖，或部分护理依赖。

5.4　四级

器官严重缺损或畸形，有严重功能障碍

或并发症，存在特殊医疗依赖，或部分护理依赖或无护理依赖。

5.5 五级

器官大部缺损或明显畸形，有较重功能障碍或并发症，存在一般医疗依赖，无护理依赖。

5.6 六级

器官大部缺损或明显畸形，有中等功能障碍或并发症，存在一般医疗依赖，无护理依赖。

5.7 七级

器官大部分缺损或畸形，有轻度功能障碍或并发症，存在一般医疗依赖，无护理依赖。

5.8 八级

器官部分缺损，形态异常，轻度功能障碍，存在一般医疗依赖，无护理依赖。

5.9 九级

器官部分缺损，形态异常，轻度功能障碍，无医疗依赖或者存在一般医疗依赖，无护理依赖。

5.10 十级

器官部分缺损，形态异常，无功能障碍，无医疗依赖或者存在一般医疗依赖，无护理依赖。

6 各门类工伤、职业病致残分级判定基准

6.1 神经内科、神经外科、精神科门

6.1.1 智能损伤分级

a) 极重度智能损伤

　　1) 记忆损伤，记忆商（MQ）0~19；

　　2) 智商（IQ）<20；

　　3) 生活完全不能自理。

b) 重度智能损伤

　　1) 记忆损伤，MQ 20~34；

　　2) IQ 20~34；

　　3) 生活大部不能自理。

c) 中度智能损伤

　　1) 记忆损伤，MQ 35~49；

　　2) IQ 35~49；

　　3) 生活能部分自理。

d) 轻度智能损伤

　　1) 记忆损伤，MQ 50~69；

　　2) IQ 50~69；

　　3) 生活勉强能自理，能做一般简单的非技术性工作。

6.1.2 精神病性症状

有下列表现之一者：

a) 突出的妄想；

b) 持久或反复出现的幻觉；

c) 病理性思维联想障碍；

d) 紧张综合症，包括紧张性兴奋与紧张性木僵；

e) 情感障碍显著，且妨碍社会功能（包括生活自理功能、社交功能及职业和角色功能）。

6.1.3 人格改变

个体原来特有的人格模式发生了改变，一般需有两种或两种以上的下列特征，至少持续6个月方可诊断：

a) 语速和语流明显改变，如以赘述或粘滞为特征；

b) 目的性活动能力降低，尤以耗时较久才能得到满足的活动更明显；

c) 认知障碍，如偏执观念、过分沉湎于某一主题（如宗教），或单纯以对或错来对他人进行僵化的分类；

d) 情感障碍，如情绪不稳、欣快、肤浅、情感流露不协调、易激惹，或淡漠；

e) 不可抑制的需要和冲动（不顾后果和社会规范要求）。

6.1.4 癫痫的诊断分级

a) 轻度

需系统服药治疗方能控制的各种类型癫痫发作者。

b) 中度

各种类型的癫痫发作，经系统服药治疗两年后，全身性强直—阵挛发作、单纯或复杂部分发作，伴自动症或精神症状（相当于

大发作、精神运动性发作）平均每月 1 次或 1 次以下，失神发作和其他类型发作平均每周 1 次以下。

c) 重度

各种类型的癫痫发作，经系统服药治疗两年后，全身性强直—阵挛发作、单纯或复杂部分发作，伴自动症或精神症状（相当于大发作、精神运动性发作）平均每月 1 次以上，失神发作和其他类型发作平均每周 1 次以上者。

6.1.5 运动障碍

6.1.5.1 肢体瘫 以肌力作为分级标准。为判断肢体瘫痪程度，将肌力分级划分为 0 ~ 5 级。

0 级：肌肉完全瘫痪，毫无收缩。

1 级：可看到或触及肌肉轻微收缩，但不能产生动作。

2 级：肌肉在不受重力影响下，可进行运动，即肢体能在床面上移动，但不能抬高。

3 级：在和地心引力相反的方向中尚能完成其动作，但不能对抗外加的阻力。

4 级：能对抗一定的阻力，但较正常人为低。

5 级：正常肌力。

6.1.5.2 非肢体瘫的运动障碍 包括肌张力增高、深感觉障碍和（或）小脑性共济失调、不自主运动或震颤等。根据其对生活自理的影响程度划分为轻、中、重三度。

a) 重度

不能自行进食，大小便、洗漱、翻身和穿衣需由他人护理。

b) 中度

上述动作困难，但在他人帮助下可以完成。

c) 轻度

完成上述运动虽有一些困难，但基本可以自理。

6.2 骨科、整形外科、烧伤科门

6.2.1 颜面毁容

6.2.1.1 重度

面部瘢痕畸形，并有以下六项中四项者：

a) 眉毛缺失；

b) 双睑外翻或缺失；

c) 外耳缺失；

d) 鼻缺失；

e) 上下唇外翻、缺失或小口畸形；

f) 颈颏粘连。

6.2.1.2 中度

具有下述六项中三项者：

a) 眉毛部分缺失；

b) 眼睑外翻或部分缺失；

c) 耳廓部分缺失；

d) 鼻部分缺失；

e) 唇外翻或小口畸形；

f) 颈部瘢痕畸形。

6.2.1.3 轻度

含中度畸形六项中三项者。

6.2.2 面部异物色素沉着或脱失

6.2.2.1 轻度

异物色素沉着或脱失超过颜面总面积的 1/4。

6.2.2.2 重度

异物色素沉着或脱失超过颜面总面积的 1/2。

6.2.3 高位截肢

指肱骨或股骨缺失 2/3 以上。

6.2.4 关节功能障碍

6.2.4.1 功能完全丧失

指非功能位关节僵直、固定或关节周围其他原因导致关节连枷状或严重不稳，以致无法完成其功能活动者。

6.2.4.2 功能大部分丧失

指残留功能不能完成原有专业劳动，并影响日常生活活动者。

6.2.4.3 功能部分丧失

指残留功能不能完成原有专业劳动，但不影响日常生活活动者。

6.2.5　放射性皮肤损伤

6.2.5.1　急性放射性皮肤损伤Ⅳ度

初期反应为红斑、麻木、搔痒、水肿、刺痛，经过数小时至10d假愈期后出现第二次红斑、水泡、坏死、溃疡，所受剂量可能≥20Gy。

6.2.5.2　慢性放射性皮肤损伤Ⅱ度

临床表现为角化过度、皲裂或皮肤萎缩变薄，毛细血管扩张，指甲增厚变形。

6.2.5.3　慢性放射性皮肤损伤Ⅲ度

临床表现为坏死、溃疡，角质突起，指端角化与融合，肌腱挛缩，关节变形及功能障碍（具备其中一项即可）。

6.3　眼科、耳鼻喉科、口腔科门

6.3.1　视力的评定

6.3.1.1　视力检查

按照视力检查标准（GB 11533）执行。视力记录可采用5分记录（对数视力表）或小数记录两种方式（评见表1）。

表1　小数记录折算5分记录参考表

旧法记录		0（无光感）			1/∞（光感）				0.001（光感）		
5分记录			0			1				2	

旧法记录，cm（手指/cm）	6	8	10	12	15	20	25	30	35	40	45
5分记录	2.1	2.2	2.3	2.4	2.5	2.6	2.7	2.8	2.85	2.9	2.95

走近距离	50cm	60cm	80cm	1m	1.2m	1.5m	2m	2.5m	3m	3.5m	4m	4.5m
小数记录	0.01	0.012	0.015	0.02	0.025	0.03	0.04	0.05	0.06	0.07	0.08	0.09
5分记录	3.0	3.1	3.2	3.3	3.4	3.5	3.6	3.7	3.8	3.85	3.9	3.95

小数记录	0.1	0.12	0.15	0.2	0.25	0.3	0.4	0.5	0.6	0.7	0.8	0.9
5分记录	4.0	4.1	4.2	4.3	4.4	4.5	4.6	4.7	4.8	4.85	4.9	4.95

小数记录	1.0	1.2	1.5	2.0	2.5	3.0	4.0	5.0	6.0	8.0	10.0
5分记录	5.0	5.1	5.2	5.3	5.4	5.5	5.6	5.7	5.8	5.9	6.0

6.3.1.2　盲及低视力分级（见表2）。

表2　盲及低视力分级

类　别	级　别	最佳矫正视力
盲	一级盲	<0.02～无光感，或视野半径<5°
	二级盲	<0.05～0.02，或视野半径<10°
低视力	一级低视力	<0.1～0.05
	二级低视力	<0.3～0.1

6.3.2 周边视野

6.3.2.1 视野检查的要求

视标颜色：白色；视标大小：3mm；检查距离：330mm；视野背景亮度：31.5asb。

6.3.2.2 视野缩小的计算

视野有效值计算公式：

$$实测视野有效值 = \frac{8条子午线实测视野值}{500} \times 100\%$$

6.3.3 伪盲鉴定方法

6.3.3.1 单眼全盲检查法

a) 视野检查法

在不遮盖眼的情况下，检查健眼的视野，鼻侧视野>60°者，可疑为伪盲。

b) 加镜检查法

将准备好的试镜架上（好眼之前）放一个屈光度为+6.00D的球镜片，在所谓盲眼前眼上一个屈光度为+0.25D的球镜片，戴在患者眼前以后，如果仍能看清5m处的远距离视力表时，即为伪盲。或嘱患者两眼注视眼前一点，将一个三棱镜度为6的三棱镜放于所谓盲眼之前，不拘底向外或向内，注意该球必向内或向外转动，以避免发生复视。

6.3.3.2 单眼视力减退检查法

a) 加镜检查法 先记录两眼单独视力，然后将平面镜或不影响视力的低度球镜片放于所谓患眼之前，并将一个屈光度为+12.00D的凸球镜片同时放于好眼之前，再检查两眼同时看的视力，如果所得的视力较所谓患眼的单独视力更好时，则可证明患眼为伪装视力减退。

b) 视觉诱发电位（VEP）检查法（略）。

6.3.4 听力损伤计算法

6.3.4.1 听阈值计算 30岁以上受检查在计算其听阈值时，应从实测值中扣除其年龄修正值，见表3。后者取GB/T7582——2004附录B中数值。

表3 纯音气导阈的年龄修正值

年龄/岁	频率/Hz					
	男			女		
	500	1000	2000	500	1000	2000
30	1	1	1	1	1	1
40	2	2	3	2	2	3
50	4	4	7	4	4	6
60	7	7	12	4	7	11
70	10	11	19	10	11	16

6.3.4.2 单耳听力损失计算法 取该耳语频500Hz、1000Hz及2000Hz纯音气导听阈值相加取其均值，若听阈超过100dB，仍按100dB计算。如所得均值不是整数，则小数点后之尾数采用四舍五入法进为整数。

6.3.4.3 双耳听力损失计算法 听力较好一耳的语频纯音气导听阈均值（PTA）乘以4加听力较差耳的均值，其和除以5。如听力较差耳的致聋原因与工伤或职业无关，则不予计入，直接比较好一耳的语频听阈值为准。在标定听阈均值时，小数点后之尾数采取四舍五入法进为整数。

6.3.5 张口度判定及测量方法 以患者自身的食指、中指、无名指并列垂直置入

上、下中切牙切缘间测量。

6.3.5.1 正常张口度 张口时上述三指可垂直置入上、下切牙切缘间（相当于4.5cm左右）。

6.3.5.2 张口困难Ⅰ度 大张口时，只能垂直置入食指和中指（相当于3cm左右）。

6.3.5.3 张口困难Ⅱ度 大张口时，只能垂直置入食指（相当于1.7cm左右）。

6.3.5.4 张口困难Ⅲ度 大张口时，上、下切牙间距小于食指之横径。

6.3.5.5 完全不能张口。

6.4 普外科、胸外科、泌尿生殖科门

6.4.1 肝功能损害的判定与分级 以血清白蛋白、血清胆红素、腹水、脑病和凝血酶原时间五项指标在肝功能损害中所占积分的多少作为其损害程度的判定（见表4），并将其分为重度、中度和轻度三级。

表4 肝功能损害的判定

项 目	分 数		
	1分	2分	3分
血清白蛋白	3.0g/dL~3.5g/dL	2.5g/dL~3.0g/dL	<2.5g/dL
血清胆红素	1.5mg/dL~2.0mg/dL	2.0mg/dL3.0mg/dL	>3.0mg/dL
腹水	无	少量腹水，易控制	腹水多，难于控制
脑病	无	轻度	重度
凝血酶原时间	延长>3s	延长>6s	延长>9s

6.4.1.1 肝功能重度损害：10~15分。

6.4.1.2 肝功能中度损害：7~9分。

6.4.1.3 肝功能轻度损害：5~6分。

6.4.2 肺、肾、心功能损害

参见6.5。

6.4.3 甲状腺功能低下分级

6.4.3.1 重度

a) 临床症状严重；

b) T_3、T_4 或 FT_3、FT_4 低于正常值，$TSH > 50\mu U/L$。

6.4.3.2 中度

a) 临床症状较轻；

b) T_3、T_4 或 FT_3、FT_4 正常，$TSH > 50\mu U/L$。

6.4.3.3 轻度

a) 临床症状较轻；

b) T_3、T_4 或 FT_3、FT_4 正常，TSH 轻度增高但 $<50\mu U/L$。

6.4.4 甲状旁腺功能低下分级

6.4.4.1 重度：空腹血钙质量浓度 <6mg/dL；

6.4.4.2 中度：空腹血钙质量浓度6~7mg/dL；

6.4.4.3 轻度：空腹血钙质量浓度7~8mg/dL。

注：以上分级均需结合临床症状分析。

6.4.5 肛门失禁

6.4.5.1 重度

a) 大便不能控制；

b) 肛门括约肌收缩力很弱或丧失；

c) 肛门括约肌收缩反射很弱或消失；

d) 直肠内压测定：采用肛门注水法测定时直肠内压应小于1961Pa（20cmH$_2$0）。

6.4.5.2 轻度

a) 稀便不能控制；

b) 肛门括约肌收缩力较弱；

c) 肛门括约肌收缩反射较弱；

d) 直肠内压测定：采用肛门注水法测定时直肠内压应为 1961Pa ~ 2942Pa（20 ~ 30cmH$_2$O）。

6.4.6 排尿障碍

6.4.6.1 重度：系出现真性重度尿失禁或尿潴留残余尿体积≥50mL 者。

6.4.6.2 轻度：系出现真性轻度尿失禁或残余尿体积 < 50mL 者。

6.4.7 生殖功能损害

6.4.7.1 重度：精液中精子缺如。

6.4.7.2 轻度：精液中精子数 < 500 万/mL 或异常精子 > 30% 或死精子或运动能力很弱的精子 > 30%。

6.4.8 血睾酮正常值

血睾酮正常值为 14.4nmol/L ~ 41.5 nmol/L（< 60ng/dL）。

6.4.9 左侧肺叶计算

本标准按三叶划分，即顶区、舌叶和下叶。

6.4.10 大血管界定

本标准所称大血管是指主动脉、上腔静脉、下腔静脉、肺动脉和肺静脉。

6.4.11 呼吸困难

参见 6.5.1。

6.5 职业病内科门

6.5.1 呼吸困难及呼吸功能损害

6.5.1.1 呼吸困难分级

Ⅰ级：与同龄健康者在平地一同步行无气短，但登山或上楼时呈现气短。

Ⅱ级：平路步行 1 000m 无气短，但不能与同龄健康者保持同样速度，平路快步行走呈现气短，登山或上楼时气短明显。

Ⅲ级：平路步行 100 m 即有气短。

Ⅳ级：稍活动（如穿衣、谈话）即气短。

6.5.1.2 肺功能损伤分级（详见表 5）。

表 5 肺功能损伤分级 单位为%

损伤级别	FVC	FEV$_1$	MVV	FEV$_1$/FVC	RV/TLC	DL$_{co}$
正常	> 80	> 80	> 80	> 70	> 35	> 80
轻度损伤	60 ~ 79	60 ~ 79	60 ~ 79	55 ~ 69	36 ~ 45	60 ~ 79
中度损伤	40 ~ 59	40 ~ 59	40 ~ 59	35 ~ 54	46 ~ 55	45 ~ 59
重度损伤	< 40	< 40	< 40	< 35	< 55	< 45

注：FVC、FEV$_1$、MVV、DL$_{co}$ 为占预计值百分数。

6.5.1.3 低氧血症分级

正常：po_2 13.3 kPa ~ 10.6 kPa（100 mmHg ~ 80 mmHg）；

轻度：po_2 为 10.5 kPa ~ 8.0 kPa（79 mmHg ~ 60 mmHg）；

中度：po_2 为 7.9 kPa ~ 5.3 kPa（59 mmHg ~ 40 mmHg）；

重度：po_2 < 5.3 kPa（< 40 mmHg）。

6.5.2 活动性肺结核病诊断要点 尘肺合并活动性肺结核，应根据胸部 X 射线片、痰涂片、痰结核杆菌培养和相关临床表现作出判断。

6.5.2.1 涂阳肺结核诊断

符合以下三项之一者：

a) 直接痰涂片镜检抗酸杆菌阳性 2 次；

b) 直接痰涂片镜检抗酸杆菌 1 次阳性，且胸片显示有活动性肺结核病变；

c) 直接痰涂片镜检抗酸杆菌 1 次阳性加结核分枝杆菌培养阳性 1 次。

6.5.2.2 涂阴肺结核的判定

直接痰涂片检查三次均阴性者，应从以下几方面进行分析和判断：

a) 有典型肺结核临床症状和胸部 X 线表现；

b) 支气管或肺部组织病理检查证实结核性改变。

此外，结核菌素（PPD 5IU）皮肤试验反应≥15 mm 或有丘疹水疱；血清抗结核抗体阳性；痰结核分枝杆菌 PCR 加探针检测阳性以及肺外组织病理检查证实结核病变等可作为参考指标。

6.5.3 心功能不全

6.5.3.1 一级心功能不全 能胜任一般日常劳动，但稍重体力劳动即有心悸、气急等症状。

6.5.3.2 二级心功能不全 普通日常活动即有心悸、气急等症状，休息时消失。

6.5.3.3 三级心功能不全 任何活动均可引起明显心悸、气急等症状，甚至卧床休息仍有症状。

6.5.4 中毒性肾病 肾小管功能障碍为中毒性肾病的特征性表现。

6.5.4.1 轻度中毒性肾病

a) 近曲小管损伤：尿 β_2 微球蛋白持续 >1000μg/g 肌酐，可见葡萄糖尿和氨基酸尿，尿钠排出增加，临床症状不明显；

b) 远曲小管损伤：肾脏浓缩功能降低，尿液稀释（尿渗透压持续 <350mOsm/kg·H_2O），尿液碱化（尿液 pH 持续 >6.2）。

6.5.4.2 重度中毒性肾病

除上述表现外，尚可波及肾小球，引起白蛋白尿（持续 >150mg/24h），甚至肾功能不全。

6.5.5 肾功能不全

6.5.5.1 肾功能不全尿毒症期 内生肌酐清除率 <25mL/min，血肌酐浓度为 450μmol/L ~ 707μmol/L（5mg/dL ~ 8mg/dL），血尿素氮浓度 >21.4mmol/L（60mg/dL），常伴有酸中毒及严重尿毒症临床症象。

6.5.5.2 肾功能不全失代偿期 内生肌酐清除率 25mL/min ~ 49mL/min，血肌酐浓度 > 177μmol/L（2mg/dL），但 < 450μmol/L（5mg/dL），无明显临床症状，可有轻度贫血、夜尿、多尿。

6.5.5.3 肾功能不全代偿期 内生肌酐清除率降低至正常的 50%（50mL/min ~ 70mL/min），血肌酐及血尿素氮水平正常，通常无明显临床症状。

6.5.6 中毒性血液病诊断分级

6.5.6.1 重新再生障碍性贫血

急性再生障碍性贫血及慢性再生障碍性贫血病情恶化期

a) 临床：发病急，贫血呈进行性加剧，常伴严重感染，内脏出血；

b) 血象：除血红蛋白下降较快外，须具备下列三项中之二项：

1) 网织红细胞 <1%，含量 < 15 × 10^9/L；

2) 白细胞明显减少，中性粒细胞绝对值 <0.5 × 10^9/L；

3) 血小板 <20 × 10^9/L。

c) 骨髓象

1) 多部位增生减低，三系造血细胞明显减少，非造血细胞增多。如增生活跃须有淋巴细胞增多；

2) 骨髓小粒中非造血细胞及脂肪细胞增多。

6.5.6.2 慢性再生障碍性贫血

a) 临床：发病慢，贫血、感染、出血均较轻。

b) 血象：血红蛋白下降速度较慢，网织红细胞、白细胞、中性粒细胞及血小板值常较急性再生障碍性贫血为高。

c) 骨髓象

1) 三系或二系减少，至少一个部位增生不良，如增生良好，红系中常有晚幼红（炭核）比例增多，巨核细胞明显减少。

2)　骨髓小粒中非造血细胞及脂肪细胞增多。

6.5.6.3　骨髓增生异常综合症

须具备以下条件：

a)　骨髓至少两系呈病态造血；

b)　外周血一系、二系或全血细胞减少，偶可见白细胞增多，可见有核红细胞或巨大红细胞或其他病态造血现象；

c)　除外其他引起病态造血的疾病。

6.5.6.4　贫血

重度贫血：血红蛋白含理（Hb）$< 60g/L$，红细胞含量（RBC）$< 2.5 \times 10^{12}/L$；

轻度贫血：成年男性 Hb $< 120g/L$，RBC $< 4.5 \times 10^{12}/L$ 及红细胞比积（HCT）< 0.42，成年女性 Hb $< 11g/L$，RBC $< 4.0 \times 10^{12}/L$ 及 HCT < 0.37。

6.5.6.5　粒细胞缺乏症

外周血中性粒细胞含量低于 $0.5 \times 10^9/L$。

6.5.6.6　中性粒细胞减少症

外周血中性粒细胞含量低于 $2.0 \times 10^9/L$。

6.5.6.7　白细胞减少症

外周血白细胞含量低于 $4.0 \times 10^9/L$。

6.5.6.8　血小板减少症

外周血液血小板计数 $< 8 \times 10^{10}/L$，称血小板减少症；当 $< 4 \times 10^{10}/L$ 以下时，则有出血危险。

6.5.7　再生障碍性贫血完全缓解

贫血和出血症状消失，血红蛋白含量：男不低于 $120g/L$，女不低于 $100g/L$；白细胞含量 $4 \times 10^9/L$ 左右；血小板含量达 $8 \times 10^{10}/L$；3 个月内不输血，随访 1 年以上无复发者。

6.5.8　急性白血病完全缓解

a)　骨髓象：原粒细胞 I 型 + II 型（原单 + 幼稚单核细胞或原淋 + 幼稚淋巴细胞）$\leqslant 5\%$，红细胞及巨核细胞系正常。

M2b 型：原料 I 型 + II 型 $\leqslant 5\%$，中性

中幼粒细胞比例在正常范围。

M3 型：原粒 + 早幼粒 $< 5\%$。

M4 型：原粒 I、II 型 + 原红及幼单细胞 $\leqslant 5\%$。

M6 型：原粒 I、II 型 $\leqslant 5\%$，原红 + 幼红以及红细胞比例基本正常。

M7 型：粒、红二系比例正常，原巨 + 幼稚巨核细胞基本消失。

b)　血象：男 Hb 含量 $\geqslant 100g/L$ 或女 Hb 含量 $\geqslant 90g/L$；中性粒细胞含量 $\geqslant 1.5 \times 10^9/L$；血小板含量 $\geqslant 10 \times 10^{10}/L$；外周血分类无白血病细胞。

c)　临床无白血病浸润所致的症状和体征，生活正常或接近正常。

6.5.9　慢性粒细胞白血病完全缓解

a)　临床：无贫血、出血、感染及白血病细胞浸润表现。

b)　血象：Hb 含量 $> 100 g/L$，白细胞总数（WBC）$< 10 \times 10^{10}/L$，分类无幼稚细胞，血小板含量 $10 \times 10^{10}/L \sim 40 \times 10^{10}/L$。

c)　骨髓象：正常。

6.5.10　慢性淋巴细胞白血病完全缓解

外周血白细胞含量 $\leqslant 10 \times 10^9/L$，淋巴细胞比例正常（或 $< 40\%$），骨髓淋巴细胞比例正常（或 $< 30\%$）临床症状消失，受累淋巴结和肝脾回缩至正常。

6.5.11　慢性中毒性肝病诊断分级

6.5.11.1　慢性轻度中毒性肝病

出现乏力、食欲减退、恶心、上腹饱胀或肝区疼痛等症状，肝脏肿大，质软或柔韧，有压痛；常规肝功能试验或复筛肝功能试验异常。

6.5.11.2　慢性中度中毒性肝病

a)　上述症状较严重，肝脏有逐步缓慢性肿大或质地有变硬趋向，伴有明显压痛。

b)　乏力及胃肠道症状较明显，血清转氨酶活性、γ-谷氨酰转肽酶或 γ-球蛋白等反复异常或持续升高。

c)　具有慢性轻度中毒性肝病的临床

表现，伴有脾脏肿大。

6.5.11.3 慢性重度中毒性肝病

有下述表现之一者：

a) 肝硬化；

b) 伴有较明显的肾脏损害；

c) 在慢性中度中毒性肝病的基础上，出现白蛋白持续降低及凝血机制紊乱。

6.5.12 慢性肾上腺皮质功能减退

6.5.12.1 功能明显减退

a) 乏力，消瘦，皮肤、黏膜色素沉着，白癜，血压降低，食欲不振；

b) 24 h 尿中 17-羟类固醇 <4 mg，17-酮类固醇 <10 mg；

c) 血浆皮质醇含量 早上 8 时，<9 mg/100mL，下午 4 时，<3mg/100mL；

d) 尿中皮质醇 <5 mg/24 h。

6.5.12.2 功能轻度减退

a) 具有 6.5.12.1b)、c) 两项；

b) 无典型临床症状。

6.5.13 免疫功能减低

6.5.13.1 功能明显减低

a) 表现为易于感染，全身抵抗力下降；

b) 体液免疫（各类免疫球蛋白）及细胞免疫（淋巴细胞亚群测定及周围血白细胞总数和分类）功能减退。

6.5.13.2 功能轻度减低

a) 具有 6.5.13.1b) 项；

b) 无典型临床症状。

附 录 A
（规范性附录）
判定基准的补充

A.1 智能损伤

a) 症状标准

1) 记忆减退，最明显的是学习新事物的能力受损；

2) 以思维和信息处理过程减退为特征的智能损害，如抽象概括能力减退，难以解释成语、谚语，掌握词汇量减少，不能理解抽象意义的词汇，难以概括同类事物的共同特征，或判断力减退；

3) 情感障碍，如抑郁、淡漠，或敌意增加等；

4) 意志减退，如懒散、主动性降低；

5) 其他高级皮层功能受损，如失语、失认、失用，或人格改变等；

6) 无意识障碍。

b) 严重标准

日常生活或社会功能受损。

c) 病程标准

符合症状标准和严重标准至少已 6 个月。

A.2 特殊类型意识障碍

意识是急性器质性脑功能障碍的临床表现。如持续性植物状态、去皮层状态、动作不能性缄默等常常长期存在，久治不愈。遇到这类意识障碍，因患者生活完全不能自理，一切需别人照料，应评为最重级。

A.3 与工伤、职业病相关的精神障碍的认定

a) 精神障碍的发病基础需有工伤、职业病的存在；

b) 精神障碍的起病时间需与工伤、职业病的发生相一致；

c) 精神障碍应随着工伤、职业病的改善和缓解而恢复正常；

d) 无证据提示精神障碍的发病有其他原因（如强阳性家族病史）。

A.4 继发于工伤或职业病的癫痫

要有工伤或职业病的确切病史，有医师或其他目击者叙述或证明有癫痫的临床表现，脑电图显示异常，方可诊断。

A.5　神经心理学障碍

指局灶性皮层功能障碍，内容包括失语、失用、失写、失读、失认等，前三者即在没有精神障碍、感觉缺失和肌肉瘫痪的条件下，患者失去用言语或文字去理解或表达思想的能力（失语），或失去按意图利用物体来完成有意义的动作的能力（失用），或失去书写文字的能力（失写）。失读指患者看见文字符号的形象，读不出字音，不了解意义，就像文盲一样。失认指某一种特殊感觉的认知障碍，如视觉失认就是失读。临床上以失语为最常见，其他较少单独出现。

A.6　创伤性骨关节炎（骨质增生）评定时的年龄界定

年龄大于 50 岁者的骨关节炎是否确定为创伤性骨关节炎应慎重，因为普通人 50 岁以后骨性关节炎发病率已明显增高。故评残时必须考虑年龄因素。

A.7　女性面部毁容年龄界定

40 周岁以下的女职工发生面部毁容，含单项鼻缺损、颌面部缺损（不包括耳廓缺损）和面瘫，按其伤残等级晋一级。晋级后之新等级不因年龄增长而变动。

A.8　视力减弱补偿率

视力减弱补偿率是眼科致残评级依据之一。从表 A.1 中提示，双眼视力等于 0.8，其补偿率为 0，而当一眼视力 < 0.05，另一眼视力等于 0.05 时，其补偿率为百分之一百。余可类推。

表 A.1　视力减弱补偿率

左眼		右　眼												
		6/6	5/6	6/9	5/9	6/12	6/18	6/24	6/36		6/60	4/60	3/60	
		1~0.9	0.8	0.6	0.6	0.5	0.4	0.3	0.2	0.15	0.1	1/15	1/20	<1/120
6/6	1~0.9	0	0	2	3	4	6	9	12	16	20	23	25	27
5/6	0.8	0	0	4	5	5	7	10	14	18	22	24	26	28
6/9	0.7	2	3	4	5	6	8	12	16	20	24	26	28	30
5/9	0.6	3	4	5	6	7	10	14	19	22	26	29	32	35
6/12	0.5	4	5	6	7	8	12	17	22	25	28	32	36	40
6/18	0.4	6	7	8	10	12	16	20	25	28	31	35	40	45
6/24	0.3	9	10	12	14	17	20	25	33	38	42	47	52	60
6/36	0.2	12	14	16	19	22	25	33	47	55	60	67	75	80
	0.15	16	18	20	22	25	28	38	55	63	70	78	83	83
6/60	0.1	20	22	24	26	28	31	42	60	70	80	80	90	95
4/60	1/15	23	24	26	29	32	35	47	67	78	85	92	95	98
3/60	1/20	25	26	28	32	36	40	52	75	83	90	95	98	100
	<1/120	27	28	30	35	40	45	60	80	88	95	98	100	100

A.9　无晶体眼的视觉损伤程度评价

因工伤或职业病导致眼晶体摘除，除了导致视力障碍外，还分别影响到患者视野及立体视觉功能，因此，对无晶体眼中心视力（矫正后）的有效值的计算要低于正常晶体眼。计算办法可根据无晶体眼的只数和无晶体眼分别进行视力最佳矫正（包括戴眼镜或接触镜和植入人工晶体）后，与正常晶体眼，依视力递减受损程度百分比进行比较来确定无晶体眼视觉障碍的程度，见表A.2。

表A.2　无晶体眼视觉损伤程度评价参考表

视力	无晶体眼中心视力有效值百分比		
	晶体眼	单眼无晶体	双眼无晶体
1.2	100	50	75
1.0	100	50	75
0.8	95	47	71
0.6	90	45	67
0.5	85	42	64
0.4	75	37	56
0.3	65	32	49
0.25	60	30	45
0.20	50	25	37
0.15	40	20	30
0.12	30	—	22
0.1	20	—	—

A.10　面神经损伤的评定

面神经损伤分中枢性（核上性）和外周性损伤。本标准所涉及到的面神经损伤主要指外周性（核下性）病变。

一侧完全性面神经损伤系指面神经的五个分支支配的全部颜面肌肉瘫痪，表现为：

a)　额纹消失，不能皱眉；

b)　眼睑不能充分闭合，鼻唇沟变浅；

c)　口角下垂，不能示齿、鼓腮、吹口哨，饮食时汤水流逸。

不完全性面神经损伤系指面神经额枝损伤或下颌枝损伤或颧枝和颊枝损伤者。

A.11　脾切除年龄界定

脾外伤全切除术评残时，青年指年龄在35岁以下者，成人指年龄在35岁以上者。

A.12　肾损伤性高血压判定

肾损伤所致高血压系指血压的两项指标（收缩压≥21.3kPa，舒张压≥12.7kPa）只须具备一项即可成立。

A.13　非职业病内科疾病的评残

由职业因素所致内科以外的，且属于卫生部颁布的职业病名单中的病伤，在经治疗于停工留薪期满时其致残等级皆根据附录B中表B.1～表B.5部分中相应的残情进行鉴定，其中因职业肿瘤手术所致的残情，参照主要受损器官的相应条目进行评定。

A.14 瘢痕诊断界定

指创面愈合后的增生性瘢痕，不包括皮肤平整、无明显质地改变的萎缩性瘢痕或疤痕。

附　录　B
（规范性附录）
劳动能力鉴定——职工工伤与职业病致残等级分级

B.1　分级系列

a)　一级

1)　极重度智能损伤；

2)　四肢瘫肌力≤3级或三肢瘫肌力≤2级；

3)　颈4以上截瘫，肌力≤2级；

4)　重度运动障碍（非肢体瘫）；

5)　面部重度毁容，同时伴有表B.2中二级伤残之一者；

6)　全身重度瘢痕形成，占体表面积≥90%，伴有脊柱及四肢大关节活动功能基本丧失；

7)　双肘关节以上缺失或功能完全丧失；

8)　双下肢高位缺失及一上肢高位缺失；

9)　双下肢及一上肢严重瘢痕畸形，活动功能丧失；

10)　双眼无光感或仅有光感但光定位不准者；

11)　肺功能重度损伤和呼吸困难Ⅳ级，需终生依赖机械通气；

12)　双肺或心肺联合移植术；

13)　小肠切除≥90%；

14)　肝切除后原位肝移植；

15)　胆道损伤原位肝移植；

16)　全胰切除；

17)　双侧肾切除或孤肾切除术后，用透析维持或同种肾移植术后肾功能不全尿毒

症期；

18)　尘肺Ⅲ期伴肺功能重度损伤及/或重度低氧血症 [po_2 < 5.3 kPa (40mmHg)]；

19)　其他职业性肺部疾患，伴肺功能重度损伤及/或重度低氧血症 [po_2 < 5.3 kPa (40mmHg)]；

20)　放射性肺炎后，两叶以上肺纤维化伴重度低氧血症 [po_2 < 5.3 kPa (40 mmHg)]；

21)　职业性肺癌伴肺功能重度损伤；

22)　职业性肝血管肉瘤，重度肝功能损害；

23)　肝硬化伴食道静脉破裂出血，肝功能重度损害；

24)　肾功能不全尿毒症期，内生肌酐清除率持续 < 10 mL/min，或血浆肌酐水平持续 > 707/μmol/L (8 mg/dL)。

b)　二级

1)　重度智能损伤；

2)　三肢瘫肌力3级；

3)　偏瘫肌力≤2级；

4)　截瘫肌力≤2级；

5)　双手全肌瘫肌力≤3级；

6)　完全感觉性或混合性失语；

7)　全身重度瘢痕形成，占体表面积≥80%，伴有四肢大关节中3个以上活动功能受限；

8)　全面部瘢痕或植皮伴有重度毁容；

9)　双侧前臂缺失或双手功能完全丧失；

10)　双下肢高位缺失；

11)　双下肢瘢痕畸形，功能完全丧失；

12)　双膝双踝僵直于非功能位；

13)　双膝以上缺失；

14)　双膝、踝关节功能完全丧失；

15)　同侧上、下肢瘢痕畸形，功能完全丧失；

16)　四肢大关节（肩、髋、膝、肘）

中四个以上关节功能完全丧失者；

17）　一眼有或无光感，另眼矫正视力≤0.02，或视野≤8%（或半径≤5°）；

18）　无吞咽功能，完全依赖胃管进食；

19）　双侧上颌骨完全缺损；

20）　双侧下颌骨完全缺损；

21）　一侧上颌骨及对侧下颌骨完全缺损，并伴有颜面软组织缺损>30 cm²；

22）　一侧全肺切除并胸廓成形术，呼吸困难Ⅲ级；

23）　心功能不全三级；

24）　食管闭锁或损伤后无法行食管重建术，依赖胃造瘘或空肠造瘘进食；

25）　小肠切除3/4，合并短肠综合症；

26）　肝切除3/4，并肝功能重度损害；

27）　肝外伤后发生门脉高压三联症或发生Budd–chiari综合征；

28）　胆道损伤致肝功能重度损害；

29）　胰次全切除，胰腺移植术后；

30）　孤肾部分切除后，肾功能不全失代偿期；

31）　肺功能重度损伤及/或重度低氧血症；

32）　尘肺Ⅲ期伴肺功能中度损伤及/或中度低氧血症；

33）　尘肺Ⅱ期伴肺功能重度损伤及/或重度低氧血症[po₂<5.3 kPa（40mmHg）]；

34）　尘肺Ⅲ期伴活动性肺结核；

35）　职业性肺癌或胸膜间皮瘤；

36）　职业性急性白血病；

37）　急性重型再生障碍性贫血；

38）　慢性重度中毒性肝病；

39）　肝血管肉瘤；

40）　肾功能不全尿毒症期，内生肌酐清除率<25 mL/min或血浆肌酐水平持续>450μmol/L（5 mg/dL）；

41）　职业性膀胱癌；

42）　放射性肿瘤。

c）　三级

1）　精神病性症状表现为危险或冲动行为者；

2）　精神病性症状致使缺乏生活自理能力者；

3）　重度癫痫；

4）　偏瘫肌力3级；

5）　截瘫肌力3级；

6）　双足全肌瘫肌力≤2级；

7）　中度运动障碍（非肢体瘫）；

8）　完全性失用、失写、失读、失认等具有两项及两项以上者；

9）　全身重度瘢痕形成，占体表面积≥70%，伴有四肢大关节中2个以上活动功能受限；

10）　面部瘢痕或植皮≥2/3并有中度毁容；

11）　一手缺失，另一手拇指缺失；

12）　双手拇、食指缺失或功能完全丧失；

13）　一侧肘上缺失；

14）　一手功能完全丧失，另一手拇指对掌功能丧失；

15）　双髋、双膝关节中，有一个关节缺失或无功能及另一关节伸屈活动达不到0°~90°者；

16）　一侧髋、膝关节畸形，功能完全丧失；

17）　非同侧腕上、踝上缺失；

18）　非同侧上、下肢瘢痕畸形，功能完全丧失；

19）　一眼有或无光感，另眼矫正视力≤0.05或视野≤16%（半径≤10°）；

20）　双眼矫正视力<0.05或视野≤16%（半径≤10°）；

21）　一侧眼球摘除或眶内容剜出，另眼矫正视力<0.1或视野≤24%（或半径≤15°）；

22) 呼吸完全依赖气管套管或造口；

23) 静止状态下或仅轻微活动即有呼吸困难（喉源性）；

24) 同侧上、下颌骨完全缺损；

25) 一侧上颌骨完全缺损，伴颜面部软组织缺损 >30cm²；

26) 一侧下颌骨完全缺损，伴颜面部软组织缺损 >30cm²；

27) 舌缺损 >全舌的2/3；

28) 一侧全肺切除并胸廓成形术；

29) 一侧胸廓成形术，肋骨切除6根以上；

30) 一侧全肺切除并隆凸切除成形术；

31) 一侧全肺切除并血管代用品重建大血管术；

32) Ⅲ度房室传导阻滞；

33) 肝切除2/3，并肝功能中度损害；

34) 胰次全切除，胰岛素依赖；

35) 一侧肾切除，对侧肾功能不全失代偿期；

36) 双侧输尿管狭窄，肾功能不全失代偿期；

37) 永久性输尿管腹壁造瘘；

38) 膀胱全切除；

39) 尘肺Ⅲ期；

40) 尘肺Ⅱ期伴肺功能中度损伤及（或）中度低氧血症；

41) 尘肺Ⅱ期合并活动性肺结核；

42) 放射性肺炎后两叶肺纤维化，伴肺功能中度损伤及（或）中度低氧血症；

43) 粒细胞缺乏症；

44) 再生障碍性贫血；

45) 职业性慢性白血病；

46) 中毒性血液病，骨髓增生异常综合征；

47) 中毒性血液病，严重出血或血小板含量 ≤2×10¹⁰/L；

48) 砷性皮肤癌；

49) 放射性皮肤癌。

d) 四级

1) 中度智能损伤；

2) 精神病性症状致使缺乏社交能力者；

3) 单肢瘫肌力 ≤2 级；

4) 双手部分肌瘫肌力 ≤2 级；

5) 一手全肌瘫肌力 ≤2 级；

6) 脑脊液漏伴有颅底骨缺损不能修复或反复手术失败；

7) 面部中度毁容；

8) 全身瘢痕面积 ≥60%，四肢大关节中1个关节活动功能受限；

9) 面部瘢痕或植皮 ≥1/2 并有轻度毁容；

10) 双拇指完全缺失或无功能；

11) 一侧手功能完全丧失，另一手部分功能丧失；

12) 一侧膝以下缺失，另一侧前足缺失；

13) 一侧膝以上缺失；

14) 一侧踝以下缺失，另一足畸形行走困难；

15) 双膝以下缺失或无功能；

16) 一眼有或无光感，另眼矫正视力 <0.2 或视野 ≤32%（或半径 ≤20°）；

17) 一眼矫正视力 <0.05，另眼矫正视力 ≤0.1；

18) 双眼矫正视力 <0.1 或视野 ≤32%（或半径 ≤20°）；

19) 双耳听力损失 ≥91dB；

20) 牙关紧闭或因食管狭窄只能进流食；

21) 一侧上颌骨缺损1/2，伴颜面部软组织缺损 >20cm²；

22) 下颌骨缺损长 6cm 以上的区段，伴口腔、颜面软组织缺损 >20cm²；

23) 双侧颞下颌关节骨性强直，完全不能张口；

24) 面颊部洞穿性缺损 >20cm²；

25） 双侧完全性面瘫；

26） 一侧全肺切除术；

27） 双侧肺叶切除术；

28） 肺叶切除后并胸廓成形术后；

29） 肺叶切除并隆凸切除成形术后；

30） 一侧肺移植术；

31） 心瓣膜置换术后；

32） 心功能不全二级；

33） 食管重建术后吻合口狭窄，仅能进流食者；

34） 全胃切除；

35） 胰头、十二指肠切除；

36） 小肠切除 3/4；

37） 小肠切除 2/3，包括回盲部切除；

38） 全结肠、直肠、肛门切除，回肠造瘘；

39） 外伤后肛门排便重度障碍或失禁；

40） 肝切除 2/3；

41） 肝切除 1/2，肝功能轻度损害；

42） 胆道损伤致肝功能中度损害；

43） 甲状旁腺功能重度损害；

44） 肾修补术后，肾功能不全失代偿期；

45） 输尿管修补术后，肾功能不全失代偿期；

46） 永久性膀胱造瘘；

47） 重度排尿障碍；

48） 神经原性膀胱，残余尿≥50mL；

49） 尿道狭窄，需定期行扩张术；

50） 双侧肾上腺缺损；

51） 未育妇女双侧卵巢切除；

52） 尘肺Ⅱ期；

53） 尘肺Ⅰ期伴肺功能中度损伤或中度低氧血症；

54） 尘肺Ⅰ期伴活动性肺结核；

55） 病态窦房结综合征（需安装起搏器者）；

56） 肾上腺皮质功能明显减退；

57） 免疫功能明显减退。

e） 五级

1） 癫痫中度；

2） 四肢瘫肌力 4 级；

3） 单肢瘫肌力 3 级；

4） 双手部分肌瘫肌力 3 级；

5） 一手全肌瘫肌力 3 级；

6） 双足全肌瘫肌力 3 级；

7） 完全运动性失语；

8） 完全性失用、失写、失读、失认等具有一项者；

9） 不完全性失用、失写、失读、失认等具有多项者；

10） 全身瘢痕占体表面积≥50%，并有关节活动功能受限；

11） 面部瘢痕或植皮≥1/3 并有毁容标准之一项；

12） 脊柱骨折后遗 30°以上侧弯或后凸畸形，伴严重根性神经痛（以电生理检查为依据）；

13） 一侧前臂缺失；

14） 一手功能完全丧失；

15） 肩、肘、腕关节之一功能完全丧失；

16） 一手拇指缺失，另一手除拇指外三指缺失；

17） 一手拇指无功能，另一手除拇指外三指功能丧失；

18） 双前足缺失或双前足瘢痕畸形，功能完全丧失；

19） 双跟骨足底软组织缺损瘢痕形成，反复破溃；

20） 一髋（或一膝）功能完全丧失；

21） 一侧膝以下缺失；

22） 第Ⅲ对脑神经麻痹；

23） 双眼外伤性青光眼术后，需用药物维持眼压者；

24） 一眼有或无光感，另眼矫正视力≤0.3 或视野≤40%（或半径≤25°）；

25） 一眼矫正视力＜0.05，另眼矫正视力≤0.2~0.25；

26) 一眼矫正视力<0.1，另眼矫正视力等于0.1；

27) 双眼视野≤40%（或半径≤25°）；

28) 一侧眼球摘除者；

29) 双耳听力损失≥81 dB；

30) 一般活动及轻工作时有呼吸困难；

31) 吞咽困难，仅能进半流食；

32) 双侧喉返神经损伤，喉保护功能丧失致饮食呛咳、误吸；

33) 一侧上颌骨缺损>1/4，但<1/2，伴软组织缺损>10cm²，但<20 cm²；

34) 下颌骨缺损长4 cm以上的区段，伴口腔、颜面软组织缺损>10 cm²；

35) 舌缺损>1/3，但<2/3；

36) 一侧完全面瘫，另一侧不完全面瘫；

37) 双肺叶切除术；

38) 肺叶切除术并血管代用品重建大血管术；

39) 隆凸切除成形术；

40) 食管重建术后吻合口狭窄，仅能进半流食者；

41) 食管气管（或支气管）瘘；

42) 食管胸膜瘘；

43) 胃切除3/4；

44) 十二指肠憩室化；

45) 小肠切除2/3，包括回肠大部；

46) 直肠、肛门切除，结肠部分切除，结肠造瘘；

47) 肝切除1/2；

48) 胰切除2/3；

49) 甲状腺功能重度损害；

50) 一侧肾切除，对侧肾功能不全代偿期；

51) 一侧输尿管狭窄，肾功能不全代偿期；

52) 尿道瘘不能修复者；

53) 两侧睾丸、副睾丸缺损；

54) 生殖功能重度损伤；

55) 双侧输精管缺损，不能修复；

56) 阴茎全缺损；

57) 未育妇女子宫切除或部分切除；

58) 已育妇女双侧卵巢切除；

59) 未育妇女双侧输卵管切除；

60) 阴道闭锁；

61) 会阴部瘢痕挛缩伴有阴道或尿道或肛门狭窄；

62) 未育妇女双侧乳腺切除；

63) 肺功能中度损伤；

64) 中度低氧血症；

65) 莫氏Ⅱ型Ⅱ度房室传导阻滞；

66) 病态窦房结综合征（不需安起博器者）；

67) 中毒性血液病，血小板减少（≤4×10¹⁰/L）并有出血倾向；

68) 中毒性血液病，白细胞含量持续<3×10⁹/L（<3 000/mm³）或粒细胞含量<1.5×10⁹/L（1 500/mm³）；

69) 慢性中度中毒性肝病；

70) 肾功能不全失代偿期，内生肌酐清除率持续<50 mL/min或血浆肌酐水平持续>177/μmol/L（>2 mg/dL）；

71) 放射性损伤致睾丸萎缩；

72) 慢性重度磷中毒；

73) 重度手臂振动病。

f) 六级

1) 轻度智能损伤；

2) 精神病性症状影响职业劳动能力者；

3) 三肢瘫肌力4级；

4) 截瘫双下肢肌力4级伴轻度排尿障碍；

5) 双手全肌瘫肌力4级；

6) 双足部分肌瘫肌力≤2级；

7) 单足全肌瘫肌力≤2级；

8) 轻度运动障碍（非肢体瘫）；

9) 不完全性失语；

10) 面部重度异物色素沉着或脱失；

11) 面部瘢痕或植皮≥1/3；

12) 全身瘢痕面积≥40%；

13) 撕脱伤后头皮缺失1/5以上；

14) 脊柱骨折后遗小于30°畸形伴根性神经痛（神经电生理检查不正常）；

15) 单纯一拇指完全缺失，或连同另一手非拇指二指缺失；

16) 一拇指功能完全丧失，另一手除拇指外有二指功能完全丧失；

17) 一手三指（含拇指）缺失；

18) 除拇指外其余四指缺失或功能完全丧失；

19) 一侧踝以下缺失；

20) 一侧踝关节畸形，功能完全丧失；

21) 下肢骨折成角畸形>15°，并有肢体短缩4cm以上；

22) 一前足缺失，另一足仅残留拇趾；

23) 一前足缺失，另一足除拇趾外，2~5趾畸形，功能丧失；

24) 一足功能丧失，另一足部分功能丧失；

25) 一髋或一膝关节伸屈活动达不到0°~90°者；

26) 单侧跟骨足底软组织缺损瘢痕形成，反复破溃；

27) 一眼有或无光感，另一眼矫正视力≥0.4；

28) 一眼矫正视力≤0.05，另一眼矫正视力≥0.3；

29) 一眼矫正视力≤0.1，另一眼矫正视力≥0.2；

30) 双眼矫正视力≤0.2或视野≤48%（或半径≤30°）；

31) 第Ⅳ或第Ⅵ对脑神经麻痹，或眼外肌损伤致复视的；

32) 双耳听力损失≥71 dB；

33) 双侧前庭功能丧失，睁眼行走困难，不能并足站立；

34) 单侧或双侧颞下颌关节强直，张口困难Ⅲ°；

35) 一侧上颌骨缺损1/4，伴口腔、颜面软组织缺损>10cm²；

36) 面部软组织缺损>20 cm²，伴发涎瘘；

37) 舌缺损>1/3，但<1/2；

38) 双侧颧骨并颧弓骨折，伴有开口困难Ⅱ°以上及颜面部畸形经手术复位者；

39) 双侧下颌骨髁状突颈部骨折，伴有开口困难Ⅱ°以上及咬合关系改变，经手术治疗者；

40) 一侧完全性面瘫；

41) 肺叶切除并肺段或楔形切除术；

42) 肺叶切除并支气管成形术后；

43) 支气管（或气管）胸膜瘘；

44) 冠状动脉旁路移植术；

45) 血管代用品重建大血管；

46) 胃切除2/3；

47) 小肠切除1/2，包括回肠部；

48) 肛门外伤后排便轻度障碍或失禁；

49) 肝切除1/3；

50) 胆道损伤致肝功能轻度损伤；

51) 腹壁缺损面积≥腹壁的1/4；

52) 胰切除1/2；

53) 青年脾切除；

54) 甲状腺功能中度损害；

55) 甲状旁腺功能中度损害；

56) 肾损伤性高血压；

57) 膀胱部分切除合并轻度排尿障碍；

58) 两侧睾丸创伤后萎缩，血睾酮低于正常值；

59) 生殖功能轻度损伤；

60) 阴茎部分缺损；

61) 已育妇女双侧乳腺切除；

62) 女性双侧乳房完全缺损或严重瘢痕畸形；

63) 尘肺 I 期伴肺功能轻度损伤及（或）轻度低氧血症；

64) 放射性肺炎后肺纤维化（＜两叶），伴肺功能轻度损伤及（或）轻度低氧血症；

65) 其他职业性肺部疾患，伴肺功能轻度损伤；

66) 白血病完全缓解；

67) 中毒性肾病，持续性低分子蛋白尿伴白蛋白尿；

68) 中毒性肾病，肾小管浓缩功能减退；

69) 肾上腺皮质功能轻度减退；

70) 放射性损伤致甲状腺功能低下；

71) 减压性骨坏死Ⅲ期；

72) 中度手臂振动病；

73) 工业性氟病Ⅲ期。

g) 七级

1) 偏瘫肌力 4 级；

2) 截瘫肌力 4 级；

3) 单手部分肌瘫肌力 3 级；

4) 双足部分肌瘫肌力 3 级；

5) 单足全肌瘫肌力 3 级；

6) 中毒性周围神经病重度感觉障碍；

7) 不完全性失用、失写、失读和失认等具有一项者；

8) 符合重度毁容标准之二项者；

9) 烧伤后颅骨全层缺损≥30cm²，或在硬脑膜上植皮面积≥10cm²；

10) 颈部瘢痕孪缩，影响颈部活动；

11) 全身瘢痕面积≥30%；

12) 面部瘢痕、异物或植皮伴色素改变占面部的 10% 以上；

13) 女性两侧乳房部分缺损；

14) 骨盆骨折后遗产道狭窄（未育者）；

15) 骨盆骨折严重移位，症状明显者；

16) 一拇指间关节离断；

17) 一拇指间关节畸形，功能完全丧失；

18) 一手除拇指外，其他 2～3 指（含食指）近侧指间关节离断；

19) 一手除拇指外，其他 2～3 指（含食指）近侧指间关节功能丧失；

20) 肩、肘、腕关节之一损伤后活动度未达功能位者；

21) 一足 1～5 趾缺失；

22) 一足除拇趾外，其他四趾瘢痕畸形，功能完全丧失；

23) 一前足缺失；

24) 四肢大关节人工关节术后，基本能生活自理；

25) 四肢大关节创伤性关节炎，长期反复积液；

26) 下肢伤后短缩＞2cm，但＜3cm者；

27) 膝关节韧带损伤术后关节不稳定，伸屈功能正常者；

28) 一眼有或无光感，另眼矫正视力≥0.8；

29) 一眼有或无光感，另一眼各种客观检查正常；

30) 一眼矫正视力≤0.05，另眼矫正视力≥0.6；

31) 一眼矫正视力≤0.1，另眼矫正视力≥0.4；

32) 双眼矫正视力≤0.3 或视野≤64%（或半径≤40°）；

33) 单眼外伤性青光眼术后，需用药物维持眼压者；

34) 双耳听力损失≥56 dB；

35) 咽成形术后，咽下运动不正常；

36) 牙槽骨损伤长度≥8 cm，牙齿脱落 10 个及以上；

37) 一侧颧骨并颧弓骨折；

38) 一侧下颌骨髁状突颈部骨折；

39) 双侧颧骨并颧弓骨折，无功能障碍者；

40) 单侧颧骨并颧弓骨折，伴有开口

困难Ⅱ°以上及颜面部畸形经手术复位者；

41）　双侧不完全性面瘫；

42）　肺叶切除术；

43）　限局性脓胸行部分胸廓成形术；

44）　气管部分切除术；

45）　肺功能轻度损伤；

46）　食管重建术后伴返流性食管炎；

47）　食管外伤或成形术后咽下运动不正常；

48）　胃切除1/2；

49）　小肠切除1/2；

50）　结肠大部分切除；

51）　肝切除1/4；

52）　胆道损伤，胆肠吻合术后；

53）　成人脾切除；

54）　胰切除1/3；

55）　一侧肾切除；

56）　膀胱部分切除；

57）　轻度排尿障碍；

58）　已育妇女子宫切除或部分切除；

59）　未育妇女单侧卵巢切除；

60）　已育妇女双侧输卵管切除；

61）　阴道狭窄；

62）　未育妇女单侧乳腺切除；

63）　尘肺Ⅰ期，肺功能正常；

64）　放射性肺炎后肺纤维化（＜两叶），肺功能正常；

65）　轻度低氧血症；

66）　心功能不全一级；

67）　再生障碍性贫血完全缓解；

68）　白细胞减少症，［含量持续＜4×10⁹/L（4 000/mm³）］；

69）　中性粒细胞减少症，［含量持续＜2×10⁹/L（2 000/mm³）］；

70）　慢性轻度中毒性肝病；

71）　肾功能不全代偿期，内生肌酐清除率＜70mL/min；

72）　三度牙酸蚀病。

h）　八级

1）　人格改变；

2）　单肢体瘫肌力4级；

3）　单手全肌瘫肌力4级；

4）　双手部分肌瘫肌力4级；

5）　双足部分肌瘫肌力4级；

6）　单足部分肌瘫肌力≤3级；

7）　脑叶切除术后无功能障碍；

8）　符合重度毁容标准之一项者；

9）　面部烧伤植皮≥1/5；

10）　面部轻度异物沉着或色素脱失；

11）　双侧耳廓部分或一侧耳廓大部分缺损；

12）　全身瘢痕面积≥20%；

13）　女性一侧乳房缺损或严重瘢痕畸形；

14）　一侧或双侧眼睑明显缺损；

15）　脊椎压缩骨折，椎体前缘总体高度减少1/2以上者；

16）　一手除拇、食指外，有两指近侧指间关节离断；

17）　一手除拇、食指外，有两指近侧指间关节无功能；

18）　一足拇趾缺失，另一足非拇趾一趾缺失；

19）　一足拇趾畸形，功能完全丧失，另一足非拇趾一趾畸形；

20）　一足除拇趾外，其他三趾缺失；

21）　因开放骨折感染形成慢性骨髓炎，反复发作者；

22）　四肢大关节创伤性关节炎，无积液；

23）　急性放射皮肤损伤Ⅳ度及慢性放射性皮肤损伤手术治疗后影响肢体功能；

24）　放射性皮肤溃疡经久不愈者；

25）　一眼矫正视力≤0.2，另眼矫正视力≥0.5；

26）　双眼矫正视力等于0.4；

27）　双眼视野≤80%（或半径≤50°）；

28）　一侧或双侧睑外翻或睑闭合不全者；

29) 上睑下垂盖及瞳孔 1/3 者;

30) 睑球粘连影响眼球转动者;

31) 外伤性青光眼行抗青光眼手术后眼压控制正常者;

32) 双耳听力损失≥41dB 或一耳≥91dB;

33) 体力劳动时有呼吸困难;

34) 发声及言语困难;

35) 牙槽骨损伤长度≥6cm,牙齿脱落 8 个及以上;

36) 舌缺损＜舌的 1/3;

37) 双侧鼻腔或鼻咽部闭锁;

38) 双侧颞下颌关节强直,张口困难Ⅱ°;

39) 上、下颌骨骨折,经牵引、固定治疗后有功能障碍者;

40) 双侧颧骨并颧弓骨折,无开口困难,颜面部凹陷畸形不明显,不需手术复位;

41) 肺段切除术;

42) 支气管成形术;

43) 双侧多根多处肋骨骨折致胸廓畸形;

44) 膈肌破裂修补术后,伴膈神经麻痹;

45) 心脏、大血管修补术;

46) 心脏异物滞留或异物摘除术;

47) 食管重建术后,进食正常者;

48) 胃部分切除;

49) 十二指肠带蒂肠片修补术;

50) 小肠部分切除;

51) 结肠部分切除;

52) 肝部分切除;

53) 胆道修补术;

54) 腹壁缺损面积＜腹壁的 1/4;

55) 脾部分切除;

56) 胰部分切除;

57) 甲状腺功能轻度损害;

58) 甲状旁腺功能轻度损害;

59) 输尿管修补术;

60) 尿道修补术;

61) 一侧睾丸、副睾丸切除;

62) 一侧输精管缺损,不能修复;

63) 性功能障碍;

64) 一侧肾上腺缺损;

65) 已育妇女单侧卵巢切除;

66) 已育妇女单侧输卵管切除;

67) 已育妇女单侧乳腺切除;

68) 其他职业性肺疾患,肺功能正常;

69) 中毒性肾病,持续低分子蛋白尿;

70) 慢性中度磷中毒;

71) 工业性氟病Ⅱ期;

72) 减压性骨坏死Ⅱ期;

73) 轻度手臂振动病;

74) 二度牙酸蚀。

i) 九级

1) 癫痫轻度;

2) 中毒性周围神经病轻度感觉障碍;

3) 脑挫裂伤无功能障碍;

4) 开颅手术后无功能障碍者;

5) 颅内异物无功能障碍;

6) 颈部外伤致颈总、颈内动脉狭窄,支架置入或血管搭桥手术后无功能障碍;

7) 符合中度毁容标准之二项或轻度毁容者;

8) 发际边缘瘢痕性秃发或其他部位秃发,需戴假发者;

9) 颈部瘢痕畸形,不影响活动;

10) 全身瘢痕占体表面积≥5%;

11) 面部有 ≥8cm² 或三处以上 ≥1cm² 的瘢痕;

12) 两个以上横突骨折后遗腰痛;

13) 三个节段脊柱内固定术;

14) 脊椎压缩前缘高度＜1/2 者;

15) 椎间盘切除术后无功能障碍;

16) 一拇指末节部分 1/2 缺失;

17) 一手食指 2～3 节缺失;

18) 一拇指指间关节功能丧失;

19) 一足拇趾末节缺失;

20) 除拇趾外其他二趾缺失或瘢痕畸

形，功能不全；

21） 跖骨或跗骨骨折影响足弓者；

22） 患肢外伤后一年仍持续存在下肢中度以上凹陷性水肿者；

23） 骨折内固定术后，无功能障碍者；

24） 外伤后膝关节半月板切除、髌骨切除、膝关节交叉韧带修补术后无功能障碍；

25） 第Ⅴ对脑神经眼支麻痹；

26） 眶壁骨折致眼球内陷、两眼球突出度相差 >2 mm 或错位变形影响外观者；

27） 一眼矫正视力 ≤0.3，另眼矫正视力 >0.6；

28） 双眼矫正视力等于 0.5；

29） 泪器损伤，手术无法改进溢泪者；

30） 双耳听力损失 ≥31dB 或一耳损失 ≥71dB；

31） 发声及言语不畅；

32） 铬鼻病有医疗依赖；

33） 牙槽骨损伤长度 >4cm，牙脱落 4 个及以上；

34） 上、下颌骨骨折，经牵引、固定治疗后无功能障碍者；

35） 肺修补术；

36） 肺内异物滞留或异物摘除术；

37） 膈肌修补术；

38） 限局性脓胸行胸膜剥脱术；

39） 食管修补术；

40） 胃修补术后；

41） 十二指肠修补术；

42） 小肠修补术后；

43） 结肠修补术后；

44） 肝修补术后；

45） 胆囊切除；

46） 开腹探查术后；

47） 脾修补术后；

48） 胰修补术后；

49） 肾修补术后；

50） 膀胱修补术后；

51） 子宫修补术后；

52） 一侧卵巢部分切除；

53） 阴道修补或成形术后；

54） 乳腺成形术后。

j） 十级

1） 符合中度毁容标准之一项者；

2） 面部有瘢痕，植皮，异物色素沉着或脱失 >2 cm²；

3） 全身瘢痕面积 <5%，但 ≥1%；

4） 外伤后受伤节段脊柱骨性关节炎伴腰痛，年龄在 50 岁以下者；

5） 椎间盘突出症未做手术者；

6） 一手指除拇指外，任何一指远侧指间关节离断或功能丧失；

7） 指端植皮术后（增生性瘢痕 1 cm² 以上）；

8） 手背植皮面积 >50 cm²，并有明显瘢痕；

9） 手掌、足掌植皮面积 >30% 者；

10） 除拇指外，余 3~4 指末节缺失；

11） 除拇趾外，任何一趾末节缺失；

12） 足背植皮面积 >100 cm²；

13） 膝关节半月板损伤、膝关节交叉韧带损伤未做手术者；

14） 身体各部位骨折愈合后无功能障碍；

15） 一手或两手慢性放射性皮肤损伤Ⅱ度及Ⅱ度以上者；

16） 一眼矫正视力 ≤0.5，另一眼矫正视力 ≥0.8；

17） 双眼矫正视力 ≤0.8；

18） 一侧或双侧睑外翻或睑闭合不全行成形手术后矫正者；

19） 上睑下垂盖及瞳孔 1/3 行成形手术后矫正者；

20） 睑球粘连影响眼球转动行成形手术后矫正者；

21） 职业性及外伤性白内障术后人工晶状体眼，矫正视力正常者；

22） 职业性及外伤性白内障，矫正视

力正常者；

23）晶状体部分脱位；

24）眶内异物未取出者；

25）眼球内异物未取出者；

26）外伤性瞳孔放大

27）角巩膜穿通伤治愈者；

28）双耳听力损失≥26 dB，或一耳≥56 dB，

29）双侧前庭功能丧失，闭眼不能并足站立；

30）铬鼻病（无症状者）；

31）嗅觉丧失；

32）牙齿除智齿以外，切牙脱落1个以上或其他牙脱落2个以上；

33）一侧颞下颌关节强直，张口困难I度；

34）鼻窦或面颊部有异物未取出；

35）单侧鼻腔或鼻孔闭锁；

36）鼻中隔穿孔；

37）一侧不完全性面瘫；

38）血、气胸行单纯闭式引流术后，胸膜粘连增厚；

39）开胸探查术后；

40）肝外伤保守治疗后；

41）胰损伤保守治疗后；

42）脾损伤保守治疗后；

43）肾损伤保守治疗后；

44）膀胱外伤保守治疗后；

45）卵巢修补术后；

46）输卵管修补术后；

47）乳腺修补术后；

48）免疫功能轻度减退；

49）慢性轻度磷中毒；

50）工业性氟病I期；

51）煤矿井下工人滑囊炎；

52）减压性骨坏死I期；

53）一度牙酸蚀病；

54）职业性皮肤病久治不愈。

B.2　分级表

表 B.1　神经内科、神经外科、精神科门

伤残类别		分级								
	1	2	3	4	5	6	7	8	9	10
智能损伤	极重度	重度	重度	中度		轻度				
精神症状			1. 精神病性症状表现为危险或冲动行为者 2. 精神病性症状致使缺乏自理能力者	精神病性症状致使缺乏社交能力者		精神病性症状影响职业劳动能力者		人格改变		
瘫痪			重度		中度				轻度	
运动障碍脑损伤	四肢瘫肌力≤3级或三肢瘫肌力≤2级	1. 三肢瘫肌力3级 2. 偏瘫肌力≤2级	偏瘫肌力3级	单肢瘫肌力≤2级	1. 四肢瘫肌力4级 2. 单肢瘫肌力3级	三肢瘫肌力4级	偏瘫肌力4级	单肢体瘫肌力4级		
脊髓损伤	颈4以上截瘫，肌力≤2级	截瘫肌力≤2级	截瘫肌力3级			截瘫双下肢肌力4级伴轻度排尿障碍	截瘫肌力4级			

表 B.1（续）

伤残类别	1	2	3	4	5	6	7	8	9	10
周围神经损伤		双手全肌肌力≤3级	双足全肌肌力≤2级	1. 双手部分肌力≤2级 2. 一手全肌肌力≤2级	1. 双手部分肌分力3级 2. 一手全肌肌力3级 3. 双足全肌肌力3级	1. 双手全肌肌力4级 2. 双足部分肌分力≤2级 3. 单足全肌肌力≤2级	1. 单手部分肌分力3级 2. 双足部分肌分力3级 3. 单足全肌瘫肌力3级 4. 中毒性周围神经病重度感觉障碍	1. 单手瘫肌力4级 2. 双手部分肌分力4级 3. 双足部分肌分力4级 4. 单足部分肌分力≤3级	中毒性周围神经病轻度感觉障碍	
非肢体瘫的运动障碍	重度		中度			轻度				
特殊皮层功能障碍 1. 失语		完全感觉性或混合性失语			完全运动性失语	不完全失语				

表 B.1(续)

伤残类别	分级									
	1	2	3	4	5	6	7	8	9	10
2. 失用、失写、失读、失认等			两项以上完全性		1. 单项完全性 2. 多项不完全性		单项不完全性			
颅脑损伤				脑脊液漏伴有颅底骨缺损不能修复,或反复手术失败				脑叶切除术后无功能障碍	1. 脑挫裂伤致无功能障碍 2. 开颅手术后无功能障碍 3. 颅内异物无功能障碍 4. 劲部外伤致颈总、颈内动脉狭窄,支架置入或血管搭桥手术后无功能障碍	

表 B.2 骨科、整形外科、烧伤科[门]

伤残类别	分级									
	1	2	3	4	5	6	7	8	9	10
头面部毁容	1. 面部重度毁容，同时伴有表B.2中一级伤残之一 2. 全身瘢痕形成，占体表面积90%，伴有四肢大关节活动功能基本丧失	1. 全身重度瘢痕形成，占体表面积80%，伴有四肢大关节中3个以上大关节活动功能受限 2. 全面部瘢痕或植皮伴有重度毁容	1. 全身重度瘢痕形成，占体表面积70%，伴有四肢大关节中2个以上活动功能受限 2. 面部瘢痕或植皮≥2/3并有中度毁容	1. 面部中度毁容 2. 全身瘢痕≥60%，四肢大关节中1个关节活动功能受限 3. 面部瘢痕或植皮≥1/2并有轻度毁容	1. 全身瘢痕占体表面积50%，并有关节活动功能受限 2. 面部瘢痕或植皮≥1/3并有毁容标准之一项	1. 面部重度异物着色或色素沉着脱失 2. 面部瘢痕或植皮≥1/3 3. 全身瘢痕面积40% 4. 撕脱伤后头皮缺失1/5以上 5. 女性两侧乳房缺损或严重瘢痕畸形	1. 符合重度毁容标准之一项者 2. 烧伤后颅骨全层缺损≥30cm²，或在硬脑膜上植皮面积≥10cm² 3. 颈部瘢痕挛缩，影响颈部活动 4. 全身瘢痕面积30% 5. 面部异物色素改变占面部10%以上	1. 符合重度毁容标准之一项者 2. 面部烧伤深度≥1/5 3. 面部轻度异物着色或色素脱失 4. 双侧耳廓大部分或一侧耳廓大部分缺损 5. 全面积20% 6. 女性一侧乳房缺损或严重瘢痕畸形	1. 符合中度毁容标准之一项或轻度毁容者 2. 发际边缘瘢痕或其他部位秃发 3. 面部有≥8cm²或三处以上的瘢痕 4. 颈部瘢痕畸形，不影响活动 5. 全身瘢痕占体表面积≥5%	1. 符合中度毁容标准之一项者 2. 面部有瘢痕、异植皮、色素沉着或脱失2cm² 3. 全身瘢痕面积<5%，≥1%

表 B.2（续）

伤残类别	分级									
	1	2	3	4	5	6	7	8	9	10
头面部毁容							6. 女性两侧乳房部分缺损	7. 一侧或双侧眼睑明显缺损		
脊柱损伤					脊柱骨折后遗30°以上侧凸畸形,伴严重根性神经痛(以电生理检查为依据)	脊柱骨折后遗小于30°畸形伴根性神经痛(神经电生理检查不正常)	1. 骨盆骨折后遗产道狭窄(未育者) 2. 骨盆严重骨折重度移位,症状明显者	脊椎压缩骨折,前缘高度减少1/2以上者	1. 两个以上横突骨折后遗腰痛 2. 三个以上节段脊柱内固定术 3. 脊椎压缩前缘高度<1/2者 4. 椎间盘切除术后,无功能障碍	1. 外伤后受伤节段脊柱骨性关节炎伴腰痛,年龄在50岁以下者 2. 椎间盘突出症未做手术者

表 B.2(续)

伤残类别	分级									
	1	2	3	4	5	6	7	8	9	10
上肢	双肘关节以上缺失或功能完全丧失	双侧前臂缺失或双手功能完全丧失	1. 一手缺失,另一手拇指缺失 2. 双手拇、食指缺失或功能完全丧失 3. 一侧肘上缺失 4. 一侧手功能丧失,另一手拇指功能丧失	1. 双拇指完全缺失或无功能 2. 一侧手功能完全丧失,另一手部分功能丧失	1. 一侧前臂缺失 2. 一侧手功能完全丧失 3. 肩、肘、腕关节之一功能完全丧失 4. 一手拇指缺失,另一手除拇指外三指缺失 5. 一手拇指无功能,另一手除拇指外三指功能丧失	1. 单纯一拇指完全缺失,或连同另一手非拇指二指缺失 2. 一拇指功能完全丧失,另一手除拇指外有二指功能完全丧失 3. 一手三指(含拇指)缺失 4. 除拇指外其余四指缺失或功能完全丧失	1. 一拇指指间关节离断 2. 一拇指间关节畸形,功能完全丧失 3. 一手除拇指外,其他2~3指(含食指)近侧指间关节离断 4. 一手除拇指外,其他2~3指(含食指)近侧指间关节功能丧失	1. 一手除拇、食指外,有两指近侧指间关节离断 2. 一手除拇、食指外,有两指近侧指间关节无功能	1. 一拇指末节部分1/2缺失 2. 一手食指2~3节缺失 3. 一拇指指间关节功能丧失	1. 一手除拇指外,任何一指近侧指间关节离断或功能完全丧失 2. 指端植皮术后,并有瘢痕增生性(1cm²以上) 3. 一手背植皮面积>50cm²,并有明显瘢痕 4. 手掌、足掌背植皮面积>30%者 5. 除拇指外,余3~4指末节缺失

表 B.2（续）

伤残类别	分级									
	1	2	3	4	5	6	7	8	9	10
上肢							5. 肩、肘、腕关节之一损伤后活动度未达功能位者			
下肢		1. 双下肢高位缺失 2. 双下肢瘢痕畸形，功能完全丧失 3. 双踝僵直于非功能位 4. 双膝以上缺失	1. 双髋、双膝关节中，有一个关节失无功能及另一关节伸屈活动达不到90°者 2. 一侧髋、膝关节畸形，功能完全丧失	1. 一侧髋以下缺失，另一侧前足缺失 2. 一侧膝以上缺失 3. 一侧踝以下缺失，另一足畸形行走困难 4. 双膝以下缺失或无功能	1. 双前足缺失或双前足瘢痕畸形，功能完全丧失 2. 双膝底软组织损伤，瘢痕形成，反复破溃 3. 一髋（一膝）功能完全丧失 4. 一侧膝以下缺失	1. 一侧踝以下缺失 2. 一侧踝畸形，关节功能完全丧失 3. 下肢骨折成角畸形>15°并有肢体短缩4cm以上 4. 一前足缺失，另一足仅残留拇趾	1. 一足1～5趾缺失 2. 一足除拇趾外，其他4趾缺失 3. 一前足缺失 4. 下肢短缩<3cm，>2cm者	1. 一足拇趾缺失，另一非拇趾一趾缺失 2. 一足拇趾畸形，功能完全丧失 3. 一足除拇趾外，其他三趾缺失	1. 一足末节趾缺失 2. 除拇趾外，其他二趾缺失或瘢痕畸形，功能不全 3. 跖骨或附骨骨折影响足弓者	1. 除拇趾外，任何一趾末节缺失 2. 足背植皮面积>100cm²

表 B.2(续)

伤残类别	1	2	3	4	5	6	7	8	9	10
					分 级					
下肢		5. 双膝、踝关节功能完全丧失				5. 一前足缺失,另一足除拇趾外,2~5趾缺失,畸形,功能丧失 6. 一足功能丧失,另一足部分功能丧失 7. 一髋或一膝关节伸屈活动达不到0°~90°者 8. 单侧跟骨足底软组织缺损,瘢痕形成,反复破溃	5. 膝关节韧带损伤术后关节不稳定,伸屈功能正常者	4. 因开放骨折感染,形成慢性骨髓炎反复发作者	4. 患肢外伤后1年仍持续存在下肢中度以上凹陷性水肿者	

表 B.2(续)

伤残类别	分级									
	1	2	3	4	5	6	7	8	9	10
上肢及下肢	1. 双下肢高位缺失及一上肢高位缺失 2. 双下肢及一上肢严重瘢痕畸形,活动功能丧失	1. 同侧上、下肢瘢痕畸形,功能完全丧失 2. 四肢大关节(肩、髋、膝、肘)中四个以上关节功能完全丧失	1. 非同侧腕上、踝上缺失 2. 非同侧上、下肢瘢痕畸形,功能完全丧失				1. 四肢大关节创伤性关节炎,长期反复积液 2. 四肢大关节人工关节术后,基本能生活自理	1. 急性放射性皮肤损伤IV度及慢性放射性皮肤损伤手术治疗后 2. 放射性皮肤溃疡经久不愈者 3. 四肢大关节创伤性关节炎,无积液	1. 骨折内固定术后,无功能障碍 2. 外伤后膝关节半月板切除、髌骨切除、膝关节交叉韧带修补术后无功能障碍	1. 一手或两手慢性放射性皮肤损伤II度及II度以上 2. 膝关节半月板损伤、膝关节交叉韧带损伤术后未做手术者 3. 身体各部位骨折愈合后无功能障碍

表 B.3 眼科、耳鼻喉科、口腔科门

伤残类别	分级									
	1	2	3	4	5	6	7	8	9	10
眼损伤与视功能障碍	双眼无光感或有光感但光定位不准者	一眼无光感或有光感，另眼矫正视力≤0.02或视野≤8%（或半径≤5°）	1.一眼有无光感，或有视力≤0.05或视野≤16%（或半径≤10°）2.双侧矫正视力<0.05或视野≤24%（或半径≤15°）3.一侧眼球摘除或眶内容剜出，另眼矫正视力<0.1	1.一眼有无光感，或有视力<0.2或视野≤32%（或半径≤20°）2.双眼矫正视力<0.1或视野≤0.1 3.双眼矫正视力0.1或视野≤0.1 等于0.1	1.一眼有无光感，或有视力≤0.3或视野≤40%（或半径≤25°）2.一眼矫正视力0.05，另眼矫正视力≤0.2～0.25 3.一眼矫正视力0.1，另眼矫正视力等于0.1 4.双眼视野≤40%（或半径≤25°）	1.一眼有无光感，或另眼矫正视力≥0.4视野≤0.3 2.一眼矫正视力0.05，另眼矫正视力≥0.3 3.一眼矫正视力0.1，另眼矫正视力≥0.2 4.双眼视野≤48%（或半径≤30°）	1.一眼有无光感，或另眼矫正视力≥0.8 2.一眼有无光感，另眼各种检查正常者 3.一眼矫正视力0.05，另眼矫正视力≥0.6 4.一眼矫正视力0.1，另眼矫正视力≥0.4	1.一眼矫正视力≤0.2，另眼矫正视力≥0.5 2.双眼矫正视力等于0.4 3.双眼视野≤80%（或半径≤50°）4.一侧或双侧睑外翻或睑闭合不全者 5.上睑下垂盖及瞳孔1/3者 6.睑球粘连影响眼球转动者	1.一眼矫正视力≤0.3，另眼矫正视力>0.6 2.双眼矫正视力等于0.5 3.泪器损伤，手术无法改进溢泪者 4.第V对脑神经麻痹 5.眶壁骨折致眼球内陷，两眼相差>2mm或错位变形影响外观者	1.一眼矫正视力≤0.5，另眼矫正视力≥0.8 2.双眼矫正视力≤0.8 3.一侧睑外翻或睑闭合不全者 4.上睑下垂盖及瞳孔1/3，行成形术矫正者 5.睑球粘连行成形术矫正者 影响眼球转动行成形术矫正者

表 B.3　眼科、耳鼻喉科、口腔科门

伤残类别	分 级									
	1	2	3	4	5	6	7	8	9	10
眼损伤与视功能障碍					5. 一侧眼球摘除者 6. 第Ⅲ对脑神经麻痹 7. 双眼外伤性青光眼术后，需用药物维持眼压者	5. 第Ⅳ或第Ⅵ对脑神经麻痹或眼外肌损伤致复视的	5. 双眼矫正视力≤0.3，或视野≤64%（或半径≤40°） 6. 单眼外伤性青光眼术后，需用药物维持眼压者	7. 外伤性青光眼行抗青光眼手术后眼压控制正常		6. 职业性及外伤性白内障，矫正视力正常者 7. 职业性及外伤性白内障术后人工晶状体眼，矫正视力正常者或术后无晶状体眼，矫正视力正常者 8. 晶状体部分脱位 9. 眶内异物未取出 10. 球内异物未取出 11. 外伤性瞳孔放大 12. 角巩膜穿通伤治愈者

表 B.3 眼科、耳鼻喉科、口腔科门

伤残类别	分级									
	1	2	3	4	5	6	7	8	9	10
听功能障碍				双耳听力损失≥91dB	双耳听力损失≥81dB	双耳听力损失≥71dB	双耳听力损失≥56dB	双耳听力损失≥41dB 或一耳听力损失≥91dB	双耳听力损失≥31dB 或一耳听力损失≥71dB	双耳听力损失≥26dB 或一耳听力损失≥56dB
前庭平衡性障碍						双侧前庭功能丧失，睁眼行走困难，不能并足站立				双侧前庭功能丧失，闭眼不能并足站立
喉原性呼吸困难及发声障碍			1. 呼吸完全依赖气管套管或造口 2. 静止状态下或轻微活动即有呼吸困难		一般活动及轻工作时有呼吸困难			1. 体力劳动时有呼吸困难 2. 发声及言语困难	发声及言语不畅	

表 B.3 （续）

伤残类别	分级									
	1	2	3	4	5	6	7	8	9	10
吞咽功能障碍		无吞咽功能,完全依赖胃管进食		牙关紧闭或因食管狭窄只能进流食	1.吞咽困难,仅能进半流食 2.双侧喉返神经损伤,喉保护功能丧失致饮食呛咳、误吸		咽成形术后,咽下运动不正常			
嗅觉障碍和络鼻病									络鼻病有医疗依赖	1.络鼻病(无症状者) 2.嗅觉丧失
口腔颌面损伤		1.双侧上颌骨完全缺损 2.双侧下颌骨完全缺损	1.同侧上下颌骨完全缺损 2.一侧颌骨完全缺损,伴额面部软组织缺损>30cm²	1.一侧颌骨缺损1/2,伴额面部软组织缺损>20cm²	1.一侧颌骨缺损>1/4,但<1/2,伴软组织缺损<20cm²,但>10cm²	1.单侧或双侧颞下颌关节强直,张口困难Ⅲ° 2.面部软组织缺损>20cm²,伴发涎瘘	1.牙槽骨损伤长度≥8cm,牙脱落10个及以上 2.一侧颧骨并颧弓骨折	1.牙槽骨损伤长度≥6cm,牙脱落8个及以上 2.舌缺损<舌的1/3	1.牙槽骨损伤长度>4cm,牙脱落4个及以上	1.牙齿除智齿以外,切牙脱落1个以上或其他牙脱落2个以上

表 B.3（续）

伤残类别	分级									
	1	2	3	4	5	6	7	8	9	10
口腔颌面损伤		3. 一侧上颌骨及对侧下颌骨完全缺损并有颜面软组织缺损 > 30 cm²	3. 一侧上颌骨完全缺损，伴颜面部软组织缺损 > 30cm² 4. 舌缺损 > 全舌的 2/3	2. 下颌骨缺损长 6cm 以上的区段，伴口腔颌面部软组织缺损 > 20cm² 3. 双侧颞下颌关节强直，完全不能张口 4. 面颊部洞穿性缺损 > 20 cm²	2. 下颌骨缺损长 4cm 以上的区段，伴口腔颌面软组织缺损 >10cm² 3. 舌缺损 > 1/3，但 <2/3	3. 一侧上颌骨缺损 1/4，伴口腔、颜面软组织缺损 >10 cm² 4. 舌缺损 > 1/3，但 <1/2 5. 双侧颧骨并颧弓骨折，伴有开口困难 II° 以上及颜面部畸形经手术复位者	3. 一侧下颌骨髁状突颈部骨折 4. 双侧颧弓骨折，无功能障碍者 5. 单侧颧骨并颧弓骨折，伴有开口困难 II° 以上及颜面部畸形经手术复位者	3. 双侧鼻腔或鼻咽部闭锁 4. 双侧颞下颌关节强直，张口困难 II 度 5. 上、下颌骨折，经牵引、固定治疗后有功能障碍者 6. 双侧颧骨并颧弓骨折，无开口困难，颜面部凹陷畸形不明显，不需手术复位	2. 上、下颌骨折，经牵引、固定治疗后无功能障碍者	2. 一侧颞下颌关节强直，张口困难 I 度 3. 鼻窦或面颊部有异物未取出 4. 单侧鼻腔或鼻孔闭锁 5. 鼻中隔穿孔

表 B.3 （续）

伤残类别	分级									
	1	2	3	4	5	6	7	8	9	10
口腔颌面损伤						6. 双侧下颌骨髁状突颈部骨折,伴有开口困难Ⅱ°以上及咬合关系改变,经手术治疗者				
面神经损伤				双侧完全性面瘫	一侧完全面瘫另一侧不完全面瘫	一侧完全性面瘫	双侧不完全面瘫			一侧不完全面瘫

表 B.4 普外、胸外、泌尿生殖科门

伤残类别	分级									
	1	2	3	4	5	6	7	8	9	10
胸壁、气管、支气管、肺	1. 肺功能重度损伤和呼吸困难IV级，需终生机械通气 2. 双肺或心肺联合移植术	一侧全肺切除并胸廓成形术，呼吸困难III级	1. 一侧全肺切除并胸廓成形术 2. 一侧胸廓成形术，肋骨切除6根以上 3. 一侧全肺切除并隆凸切除成形术 4. 一侧全肺切除并用大血管代品重建大血管术	1. 一侧全肺切除术 2. 双侧肺叶切除术 3. 肺叶切除并胸廓成形术 4. 肺叶切除并隆凸切除成形术 5. 一侧肺移植术	1. 双肺叶切除术 2. 肺叶切除术并用品代血管重建大血管术 3. 隆凸切除成形术	1. 肺叶切除并肺段楔形切除术 2. 肺叶切除并支气管成形术 3. 支气管（或气管）胸膜瘘	1. 肺叶切除术 2. 限局性脓胸行胸廓部分成形术 3. 肺功能轻度损伤 4. 气管部分切除术	1. 肺段切除术 2. 支气管成形术 3. 双侧多根多处肋骨骨折致胸廓畸形 4. 膈肌破裂修补术后，伴膈神经麻痹	1. 肺修补术 2. 肺内异物滞留或异物摘除术 3. 膈肌修补术 4. 限局性脓胸行胸膜剥脱术	1. 血、气胸行单纯闭式引流术后，胸膜粘连增厚 2. 开胸探查术后
心脏与大血管		心功能不全三级	III度房室传导阻滞	1. 瓣膜置换术 2. 心功能不全二级		1. 冠状动脉旁路移植术		1. 心脏、大血管修补术		

表 B.4 (续)

伤残类别	1	2	3	4	5	6	7	8	9	10
心脏与大血管						2. 血管代用品重建大血管		2. 心脏异物滞留或摘除术		
食管		食管闭锁或损伤后无法行食管重建术，依赖胃造瘘或空肠造瘘进食		食管重建术吻合口狭窄，仅能进流食者	1. 食管重建术后吻合狭窄，仅能进半流食者 2. 食管气管（或支气管）瘘 3. 食管胸膜瘘		1. 食管重建术后伴返流性食管炎 2. 食管外伤或成形术后咽下运动不正常	食管重建术后，进食正常者	食管修补术后	
胃				全胃切除	胃切除3/4	胃切除2/3	胃切除1/2	胃部分切除	胃修补后	
十二指肠				胰头、十二指肠切除	十二指肠憩室化			十二指肠带蒂肠片修补术	十二指肠修补术	

表 B. 4（续）

伤残类别	分级 1	2	3	4	5	6	7	8	9	10
小肠	切除≥90%	切除3/4，合并短肠综合症		1. 切除3/4，2. 切除2/3，包括回盲部切除	小肠切除2/3，包括回肠大部	小肠切除1/2，包括回盲部	小肠切除1/2	小肠部分切除	小肠修补术后	
结肠、直肠				1. 全结肠、直肠、肛门切除、回肠造瘘 2. 外伤后肛门排便重度障碍或失禁	直肠、肛门切除、结肠部分切除、结肠造瘘	肛门外伤后排便轻度障碍或失禁	结肠大部分切除	结肠部分切除	结肠修补术后	
肝	肝切除后原位肝移植	1. 肝切除3/4，并肝功能重度损害 2. 肝外伤后发生门脉高压三联症或发生 Budd-Chiari 综合征	肝切除2/3并肝功能中度损害	1. 肝切除2/3 2. 肝切除1/2，肝功能轻度损害	肝切除1/2	肝切除1/3	肝切除1/4	肝部分切除	肝修补术后	肝外伤保守治疗后

表 B.4（续）

伤残类别	分级									
	1	2	3	4	5	6	7	8	9	10
胆道	胆道损伤原位肝移植	胆道损伤致肝功能重度损害		胆道损伤致肝功能中度损害		胆道损伤致肝功能轻度损伤	胆道损伤,胆肠吻合术后	胆道修补术	胆囊切除	
腹壁						腹壁缺损≥腹壁1/4		腹壁缺损＜腹壁的1/4	开腹探查术后	
胰、脾	全胰切除	胰次全切除,胰腺移植术后	胰次全切除,胰岛素依赖		胰切除2/3	1. 胰切除1/2 2. 青年脾切除	1. 胰切除1/3 2. 成人脾切除	胰部分切除 脾部分切除	1. 脾修补术后 2. 胰修补术后	1. 胰损伤保守治疗后 2. 脾损伤保守治疗后
甲状腺					甲状腺功能重度损害	甲状腺功能中度损害		甲状腺功能轻度损害		
甲状旁腺				甲状旁腺功能重度损害		甲状旁腺功能中度损害		甲状旁腺功能轻度损害		

表 B.4 （续）

伤残类别	分级									
	1	2	3	4	5	6	7	8	9	10
肾脏	双肾切除或孤肾切除术后,用维持透析或同种肾移植术后肾功能不全尿毒症期	孤肾部分切除后,肾功能不全失代偿期	一侧肾切除,对侧肾功能不全失代偿期	肾修补术后,肾功能不全失代偿期	一侧肾切除,对侧肾功能不全代偿期	肾损伤性高血压	一侧肾切除		肾修补术后	肾损伤保守治疗后
输尿管			1. 双侧输尿管狭窄,肾功能不全失代偿期 2. 永久性输尿管腹壁造瘘	输尿管修补术后,肾功能不全失代偿期	一侧输尿管狭窄,肾功能不全代偿期			输尿管修补术		

表 B.4（续）

伤残类别	分级									
	1	2	3	4	5	6	7	8	9	10
膀胱			膀胱全切除	1. 永久性膀胱造瘘 2. 重度排尿障碍 3. 神经原性膀胱, 残余尿≥50mL		膀胱部分切除合并轻度排尿障碍	1. 轻度排尿障碍 2. 膀胱部分切除		膀胱修补术后	膀胱外伤保守治疗后
尿道				尿道狭窄, 需定期行扩张术	尿道瘘不能修复者			尿道修补		
睾丸					1. 两侧副睾丸缺损 2. 生殖功能重度损伤	1. 两侧睾丸创伤后萎缩, 血睾酮低于正常值 2. 生殖功能轻度损伤		一侧睾丸、副睾丸切除		

表 B.4（续）

伤残类别	分级									
	1	2	3	4	5	6	7	8	9	10
输精管					双侧输精管缺损，不能修复			一侧输精管缺损，不能修复		
阴茎					阴茎全缺损	阴茎部分缺损		性功能障碍		
肾上腺				双侧肾上腺缺损				一侧肾上腺缺损		
子宫					未育妇女子宫切除或部分切除		已育妇女子宫切除或部分切除		子宫修补术后	
卵巢				未育妇女双侧卵巢切除	已育妇女双侧卵巢切除		未育妇女单侧卵巢切除	已育妇女单侧卵巢切除	一侧卵巢部分切除	卵巢修补术后

表 B.4（续）

伤残类别	分级									
	1	2	3	4	5	6	7	8	9	10
输卵管					未育妇女双侧输卵管切除		已育妇女双侧输卵管切除	已育妇女单侧输卵管切除		输卵管修补术后
阴道					1. 阴道闭锁 2. 会阴部瘢痕挛缩伴有阴道或尿道口狭窄或肛门狭窄		阴道狭窄		阴道修补成形术后	
乳腺					未育妇女双侧乳腺切除	1. 已育妇女双侧乳腺切除 2. 女性双侧乳房完全缺损或严重瘢痕畸形	未育妇女单侧乳腺切除	已育妇女单侧乳腺切除	乳腺成形术后	乳腺修补术后

表 B.5 职业病内科门

伤残类别	分级 1	2	3	4	5	6	7	8	9	10
肺部疾患	1. 尘肺Ⅲ期重度伴肺功能重度损伤及/或重度低氧血症 [$po_2 < 5.3$kPa（<40mmHg）] 2. 其他职业性肺部疾患，伴肺功能重度损伤 3. 放射性肺炎后，两叶以上肺纤维化伴重度低氧血症 [$po_2 < 5.3$kPa（<40mmHg）] 4. 职业性肺癌伴肺功能重度损伤	1. 肺功能重度损伤及/或重度低氧血症 [$po_2 < 5.3$kPa（<40mmHg）] 2. 尘肺Ⅱ期伴肺功能中度损伤及/或中度（或）低氧血症 3. 尘肺Ⅲ期肺功能重度或重度损伤及低氧血症 [$po_2 < 5.3$kPa（<40mmHg）] 4. 尘肺Ⅱ期合并活动性肺结核 5. 职业性肺癌或胸膜间皮瘤	1. 尘肺Ⅱ期 2. 尘肺Ⅱ期伴肺功能中度损伤及/或低氧血症 3. 放射性肺炎后两叶肺纤维化伴肺功能中度损伤及/或中度低氧血症 4. 尘肺Ⅱ期合并活动性肺结核	1. 尘肺Ⅱ期 2. 尘肺伴肺功能Ⅰ期中度损伤及/或低氧血症 3. 尘肺Ⅰ期并活动性肺结核	1. 肺功能中度损伤 2. 中度低氧血症	1. 尘肺Ⅰ期伴肺功能轻度损伤及/或低氧血症 2. 放射性肺炎后肺纤维化（＜两叶），伴肺功能轻度损伤及轻度氧血症 3. 其他职业性肺部疾患，伴肺功能轻度损伤	1. 尘肺Ⅰ期，肺功能正常 2. 放射性肺炎后肺纤维化（＜两叶），肺功能正常 3. 轻度氧血症	其他职业性肺疾患，肺功能正常		

表 B.5（续）

伤残类别	1	2	3	4	5	6	7	8	9	10
心脏		心功能不全三级	Ⅲ度房室阻滞	1. 病态窦房结综合征（需要装起搏器者）2. 心功能不全二级	1. 莫氏Ⅱ型Ⅱ度房室阻滞 2. 病态窦房结综合征（不需安装起搏器者）		心功能不全一级			
血液		1. 职业性急性白血病 2. 急性重型再生障碍性贫血	1. 粒细胞缺乏症 2. 再生障碍性贫血 3. 职业性慢性白血病 4. 中毒性血液病，骨髓增生异常综合征		1. 中毒性血液病，血小板减少并有出血倾向（≤4×10^10/L）	白血病完全缓解	1. 再生障碍性贫血完全缓解 2. 白细胞减少症，含量持续<4×10^9/L 3. 中性粒细胞减少症，含量持续<2×10^9/L			

表 B.5 （续）

伤残类别	分级									
	1	2	3	4	5	6	7	8	9	10
血液			5. 中毒性血液病,严重出血或血小板含量 ≤ 2 × 10^{10}/L		2. 中毒性血液病,白细胞含量持续 <3 × 10^9/L (3000/mm^3) 或粒细胞含量 < 1.5 × 10^9/L (1500/mm^3)					
肝脏	1. 职业性肝血管肉瘤,重度肝功能损害 2. 肝硬化伴食道静脉破裂出血,肝功能重度损害	1. 慢性重度中毒性肝病 2. 肝血管肉瘤			慢性中度中毒性肝病		慢性轻度中毒性肝病			

表 B.5 （续）

伤残类别	分级 1	2	3	4	5	6	7	8	9	10
肾脏	肾功能不全尿毒症期,内生肌酐清除率持续<10mL/min,或血浆肌酐水平持续>707μmol/L(8mg/dL)	肾功能不全尿毒症期,内生肌酐清除率持续>25mL/min 或血浆肌酐水平持续>450μmol/L(5mg/dL)			肾功能不全失代偿期,内生肌酐清除率持续<50mL/min 或血浆肌酐水平持续>177μmol/L(2mg/dL)	1. 中毒性肾病,持续性低分子蛋白尿伴白蛋白尿 2. 中毒性肾病,肾小管浓缩功能减退	肾功能不全代偿期,内生肌酐清除率<70mL/min	中毒性肾病,持续低分子蛋白尿		
内分泌				肾上腺皮质功能明显减退		肾上腺皮质功能轻度减退				
免疫功能			砷性皮癌放射性皮肤癌	明显减退						轻度减退
其他		职业性膀胱癌放射性肿瘤			1. 放射性致睾丸萎缩 2. 慢性重度磷中毒	1. 放射性损伤致甲状腺功能低下 2. 减压性骨坏死Ⅲ期	三度牙酸蚀病	1. 慢性中度中毒 2. 减压性骨坏死Ⅱ期		1. 慢性轻度磷中毒 2. 工业性氟病Ⅰ期

表 B.5 （续）

伤残类别	分级									
	1	2	3	4	5	6	7	8	9	10
其他					3. 重度手臂振动病	3. 中度手臂振动病 4. 工业性氟病Ⅲ期		3. 轻度手臂振动病 4. 二度牙酸蚀病 5. 工业性氟病Ⅱ期		3. 煤矿井下工人滑囊炎 4. 减压性骨坏死Ⅰ期 5. 一度牙酸蚀病 6. 职业性皮肤病久治不愈

附　录　C
（资料性附录）
正确使用本标准的说明

C.1　关于标准"总则"与"分级原则"

C.1.1　医疗依赖的判定分为一般依赖和特殊依赖。特殊依赖是指致残后必须终生接受特殊药物、特殊医疗设备或装置进行治疗者，如血液透析、人工呼吸机以及免疫抑制剂等的治疗；一般医疗依赖是指致残后仍需接受长期或终生药物治疗者，如降压药、降糖药、抗凝剂以及抗癫痫药治疗等。

C.1.2　护理依赖程度主要根据生活自理能力做出判断。下列生活自理范围及护理依赖程度是指：

　　a)　进食：是指完全不能自主进食，需依赖他人者；

　　b)　翻身：是指不能自主翻身；

　　c)　大、小便：是指不能自主行动，排大、小便需依靠他人者；

　　d)　穿衣、洗漱：是指不能自己穿衣、洗漱，完全依赖他人者；

　　e)　自主行动：是指不能自主走动。

C.1.3　劳动能力鉴定的前提应是劳动者因公负伤或患职业病，其工伤或职业病的认定依照《工伤保险条例》第十八条和第十九条的规定执行。

C.1.4　在劳动能力鉴定后伤残情况发生变化，应根据《工伤保险条例》第二十八条的规定，对残情进行复查鉴定。

C.1.5　残情晋级原则　当被鉴定者同一器官或系统或一个以上器官不同部位同时受到损伤，应首先完成单项残情的鉴定，若有两项以上或多项残情的，如果伤残等级不同，以重者定级，如果两项以上等级相同，最多晋升一级。

C.1.6　原有伤残及合并症的处理　在劳动能力鉴定过程中，遇到被鉴定者受损害器官或组织原有伤残或疾病，或工伤及职业病后发生的合并症，本标准规定以鉴定时实际的致残结局为依据，所谓实际致残结局是指：若为单个器官或系统损伤，本次鉴定时应包括在发生工伤前已经存在的残情（包括原有疾病致功能的损伤或原有工伤所致的残情）；若为双器官如双眼、四肢、肾脏的损伤，本次鉴定时应同时对另一侧的残情或功能（无论是否工伤引起）进行鉴定，并作为伤残等级评定的依据。

C.1.7　关于分级原则　本次修订在原标准规定基础上，分别对八级、九级、十级做了适当调整，即在八级中明确存在有一般医疗依赖，而在九级、十级中明确无医疗依赖或存在一般医疗依赖。

C.2　神经内科、神经外科、精神科门

C.2.1　反复发作性的意识障碍，作为伤残的症状表现，多为癫痫的一组症状或癫痫发作的一种形式，故不单独评定其致残等级。

C.2.2　精神分裂症和躁郁症均为内源性精神病，发病主要决定于病人自身的生物学素质。在工伤或职业病过程中伴发的内源性精神病不应与工伤或职业病直接所致的精神病相混淆。精神分裂症和躁郁症不属于工伤或职业病性精神病。

C.2.3　智能损伤说明

　　1)　智能损伤的总体严重性以记忆或智能损伤程度予以考虑，按"就重原则"其中哪项重，就以哪项表示；

　　2)　记忆商（MQ）的测查，按照中国科学院心理研究所1984年编印的《临床记忆量表手册》要求执行。智商（IQ）的测查，根据湖南医学院1982年龚耀先主编的《修订韦氏成人智力量表手册》的要求进行。

C.2.4　鉴于手、足部肌肉由多条神经支配，可出现完全瘫，亦可表现不完全瘫，

在评定手、足瘫致残程度时，应区分完全性瘫与不完全性瘫，再根据肌力分级判定基准，对肢体瘫痪致残程度详细分级。

C. 2. 5 神经系统多部位伤残或合并其他器官的伤残时，其致残程度的鉴定依照本标准总则中的有关规定处理。

C. 2. 6 癫痫是一种以反复发作性抽搐或以感觉、行为、意识等发作性障碍为特征的临床征候群，属于慢性病之一。因为它的临床体征较少，若无明显颅脑器质性损害则难于定性。工伤和职业病所致癫痫的诊断前提应有严重颅脑外伤或中毒性脑病的病史。为了科学、合理地进行劳动能力鉴定，在进行致残程度评定时，应尽可能收集相关信息资料。每次鉴定时，应要求被鉴定者提供下列相关信息材料（至少两项），以供判定时参考。

a) 两年来系统治疗病历资料；

b) 脑电图资料；

c) 原工作单位或现工作单位组织上提供的患者平时发病情况的资料；

d) 必要时测定血药浓度。

C. 2. 7 各种颅脑损伤出现功能障碍参照有关功能障碍评级。

C. 2. 8 为便于分类分级，将运动障碍按损伤部位不同分为脑、脊髓、周围神经损伤三类。鉴定中首先分清损伤部位，再给予评级。

C. 2. 9 考虑到颅骨缺损多可修补后按开颅术定级，且颅骨缺损的大小与功能障碍程度无比然联系，故不再以颅骨缺损大小作为评级标准。

C. 2. 10 脑挫裂伤应具有相应病史、临床治疗经过，经CT及（或）MRI等辅助检查证实有脑实质损害征象。

C. 2. 11 开颅手术包括开颅检查、去骨瓣减压术、颅骨整复、各种颅内血肿清除、慢性硬膜下血肿引流、脑室外引流、脑室－腹腔分流等。

C. 2. 12 脑叶切除术后合并人格改变或边缘智能应晋升到七级。

C. 2. 13 脑脊液漏手术修补成功无功能障碍按开颅手术定为九级；脑脊液漏伴颅底骨缺损反复修补失败或无法修补者定为四级。

C. 2. 14 中毒性周围神经病表现为四肢对称性感觉减退或消失，肌力减退，肌肉萎缩，四肢腱反射（特别是跟腱反射）减退或消失。神经肌电图显示神经源性损害。如仅表现以感觉障碍为主的周围神经病，有深感觉障碍的定为七级，只有浅感觉障碍的定为九级（见表 B. 1），出现运动障碍者可参见神经科部分"运动障碍"定级。

外伤或职业中毒引起的周围神经损害，如出现肌萎缩者，可按肌力予以定级。

C. 2. 15 有关大小便障碍参见表 B. 4。

C. 2. 16 由于外伤或职业中毒引起的前庭功能障碍，参见表 B. 3。

C. 2. 17 外伤或职业中毒引起的同向偏盲或象限性偏盲，其视野缺损程序可参见眼科标准予以定级。

C. 3 骨科、整形外科、烧伤科门

C. 3. 1 本标准只适用于因工负伤或职业病所致脊柱、四肢损伤的致残程度鉴定之用，其他先天畸形，或随年龄增长出现的退行性改变，如骨性关节炎等，不适用本标准。

C. 3. 2 有关节内骨折史的骨性关节炎或创伤后关节骨坏死，按该关节功能损害程度，列入相应评残等级处理。

C. 3. 3 创伤性滑膜炎，滑膜切除术后留有关节功能损害或人工关术后残留有功能不全者，按关节功能损害程度，列入相应等级处理。

C. 3. 4 脊柱骨折合并有神经系统症状，骨折治疗后仍残留不同程度的脊髓和神经功能障碍者，参照表 B. 1 评残等级处理。

C. 3. 5 外伤后（一周内）发生的椎间盘突出症，经劳动与社会保障部门认定为工伤的，按本标准相应条款进行伤残等级评定，若手术后残留有神经系统症状者，参照表 B.1 进行处理。

C.3.6 职业性损害如氟中毒或减压病等所致骨与关节损害，按损害部位功能障碍情况列入相应评残等级处理。

C.3.7 神经根性疼痛的诊断除临床症状外，需有神经电生理改变。

C.3.8 烧伤面积、深度不作为评残标准，需等治疗停工留薪期满后，依据造成的功能障碍程度、颜面瘢痕畸形程度和瘢痕面积（包括供皮区明显瘢痕）大小进行评级。

C.3.9 诊断椎管狭窄症，除临床症状外，需有 CT 或 MRI 检查证据。

C.3.10 在实际应用中，如果仍有某些损伤类型未在本标准中提及者，可按其对劳动、生活能力影响程度列入相应等级，如果划人某一分类项中有疑问时，可列入高一级分类中。

C.3.11 面部异物色素沉着是指由于工伤如爆炸伤所致颜面部各种异物（包括石子、铁粒等）的存留，或经取异物后仍有不同程度的色素沉着。但临床上很难对面部异物色素沉着量及面积作出准确的划分，同时也因性别、年龄等因素造成的心理影响更难一概而论，而考虑到实际工作中可能遇见多种复杂情况，故本标准将面部异物色素沉着分为轻度及重度两个级别，分别以超过颜面总面积的 1/4 及 1/2 作为判定轻、重的基准（参见 6.2.2）。

C.3.12 以外伤为主导诱因引发的急性腰椎间盘突出症，应按下列要求确定诊断：

a) 急性外伤史并发坐骨神经刺激征；

b) 有 CT 或 MRI 影像学依据；

c) 临床体征应与 CT 或 MRI 影像符合。

C.3.13 膝关节损伤的诊断应从以下几方面考虑：明确的外伤史；相应的体征；结合影像学资料。如果还不能确诊者，可行关节镜检查确定。

C.4 眼科、耳鼻喉科、口腔科门

C.4.1 非工伤和职业性五官科疾病如夜盲、立体盲、耳硬化症等不适用本标准。

C.4.2 职工工伤与职业病所致视觉损伤不仅仅是眼的损伤或破坏，重要的是涉及视功能的障碍以及有关的解剖结构和功能的损伤如眼睑等。因此，视觉损伤的鉴定包括：

a) 眼睑、眼球及眼眶等的解剖结构和功能损伤或破坏程度的鉴定；

b) 视功能（视敏锐度、视野和立体视觉等）障碍程度的鉴定。

C.4.3 眼伤残鉴定标准主要的鉴定依据为眼球或视神经器质性损伤所致的视力、视野、立体视功能障碍及其他解剖结构和功能的损伤或破坏。其中视力残疾主要参照了盲及低视力分级标准和视力减弱补偿率视力损伤百分计算办法（A.9）。"一级"划线的最低限为双眼无光感或仅有光感但光定位不准；"二级"等于"盲"标准（见 6.3.1.2）的一级盲；"三级"等于或相当于二级盲；"四级"相当于一级低视力；"五级"相当于二级低视力，"六～十级"则分别相当于视力障碍的 0.2～0.8。

C.4.4 周边视野损伤程度鉴定以实际测得的 8 条子午线视野值的总和，计算平均值即有效视野值。计算方法参见 6.3.2。当视野检查结果与眼部客观检查不符时，可用 Humphrey 视野或 Octopus 视野检查。

C.4.5 中心视野缺损目前尚无客观的计量办法，评残时可根据视力受损程度确定其相应级别。

C.4.6 无晶状体眼视觉损伤程度评价参见 A.9。在确定无晶状体眼中心视力的实际有效值之后，分别套入本标准的实际级别。

C.4.7 眼非工伤致残的鉴定可参照总则判断依据对双眼进行鉴定。但非工伤残疾眼工伤临床鉴定可能有多种复杂情况，比如：

a) 在双残疾眼的基础上发生的一眼或两眼的工伤及单残疾眼的工伤；

b) 单残疾眼工伤又分别可以有以下三种情况，即：

1) 残疾眼工伤；

2) 正常眼工伤；

3) 正常眼及残疾眼同时因工损伤。

鉴于以上情况，在对非工伤残疾眼工伤致残程度最终评定等级时，应兼顾国家、集体和个人三方面的合法利益。

C.4.8 中央视力及视野（周边视力）的改变，均须有相应的眼组织器质性改变来解释，如不能解释则要根据视觉诱发电位及多焦视网膜电流图检查结果定级。

C.4.9 伪盲鉴定参见 6.3.3。视觉诱发电位等的检查可作为临床鉴定伪盲的主要手段。如一眼有或无光感，另眼眼组织无器质性病变，并经视觉诱发电位及多焦视网膜电流图检查结果正常者，应考虑另眼为伪盲眼。也可采用其他行之有效的办法包括社会调查、家庭采访等。

C.4.10 睑球粘连严重、同时有角膜损伤者按中央视力定级。

C.4.11 职业性眼病（包括白内障、电光性眼炎、二硫化碳中毒、化学性眼灼伤）的诊断可分别参见 GBZ 35、GBZ 9、GBZ 4、GBZ 45、GBZ 54。

C.4.12 职业性及外伤性白内障视力障碍程度较本标准所规定之级别重者（即视力低于标准9级和10级之0.5～0.8），则按视力减退情况分别套入不同级别。白内障术后评残办法参见 A.9。如果术前已经评残者，术后应根据矫正视力情况，并参照A.9无晶状体眼视觉损伤程度评价重新评级。

外伤性白内障未做手术者根据中央视力定级；白内障摘除人工晶状体植入术后谓人工晶状体眼，人工晶状体眼根据中央视力定级。白内障摘除未能植入人工晶状体者，谓

无晶状体眼，根据其矫正视力并参见 C.4.6 的要求定级。

C.4.13 泪器损伤指泪道（包括泪小点、泪小管、泪囊、鼻泪管等）及泪腺的损伤。

C.4.14 有明确的外眼或内眼组织结构的破坏，而视功能检查好于本标准第十级（即双眼视力≤0.8）者，可视为十级。

C.4.15 本标准没有对光觉障（暗适应）作出规定；如果临床上确有因工或职业病所致明显暗适应功能减退者，应根据实际情况，作出适当的判定。

C.4.16 一眼受伤后健眼发生交感性眼炎者无论伤后何时都可以申请定级。

C.4.17 本标准中的双眼无光感、双眼矫正视力或双眼视野，其"双眼"为临床习惯称谓，实际工作（包括评残）中是以各眼检查或矫正结果为准。

C.4.18 听功能障碍包括长期暴露于生产噪声所致的职业性噪声聋，压力波、冲击波造成的爆破性聋等，颅脑外伤所致的颞骨骨折、内耳震荡、耳蜗神经挫伤等产生的耳聋及中、外耳伤后遗的鼓膜穿孔、鼓室瘢痕粘连，外耳道闭锁等产生的听觉损害。

C.4.19 听阈测定的设备和方法必须符合国家标准：GB/T 7341、GB 4854、GB/T 7583。

C.4.20 纯音电测听重度、极重度听功能障碍时，应同时加测听觉脑干诱发电位（A.B.R）。

C.4.21 耳廓、外鼻完全或部分缺损，可参照整形科"头面部毁容"。

C.4.22 耳科平衡功能障碍指前庭功能丧失而平衡功能代偿不全者。因肌肉、关节或其他神经损害引起的平衡障碍，按有关学科残情定级。

C.4.23 如职工因与工伤或职业有关的因素诱发功能性视力障碍和耳聋，应用相应的特殊检查法明确诊断，在其器质性视力和听力减退确定以前暂不评残。伪聋，也应

先予排除，然后评残。

C.4.24 喉原性呼吸困难系指声门下区以上呼吸道的阻塞性疾患引起者。由胸外科、内科病所致的呼吸困难参见6.5.1。

C.4.25 发声及言语困难系指喉外伤后致结构改变，虽呼吸通道无障碍，但有明显发声困难及言语表达障碍；轻者则为发声及言语不畅。

发声障碍系指声带麻痹或声带的缺损、小结等器质性损害致不能胜任原来的嗓音职业工作者。

C.4.26 职业性铬鼻病、工业性氟病、减压病、尘肺病、职业性肿瘤、慢性砷中毒、磷中毒、手臂振动病、牙酸蚀病以及煤矿井下工人滑囊炎等的诊断分别参见 GBZ 12、GBZ 5、GBZ 24、GBZ 70、GBZ 94、GBZ 83、GBZ 81、GBZ 7、GBZ 61、GBZ 82。

C.4.27 颞下颌关节强直，临床上分二类：一为关节内强直，一为关节外强直（颌间挛缩），本标准中颞下颌关节强直即包括此二类。

C.4.28 本标准将舌划分为三等份即按舌尖、舌体和舌根计算损伤程度。

C.4.29 头面部毁容参见6.2.1。

C.5 普外科、胸外科、泌尿生殖科门

C.5.1 器官缺损伴功能障碍者，在评残时一般应比器官完整伴功能障碍者级别高。

C.5.2 多器官损害的评残标准依照本标准总则中制定的有关规定处理。

C.5.3 任何并发症的诊断都要有影像学和实验室检查的依据，主诉和体征供参考。

C.5.4 评定任何一个器官的致残标准，都要有原始病历记录，其中包括病历记录、手术记录、病理报告等。

C.5.5 甲状腺损伤若伴有喉上神经和喉返神经损伤致声音嘶哑、呼吸困难或呛咳

者，判定级别标准参照耳鼻喉科部分。

C.5.6 阴茎缺损指阴茎全切除或部分切除并功能障碍者。

C.5.7 心脏及大血管的各种损伤其致残程度的分级，均按治疗期满后的功能不全程度分级。

C.5.8 胸部（胸壁、气管、支气管、肺）各器官损伤的致残分级除按表 B.4 中列入各项外，其他可按治疗期结束后的肺功能损害和呼吸困难程度分级。

C.5.9 生殖功能损害主要指放射性损伤所致。

C.5.10 性功能障碍系指脊髓神经周围神经损伤，或盆腔、会阴手术后所致。

C.5.11 肝、脾、胰挫裂伤，有明显外伤史并有影像学诊断依据者，保守治疗后可定为十级。

C.5.12 普外科开腹探查术后或任何开腹手术后发生粘连性肠梗阻、且反复发作，有明确影像学诊断依据，应在原级别基础上上升一级。

C.6 职业病内科门

C.6.1 本标准适用于确诊患有中华人民共和国卫生部颁布的职业病名单中的各种职业病所致肺脏、心脏、肝脏、血液或肾脏损害经治疗停工留薪期满时需评定致残程度者。

C.6.2 心律失常（包括传导阻滞）与心功能不全往往有联系，但两者的严重程度可不平衡，但心律失常者，不一定有心功能不全或劳动能力减退，评残时应按实际情况定级。

C.6.3 本标准所列各类血液病、内分泌及免疫功能低下及慢性中毒性肝病等，病情常有变化，对已进行过评残，经继续治疗后残情发生变化者应按国家社会保险法规的要求，对残情重新进行评级。

C.6.4 肝功能的测定
肝功能的测定包括：

常规肝功能试验：包括血清丙氨酸氨基转换酶（ALT 即 GPT）、血清胆汁酸等。

复筛肝功能试验：包括血清蛋白电泳、总蛋白及白蛋白、球蛋白、血清天门冬氨酸氨基转移酶（AST 即 GOT）、血清谷氨酰转肽酶（γ–GT）、转铁蛋白或单胺氧化酶测定等，可根据临床具体情况选用。

静脉色氨酸耐量试验（ITTT），吲哚氰绿滞留试验（IGG）是敏感性和特异性都较好的肝功能试验，有备件可作为复筛指标。

C.6.5 职业性肺部疾患主要包括尘肺、铍病、职业性哮喘等，在评定残情分级时，除尘肺在分级表中明确注明外，其他肺部疾病可分别参照相应的国家诊断标准，以呼吸功能损害程度定级。

C.6.6 对职业病患者进行肺部损害鉴定的要求：

a) 须持有职业病诊断证明书；

b) 须有近期胸部 X 线平片；

c) 须有肺功能测定结果及（或）血气测定结果。

C.6.7 肺功能测定时注意的事项：

a) 肺功能仪应在校对后使用；

b) 对测定对象，测定肺功能前应进行训练；

c) FVC、FEV$_1$ 至少测定二次，二次结果相差不得超过 5%；

d) 肺功能的正常预计值公式宜采用各实验室的公式作为预计正常值。

C.6.8 鉴于职业性哮喘在发作或缓解期所测得的肺功能不能正确评价哮喘病人的致残程度，可以其发作频度和影响工作的程度进行评价。

C.6.9 在判定呼吸困难有困难时或呼吸困难分级与肺功能测定结果有矛盾时，应以肺功能测定结果作为致残分级标准的依据。

C.6.10 石棉肺是尘肺的一种，本标准未单独列出，在评定致残分级时，可根据石棉肺的诊断，主要结合肺功能损伤情况进行评定。

C.6.11 鉴于职业性呼吸系统疾病一般不存在医疗终结问题，所以在执行此标准时，应每 1~2 年鉴定一次，故鉴定结果的有效期为 1~2 年。

C.6.12 放射性疾病包括外照射急性放射病，外照射慢性放射病，放射性皮肤病、放射性白内障、内照射放射病、放射性甲状腺疾病、放射性性腺疾病、放射性膀胱疾病、急性放射性肺炎及放射性肿瘤，临床诊断及处理可参照 GBZ 104、GBZ 105、GBZ 106、GBZ 95、GBZ 96、GBZ 101、GBZ 107、GBZ 109、GBZ 110、GBZ 94。放射性白内障可参照眼科评残处理办法，其他有关放射性损伤评残可参照相应条目进行处理。

C.6.13 本标准中有关慢性肾上腺皮质功能减低、免疫功能减低及血小板减少症均指由于放射性损伤所致不适用于其他非放射性损伤的评残。

生产安全事故报告和调查处理条例

（2007 年 3 月 28 日国务院第 172 次常务会议通过　2007 年 4 月 9 日中华人民共和国国务院令第 493 号公布自 2007 年 6 月 1 日起施行）

第一章　总　　则

第一条　为了规范生产安全事故的报告和调查处理，落实生产安全事故责任追究制度，防止和减少生产安全事故，根据《中华人民共和国安全生产法》和有关法律，制定本条例。

第二条　生产经营活动中发生的造成人身伤亡或者直接经济损失的生产安全事故的报告和调查处理，适用本条例；环境污染事故、核设施事故、国防科研生产事故的报告和调查处理不适用本条例。

第三条　根据生产安全事故（以下简称事

故）造成的人员伤亡或者直接经济损失，事故一般分为以下等级：

（一）特别重大事故，是指造成30人以上死亡，或者100人以上重伤（包括急性工业中毒，下同），或者1亿元以上直接经济损失的事故；

（二）重大事故，是指造成10人以上30人以下死亡，或者50人以上100人以下重伤，或者5000万元以上1亿元以下直接经济损失的事故；

（三）较大事故，是指造成3人以上10人以下死亡，或者10人以上50人以下重伤，或者1000万元以上5000万元以下直接经济损失的事故；

（四）一般事故，是指造成3人以下死亡，或者10人以下重伤，或者1000万元以下直接经济损失的事故。

国务院安全生产监督管理部门可以会同国务院有关部门，制定事故等级划分的补充性规定。

本条第一款所称的"以上"包括本数，所称的"以下"不包括本数。

第四条 事故报告应当及时、准确、完整，任何单位和个人对事故不得迟报、漏报、谎报或者瞒报。

事故调查处理应当坚持实事求是、尊重科学的原则，及时、准确地查清事故经过、事故原因和事故损失，查明事故性质，认定事故责任，总结事故教训，提出整改措施，并对事故责任者依法追究责任。

第五条 县级以上人民政府应当依照本条例的规定，严格履行职责，及时、准确地完成事故调查处理工作。

事故发生地有关地方人民政府应当支持、配合上级人民政府或者有关部门的事故调查处理工作，并提供必要的便利条件。

参加事故调查处理的部门和单位应当互相配合，提高事故调查处理工作的效率。

第六条 工会依法参加事故调查处理，有权向有关部门提出处理意见。

第七条 任何单位和个人不得阻挠和干涉对事故的报告和依法调查处理。

第八条 对事故报告和调查处理中的违法行为，任何单位和个人有权向安全生产监督管理部门、监察机关或者其他有关部门举报，接到举报的部门应当依法及时处理。

第二章 事故报告

第九条 事故发生后，事故现场有关人员应当立即向本单位负责人报告；单位负责人接到报告后，应当于1小时内向事故发生地县级以上人民政府安全生产监督管理部门和负有安全生产监督管理职责的有关部门报告。

情况紧急时，事故现场有关人员可以直接向事故发生地县级以上人民政府安全生产监督管理部门和负有安全生产监督管理职责的有关部门报告。

第十条 安全生产监督管理部门和负有安全生产监督管理职责的有关部门接到事故报告后，应当依照下列规定上报事故情况，并通知公安机关、劳动保障行政部门、工会和人民检察院：

（一）特别重大事故、重大事故逐级上报至国务院安全生产监督管理部门和负有安全生产监督管理职责的有关部门；

（二）较大事故逐级上报至省、自治区、直辖市人民政府安全生产监督管理部门和负有安全生产监督管理职责的有关部门；

（三）一般事故上报至设区的市级人民政府安全生产监督管理部门和负有安全生产监督管理职责的有关部门。

安全生产监督管理部门和负有安全生产监督管理职责的有关部门依照前款规定上报事故情况，应当同时报告本级人民政府。国务院安全生产监督管理部门和负有安全生产监督管理职责的有关部门以及省级人民政府接到发生特别重大事故、重大事故的报告后，应当立即报告国务院。

必要时，安全生产监督管理部门和负有安全生产监督管理职责的有关部门可以越级上报事故情况。

第十一条 安全生产监督管理部门和负有安全生产监督管理职责的有关部门逐级上报事故情况，每级上报的时间不得超过2小时。

第十二条 报告事故应当包括下列内容：

（一）事故发生单位概况；

（二）事故发生的时间、地点以及事故现场情况；

（三）事故的简要经过；

（四）事故已经造成或者可能造成的伤亡人数（包括下落不明的人数）和初步估计的直接经济损失；

（五）已经采取的措施；

（六）其他应当报告的情况。

第十三条 事故报告后出现新情况的，应当及时补报。

自事故发生之日起30日内，事故造成的伤亡人数发生变化的，应当及时补报。道路交通事故、火灾事故自发生之日起7日内，事故造成的伤亡人数发生变化的，应当及时补报。

第十四条 事故发生单位负责人接到事故报告后，应当立即启动事故相应应急预案，或者采取有效措施，组织抢救，防止事故扩大，减少人员伤亡和财产损失。

第十五条 事故发生地有关地方人民政府、安全生产监督管理部门和负有安全生产监督管理职责的有关部门接到事故报告后，其负责人应当立即赶赴事故现场，组织事故救援。

第十六条 事故发生后，有关单位和人员应当妥善保护事故现场以及相关证据，任何单位和个人不得破坏事故现场、毁灭相关证据。

因抢救人员、防止事故扩大以及疏通交通等原因，需要移动事故现场物件的，应当做出标志，绘制现场简图并做出书面记录，妥善保存现场重要痕迹、物证。

第十七条 事故发生地公安机关根据事故的情况，对涉嫌犯罪的，应当依法立案侦查，采取强制措施和侦查措施。犯罪嫌疑人逃匿的，公安机关应当迅速追捕归案。

第十八条 安全生产监督管理部门和负有安全生产监督管理职责的有关部门应当建立值班制度，并向社会公布值班电话，受理事故报告和举报。

第三章 事故调查

第十九条 特别重大事故由国务院或者国务院授权有关部门组织事故调查组进行调查。

重大事故、较大事故、一般事故分别由事故发生地省级人民政府、设区的市级人民政府、县级人民政府负责调查。省级人民政府、设区的市级人民政府、县级人民政府可以直接组织事故调查组进行调查，也可以授权或者委托有关部门组织事故调查组进行调查。

未造成人员伤亡的一般事故，县级人民政府也可以委托事故发生单位组织事故调查组进行调查。

第二十条 上级人民政府认为必要时，可以调查由下级人民政府负责调查的事故。

自事故发生之日起30日内（道路交通事故、火灾事故自发生之日起7日内），因事故伤亡人数变化导致事故等级发生变化，依照本条例规定应当由上级人民政府负责调查的，上级人民政府可以另行组织事故调查组进行调查。

第二十一条 特别重大事故以下等级事故，事故发生地与事故发生单位不在同一个县级以上行政区域的，由事故发生地人民政府负责调查，事故发生单位所在地人民政府应当派人参加。

第二十二条 事故调查组的组成应当遵循精简、效能的原则。

根据事故的具体情况，事故调查组由有关人民政府、安全生产监督管理部门、负有安全生产监督管理职责的有关部门、监察机关、公安机关以及工会派人组成，并应当邀请人民检察院派人参加。

事故调查组可以聘请有关专家参与调查。

第二十三条 事故调查组成员应当具有事故调查所需要的知识和专长，并与所调查的事故没有直接利害关系。

第二十四条 事故调查组组长由负责事故调查的人民政府指定。事故调查组组长主持事故调查组的工作。

第二十五条 事故调查组履行下列职责：

（一）查明事故发生的经过、原因、人员伤亡情况及直接经济损失；

（二）认定事故的性质和事故责任；

（三）提出对事故责任者的处理建议；

（四）总结事故教训，提出防范和整改措施；

（五）提交事故调查报告。

第二十六条 事故调查组有权向有关单位和个人了解与事故有关的情况，并要求其提供相关文件、资料，有关单位和个人不得拒绝。

事故发生单位的负责人和有关人员在事故调查期间不得擅离职守，并应当随时接受事故调查组的询问，如实提供有关情况。

事故调查中发现涉嫌犯罪的，事故调查组应当及时将有关材料或者其复印件移交司法机关处理。

第二十七条 事故调查中需要进行技术鉴定的，事故调查组应当委托具有国家规定资质的单位进行技术鉴定。必要时，事故调查组可以直接组织专家进行技术鉴定。技术鉴定所需时间不计入事故调查期限。

第二十八条 事故调查组成员在事故调查工作中应当诚信公正、恪尽职守，遵守事故调查组的纪律，保守事故调查的秘密。

未经事故调查组组长允许，事故调查组成员不得擅自发布有关事故的信息。

第二十九条 事故调查组应当自事故发生之日起60日内提交事故调查报告；特殊情况下，经负责事故调查的人民政府批准，提交事故调查报告的期限可以适当延长，但延长的期限最长不超过60日。

第三十条 事故调查报告应当包括下列内容：

（一）事故发生单位概况；

（二）事故发生经过和事故救援情况；

（三）事故造成的人员伤亡和直接经济损失；

（四）事故发生的原因和事故性质；

（五）事故责任的认定以及对事故责任者的处理建议；

（六）事故防范和整改措施。

事故调查报告应当附具有关证据材料。事故调查组成员应当在事故调查报告上签名。

第三十一条 事故调查报告报送负责事故调查的人民政府后，事故调查工作即告结束。事故调查的有关资料应当归档保存。

第四章 事 故 处 理

第三十二条 重大事故、较大事故、一般事故，负责事故调查的人民政府应当自收到事故调查报告之日起15日内做出批复；特别重大事故，30日内做出批复，特殊情况下，批复时间可以适当延长，但延长的时间最长不超过30日。

有关机关应当按照人民政府的批复，依照法律、行政法规规定的权限和程序，对事故发生单位和有关人员进行行政处罚，对负有事故责任的国家工作人员进行处分。

事故发生单位应当按照负责事故调查的人民政府的批复，对本单位负有事故责任的人员进行处理。

负有事故责任的人员涉嫌犯罪的，依法追究刑事责任。

第三十三条 事故发生单位应当认真吸取事故教训，落实防范和整改措施，防止事故再次发生。防范和整改措施的落实情况应当接受工会和职工的监督。

安全生产监督管理部门和负有安全生产监督管理职责的有关部门应当对事故发生单

位落实防范和整改措施的情况进行监督检查。

第三十四条 事故处理的情况由负责事故调查的人民政府或者其授权的有关部门、机构向社会公布，依法应当保密的除外。

第五章　法律责任

第三十五条 事故发生单位主要负责人有下列行为之一的，处上一年年收入40%至80%的罚款；属于国家工作人员的，并依法给予处分；构成犯罪的，依法追究刑事责任：

（一）不立即组织事故抢救的；

（二）迟报或者漏报事故的；

（三）在事故调查处理期间擅离职守的。

第三十六条 事故发生单位及其有关人员有下列行为之一的，对事故发生单位处100万元以上500万元以下的罚款；对主要负责人、直接负责的主管人员和其他直接责任人员处上一年年收入60%至100%的罚款；属于国家工作人员的，并依法给予处分；构成违反治安管理行为的，由公安机关依法给予治安管理处罚；构成犯罪的，依法追究刑事责任：

（一）谎报或者瞒报事故的；

（二）伪造或者故意破坏事故现场的；

（三）转移、隐匿资金、财产，或者销毁有关证据、资料的；

（四）拒绝接受调查或者拒绝提供有关情况和资料的；

（五）在事故调查中作伪证或者指使他人作伪证的；

（六）事故发生后逃匿的。

第三十七条 事故发生单位对事故发生负有责任的，依照下列规定处以罚款：

（一）发生一般事故的，处10万元以上20万元以下的罚款；

（二）发生较大事故的，处20万元以上50万元以下的罚款；

（三）发生重大事故的，处50万元以上200万元以下的罚款；

（四）发生特别重大事故的，处200万元以上500万元以下的罚款。

第三十八条 事故发生单位主要负责人未依法履行安全生产管理职责，导致事故发生的，依照下列规定处以罚款；属于国家工作人员的，并依法给予处分；构成犯罪的，依法追究刑事责任：

（一）发生一般事故的，处上一年年收入30%的罚款；

（二）发生较大事故的，处上一年年收入40%的罚款；

（三）发生重大事故的，处上一年年收入60%的罚款；

（四）发生特别重大事故的，处上一年年收入80%的罚款。

第三十九条 有关地方人民政府、安全生产监督管理部门和负有安全生产监督管理职责的有关部门有下列行为之一的，对直接负责的主管人员和其他直接责任人员依法给予处分；构成犯罪的，依法追究刑事责任：

（一）不立即组织事故抢救的；

（二）迟报、漏报、谎报或者瞒报事故的；

（三）阻碍、干涉事故调查工作的；

（四）在事故调查中作伪证或者指使他人作伪证的。

第四十条 事故发生单位对事故发生负有责任的，由有关部门依法暂扣或者吊销其有关证照；对事故发生单位负有事故责任的有关人员，依法暂停或者撤销其与安全生产有关的执业资格、岗位证书；事故发生单位主要负责人受到刑事处罚或者撤职处分的，自刑罚执行完毕或者受处分之日起，5年内不得担任任何生产经营单位的主要负责人。

为发生事故的单位提供虚假证明的中介机构，由有关部门依法暂扣或者吊销其有关证照及其相关人员的执业资格；构成犯罪的，依法追究刑事责任。

第四十一条 参与事故调查的人员在事故调查中有下列行为之一的，依法给予处分；构成犯罪的，依法追究刑事责任：

（一）对事故调查工作不负责任，致使事故调查工作有重大疏漏的；

（二）包庇、祖护负有事故责任的人员或者借机打击报复的。

第四十二条 违反本条例规定，有关地方人民政府或者有关部门故意拖延或者拒绝落实经批复的对事故责任人的处理意见的，由监察机关对有关责任人员依法给予处分。

第四十三条 本条例规定的罚款的行政处罚，由安全生产监督管理部门决定。

法律、行政法规对行政处罚的种类、幅度和决定机关另有规定的，依照其规定。

第六章 附 则

第四十四条 没有造成人员伤亡，但是社会影响恶劣的事故，国务院或者有关地方人民政府认为需要调查处理的，依照本条例的有关规定执行。

国家机关、事业单位、人民团体发生的事故的报告和调查处理，参照本条例的规定执行。

第四十五条 特别重大事故以下等级事故的报告和调查处理，有关法律、行政法规或者国务院另有规定的，依照其规定。

第四十六条 本条例自 2007 年 6 月 1 日起施行。国务院 1989 年 3 月 29 日公布的《特别重大事故调查程序暂行规定》和 1991 年 2 月 22 日公布的《企业职工伤亡事故报告和处理规定》同时废止。

非法用工单位伤亡人员一次性赔偿办法

（2003 年 9 月 23 日劳动和社会保障部令第 19 号公布 自 2004 年 1 月 1 日起施行）

第一条 根据《工伤保险条例》第六十三条第一款的授权，制定本办法。

第二条 本办法所称非法用工单位伤亡人员，是指在无营业执照或者未经依法登记、备案的单位以及被依法吊销营业执照或者撤销登记、备案的单位受到事故伤害或者患职业病的职工，或者用人单位使用童工造成的伤残、死亡童工。

前款所列单位必须按照本办法的规定向伤残职工或死亡职工的直系亲属、伤残童工或者死亡童工的直系亲属给予一次性赔偿。

第三条 一次性赔偿包括受到事故伤害或患职业病的职工或童工在治疗期间的费用和一次性赔偿金，一次性赔偿金数额应当在受到事故伤害或患职业病的职工或童工死亡或者经劳动能力鉴定后确定。

劳动能力鉴定按属地原则由单位所在地设区的市级劳动能力鉴定委员会办理。劳动能力鉴定费用由伤亡职工或者童工所在单位支付。

第四条 职工或童工受到事故伤害或患职业病，在劳动能力鉴定之前进行治疗期间的生活费、医疗费、护理费、住院期间的伙食补助费及所需的交通费等费用，按照《工伤保险条例》规定的标准和范围，全部由伤残职工或童工所在单位支付。

第五条 一次性赔偿金按以下标准支付：

一级伤残的为赔偿基数的 16 倍，二级伤残的为赔偿基数的 14 倍，三级伤残的为赔偿基数的 12 倍，四级伤残的为赔偿基数的 10 倍，五级伤残的为赔偿基数的 8 倍，六级伤残的为赔偿基数的 6 倍，七级伤残的为赔偿基数的 4 倍，八级伤残的为赔偿基数的 3 倍，九级伤残的为赔偿基数的 2 倍，十级伤残的为赔偿基数的 1 倍。

第六条 受到事故伤害或患职业病造成死亡的，按赔偿基数的 10 倍支付一次性赔偿金。

第七条 本办法所称赔偿基数，是指单位所在地工伤保险统筹地区上年度职工年平均工资。

第八条 单位拒不支付一次性赔偿的，伤残职工或死亡职工的直系亲属、伤残童工或者死亡童工的直系亲属可以向劳动保障行政部门举报。经查证属实的，劳动保障行政部门应责令该单位限期改正。

第九条 伤残职工或死亡职工的直系亲属、伤残童工或者死亡童工的直系亲属就赔偿数额与单位发生争议的，按照劳动争议处理的有关规定处理。

第十条 本办法自 2004 年 1 月 1 日起施行。

职工非因工伤残或因病丧失劳动能力程度鉴定标准（试行）

（2002 年 4 月 5 日 劳社部发〔2002〕8 号）

职工非因工伤残或因病丧失劳动能力程度鉴定标准，是劳动者由于非因工伤残或因病后，于国家社会保障法规所规定的医疗期满或医疗终结时通过医学检查对伤残失能程度做出判定结论的准则和依据。

1 范 围

本标准规定了职工非因工伤残或因病丧失劳动能力程度的鉴定原则和分级标准。

本标准适用于职工非因工伤残或因病需进行劳动能力鉴定时，对其身体器官缺损或功能损失程度的鉴定。

2 总 则

2.1 本标准分完全丧失劳动能力和大部分丧失劳动能力两个程度档次。

2.2 本标准中的完全丧失劳动能力，是指因损伤或疾病造成人体组织器官缺失、严重缺损、畸形或严重损害，致使伤病的组织器官或生理功能完全丧失或存在严重功能障碍。

2.3 本标准中的大部分丧失劳动能力，是指因损伤或疾病造成人体组织器官大部分缺失、明显畸形或损害，致使受损组织器官功能中等度以上障碍。

2.4 如果伤病职工同时符合不同类别疾病三项以上（含三项）"大部分丧失劳动能力"条件时，可确定为"完全丧失劳动能力"。

2.5 本标准将《职工工伤与职业病致残程度鉴定》（GB/T16180—1996）中的 1 至 4 级和 5 至 6 级伤残程度分别列为本标准的完全丧失劳动能力和大部分丧失劳动能力的范围。

3 判定原则

3.1 本标准中劳动能力丧失程度主要以身体器官缺损或功能障碍程度作为判定依据。

3.2 本标准中对功能障碍的判定，以医疗期满或医疗终结时所作的医学检查结果为依据。

4 判定依据

4.1 完全丧失劳动能力的条件

4.1.1 各种中枢神经系统疾病或周围神经肌肉疾病等，经治疗后遗有下列情况之一者：

（1）单肢瘫，肌力 2 级以下（含 2 级）。

（2）两肢或三肢瘫，肌力 3 级以下

（含3级）。

（3）双手或双足全肌瘫，肌力2级以下（含2级）。

（4）完全性（感觉性或混合性）失语。

（5）非肢体瘫的中度运动障碍。

4.1.2 长期重度呼吸困难。

4.1.3 心功能长期在Ⅲ级以上。左室疾患左室射血分数≤50%。

4.1.4 恶性室性心动过速经治疗无效。

4.1.5 各种难以治愈的严重贫血，经治疗后血红蛋白长期低于6克/分升以下（含6克/分升）者。

4.1.6 全胃切除或全结肠切除或小肠切除3/4。

4.1.7 慢性重度肝功能损害。

4.1.8 不可逆转的慢性肾功能衰竭期。

4.1.9 各种代谢性或内分泌疾病、结缔组织疾病或自身免疫性疾病所导致心、脑、肾、肺、肝等一个以上主要脏器严重合并症，功能不全失代偿期。

4.1.10 各种恶性肿瘤（含血液肿瘤）经综合治疗、放疗、化疗无效或术后复发。

4.1.11 一眼有光感或无光感，另眼矫正视力<0.2或视野半径≤20度。

4.1.12 双眼矫正视力<0.1或视野半径≤20度。

4.1.13 慢性器质性精神障碍，经系统治疗2年仍有下述症状之一，并严重影响职业功能者：痴呆（中度智能减退）；持续或经常出现的妄想和幻觉，持续或经常出现的情绪不稳定以及不能自控的冲动攻击行为。

4.1.14 精神分裂症，经系统治疗5年仍不能恢复正常者；偏执性精神障碍，妄想牢固，持续5年仍不能缓解，严重影响职业功能者。

4.1.15 难治性的情感障碍，经系统治疗5年仍不能恢复正常，男性年龄50岁以上（含50岁），女性45岁以上（含45岁），严重影响职业功能者。

4.1.16 具有明显强迫型人格发病基础的难治性强迫障碍，经系统治疗5年无效，严重影响职业功能者。

4.1.17 符合《职工工伤与职业病致残程度鉴定》标准1至4级者。

4.2 大部分丧失劳动能力的条件

4.2.1 各种中枢神经系统疾病或周围神经肌肉疾病等，经治疗后遗有下列情况之一者：

（1）单肢瘫，肌力3级。

（2）两肢或三肢瘫，肌力4级。

（3）单手或单足全肌瘫，肌力2级。

（4）双手或双足全肌瘫，肌力3级。

4.2.2 长期中度呼吸困难。

4.2.3 心功能长期在Ⅱ级。

4.2.4 中度肝功能损害。

4.2.5 各种疾病造瘘者。

4.2.6 慢性肾功能不全失代偿期。

4.2.7 一眼矫正视力≤0.05，另眼矫正视力≤0.3。

4.2.8 双眼矫正视力≤0.2或视野半径≤30度。

4.2.9 双耳听力损失≥91分贝。

4.2.10 符合《职工工伤与职业病致残程度鉴定》标准5至6级者。

5 判 定 基 准

5.1 运动障碍判定基准

5.1.1 肢体瘫以肌力作为分级标准，划分为0至5级：

0级：肌肉完全瘫痪，无收缩。

1级：可看到或触及肌肉轻微收缩，但不能产生动作。

2级：肌肉在不受重力影响下，可进行运动，即肢体能在床面上移动，但不能抬高。

3级：在和地心引力相反的方向中尚能完成其动作，但不能对抗外加的阻力。

4级：能对抗一定的阻力，但较正常人为低。

5级：正常肌力。

5.1.2 非肢体瘫的运动障碍包括肌张力增高、共济失调、不自主运动、震颤或吞咽肌肉麻痹等。根据其对生活自理的影响程度划分为轻、中、重三度：

（1）重度运动障碍不能自行进食、大小便、洗漱、翻身和穿衣。

（2）中度运动障碍上述动作困难，但在他人帮助下可以完成。

（3）轻度运动障碍完成上述运动虽有一些困难，但基本可以自理。

5.2 呼吸困难及肺功能减退判定基准

5.2.1 呼吸困难分级

表 1　呼吸困难分级

	轻度	中度	重度	严重度
临床表现	平路快步或登山、上楼时气短明显	平路步行100米即气短。	稍活动（穿衣，谈话）即气短。	静息时气短
阻塞性通气功能减退：一秒钟用力呼气量占预计值百分比	≥80%	50—79%	30—49%	<30%
限制性通气功能减退：肺活量	≥70%	60—69%	50—59%	<50%
血氧分压			60—87 毫米汞柱	<60 毫米汞柱

﹡血气分析氧分压60—87毫米汞柱时，需参考其他肺功能结果。

5.3 心功能判定基准

心功能分级

Ⅰ级：体力活动不受限制。

Ⅱ级：静息时无不适，但稍重于日常生活活动量即致乏力、心悸、气促或心绞痛。

Ⅲ级：体力活动明显受限，静息时无不适，但低于日常活动量即致乏力、心悸、气促或心绞痛。

Ⅳ级：任何体力活动均引起症状，休息时亦可有心力衰竭或心绞痛。

5.4 肝功能损害程度判定基准

表 2 肝功能损害的分级

	轻度	中度	重度
血浆白蛋白	3.1–3.5 克/分升	2.5–3.0 克/分升	<2.5 克/分升
血清胆红质	1.5–5 毫克/分升	5.1–10 毫克/分升	>10 毫克/分升
腹水	无	无或少量，治疗后消失	顽固性
脑症	无	轻度	明显
凝血酶原时间	稍延长（较对照组 >3 秒）	延长（较对照组 >6 秒）	明显延长（较对照组 >9 秒）

5.5 慢性肾功能损害程度判定基准

表 3 肾功能损害程度分期

	肌酐清除率	血尿素氮	血肌酐	其他临床症状
肾功能不全代偿期	50–80 毫升/分	正常	正常	无症状
肾功能不全失代偿期	20–50 毫升/分	20–50 毫克/分升	2–5 毫克/分升	乏力；轻度贫血；食欲减退
肾功能衰竭期	10–20 毫升/分	50–80 毫克/分升	5–8 毫克/分升	贫血；代谢性酸中毒；水电解质紊乱
尿毒症期	<10 毫升/分	>80 毫克/分升	>8 毫克/分升	严重酸中毒和全身各系统症状

注：血尿素氮水平受多种因素影响，一般不单独作为衡量肾功能损害轻重的指标。

附件：

正确使用标准的说明

1. 本标准条目只列出达到完全丧失劳动能力的起点条件，比此条件严重的伤残或疾病均属于完全丧失劳动能力。

2. 标准中有关条目所指的"长期"是经系统治疗12个月以上（含12个月）。

3. 标准中所指的"系统治疗"是指经住院治疗，或每月二次以上（含二次）到医院进行门诊治疗并坚持服药一个疗程以上，以及恶性肿瘤在门诊进行放射或化学治疗。

4. 对未列出的其他伤病残丧失劳动能力程度的条目，可参照国家标准《职工工伤与职业病致残程度鉴定》（GB/T16180—1996）相应条目执行。

企业职工患病或非因
工负伤医疗期规定

(1994年12月1日)

第一条 为了保障企业职工在患病或非因工负伤期间的合法权益，根据《中华人民共和国劳动法》第二十六、二十九条规定，制定本规定。

第二条 医疗期是指企业职工因患病或非因工负伤停止工作治病休息不得解除劳动合同的时限。

第三条 企业职工因患病或非因工负伤，需要停止工作医疗时，根据本人实际参加工作年限和在本单位工作年限，给予3个月到24个月的医疗期：

（一）实际工作年限10年以下的，在本单位工作年限5年以下的为3个月；5年以上的为6个月。

（二）实际工作年限10年以上的，在本单位工作年限5年以下的为6个月；5年以上10年以下的为9个月；10年以上15年以下的为12个月；15年以上20年以下的为18个月；20年以上的为24个月。

第四条 医疗期3个月的按6个月内累计病休时间计算；6个月的按12个月内累计病休时间计算；9个月的按15个月内累计病休时间计算；12个月的按18个月内累计病休时间计算；18个月的按24个月内累计病休时间计算；24个月的按30个月内累计病休时间计算。

第五条 企业职工在医疗期内，其病假工资、疾病救济费和医疗待遇按照有关规定执行。

第六条 企业职工非因工致残和经医生或医疗机构认定患有难以治疗的疾病，在医疗期内医疗终结，不能从事原工作，也不能从事用人单位另行安排的工作的，应当由劳动鉴定委员会参照工伤与职业病致残程度鉴定标准进行劳动能力的鉴定。被鉴定为一至四级的，应当退出劳动岗位，终止劳动关系，办理退休、退职手续，享受退休、退职待遇；被鉴定为五至十级的，医疗期内不得解除劳动合同。

第七条 企业职工非因工致残和经医生或医疗机构认定患有难以治疗的疾病，医疗期满，应当由劳动鉴定委员会参照工伤与职业病致残程度鉴定标准进行劳动能力的鉴定。被鉴定为一至四级的，应当退出劳动岗位，解除劳动关系，并办理退休、退职手续，享受退休、退职待遇。

第八条 医疗期满尚未痊愈者，被解除劳动合同的经济补偿问题按照有关规定执行。

第九条 本规定自1995年1月1日起施行。

事故伤害损失工作日标准

（GB/T15499 – 1995）

（国家技术监督局 1995 年 3 月 10 日批准　自 1995 年 10 月 1 日起实施）

1　主题内容与适用范围

本标准规定了定量记录人体伤害程度的方法及伤害对应的损失工作日数值。

本标准适用于企业职工伤亡事故造成的身体伤害。

2　引用标准

GB6441 企业职工伤亡事故分类

GB7794 职业性急性有机磷农药中毒 诊断标准及处理原则

GB7799 职业性急性丙烯腈中毒 诊断标准及处理原则

GB7800 职业性急性氨中毒 诊断标准及处理原则

GB8781 职业性急性一氧化碳中毒 诊断标准及处理原则

GB8787 职业性急性光气中毒 诊断标准及处理原则

GB8789 职业性急性硫化氢中毒 诊断标准及处理原则

GB11533 标准对数视力表

3　术　语

3.1　累积伤害 accumulated injury

同一、同名肢体、或器官、或组织系统的多处伤害。

3.2　共存伤害 coexistant injury

功能无关的肢体、器官、组织系统的伤害。

3.3　损失工作日 lost workdays

指被伤害者失能的工作时间。

3.4　损伤 injury

受伤害人员心理、生理、功能或解剖组织学上异常或缺失。

4　肢体损伤

4.1　截肢部位损失工作日数换算表

表1

	拇指	食指	中指	无名指	小指
远节指骨	300 (330)	100 (120)	75 (90)	60 (70)	50 (60)
中节指骨	–	200 (240)	150 (180)	120 (140)	100 (120)
近节指骨	600 (660)	400 (440)	300 (330)	240 (280)	200 (240)
掌骨	900 (990)	600 (660)	500 (550)	450 (500)	400 (480)
腕部截肢	3 000 (3 600)				

脚					
	拇趾	二趾	三趾	四趾	小趾
远节趾骨	150	35	35	35	35
中节趾骨	–	75	75	75	75
近节趾骨	300	150	150	150	150
跖骨、跗骨	600	350	350	350	350
踝部	2 400				

上肢	
肘关节以上任一部位（包括肩关节）	4 500 （4 700）
腕以上任一部位，且在肘关节或低于肘关节	3 600 （3 800）

下肢	
膝关节以上任一部位（包括髋关节）	4 500
踝部以上，且在或低于膝关节	3 000

注：表中括号内数值为利手对应值

4.2　肢体瘫和丧失功能

4.2.1　肢体瘫与肌力损失换算表

表2

肌力分级	0 级	1 级	2 级	3 级	4 级	5 级
取表1对应数值的	100%	100%	90%	66%	25%	0

4.2.2　单纯骨折损失工作日换算表

表3

骨折部位		损失工作日	骨折部位		损失工作日
4.2.2.1	锁骨	120	4.2.2.31	股骨头	310
4.2.2.2	锁骨（手术治疗）	170	4.2.2.32	臀肌粗隆	200
4.2.2.3	肋骨	110	4.2.2.33	股骨干	300
4.2.2.4	肋骨（手术治疗）	160	4.2.2.34	骰骨髁骨折	200
4.2.2.5	肩胛骨骨折	110	4.2.2.35	髌骨	190
4.2.2.6	肩胛关节盂	110	4.2.2.36	胫骨干	160
4.2.2.7	肩胛颈	110	4.2.2.37	腓骨干	160
4.2.2.8	肩峰骨折伴骨折移位	150	4.2.2.38	胫骨粗隆骨折	115
4.2.2.9	肱骨髁骨折	260	4.2.2.39	胫骨髁骨折	145
4.2.2.10	肱骨头外科颈	270	4.2.2.40	踝部内踝骨折	175
4.2.2.11	肱骨颈	270	4.2.2.41	踝部外踝骨折	115
4.2.2.12	肱骨干骨折	300	4.2.2.42	距骨	155
4.2.2.13	肱骨髁上中下	260	4.2.2.43	跟骨	155
4.2.2.14	肱骨小头骨折	350	4.2.2.44	跟骨骨折波及距跟关节	255
4.2.2.15	尺骨鹰嘴骨折	110	4.2.2.45	舟骨	205
4.2.2.16	尺骨干骨折	130	4.2.2.46	胸骨	300
4.2.2.17	桡骨头骨折	110	4.2.2.47	胸椎横突	75
4.2.2.18	桡骨下端骨折	140	4.2.2.48	单纯腰椎关节突	180
4.2.2.19	桡骨干骨折	130	4.2.2.49	腰椎压缩骨折	180
4.2.2.20	舟状骨	220	4.2.2.50	腰椎横突	170
4.2.2.21	月骨	190	4.2.2.51	腰椎棘突	170
4.2.2.22	其他腕骨	170	4.2.2.52	腰椎稳定性骨折	185
4.2.2.23	耻骨单支	160	4.2.2.53	腰椎非稳定性骨折	480
4.2.2.24	髂骨翼	200	4.2.2.54	环椎	380
4.2.2.25	骶骨骨折	50	4.2.2.55	颈7椎或胸椎棘突	170
4.2.2.26	尾骨	50	4.2.2.56	颈椎	300
4.2.2.27	骨盆前半环移位骨折	250	4.2.2.57	鼻骨	30
4.2.2.28	骨盆后半环移位	350	4.2.2.58	上颌骨	160
4.2.2.29	股骨颈关节囊内骨折	350	4.2.2.59	下颌骨	160
4.2.2.30	股骨颈关节囊外骨折	300	4.2.2.60	颧骨	110

注：开放性骨折按表3数值乘以1.5取值；闭合性裂纹型骨折乘以0.5取值。

4.2.3 手、足单纯骨折损失工作日数换算表

表4

	拇指	食指	中指	无名指	小指
			手		
远节指骨	60	50	40	35	30
中节指骨	–	55	40	35	30
近节指骨	60	60	60	50	40
掌骨	70	60	60	60	60

	拇趾	二趾	三趾	四趾	小趾
			足		
远节趾骨	50	20	20	20	20
中节趾骨	–	40	40	40	40
近节趾骨	60	55	55	55	55
跖骨、跗骨	65	60	60	60	60

4.2.4　肢体功能障碍

表5

功 能 损 伤 与 部 位	损失工作日
4.2.4.1　肩关节强直、畸形	1 000
4.2.4.2　肩关节活动度丧失50%	600
4.2.4.3　肘关节强直	700
4.2.4.4　肘关节活动限制在功能位活动度小于10°或丧失50%	400
4.2.4.5　前臂骨折畸形，愈后强直在旋前位或者旋后位	600
4.2.4.6　腕关节强直、挛缩畸形	1 500
4.2.4.7　腕关节运动活动度丧失50%	1 000
4.2.4.8　一手功能不能对指和握物	600
4.2.4.9　髋关节强直、挛缩畸形	2 000
4.2.4.10　髋关节运动活动度丧失50%	1 000
4.2.4.11　膝关节强直、挛缩畸形	1 000
4.2.4.12　膝关节运动活动度丧失达50%	600

续表

功 能 损 伤 与 部 位	损失工作日
4.2.4.13 开放性踝关节骨折致成踝关节强直、挛缩畸形	1 500
4.2.4.14 股骨或胫腓骨骨折并发假关节	3 000
4.2.4.15 股骨或胫腓骨骨折畸形愈合，骨折成角畸形大于15°，下肢缩短4cm以上	2 400
4.2.4.16 股骨或胫腓骨骨折畸形愈合，骨折成角畸形大于15°，下肢缩短5cm以上	3 000
4.2.4.17 股骨或胫腓骨骨折畸形愈合，骨折成角达到30°或严重转畸形	3 000
4.2.4.18 下肢骨折畸形愈合肢体短缩3cm以上	1 000
4.2.4.19 四肢长管骨骨折并发慢性骨髓炎	1 500
4.2.4.20 长管状骨折形成假关节需手术者	1 500
4.2.4.21 肩、肘、指、趾关节脱位经手法复位无明显并发证及后遗症者	30
4.2.4.22 指甲脱落在两个及以上	50
4.2.4.23 四肢软组织创口愈合，血肿吸收，功能良好	25
4.2.4.24 四肢软组织损伤，愈后能形成疤痕，有轻度活动受限	70
4.2.4.25 四肢关节附属结构损伤，关节肿胀消退、积液吸收，关节活动不受限，无外伤性关节炎	100
4.2.4.26 四肢关节附属结构损作，关节肿胀消退、积液吸收，关节活动轻度受限	180
4.2.4.27 四肢关节有脱位，愈合基本复位，关节有痛感，关节活动轻度受限	200
4.2.4.28 一手股腱损伤愈合，伸屈功能良好	60
4.2.4.29 一手肌腱损伤愈合，伸屈功能轻度障碍但能完成功能活动	300
4.2.4.30 一手皮肤套状撕脱伤	1 000
4.2.4.31 一脚皮肤套状撕脱伤	1 200

5 眼部损伤

表6

功 能 损 伤 与 部 位	损失工作日
5.1 五级盲	6 000A
5.2 四级盲	6 000B

功 能 损 伤 与 部 位	损失工作日
5.3　三级盲	6 000C
5.4　一眼盲，另一眼视力正常	1 800
5.5　视野损伤	
5.5.1　双眼视野≤80%（或半径≤50°）	1 200
5.5.2　双眼视野≤64%（或半径≤40°）	1 760
5.5.3　双眼视野≤48%（或半径≤30°）	2 400
5.5.4　双眼视野≤40%（或半径≤25°）	3 200
5.5.5　双眼视野≤32%（或半径≤20°）	4 400
5.5.6　双眼视野≤24%（或半径≤15°）	6 000C
5.5.7　双眼视野≤8%（或半径≤5°）	6 000B
5.6　眼睑损伤	
5.6.1　眼睑血肿	10~14
5.6.2　眼睑裂伤	5~10
5.6.3　眼睑裂伤伴后遗症	50~300
5.6.4　眼睑损伤创口愈合，眼睑闭合不全或外翻	800
5.6.5　眼睑损伤合并提上睑肌损伤，上睑下垂盖及瞳孔三分之一者	1 200
5.7　泪器损伤后溢泪，手术无法改进者	800
5.8　眼外肌损伤致麻痹性斜视	600
5.9　眼眶损伤	
5.9.1　未累及眼球	50
5.9.2　累及眼球并后遗症	600
5.9.3　眶内异物未取出者	50
5.10　结膜损伤	
5.10.1　出血或充血，能自行吸收者	5
5.10.2　后遗睑球粘连伴眼运动障碍	1 200
5.11　角膜损伤	
5.11.1　无后遗症	10~30
5.12　角巩膜损伤	
5.12.1　浅层损伤无后遗症	10~30
5.12.2　深层损伤伴并发症	50~100
5.12.3　深层损伤伴严重后遗症（包括眼内遗物）	500

功 能 损 伤 与 部 位	损失工作日
5.13 虹膜睫状体损伤	
5.13.1 外伤性虹膜炎	50~100
5.13.2 瞳孔永久性散大；虹膜根部离断	600
5.13.3 前房出血	20~30
5.13.4 前房出血致角膜血染	600
5.14 晶状体损伤	
5.14.1 外伤性白内障（Ⅰ~Ⅱ期）	300~600
5.14.2 外伤性白内障（Ⅲ）期	800
5.14.3 无晶状体眼视力可矫正	700
5.14.4 晶体脱位	300
5.15 玻璃体积血	150~600
5.16 眼底损伤	100~600
5.17 外伤性青光眼	1 200
5.18 球内异物未取出者	700
5.19 一侧眼球摘除者	2 400

注：表中6 000损失工作日数值后的A、B、C表示严重程度等级（下文同）。

5.20 视力损失工作日数值换算表

表7

左眼＼右眼	1.0~0.9	0.8	0.7	0.6	0.5	0.4	0.3	0.2	0.15	0.1	0.06	0.05	0.02
1.0~1.9	0	0	120	180	240	290	540	720	960	1200	1380	1500	1620
0.8	0	0	180	240	290	420	600	840	1080	1320	1440	1560	1680
0.7	120	180	240	290	360	480	720	960	1200	1440	1560	1680	1800
0.6	180	240	290	360	420	600	840	1140	1320	1560	1740	1920	2100
0.5	240	290	360	420	480	720	1020	1320	1500	1680	1920	2160	2400
0.4	290	420	480	600	720	960	1200	1500	1680	1860	2100	2400	2700
0.3	540	600	720	840	1020	1200	1500	1980	2280	2520	2820	3120	3600
0.2	720	840	960	1140	1320	1500	1980	2820	3300	3600	4020	4500	4800
0.15	960	1080	1200	1320	1500	1680	2280	3300	3780	4200	4680	4980	5280
0.1	1200	1320	1440	1560	1680	1860	2520	3600	4200	4800	5100	5400	5700
0.06	1380	1440	1560	1740	1920	2100	2820	4020	4680	5100	5520	5700	5880
0.05	1500	1560	1680	1920	2160	2400	3120	4500	4980	5400	5700	5880	6000
0.02	1620	1680	1800	2100	2400	2700	3600	4800	5280	5700	5880	6000	6000

6 鼻部损伤

表8

功 能 损 伤 与 部 位	损失工作日
6.1 外鼻挫伤创口愈合，肿胀消退，鼻腔能通畅	30
6.2 鼻骨骨折、鼻部轻度变形	100
6.3 鼻脱落者	2 000
6.4 鼻局部缺损致使嗅觉功能显著障碍者	1 000
6.5 鼻骨粉碎性骨折或鼻骨线形骨折，伴有明显移位者，需手术整复者	300
6.6 单纯性无移位性鼻骨骨折	60
6.7 单侧鼻腔或鼻孔闭锁	400
6.8 鼻中隔穿孔	90

7 耳部损伤

表9

功 能 损 伤 与 部 位	损失工作日
7.1 耳轮开放性损伤轻度血肿，或无缺损的撕裂伤，愈后无明显外形改变	20
7.2 耳轮开放性损伤明显变形	150
7.3 鼓膜充血未穿孔，无明显听力减退	20
7.4 外伤性鼓膜穿孔（鼓膜能形成疤痕与听力损失叠加计算）	
7.4.1 单侧	50
7.4.2 双侧	100
7.5 耳廓缺损	
7.5.1 一耳、两耳缺损三分之二	600
7.5.2 1/5＜一耳、两耳缺损＜1/3	300
7.5.3 1/10＜一耳、两耳缺损≤1/5	200
7.5.4 一耳、两耳缺损≤1/10	100
7.5.5 一耳再造	300
7.5.6 两耳再造	600
7.6 外耳道损伤，愈后外耳道基本畅通	30
7.7 外耳道损伤，愈后外耳道部分狭窄，但不影响听力	90

7.8 听力损伤工作日数值换算表

表10

≥91	≥81	≥71	≥56	≥41	≥31	≥26	正常	左耳 dB
								右耳 dB
1 200	1 000	800	280	220	200	80	0	正常
1 400	1 100	900	400	280	220	200	80	≥26
2 000	1 200	1 100	900	290	280	220	200	≥31
2 200	2 000	1 200	1 100	900	290	280	220	≥41
2 600	2 400	2 000	1 200	1 100	900	400	280	≥56
3 000	2 800	2 400	2 000	1 200	1 000	900	800	≥71
3 400	3 200	2 800	2 400	2 000	1 200	1 100	1 000	≥81
4 400	3 400	3 000	2 600	2 200	2 000	1 400	1 200	≥91

8 口腔颌面部损伤

表11

功能损伤与部位	损失工作日
8.1　上唇或下唇损伤影响发音	300
8.2　上唇或下唇损伤影响发音、美观及进食功能，整形手术不能达到功能恢复者	900
8.3　颌下腺、舌下腺损伤伴有功能障碍	150
8.4　腮腺损伤伴有面神经麻痹及涎瘘	900
8.5　舌体损伤愈后，无功能障碍者	15
8.6　舌缺损，经整复手术只能部分恢复语言功能	1 500
8.7　舌下神经一侧损伤或神经一侧损伤引起舌运动及感觉功能障碍	900
8.8　口腔颌面部损伤，影响语言功能部分丧失或全部丧失	2 000～3 000
8.9　口腔颌面部损伤，引起吞咽功能（舌腭缺损）丧失不影响面容者	3 000
8.10　颌面软组织非贯穿性挫裂伤1～2处，创口长度不超过2cm	25
8.11　面部软组织单个创口长度3.5cm，或者创口累计长度达5cm，或小于长度的颌面部穿透创	260
8.12　面部损伤能遗有明显疤痕	
8.12.1　单条长3cm或者长度达4cm	260
8.12.2　单块面积2cm² 或者累计面积达3cm²	400

功能损伤与部位	损失工作日
8.12.3　影响面容的色素沉着面积达 $6cm^2$	700
8.13　面部损伤能遗有明显疤痕	
8.13.1　单块面积相当 $4cm^2$，条状疤痕单条长 $5cm^2$	800
8.13.2　两块面积相当 $7cm^2$，条状疤痕两条累计长度 8cm	900
8.13.3　三块以上面积相当 $9cm^2$；条状疤痕三条以上累计长度 10cm	1 200
8.14　面部损伤留有散在的细小疤痕，范围达面部 30%	1 000
8.15　三叉神经损伤，面感觉障碍	200
8.16　面神经损伤	
8.16.1　不完全性面瘫	300
8.16.2　完全性面瘫，需行吻合手术者	600
8.17　颈部损伤引起一侧颈动脉、椎动脉血栓形成，颈动、静脉瘘或者假性动脉瘤	800

　8.18　长齿脱落损失工作日数值换算表

表 12

脱落、折断或手术矫正牙齿数	1	2	3	4	5	6	7
损失工作日数	20	80	180	300	350	400	450
脱落、折断或手术矫正牙齿数	8	9	10	11	12	13	14
损失工作日数	500	550	600	650	700	750	800

　8.19　颧骨、上下颌骨骨折、颞下颌关节损伤

表 13

功能损伤与部位	损失工作日
8.19.1　上或下颌骨骨折愈合后，咬合功能良好，轻度影响咀嚼功能	200
8.19.2　上或下颌骨骨折愈合后，有错合畸形，开口受限	
8.19.2.1　Ⅰ度	200
8.19.2.2　Ⅱ度	1 200
8.19.2.3　Ⅲ度	2 400
8.19.3　上下颌骨合并骨折，治愈后有中枢及周围神经症状，影响功能	2 000

9 头皮、颅脑损伤

表14

功能损伤与部位	损失工作日
9.1 头皮损伤	
9.1.1 头皮血肿，不经手术能治愈者	20
9.1.2 头皮血肿，经穿刺抽血和加压包扎后，短期内能吸收自愈者	25
9.1.3 头皮血肿，需手术者	60
9.2 头皮裂伤	
9.2.1 头皮锐器创、挫裂创1~2处，其累计总长度在8cm以下未损及骨膜	30
9.2.2 锐器创、创口累计长度达8cm	60
9.2.3 钝器创、创口累计长度达6cm	60
9.3 头皮撕脱伤	
9.3.1 撕脱面积<20cm^2	200
9.3.2 撕脱面积=20cm^2	300
9.3.3 撕脱面积>20cm^2	400
9.3.4 撕脱面积达头皮面积25%，有失血性休克者	600
9.3.5 撕脱面积达头皮面积50%	1 000
9.3.6 全头皮撕脱	2 000
9.4 头皮缺损	
9.4.1 头皮缺损达10cm^2	300
9.4.2 头皮缺损达全头皮25%	900
9.4.3 头皮缺损达全头皮25%以上	2 400
9.4.4 头皮大部分缺损	3 000
9.5 颅骨骨折	
9.5.1 颅盖骨单纯线状骨折，创口愈合血肿吸收，不伴有颅神经损伤症状	150
9.5.2 颅盖骨多发性骨折	400
9.5.3 颅盖骨凹陷性骨折	400
9.5.4 颅盖骨凹陷性骨折需手术整复，非功能区超过0.5cm×20cm	1 000

功能损伤与部位	损失工作日
9.5.5 颅盖骨凹陷性骨折需手术整复，功能区超过 0.5cm × 20cm	1500
9.5.6 眶部骨折	
9.5.6.1 单纯闭合骨折	90
9.5.6.2 单纯开放骨折	150
9.5.6.3 遗有眶部轻度变形	250
9.5.6.4 与健侧相比，遗有容貌明显改变	700
9.5.7 颌面软组织及颌骨外伤缺损遗有神经症状影响功能者	680
9.5.8 吞咽、迷走神经损伤、呛咳、误咽、声音嘶哑	2300
9.5.9 咀嚼、咽下功能遗有显著障碍者	3000
9.5.10 吞咽、迷走神经损伤，遗有吞咽神经痛	3500
9.6 颅底骨折不伴有颅神经损伤，仅有脑脊液漏者	400
9.7 头部损伤，当时无意识障碍，有主诉症状，但临床神经系统检查无客观体征	60
9.8 轻型颅脑损伤	
9.8.1 头部损伤，有原发性意识障碍，伴有逆行性健忘，无颅骨骨折，无神经定位体征，仅有头痛、头迷等症状	200
9.8.2 头部损伤颅骨骨折，遗有头痛、头迷等症状，神经系统无阳性体征，头颅 CT 无脑实质损害，脑电图有轻度异常	400
9.9 中型颅脑损伤	
9.9.1 仅有脑挫伤，头颅 CT 证实有挫伤，神经系统有或无阳性体征，脑电图有中度以上异常改变者	600
9.9.2 脑挫裂伤，伴有蛛网膜下腔出血，腰椎穿刺有血性脑脊液	1 000
9.9.3 脑挫裂伤，蛛网膜下腔出血和颅骨骨折	1 200
9.9.4 脑挫裂伤和凹陷性骨折需手术者	1 500
9.10 重型颅脑损伤	
9.10.1 颅内血肿	
9.10.1.1 硬脑膜外血肿需手术清除者	1 200
9.10.1.2 硬脑膜下血肿需手术清除者	1 500
9.10.1.3 脑内单发血肿需手术清除者	2 000
9.10.1.4 颅内多发性血肿需手术清除者	3 000
9.10.1.5 广泛脑挫裂伤合并小血肿不需手术者	2 000

功能损伤与部位	损失工作日
9.10.2　脑干损伤	
9.10.2.1　轻度	700
9.10.2.2　中度	3 000
9.10.2.3　重度	5 000
9.10.2.4　极重型	6 000
9.11　颅脑损伤合并症	
9.11.1　头皮感染合并颅骨骨髓炎	1 000
9.11.2　化脓性脑膜炎	1 500
9.11.3　外伤性脑脓肿	2 000
9.11.4　颅骨缺损，需行颅骨成形术者	800
9.11.5　颅底骨折伴有脑脊液漏（鼻、耳漏）	
9.11.5.1　不需手术者，有不全面听神经损伤	1 000
9.11.5.2　颅神经损伤，需要手术修复者	2 000
9.11.5.3　不能修复者	2 500
9.11.6　颅底骨折合并嗅神经损伤，单侧	300
9.11.7　颅底骨折合并嗅神经损伤，双侧	800
9.11.8　颅底骨折合并视神经损伤，单侧	2 000
9.11.9　颅底骨折合并视神经损伤，双侧	3 000
9.11.10　前庭神经损伤、脑晕、平衡障碍或有呕吐者	700
9.12　颅内异物，有功能障碍者	2 000
9.13　脑外伤遗有失语	
9.13.1　不完全失语	2 300
9.13.2　完全运动性失语	4 000
9.13.3　完全感觉性或混合性失语	6 000
9.13.4　不完全性失用、失写、失读、失认等	1 000
9.13.5　完全性失用、失写、失读、失认等	2 300
9.14　脑外伤性癫痫	
9.14.1　用抗癫痫药物能控制者	1 200
9.14.2　每月大发作一次，小发作平均每周一次	2 400
9.14.3　每月大发作二次，小发作二次以上	6 000
9.15　颅脑损伤致其他症与并发症	
9.15.1　外伤性颈内动脉海绵窦瘘	2 000
9.15.2　垂体功能低下综合症	3 500

功能损伤与部位	损失工作日
9.15.3　尿崩症	3 000
9.16　外伤性智力损伤	
9.16.1　轻微适应缺陷	850
9.16.2　轻度适应缺陷	2 300
9.16.3　中度适应缺陷	4 000
9.16.4　重度适应缺陷	6 000C
9.16.5　极重度适应缺陷	6 000A
9.17　精神病症状	
9.17.1　人格改变	1 200
9.17.2　精神病症状影响职业劳动	2 400
9.17.3　精神病症状致使缺乏社交能力	4 400
9.17.4　精神病症状表现为危险或冲动行为	6 000C
9.17.5　精神病症状缺乏生活自理能力	6 000B

10　颈部损伤

表15

功能损伤与部位	损失工作日
10.1　甲状腺损伤	
10.1.1　伴有喉返神经损伤致使功能严重障碍	1 000
10.1.2　甲状腺功能轻度损伤	1 200
10.1.3　甲状腺功能中度损伤	2 400
10.1.4　甲状腺功能重度损伤	4 400
10.2　甲状旁腺损伤	
10.2.1　甲状旁腺功能轻度损伤	300
10.2.2　甲状旁腺功能中度损伤	1 700
10.2.3　甲状旁腺功能重度损伤	5 000
10.3　胸导管损伤致乳糜胸，保守治疗可痊愈者	150
10.4　胸导管损伤致乳糜胸，需手术治疗	500
10.5　喉损伤，遗有喉狭窄声带轻度麻痹，能基本发音和呼吸	800
10.6　喉损伤，引起喉狭窄影响发音及呼吸者	1 600
10.7　颈部创口1~2处，单创口长度不超过5cm，无运动功能障碍	25

11 胸 部 损 伤

表 16

功能损伤与部位	损失工作日
11.1 胸部严重挤压伤不影响呼吸功能致成胸壁组织缺损或胸壁组织疤痕挛缩	
11.1.1 损伤面积占体表面积 1%	60
11.1.2 损伤面积占体表面积 2%	120
11.1.3 损伤面积占体表面积 3%	300
11.1.4 多发性肋骨骨折出现胸壁浮动，反常呼吸、呼吸困难	800
11.2 胸部外伤致成胸壁组织缺损，或胸壁组织疤痕挛缩其面积占体表面积 3% 以上者，且影响呼吸功能和胸部活动的：	
11.2.1 轻微	600
11.2.2 中度	1 200
11.2.3 重度	1 700
11.3 胸部严重挤压伤	
11.3.1 致使循环、呼吸运动障碍，愈后症状消失，心、肺功能恢复正常	250
11.3.2 致使循环障碍，合并呼吸窘迫综合症（ARDS），愈后心、肺功能不良	2 500
11.3.3 致使颅内出血，肺合并呼吸窘迫综合症（ARDS），肾合并挤压综合症	4 000
11.4 女性乳房损伤，导致一侧乳房部分缺失或乳腺导管损伤	200
11.5 女性一侧乳房缺失，双侧乳房丧失哺乳功能（未婚、育龄女性）	1 200
11.6 闭合性气胸	
11.6.1 小量气胸，有轻度呼吸加快，愈后无不良改变	50
11.6.2 积气多，呼吸困难，呼吸音减弱或消失，愈后无症状	90
11.7 开放性气胸，严重缺氧、紫绀，常伴有休克，并遗有二级呼吸困难	300
11.8 张力性气胸，愈后症状消失	150

续表

功能损伤与部位	损失工作日
11.9　张力性气胸，愈后遗有呼吸困难二级	300
11.10　外伤性血胸	
11.10.1　小量血胸，无明显症状和体征	150
11.10.2　中等量以上血胸有明显症状和体征，可伴有休克，愈后有轻度胸膜粘连	600
11.10.3　进行性血胸，迟发性血胸，凝固性血胸，呼吸困难，需剖胸手术治疗	1 200
11.10.4　胸壁异物滞留	200~600
11.10.5　血气胸行单纯闭式引流手后，胸膜粘连增厚	500
11.11　胸部外伤致成脓胸	
11.11.1　单纯胸腔闭式引流可治愈，愈后不影响呼吸功能	200
11.11.2　局限性脓胸行部分胸改术	1 800
11.11.3　需胸廓改形术治疗，术后明显影响呼吸功能，呼吸困难在二级以上者	2 300
11.11.4　胸改术后，呼吸困难在三级以上者	4 000
11.11.5　一侧胸改术后，切除六根肋骨以上	6 000C
11.11.6　胸部外伤致成支气管胸膜瘘、脓胸	2 000
11.11.7　胸部外伤致成脓胸治疗后遗有呼吸困难四级	6 000
11.12　胸部外伤致成呼吸窘迫综合症	
11.12.1　纵隔气肿	1 000
11.12.2　纵隔脓肿	2 500
11.12.3　纵隔炎	2 000
11.13　食管损伤	
11.13.1　愈后能进普通饮食者	200
11.13.2　食道狭窄，能进半流食者	1 000
11.13.3　食道狭窄，只能进全流食者	3 500
11.13.4　食管切除术后进食正常者	1 000
11.13.5　食管重建术后并返流食管炎	2 300
11.13.6　食管重建术后吻合口狭窄，仅能进半流食者	2 400
11.13.7　食管重建术后吻合口狭窄，仅能进流食者	4 500
11.13.8　食管闭锁或切除后摄食依赖胃造瘘者	6 000B
11.14　气管、支气管破裂，保守治疗可治愈，愈后功能良好	300

功能损伤与部位	损失工作日
11.15 气管、支气管破裂，需重建呼吸道，术后呼吸通畅，呼吸功能良好	1 000
11.16 肺爆震伤	
11.16.1 轻者：胸痛、胸闷、咳嗽、咳泡沫样血痰，愈后症状消失，肺功能正常	400
11.16.2 重者：烦燥不安、呼吸困难、紫绀，甚至休克	1 000
11.17 肺破裂，肺损伤形成较大的肺内血肿，或间质出血，合并血气胸严重影响呼吸功能	2 000
11.18 长管状骨折，致成肺脂肪栓塞综合症	4 000
11.19 肺损伤	
11.19.1 肺修补术	800
11.19.2 肺内异物滞留或异物摘除术后	900
11.19.3 支气管成形术	800
11.20 肺切除	
11.20.1 肺段切除	1 200
11.20.2 肺段切除，肺功能轻度损害	1 700
11.20.3 肺叶切除，并肺段或楔形切除	2 400
11.20.4 双肺叶切除	4 000
11.20.5 肺叶切除后，并部分胸改术	3 800
11.20.6 一侧全肺切除术后肺功能中度损伤	4 400
11.20.7 一侧全肺切除，并胸廓改形术	6 000C
11.21 心脏、血管损伤	
11.21.1 心脏挫伤，有心律失常：如心房纤颤、室性心动过速	4 500
11.21.2 心包破裂、心包异物，需手术者	800
11.21.3 心脏或大血管损伤并有心包填塞、损伤性动脉瘤	3 000～5 000
11.21.4 心脏修补术	1 190
11.21.5 大血管修补术	800
11.21.6 心脏异物滞留或异物摘除术后	1 100
11.21.7 血管代用品重建血管	1 200
11.21.8 冠状运脉旁路移植术	3 100
11.21.9 瓣膜置换术后	4 000
11.21.10 瓣膜置换术后，心功能不全二级	5 000

功能损伤与部位	损失工作日
11. 21. 11　瓣膜置换术后，心功能不全三级	6 000B
11. 21. 12　心脏损伤Ⅲ度房室传导阻滞	6 000C
11. 22　创伤性膈肌破裂致成膈疝	1 000
11. 23　膈肌修补术	600

12　腹 部 损 伤

表 17

功能损伤与部位	损失工作日
12. 1　腹壁损伤	
12. 1. 1　单纯腹壁损伤，创口愈合，血肿吸收	30
12. 1. 2　损伤疤痕收缩，活动有疼痛感	100
12. 1. 3　腹壁缺损 10cm 左右	1 200
12. 1. 4　腹壁缺损大于腹壁的四分之一	2 400
12. 2　腹膜后间隙损伤	
12. 2. 1　愈后血肿吸收，轻度腹胀	200
12. 2. 2　神经丛损伤致持久严重腹胀	400
12. 3　腹部损伤致使腹腔积血，需剖腹手术探察	400
12. 4　实质器官损伤（肝、脾、肾）保守疗法可治愈	350
12. 5　实质器官损伤，切口愈合有轻度腹胀	750
12. 6　肾损伤	
12. 6. 1　一侧肾全切除，另一侧肾正常	2 500
12. 6. 2　一侧肾脏破裂引起出血性休克，肾脏损伤后期伴有肾性高血压、肾功能障碍	3 000
12. 6. 3　一侧肾切除，对侧肾功能不全代偿期	4 000
12. 6. 4　一侧肾切除，对侧肾功能不全失代偿期	6 000C
12. 6. 5　一侧肾切除，对侧肾部分切除后，肾功能不全失代偿期	6 000B
12. 6. 6　双肾切除，能用透析维持或同种异体肾移植术	6 000A
12. 7　脾摘除	
12. 7. 1　30 岁以上摘除者	1 400
12. 7. 2　30 岁以下摘除者	2 500
12. 8　空腔器官损伤（胃、肠、胆囊）伴有疝，手术修复，影响功能	700

续表

功能损伤与部位	损失工作日
12.9　胃切除	
12.9.1　胃部分切除	500
12.9.2　胃切除二分之一	800
12.9.3　胃切除三分之二	1 200
12.9.4　胃切除四分之三	2 400
12.9.5　胃全切	4 400
12.10　肠损伤	
12.10.1　腹部损伤致使空腔脏器穿孔术后合并腹膜炎	1 000
12.10.2　腹部损伤致使肠梗阻或者肠瘘者发作频繁	2 500
12.10.3　腹部损伤致使肠梗阻或者肠瘘者发作不频繁	1 500
12.11　小肠切除	
12.11.1　小肠切除 <1/3	400
12.11.2　小肠切除 ≥1/3	800
12.11.3　小肠切除三分之一，并回盲部切除	1 200
12.11.4　小肠切除 ≥1/2	1 800
12.11.5　小肠切除三分之二，保留回盲部	2 400
12.11.6　小肠切除三分之二，回盲部也切除，施行逆蠕动吻合术	3 200
12.11.7　小肠切除四分之三，施行逆蠕动吻合术	4 400
12.11.8　小肠切除四分之三，未施行逆蠕动吻合术	6 000C
12.11.9　小肠切除 <3/4，未施行逆蠕动吻合术	6 000B
12.11.10　小肠切除 90% 以上	6 000A
12.11.11　结肠部分切除	600
12.11.12　右、左横结肠大部分切除	850
12.11.13　右半结肠切除	1 000
12.11.14　外伤致直肠脱出，治疗后效果不佳	800
12.11.15　左半结肠切除	1 200
12.11.16　乙状结肠或回盲部切除	700
12.11.17　会阴部损伤后，肛门排便轻度障碍	1 700
12.11.18　会阴部损伤后，肛门排便重度障碍	4 000
12.11.19　直肠、肛门、结肠部分切除，结肠造瘘	2 600
12.11.20　全结肠、直肠、肛门切除，回肠造瘘	5 000
12.12　肝损伤	

功能损伤与部位	损失工作日
12.12.1 肝外伤、合并胆瘘	1 500
12.12.2 肝部分切除	790
12.12.3 肝切除二分之一	2 000
12.12.4 肝切除三分之二	3 500
12.12.5 肝切除三分之二，并有常规肝功能轻度损伤	4 500
12.12.6 肝切除三分之二，并有常规肝功能中度损伤	6 000C
12.12.7 肝切除四分之三，并有常规肝功能重度损伤	6 000B
12.12.8 肝外伤后发生门脉高压三联症或发生 Budd – chiar 氏综合症	6 000B
12.12.9 肝切除后，原位肝移植	6 000A
12.13 胆损伤	
12.13.1 胆肠吻合术后	1 200
12.13.2 致肝功能轻度损伤	2 500
12.13.3 胆道反复感染	2 400
12.13.4 致中度肝功能损伤	4 500
12.13.5 致重度肝功能损伤	6 000B
12.14 胰损伤	
12.14.1 胰部分切除	750
12.14.2 胰切除二分之一	1 300
12.14.3 胰次全切除，胰岛素依赖	3 200
12.15 外力引起腹疝，需简单手术修复	450
12.16 外力引起腹疝，需复杂手术修复	600
12.17 膀胱损伤	
12.17.1 闭合性膀胱挫伤、镜检血尿在二周内自行消失	30
12.17.2 膀胱破裂，手术修复，无尿道狭窄	450
12.17.3 膀胱破裂，手术修复，有尿道狭窄	900
12.17.4 膀胱破裂，手术修复，尚须改道者	3 000
12.17.5 膀胱损伤，轻度排尿障碍	1 760
12.17.6 神经原性膀胱残余尿≥50mL	3 200
12.17.7 膀胱部分切除容量＜100mL	3 500
12.17.8 永久性膀胱造瘘	4 500
12.17.9 重度排尿障碍	4 800
12.17.10 膀胱全切除	6 000C

功能损伤与部位	损失工作日
12.18　尿道瘘不能修复者	2 500
12.19　尿道狭窄需定期行扩张术	4 400
12.20　一侧输尿管狭窄，肾功能不全代偿期	3 500
12.21　永久性输尿管腹壁造瘘	4 500
12.22　双侧输尿管狭窄，肾功能不全失代偿期	6 000C
12.23　腰部软组织损伤	
12.23.1　轻度挫伤占腰部体表面积30%以下	100 ~ 200
12.23.2　广泛挫伤占腰部体面积30%以上	300 ~ 400
12.23.3　躯干部创口1~2处，累计长度10cm以下，仅伤及肌层	25
12.24　会阴部损伤	
12.24.1　阴囊一侧挫伤形成较小血肿，未伤及睾丸，能自行吸收	20
12.24.2　会阴部较小血肿能自行吸收	20

13　骨盆部损伤

表18

功能损伤与部位	损失工作日
13.1　骨盆不稳定性骨折	2000
13.2　骨盆稳定性骨折	300
13.3　骨盆骨折合并尿道损伤，遗有尿道狭窄，不需手术修复	1 500
13.4　骨盆骨折合并尿道损伤，完全性尿道断裂，需手术治疗	2 500
13.5　骨盆骨折，遗产道狭窄（未育者）	1 700
13.6　生殖器官损伤	
13.6.1　已育妇女子宫切除或部分切除	900 ~ 1 000
13.6.2　子宫修补术	400
13.6.3　未育妇女子宫切除或部分切除	2 300 ~ 2 400
13.6.4　一侧睾丸切除	1 200
13.7　外伤致孕妇早产、流产	600
13.8　外伤致孕妇胎盘早期剥离发生出血性休克	1 000

14　脊柱损伤

表19

功能损伤与部位	损失工作日
14.1　脊椎骨骨折，造成轻度驼背畸形	600
14.2　脊柱施内固定术，屈伸功能受影响	1 000
14.3　压缩性骨折达椎体三分之一以上	1 000
14.4　压缩性骨折达椎体二分之一以上	1 500
14.5　脊椎骨折伴有神经压迫症状	1 500
14.6　脊柱损伤致脊髓半离断	4 000 ~ 600
14.7　脊柱损伤致脊髓离断形成截瘫者	6 000
14.8　上胸段、颈段高位截瘫	6 000A

15　其他损伤

表20

功能损伤与部位	损失工作日
15.1　接触国家规定的工业毒物、有害气体急性中毒	
15.1.1　一氧化碳中毒	
15.1.1.1　轻度中毒	30 ~ 50
15.1.1.2　中度中毒	200 ~ 400
15.1.1.3　重度中毒	450 ~ 1 100
15.1.1.4　严重一氧化碳中毒，急性中毒症状消失，导致脑实质病变或痴呆者	4 400 ~ 6 000
15.1.2　有机磷农药中毒	
15.1.2.1　轻度中毒	30 ~ 90
15.1.2.2　中度中毒	200 ~ 350
15.1.2.3　重度中毒	400 ~ 850
15.1.3　硫化氢中毒	
15.1.3.1　轻度中毒	30 ~ 50
15.1.3.2　中度中毒	200 ~ 350
15.1.3.3　重度中毒	400 ~ 850

功能损伤与部位	损失工作日
15.1.4　氨中毒	
15.1.4.1　轻度中毒	30～50
15.1.4.2　中度中毒	200～350
15.1.4.3　重度中毒	400～850
15.1.4.4　急性中毒严重损伤呼吸道并遗有功能障碍者	2 000
15.1.5　光气中毒	
15.1.5.1　轻度中毒	30～50
15.1.5.2　中度中毒	200～350
15.1.5.3　重度中毒	400～850
15.1.6　丙烯腈中毒	
15.1.6.1　轻度中毒	30～50
15.1.6.2　重度中毒	400～850
15.1.7　接触高浓度有害气体、毒物，急性中毒症状消失后，遗有心肌、肝肾等内脏损伤，且明显影响劳动功能者	2 400～4 400
15.1.8　接触高浓度有害气体、毒物，急性中毒症状消失后，遗有造血功能改变且影响劳动能力者	3 000～3 500
15.1.9　接触高浓度有害气体、毒物，急性中毒症状消失后，遗有明显精神障碍且影响劳动能力者	2 400～4 400
15.1.10　接触国家规定的其他工业毒物、有害气体所致急性中毒	
15.1.10.1　有接触反应、刺激反应，符合观察对象条件者	3～15
15.1.10.2　轻度中毒	30～50
15.1.10.3　中度中毒	200～300
15.1.10.4　重度中毒	400～1 100
15.2　烧伤	
15.2.1　Ⅰ度、浅Ⅱ度烧伤，面积在3%以下	25
15.2.2　深Ⅱ度烧伤、烧伤面积2%	40
15.2.3　浅Ⅱ度烧伤、烧伤面积5%	40
15.2.4　轻度烧伤（较上述严重的轻度烧伤）	110
15.2.5　中度烧伤	
15.2.5.1　烧伤面积≥11%	200
15.2.5.2　烧伤面积≥20%	250

功能损伤与部位	损失工作日
15.2.5.3　烧伤面积30%	800
15.2.5.4　Ⅱ度烧伤≤10%，Ⅲ度烧伤面积≥5%	300
15.2.6　重度烧伤	
15.2.6.1　Ⅲ度烧伤面积≥10%	600
15.2.6.2　Ⅲ度烧伤面积≥15%	1 000
15.2.6.3　Ⅲ度烧伤面积20%	2 000
15.2.6.4　31%≤烧伤面积<40%	1 100
15.2.6.5　40%≤烧伤面积<50%	1 700
15.2.7　特重度烧伤	
15.2.7.1　Ⅲ度烧伤面积>20%	2 000
15.2.7.2　50%≤烧伤面积<60%	2 200
15.2.7.3　60%≤烧伤面积<70%	3 000
15.2.7.4　70%≤烧伤面积≤80%	5 500
15.2.7.5　Ⅲ度烧伤面积≥50%	5 500
15.2.8　明显的呼吸道烧伤；或休克；或化学中毒	600
15.2.9　特殊部位烧伤	
15.2.9.1　手指端植皮	30
15.2.9.2　手背植皮面积>1/3	500
15.2.9.3　手掌植皮面积>30%	600
15.2.9.4　足背植皮面积>2/3	600
15.2.9.5　头、面、颈、会阴部位Ⅲ度烧伤，面积占人体总面积≥3%	300
15.2.9.6　面部广泛植皮	1 200
15.2.9.7　全颜面植皮	2 400
15.2.9.8　面部轻度毁容	3 200
15.2.9.9　面部中度毁容	4 400
15.2.9.10　面部重度毁容	6 000C
15.3　低温损伤	
15.3.1　冻伤	
15.3.1.1　Ⅰ度冻伤	75
15.3.1.2　Ⅱ度冻伤	90
15.3.1.3　Ⅲ度冻伤	100～300

功能损伤与部位	损失工作日
15.3.1.4　Ⅳ度冻伤	300~800
15.3.2　冻僵	
15.3.2.1　轻度冻僵	100
15.3.2.2　中度冻僵	300
15.3.2.3　重度冻僵	1 000
15.4　损伤引起出血	
15.4.1　失血量占全身总血量3%以下	25
15.4.2　失血量占全身总血量10%	100
15.4.3　失血量占全身总血量20%	200~290
15.4.4　失血量占全身总血量30%	300~800
15.5　软组织轻度挫伤占体表面积3%者	25
15.6　轻微物理性、化学性、生物性损伤，对人体未造成明显影响，无后遗症者	25
15.7　臂丛神经损伤	
15.7.1　感觉运动机能恢复	180
15.7.2　感觉运动机能轻度障碍	1 000
15.7.3　感觉运动机能完全丧失	2 700
15.8　桡神经干损伤	
15.8.1　感觉运动机能恢复	200
15.8.2　感觉运动机能轻度障碍	460
15.8.3　感觉运动机能遗有"垂腕"、拇指伸展及外展力消失、其余四指伸展力消失，肘关节屈曲及前臂施展均软弱，感觉丧失区以手背为主	3 200
15.9　正中神经干损伤	
15.9.1　感觉运动机能恢复	150
15.9.2　感觉运动机能轻度障碍	300
15.9.3　感觉运动机能完全丧失	2 300
15.10　尺神经干损伤	
15.10.1　感觉运动机能恢复	260
15.10.2　感觉运动机能轻度障碍	600
15.10.3　感觉运动机能完全丧失	3 600
15.11　胫神经干损伤	

续表

功能损伤与部位	损失工作日
15.11.1 感觉运动机能恢复	260
15.11.2 感觉运动机能轻度障碍	600
15.11.3 感觉运动机能完全丧失	2 400
15.12 腓神经干损伤	
115.12.1 感觉运动机能恢复	260
15.12.2 感觉运动机能轻度障碍	600
15.12.3 感觉运动机能完全丧失	2 400
15.13 股神经干损伤	
15.13.1 感觉运动机能恢复	150
15.13.2 感觉运动机能轻度障碍	460
15.13.3 感觉运动机能完全丧失	4 500
15.14 坐骨神经干损伤	
15.14.1 感觉运动机能恢复	360
15.14.2 感觉运动机能轻度障碍	2 000
15.14.3 感觉运动机能完全丧失	4 500
15.15 末梢神经损伤	
15.15.1 感觉运动机能恢复	30
15.15.2 感觉运动机能轻度障碍	60

附录 A
伤情判定依据
（补充件）

A1 四肢

A1.1 本标准表1所示数字，是指该截肢部位对应的损失工作日数（参照图1），计算时仅取该数值，其数值与该部位前端各部位所对应的数值无关。比如：无名指近节指骨截肢，应记该部位所示数字——240 日，不应按 240＋120＋60 进行计算。

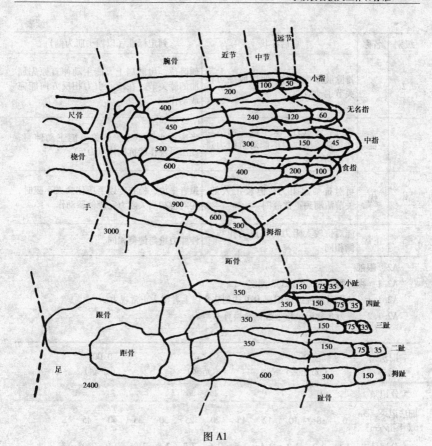

图 A1

A1.2 肌力等级标准及判定方法

表 A1

级别	名称	愈后症状	判定标准（以四头肌为例）
0	全瘫	用力收缩该部位肌肉以期完成动作，但看不到肌肉收缩	无肌肉收缩
1	微弱	用力收缩该部位肌肉以期完成动作，可看到和触到肌肉变紧，肌腱活动，但不能产生关节活动	有轻微肌肉收缩，但不能产生动作

续表

级别	名称	愈后症状	判定标准（以四头肌为例）
2	差	排除肢体重力时，肌肉收缩可使关节主动活动	侧卧位、患肢居上，能主动伸直原先屈曲的膝关节。在地心引力相反方向能完成动作
3	良	能抗肢体重力，关节能主动活动到正常范围，但不能对抗阻力进行活动	坐床边小腿下垂，膝关节能主动伸直，此法可视作能抗肢体重力
4	优	可对抗一定阻力，但较正人低，关节活动到正常范围	患者坐位，检查者以手压住病人小腿时，能对抗相当大阻力完成伸膝动作
5	正常	能对抗较大阻力，完成动作与健侧相同	伸膝力量与健侧相同

A2 眼部

A2.1 视力测定按 GB 11533 测定。

A2.1.1 凡伤眼裸视或矫正视力可达到 0.8 以上者视为正常视力。

A2.1.2 视力 5 分记录与小数记录换算参考表

表 A2

旧法记录	0（无光感）				1/∞（光感）				0.001（手动）		
5 分记录	0				1				2		

旧法记录，cm（手指/cm）	6	8	10	12	15	20	25	30	35	40	45
5 分记录	2.1	2.2	2.3	2.4	2.5	2.6	2.7	2.8	2.85	2.9	2.95
走近距离	50cm	60cm	80cm	1m	1.2m	1.5m	2m	2.5m	3m	3.5m	4m	4.5m
小数记录	0.01	0.012	0.015	0.02	0.025	0.03	0.04	0.05	0.06	0.07	0.08	0.09
5 分记录	3.0	3.1	3.2	3.3	3.4	3.5	3.6	3.7	3.8	3.85	3.9	3.95
小数记录	0.1	0.12	0.15	0.2	0.25	0.3	0.4	0.5	0.6	0.7	0.8	0.9
5 分记录	4.0	4.1	4.2	4.3	4.4	4.5	4.6	4.7	4.8	4.85	4.9	4.95
小数记录	1.0	1.2	1.5	2.0	2.5	3.0	4.0	5.0	6.0	8.0	10.0	
5 分记录	5.0	5.1	5.2	5.3	5.4	5.5	5.6	5.7	5.8	5.9	6.0	

A2.1.3 视野有效值与视野缩小度数（半径）对照表

表 A3

视野有效值,%	视野度数（半径）
8	5°
16	10°
24	15°
32	20°
40	25°
48	30°
56	35°
64	40°
72	45°
80	50°
88	55°
96	60°

A2.1.4 无晶体眼视觉损伤程度参考表

表 A4

视力	无晶体眼中心视力有效值,%		
	晶体眼	单眼无晶体	双眼无晶体
1.2	100	50	75
1.0	100	50	75
0.8	95	47	71
0.6	90	45	67
0.5	85	42	64
0.4	75	37	58
0.3	65	32	49
0.25	60	30	45
0.20	50	25	37
0.15	40	20	30
0.12	30	—	22
0.1	20	—	—

A2.2 低视力与盲分级

表 A5

类别	级别	矫正视力	
		最高 <	最低 ≥
低视力	1	0.3	0.1
	2	0.1	0.05（3m 指数）
盲	3	0.05	0.02（1m 指数）
	4	0.02	光感
	5	无光感	

注：中心视力好，而视野缩小，以注视点为中心，视野半径小于10°而大于5°者为3级盲；如半径小于5°者为4级盲。

A2.2.1 盲或低视力均指双眼。

A2.2.2 最佳矫正视力，是指以适当镜片矫正能达到的最高视力（或以针孔镜所测得的视力）。若矫正无效，即以裸眼视力为准。

A2.2.3 视力测定低至不能认定指数时，则按常规进行暗室检查，以确定有无光感。

A2.3 在日光下确定视标直径 1 cm。以八方位的视野角度测定。减退至正常视野的 60% 以下者，谓之视野变形。暗点应采用绝对暗点为准。单眼检查发现视野明显缩小者，可按常规方法，采用球面视野计测定视野。

A2.4 眼球显著调节机能障碍是指调节力减退二分之一以上者。向某一方向侧视时发生转动困难，非盲眼且可伴有复视现象。

A2.5 眼部损伤各条款未提及者，可按视力一项记录鉴定。

A3 口腔颌面部损伤

A3.1 开口度按下述方法确定：以被测者手指置入上、下切牙切缘间进行测定。

a. 正常开口度：大开口时，可将食指、中指、无名指并列垂直置入；

b. 开口困难 I 度，大开口时，只能将食指、中指并列垂直置入；

c. 开口困难 II 度，大开口时，只能将食指横径垂直置入；

d. 开口困难 III 度，大开口时，食指横径不能垂直置入；

e. 不能开口。

A3.2 面神经损伤评定

本标准所涉及到的面神经损伤主要指外周性（核下性）病变。

一侧完全性面神经损伤系指面神经的五个分支（颞支、颧支、颊支、下颌缘支及颈支）支配的全部颜面肌肉瘫痪，表现：

a. 额纹消失，不能皱眉；

b. 眼睑不能充分闭合，鼻唇沟变浅；

c. 口角下垂，不能示齿、鼓腮、吹口哨、饮食时汤水流逸。

不完全性面神经损伤系指出现部分上述症状和体征及鳄泪、面肌间歇抽搐或在面部运动时出现联动者。

A3.3 面部异物色素沉着或脱失的判定

a. 轻度：异物色素沉着或脱失超过颜面总面积的四分之一。

b. 重度：异物色素沉着或脱失超过颜面总面积的二分之一。

A3.4 毁容分级

A3.4.1 重度：面部瘢痕畸形，并有以下六项中四项者：

a. 眉毛缺损；

b. 双睑外翻或缺损；

c. 外耳缺损；

b. 鼻缺损；

e. 上下唇外翻或小口畸形；

f. 颈颏粘连。

A3.4.2 中度：具有下述六项中三项者：

a. 眉毛部分缺损；

b. 眼睑外翻或部分缺损；

c. 耳廓部分缺损；

d. 鼻翼部分缺损；

e. 唇外翻或小口畸形；

f. 颈部增生性瘢痕畸形。

A3.4.3 轻度：含中度畸形六项中二项者。

A4 颅脑损伤

A4.1 轻型颅脑损伤：即单纯脑震荡，伤后立即发生一次性意识障碍史，昏迷时间在 0.5h 之内，清醒后有"逆行性健忘"，有轻度头痛、头昏、头晕、恶心呕吐、无力等症状，生命体征基本正常。

A4.2 中型颅脑损伤：即轻度脑挫伤，伴有蛛网膜出血，但无脑受压征，昏迷时间在 0.5～12h 内，有较轻神经系统阳性体征。

A4.3 重型颅脑损伤：深昏迷在 12h（含 12h）以上，有明显神经系统体征。

A4.4 极重型颅脑损伤：严重脑挫裂伤，伤后立即深昏迷，有去大脑僵直或有晚期脑疝，表现双侧瞳孔扩大，生命体征衰竭或呼吸几近停止等。

A4.5 智力损伤对照表

表 A6

适应能力	适应能力行为表现	IQ 值（智商）
轻微适应缺陷	记忆力明显减弱，脑力劳动速度减慢，劳动能力轻度下降，不能完成高级复杂的脑力劳动。适应行为低于一般人水平，具有相当的实用技能，如能独立生活，能承担一般的家务劳动或工作，但缺乏技巧和创造性	70～85
轻度适应缺陷	领悟、理解、综合分析困难，反映迟钝，记忆力很差，经指导能适应社会	50～69
中度适应缺陷	适应行为不完全、实用技能不完全，能生活自理，能做简单家务劳动；生活尚需他人帮助。阅读和计算能力差，对周围环境辨别能力差，能以简单方式与别人交往，能掌握日常用语	35～49
重度适应缺陷	适应行为差，生活能力差，即使经过训练也很难达到自理，日常生活需他人照料，语言功能严重受损，不能有效地进行语言交流	20～34
极重度适应缺陷	适应行为极差，面容明显呆滞，终生需他人照料，运动感觉功能差，通过训练，下肢、手及颌的运动有所反应、语言功能丧失	20 以下

A4.6　精神病症状

有下列表现之一者：

a. 突出的妄想；

b. 持久或反复出现的幻觉；

c. 病理性思维联想障碍；

d. 紧张综合症，包括紧张性运动兴奋与紧张性木僵；

e. 情感障碍显著，且妨碍社会功能（包括生活自理、社交功能及职业和角色功能）。

A4.7　人格改变

由于外伤或职业中毒因素影响大脑所造成的器质性人格异常，称为人格改变。

器质性人格改变，以行为模式和人际关系显著而持久的改变为主要临床表现，至少有下述情况之一；

a. 情绪不稳，有习惯态度和行为方式的改变，如心境由正常突然转变为抑郁，或焦虑，或易激惹；

b. 反复的暴怒发作或攻击行为，与诱发因素显然不相称。对攻击冲动控制能力减弱；

c. 社会责任感减退，工作不负责任，丧失兴趣，与人交往而无信；性欲减退或丧失，情感迟钝、冷漠，或产生欣快症，对周围事物缺乏应有的关心，对人也不能保持正常的人际关系；

d. 本能亢进，伦理道德观念明显受损，缺乏自尊心和羞耻感；自我中心，易于冲动，行为不顾后果；

e. 社会适应能力明显受损。

A5　癫痫分级

癫痫的诊断：要有企业事故受伤史，有医师或其他目击者叙述或证明，脑电图显示异常。

癫痫的程度分级：

A5.1　轻度：需系统服药治疗控制和各种类型癫痫发作者。

A5.2　中度：各种类型的癫痫发作，经系统服药治疗两年后，大发作、精神运动性发作平均每月1次或1次以下，不发作和其他类型发作平均每周1次以一下。

A5.3　重度：各种类型的癫痫发作，经系统服药治疗两年后，大发作、精神运动性发作平均每月1次以上，小发作和其他类型发作平均每周1次以上者。

A6　护理依赖分级

日常生活能力包括：

a. 端坐；

b. 站立；

c. 行走；

d. 穿衣；

e. 洗嗽；

f. 进食餐；

g. 大小便；

h. 书写（相对失写而言八项）。

日常生活能力是人们维持生命活动的基本活动，能实现一项算1分，实现有困难的算0.5分，按其完成程度分为四级。

表 A7

级别	程 度	表 现	计分
一级	完全护理依赖	愈后，上述活动即使有适当设备或他人帮助也不能自己完成，全部功能活动需由他人代做	0~2
二级	大部分护理依赖	愈后，上述活动大部分需要他人帮助才能完成	3~4
三级	部分护理依赖	愈后，上述活动部分需要他人帮助才能完成	5~6
四级	自理	愈后，独立完成上述活动，有些困难，但无需他人语言和体力上的帮助，基本可以自理	7~8

A7 烧伤

A7.1 烧伤面积估算

本标准采用两种方法相结合的方式估算烧伤面积。九分法用于大面积估算。手掌法用于中、小片烧伤面积估算。

a. 九分估算法

成人体表的面积视为100%。将总体表面积划分为11个9%等面积区域，即头颈部占一个9%，双上肢占二个9%，躯干前后及会阴部占三个9%，臀部及双下肢占五个9% + 1%（参见表A8）。

表 A8

部位	面积,%	按九分法面积,%
头 颈	6 3	(1×9) =9
前躯 后躯 会阴	13 13 1	(3×9) =27
双上臂 双前臂 双手	7 6 5	(2×9) =18
臀 双大腿 双小腿 双足	5 21 13 7	(5×9+1) =46
全身合计	100	(11×9+1) =100

b. 手掌法

受伤者五指并拢，一掌面积为其自身体表面积的1%。

A7.2 烧伤深度的判定

表 A9

烧伤深度分类		损伤组织	烧伤部位特点	愈后情况
Ⅰ度		表皮	皮肤红肿,有热、痛感,无水疱,干燥,局部温度稍有增高	不留疤痕
Ⅱ度	浅Ⅱ度	真皮浅层	剧痛,表皮有大而薄的水疱,泡底有组织充血和明显水肿;组织坏死仅限于皮肤的真皮层,局部温度明显增高	不留疤痕
	深Ⅱ度	真皮深层	痛,损伤已达真皮深层,水疱较小,表皮和真皮层大部分凝固和坏死。将已分离的表皮揭去,可见基底微湿,色泽苍白上有红出血点,局部温度较低	可留下疤痕

续表

烧伤深度分类	损伤组织	烧伤部位特点	愈后情况
Ⅲ度	全层皮肤或皮下组织、肌肉骨骼	不痛，皮肤全层坏死，干燥如皮革样，不起水泡，蜡白或焦黄，碳化，知觉丧失，脂肪层的大静脉全部坏死，局部温度低，发凉	需自体皮肤移植，有疤痕或畸形

A7.3 烧伤严重程度分类

表 A10

严重程度	烧伤面积与深度
轻度烧伤	烧伤面积≤10%的Ⅱ度烧伤；<5%Ⅲ度烧伤
中度烧伤	(1) 11%≤烧伤面积≤30%的Ⅱ度烧伤 (2) 5%≤烧伤面积≤10%的Ⅲ度烧伤
重度烧伤	(1) 31%≤烧伤面积≤50%的Ⅱ度烧伤 (2) 11%≤烧伤面积≤20%的Ⅲ度烧伤 (3) 烧伤面积接近30%的Ⅱ度烧伤，如有休克、化学中毒，中、重度呼吸道烧伤及吸入性损伤之一者应与14.2.12累计计算
特重度烧伤	(1) 烧伤面积≥50%的Ⅱ度烧伤 (2) 烧伤面积≥20%的Ⅲ度烧伤

A8 冻伤

A8.1 冻伤的分度与鉴别

表 A11

严重程度		冻伤部位特点
轻度	Ⅰ度	亦称红斑性冻伤，损伤在表皮层。受冻早期皮肤苍白、麻木。复温后局部充血和水肿。出现针刺样疼痛、痒感、灼热感，不出现小泡。冻伤一周内不治自愈，愈后有局部表皮剥脱
	Ⅱ度	亦称水泡性冻伤，损伤达真皮层。除充血和水肿外，主要特点：12~24h出现大量浆液性水泡，泡液多为橙黄色，泡底呈鲜红色，少数呈血性水泡，水泡大而连成片。周内可痊愈

严重程度		冻伤部位特点
重度	Ⅲ度	损伤达皮肤全层（表皮真皮）并累及皮下组织。皮肤呈青紫、紫红或青蓝色，皮肤温度下降，感觉存在。有明显的水肿和多个水泡，水泡内液体多为血性渗出液，泡底呈暗红色。局部明显疼痛。受冻部位皮肤全层变黑坏死，创面愈后遗留疤痕
	Ⅳ度	损伤除皮肤、皮下组织外，受冻深度达肌肉和骨骼。皮肤呈苍白色、青灰色、蓝紫色甚至紫黑色；指（趾）甲床灰黑色，肿胀常不明显，严重者也可无水泡或有水泡，孤立而分散，水泡液呈暗红色、咖啡色或深紫色，复温后，出现剧痛，而后感觉丧失，皮肤温度低于正常皮肤温度

A8.2　全身冻伤（冻僵）

用肛门温度计，插入肛门内 5—12 cm 测定中心体温。

表 A12

冻僵程度	直肠温度，℃
轻度	34 ~ 36
中度	31 ~ 33
重度	≤30

A9　失血量的估算

A9.1　失血量与人体的反应对照

表 A13

占全血量，%	机体的反应
10	无明显反应，偶而发生精神紧张性昏厥
20	失血者在安静休息时，一般看不出明显的失血效应，但在运动时则出现心跳加快，轻微的体位性低血压。失血 700mL 时，可出现口渴、恶心、乏力、眩晕、手足厥冷、脉搏加快、血压降低，站立或轻微活动时可发生昏倒
30	失血者卧倒时出现低血压、心跳加快、颈静脉平坦、缺氧、脉搏微弱、皮肤苍白、湿冷、易死亡

A9.2　正常血容量的计算公式：

$$Vx = W \times n \cdots\cdots\cdots\cdots\cdots\cdots\cdots\cdots\cdots\cdots\cdots\cdots\cdots\cdots\cdots\cdots\cdots（A1）$$

式中：Vx——血容量，%；

W——体重，kg；

n——系数。

A14

不同类型人	男性	健壮男性	肥胖男性	女
n	7	7.5	6	6.5

A10 休克分级

表 A15

级别	血压（收缩压）kPa	脉搏 次/分	全身状况
轻度	12 ~ 13.3（90 ~ 100mmHg）	90 ~ 100	尚好
中度	10 ~ 12（75 ~ 90mmHg）	110 ~ 130	抑制、苍白、皮肤冷
重度	〈10（〈75mmHg）	120 ~ 160	明显抑制
垂危	0	—	呼吸障碍、意识模糊

A11 听力损伤测定

听力级单位为分贝（dB）。听力损失是指生活语音的听力阈值"语言频率平均听力损失"，采用 500、1000、2000Hz 的平均值。

A12 关节运动活动度的鉴定

鉴定关节运动活动度应从被检关节的整体功能判定，其活动度值按正常人体关节活动度综合分析做出结论。检查时，应注意关节过去的功能状态，并与健侧关节运动活动度对比。

A12.1 肩关节活动范围

肩关节上臂下垂为中立位。关节活动度：

a. 前屈：70° ~ 90°。

b. 后伸：40° ~ 45°。

c. 前屈上举：150° ~ 170°。

d. 上举：160° ~ 180°。

e. 外展：80° ~ 90°。

f. 内收：20° ~ 40°。

g. 内旋：70° ~ 90°。

h. 外旋：40° ~ 50°。

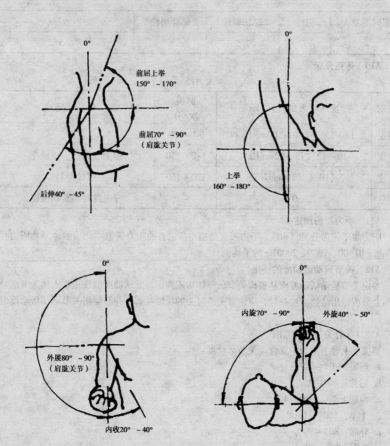

图 A2

A12.2　肘关节与尺桡关节活动范围

肘关节中立位为前臂伸直。

a. 屈曲：135°~150°。

b. 过度伸直：10°。

c. 旋前：80°~90°。

d. 旋后：80°~90°。

尺桡关节拇指在上为中立位。

a. 旋前（手掌向下）：80°~90°。

b. 旋后（手掌向上）：80°~90°。

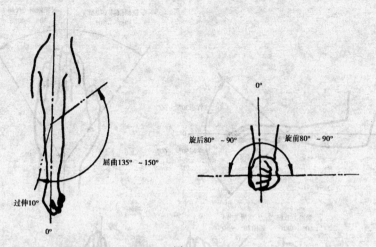

图 A3

A12.3 腕关节及手部各关节活动范围

腕关节中立位为手与前臂成直线，手掌向下。

关节活动度：

a. 背伸：30°～60°。

b. 掌屈：50°～60°。

c. 桡侧倾斜：25°～30°。

d. 尺侧倾斜：30°～40°。

拇指：中立位为拇指沿食指方向伸直。

a. 外展：40°。

b. 屈曲：掌拇关节20°～50°。指间关节可达90°。

c. 对掌：不易量出度数，注意拇指横越手掌之程度。

d. 内收：伸直位可与食指桡侧并贴。

手指关节中立位为手指伸直。

a. 掌指关节：伸为0°，屈可达60°～90°。

b. 近侧指间关节：伸为0°，屈可达90°。

c. 远侧指间关节：伸为0°，屈可达60°～90。

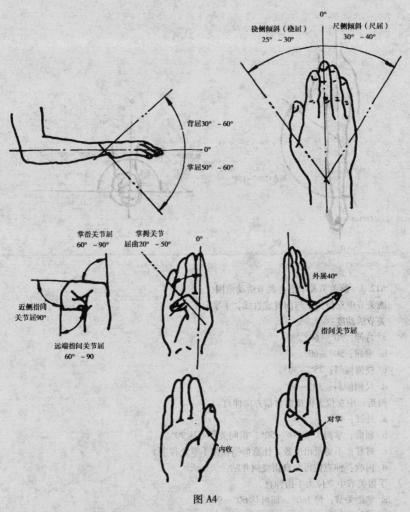

图 A4

A12.4 颈椎活动范围

中立位为面向前，眼平视，下颌内收。

a. 前屈：35°～45°。

b. 后伸：35°～45°。

c. 左右侧屈：45°。

d. 左右旋转：各60°～80°。

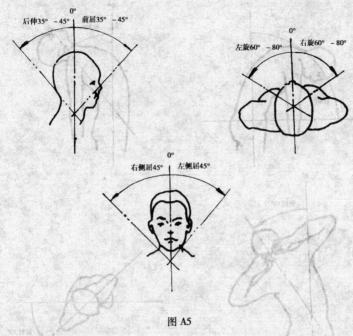

图 A5

A12.5　腰椎活动范围

腰部中立位不易确定。

a.　前屈：测量数值不易准确，患者直立，向前弯腰，正常时中指尖可达足面，腰椎呈弧形。一般称为90°。

b.　后伸：30°。

t.　侧屈：左右各30°。

d.　侧旋：固定骨盆后脊柱左右旋转的程度，应依据旋转后两肩连线与骨盆横径所成角度计算。正常为30°。

A12.6　膝关节活动范围

中立位为膝关节伸直。

关节活动：

a.　屈曲：120°~150°。

b.　过伸：5°~10°。

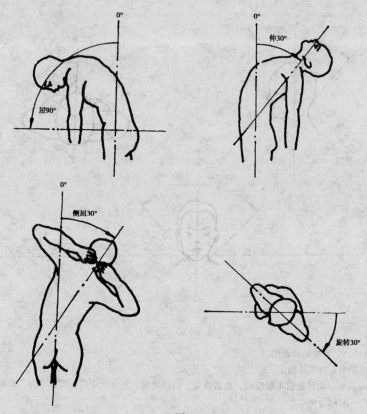

图 A6

c. 旋转：屈膝时内旋约 10°，外旋 20°。

A12.7 髋关节活动范围

中立位为髋关节伸直，髌骨向上。

关节活动度：

a. 屈曲：仰卧位，被检查侧大腿屈曲膝关节，髋关节尽量屈曲，正常可达 130°～140°。

b. 后伸：俯卧位，一侧大腿垂于检查台边，髋关节屈曲 90°，被检查侧髋关节后伸，正常可达 10°～15°。

c. 外展：检查者一手按在髂嵴上，固定骨盆，另一手握住踝部，在伸膝位下外展下肢，正常可达 30°～45°。

d. 内收：固定骨盆，被检查的下肢保持伸直位，向对侧下肢前面交叉内收，正常可达 20°～30°。

e. 伸位旋转（内旋或外旋）：俯卧，将膝关节屈曲 90°，正常外旋 30°～40°，内旋 40°～50°。

f. 屈曲位旋转（内旋或外旋）：仰卧，髋、膝关节均屈曲 90°，做髋关节旋转运动，正常时外旋30°～40°，内旋40°～50°。

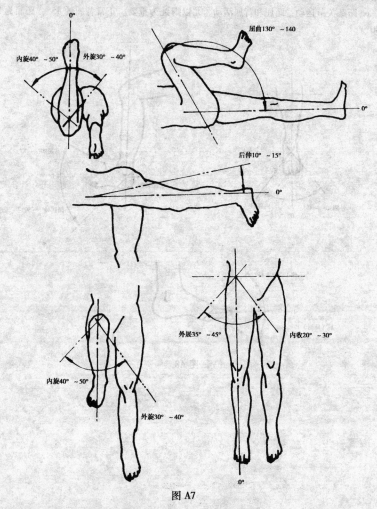

图 A7

A12.8 踝关节及足部关节活动范围

踝关节中立位为足与小腿间呈90°角，而无足内翻或外翻。足之中立位不易确定。

关节活动度：

a. 踝关节背屈：应于屈膝及伸膝位分别测量，以除去小腿后侧肌群紧张的影响。正常20°～30°。

b. 踝关节跖屈：约40°～50°。

c. 距下关节之内翻30°，外翻30°～35°。

d. 跗骨间关节（足前部外展或内收）之活动度，采用被动活动，跟骨保持中立位。正常各约25°。

e. 跖趾关节运动：跖屈和背屈活动，尤以拇趾为重要。正常背屈约45°，跖屈为30°~40°。

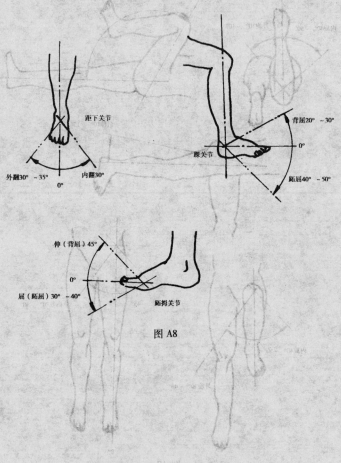

距下关节

外翻30° ~35° 内翻30° 0°

踝关节

背屈20° ~30° 0°

跖屈40° ~50°

伸（背屈）45° 0°

屈（跖屈）30° ~40° 跖拇关节

图 A8

A13 呼吸困难分级

表 A16

级别	表现
1 级	平地步行无气短，登山或上楼时呈气短
2 级	平地步行 1000m，速度低于正常人无气短，快速步行呈气短，上楼或登山明显气短
3 级	平地慢行 100m 即有气短
4 级	静息（稍活动）即有气短

A14 呼吸衰竭

呼吸频率：30 ~ 35 次/分；

PaO_2 急性 < 6.6 kPa（50 mmHg），慢性 < 8 kPa（60 mmHg）；

pH 低于 7.20 ~ 7.25；

$PaCO_2$ 急性：在 8 ~ 9.3 kPa（60 ~ 70 mmHg）以上；

慢性：在 9.3 ~ 10.67 kPa（70 ~ 80 mmHg）以上。

A15 血胸

a. 胸腔小量积血 500 mL 以下，可无征状，X 线上仅见肋膈角消失；

b. 胸腔中等量积血 500 ~ 1000 mL 左右，有内出血征，X 线上见上界可达肺门；

c. 胸腔大量积血 1000 ~ 1500 mL 以上，有严重的呼吸和循环紊乱征，X 线上见上界达胸膜腔顶。

A16 心功能不全分级

表 A17

级别	表现
一级	称为代偿期，轻度体力劳动时无不适感。但中度体力劳动则可引起呼吸困难，疲劳和心悸。心脏可轻度扩大，但无脏器淤血的体征
二级	休息时无不适感，轻度体力劳动时即有呼吸困难，疲劳和心悸。心脏中度增大。有轻度脏器淤血的体征。如肺底少许湿性罗音，肝轻度肿大和凹陷性水肿等
三级	休息时即有呼吸困难和心悸，心脏多明显增大。肺底有多数湿性罗音，肝中度以上肿大，有明显的皮下凹陷性浮肿等

A17 肺功能损害分级

表 A18

	FVC	FEV1	MVV	FEV1/FVC%	RV/TLC%	Dlco	PaO_2 kPa	$PaCO_2$ kPa	$(A-a)O_2$ kPa
正常	>80	>80	>80	>70	<35	>80			
轻度损害	60 ~ 79	60 ~ 79	60 ~ 79	55 ~ 69	36 ~ 45	60 ~ 79			
中度损害	40 ~ 59	40 ~ 59	40 ~ 59	35 ~ 54	46 ~ 55	40 ~ 59			

| 重度损害 | <40 | >40 | <40 | <35 | >55 | >40 | 4~8 | 6~8 | 9.3 |

注：FVC、FEV、MVV、DLco 为占预计值百分数

A18 大小便功能障碍的判定

a. 完全（重度）失禁与部分（轻度）失禁；

b. 大小便不能完全自理，指排便中枢正常而由于肢体伤残使移动困难或不能自行穿着衣裤者。

A19 肛门失禁分级

A19.1 重度

a. 大便不能控制；

b. 肛门括约肌收缩力很弱或丧失；

c. 肛门括约肌收缩反射很弱或消失；

d. 直肠内压测定，肛门注水法 <20 cmH₂0。

A19.2 轻度

a. 稀便不能控制；

b. 肛门括约肌收缩力较弱；

c. 肛门括约肌收缩反射较弱；

d. 直肠内压测定，肛门注水法 20~30 cmH₂0。

A20 排尿障碍分级

A20.1 重度： 出现真性重度尿失禁或尿潴留残余尿≥50 mL 者。

A20.2 轻度： 出现真性轻度尿失禁或残余尿≥50 mL 者。

A21 心功能分级

A21.1 一级心功能不全： 能胜任一般日常劳动，但稍重体力劳动即有心悸、气急等症状。

A21.2 二级心功能不全： 普通日常活动即有心悸、气急等症状，休息时消失。

A21.3 三级心功能不全： 任何活动均可引起明显心悸、气急等症状，甚至卧床休息仍有症状。

A22 肾功能不全判定

a. 肾功能不全尿毒症期：血尿素氮 >21.4 mmol/L（60 mg/dL），常伴有酸中毒，出现严重的尿毒症临床症象。

b. 肾功能不全失代偿期，内生肌酐廓清值低于正常水平的 50%，血肌酐水平 >177 μmol/L（2 mg/dL），血尿素氮增高，其他各项肾功能进一步损害而出现一些临床症状，包括疲乏、不安、胃肠道症状、搔痒等。

c. 肾功能不全代偿期：内生肌酐廓清值降低至正常的 50%，血肌酐水平、血尿素氮水平正常，其他肾功能出现减退。

A23 甲状旁腺功能低下分级

A23.1 重度： 空腹血钙 <6 mg%；

A23.2 中度： 空腹血钙 6~7 mg%；

A23.3 轻度： 空腹血钙 7~8 mg%

以上分级均需结合临床症状分析。

A24　甲状腺功能低下分级判定

A24.1　重度

a. 临床症状严重；

b. B. M. R < −30%；

c. 吸碘率 < 10%（24 h）；

d. 参考 T_3、T_4 检查和甲状腺同位素扫描。

A24.2　中度

a. 临床症状较重；

b. B. M. R −30% ~ −20%；

c. 吸碘率 10% ~ 15%（24 h）；

d. 参考 T_3、T_4' 检查和甲状腺同位素扫描。

A24.3　轻度

a. 临床症状较轻；

b. B. M. R −20% ~ 10%；

c. 吸碘率 < 15% ~ 20%（24 h）；

d. 参考 T_3、T_4 检查和甲状腺同位素扫描。

A25　肝功能损害的判定

表 A19

内容＼分级	轻度	中度	重度
中毒症状	轻度	中度	重度
血浆白蛋白	3.0 ~ 3.5g%	2.5 ~ 3.0g%	< 2.5g%
血内胆红质	1.5 ~ 10mg%	10 ~ 20mg%	> 20mg%
腹水	无	无或少量，治疗后消失	顽固性
脑症	无	无或轻度	明显
凝血酶原时间	稍延长（较对照组〉3s）	延长	明显延长
谷丙转氨酶	供参考	供参考	供参考

A26　中毒性血液病分级

重型再生障碍性贫血——I 型（急性再障）

临床：发病急，贫血呈进行性加剧，常伴严重感染，内脏出血；

血象：除血红蛋白下降较快外，须具备下列三项中之二项：

a. 网织红细胞 < 1%，绝对值 < 15 × 10⁹/L；

b. 白细胞明显减少，中性粒细胞绝对值 < 0.5 × 10⁹/L；

c. 血小板 < 20 × 10⁹/L。

骨髓象：

a. 多部位增生减低，三系造血细胞明显减少，非造血细胞增多。如增生活跃须有淋巴细胞增多；

b. 骨髓小粒中非造血细胞及脂肪细胞增多。

A27 职业性急性一氧化碳中毒分级

A27.1 接触反应

出现头痛、头昏、心悸、恶心等症状，吸入新鲜空气后症状可消失者。

A27.2 轻度中毒

具有以下任何一项表现者：

a. 出现剧烈的头痛、头昏、四肢无力、恶心、呕吐；

b. 轻度至中度意识障碍，但无昏迷者。

血液碳氧血红蛋白浓度可高于 10%。

A27.3 中度中毒

除有上述症状外，意识障碍表现为浅至中度昏迷，经抢救后恢复且无明显并发症者。

血液碳氧血红蛋白浓度可高于 30%。

A27.4 重度中毒

意识障碍程度达深昏迷；去大脑皮层状态或患者有意识障碍且并发有下列任何一项表现者：

a. 脑水肿；

b. 休克或严重的心肌损害；

c. 肺水肿；

d. 呼吸衰竭；

e. 上消化道出血；

f. 脑局灶损害如锥体系或锥体外系损害体征。

碳氧血红蛋白浓度可高于 50%。

A27.5 急性一氧化碳中毒迟发脑病（神经精神后发症）

急性一氧化碳中毒意识障碍恢复后，经约 2～60 天的"假愈期"，又出现下列临床表现之一者：

a. 精神及意识障碍呈痴呆状态，谵妄状态或去大脑皮层状态；

b. 锥体外系神经障碍出现帕金森氏综合征的表现；

c. 锥体系神经损害（如偏瘫、病理反射阳性或小便失禁等）；

d. 大脑皮层局灶性功能障碍如失语、失明等，或出现继发性癫痫。

头部 CT 检查可发现脑部有病理性密度减低区；脑电图检查可发现中度及高度异常。

A28 职业性急性硫化氢中毒分级

A28.1 刺激反应

接触硫化氢后出现流泪、眼刺痛、流涕、咽喉部灼热感等刺激症状，在短时间内恢复者。

A28.2 轻度中毒

有眼胀痛、畏光、咽干、咳嗽，以及轻度头痛、头晕、乏力、恶心等症状。检查见眼结膜充血，肺部可有干性罗音等体征。

A28.3 中度中毒

具有下列临床表现之一者：

a. 有明显的头痛、头晕等症状，并出现轻度意识障碍；

b. 有明显的粘膜刺激症状，出现咳嗽、胸闷、视力模糊、眼结膜水肿及角膜溃疡等。肺部闻及干性或湿性罗音，X 线胸片显示肺纹理增强或有片状阴影。

A28.4 重度中毒

具有下列临床表现之一者：

a. 昏迷；

b. 肺水肿；

c. 呼吸循环衰竭。

A29 职业性急性氨中毒分级

A29.1 氨气刺激反应

仅有一过性的眼和上呼吸道刺激症状，肺部无明显阳性体征。

A29.2 轻度中毒

根据以下指标，综合判断，可诊断为轻度中毒：

症状：流泪、咽痛、声音嘶哑、咳嗽、咯痰并伴有轻度头晕、头痛、乏力等；

体征：眼结膜、咽部充血、水肿、肺部有干性罗音；

胸部 X 线征象：肺纹理增强或伴边缘模糊，符合支气管炎或支气管周围炎；

血气分析：在呼吸空气时，动脉血氧分压可低于预计值 1.33 ~ 2.66 kPa（10 ~ 20 mmHg）。

A29.3 中度中毒

根据以下指标，综合判断，可诊断为中度中毒。

症状：声音嘶哑，剧烈咳嗽，有时伴血丝痰，胸闷、呼吸困难，并常有头晕、头痛、恶心、呕吐及乏力等；

体征：呼吸频速，轻度紫绀，肺部有干、湿罗音；

胸部 X 线征象：肺纹理增强，边缘模糊或呈网状阴影；或肺野透亮度降低；或有边缘模糊的散在性或斑片状阴影，符合肺炎或间质性肺炎的表现，

血气分析：在吸低浓度氧（小于 50% 氧）时，能维持动脉血氧分压大于 8 kPa（60 mmHg）。

A29.4 重度中毒

具有下列情况之一者：

a. 根据下列指标综合判断

症状：剧烈咳嗽，咯大量粉红色泡沫痰，气急、胸闷、心悸等，并常有烦燥、恶心、呕吐及昏迷等；

体征：呼吸窘迫，明显紫绀，双肺满布干、湿罗音；

胸部 X 线征象：两肺野有密度较淡、边缘模糊的斑片状、云絮状阴影；可相互融合成大片状或呈蝶状阴影；符合严重的肺炎或肺泡性肺水肿；

血气分析：在吸高浓度氧（大于 50% 氧）情况下，动脉血氧分压仍低于 8 kPa（60 mmHg）

b. 呼吸系统损害程度符合中度中毒，而伴有严重喉头水肿或支气管粘膜坏死脱落所致窒息；或较重的气胸或纵膈气肿；或较明显的心、肝或肾等脏器的损害者。

A30 职业性急性光气中毒分级

A30.1 刺激反应

在吸入光气后 48 h 内，出现一过性的眼及上呼吸道粘膜刺激症状。肺部无阳性体征，X 线胸片无异常改变。

A30.2 轻度中毒

根据症状、体征、X 线表现及必要的血气分析资料，综合判断，可诊断为轻度中毒。咳嗽、气短、胸闷或胸痛，肺部可有散在干性罗音。

X 线胸片表现：肺纹理增强或伴边缘模糊，符合支气管炎或支气管周围炎 X 线所见。

血气分析：在呼吸空气时，动脉血氧分压正常或低于预计值 $1.33 \sim 2.66$ kPa（$10 \sim 20$ mmHg）。

A30.3 中度中毒

呛咳、咯少量痰，可有血痰、气短、胸闷或轻度呼吸困难，轻度紫绀，肺部出现干性罗音或局部湿性罗音。

X 线胸片表现：两肺纹理增强、边缘模糊，并出现网状及栗粒状阴影；或局部有散在的点片状模糊的阴影。两肺野透亮度减低。符合间质性肺水肿的 X 线所见。

血气分析：在吸入小于 50% 浓度氧时，能维持动脉血氧分压大于 8 kPa（60 mmHg）。

A30.4 重度中毒

出现频繁咳嗽、咯大量白色或粉红色泡沫痰，呼吸窘迫，明显紫绀，两肺有广泛的干、湿性罗音。可出现纵隔及皮下气肿、气胸、急性呼吸或循环功能衰竭、心肌损害、昏迷。

X 线胸片表现：两肺弥漫分布大小不等、密度不均和边缘模糊的点片状、云絮状或棉团样阴影，有的相互融合成大片状阴影。符合肺泡性肺水肿的 X 线所见。

血气分析：在吸入大于 50% 浓度氧时，动脉血氧分压仍低于 8 kPa（60 mmHg）。

A31 职业性急性丙烯腈中毒分级

A31.1 轻度中毒

接触丙烯腈 24 h 内出现以下临床表现者：

a. 头晕、头痛、乏力、上腹部不适、恶心、呕吐、胸闷、手足麻木等或出现短暂的意识朦胧与口唇紫绀；

b. 眼结膜及鼻、咽部充血；

c. 尿硫氰酸盐含量可增高，病程中血清谷丙转氨酶可增高。

A31.2 重度中毒

除上述症状较重外，出现以下情况之一者：

a. 四肢阵发性强直性抽搐；

b. 昏迷。

A32 职业性急性有机磷农药中毒

A32.1 观察对象

a. 有轻度毒蕈碱样、烟碱样症状或中枢神经系统症状，而全血胆碱酯酶活性不低于 70% 者；

b. 无明显中毒临床表现，而全血胆碱酯酶活性在 70% 以下者。

A32.2 急性轻度中毒

短时间内接触较大量的有机磷农药后，在 24 h 内出现头晕、头痛、恶心、呕吐、多汗、胸闷、视力模糊、无力等症状，瞳孔可能缩小，全血胆碱酯酶活性一般在 50% ~ 70%。

A32.3　急性中度中毒

除较重的上述症状外，还有肌束震颤、瞳孔缩小、轻度呼吸困难、流涎、腹痛、腹泻、步态蹒跚、意识清楚或模糊。全血胆碱酯酶活性一般在 30% ~ 50%。

A32.4　急性重度中毒

除上述症状外，并出现下列情况之一者：

a. 肺水肿；

b. 昏迷；

c. 呼吸麻痹；

d. 脑水肿。

全血胆碱酯酶活性一般在 30% 以下。

A32.5　迟发性神经病

在急性重度中毒症状消失后 2 ~ 3 周，有的病例可出现感觉、运动型周围神经病，肌电图检查显示神经原性损害。

附录 B
伤情判定基本原则
（补充件）

B1　评定伤害程度，以事故现场直接造成的人体伤害为主。其伤害包括受伤时的原发性病变以及与伤害有直接联系的并发症。

B1.1　根据伤情诊断，能直接对照标准确定损失工作日数值的伤害（如截肢、骨折等）按对应的损失工作日数确定伤害程度。

B1.2　对于涉及功能损伤的伤害，不能等医疗终结的"愈后症状"结果，必须依据事故发生时至报告期内所有的伤情诊断，按标准中对应损失工作日数确定其伤害程度。

B1.3　遇有本标准未规定的伤害有争议时，可由发生事故的企业所在地劳动安全监察部门依据报告期内所有的伤情诊断，提出结论性意见；劳动安全监察部门认为有必要时可以组织专家进行会诊，再依据会诊结果提出结论性意见。

B2　多处伤害，应以较严重伤害为主进行定性。定量时，首先进行累积伤害计算。将每处伤害数值逐项相加，但最后得出的损失工作日数不能大于该器官（肢体、功能系统）完全丧失的损失工作日数。

其次，进行共存伤害计算，其伤害按重轻顺序，最重者取 100%，次之取 70%，再次之取 10%，然后相加，但总值不能大于 6000 损失工作日。

B3　本标准未规定的暂时性失能伤害，可按实际歇工天数记录损失工作日，但该天数不能作为划分伤害程度定性的依据。

附加说明

本标准由中华人民共和国劳动部提出。

本标准由黑龙江省劳动保护科学技术研究所负责起草。

本标准主要起草人吴道成、李德仁、王鸿学、岳武、张滨娣、许同瑞、于永娜、王玉林、赵子诚、陈礼明、高长河、张林英、安瑞霓、吕建敏。

体力劳动强度分级

（GB 3869 – 1997）

（国家技术监督局 1997 年 7 月 7 日批准
自 1998 年 1 月 1 日起实施）

前　言

本标准是 GB 3869—83《体力劳动强度分级》标准的修订版。GB 3869—83《体力劳动强度分级》标准在我国已执行多年，为了适应社会经济建设的迅速发展，受劳动部委托对原《体力劳动强度分级标准》进行修订。本修改标准比 GB 3869—83《体力劳动强度分级》标准更加科学，更加实用。新标准与旧标准相比有如下几方面的优点。

（1）把作业时间和单项动作能量消耗比较客观地合理地统一协调起来，能比较如实地反映工时较长、单项作业动作耗能较少的行业工种的全日体力劳动强度，同时亦兼顾到工时较短、单项作业动作耗能较多的行业工种的劳动强度，因而基本上克服了以往长期存在的"轻工业不轻，重工业不重"的行业工种之间分级定额不合理现象的问题。

（2）体现了体力劳动的体态、姿势和方式，提出了体力作业方式系数，这比笼统地提所谓体力劳动进了一大步。

（3）充分考虑到性别差异是本标准的重要特色之一。

与旧的体力劳动分级标准相比较，修改后的体力劳动强度分级标准在深度和广度方面都有所发展和深化，但任何一个标准都决非一成不变，随着社会的发展和经济水平的提高，标准法规需要不断完善，适时修改。

本标准的附录 A 是（标准的附录）。

本标准由中华人民共和国劳动部提出。

本标准起草单位：中国预防医学科学院劳动卫生与职业病研究所。

本标准主要起草人：刘尊永、金书香、李天麟。

1　范　围

本标准规定了体力劳动强度分级的划分原则和级别。

本标准适用于体力劳动作业，是劳动安全卫生和管理的依据。

2　定　义

本标准采用下列定义。

2.1　能量代谢率 energy metabolic rate （M）

某工种劳动日内各类活动和休息的能量消耗的平均值，单位为 kJ/（min · m²）。

2.2　劳动时间率 working time rate （T）

工作日内纯劳动时间与工作日总时间的比，以百分率表示。

2.3　体力劳动性别系数 sex coefficient of physical work （S）

在计算体力劳动强度指数时，为反映相同体力强度引起男女性别不同所致的不同生理反应，使用了性别系数。男性系数为 1，女性系数为 1.3。

2.4 体力劳动方式系数 way coefficient of physical work（W）

在计算体力劳动强度指数时，为反映相同体力强度由于劳动方式的不同引起人体不同的生理反应，使用了体力劳动方式系数。搬方式系数为 1、扛方式系数为 0.40、推/

拉方式系数为 0.05。

2.5 体力劳动强度指数 intensity index of physical work（I）

用于区分体力劳动强度等级。指数大，反映体力劳动强度大；指数小，反映体力劳动强度小。

3 体力劳动强度分级

体力劳动强度分为四级（表 1）。

表 1 体力劳动强度分级表

体力劳动强度级别	体力劳动强度指数
I	≤15
II	>15～20
III	>20～25
IV	>25

附录 A（标准的附录）
能量代谢率、劳动时间率和
体力劳动强度指数的计算方法

根据工时记录，将各种劳动与休息加以归类（近似的活动归为一类），按表 A1 的

内容及计算公式求出各单项劳动与休息时的能量代谢率，分别乘以相应的累计时间，最后得出一个工作日各种劳动休息时的能量消耗值，再将各项能量消耗值总计，除以工作日总时间，即得出工作日平均能量代谢率（kJ/（min·m²））。

$$M(kJ/(min \cdot m^2)) = \frac{单项劳动能量代谢率(kJ/(min \cdot m^2)) \times 单项劳动占用的时间(min) + \cdots + 休息时的能量代谢率(kJ/(min \cdot m^2)) \times 休息占用的时间(min)}{工作日总时间(min)} \quad (A1)$$

单项劳动能量代谢率测定表（表 A1）。

表 A1　能量代谢率测定表

工种：_____　动作项目：_____
姓名：_____　年龄：_____ 岁　工龄：_____ 年 身高：_____ cm　体重：_____ kg　体表面积：_____ m²
采气时间：_____ min　　　　　°
采气量 　　气量计的初读数_____ 　　气量计的终读数_____ 　　采气量（气量计的终读数减去气量计的初读数）_____ L
通气时气温　　　℃；　　　　　气压　　　Pa
标准状态下干燥气体换算系数（查标准状态下干燥气体体积换算表）：____
标准状态气体体积（采气量乘标准状态下干燥气体换算系数）：_____ L
每分钟气体体积：标准状态气体体积/采气时间 =_____ L /min
换算单位体表面积气体体积：每分钟气体体积/体表面积___ L /（min·m²）
能量代谢率：_____ KJ/（min·m²）
调查人签名　　　　　年　月　日

每分钟肺通气量 3.0 ~ 7.3L 时采用式（A2）计算。

$$\lg M = 0.094\ 5x - 0.537\ 94 \quad\cdots\cdots（A2）$$

式中：M——能量代谢率，kJ/（min·m²）；

x——单位体表面积气体体积，L/（min·m²）。

每分钟肺通气量 8.0 ~ 30.9L 时采用式（A3）计算。

$$\lg(13.26 - M) = 1.164\ 8 - 0.012\ 5x \quad\cdots\cdots（A3）$$

式中：M——能量代谢率，kJ/（min·m²）；

x——单位体表面积气体体积，L/（min·m²）。

每分钟肺通气量 7.3 ~ 8.0L 时采用式（A2）和（A3）的平均值。

A2　劳动时间率 T 计算方法

每天选择接受测定的工人 2 ~ 3 名，按表 A2 的格式记录自上工开始至下工为止整个工作日从事各种劳动与休息（包括工作中间暂停）的时间。每个测定对象应连续记录 3 天（如遇生产不正常或发生事故时不作正式记录，应另选正常生产日，重新测定记录），取平均值，求出劳动时间率（T）。T（%）= 工作日内纯净劳动时间（min）/工作日总工时（min）×100

= Σ[各单项劳动占用的时间（min）]/工作日总时间（min）×100 ·········（A4）

表 A2 工时记录表

动作名称	开始时间（时、分）	耗费工时，min	主要内容（如物体重量、动作频率行走距离、劳动体位等）

调查人签名：　　　　　　　　年　月　日

A3 体力劳动强度指数计算方法

体力劳动强度指数计算公式见式（A5）：

$$I = T \cdot M \cdot S \cdot W \cdot 10 \quad\cdots\cdots (A5)$$

式中：I——体力劳动强度指数；

T——劳动时间率，%；

M——8h 工作日平均能量代谢率，kJ/（min·m²）；

S——性别系数：男性 =1，女性 =1.3；

W——体力劳动方式系数：搬 =1，扛 =0.40，推/拉 =0.05；

10——计算常数。

企业职工伤亡事故分类
（GB 6441 - 86）

（国家标准局 1986 年 5 月 31 日发布 自 1987 年 2 月 1 日起实施）

本标准是劳动安全管理的基础标准，适用于企业职工伤亡事故统计工作。

1 名词、术语
1.1 伤亡事故

指企业职工在生产劳动过程中，发生的人身伤害（以下简称伤害）、急性中毒（以下简称中毒）。

1.2 损失工作日

指被伤害者失能的工作时间。

1.3 暂时性失能伤害

指伤害及中毒者暂时不能从事原岗位工作的伤害。

1.4 永久性部分失能伤害

指伤害及中毒者肢体或某些器官部分功能不可逆的丧失的伤害。

1.5 永久性全失能伤害

指除死亡外，一次事故中，受伤者造成完全残废的伤害。

2 事故类别
见下表。

序　号	事 故 类 别 名 称
01	物体打击
02	车辆伤害
03	机械伤害
04	起重伤害
05	触电
06	淹溺
07	灼烫
08	火灾
09	高处坠落
010	坍塌
011	冒顶片帮
012	透水
013	放炮
014	火药爆炸
015	瓦斯爆炸
016	锅炉爆炸
017	容器爆炸
018	其它爆炸
019	中毒和窒息
020	其他伤害

3　伤害分析

3.1　受伤部位

指身体受伤的部位（分类详见附录 A 表 A1）。

3.2　受伤性质

指人体受伤的类型。确定的原则为：

a. 应以受伤当时的身体情况为主，结合愈后可能产生的后遗障碍全面分析确定；

b. 多处受伤，按最严重的伤害分类，当无法确定时，应鉴定为"多伤害"（分类详见附录 A 表 A2）。

3.3　起因物

导致事故发生的物体、物质，称为起因物（分类详见附录 A 表 A3）。

3.4　致害物

指直接引起伤害及中毒的物体或物质（分类详见附录 A 表 A4）。

3.5　伤害方式

指致害物与人体发生接触的方式（分类详见附录 A 表 A5）。

3.6　不安全状态

指能导致事故发生的物质条件（分类详见附录 A 表 A6）。

3.7　不安全行为

指能造成事故的人为错误（分类详见附录 A 表 A7）。

4　伤害程度分类

4.1　轻伤

指损失工作日低于105日的失能伤害。

4.2　重伤

指相当于附录 B 表定损失工作日等于和超过105日的失能伤害。

4.3　死亡

5　事故严重程度分类

5.1　轻伤事故

指只有轻伤的事故。

5.2　重伤事故

指有重伤无死亡的事故。

5.3　死亡事故

a.　重大伤亡事故

指一次事故死亡 1~2 人的事故。

b.　特大伤亡事故

指一次事故死亡 3 人以上的事故（含 3 人）。

6　工伤事故的计算方法

适用于企业以及各省、市、县上报工伤事故时使用的计算方法有：

6.1　千人死亡率：

表示某时期，平均每千名职工中，因工伤事故造成死亡的人数。按式（1）计算：

$$千人死亡率 = \frac{死亡人数}{平均职工人数} \times 10^3 \cdots\cdots (1)$$

6.2　千人重伤率

表示某时期内，平均每千名职工因工伤事故造成的重伤人数。按式（1）计算：

$$千人重伤率 = \frac{重伤人数}{平均职工人数} \times 10^3 \cdots\cdots (2)$$

适用于行业、企业内部事故统计分析使用的计算方法有：

6.3　伤害频率

表示某时期内，每百万工时，事故造成伤害的人数。伤害人数指轻伤、重伤、死亡人数之和。按式（3）计算：

$$百万工时伤害率 (A) = \frac{伤害人数}{实际总工时} \times 10^6$$

$$\cdots\cdots\cdots\cdots\cdots\cdots\cdots\cdots (3)$$

6.4　伤害严重率

表示某时期内，每百万工时，事故造成的损失工作日数。按式（4）计算：

$$伤害严重率 (B) = \frac{总损失工作日}{实际总工时} \times 10^6 \cdots$$

$$\cdots\cdots\cdots\cdots\cdots\cdots\cdots\cdots (4)$$

6.5　伤害平均严重率

表示每人次受伤害的平均损失工作日。按式（5）计算：

$$伤害平均严重率 (N) = \frac{B}{A} =$$

$$\frac{总损失工作日}{伤害人数} \cdots\cdots\cdots\cdots\cdots\cdots (5)$$

适用于以吨、立方米产量为计算单位的行业、企业使用的计算方法有：

6.6　按产品、产量计算的死亡率，用式（6）、式（7）计算：

$$百万吨死亡率 = \frac{死亡人数}{实际产量 (t)} \times 10^6 \cdots\cdots$$

$$\cdots\cdots\cdots\cdots\cdots\cdots\cdots\cdots (6)$$

$$万米木材死亡率 = \frac{死亡人数}{木材产量 (m^3)} \times 10^4 \cdots$$

$$\cdots\cdots\cdots\cdots\cdots\cdots\cdots\cdots (7)$$

附录 A：
（补充件）

A.1　受伤部位（见表 A1）

表 A1

分类号	受伤部位名称	分类号	受伤部位名称
1.01	颅脑	1.12.3	肘部
1.01.1	脑	1.12.4	前臂
1.01.2	颅骨	1.13	腕及手
1.01.3	头皮	1.13.1	腕
1.02	面颌部	1.13.2	掌
1.03	眼部	1.13.3	指
1.04	鼻	1.14	下肢
1.05	耳	1.14.1	髋部
1.06	口	1.14.2	股骨
1.07	颈部	1.14.3	膝部
1.08	胸部	1.14.4	小腿
1.09	腹部	1.15	踝及脚
1.10	腰部	1.15.1	踝部
1.11	脊柱	1.15.2	跟部
1.12	上肢	1.15.3	蹠部（距骨、舟骨、蹠骨）
1.12.1	肩胛部	1.15.4	趾
1.12.2	上臂		

A.2 受伤性质（见表 A2）

表 A2

分类号	受伤性质	分类号	受伤性质
2.01	电伤	2.10	切断伤
2.02	挫伤、轧伤、压伤	2.11	冻伤
2.03	倒塌压埋伤	2.12	烧伤
2.04	辐射损伤	2.13	烫伤
2.05	割伤、擦伤、刺伤	2.14	中暑
2.06	骨折	2.15	冲击伤
2.07	化学性灼伤	2.16	生物致伤
2.08	撕脱伤	2.17	多伤害
2.09	扭伤	2.18	中毒

A.3 起因物（见表 A3）

表 A3

分类号	起因物名称	分类号	起因物名称
3.01	锅炉	3.15	煤
3.02	压力容器	3.16	石油制品
3.03	电气设备	3.17	水
3.04	起重机械	3.18	可燃性气体
3.05	泵、发动机	3.19	金属矿物
3.06	企业车辆	3.20	非金属矿物
3.07	船舶	3.21	粉尘
3.08	动力传送机构	3.22	梯
3.09	放射性物质及设备	3.23	木材
3.10	非动力手工具	3.24	工作面（人站立面）
3.11	电动手工具	3.25	环境
3.12	其它机械	3.26	动物
3.13	建筑物及构筑物	3.27	其他
3.14	化学品		

A.4 致害物（见表 A4）

表 A4

分类号	致害物名称	分类号	致害物名称
4.01	煤、石油产品	4.12.1	高压（指潜水作业）
4.01.1	煤	4.12.2	低压（指空气稀薄的高原地区）
4.01.2	焦炭	4.13	化学品
4.01.3	沥青	4.13.1	酸
4.01.4	其他	4.13.2	碱
4.02	木材	4.13.3	氢
4.02.1	树	4.13.4	氨
4.02.2	原木	4.13.5	液氧
4.02.3	锯材	4.13.6	氯气
4.02.4	其他	4.13.7	酒精
4.03	水	4.13.8	乙炔
4.04	放射性物质	4.13.9	火药
4.05	电气设备	4.13.10	炸药
4.05.1	母线	4.13.11	芳香烃化合物
4.05.2	配电箱	4.13.12	砷化物
4.05.3	电气保护装置	4.13.13	硫化物
4.05.4	电阻箱	4.13.14	二氧化碳
4.05.5	蓄电池	4.13.15	一氧化碳
4.05.6	照明设备	4.13.16	含氰物
4.05.7	其他	4.13.17	卤化物
4.06	梯	4.13.18	金属化合物
4.07	空气	4.13.19	其他
4.08	工作面（人站立面）	4.14	机械
4.09	矿石	4.14.1	搅拌机
4.10	粘土、砂、石	4.14.2	送料装置
4.11	锅炉、压力容器	4.14.3	农业机械
4.11.1	锅炉	4.14.4	林业机械
4.11.2	压力容器	4.14.5	铁路工程机械
4.11.3	压力管道	4.14.6	铸造机械
4.11.4	安全阀	4.14.7	锻造机械
4.11.5	其他	4.14.8	焊接机械
4.12	大气压力	4.14.9	粉碎机械

续表 A4

分类号	致害物名称	分类号	致害物名称
4.14.10	金属切削机床	4.16.1	塔式起重机
4.14.11	公路建筑机械	4.16.2	龙门式起重机
4.14.12	矿山机械	4.16.3	梁式起重机
4.14.13	冲压机	4.16.4	门座式起重机
4.14.14	印刷机械	4.16.5	浮游式起重机
4.14.15	压辊机	4.16.6	甲板式起重机
4.14.16	筛选、分离机	4.16.7	桥式起重机
4.14.17	纺织机械	4.16.8	缆索式起重机
4.14.18	木工刨床	4.16.9	履带式起重机
4.14.19	木工锯机	4.16.10	叉车
4.14.20	其他木工机械	4.16.11	电动葫芦
4.14.21	皮带传送机	4.16.12	绞车
4.14.22	其他	4.16.13	卷扬机
4.15	金属件	4.16.14	桅杆式起重机
4.15.1	钢丝绳	4.16.15	壁上起重机
4.15.2	铸件	4.16.16	铁路起重机
4.15.3	铁屑	4.16.17	千斤顶
4.15.4	齿轮	4.16.18	其他
4.15.5	飞轮	4.17	噪声
4.15.6	螺栓	4.18	蒸气
4.15.7	销	4.19	手工具（非动力）
4.15.8	丝杠、光杠	4.20	电动手工具
4.15.9	绞轮	4.21	动物
4.15.10	轴	4.22	企业车辆
4.15.11	其他	4.23	船舶
4.16	起重机械		

A.5　伤害方式（见表 A5）

表 A5

分类号	伤害方式	分类号	伤害方式
5.01	碰撞	5.08	火灾
5.01.1	人撞固定物体	5.09	辐射
5.01.2	运动物体撞人	5.10	爆炸
5.01.3	互撞	5.11	中毒
5.02	撞击	5.11.1	吸入有毒气体
5.02.1	落下物	5.11.2	皮肤吸收有毒物质
5.02.2	飞来物	5.11.3	经口
5.03	坠落	5.12	触电
5.03.1	由高处坠落平地	5.13	接触
5.03.2	由平地坠入井、坑洞	5.13.1	高低温环境
5.04	跌倒	5.13.2	高低温物体
5.05	坍塌	5.14	掩埋
5.06	淹溺	5.15	倾覆
5.07	灼烫		

A.6　不安全状态（见表 A6）

表 A6

分类号	不安全状态
6.01	防护、保险、信号等装置缺乏或有缺陷
6.01.1	无防护
6.01.1.1	无防护罩
6.01.1.2	无安全保险装置
6.01.1.3	无报警装置
6.01.1.4	无安全标志
6.01.1.5	无护栏、或护栏损坏
6.01.1.6	（电气）未接地
6.01.1.7	绝缘不良
6.01.1.8	局扇无消音系统、噪声大
6.01.1.9	危房内作业
6.01.1.10	未安装防止"跑车"的挡车器或挡车栏
6.01.1.11	其他

续表 A6

分类号	不安全状态
6.01.2	防护不当
6.01.2.1	防护罩未在适当位置
6.01.2.2	防护装置调整不当
6.01.2.3	坑道掘进，隧道开凿支撑不当
6.01.2.4	防爆装置不当
6.01.2.5	采伐、集材作业安全距离不够
6.01.2.6	放炮作业隐蔽所有缺陷
6.01.2.7	电气装置带电部分裸露
6.01.2.8	其他
6.02	设备、设施、工具、附件有缺陷
6.02.1	设计不当，结构不合安全要求
6.02.1.1	通道门遮挡视线
6.02.1.2	制动装置有缺欠
6.02.1.3	安全间距不够
6.02.1.4	拦车网有缺欠
6.02.1.5	工件有锋利毛刺、毛边
6.02.1.6	设施上有锋利倒梭
6.02.1.7	其他
6.02.2	强度不够
6.02.2.1	机械强度不够
6.02.2.2	绝缘强度不够
6.02.2.3	起吊重物的绳索不合安全要求
6.02.2.4	其他
6.02.3	设备在非正常状态下运行
6.02.3.1	设备带"病"运转
6.02.3.2	超负荷运转
6.02.3.3	其他
6.02.4	维修、调整不良
6.02.4.1	设备失修
6.02.4.2	地面不平
6.02.4.3	保养不当、设备失灵
6.02.4.4	其他
6.03	个人防护用品用具——防护服、手套、护目镜及面罩、呼吸器官护具、听力护具、安全带、安全帽、安全鞋等缺少或有缺陷
6.03.1	无个人防护用品、用具
6.03.2	所用防护用品、用具不符合安全要求
6.04	生产（施工）场地环境不良
6.04.1	照明光线不良
6.04.1.1	照度不足
6.04.1.2	作业场地烟雾尘弥漫视物不清

续表 A6

分类号	不安全状态
6.04.1.3	光线过强
6.04.2	通风不良
6.04.2.1	无通风
6.04.2.2	通风系统效率低
6.04.2.3	风流短路
6.04.2.4	停电停风时放炮作业
6.04.2.5	瓦斯排放未达到安全浓度放炮作业
6.04.2.6	瓦斯超限
6.04.2.7	其他
6.04.3	作业场所狭窄
6.04.4	作业场地杂乱
6.04.4.1	工具、制品、材料堆放不安全
6.04.4.2	采伐时，未开"安全道"
6.04.4.3	迎门树、坐殿树、搭挂树未作处理
6.04.4.4	其他
6.04.5	交通线路的配置不安全
6.04.6	操作工序设计或配置不安全
6.04.7	地面滑
6.04.7.1	地面有油或其他液体
6.04.7.2	冰雪覆盖
6.04.7.3	地面有其他易滑物
6.04.8	贮存方法不安全
6.04.9	环境温度、湿度不当

A.7 不安全行为（见表 A7）

表 A7

分类号	不安全行为
7.01	操作错误，忽视安全，忽视警告
7.01.1	未经许可开动、关停、移动机器
7.01.2	开动、关停机器时未给信号
7.01.3	开关未锁紧，造成意外转动、通电、或泄漏等
7.01.4	忘记关闭设备
7.01.5	忽视警告标志、警告信号
7.01.6	操作错误（指按钮、阀门、搬手、把柄等的操作）
7.01.7	奔跑作业
7.01.8	供料或送料速度过快
7.01.9	机械超速运转
7.01.10	违章驾驶机动车
7.01.11	酒后作业
7.01.12	客货混载
7.01.13	冲压机作业时，手伸进冲压模
7.01.14	工件紧固不牢
7.01.15	用压缩空气吹铁屑
7.01.16	其他
7.02	造成安全装置失效
7.02.1	拆除了安全装置
7.02.2	安全装置堵塞，失掉了作用
7.02.3	调整的错误造成安全装置失效
7.02.4	其他
7.03	使用不安全设备
7.03.1	临时使用不牢固的设施
7.03.2	使用无安全装置的设备
7.03.3	其他
7.04	手代替工具操作
7.04.1	用手代替手动工具
7.04.2	用手清除切屑
7.04.3	不用夹具固定、用手拿工件进行机加工
7.05	物体（指成品、半成品、材料、工具、切屑和生产用品等）存放不当
7.06	冒险进入危险场所

续表 A7

分类号	不安全行为
7.06.1	冒险进入涵洞
7.06.2	接近漏料处（无安全设施）
7.06.3	采伐、集材、运材、装车时，未离危险区
7.06.4	未经安全监察人员允许进入油罐或井中

续表 A7

分类号	不安全行为
7.06.5	未"敲帮问顶"开始作业
7.06.6	冒进信号
7.06.7	调车场超速上下车
7.06.8	易燃易爆场合明火
7.06.9	私自搭乘矿车
7.06.10	在绞车道行走
7.06.11	未及时瞭望
7.08	攀、坐不安全位置（如平台护栏、汽车挡板、吊车吊钩）
7.09	在起吊物下作业、停留
7.10	机器运转时加油、修理、检查、调整、焊接、清扫等工作
7.11	有分散注意力行为
7.12	在必须使用个人防护用品用具的作业或场合中，忽视其使用
7.12.1	未戴护目镜或面罩
7.12.2	未戴防护手套
7.12.3	未穿安全鞋
7.12.4	未戴安全帽
7.12.5	未佩戴呼吸护具
7.12.6	未佩戴安全带
7.12.7	未戴工作帽
7.12.8	其他
7.13	不安全装束
7.13.1	在有旋转零部件的设备旁作业穿过肥大服装
7.13.2	操纵带有旋转零部件的设备时戴手套
7.13.3	其他
7.14	对易燃、易爆等危险物品处理错误

附录 B
损失工作日计算表
（补充件）

B1. 死亡或永久性全失能伤害定 6000 日。

B2. 永久性部分失能伤害按表 B1、表 B2、表 B3 计算。

B3. 表中未规定数值的暂时失能伤害按歇工天数计算。

B4. 对于永久性失能伤害不管其歇工天数多少，损失工作日均按下列各表中规定的数值计算。

B5. 各伤害部位累计数值超过 6000 日者，仍按 6000 日计算。

表 B1　截肢或完全失去机能部位损失工作日换算表

手					
	姆指	食指	中指	无名指	小指
远端指骨	300	100	75	60	50
中间指骨	–	200	150	120	105
近端指骨	600	400	300	240	200
掌骨	900	600	500	450	400
腕部截肢	1300				

脚					
	姆趾	二趾	中趾	无名趾	小趾
远端趾骨	150	35	35	35	35
中间趾骨	–	75	75	75	75
近端趾骨	300	150	150	150	150
蹠骨（包括舟骨、距骨）	600	350	350	350	350
踝部	2400				

上肢	
肘部以上任一部位（包括肩关节）	4500
腕以上任一部位，且在肘关节或低于肘关节	3600

下肢	
膝关节以上任一部位（包括髋关节	4500
踝部以上，且在膝关节或低于膝关节	3000

表 B2　骨折损失工作日换算表

骨折部位	损失工作日
掌、指骨	60
挠骨下端	80
尺、挠骨干	90
肱骨髁上	60
肱骨干	80
肱骨外科颈	70
锁骨	70
胸骨	105
跖、趾	70
胫、腓	90
股骨干	105
股粗隆间	100
股骨颈	160

表 B3　功能损伤损失工作日换算表

功能损伤部位	损失工作日
1　包被重要器官的单纯性骨损伤（头颅骨、胸骨、脊椎骨）；	105
2　包被重要器官的复杂性骨损伤，内部器官轻度受损，骨损伤治愈后，不遗功能联碍者；	500
3　包被重要器官的复杂性骨损伤，伴有内部器官损伤，骨损伤治愈后，遗有轻度功能障碍者	900
4　接触有害气体或毒物，急性中毒症状消失后，不遗有临床症状及后遗症者	200
5　重度失血，经抢救后，未遗有造血功能及障碍者	200
6　包被重要器官的复杂性骨折包被器官受损，骨损伤治愈后，伴有严重的功能障碍者	
a. 脑神经损伤导致癫痫者	3000
b. 脑神经损伤导致痴呆者	5000
c. 脑挫裂伤，颅内严重血肿，脑干损伤造成无法医治的低能	5000
d. 脑外伤致使运动系统严重障碍或失语，且不易恢复者	4000
e. 脊柱骨损伤，脊髓离断形成截瘫者	6000

续表 B3

功能损伤部位	损失工作日
f. 脊柱骨损伤，脊髓半离断，影响饮食起居者	6000
g. 脊柱骨损伤合并脊髓伤，有功能障碍不影响饮食起居者	4000
h. 单纯脊柱骨损伤，包括残留慢性腰背痛者	1000
i. 脊柱损伤，遗有脊髓压迫症双下肢功能障碍，二便失禁者	4000
j. 脊柱韧带损伤，局部血行障碍影响脊柱活动者	1500
k. 胸部骨损伤，伤及心脏，引起明显的节律不正者	4000
l. 胸部骨损伤，伤及心脏，遗有代偿功能失调者	4000
m. 胸部损伤，胸廓成形术后，明显影响一侧呼吸功能者	2000
n. 一侧肺功能丧失者	4000
o. 一侧肺并有另侧一个肺叶术后伤残者	5000
p. 骨盆骨损伤累及神经，导致下肢运动障碍者	4000
q. 骨盆不稳定骨折，并遗留有尿道狭窄和尿路感染	3000
7　腰、背部软组织严重损伤，脊柱活动明显受限者	2000
8　四肢软组织损伤治愈后，遗有周围神经伤，感觉运动机能障碍，影响工作及生活者	1500
9　四肢软组织损伤治愈后，遗有周围神经损伤，运动机能障碍，但生活能自理者	2000
10　四肢软组织损伤，治愈后由于疤瘢弯缩，严重影响运动功能，但生活能自理者	2000
11　手肌腱受损，伸屈功能严重影响障碍，影响工作、生活者	1400
12　脚肌腱受损，引起机能障碍，不能自由行走者	1400
13　眼睑断裂导致眼闭合不全	200
14　眼睑损伤导致泪小管、泪腺损伤，导致泪溢，影响工作者	200
15　双目失明	6000
16　一目失明，但另一目视力正常	1800
17　两目视力均有障碍，不易恢复者	1800
18　一目失明，另一目视物不清，或双目视物不清者（仅能见眼前2m以内的物体，且短期内，不易恢复者）	3000
19　两眼角膜受损，并有眼底出血或溷浊，视力高度障碍者（仅能见1m内之物体）且根本不能恢复者	4000
20　眼球突出不能复位，引起视力障碍者	700
21　眼肌麻痹，造成斜视、复视者	600
22　一耳丧失听力，另一耳听觉正常者	600
23　听力有重大障碍者	300
24　两耳听力丧失	3000
25　鼻损伤，嗅觉功能严重丧失	1000
26　鼻脱落者	1300

续表 B3

功能损伤部位	损失工作日
27 口腔受损，致使牙齿脱落大部，不能安装假牙，致使咀嚼发生困难者	1800
28 口腔严重受损，咀嚼机能全废	3000
29 喉损伤，引起喉狭窄，影响发音及呼吸者	1000
30 语言障碍，说话不清	300
31 语言全废	3000
32 伤及腹膜，并有单独性的腹腔出血及腹膜炎症者	1000
33 由于损伤进行胃次全切除，或肠管切除三分之一以上者	3000
34 由于损伤进行胃全切，或食道全切，腔肠代替食道，或肠管切除三分之一以上者	6000
35 一叶肝脏切除者	3000
36 一侧肾脏切除者	3000
37 生殖器官损伤，失去生殖机能者	1800
38 伤及神经、膀胱及直肠，遗有大便、小便失禁，漏尿、漏屎比	2000
39 关节结构损伤，关节活动受限，影响运动功能者	1400
40 伤筋伤骨，动作受限，其功能损伤严重于表2者	200
41 接触高浓度有害气体，急性中毒症状消失后，遗有脑实质病变临床症状者	4000
42 各种急性中毒严重损伤呼吸道、食道粘膜，遗有功能障碍者	2000
43 国家规定的工业毒物轻度中毒患者	150
44 国家规定的工业毒物中等度中毒患者	700
45 国家规定的工业毒物重度中毒患者	2000

附加说明：

本标准由中华人民共和国劳动人事部提出。

本标准由黑龙江省劳动保护科学技术研究所负责起草。

本标准主要起草人吴道成、阎继祥。

企业职工伤亡事故
经济损失统计标准
（GB 6721－86）

（国家标准局 1986 年 8 月 22 日发布自 1987 年 5 月 1 日起实施）

本标准规定了企业职工伤亡事故经济损失的统计范围，计算方法和评价指标。

1 基本定义

1.1 伤亡事故经济损失

指企业职工在劳动生产过程中发生伤亡事故所引起的一切经济损失，包括直接经济损失和间接经济损失。

1.2 直接经济损失

指因事故造成人身伤亡及善后处理支出的费用和毁坏财产的价值。

1.3 间接经济损失

指因事故导致产值减少、资源破坏和受

事故影响而造成其他损失的价值。

2　直接经济损失的统计范围

2.1　人身伤亡后所支出的费用

2.1.1　医疗费用（含护理费用）

2.1.2　丧葬及抚恤费用

2.1.3　补助及救济费用

2.1.4　歇工工资

2.2　善后处理费用

2.2.1　处理事故的事务性费用

2.2.2　现场抢救费用

2.2.3　清理现场费用

2.2.4　事故罚款和赔偿费用

2.3　财产损失价值

2.3.1　固定资产损失价值

2.3.2　流动资产损失价值

3　间接经济损失的统计范围

3.1　停产、减产损失价值

3.2　工作损失价值

3.3　资源损失价值

3.4　处理环境污染的费用

3.5　补充新职工的培训费用（见附录A）

3.6　其他损失费用

4　计算方法

4.1　经济损失计算见公式（1）：

$$E = E_d + E_i \cdots\cdots\cdots （1）$$

式中：E——经济损失，万元；

E_d——直接经济损失，万元；

E_i——间接经济损失，万元。

4.2　工作损失价值计算见公式（2）：

$$V_w = D_L \cdot \frac{M}{S \cdot D} \cdots\cdots\cdots\cdots（2）$$

式中：V_w——工作损失价值，万元；

D_L——起事故的总损失工作日数，死亡一名职工按6000个工作日计算，受伤职工视伤害情况按GB 6441-86《企业职工伤亡事故分类标准》的附表确定，日；

M——企业上年税利（税金加利润），万元；

S——企业上年平均职工人数；

D——企业上年法定工作日数，日。

4.3　固定资产损失价值按下列情况计算：

4.3.1　报废的固定资产，以固定资产净值减去残值计算；

4.3.2　损坏的固定资产，以修复费用计算。

4.4　流动资产损失价值按下列情况计算：

4.4.1　原材料、燃料、辅助材料等均按账面值减去残值计算；

4.4.2　成品、半成品、在制品等均以企业实际成本减去残值计算。

4.5　事故已处理结案而未能结算的医疗费、歇工工资等，采用测算方法计算（见附录A）。

4.6　对分期支付的抚恤、补助等费用，按审定支出的费用，从开始支付日期累计到停发日期见附录A。

4.7　停产、减产损失，按事故发生之日起到恢复正常生产水平时止，计算其损失的价值。

5　经济损失的评价指标和程度分级

5.1　经济损失评价指标

5.1.1　千人经济损失率

计算公式（3）：

$$R_s（‰） = \frac{E}{S} \times 1000 \cdots\cdots\cdots （3）$$

式中：R_s——千人经济损失率；

E——全年内经济损失，万元；

S——企业平均职工人数，人。

5.1.2　百万元产值经济损失率

计算按公式（4）：

$$R_v（\%） = \frac{E}{V} \times 100 \cdots\cdots\cdots （4）$$

式中：R_v——百万元产值经济损失率；

E——全年内经济损失，万元；

V——企业总产值，万元。

5.2 经济损失程度分级

5.2.1 一般损失事故

经济损失小于1万元的事故。

5.2.2 较大损失事故

经济损失大于1万元（含1万元）但小于10万元的事故。

5.2.3 重大损失事故

经济损失大于10万元（含10万元）但小于100万元的事故。

5.2.4 特大损失事故

经济损失大于100万元（含100万元）的事故。

<h2 style="text-align:center">附录 A</h2>
<h1 style="text-align:center">几种经济损失的测算法</h1>

（补充件）

A.1 医疗费按公式（A1）测算：

$$M = M_b + \frac{M_b}{P} \cdot D_c \quad \cdots\cdots (A1)$$

式中：M——被伤害职工的医疗费，万元；

M_b——事故结案日前的医疗费，万元；

P——事故发生之日至结案之日的天数，日；

D_c——延续医疗天数，指事故结案后还须继续医治的时间，由企业劳资、安全、工会等按医生诊断意见确定，日。

注：上述公式是测算一名被伤害职工的医疗费，一次事故中多名被伤害职工的医疗费应累计计算。

A.2 歇工工资按公式（A2）测算：

$$L = L_q (D_a + D_k) \quad \cdots\cdots (A2)$$

式中：L——被伤害职工的歇工工资，元；

L_q——被伤害职工日工资，元；

D_a——事故结案日前的歇工日，日；

D_k——延续歇工日，指事故结案后被伤害职工还须继续歇工的时间，由企业劳资、安全、工会等与有关单位酌情商定，日。

注：上述公式是测算一名被伤害职工的歇工工资，一次事故中多名被伤害职工的歇工工资，应累计计算。

A.3 补充新职工的培训费用

A.3.1 技术工人的培训费用每人按2000元计算。

A.3.2 技术人员的培训费用每人按1万元计算。

A.3.3 补充其他人员的培训费用，视补充人员情况参照A.3.1，A.3.2酌定。

A.4 补助费、抚恤费的停发日期

A.4.1 被伤害职工供养未成年直系亲属抚恤费累计统计到16周岁（普通中学生在校生累计到18岁）。

A.4.2 被伤害职工及供养成年直系亲属补助费、抚恤费累计统计到我国人口的平均寿命68周岁。

附加说明：

本标准由中华人民共和国劳动人事部提出。

本标准由湖北省劳动人事厅劳动保护科学技术研究所、冶金部安全技术研究所起草。

本标准主要起草人叶保华、吴康平、阮在毅、黄庆冈。

四

道路交通事故赔偿

中华人民共和国道路交通安全法

（2003年10月28日第十届全国人民代表大会常务委员会第五次会议通过　根据2007年12月29日第十届全国人民代表大会常务委员会第三十一次会议《关于修改〈中华人民共和国道路交通安全法〉的决定》修正）

第一章 总　则

第一条　为了维护道路交通秩序，预防和减少交通事故，保护人身安全，保护公民、法人和其他组织的财产安全及其他合法权益，提高通行效率，制定本法。

第二条　中华人民共和国境内的车辆驾驶人、行人、乘车人以及与道路交通活动有关的单位和个人，都应当遵守本法。

第三条　道路交通安全工作，应当遵循依法管理、方便群众的原则，保障道路交通有序、安全、畅通。

第四条　各级人民政府应当保障道路交通安全管理工作与经济建设和社会发展相适应。

县级以上地方各级人民政府应当适应道路交通发展的需要，依据道路交通安全法律、法规和国家有关政策，制定道路交通安全管理规划，并组织实施。

第五条　国务院公安部门负责全国道路交通安全管理工作。县级以上地方各级人民政府公安机关交通管理部门负责本行政区域内的道路交通安全管理工作。

县级以上各级人民政府交通、建设管理部门依据各自职责，负责有关的道路交通工作。

第六条　各级人民政府应当经常进行道路交通安全教育，提高公民的道路交通安全意识。

公安机关交通管理部门及其交通警察执行职务时，应当加强道路交通安全法律、法规的宣传，并模范遵守道路交通安全法律、法规。

机关、部队、企业事业单位、社会团体以及其他组织，应当对本单位的人员进行道路交通安全教育。

教育行政部门、学校应当将道路交通安全教育纳入法制教育的内容。

新闻、出版、广播、电视等有关单位，有进行道路交通安全教育的义务。

第七条　对道路交通安全管理工作，应当加强科学研究，推广、使用先进的管理方法、技术、设备。

第二章　车辆和驾驶人

第一节　机动车、非机动车

第八条　国家对机动车实行登记制度。机动车经公安机关交通管理部门登记后，方可上道路行驶。尚未登记的机动车，需要临时上道路行驶的，应当取得临时通行牌证。

第九条　申请机动车登记，应当提交以下证明、凭证：

（一）机动车所有人的身份证明；

（二）机动车来历证明；

（三）机动车整车出厂合格证明或者进口机动车进口凭证；

（四）车辆购置税的完税证明或者免税凭证；

（五）法律、行政法规规定应当在机动车登记时提交的其他证明、凭证。

公安机关交通管理部门应当自受理申请之日起五个工作日内完成机动车登记审查工作，对符合前款规定条件的，应当发放机动车登记证书、号牌和行驶证；对不符合前款规定条件的，应当向申请人说明不予登记的理由。

公安机关交通管理部门以外的任何单位或者个人不得发放机动车号牌或者要求机动车悬挂其他号牌，本法另有规定的除外。

机动车登记证书、号牌、行驶证的式样由国务院公安部门规定并监制。

第十条　准予登记的机动车应当符合机动车国家安全技术标准。申请机动车登记时，应当接受对该机动车的安全技术检验。但是，经国家机动车产品主管部门依据机动车国家安全技术标准认定的企业生产的机动车型，该车型的新车在出厂时经检验符合机动车国家安全技术标准，获得检验合格证的，免予安全技术检验。

第十一条　驾驶机动车上道路行驶，应当悬挂机动车号牌，放置检验合格标志、保险标志，并随车携带机动车行驶证。

机动车号牌应当按照规定悬挂并保持清晰、完整，不得故意遮挡、污损。

任何单位和个人不得收缴、扣留机动车号牌。

第十二条　有下列情形之一的，应当办理相应的登记：

（一）机动车所有权发生转移的；

（二）机动车登记内容变更的；

（三）机动车用作抵押的；

（四）机动车报废的。

第十三条　对登记后上道路行驶的机动车，应当依照法律、行政法规的规定，根据车辆用途、载客载货数量、使用年限等不同情况，定期进行安全技术检验。对提供机动车行驶证和机动车第三者责任强制保险单的，机动车安全技术检验机构应当予以检验，任何单位不得附加其他条件。对符合机动车国家安全技术标准的，公安机关交通管理部门应当发给检验合格标志。

对机动车的安全技术检验实行社会化。具体办法由国务院规定。

机动车安全技术检验实行社会化的地方，任何单位不得要求机动车到指定的场所进行检验。

公安机关交通管理部门、机动车安全技术检验机构不得要求机动车到指定的场所进行维修、保养。

机动车安全技术检验机构对机动车检验收取费用，应当严格执行国务院价格主管部门核定的收费标准。

第十四条　国家实行机动车强制报废制度，根据机动车的安全技术状况和不同用途，规定不同的报废标准。

应当报废的机动车必须及时办理注销登记。

达到报废标准的机动车不得上道路行驶。报废的大型客、货车及其他营运车辆应当在公安机关交通管理部门的监督下解体。

第十五条　警车、消防车、救护车、工程救险车应当按照规定喷涂标志图案，安装警报器、标志灯具。其他机动车不得喷涂、安装、使用上述车辆专用的或者与其相类似的标志图案、警报器或者标志灯具。

警车、消防车、救护车、工程救险车应当严格按照规定的用途和条件使用。

公路监督检查的专用车辆，应当依照公路法的规定，设置统一的标志和示警灯。

第十六条 任何单位或者个人不得有下列行为：

（一）拼装机动车或者擅自改变机动车已登记的结构、构造或者特征；

（二）改变机动车型号、发动机号、车架号或者车辆识别代号；

（三）伪造、变造或者使用伪造、变造的机动车登记证书、号牌、行驶证、检验合格标志、保险标志；

（四）使用其他机动车的登记证书、号牌、行驶证、检验合格标志、保险标志。

第十七条 国家实行机动车第三者责任强制保险制度，设立道路交通事故社会救助基金。具体办法由国务院规定。

第十八条 依法应当登记的非机动车，经公安机关交通管理部门登记后，方可上道路行驶。

依法应当登记的非机动车的种类，由省、自治区、直辖市人民政府根据当地实际情况规定。

非机动车的外形尺寸、质量、制动器、车铃和夜间反光装置，应当符合非机动车安全技术标准。

第二节 机动车驾驶人

第十九条 驾驶机动车，应当依法取得机动车驾驶证。

申请机动车驾驶证，应当符合国务院公安部门规定的驾驶许可条件；经考试合格后，由公安机关交通管理部门发给相应类别的机动车驾驶证。

持有境外机动车驾驶证的人，符合国务院公安部门规定的驾驶许可条件，经公安机关交通管理部门考核合格的，可以发给中国的机动车驾驶证。

驾驶人应当按照驾驶证载明的准驾车型驾驶机动车；驾驶机动车时，应当随身携带机动车驾驶证。

公安机关交通管理部门以外的任何单位或者个人，不得收缴、扣留机动车驾驶证。

第二十条 机动车的驾驶培训实行社会化，由交通主管部门对驾驶培训学校、驾驶培训班实行资格管理，其中专门的拖拉机驾驶培训学校、驾驶培训班由农业（农业机械）主管部门实行资格管理。

驾驶培训学校、驾驶培训班应当严格按照国家有关规定，对学员进行道路交通安全法律、法规、驾驶技能的培训，确保培训质量。

任何国家机关以及驾驶培训和考试主管部门不得举办或者参与举办驾驶培训学校、驾驶培训班。

第二十一条 驾驶人驾驶机动车上道路行驶前，应当对机动车的安全技术性能进行认真检查；不得驾驶安全设施不全或者机件不符合技术标准等具有安全隐患的机动车。

第二十二条 机动车驾驶人应当遵守道路交通安全法律、法规的规定，按照操作规范安全驾驶、文明驾驶。

饮酒、服用国家管制的精神药品或者麻醉药品，或者患有妨碍安全驾驶机动车的疾病，或者过度疲劳影响安全驾驶的，不得驾驶机动车。

任何人不得强迫、指使、纵容驾驶人违反道路交通安全法律、法规和机动车安全驾驶要求驾驶机动车。

第二十三条 公安机关交通管理部门依照法律、行政法规的规定，定期对机动车驾驶证实施审验。

第二十四条 公安机关交通管理部门对机动车驾驶人违反道路交通安全法律、法规的行为，除依法给予行政处罚外，实行累积记分制度。公安机关交通管理部门对累积记分达到规定分值的机动车驾驶人，扣留机动车驾驶证，对其进行道路交通安全法律、法规教育，重新考试；考试合格的，发还其机动车驾驶证。

对遵守道路交通安全法律、法规，在一年内无累积记分的机动车驾驶人，可以延长机动车驾驶证的审验期。具体办法由国务院公安部门规定。

第三章　道路通行条件

第二十五条　全国实行统一的道路交通信号。

交通信号包括交通信号灯、交通标志、交通标线和交通警察的指挥。

交通信号灯、交通标志、交通标线的设置应当符合道路交通安全、畅通的要求和国家标准，并保持清晰、醒目、准确、完好。

根据通行需要，应当及时增设、调换、更新道路交通信号。增设、调换、更新限制性的道路交通信号，应当提前向社会公告，广泛进行宣传。

第二十六条　交通信号灯由红灯、绿灯、黄灯组成。红灯表示禁止通行，绿灯表示准许通行，黄灯表示警示。

第二十七条　铁路与道路平面交叉的道口，应当设置警示灯、警示标志或者安全防护设施。无人看守的铁路道口，应当在距道口一定距离处设置警示标志。

第二十八条　任何单位和个人不得擅自设置、移动、占用、损毁交通信号灯、交通标志、交通标线。

道路两侧及隔离带上种植的树木或者其他植物，设置的广告牌、管线等，应当与交通设施保持必要的距离，不得遮挡路灯、交通信号灯、交通标志，不得妨碍安全视距，不得影响通行。

第二十九条　道路、停车场和道路配套设施的规划、设计、建设，应当符合道路交通安全、畅通的要求，并根据交通需求及时调整。

公安机关交通管理部门发现已经投入使用的道路存在交通事故频发路段，或者停车场、道路配套设施存在交通安全严重隐患的，应当及时向当地人民政府报告，并提出防范交通事故、消除隐患的建议，当地人民政府应当及时作出处理决定。

第三十条　道路出现坍塌、坑漕、水毁、隆起等损毁或者交通信号灯、交通标志、交通标线等交通设施损毁、灭失的，道路、交通设施的养护部门或者管理部门应当设置警示标志并及时修复。

公安机关交通管理部门发现前款情形，危及交通安全，尚未设置警示标志的，应当及时采取安全措施，疏导交通，并通知道路、交通设施的养护部门或者管理部门。

第三十一条　未经许可，任何单位和个人不得占用道路从事非交通活动。

第三十二条　因工程建设需要占用、挖掘道路，或者跨越、穿越道路架设、增设管线设施，应当事先征得道路主管部门的同意；影响交通安全的，还应当征得公安机关交通管理部门的同意。

施工作业单位应当在经批准的路段和时间内施工作业，并在距离施工作业地点来车方向安全距离处设置明显的安全警示标志，采取防护措施；施工作业完毕，应当迅速清除道路上的障碍物，消除安全隐患，经道路主管部门和公安机关交通管理部门验收合格，符合通行要求后，方可恢复通行。

对未中断交通的施工作业道路，公安机关交通管理部门应当加强交通安全监督检查，维护道路交通秩序。

第三十三条　新建、改建、扩建的公共建筑、商业街区、居住区、大（中）型建筑等，应当配建、增建停车场；停车泊位不足的，应当及时改建或者扩建；投入使用的停车场不得擅自停止使用或者改作他用。

在城市道路范围内，在不影响行人、车

辆通行的情况下，政府有关部门可以施划停车泊位。

第三十四条 学校、幼儿园、医院、养老院门前的道路没有行人过街设施的，应当施划人行横道线，设置提示标志。

城市主要道路的人行道，应当按照规划设置盲道。盲道的设置应当符合国家标准。

第四章 道路通行规定

第一节 一般规定

第三十五条 机动车、非机动车实行右侧通行。

第三十六条 根据道路条件和通行需要，道路划分为机动车道、非机动车道和人行道的，机动车、非机动车、行人实行分道通行。没有划分机动车道、非机动车道和人行道的，机动车在道路中间通行，非机动车和行人在道路两侧通行。

第三十七条 道路划设专用车道的，在专用车道内，只准许规定的车辆通行，其他车辆不得进入专用车道内行驶。

第三十八条 车辆、行人应当按照交通信号通行；遇有交通警察现场指挥时，应当按照交通警察的指挥通行；在没有交通信号的道路上，应当在确保安全、畅通的原则下通行。

第三十九条 公安机关交通管理部门根据道路和交通流量的具体情况，可以对机动车、非机动车、行人采取疏导、限制通行、禁止通行等措施。遇有大型群众性活动、大范围施工等情况，需要采取限制交通的措施，或者作出与公众的道路交通活动直接有关的决定，应当提前向社会公告。

第四十条 遇有自然灾害、恶劣气象条件或者重大交通事故等严重影响交通安全的情形，采取其他措施难以保证交通安全时，公安机关交通管理部门可以实行交通管制。

第四十一条 有关道路通行的其他具体规定，由国务院规定。

第二节 机动车通行规定

第四十二条 机动车上道路行驶，不得超过限速标志标明的最高时速。在没有限速标志的路段，应当保持安全车速。

夜间行驶或者在容易发生危险的路段行驶，以及遇有沙尘、冰雹、雨、雪、雾、结冰等气象条件时，应当降低行驶速度。

第四十三条 同车道行驶的机动车，后车应当与前车保持足以采取紧急制动措施的安全距离。有下列情形之一的，不得超车：

（一）前车正在左转弯、掉头、超车的；

（二）与对面来车有会车可能的；

（三）前车为执行紧急任务的警车、消防车、救护车、工程救险车的；

（四）行经铁路道口、交叉路口、窄桥、弯道、陡坡、隧道、人行横道、市区交通流量大的路段等没有超车条件的。

第四十四条 机动车通过交叉路口，应当按照交通信号灯、交通标志、交通标线或者交通警察的指挥通过；通过没有交通信号灯、交通标志、交通标线或者交通警察指挥的交叉路口时，应当减速慢行，并让行人和优先通行的车辆先行。

第四十五条 机动车遇有前方车辆停车排队等候或者缓慢行驶时，不得借道超车或者占用对面车道，不得穿插等候的车辆。

在车道减少的路段、路口，或者在没有交通信号灯、交通标志、交通标线或者交通警察指挥的交叉路口遇到停车排队等候或者缓慢行驶时，机动车应当依次交替通行。

第四十六条 机动车通过铁路道口时，应当按照交通信号或者管理人员的指挥通行；没有交通信号或者管理人员的，应当减速或者停车，在确认安全后通过。

第四十七条 机动车行经人行横道时，应当减速行驶；遇行人正在通过人行横道，应当停车让行。

机动车行经没有交通信号的道路时，遇行人横过道路，应当避让。

第四十八条　机动车载物应当符合核定的载质量，严禁超载；载物的长、宽、高不得违反装载要求，不得遗洒、飘散载运物。

机动车运载超限的不可解体的物品，影响交通安全的，应当按照公安机关交通管理部门指定的时间、路线、速度行驶，悬挂明显标志。在公路上运载超限的不可解体的物品，并应当依照公路法的规定执行。

机动车载运爆炸物品、易燃易爆化学物品以及剧毒、放射性等危险物品，应当经公安机关批准后，按指定的时间、路线、速度行驶，悬挂警示标志并采取必要的安全措施。

第四十九条　机动车载人不得超过核定的人数，客运机动车不得违反规定载货。

第五十条　禁止货运机动车载客。

货运机动车需要附载作业人员的，应当设置保护作业人员的安全措施。

第五十一条　机动车行驶时，驾驶人、乘坐人员应当按规定使用安全带，摩托车驾驶人及乘坐人员应当按规定戴安全头盔。

第五十二条　机动车在道路上发生故障，需要停车排除故障时，驾驶人应当立即开启危险报警闪光灯，将机动车移至不妨碍交通的地方停放；难以移动的，应当持续开启危险报警闪光灯，并在来车方向设置警告标志等措施扩大示警距离，必要时迅速报警。

第五十三条　警车、消防车、救护车、工程救险车执行紧急任务时，可以使用警报器、标志灯具；在确保安全的前提下，不受行驶路线、行驶方向、行驶速度和信号灯的限制，其他车辆和行人应当让行。

警车、消防车、救护车、工程救险车非执行紧急任务时，不得使用警报器、标志灯具，不享有前款规定的道路优先通行权。

第五十四条　道路养护车辆、工程作业车进行作业时，在不影响过往车辆通行的前提下，其行驶路线和方向不受交通标志、标线

限制，过往车辆和人员应当注意避让。

洒水车、清扫车等机动车应当按照安全作业标准作业；在不影响其他车辆通行的情况下，可以不受车辆分道行驶的限制，但是不得逆向行驶。

第五十五条　高速公路、大中城市中心城区内的道路，禁止拖拉机通行。其他禁止拖拉机通行的道路，由省、自治区、直辖市人民政府根据当地实际情况规定。

在允许拖拉机通行的道路上，拖拉机可以从事货运，但是不得用于载人。

第五十六条　机动车应当在规定地点停放。禁止在人行道上停放机动车；但是，依照本法第三十三条规定施划的停车泊位除外。

在道路上临时停车的，不得妨碍其他车辆和行人通行。

第三节　非机动车通行规定

第五十七条　驾驶非机动车在道路上行驶应当遵守有关交通安全的规定。非机动车应当在非机动车道内行驶；在没有非机动车道的道路上，应当靠车行道的右侧行驶。

第五十八条　残疾人机动轮椅车、电动自行车在非机动车道内行驶时，最高时速不得超过十五公里。

第五十九条　非机动车应当在规定地点停放。未设停放地点的，非机动车停放不得妨碍其他车辆和行人通行。

第六十条　驾驭畜力车，应当使用驯服的牲畜；驾驭畜力车横过道路时，驾驭人应当下车牵引牲畜；驾驭人离开车辆时，应当拴系牲畜。

第四节　行人和乘车人通行规定

第六十一条　行人应当在人行道内行走，没有人行道的靠路边行走。

第六十二条　行人通过路口或者横过道路，应当走人行横道或者过街设施；通过有交通信号灯的人行横道，应当按照交通信号灯指示通行；通过没有交通信号灯、人行横道的

路口，或者在没有过街设施的路段横过道路，应当在确认安全后通过。

第六十三条 行人不得跨越、倚坐道路隔离设施，不得扒车、强行拦车或者实施妨碍道路交通安全的其他行为。

第六十四条 学龄前儿童以及不能辨认或者不能控制自己行为的精神疾病患者、智力障碍者在道路上通行，应当由其监护人、监护人委托的人或者对其负有管理、保护职责的人带领。

盲人在道路上通行，应当使用盲杖或者采取其他导盲手段，车辆应当避让盲人。

第六十五条 行人通过铁路道口时，应当按照交通信号或者管理人员的指挥通行；没有交通信号和管理人员的，应当在确认无火车驶临后，迅速通过。

第六十六条 乘车人不得携带易燃易爆等危险物品，不得向车外抛洒物品，不得有影响驾驶人安全驾驶的行为。

第五节 高速公路的特别规定

第六十七条 行人、非机动车、拖拉机、轮式专用机械车、铰接式客车、全挂拖斗车以及其他设计最高时速低于七十公里的机动车，不得进入高速公路。高速公路限速标志标明的最高时速不得超过一百二十公里。

第六十八条 机动车在高速公路上发生故障时，应当依照本法第五十二条的有关规定办理；但是，警告标志应当设置在故障车来车方向一百五十米以外，车上人员应当迅速转移到右侧路肩上或者应急车道内，并且迅速报警。

机动车在高速公路上发生故障或者交通事故，无法正常行驶的，应当由救援车、清障车拖曳、牵引。

第六十九条 任何单位、个人不得在高速公路上拦截检查行驶的车辆，公安机关的人民警察依法执行紧急公务除外。

第五章 交通事故处理

第七十条 在道路上发生交通事故，车辆驾驶人应当立即停车，保护现场；造成人身伤亡的，车辆驾驶人应当立即抢救受伤人员，并迅速报告执勤的交通警察或者公安机关交通管理部门。因抢救受伤人员变动现场的，应当标明位置。乘车人、过往车辆驾驶人、过往行人应当予以协助。

在道路上发生交通事故，未造成人身伤亡，当事人对事实及成因无争议的，可以即行撤离现场，恢复交通，自行协商处理损害赔偿事宜；不即行撤离现场的，应当迅速报告执勤的交通警察或者公安机关交通管理部门。

在道路上发生交通事故，仅造成轻微财产损失，并且基本事实清楚的，当事人应当先撤离现场再进行协商处理。

第七十一条 车辆发生交通事故后逃逸的，事故现场目击人员和其他知情人员应当向公安机关交通管理部门或者交通警察举报。举报属实，公安机关交通管理部门应当给予奖励。

第七十二条 公安机关交通管理部门接到交通事故报警后，应当立即派交通警察赶赴现场，先组织抢救受伤人员，并采取措施，尽快恢复交通。

交通警察应当对交通事故现场进行勘验、检查，收集证据；因收集证据的需要，可以扣留事故车辆，但是应当妥善保管，以备核查。

对当事人的生理、精神状况等专业性较强的检验，公安机关交通管理部门应当委托专门机构进行鉴定。鉴定结论应当由鉴定人签名。

第七十三条 公安机关交通管理部门应当根据交通事故现场勘验、检查、调查情况和有关的检验、鉴定结论，及时制作交通事故认定书，作为处理交通事故的证据。交通事故认定书应当载明交通事故的基本事实、成因和当事人的责任,并送达当事人。

第七十四条 对交通事故损害赔偿的争议,当事人可以请求公安机关交通管理部门调解,也可以直接向人民法院提起民事诉讼。

经公安机关交通管理部门调解,当事人未达成协议或者调解书生效后不履行的,当事人可以向人民法院提起民事诉讼。

第七十五条 医疗机构对交通事故中的受伤人员应当及时抢救,不得因抢救费用未及时支付而拖延救治。肇事车辆参加机动车第三者责任强制保险的,由保险公司在责任限额范围内支付抢救费用;抢救费用超过责任限额的,未参加机动车第三者责任强制保险或者肇事后逃逸的,由道路交通事故社会救助基金先行垫付部分或者全部抢救费用,道路交通事故社会救助基金管理机构有权向交通事故责任人追偿。

第七十六条 机动车发生交通事故造成人身伤亡①、财产损失的,由保险公司在机动车第三者责任强制保险责任限额范围内予以赔偿;不足的部分,按照下列规定承担赔偿责任:

(一)机动车之间发生交通事故的,由有过错的一方承担赔偿责任;双方都有过错的,按照各自过错的比例分担责任。

(二)机动车与非机动车驾驶人、行人之间发生交通事故,非机动车驾驶人、行人没有过错的,由机动车一方承担赔偿责任;有证据证明非机动车驾驶人、行人有过错的,根据过错程度适当减轻机动车一方的赔偿责任;机动车一方没有过错的,承担不超过百分之十的赔偿责任。②

交通事故的损失是由非机动车驾驶人、行人故意碰撞机动车造成的,机动车一方不承担赔偿责任。

第七十七条 车辆在道路以外通行时发生的事故,公安机关交通管理部门接到报案的,参照本法有关规定办理。

第六章 执法监督

第七十八条 公安机关交通管理部门应当加强对交通警察的管理,提高交通警察的素质和管理道路交通的水平。

公安机关交通管理部门应当对交通警察进行法制和交通安全管理业务培训、考核。交通警察经考核不合格的,不得上岗执行职务。

第七十九条 公安机关交通管理部门及其交通警察实施道路交通安全管理,应当依据法

---

①交通事故造成人身伤亡的赔偿包括就医治疗、事故受害人因伤致残、致死的损害赔偿项目、标准,按照实际发生的损失,根据《最高人民法院关于审理人身损害赔偿案件适用法律若干问题的解释》确定。

②具体交通事故损害赔偿义务主体的确定,按下列规则进行:(1)违反道路交通安全法律、法规造成交通事故的;(2)将机动车交由未取得机动车驾驶证或者机动车驾驶证被吊销、暂扣的人驾驶造成道路交通事故的;(3)强迫机动车驾驶人违反道路交通安全法律、法规和机动车安全驾驶要求驾驶机动车,造成道路交通事故的;(4)二人以上的交通安全违法行为发生交通事故,共同造成他人的损害后果,不能确定实际侵害行为人的,应当依照《民法通则》第130条规定承担连带责任。行为人能够证明损害后果不是由其行为造成的,不承担赔偿责任;(5)法人或者其他组织的法定代表人、负责人以及工作人员,在执行职务中发生交通事故的,依照《民法通则》第212条的规定,由该法人或者其他组织承担赔偿责任。上述人员实施与职务无关的行为发生交通事故的,应当由行为人承担赔偿责任;(6)雇员在从事雇佣活动中发生交通事故的,雇主应当承担赔偿责任;雇员负交通事故主要当事人的责任的,应当与雇主承担连带赔偿责任;(7)雇员在从事雇佣活动中,因非安全生产发生交通事故遭受人身损害,发包人、分包人知道或者应当知道接受发包或者分包业务的雇主没有相应资质或者安全生产条件的,应当与雇主承担连带赔偿责任。

定的职权和程序,简化办事手续,做到公正、严格、文明、高效。

第八十条 交通警察执行职务时,应当按照规定着装,佩带人民警察标志,持有人民警察证件,保持警容严整,举止端庄,指挥规范。

第八十一条 依照本法发放牌证等收取工本费,应当严格执行国务院价格主管部门核定的收费标准,并全部上缴国库。

第八十二条 公安机关交通管理部门依法实施罚款的行政处罚,应当依照有关法律、行政法规的规定,实施罚款决定与罚款收缴分离;收缴的罚款以及依法没收的违法所得,应当全部上缴国库。

第八十三条 交通警察调查处理道路交通安全违法行为和交通事故,有下列情形之一的,应当回避:

(一)是本案的当事人或者当事人的近亲属;

(二)本人或者其近亲属与本案有利害关系;

(三)与本案当事人有其他关系,可能影响案件的公正处理。

第八十四条 公安机关交通管理部门及其交通警察的行政执法活动,应当接受行政监察机关依法实施的监督。

公安机关督察部门应当对公安机关交通管理部门及其交通警察执行法律、法规和遵守纪律的情况依法进行监督。

上级公安机关交通管理部门应当对下级公安机关交通管理部门的执法活动进行监督。

第八十五条 公安机关交通管理部门及其交通警察执行职务,应当自觉接受社会和公民的监督。

任何单位和个人都有权对公安机关交通管理部门及其交通警察不严格执法以及违法违纪行为进行检举、控告。收到检举、控告的机关,应当依据职责及时查处。

第八十六条 任何单位不得给公安机关交通

管理部门下达或者变相下达罚款指标;公安机关交通管理部门不得以罚款数额作为考核交通警察的标准。

公安机关交通管理部门及其交通警察对超越法律、法规规定的指令,有权拒绝执行,并同时向上级机关报告。

第七章 法律责任

第八十七条 公安机关交通管理部门及其交通警察对道路交通安全违法行为,应当及时纠正。

公安机关交通管理部门及其交通警察应当依据事实和本法的有关规定对道路交通安全违法行为予以处罚。对于情节轻微,未影响道路通行的,指出违法行为,给予口头警告后放行。

第八十八条 对道路交通安全违法行为的处罚种类包括:警告、罚款、暂扣或者吊销机动车驾驶证、拘留。

第八十九条 行人、乘车人、非机动车驾驶人违反道路交通安全法律、法规关于道路通行规定的,处警告或者五元以上五十元以下罚款;非机动车驾驶人拒绝接受罚款处罚的,可以扣留其非机动车。

第九十条 机动车驾驶人违反道路交通安全法律、法规关于道路通行规定的,处警告或者二十元以上二百元以下罚款。本法另有规定的,依照规定处罚。

第九十一条 饮酒后驾驶机动车的,处暂扣一个月以上三个月以下机动车驾驶证,并处二百元以上五百元以下罚款;醉酒后驾驶机动车的,由公安机关交通管理部门约束至酒醒,处十五日以下拘留和暂扣三个月以上六个月以下机动车驾驶证,并处五百元以上二千元以下罚款。

饮酒后驾驶营运机动车的,处暂扣三个月机动车驾驶证,并处五百元罚款;醉酒后驾驶营运机动车的,由公安机关交通管理部门约束至酒醒,处十五日以下拘留和暂扣六个月机动车驾驶证,并处二千元罚款。

一年内有前两款规定醉酒后驾驶机动车的行为，被处罚两次以上的，吊销机动车驾驶证，五年内不得驾驶营运机动车。

第九十二条 公路客运车辆载客超过额定乘员的，处二百元以上五百元以下罚款；超过额定乘员百分之二十或者违反规定载货的，处五百元以上二千元以下罚款。

货运机动车超过核定载质量的，处二百元以上五百元以下罚款；超过核定载质量百分之三十或者违反规定载客的，处五百元以上二千元以下罚款。

有前两款行为的，由公安机关交通管理部门扣留机动车至违法状态消除。

运输单位的车辆有本条第一款、第二款规定的情形，经处罚不改的，对直接负责的主管人员处二千元以上五千元以下罚款。

第九十三条 对违反道路交通安全法律、法规关于机动车停放、临时停车规定的，可以指出违法行为，并予以口头警告，令其立即驶离。

机动车驾驶人不在现场或者虽在现场但拒绝立即驶离，妨碍其他车辆、行人通行的，处二十元以上二百元以下罚款，并可以将该机动车拖移至不妨碍交通的地点或者公安机关交通管理部门指定的地点停放。公安机关交通管理部门拖车不得向当事人收取费用，并应当及时告知当事人停放地点。

因采取不正确的方法拖车造成机动车损坏的，应当依法承担补偿责任。

第九十四条 机动车安全技术检验机构实施机动车安全技术检验超过国务院价格主管部门核定的收费标准收取费用的，退还多收取的费用，并由价格主管部门依照《中华人民共和国价格法》的有关规定给予处罚。

机动车安全技术检验机构不按照机动车国家安全技术标准进行检验，出具虚假检验结果的，由公安机关交通管理部门处所收检验费用五倍以上十倍以下罚款，并依法撤销其检验资格；构成犯罪的，依法追究刑事责任。

第九十五条 上道路行驶的机动车未悬挂机动车号牌，未放置检验合格标志、保险标志，或者未随车携带行驶证、驾驶证的，公安机关交通管理部门应当扣留机动车，通知当事人提供相应的牌证、标志或者补办相应手续，并可以依照本法第九十条的规定予以处罚。当事人提供相应的牌证、标志或者补办相应手续的，应当及时退还机动车。

故意遮挡、污损或者不按规定安装机动车号牌的，依照本法第九十条的规定予以处罚。

第九十六条 伪造、变造或者使用伪造、变造的机动车登记证书、号牌、行驶证、检验合格标志、保险标志、驾驶证或者使用其他车辆的机动车登记证书、号牌、行驶证、检验合格标志、保险标志的，由公安机关交通管理部门予以收缴，扣留该机动车，并处二百元以上二千元以下罚款；构成犯罪的，依法追究刑事责任。

当事人提供相应的合法证明或者补办相应手续的，应当及时退还机动车。

第九十七条 非法安装警报器、标志灯具的，由公安机关交通管理部门强制拆除，予以收缴，并处二百元以上二千元以下罚款。

第九十八条 机动车所有人、管理人未按照国家规定投保机动车第三者责任强制保险的，由公安机关交通管理部门扣留车辆至依照规定投保后，并处依照规定投保最低责任限额应缴纳的保险费的二倍罚款。

依照前款缴纳的罚款全部纳入道路交通事故社会救助基金。具体办法由国务院规定。

第九十九条 有下列行为之一的，由公安机关交通管理部门处二百元以上二千元以下罚款：

（一）未取得机动车驾驶证、机动车驾驶证被吊销或者机动车驾驶证被暂扣期间驾驶机动车的；

（二）将机动车交由未取得机动车驾驶证或者机动车驾驶证被吊销、暂扣的人驾驶的；

（三）造成交通事故后逃逸，尚不构成犯罪的；

（四）机动车行驶超过规定时速百分之五十的；

（五）强迫机动车驾驶人违反道路交通安全法律、法规和机动车安全驾驶要求驾驶机动车，造成交通事故，尚不构成犯罪的；

（六）违反交通管制的规定强行通行，不听劝阻的；

（七）故意损毁、移动、涂改交通设施，造成危害后果，尚不构成犯罪的；

（八）非法拦截、扣留机动车辆，不听劝阻，造成交通严重阻塞或者较大财产损失的。

行为人有前款第二项、第四项情形之一的，可以并处吊销机动车驾驶证；有第一项、第三项、第五项至第八项情形之一的，可以并处十五日以下拘留。

第一百条　驾驶拼装的机动车或者已达到报废标准的机动车上道路行驶的，公安机关交通管理部门应当予以收缴，强制报废。

对驾驶前款所列机动车上道路行驶的驾驶人，处二百元以上二千元以下罚款，并吊销机动车驾驶证。

出售已达到报废标准的机动车的，没收违法所得，处销售金额等额的罚款，对该机动车依照本条第一款的规定处理。

第一百零一条　违反道路交通安全法律、法规的规定，发生重大交通事故，构成犯罪的，依法追究刑事责任，并由公安机关交通管理部门吊销机动车驾驶证。

造成交通事故后逃逸的，由公安机关交通管理部门吊销机动车驾驶证，且终生不得重新取得机动车驾驶证。

第一百零二条　对六个月内发生二次以上特大交通事故负有主要责任或者全部责任的专业运输单位，由公安机关交通管理部门责令消除安全隐患，未消除安全隐患的机动车，禁止上道路行驶。

第一百零三条　国家机动车产品主管部门未按照机动车国家安全技术标准严格审查，许可不合格机动车型投入生产的，对负有责任的主管人员和其他直接责任人员给予降级或者撤职的行政处分。

机动车生产企业经国家机动车产品主管部门许可生产的机动车型，不执行机动车国家安全技术标准或者不严格进行机动车成品质量检验，致使质量不合格的机动车出厂销售的，由质量技术监督部门依照《中华人民共和国产品质量法》的有关规定给予处罚。

擅自生产、销售未经国家机动车产品主管部门许可生产的机动车型的，没收非法生产、销售的机动车成品及配件，可以并处非法产品价值三倍以上五倍以下罚款；有营业执照的，由工商行政管理部门吊销营业执照，没有营业执照的，予以查封。

生产、销售拼装的机动车或者生产、销售擅自改装的机动车的，依照本条第三款的规定处罚。

有本条第二款、第三款、第四款所列违法行为，生产或者销售不符合机动车国家安全技术标准的机动车，构成犯罪的，依法追究刑事责任。

第一百零四条　未经批准，擅自挖掘道路、占用道路施工或者从事其他影响道路交通安全活动的，由道路主管部门责令停止违法行为，并恢复原状，可以依法给予罚款；致使通行的人员、车辆及其他财产遭受损失的，依法承担赔偿责任。

有前款行为，影响道路交通安全活动的，公安机关交通管理部门可以责令停止违法行为，迅速恢复交通。

第一百零五条　道路施工作业或者道路出现损毁，未及时设置警示标志、未采取防护措施，或者应当设置交通信号灯、交通标志、交通标线而没有设置或者应当及时变更交通信号灯、交通标志、交通标线而没有及时变更，致使通行的人员、车辆及其他财产遭受损失的，负有相关职责的单位应当依法承赔偿责任。

第一百零六条 在道路两侧及隔离带上种植树木、其他植物或者设置广告牌、管线等，遮挡路灯、交通信号灯、交通标志，妨碍安全视距的，由公安机关交通管理部门责令行为人排除妨碍；拒不执行的，处二百元以上二千元以下罚款，并强制排除妨碍，所需费用由行为人负担。

第一百零七条 对道路交通违法行为人予以警告、二百元以下罚款，交通警察可以当场作出行政处罚决定，并出具行政处罚决定书。

行政处罚决定书应当载明当事人的违法事实、行政处罚的依据、处罚内容、时间、地点以及处罚机关名称，并由执法人员签名或者盖章。

第一百零八条 当事人应当自收到罚款的行政处罚决定书之日起十五日内，到指定的银行缴纳罚款。

对行人、乘车人和非机动车驾驶人的罚款，当事人无异议的，可以当场予以收缴罚款。

罚款应当开具省、自治区、直辖市财政部门统一制发的罚款收据；不出具财政部门统一制发的罚款收据的，当事人有权拒绝缴纳罚款。

第一百零九条 当事人逾期不履行行政处罚决定的，作出行政处罚决定的行政机关可以采取下列措施：

（一）到期不缴纳罚款的，每日按罚款数额的百分之三加处罚款；

（二）申请人民法院强制执行。

第一百一十条 执行职务的交通警察认为应当对道路交通违法行为人给予暂扣或者吊销机动车驾驶证处罚的，可以先予扣留机动车驾驶证，并在二十四小时内将案件移交公安机关交通管理部门处理。

道路交通违法行为人应当在十五日内到公安机关交通管理部门接受处理。无正当理由逾期未接受处理的，吊销机动车驾驶证。

公安机关交通管理部门暂扣或者吊销机动车驾驶证的，应当出具行政处罚决定书。

第一百一十一条 对违反本法规定予以拘留的行政处罚，由县、市公安局、公安分局或者相当于县一级的公安机关裁决。

第一百一十二条 公安机关交通管理部门扣留机动车、非机动车，应当当场出具凭证，并告知当事人在规定期限内到公安机关交通管理部门接受处理。

公安机关交通管理部门对被扣留的车辆应当妥善保管，不得使用。

逾期不来接受处理，并且经公告三个月仍不来接受处理的，对扣留的车辆依法处理。

第一百一十三条 暂扣机动车驾驶证的期限从处罚决定生效之日起计算；处罚决定生效前先予扣留机动车驾驶证的，扣留一日折抵暂扣期限一日。

吊销机动车驾驶证后重新申请领取机动车驾驶证的期限，按照机动车驾驶证管理规定办理。

第一百一十四条 公安机关交通管理部门根据交通技术监控记录资料，可以对违法的机动车所有人或者管理人依法予以处罚。对能够确定驾驶人的，可以依照本法的规定依法予以处罚。

第一百一十五条 交通警察有下列行为之一的，依法给予行政处分：

（一）为不符合法定条件的机动车发放机动车登记证书、号牌、行驶证、检验合格标志的；

（二）批准不符合法定条件的机动车安装、使用警车、消防车、救护车、工程救险车的警报器、标志灯具，喷涂标志图案的；

（三）为不符合驾驶许可条件、未经考试或者考试不合格人员发放机动车驾驶证的；

（四）不执行罚款决定与罚款收缴分离制度或者不按规定将依法收取的费用、收缴的罚款及没收的违法所得全部上缴国库的；

（五）举办或者参与举办驾驶学校或者驾驶培训班、机动车修理厂或者收费停车场等经营活动的；

（六）利用职务上的便利收受他人财物或者谋取其他利益的；

（七）违法扣留车辆、机动车行驶证、驾驶证、车辆号牌的；

（八）使用依法扣留的车辆的；

（九）当场收取罚款不开具罚款收据或者不如实填写罚款额的；

（十）徇私舞弊，不公正处理交通事故的；

（十一）故意刁难，拖延办理机动车牌证的；

（十二）非执行紧急任务时使用警报器、标志灯具的；

（十三）违反规定拦截、检查正常行驶的车辆的；

（十四）非执行紧急公务时拦截搭乘机动车的；

（十五）不履行法定职责的。

公安机关交通管理部门有前款所列行为之一的，对直接负责的主管人员和其他直接责任人员给予相应的行政处分。

第一百一十六条　依照本法第一百一十五条的规定，给予交通警察行政处分的，在作出行政处分决定前，可以停止其执行职务；必要时，可以予以禁闭。

依照本法第一百一十五条的规定，交通警察受到降级或者撤职行政处分的，可以予以辞退。

交通警察受到开除处分或者被辞退的，应当取消警衔；受到撤职以下行政处分的交通警察，应当降低警衔。

第一百一十七条　交通警察利用职权非法占有公共财物，索取、收受贿赂，或者滥用职权、玩忽职守，构成犯罪的，依法追究刑事责任。

第一百一十八条　公安机关交通管理部门及其交通警察有本法第一百一十五条所列行为之一，给当事人造成损失的，应当依法承担赔偿责任。

第八章　附　　则

第一百一十九条　本法中下列用语的含义：

（一）"道路"，是指公路、城市道路和虽在单位管辖范围但允许社会机动车通行的地方，包括广场、公共停车场等用于公众通行的场所。

（二）"车辆"，是指机动车和非机动车。

（三）"机动车"，是指以动力装置驱动或者牵引，上道路行驶的供人员乘用或者用于运送物品以及进行工程专项作业的轮式车辆。

（四）"非机动车"，是指以人力或者畜力驱动，上道路行驶的交通工具，以及虽有动力装置驱动但设计最高时速、空车质量、外形尺寸符合有关国家标准的残疾人机动轮椅车、电动自行车等交通工具。

（五）"交通事故"，是指车辆在道路上因过错或者意外造成的人身伤亡或者财产损失的事件。

第一百二十条　中国人民解放军和中国人民武装警察部队在编机动车牌证、在编机动车检验以及机动车驾驶人考核工作，由中国人民解放军、中国人民武装警察部队有关部门负责。

第一百二十一条　对上道路行驶的拖拉机，由农业（农业机械）主管部门行使本法第八条、第九条、第十三条、第十九条、第二十三条规定的公安机关交通管理部门的管理职权。

农业（农业机械）主管部门依照前款规定行使职权，应当遵守本法有关规定，并接受公安机关交通管理部门的监督；对违反规定的，依照本法有关规定追究法律责任。

本法施行前由农业（农业机械）主管部门发放的机动车牌证，在本法施行后继续有效。

第一百二十二条 国家对入境的境外机动车的道路交通安全实施统一管理。

第一百二十三条 省、自治区、直辖市人民代表大会常务委员会可以根据本地区的实际情况，在本法规定的罚款幅度内，规定具体的执行标准。

第一百二十四条 本法自2004年5月1日起施行。

中华人民共和国道路交通安全法实施条例

（2004年4月28日国务院第49次常务会议通过 2004年4月30日中华人民共和国国务院令第405号公布 自2004年5月1日起施行）

第一章 总 则

第一条 根据《中华人民共和国道路交通安全法》（以下简称道路交通安全法）的规定，制定本条例。

第二条 中华人民共和国境内的车辆驾驶人、行人、乘车人以及与道路交通活动有关的单位和个人，应当遵守道路交通安全法和本条例。

第三条 县级以上地方各级人民政府应当建立、健全道路交通安全工作协调机制，组织有关部门对城市建设项目进行交通影响评价，制定道路交通安全管理规划，确定管理目标，制定实施方案。

第二章 车辆和驾驶人

第一节 机 动 车

第四条 机动车的登记，分为注册登记、变更登记、转移登记、抵押登记和注销登记。

第五条 初次申领机动车号牌、行驶证的，应当向机动车所有人住所地的公安机关交通管理部门申请注册登记。

申请机动车注册登记，应当交验机动车，并提交以下证明、凭证：

（一）机动车所有人的身份证明；

（二）购车发票等机动车来历证明；

（三）机动车整车出厂合格证明或者进口机动车进口凭证；

（四）车辆购置税完税证明或者免税凭证；

（五）机动车第三者责任强制保险凭证；

（六）法律、行政法规规定应当在机动车注册登记时提交的其他证明、凭证。

不属于国务院机动车产品主管部门规定免予安全技术检验的车型的，还应当提供机动车安全技术检验合格证明。

第六条 已注册登记的机动车有下列情形之一的，机动车所有人应当向登记该机动车的公安机关交通管理部门申请变更登记：

（一）改变机动车车身颜色的；

（二）更换发动机的；

（三）更换车身或者车架的；

（四）因质量有问题，制造厂更换整车的；

（五）营运机动车改为非营运机动车或者非营运机动车改为营运机动车的；

（六）机动车所有人的住所迁出或者迁入公安机关交通管理部门管辖区域的。

申请机动车变更登记，应当提交下列证明、凭证，属于前款第（一）项、第（二）项、第（二）项、第（四）项、第（五）项情形之一的，还应当交验机动车；属于前款第（二）项、第（三）项情形之一的，还应当同时提交机动车安全技术检验合格证明：

（一）机动车所有人的身份证明；

（二）机动车登记证书；

（三）机动车行驶证。

机动车所有人的住所在公安机关交通管理部门管辖区域内迁移、机动车所有人的姓名（单位名称）或者联系方式变更的，应当向登记该机动车的公安机关交通管理部门备案。

第七条 已注册登记的机动车所有权发生转移的，应当及时办理转移登记。

申请机动车转移登记，当事人应当向登记该机动车的公安机关交通管理部门交验机动车，并提交以下证明、凭证：

（一）当事人的身份证明；

（二）机动车所有权转移的证明、凭证；

（三）机动车登记证书；

（四）机动车行驶证。

第八条 机动车所有人将机动车作为抵押物抵押的，机动车所有人应当向登记该机动车的公安机关交通管理部门申请抵押登记。

第九条 已注册登记的机动车达到国家规定的强制报废标准的，公安机关交通管理部门应当在报废期满的 2 个月前通知机动车所有人办理注销登记。机动车所有人应当在报废期满前将机动车交售给机动车回收企业，由机动车回收企业将报废的机动车登记证书、号牌、行驶证交公安机关交通管理部门注销。机动车所有人逾期不办理注销登记的，公安机关交通管理部门应当公告该机动车登记证书、号牌、行驶证作废。

因机动车灭失申请注销登记的，机动车所有人应当向公安机关交通管理部门提交本人身份证明，交回机动车登记证书。

第十条 办理机动车登记的申请人提交的证明、凭证齐全、有效的，公安机关交通管理部门应当当场办理登记手续。

人民法院、人民检察院以及行政执法部门依法查封、扣押的机动车，公安机关交通管理部门不予办理机动车登记。

第十一条 机动车登记证书、号牌、行驶证丢失或者损毁，机动车所有人申请补发的，应当向公安机关交通管理部门提交本人身份证明和申请材料。公安机关交通管理部门经与机动车登记档案核实后，在收到申请之日起 15 日内补发。

第十二条 税务部门、保险机构可以在公安机关交通管理部门的办公场所集中办理与机动车有关的税费缴纳、保险合同订立等事项。

第十三条 机动车号牌应当悬挂在车前、车后指定位置，保持清晰、完整。重型、中型载货汽车及其挂车、拖拉机及其挂车的车身或者车厢后部应当喷涂放大的牌号，字样应当端正并保持清晰。

机动车检验合格标志、保险标志应当粘贴在机动车前窗右上角。

机动车喷涂、粘贴标识或者车身广告的，不得影响安全驾驶。

第十四条 用于公路营运的载客汽车、重型载货汽车、半挂牵引车应当安装、使用符合国家标准的行驶记录仪。交通警察可以对机动车行驶速度、连续驾驶时间以及其他行驶状态信息进行检查。安装行驶记录仪可以分步实施，实施步骤由国务院机动车产品主管部门会同有关部门规定。

第十五条 机动车安全技术检验由机动车安全技术检验机构实施。机动车安全技术检验机构应当按照国家机动车安全技术检验标准对机动车进行检验，对检验结果承担法律责任。

质量技术监督部门负责对机动车安全技术检验机构实行资格管理和计量认证管理，对机动车安全技术检验设备进行检定，对执行国家机动车安全技术检验标准的情况进行监督。

机动车安全技术检验项目由国务院公安部门会同国务院质量技术监督部门规定。

第十六条 机动车应当从注册登记之日起，按照下列期限进行安全技术检验：

（一）营运载客汽车 5 年以内每年检验 1 次；超过 5 年的，每 6 个月检验 1 次；

（二）载货汽车和大型、中型非营运载客汽车 10 年以内每年检验 1 次；超过 10 年的，每 6 个月检验 1 次；

（三）小型、微型非营运载客汽车6年以内每2年检验1次；超过6年的，每年检验1次；超过15年的，每6个月检验1次；

（四）摩托车4年以内每2年检验1次；超过4年的，每年检验1次；

（五）拖拉机和其他机动车每年检验1次。

营运机动车在规定检验期限内经安全技术检验合格的，不再重复进行安全技术检验。

第十七条 已注册登记的机动车进行安全技术检验时，机动车行驶证记载的登记内容与该机动车的有关情况不符，或者未按照规定提供机动车第三者责任强制保险凭证的，不予通过检验。

第十八条 警车、消防车、救护车、工程救险车标志图案的喷涂以及警报器、标志灯具的安装、使用规定，由国务院公安部门制定。

第二节 机动车驾驶人

第十九条 符合国务院公安部门规定的驾驶许可条件的人，可以向公安机关交通管理部门申请机动车驾驶证。

机动车驾驶证由国务院公安部门规定式样并监制。

第二十条 学习机动车驾驶，应当先学习道路交通安全法律、法规和相关知识，考试合格后，再学习机动车驾驶技能。

在道路上学习驾驶，应当按照公安机关交通管理部门指定的路线、时间进行。在道路上学习机动车驾驶技能应当使用教练车，在教练员随车指导下进行，与教学无关的人员不得乘坐教练车。学员在学习驾驶中有道路交通安全违法行为或者造成交通事故的，由教练员承担责任。

第二十一条 公安机关交通管理部门应当对申请机动车驾驶证的人进行考试，对考试合格的，在5日内核发机动车驾驶证；对考试不合格的，书面说明理由。

第二十二条 机动车驾驶证的有效期为6年，本条例另有规定的除外。

机动车驾驶人初次申领机动车驾驶证后的12个月内为实习期。在实习期内驾驶机动车的，应当在车身后部粘贴或者悬挂统一式样的实习标志。

机动车驾驶人在实习期内不得驾驶公共汽车、营运客车或者执行任务的警车、消防车、救护车、工程救险车以及载有爆炸物品、易燃易爆化学物品、剧毒或者放射性等危险物品的机动车；驾驶的机动车不得牵引挂车。

第二十三条 公安机关交通管理部门对机动车驾驶人的道路交通安全违法行为除给予行政处罚外，实行道路交通安全违法行为累积记分（以下简称记分）制度，记分周期为12个月。对在一个记分周期内记分达到12分的，由公安机关交通管理部门扣留其机动车驾驶证，该机动车驾驶人应当按照规定参加道路交通安全法律、法规的学习并接受考试。考试合格的，记分予以清除，发还机动车驾驶证；考试不合格的，继续参加学习和考试。

应当给予记分的道路交通安全违法行为及其分值，由国务院公安部门根据道路交通安全违法行为的危害程度规定。

公安机关交通管理部门应当提供记分查询方式供机动车驾驶人查询。

第二十四条 机动车驾驶人在一个记分周期内记分未达到12分，所处罚款已经缴纳的，记分予以清除；记分虽未达到12分，但尚有罚款未缴纳的，记分转入下一记分周期。

机动车驾驶人在一个记分周期内记分2次以上达到12分的，除按照第二十三条的规定扣留机动车驾驶证、参加学习、接受考试外，还应当接受驾驶技能考试。考试合格的，记分予以清除，发还机动车驾驶证；考试不合格的，继续参加学习和考试。

接受驾驶技能考试的，按照本人机动车驾驶证载明的最高准驾车型考试。

第二十五条　机动车驾驶人记分达到12分，拒不参加公安机关交通管理部门通知的学习，也不接受考试的，由公安机关交通管理部门公告其机动车驾驶证停止使用。

第二十六条　机动车驾驶人在机动车驾驶证的6年有效期内，每个记分周期均未达到12分的，换发10年有效期的机动车驾驶证；在机动车驾驶证的10年有效期内，每个记分周期均未达到12分的，换发长期有效的机动车驾驶证。

换发机动车驾驶证时，公安机关交通管理部门应当对机动车驾驶证进行审验。

第二十七条　机动车驾驶证丢失、损毁，机动车驾驶人申请补发的，应当向公安机关交通管理部门提交本人身份证明和申请材料。公安机关交通管理部门经与机动车驾驶证档案核实后，在收到申请之日起3日内补发。

第二十八条　机动车驾驶人在机动车驾驶证丢失、损毁、超过有效期或者被依法扣留、暂扣期间以及记分达到12分的，不得驾驶机动车。

第三章　道路通行条件

第二十九条　交通信号灯分为：机动车信号灯、非机动车信号灯、人行横道信号灯、车道信号灯、方向指示信号灯、闪光警告信号灯、道路与铁路平面交叉道口信号灯。

第三十条　交通标志分为：指示标志、警告标志、禁令标志、指路标志、旅游区标志、道路施工安全标志和辅助标志。

道路交通标线分为：指示标线、警告标线、禁止标线。

第三十一条　交通警察的指挥分为：手势信号和使用器具的交通指挥信号。

第三十二条　道路交叉路口和行人横过道路较为集中的路段应当设置人行横道、过街天桥或者过街地下通道。

在盲人通行较为集中的路段，人行横道信号灯应当设置声响提示装置。

第三十三条　城市人民政府有关部门可以在不影响行人、车辆通行的情况下，在城市道路上施划停车泊位，并规定停车泊位的使用时间。

第三十四条　开辟或者调整公共汽车、长途汽车的行驶路线或者车站，应当符合交通规划和安全、畅通的要求。

第三十五条　道路养护施工单位在道路上进行养护、维修时，应当按照规定设置规范的安全警示标志和安全防护设施。道路养护施工作业车辆、机械应当安装示警灯，喷涂明显的标志图案，作业时应当开启示警灯和危险报警闪光灯。对未中断交通的施工作业道路，公安机关交通管理部门应当加强交通安全监督检查。发生交通阻塞时，及时做好分流、疏导，维护交通秩序。

道路施工需要车辆绕行的，施工单位应当在绕行处设置标志；不能绕行的，应当修建临时通道，保证车辆和行人通行。需要封闭道路中断交通的，除紧急情况外，应当提前5日向社会公告。

第三十六条　道路或者交通设施养护部门、管理部门应当在急弯、陡坡、临崖、临水等危险路段，按照国家标准设置警告标志和安全防护设施。

第三十七条　道路交通标志、标线不规范，机动车驾驶人容易发生辨认错误的，交通标志、标线的主管部门应当及时予以改善。

道路照明设施应当符合道路建设技术规范，保持照明功能完好。

第四章　道路通行规定

第一节　一般规定

第三十八条　机动车信号灯和非机动车信号灯表示：

（一）绿灯亮时，准许车辆通行，但转弯的车辆不得妨碍被放行的直行车辆、行人通行；

（二）黄灯亮时，已越过停止线的车辆可以继续通行；

（三）红灯亮时，禁止车辆通行。

在未设置非机动车信号灯和人行横道信号灯的路口，非机动车和行人应当按照机动车信号灯的表示通行。

红灯亮时，右转弯的车辆在不妨碍被放行的车辆、行人通行的情况下，可以通行。

第三十九条 人行横道信号灯表示：

（一）绿灯亮时，准许行人通过人行横道；

（二）红灯亮时，禁止行人进入人行横道，但是已经进入人行横道的，可以继续通过或者在道路中心线处停留等候。

第四十条 车道信号灯表示：

（一）绿色箭头灯亮时，准许本车道车辆按指示方向通行；

（二）红色叉形灯或者箭头灯亮时，禁止本车道车辆通行。

第四十一条 方向指示信号灯的箭头方向向左、向上、向右分别表示左转、直行、右转。

第四十二条 闪光警告信号灯为持续闪烁的黄灯，提示车辆、行人通行时注意瞭望，确认安全后通过。

第四十三条 道路与铁路平面交叉道口有两个红灯交替闪烁或者一个红灯亮时，表示禁止车辆、行人通行；红灯熄灭时，表示允许车辆、行人通行。

第二节 机动车通行规定

第四十四条 在道路同方向划有2条以上机动车道的，左侧为快速车道，右侧为慢速车道。在快速车道行驶的机动车应当按照快速车道规定的速度行驶，未达到快速车道规定的行驶速度的，应当在慢速车道行驶。摩托车应当在最右侧车道行驶。有交通标志标明行驶速度的，按照标明的行驶速度行驶。慢速车道内的机动车超越前车时，可以借用快速车道行驶。

在道路同方向划有2条以上机动车道的，变更车道的机动车不得影响相关车道内行驶的机动车的正常行驶。

第四十五条 机动车在道路上行驶不得超过限速标志、标线标明的速度。在没有限速标志、标线的道路上，机动车不得超过下列最高行驶速度：

（一）没有道路中心线的道路，城市道路为每小时30公里，公路为每小时40公里；

（二）同方向只有1条机动车道的道路，城市道路为每小时50公里，公路为每小时70公里。

第四十六条 机动车行驶中遇有下列情形之一的，最高行驶速度不得超过每小时30公里，其中拖拉机、电瓶车、轮式专用机械车不得超过每小时15公里：

（一）进出非机动车道，通过铁路道口、急弯路、窄路、窄桥时；

（二）掉头、转弯、下陡坡时；

（三）遇雾、雨、雪、沙尘、冰雹，能见度在50米以内时；

（四）在冰雪、泥泞的道路上行驶时；

（五）牵引发生故障的机动车时。

第四十七条 机动车超车时，应当提前开启左转向灯、变换使用远、近光灯或者鸣喇叭。在没有道路中心线或者同方向只有1条机动车道的道路上，前车遇后车发出超车信号时，在条件许可的情况下，应当降低速度、靠右让路。后车应当在确认有充足的安全距离后，从前车的左侧超越，在与被超车辆拉开必要的安全距离后，开启右转向灯，驶回原车道。

第四十八条 在没有中心隔离设施或者没有中心线的道路上，机动车遇相对方向来车时应当遵守下列规定：

（一）减速靠右行驶，并与其他车辆、行人保持必要的安全距离；

（二）在有障碍的路段，无障碍的一方先行；但有障碍的一方已驶入障碍路段而无障碍的一方未驶入时，有障碍的一方先行；

（三）在狭窄的坡路，上坡的一方先

行；但下坡的一方已行至中途而上坡的一方未上坡时，下坡的一方先行；

（四）在狭窄的山路，不靠山体的一方先行；

（五）夜间会车应当在距相对方向来车150米以外改用近光灯，在窄路、窄桥与非机动车会车时应当使用近光灯。

第四十九条　机动车在有禁止掉头或者禁止左转弯标志、标线的地点以及在铁路道口、人行横道、桥梁、急弯、陡坡、隧道或者容易发生危险的路段，不得掉头。

机动车在没有禁止掉头或者没有禁止左转弯标志、标线的地点可以掉头，但不得妨碍正常行驶的其他车辆和行人的通行。

第五十条　机动车倒车时，应当察明车后情况，确认安全后倒车。不得在铁路道口、交叉路口、单行路、桥梁、急弯、陡坡或者隧道中倒车。

第五十一条　机动车通过有交通信号灯控制的交叉路口，应当按照下列规定通行：

（一）在划有导向车道的路口，按所需行进方向驶入导向车道；

（二）准备进入环形路口的让已在路口内的机动车先行；

（三）向左转弯时，靠路口中心点左侧转弯。转弯时开启转向灯，夜间行驶开启近光灯；

（四）遇放行信号时，依次通过；

（五）遇停止信号时，依次停在停止线以外。没有停止线的，停在路口以外；

（六）向右转弯遇有同车道前车正在等候放行信号时，依次停车等候；

（七）在没有方向指示信号灯的交叉路口，转弯的机动车让直行的车辆、行人先行。相对方向行驶的右转弯机动车让左转弯车辆先行。

第五十二条　机动车通过没有交通信号控制也没有交通警察指挥的交叉路口，除应当遵守第五十一条第（二）项、第（三）项的规定外，还应当遵守下列规定：

（一）有交通标志、标线控制的，让优先通行的一方先行；

（二）没有交通标志、标线控制的，在进入路口前停车瞭望，让右方道路的来车先行；

（三）转弯的机动车让直行的车辆先行；

（四）相对方向行驶的右转弯的机动车让左转弯的车辆先行。

第五十三条　机动车遇有前方交叉路口交通阻塞时，应当依次停在路口以外等候，不得进入路口。

机动车在遇有前方机动车停车排队等候或者缓慢行驶时，应当依次排队，不得从前方车辆两侧穿插或者超越行驶，不得在人行横道、网状线区域内停车等候。

机动车在车道减少的路口、路段，遇有前方机动车停车排队等候或者缓慢行驶的，应当每车道一辆依次交替驶入车道减少后的路口、路段。

第五十四条　机动车载物不得超过机动车行驶证上核定的载质量，装载长度、宽度不得超出车厢，并应当遵守下列规定：

（一）重型、中型载货汽车，半挂车载物，高度从地面起不得超过4米，载运集装箱的车辆不得超过4.2米；

（二）其他载货的机动车载物，高度从地面起不得超过2.5米；

（三）摩托车载物，高度从地面起不得超过1.5米，长度不得超出车身0.2米。两轮摩托车载物宽度左右各不得超出车把0.15米；三轮摩托车载物宽度不得超过车身。

载客汽车除车身外部的行李架和内置的行李箱外，不得载货。载客汽车行李架载货，从车顶起高度不得超过0.5米，从地面起高度不得超过4米。

第五十五条　机动车载人应当遵守下列规定：

（一）公路载客汽车不得超过核定的载

客人数,但按照规定免票的儿童除外,在载客人数已满的情况下,按照规定免票的儿童不得超过核定载客人数的10%;

(二)载货汽车车厢不得载客。在城市道路上,货运机动车在留有安全位置的情况下,车厢内可以附载临时作业人员1人至5人;载物高度超过车厢栏板时,货物上不得载人;

(三)摩托车后座不得乘坐未满12周岁的未成年人,轻便摩托车不得载人。

第五十六条 机动车牵引挂车应当符合下列规定:

(一)载货汽车、半挂牵引车、拖拉机只允许牵引1辆挂车。挂车的灯光信号、制动、连接、安全防护等装置应当符合国家标准;

(二)小型载客汽车只允许牵引旅居挂车或者总质量700千克以下的挂车。挂车不得载人;

(三)载货汽车所牵引挂车的载质量不得超过载货汽车本身的载质量。

大型、中型载客汽车,低速载货汽车,三轮汽车以及其他机动车不得牵引挂车。

第五十七条 机动车应当按照下列规定使用转向灯:

(一)向左转弯、向左变更车道、准备超车、驶离停车地点或者掉头时,应当提前开启左转向灯;

(二)向右转弯、向右变更车道、超车完毕驶回原车道、靠路边停车时,应当提前开启右转向灯。

第五十八条 机动车在夜间没有路灯、照明不良或者遇有雾、雨、雪、沙尘、冰雹等低能见度情况下行驶时,应当开启前照灯、示廓灯和后位灯,但同方向行驶的后车与前车近距离行驶时,不得使用远光灯。机动车雾天行驶应当开启雾灯和危险报警闪光灯。

第五十九条 机动车在夜间通过急弯、坡路、拱桥、人行横道或者没有交通信号灯控制的路口时,应当交替使用远近光灯示意。

机动车驶近急弯、坡道顶端等影响安全视距的路段以及超车或者遇有紧急情况时,应当减速慢行,并鸣喇叭示意。

第六十条 机动车在道路上发生故障或者发生交通事故,妨碍交通又难以移动的,应当按照规定开启危险报警闪光灯并在车后50米至100米处设置警告标志,夜间还应当同时开启示廓灯和后位灯。

第六十一条 牵引故障机动车应当遵守下列规定:

(一)被牵引的机动车除驾驶人外不得载人,不得拖带挂车;

(二)被牵引的机动车宽度不得大于牵引机动车的宽度;

(三)使用软连接牵引装置时,牵引车与被牵引车之间的距离应当大于4米小于10米;

(四)对制动失效的被牵引车,应当使用硬连接牵引装置牵引;

(五)牵引车和被牵引车均应当开启危险报警闪光灯。

汽车吊车和轮式专用机械车不得牵引车辆。摩托车不得牵引车辆或者被其他车辆牵引。

转向或者照明、信号装置失效的故障机动车,应当使用专用清障车拖曳。

第六十二条 驾驶机动车不得有下列行为:

(一)在车门、车厢没有关好时行车;

(二)在机动车驾驶室的前后窗范围内悬挂、放置妨碍驾驶人视线的物品;

(三)拨打接听手持电话、观看电视等妨碍安全驾驶的行为;

(四)下陡坡时熄火或者空挡滑行;

(五)向道路上抛撒物品;

(六)驾驶摩托车手离车把或者在车把上悬挂物品;

(七)连续驾驶机动车超过4小时未停车休息或者停车休息时间少于20分钟;

(八)在禁止鸣喇叭的区域或者路段鸣喇叭。

第六十三条 机动车在道路上临时停车，应当遵守下列规定：

（一）在设有禁停标志、标线的路段，在机动车道与非机动车道、人行道之间设有隔离设施的路段以及人行横道、施工地段，不得停车；

（二）交叉路口、铁路道口、急弯路、宽度不足4米的窄路、桥梁、陡坡、隧道以及距离上述地点50米以内的路段，不得停车；

（三）公共汽车站、急救站、加油站、消防栓或者消防队（站）门前以及距离上述地点30米以内的路段，除使用上述设施的以外，不得停车；

（四）车辆停稳前不得开车门和上下人员，开关车门不得妨碍其他车辆和行人通行；

（五）路边停车应当紧靠道路右侧，机动车驾驶人不得离车，上下人员或者装卸物品后，立即驶离；

（六）城市公共汽车不得在站点以外的路段停车上下乘客。

第六十四条 机动车行经漫水路或者漫水桥时，应当停车察明水情，确认安全后，低速通过。

第六十五条 机动车载运超限物品行经铁路道口的，应当按照当地铁路部门指定的铁路道口、时间通过。

机动车行经渡口，应当服从渡口管理人员指挥，按照指定地点依次待渡。机动车上下渡船时，应当低速慢行。

第六十六条 警车、消防车、救护车、工程救险车在执行紧急任务遇交通受阻时，可以断续使用警报器，并遵守下列规定：

（一）不得在禁止使用警报器的区域或者路段使用警报器；

（二）夜间在市区不得使用警报器；

（三）列队行驶时，前车已经使用警报器的，后车不再使用警报器。

第六十七条 在单位院内、居民居住区内，机动车应当低速行驶，避让行人；有限速标志的，按照限速标志行驶。

第三节 非机动车通行规定

第六十八条 非机动车通过有交通信号灯控制的交叉路口，应当按照下列规定通行：

（一）转弯的非机动车让直行的车辆、行人优先通行；

（二）遇有前方路口交通阻塞时，不得进入路口；

（三）向左转弯时，靠路口中心点的右侧转弯；

（四）遇有停止信号时，应当依次停在路口停止线以外。没有停止线的，停在路口以外；

（五）向右转弯遇有同方向前车正在等候放行信号时，在本车道内能够转弯的，可以通行；不能转弯的，依次等候。

第六十九条 非机动车通过没有交通信号灯控制也没有交通警察指挥的交叉路口，除应当遵守第六十八条第（一）项、第（二）项和第（三）项的规定外，还应当遵守下列规定：

（一）有交通标志、标线控制的，让优先通行的一方先行；

（二）没有交通标志、标线控制的，在路口外慢行或者停车瞭望，让右方道路的来车先行；

（三）相对方向行驶的右转弯的非机动车让左转弯的车辆先行。

第七十条 驾驶自行车、电动自行车、三轮车在路段上横过机动车道，应当下车推行，有人行横道或者行人过街设施的，应当从人行横道或者行人过街设施通过；没有人行横道、没有行人过街设施或者不便使用行人过街设施的，在确认安全后直行通过。

因非机动车道被占用无法在本车道内行驶的非机动车，可以在受阻的路段借用相邻的机动车道行驶，并在驶过被占用路段后迅速驶回非机动车道。机动车遇此情况应当减速让行。

第七十一条 非机动车载物，应当遵守下列规定：

（一）自行车、电动自行车、残疾人机动轮椅车载物，高度从地面起不得超过 1.5 米，宽度左右各不得超出车把 0.15 米，长度前端不得超出车轮，后端不得超出车身 0.3 米；

（二）三轮车、人力车载物，高度从地面起不得超过 2 米，宽度左右各不得超出车身 0.2 米，长度不得超出车身 1 米；

（三）畜力车载物，高度从地面起不得超过 2.5 米，宽度左右各不得超出车身 0.2 米，长度前端不得超出车辕，后端不得超出车身 1 米。

自行车载人的规定，由省、自治区、直辖市人民政府根据当地实际情况制定。

第七十二条 在道路上驾驶自行车、三轮车、电动自行车、残疾人机动轮椅车应当遵守下列规定：

（一）驾驶自行车、三轮车必须年满 12 周岁；

（二）驾驶电动自行车和残疾人机动轮椅车必须年满 16 周岁；

（三）不得醉酒驾驶；

（四）转弯前应当减速慢行，伸手示意，不得突然猛拐，超越前车时不得妨碍被超越的车辆行驶；

（五）不得牵引、攀扶车辆或者被其他车辆牵引，不得双手离把或者手中持物；

（六）不得扶身并行、互相追逐或者曲折竞驶；

（七）不得在道路上骑独轮自行车或者 2 人以上骑行的自行车；

（八）非下肢残疾的人不得驾驶残疾人机动轮椅车；

（九）自行车、三轮车不得加装动力装置；

（十）不得在道路上学习驾驶非机动车。

第七十三条 在道路上驾驭畜力车应当年满 16 周岁，并遵守下列规定：

（一）不得醉酒驾驭；

（二）不得并行，驾驭人不得离开车辆；

（三）行经繁华路段、交叉路口、铁路道口、人行横道、急弯路、宽度不足 4 米的窄路或者窄桥、陡坡、隧道或者容易发生危险的路段，不得超车。驾驭两轮畜力车应当下车牵引牲畜；

（四）不得使用未经驯服的牲畜驾车，随车幼畜须拴系；

（五）停放车辆应当拉紧车闸，拴系牲畜。

第四节 行人和乘车人通行规定

第七十四条 行人不得有下列行为：

（一）在道路上使用滑板、旱冰鞋等滑行工具；

（二）在车行道内坐卧、停留、嬉闹；

（三）追车、抛物击车等妨碍道路交通安全的行为。

第七十五条 行人横过机动车道，应当从行人过街设施通过；没有行人过街设施的，应当从人行横道通过；没有人行横道的，应当观察来往车辆的情况，确认安全后直行通过，不得在车辆临近时突然加速横穿或者中途倒退、折返。

第七十六条 行人列队在道路上通行，每横列不得超过 2 人，但在已经实行交通管制的路段不受限制。

第七十七条 乘坐机动车应当遵守下列规定：

（一）不得在机动车道上拦乘机动车；

（二）在机动车道上不得从机动车左侧上下车；

（三）开关车门不得妨碍其他车辆和行人通行；

（四）机动车行驶中，不得干扰驾驶，不得将身体任何部分伸出车外，不得跳车；

（五）乘坐两轮摩托车应当正向骑坐。

第五节 高速公路的特别规定

第七十八条 高速公路应当标明车道的行驶速度，最高车速不得超过每小时120公里，最低车速不得低于每小时60公里。

在高速公路上行驶的小型载客汽车最高车速不得超过每小时120公里，其他机动车不得超过每小时100公里，摩托车不得超过每小时80公里。

同方向有2条车道的，左侧车道的最低车速为每小时100公里；同方向有3条以上车道的，最左侧车道的最低车速为每小时110公里，中间车道的最低车速为每小时90公里。道路限速标志标明的车速与上述车道行驶车速的规定不一致的，按照道路限速标志标明的车速行驶。

第七十九条 机动车从匝道驶入高速公路，应当开启左转向灯，在不妨碍已在高速公路内的机动车正常行驶的情况下驶入车道。

机动车驶离高速公路时，应当开启右转向灯，驶入减速车道，降低车速后驶离。

第八十条 机动车在高速公路上行驶，车速超过每小时100公里时，应当与同车道前车保持100米以上的距离，车速低于每小时100公里时，与同车道前车距离可以适当缩短，但最小距离不得少于50米。

第八十一条 机动车在高速公路上行驶，遇有雾、雨、雪、沙尘、冰雹等低能见度气象条件时，应当遵守下列规定：

（一）能见度小于200米时，开启雾灯、近光灯、示廓灯和前后位灯，车速不得超过每小时60公里，与同车道前车保持100米以上的距离；

（二）能见度小于100米时，开启雾灯、近光灯、示廓灯、前后位灯和危险报警闪光灯，车速不得超过每小时40公里，与同车道前车保持50米以上的距离；

（三）能见度小于50米时，开启雾灯、近光灯、示廓灯、前后位灯和危险报警闪光灯，车速不得超过每小时20公里，并从最近的出口尽快驶离高速公路。

遇有前款规定情形时，高速公路管理部门应当通过显示屏等方式发布速度限制、保持车距等提示信息。

第八十二条 机动车在高速公路上行驶，不得有下列行为：

（一）倒车、逆行、穿越中央分隔带掉头或者在车道内停车；

（二）在匝道、加速车道或者减速车道上超车；

（三）骑、轧车行道分界线或者在路肩上行驶；

（四）非紧急情况时在应急车道行驶或者停车；

（五）试车或者学习驾驶机动车。

第八十三条 在高速公路上行驶的载货汽车车厢不得载人。两轮摩托车在高速公路行驶时不得载人。

第八十四条 机动车通过施工作业路段时，应当注意警示标志，减速行驶。

第八十五条 城市快速路的道路交通安全管理，参照本节的规定执行。

高速公路、城市快速路的道路交通安全管理工作，省、自治区、直辖市人民政府公安机关交通管理部门可以指定设区的市人民政府公安机关交通管理部门或者相当于同级的公安机关交通管理部门承担。

第五章 交通事故处理

第八十六条 机动车与机动车、机动车与非机动车在道路上发生未造成人身伤亡的交通事故，当事人对事实及成因无争议的，在记录交通事故的时间、地点、对方当事人的姓名和联系方式、机动车牌号、驾驶证号、保险凭证号、碰撞部位，并共同签名后，撤离现场，自行协商损害赔偿事宜。当事人对交通事故事实及成因有争议的，应当迅速报警。

第八十七条 非机动车与非机动车或者行人

在道路上发生交通事故,未造成人身伤亡,且基本事实及成因清楚的,当事人应当先撤离现场,再自行协商处理损害赔偿事宜。当事人对交通事故事实及成因有争议的,应当迅速报警。

第八十八条 机动车发生交通事故,造成道路、供电、通讯等设施损毁的,驾驶人应当报警等候处理,不得驶离。机动车可以移动的,应当将机动车移至不妨碍交通的地点。公安机关交通管理部门应当将事故有关情况通知有关部门。

第八十九条 公安机关交通管理部门或者交通警察接到交通事故报警,应当及时赶赴现场,对未造成人身伤亡,事实清楚,并且机动车可以移动的,应当在记录事故情况后责令当事人撤离现场,恢复交通。对拒不撤离现场的,予以强制撤离。

对属于前款规定情况的道路交通事故,交通警察可以适用简易程序处理,并当场出具事故认定书。当事人共同请求调解的,交通警察可以当场对损害赔偿争议进行调解。

对道路交通事故造成人员伤亡和财产损失需要勘验、检查现场的,公安机关交通管理部门应当按照勘查现场工作规范进行。现场勘查完毕,应当组织清理现场,恢复交通。

第九十条 投保机动车第三者责任强制保险的机动车发生交通事故,因抢救受伤人员需要保险公司支付抢救费用的,由公安机关交通管理部门通知保险公司。

抢救受伤人员需要道路交通事故救助基金垫付费用的,由公安机关交通管理部门通知道路交通事故社会救助基金管理机构。

第九十一条 公安机关交通管理部门应当根据交通事故当事人的行为对发生交通事故所起的作用以及过错的严重程度,确定当事人的责任。

第九十二条 发生交通事故后当事人逃逸的,逃逸的当事人承担全部责任。但是,有证据证明对方当事人也有过错的,可以减轻

责任。

当事人故意破坏、伪造现场、毁灭证据的,承担全部责任。

第九十三条 公安机关交通管理部门对经过勘验、检查现场的交通事故应当在勘查现场之日起 10 日内制作交通事故认定书。对需要进行检验、鉴定的,应当在检验、鉴定结果确定之日起 5 日内制作交通事故认定书。

第九十四条 当事人对交通事故损害赔偿有争议,各方当事人一致请求公安机关交通管理部门调解的,应当在收到交通事故认定书之日起 10 日内提出书面调解申请。

对交通事故致死的,调解从办理丧葬事宜结束之日起开始;对交通事故致伤的,调解从治疗终结或者定残之日起开始;对交通事故造成财产损失的,调解从确定损失之日起开始。

第九十五条 公安机关交通管理部门调解交通事故损害赔偿争议的期限为 10 日。调解达成协议的,公安机关交通管理部门应当制作调解书送交各方当事人,调解书经各方当事人共同签字后生效;调解未达成协议的,公安机关交通管理部门应当制作调解终结书送交各方当事人。

交通事故损害赔偿项目和标准依照有关法律的规定执行。

第九十六条 对交通事故损害赔偿的争议,当事人向人民法院提起民事诉讼的,公安机关交通管理部门不再受理调解申请。

公安机关交通管理部门调解期间,当事人向人民法院提起民事诉讼的,调解终止。

第九十七条 车辆在道路以外发生交通事故,公安机关交通管理部门接到报案的,参照道路交通安全法和本条例的规定处理。

车辆、行人与火车发生的交通事故以及在渡口发生的交通事故,依照国家有关规定处理。

第六章 执法监督

第九十八条 公安机关交通管理部门应当公

开办事制度、办事程序，建立警风警纪监督员制度，自觉接受社会和群众的监督。

第九十九条 公安机关交通管理部门及其交通警察办理机动车登记，发放号牌，对驾驶人考试、发证，处理道路交通安全违法行为，处理道路交通事故，应当严格遵守有关规定，不得越权执法，不得延迟履行职责，不得擅自改变处罚的种类和幅度。

第一百条 公安机关交通管理部门应当公布举报电话，受理群众举报投诉，并及时调查核实，反馈查处结果。

第一百零一条 公安机关交通管理部门应当建立执法质量考核评议、执法责任制和执法过错追究制度，防止和纠正道路交通安全执法中的错误或者不当行为。

第七章　法律责任

第一百零二条 违反本条例规定的行为，依照道路交通安全法和本条例的规定处罚。

第一百零三条 以欺骗、贿赂等不正当手段取得机动车登记或者驾驶许可的，收缴机动车登记证书、号牌、行驶证或者机动车驾驶证，撤销机动车登记或者机动车驾驶许可；申请人在 3 年内不得申请机动车登记或者机动车驾驶许可。

第一百零四条 机动车驾驶人有下列行为之一，又无其他机动车驾驶人即时替代驾驶的，公安机关交通管理部门除依法给予处罚外，可以将其驾驶的机动车移至不妨碍交通的地点或者有关部门指定的地点停放：

（一）不能出示本人有效驾驶证的；

（二）驾驶的机动车与驾驶证载明的准驾车型不符的；

（三）饮酒、服用国家管制的精神药品或者麻醉药品、患有妨碍安全驾驶的疾病，或者过度疲劳仍继续驾驶的；

（四）学习驾驶人员没有教练人员随车指导单独驾驶的。

第一百零五条 机动车驾驶人有饮酒、醉酒、服用国家管制的精神药品或者麻醉药品嫌疑的，应当接受测试、检验。

第一百零六条 公路客运载客汽车超过核定乘员、载货汽车超过核定载质量的，公安机关交通管理部门依法扣留机动车后，驾驶人应当将超载的乘车人转运、将超载的货物卸载，费用由超载机动车的驾驶人或者所有人承担。

第一百零七条 依照道路交通安全法第九十二条、第九十五条、第九十六条、第九十八条的规定被扣留的机动车，驾驶人或者所有人、管理人 30 日内没有提供被扣留机动车的合法证明，没有补办相应手续，或者不前来接受处理，经公安机关交通管理部门通知并且经公告 3 个月仍不前来接受处理的，由公安机关交通管理部门将该机动车送交有资格的拍卖机构拍卖，所得价款上缴国库；非法拼装的机动车予以拆除；达到报废标准的机动车予以报废；机动车涉及其他违法犯罪行为的，移交有关部门处理。

第一百零八条 交通警察按照简易程序当场作出行政处罚的，应当告知当事人道路交通安全违法行为的事实、处罚的理由和依据，并将行政处罚决定书当场交付被处罚人。

第一百零九条 对道路交通安全违法行为人处以罚款或者暂扣驾驶证处罚的，由违法行为发生地的县级以上人民政府公安机关交通管理部门或者相当于同级的公安机关交通管理部门作出决定；对处以吊销机动车驾驶证处罚的，由设区的市人民政府公安机关交通管理部门或者相当于同级的公安机关交通管理部门作出决定。

公安机关交通管理部门对非本辖区机动车的道路交通安全违法行为没有当场处罚的，可以由机动车登记地的公安机关交通管理部门处罚。

第一百一十条 当事人对公安机关交通管理部门及其交通警察的处罚有权进行陈述和申辩，交通警察应当充分听取当事人的陈述和申辩，不得因当事人陈述、申辩而加重其处罚。

第八章 附 则

第一百一十一条 本条例所称上道路行驶的拖拉机，是指手扶拖拉机等最高设计行驶速度不超过每小时 20 公里的轮式拖拉机和最高设计行驶速度不超过每小时 40 公里、牵引挂车方可从事道路运输的轮式拖拉机。

第一百一十二条 农业（农业机械）主管部门应当定期向公安机关交通管理部门提供拖拉机登记、安全技术检验以及拖拉机驾驶证发放的资料、数据。公安机关交通管理部门对拖拉机驾驶人作出暂扣、吊销驾驶证处罚或者记分处理的，应当定期将处罚决定书和记分情况通报有关的农业（农业机械）主管部门。吊销驾驶证的，还应当将驾驶证送交有关的农业（农业机械）主管部门。

第一百一十三条 境外机动车入境行驶，应当向入境地的公安机关交通管理部门申请临时通行号牌、行驶证。临时通行号牌、行驶证应当根据行驶需要，载明有效日期和允许行驶的区域。

入境的境外机动车申请临时通行号牌、行驶证以及境外人员申请机动车驾驶许可的条件、考试办法由国务院公安部门规定。

第一百一十四条 机动车驾驶许可考试的收费标准，由国务院价格主管部门规定。

第一百一十五条 本条例自 2004 年 5 月 1 日起施行。1960 年 2 月 11 日国务院批准、交通部发布的《机动车管理办法》，1988 年 3 月 9 日国务院发布的《中华人民共和国道路交通管理条例》，1991 年 9 月 22 日国务院发布的《道路交通事故处理办法》，同时废止。

道路交通事故处理程序规定

（2008 年 8 月 17 日公安部令第 104 号公布 自 2009 年 1 月 1 日起施行）

第一章 总 则

第一条 为了规范道路交通事故处理程序，保障公安机关交通管理部门依法履行职责，保护道路交通事故当事人的合法权益，根据《中华人民共和国道路交通安全法》及其实施条例等有关法律、法规，制定本规定。

第二条 公安机关交通管理部门处理道路交通事故，应当遵循公正、公开、便民、效率的原则。

第三条 交通警察处理道路交通事故，应当取得相应等级的处理道路交通事故资格。

第二章 管 辖

第四条 道路交通事故由发生地的县级公安机关交通管理部门管辖。未设立县级公安机关交通管理部门的，由设区市公安机关交通管理部门管辖。

第五条 道路交通事故发生在两个以上管辖区域的，由事故起始点所在地公安机关交通管理部门管辖。

对管辖权有争议的，由共同的上一级公安机关交通管理部门指定管辖。指定管辖前，最先发现或者最先接到报警的公安机关交通管理部门应当先行救助受伤人员，进行现场前期处理。

第六条 上级公安机关交通管理部门在必要的时候，可以处理下级公安机关交通管理部门管辖的道路交通事故，或者指定下级公安机关交通管理部门限时将案件移送其他下级公安机关交通管理部门处理。

案件管辖发生转移的，处理时限从移送案件之日起计算。

第七条 军队、武警部队人员、车辆发生道路交通事故的，按照本规定处理。需要对现役军人给予行政处罚或者追究刑事责任的，移送军队、武警部队有关部门。

第三章 报警和受理

第八条 道路交通事故有下列情形之一的，当事人应当保护现场并立即报警：

（一）造成人员死亡、受伤的；

（二）发生财产损失事故，当事人对事实或者成因有争议的，以及虽然对事实或者成因无争议，但协商损害赔偿未达成协议的；

（三）机动车无号牌、无检验合格标志、无保险标志的；

（四）载运爆炸物品、易燃易爆化学物品以及毒害性、放射性、腐蚀性、传染病源体等危险物品车辆的；

（五）碰撞建筑物、公共设施或者其他设施的；

（六）驾驶人无有效机动车驾驶证的；

（七）驾驶人有饮酒、服用国家管制的精神药品或者麻醉药品嫌疑的；

（八）当事人不能自行移动车辆的。

发生财产损失事故，并具有前款第二项至第五项情形之一，车辆可以移动的，当事人可以在报警后，在确保安全的原则下对现场拍照或者标划停车位置，将车辆移至不妨碍交通的地点等候处理。

第九条 公路上发生道路交通事故的，驾驶人必须在确保安全的原则下，立即组织车上人员疏散到路外安全地点，避免发生次生事故。驾驶人已因道路交通事故死亡或者受伤无法行动的，车上其他人员应当自行组织疏散。

第十条 公安机关及其交通管理部门接到道路交通事故报警，应当记录下列内容：

（一）报警方式、报警时间、报警人姓名、联系方式，电话报警的，还应当记录报警电话；

（二）发生道路交通事故时间、地点；

（三）人员伤亡情况；

（四）车辆类型、车辆牌号，是否载有危险品、危险物品的种类等；

（五）涉嫌交通肇事逃逸的，还应当询问并记录肇事车辆的车型、颜色、特征及其逃逸方向、逃逸驾驶人的体貌特征等有关情况。

报警人不报姓名的，应当记录在案。报警人不愿意公开姓名的，应当为其保密。

第十一条 公安机关交通管理部门接到道路交通事故报警或者出警指令后，应当按照规定立即派交通警察赶赴现场。有人员伤亡或者其他紧急情况的，应当及时通知急救、医疗、消防等有关部门。发生一次死亡三人以上事故或者其他有重大影响的道路交通事故，应当立即向上一级公安机关交通管理部门报告，并通过所属公安机关报告当地人民政府；涉及营运车辆的，通知当地人民政府有关行政管理部门；涉及爆炸物品、易燃易爆化学物品以及毒害性、放射性、腐蚀性、传染病源体等危险物品的，应当立即通过所属公安机关报告当地人民政府，并通报有关部门及时处理；造成道路、供电、通讯等设施损毁的，应当通报有关部门及时处理。

第十二条 当事人未在道路交通事故现场报警，事后请求公安机关交通管理部门处理的，公安机关交通管理部门应当按照本规定第十条的规定予以记录，并在三日内作出是否受理的决定。经核查道路交通事故事实存在的，公安机关交通管理部门应当受理，并告知当事人；经核查无法证明道路交通事故事实存在，或者不属于公安机关交通管理部门管辖的，应当书面告知当事人，并说明理由。

第四章 自行协商和简易程序

第十三条 机动车与机动车、机动车与非机动车发生财产损失事故，当事人对事实及成因无争议的，可以自行协商处理损害赔偿事宜。车辆可以移动的，当事人应当在确保安全的原则下对现场拍照或者标划事故车辆现场位置后，立即撤离现场，将车辆移至不妨碍交通的地点，再进行协商。

非机动车与非机动车或者行人发生财产损失事故，基本事实及成因清楚的，当事人应当先撤离现场，再协商处理损害赔偿事宜。

对应当自行撤离现场而未撤离的，交通警察应当责令当事人撤离现场；造成交通堵塞的，对驾驶人处以200元罚款；驾驶人有其他道路交通安全违法行为的，依法一并处罚。

第十四条 具有本规定第十三条规定情形，当事人自行协商达成协议的，填写道路交通事故损害赔偿协议书，并共同签名。损害赔偿协议书内容包括事故发生的时间、地点、天气、当事人姓名、机动车驾驶证号、联系方式、机动车种类和号牌、保险凭证号、事故形态、碰撞部位、赔偿责任等内容。

第十五条 对仅造成人员轻微伤或者具有本规定第八条第一款第二项至第八项规定情形之一的财产损失事故，公安机关交通管理部门可以适用简易程序处理，但是有交通肇事犯罪嫌疑的除外。

适用简易程序的，可以由一名交通警察处理。

第十六条 交通警察适用简易程序处理道路交通事故时，应当在固定现场证据后，责令当事人撤离现场，恢复交通。拒不撤离现场的，予以强制撤离；对当事人不能自行移动车辆的，交通警察应当将车辆移至不妨碍交通的地点。具有本规定第八条第一款第六项、第七项情形之一的，按照《道路交通安全法实施条例》第一百零四条规定处理。

撤离现场后，交通警察应当根据现场固定的证据和当事人、证人叙述等，认定并记录道路交通事故发生的时间、地点、天气、当事人姓名、机动车驾驶证号、联系方式、机动车种类和号牌、保险凭证号、交通事故形态、碰撞部位等，并根据当事人的行为对发生道路交通事故所起的作用以及过错的严重程度，确定当事人的责任，制作道路交通事故认定书，由当事人签名。

第十七条 当事人共同请求调解的，交通警察应当场进行调解，并在道路交通事故认定书上记录调解结果，由当事人签名，交付当事人。

第十八条 有下列情形之一的，不适用调解，交通警察可以在道路交通事故认定书上载明有关情况后，将道路交通事故认定书交付当事人：

（一）当事人对道路交通事故认定有异议的；

（二）当事人拒绝在道路交通事故认定书上签名的；

（三）当事人不同意调解的。

第五章 调 查

第一节 一般规定

第十九条 除简易程序外，公安机关交通管理部门对道路交通事故进行调查时，交通警察不得少于二人。

交通警察调查时应当向被调查人员出示《人民警察证》，告知被调查人依法享有的权利和义务，向当事人发送联系卡。联系卡载明交通警察姓名、办公地址、联系方式、监督电话等内容。

第二十条 交通警察调查道路交通事故时，应当客观、全面、及时、合法地收集证据。

第二节 现场处置和现场调查

第二十一条 交通警察到达事故现场后，应当立即进行下列工作：

（一）划定警戒区域，在安全距离位置放置发光或者反光锥筒和警告标志，确定专人负责现场交通指挥和疏导，维护良好道路通行秩序。因道路交通事故导致交通中断或者现场处置、勘查需要采取封闭道路等交通管制措施的，还应当在事故现场来车方向提前组织分流，放置绕行提示标志，避免发生交通堵塞。

（二）组织抢救受伤人员；

（三）指挥勘查、救护等车辆停放在便于抢救和勘查的位置，开启警灯，夜间还应当开启危险报警闪光灯和示廓灯；

（四）查找道路交通事故当事人和证人，控制肇事嫌疑人。

第二十二条 道路交通事故造成人员死亡的，应当经急救、医疗人员确认，并由医疗机构出具死亡证明。尸体应当存放在殡葬服务单位或者有停尸条件的医疗机构。

第二十三条 交通警察应当对事故现场进行调查，做好下列工作：

（一）勘查事故现场，查明事故车辆、当事人、道路及其空间关系和事故发生时的天气情况；

（二）固定、提取或者保全现场证据材料；

（三）查找当事人、证人进行询问，并制作询问笔录；

（四）其他调查工作。

第二十四条 交通警察勘查道路交通事故现场，应当按照有关法规和标准的规定，拍摄现场照片，绘制现场图，提取痕迹、物证，制作现场勘查笔录。发生一次死亡三人以上道路交通事故的，应当进行现场摄像。

现场图、现场勘查笔录应当由参加勘查的交通警察、当事人或者见证人签名。当事人、见证人拒绝签名或者无法签名以及无见证人的，应当记录在案。

第二十五条 痕迹或者证据可能因时间、地点、气象等原因导致灭失的，交通警察应当及时固定、提取或者保全。

车辆驾驶人有饮酒或者服用国家管制的精神药品、麻醉药品嫌疑的，公安机关交通管理部门应当按照《道路交通安全违法行为处理程序规定》及时抽血或者提取尿样，送交有检验资格的机构进行检验；车辆驾驶人当场死亡的，应当及时抽血检验。

第二十六条 交通警察应当检查当事人的身份证件、机动车驾驶证、机动车行驶证、保险标志等；对交通肇事嫌疑人可以依法传唤。

第二十七条 交通警察勘查事故现场完毕后，应当清点并登记现场遗留物品，迅速组织清理现场，尽快恢复交通。

现场遗留物品能够现场发还的，应当现场发还并做记录；现场无法确定所有人的，应当妥善保管，待所有人确定后，及时发还。

第二十八条 因收集证据的需要，公安机关交通管理部门可以扣留事故车辆及机动车行驶证，并开具行政强制措施凭证。扣留的车辆及机动车行驶证应当妥善保管。

公安机关交通管理部门不得扣留事故车辆所载货物。对所载货物在核实重量、体积及货物损失后，通知机动车驾驶人或者货物所有人自行处理。无法通知当事人或者当事人不自行处理的，按照《公安机关办理行政案件程序规定》的有关规定办理。

第二十九条 因收集证据的需要，公安机关交通管理部门可以扣押与事故有关的物品，并开具扣押物品清单一式两份，一份交给被扣押物品的持有人，一份附卷。扣押的物品应当妥善保管。

扣押期限不得超过三十日，案情重大、复杂的，经本级公安机关负责人或者上一级公安机关交通管理部门负责人批准可以延长三十日；法律、法规另有规定的除外。

第三十条 公安机关交通管理部门经过现场调查认为不属于道路交通事故的，应当书面通知当事人，并将案件移送有关部门或者告知当事人处理途径。

公安机关交通管理部门在调查过程中，发现当事人有交通肇事犯罪嫌疑的，应当按照《公安机关办理刑事案件程序规定》立案侦查。发现当事人有其他违法犯罪嫌疑的，应当及时移送有关部门，移送不影响事故的调查和处理。

第三十一条 投保机动车交通事故责任强制保险的车辆发生道路交通事故，因抢救受伤人员需要保险公司支付抢救费用的，公安机关交通管理部门书面通知保险公司。

抢救受伤人员需要道路交通事故社会救助基金垫付费用的，公安机关交通管理部门书面通知道路交通事故社会救助基金管理机构。

第三节 交通肇事逃逸查缉

第三十二条 公安机关交通管理部门应当根据管辖区域和道路情况，制定交通肇事逃逸案件查缉预案。

发生交通肇事逃逸案件后，公安机关交通管理部门应当根据当事人陈述、证人证言、交通事故现场痕迹、遗留物等线索，及时启动查缉预案，布置堵截和查缉。

第三十三条 案发地公安机关交通管理部门可以通过发放查缉通报、向社会公告等方式要求协查、举报交通肇事逃逸车辆或者侦破线索。发出协查通报或者向社会公告时，应当提供交通肇事逃逸案件基本事实、交通肇事逃逸车辆情况、特征及逃逸方向等有关情况。

第三十四条 接到协查通报的公安机关交通管理部门，应当立即布置堵截或者排查。发现交通肇事逃逸车辆或者嫌疑车辆的，应当予以扣留，依法传唤交通肇事逃逸人或者与协查通报相符的嫌疑人，并及时将有关情况通知案发地公安机关交通管理部门。案发地公安机关交通管理部门应当立即派交通警察前往办理移交。

第三十五条 公安机关交通管理部门查获交通肇事逃逸车辆后，应当按原范围发出撤销协查通报。

第三十六条 公安机关交通管理部门侦办交通肇事逃逸案件期间，交通肇事逃逸案件的受害人及其家属向公安机关交通管理部门询

问案件侦办情况的，公安机关交通管理部门应当告知。

第四节 检验、鉴定

第三十七条 需要进行检验、鉴定的，公安机关交通管理部门应当自事故现场调查结束之日起三日内委托具备资格的鉴定机构进行检验、鉴定。尸体检验应当在死亡之日起三日内委托。

对现场调查结束之日起三日后需要检验、鉴定的，应当报经上一级公安机关交通管理部门批准。

对精神病的鉴定，应当由省级人民政府指定的医院进行。

第三十八条 公安机关交通管理部门应当与检验、鉴定机构约定检验、鉴定完成的期限，约定的期限不得超过二十日。超过二十日的，应当报经上一级公安机关交通管理部门批准，但最长不得超过六十日。

第三十九条 卫生行政主管部门许可的医疗机构具有执业资格的医生为道路交通事故受伤人员出具的诊断证明，公安机关交通管理部门可以作为认定人身伤害程度的依据。

第四十条 检验尸体不得在公众场合进行。检验中需要解剖尸体的，应当征得其家属的同意。

解剖未知名尸体，应当报经县级以上公安机关或者上一级公安机关交通管理部门负责人批准。

第四十一条 检验尸体结束后，应当书面通知死者家属在十日内办理丧葬事宜。无正当理由逾期不办理的应记录在案，并经县级以上公安机关负责人批准，由公安机关处理尸体，逾期存放的费用由死者家属承担。

对未知名尸体，由法医提取人身识别检材，并对尸体拍照、采集相关信息后，由公安机关交通管理部门填写未知名尸体信息登记表，并在设区市级以上报纸刊登认尸启事。登报后三十日仍无人认领的，由县级以上公安机关负责人或者上一级公安机关交通

管理部门负责人批准处理尸体。

第四十二条　检验、鉴定机构应当在约定或者规定的期限内完成检验、鉴定，并出具书面检验、鉴定报告，由检验、鉴定人签名并加盖机构印章。检验、鉴定报告应当载明以下事项：

（一）委托人；

（二）委托事项；

（三）提交的相关材料；

（四）检验、鉴定的时间；

（五）依据和结论性意见，通过分析得出结论性意见的，应当有分析过程的说明。

第四十三条　公安机关交通管理部门应当在收到检验、鉴定报告之日起二日内，将检验、鉴定报告复印件送达当事人。

当事人对检验、鉴定结论有异议的，可以在公安机关交通管理部门送达之日起三日内申请重新检验、鉴定，经县级公安机关交通管理部门负责人批准后，进行重新检验、鉴定。重新检验、鉴定应当另行委托检验、鉴定机构或者由原检验、鉴定机构另行指派鉴定人。公安机关交通管理部门应当在收到重新检验、鉴定报告之日起二日内，将重新检验、鉴定报告复印件送达当事人。重新检验、鉴定以一次为限。

第四十四条　检验、鉴定结论确定之日起五日内，公安机关交通管理部门应当通知当事人领取扣留的事故车辆、机动车行驶证以及扣押的物品。

对驾驶人逃逸的无主车辆或者经通知当事人三十日后仍不领取的车辆，经公告三个月仍不来接受处理的，对扣留的车辆依法处理。

第六章　认定与复核

第一节　道路交通事故认定

第四十五条　道路交通事故认定应当做到程序合法、事实清楚、证据确实充分、适用法律正确、责任划分公正。

第四十六条　公安机关交通管理部门应当根据当事人的行为对发生道路交通事故所起的作用以及过错的严重程度，确定当事人的责任。

（一）因一方当事人的过错导致道路交通事故的，承担全部责任；

（二）因两方或者两方以上当事人的过错发生道路交通事故的，根据其行为对事故发生的作用以及过错的严重程度，分别承担主要责任、同等责任和次要责任；

（三）各方均无导致道路交通事故的过错，属于交通意外事故的，各方均无责任。

一方当事人故意造成道路交通事故的，他方无责任。

省级公安机关可以根据有关法律、法规制定具体的道路交通事故责任确定细则或者标准。

第四十七条　公安机关交通管理部门应当自现场调查之日起十日内制作道路交通事故认定书。交通肇事逃逸案件在查获交通肇事车辆和驾驶人后十日内制作道路交通事故认定书。对需要进行检验、鉴定的，应当在检验、鉴定结论确定之日起五日内制作道路交通事故认定书。

发生死亡事故，公安机关交通管理部门应当在制作道路交通事故认定书前，召集各方当事人到场，公开调查取得证据。证人要求保密或者涉及国家秘密、商业秘密以及个人隐私的证据不得公开。当事人不到场的，公安机关交通管理部门应当予以记录。

第四十八条　道路交通事故认定书应当载明以下内容：

（一）道路交通事故当事人、车辆、道路和交通环境等基本情况；

（二）道路交通事故发生经过；

（三）道路交通事故证据及事故形成原因的分析；

（四）当事人导致道路交通事故的过错及责任或者意外原因；

（五）作出道路交通事故认定的公安机

关交通管理部门名称和日期。

道路交通事故认定书应当由办案民警签名或者盖章，加盖公安机关交通管理部门道路交通事故处理专用章，分别送达当事人，并告知当事人向公安机关交通管理部门申请复核、调解和直接向人民法院提起民事诉讼的权利、期限。

第四十九条 逃逸交通事故尚未侦破，受害一方当事人要求出具道路交通事故认定书的，公安机关交通管理部门应当在接到当事人书面申请后十日内制作道路交通事故认定书，并送达受害一方当事人。道路交通事故认定书应当载明事故发生的时间、地点、受害人情况及调查得到的事实，有证据证明受害人有过错的，确定受害人的责任；无证据证明受害人有过错的，确定受害人无责任。

第五十条 道路交通事故成因无法查清的，公安机关交通管理部门应当出具道路交通事故证明，载明道路交通事故发生的时间、地点、当事人情况及调查得到的事实，分别送达当事人。

第二节 复 核

第五十一条 当事人对道路交通事故认定有异议的，可以自道路交通事故认定书送达之日起三日内，向上一级公安机关交通管理部门提出书面复核申请。

复核申请应当载明复核请求及其理由和主要证据。

第五十二条 上一级公安机关交通管理部门收到当事人书面复核申请后五日内，应当作出是否受理决定。有下列情形之一的，复核申请不予受理，并书面通知当事人。

（一）任何一方当事人向人民法院提起诉讼并经法院受理的；

（二）人民检察院对交通肇事犯罪嫌疑人批准逮捕的；

（三）适用简易程序处理的道路交通事故；

（四）车辆在道路以外通行时发生的事故。

公安机关交通管理部门受理复核申请的，应当书面通知各方当事人。

第五十三条 上一级公安机关交通管理部门自受理复核申请之日起三十日内，对下列内容进行审查，并作出复核结论：

（一）道路交通事故事实是否清楚，证据是否确实充分，适用法律是否正确；

（二）道路交通事故责任划分是否公正；

（三）道路交通事故调查及认定程序是否合法。

复核原则上采取书面审查的办法，但是当事人提出要求或者公安机关交通管理部门认为有必要时，可以召集各方当事人到场，听取各方当事人的意见。

复核审查期间，任何一方当事人就该事故向人民法院提起诉讼并经法院受理的，公安机关交通管理部门应当终止复核。

第五十四条 上一级公安机关交通管理部门经审查认为原道路交通事故认定事实不清、证据不确实充分、责任划分不公正、或者调查及认定违反法定程序的，应当作出复核结论，责令原办案单位重新调查、认定。

上一级公安机关交通管理部门经审查认为原道路交通事故认定事实清楚、证据确实充分、适用法律正确、责任划分公正、调查程序合法的，应当作出维持原道路交通事故认定的复核结论。

第五十五条 上一级公安机关交通管理部门作出复核结论后，应当召集事故各方当事人，当场宣布复核结论。当事人没有到场的，应当采取其他法定形式将复核结论送达当事人。

上一级公安机关交通管理部门复核以一次为限。

第五十六条 上一级公安机关交通管理部门作出责令重新认定的复核结论后，原办案单位应当在十日内依照本规定重新调查，重新制作道路交通事故认定书，撤销原道路交通事故认定书。

重新调查需要检验、鉴定的，原办案单位应当在检验、鉴定结论确定之日起五日内，重新制作道路交通事故认定书，撤销原道路交通事故认定书。

重新制作道路交通事故认定书的，原办案单位应当送达各方当事人，并书面报上一级公安机关交通管理部门备案。

第七章　处罚执行

第五十七条　公安机关交通管理部门应当在作出道路交通事故认定之日起五日内，对当事人的道路交通安全违法行为依法作出处罚。

第五十八条　对发生道路交通事故构成犯罪，依法应当吊销驾驶人机动车驾驶证的，应当在人民法院作出有罪判决后，由设区市公安机关交通管理部门依法吊销机动车驾驶证；同时具有逃逸情形的，公安机关交通管理部门应当同时依法作出终生不得重新取得机动车驾驶证的决定。

第五十九条　专业运输单位六个月内两次发生一次死亡三人以上道路交通事故，且单位或者车辆驾驶人对事故承担全部责任或者主要责任的，专业运输单位所在地的公安机关交通管理部门应当报经设区市公安机关交通管理部门批准后，作出责令限期消除安全隐患的决定，禁止未消除安全隐患的机动车上道路行驶，并通报道路交通事故发生地及运输单位属地的人民政府有关行政管理部门。

第八章　损害赔偿调解

第六十条　当事人对道路交通事故损害赔偿有争议，各方当事人一致请求公安机关交通管理部门调解的，应当在收到道路交通事故认定书或者上一级公安机关交通管理部门维持原道路交通事故认定的复核结论之日起十日内，向公安机关交通管理部门提出书面申请。

第六十一条　公安机关交通管理部门应当按照合法、公正、自愿、及时的原则，并采取公开方式进行道路交通事故损害赔偿调解。调解时允许旁听，但是当事人要求不予公开的除外。

第六十二条　公安机关交通管理部门应当与当事人约定调解的时间、地点，并于调解时间三日前通知当事人。口头通知的，应当记入调解记录。调解参加人因故不能按期参加调解的，应当在预定调解时间一日前通知承办的交通警察，请求变更调解时间。

第六十三条　参加损害赔偿调解的人员包括：

（一）道路交通事故当事人及其代理人；

（二）道路交通事故车辆所有人或者管理人；

（三）公安机关交通管理部门认为有必要参加的其他人员。

委托代理人应当出具由委托人签名或者盖章的授权委托书。授权委托书应当载明委托事项和权限。

参加调解时当事人一方不得超过三人。

第六十四条　公安机关交通管理部门应当按照下列规定日期开始调解，并于十日内制作道路交通事故损害赔偿调解书或者道路交通事故损害赔偿调解终结书：

（一）造成人员死亡的，从规定的办理丧葬事宜时间结束之日起；

（二）造成人员受伤的，从治疗终结之日起；

（三）因伤致残的，从定残之日起；

（四）造成财产损失的，从确定损失之日起。

第六十五条　交通警察调解道路交通事故损害赔偿，按下列程序实施：

（一）告知道路交通事故各方当事人的权利、义务；

（二）听取当事人各方的请求；

（三）根据道路交通事故认定书认定的

事实以及《中华人民共和国道路交通安全法》第七十六条的规定，确定当事人承担的损害赔偿责任；

（四）计算损害赔偿的数额，确定各方当事人各自承担的比例，人身损害赔偿的标准按照《最高人民法院关于审理人身损害赔偿案件适用法律若干问题的解释》规定执行，财产损失的修复费用、折价赔偿费用按照实际价值或者评估机构的评估结论计算；

（五）确定赔偿履行方式及期限。

第六十六条 经调解达成协议的，公安机关交通管理部门应当当场制作道路交通事故损害赔偿调解书，由各方当事人签字，分别送达各方当事人。

调解书应当载明以下内容：

（一）调解依据；

（二）道路交通事故认定书认定的基本事实和损失情况；

（三）损害赔偿的项目和数额；

（四）各方的损害赔偿责任及比例；

（五）赔偿履行方式和期限；

（六）调解日期。

经调解各方当事人未达成协议的，公安机关交通管理部门应当终止调解，制作道路交通事故损害赔偿调解终结书送达各方当事人。

第六十七条 有下列情形之一的，公安机关交通管理部门应当终止调解，并记录在案：

（一）在调解期间有一方当事人向人民法院提起民事诉讼的；

（二）一方当事人无正当理由不参加调解的；

（三）一方当事人调解过程中退出调解的。

第九章　涉外道路交通事故处理

第六十八条 外国人在中华人民共和国境内发生道路交通事故的，除按照本规定执行外，还应当按照办理涉外案件的有关法律、法规、规章的规定执行。

公安机关交通管理部门处理外国人发生的道路交通事故，应当告知当事人我国法律、法规规定的当事人在处理道路交通事故中的权利和义务。

第六十九条 外国人发生道路交通事故，在未处理完毕前，公安机关可以依法不准其出境。

第七十条 外国人发生道路交通事故并承担全部责任或者主要责任的，公安机关交通管理部门应当告知道路交通事故损害赔偿权利人可以向人民法院提出采取诉前财产保全措施的请求。

第七十一条 公安机关交通管理部门在处理道路交通事故过程中，使用中华人民共和国通用的语言文字。对不通晓我国语言文字的，应当为其提供翻译；当事人通晓我国语言文字而不需要他人翻译的，应当出具书面声明。

经公安机关交通管理部门批准，外国籍当事人可以自己聘请翻译，翻译费由当事人承担。

第七十二条 享有外交特权与豁免的外国人发生道路交通事故时，交通警察认为应当给予暂扣或者吊销机动车驾驶证处罚的，可以扣留其机动车驾驶证。需要检验、鉴定车辆的，公安机关交通管理部门应当征得其同意，并在检验、鉴定后立即发还；其不同意检验、鉴定的，记录在案，不强行检验、鉴定。需要对享有外交特权和豁免的外国人进行调查的，可以约谈，谈话时仅限于与道路交通事故有关的内容；本人不接受调查的，记录在案。

公安机关交通管理部门应当根据收集的证据，制作道路交通事故认定书送达当事人，当事人拒绝接收的，送达至其所在机构。

享有外交特权与豁免的外国人拒绝接受调查或者检验、鉴定的，其损害赔偿事宜通过外交途径解决。

第七十三条 公安机关交通管理部门处理享有外交特权与豁免的外国人发生人员死亡事故的，应当将其身份、证件及事故经过、损害后果等基本情况记录在案，并将有关情况迅速通报省级人民政府外事部门和该外国人所属国家的驻华使馆或者领馆。

第七十四条 外国驻华领事机构、国际组织、国际组织驻华代表机构享有特权与豁免的人员发生道路交通事故的，公安机关交通管理部门参照本规定第七十三条、第七十四条规定办理，但《中华人民共和国领事特权与豁免条例》、中国已参加的国际公约以及我国与有关国家或者国际组织缔结的协议有不同规定的除外。

第十章 执法监督

第七十五条 公安机关警务督察部门可以依法对公安机关交通管理部门及其交通警察处理交通事故工作进行现场督察，查处违法违纪行为。

上级公安机关交通管理部门对下级公安机关交通管理部门处理道路交通事故工作进行监督，发现错误应当及时纠正。

第七十六条 交通警察违反本规定，故意或者过失造成认定事实错误、适用法律错误、违反法定程序或者其他执法错误的，应当依照有关规定，根据其违法事实、情节、后果和责任程度，追究执法过错责任人员行政责任、经济责任和刑事责任；造成严重后果、恶劣影响的，还应当追究公安机关交通管理部门领导责任。

第七十七条 交通警察或者公安机关检验、鉴定人员需要回避的，由本级公安机关交通管理部门负责人或者检验、鉴定人员所属的公安机关决定。公安机关交通管理部门负责人需要回避的，由公安机关负责人或者上一级公安机关交通管理部门负责人决定。

对当事人提出的回避申请，公安机关交通管理部门应当在二日内作出决定，并通知申请人。

第七十八条 人民法院、人民检察院审理、审查道路交通事故案件，需要公安机关交通管理部门提供有关证据的，公安机关交通管理部门应当在接到调卷公函之日起三日内，或者按照其时限要求，将道路交通事故案件调查材料正本移送人民法院或者人民检察院。

第七十九条 公安机关交通管理部门对查获交通肇事逃逸车辆及人员提供有效线索或者协助的人员、单位，应当给予表彰和奖励。

公安机关交通管理部门及其交通警察接到协查通报不配合协查并造成严重后果的，由公安机关或者上级公安机关交通管理部门追究有关人员和单位主管领导的责任。

第八十条 除涉及国家秘密、商业秘密或者个人隐私，以及应当事人、证人要求保密的内容外，当事人及其代理人收到道路交通事故认定书后，可以查阅、复制、摘录公安机关交通管理部门处理道路交通事故的证据材料。公安机关交通管理部门对当事人复制的证据材料应当加盖公安机关交通管理部门事故处理专用章。

第十一章 附 则

第八十一条 道路交通事故处理资格等级管理规定由公安部另行制定，资格证书式样全国统一。

第八十二条 公安机关交通管理部门应当在邻省、市（地）、县交界的国、省、县道上，以及辖区内交通流量集中的路段，设置标有管辖地公安机关交通管理部门名称及道路交通事故报警电话号码的提示牌。

第八十三条 车辆在道路以外通行时发生的事故，公安机关交通管理部门接到报案的，参照本规定处理。涉嫌犯罪的，及时移送有关部门。

第八十四条 执行本规定所需要的法律文书式样，由公安部制定。公安部没有制定式样，执法工作中需要的其他法律文书，省级公安机关可以制定式样。

当事人自行协商处理损害赔偿事宜的，可以自行制作协议书，但应当符合本规定第十四条关于协议书内容的规定。

第八十五条 本规定中下列用语的含义：

（一）"交通肇事逃逸"，是指发生道路交通事故后，道路交通事故当事人为逃避法律追究，驾驶车辆或者遗弃车辆逃离道路交通事故现场的行为。

（二）"检验、鉴定结论确定"，是指检验、鉴定报告复印件送达当事人之日起三日内，当事人未申请重新检验、鉴定的，以及公安机关交通管理部门批准重新检验、鉴定，检验、鉴定机构出具检验、鉴定意见的。

（三）本规定所称的"一日"、"二日"、"三日"、"五日"、"十日"、"二十日"，是指工作日，不包括节假日。

（四）本规定所称的"以上"、"以下"均包括本数在内。

（五）"县级（以上）公安机关交通管理部门"，是指县级（以上）人民政府公安机关交通管理部门或者相当于同级的公安机关交通管理部门。"设区市公安机关交通管理部门"，是指设区的市人民政府公安机关交通管理部门或者相当于同级的公安机关交通管理部门。"设区市公安机关"，是指设区的市人民政府公安机关或者相当于同级的公安机关。

（六）"死亡事故"，是指造成人员死亡的道路交通事故。

（七）"财产损失事故"，是指仅造成财产损失的道路交通事故。

第八十六条 本规定没有规定的道路交通事故案件办理程序，依照《公安机关办理行政案件程序规定》、《公安机关办理刑事案件程序规定》的有关规定执行。

第八十七条 本规定自2009年1月1日起施行。2004年4月30日发布的《交通事故处理程序规定》（公安部令第70号）同时废止。本规定施行后，与本规定不一致的，以本规定为准。

道路交通事故受伤人员伤残评定
（GB 18667-2002）

（国家质量监督检验检疫总局2002年3月11日发布 自起实施）

前 言

本标准的全部技术内容为强制性

本标准是在充分总结吸收1992年公安部发布的中华人民共和国公共安全行业标准《道路交通事故受伤人员伤残评定》（GA35-1992）执行的经验和国内外最新研究成果基础上起草形成。本标准进一步完善了伤残等级10级分类法。在全面规范人体伤残程度的同时，还建立了多等级伤残和肢体功能丧失的综合计算数学方法，引入了肩关节复合体的概念并建立了功能丧失的计算方法，为解决多处伤残和肢体功能丧失的计算及肩胛带伤残的评定问题提供了依据。

本标准自实施之日起，代替GA35-1992。

本标准的附录A、附录C为规范性附录，附录B为资料性附录。

本标准由中华人民共和国公安部提出。

本标准由公安部交通管理标准化技术委员会归口。

本标准起草单位：重庆市公安局交通管理局。

本标准主要起草人：张志维、赵新才、黄小七、王世其、宋鸿。

道路交通事故受伤
人员伤残评定

1 范　　围

本标准规定了道路交通事故受伤人员伤残评定的原则、方法和内容。

本标准适用于道路交通事故受伤人员的伤残程度评定。

2 术语和定义

下列述评和定义适用于本标准

2.1　道路交通事故受伤人员 the injured in road traffic accident

在道路交通事故中遭受各种暴力致伤的人员。

2.2　伤残 impairment

因道路交通事故损伤所致的人体残废。

包括：精神的、生理功能的和解剖结构的异常及其导致的生活、工作和社会活动能力不同程度丧失。

2.3　评定 assessment

在客观检验的基础上，评价确定道路交通事故受伤人员伤残等级的过程。

2.4　评定人 assessor

办案机关依法指派或聘请符合评定人条件，承担道路交通事故受伤人员伤残评定的人员。

2.5　评定结论 assessment conclusion

评定人根据检验结果，按照伤残评定标准，运用专门知识进行分析所得出的综合性判断。

2.6　评定书 assessment report

评定人将检验结果、分析意见和评定结论所形成的书面文书。

2.7　治疗终结 treatment finality

临床医学一般原则所承认的临床效果稳定。

3 评 定 总 则

3.1　评定原则

伤残评定应以人体伤后治疗效果为依据，认真分析残疾与事故、损伤之间的关系，实事求是地评定。

3.2　评定时机

评定时机应以事故直接所致的损伤或确因损伤所致的并发症治疗终结为准。

对治疗终结意见不一致时，可由办案机关组织有关专业人员进行鉴定，确定其是否治疗终结。

3.3　评定人条件

评定人应当具有法医学鉴定资格的人员担任。

3.4　评定人权利和义务

3.4.1　评定人权利

a）有权了解与评定有关的案情和其他材料；

b）有权向当事人询问与评定有关的问题；

c）有权依照医学原则对道路交通事故受伤人员进行身体检查和要求进行必要的特殊仪器检查等；

d）有权因专门知识的限制或鉴定材料的不足而拒绝评定。

3.4.2　评定人义务

a）全面、细致、科学、客观地对道路交通事故受伤人员进行检验和记录；

b）正确及时地作出评定结论；

c）回答事故办案机关所提出的与评定有关的问题；

d）保守案件秘密；

e）严格遵守国家法律法规和有关回避原则的规定；

f）妥善保管提交评定的物品和材料。

3.5　评定书

3.5.1　评定人评定结束后，应制作评定书并签名。

3.5.2　评定书包括一般情况、案情介

绍、病历摘抄、检验结果记录、分析意见和结论等内容。

3.6 伤残等级划分

本标准根据道路交通事故受伤人员的伤残状况，将受伤人员伤残程度划分为10级，从第1级（100%）到第Ⅹ级（10%），每级相差10%。伤残等级划分依据见附录A。

4 伤残等级

4.1 Ⅰ级伤残

4.1.1 颅脑、脊髓及周围神经损伤致：

a）植物状态；

b）极度智力缺损（智商20以下）或精神障碍，日常生活完全不能自理；

c）四肢瘫（三肢以上肌力3级以下）；

d）截瘫（肌力2级以下）伴大便和小便失禁。

4.1.2 头面部损伤致：

a）双侧眼球缺失；

b）一侧眼球缺失，另一侧眼严重畸形伴盲目5级。

4.1.3 脊柱胸段损伤致严重畸形愈合，呼吸功能严重障碍。

4.1.4 颈部损伤致呼吸和吞咽功能严重障碍。

4.1.5 胸部损伤致：

a）肺叶切除或双侧胸膜广泛严重粘连或胸廓严重畸形，呼吸功能严重障碍；

b）心功不全，心功Ⅳ级；或心功能不全，心功能Ⅲ级伴明显器质性心律失常。

4.1.6 腹部损伤致：

a）胃、肠、消化腺等部分切除，消化吸收功能严重障碍，日常生活完全不能自理；

b）双侧肾切除或完全丧失功能，日常生活完全不能自理。

4.1.7 肢体损伤致：

a）三肢以上缺失（上肢在腕关节以上，下肢在踝关节以上）；

b）二肢缺失（上肢在肘关节以上，下肢在膝关节以上），另一肢丧失功能50%以上；

c）二肢缺失（上肢在腕关节以上，下肢在踝关节以上），第三肢完全丧失功能；

d）一肢缺失（上肢在肘关节以上，下肢在踝关节以上），第二肢完全丧失功能，第三肢丧失功能50%以上；

e）一肢缺失（上肢在腕关节以上，下肢在踝关节以上），另二肢完全丧失功能；

f）三肢完全丧失功能。

4.1.8 皮肤损伤致瘢痕形成达体表面积76%以上。

4.2 Ⅱ级伤残

4.2.1 颅脑、脊髓及周围神经损伤致：

a）重度智力缺损（智商34以下）或精神障碍，日常生活需随时有人帮助才能完成；

b）完全性失语；

c）双眼盲目5级；

d）四肢瘫（二肢以上肌力2级以下）；

e）偏瘫或截瘫（肌力2级以下）。

4.2.2 头面部损伤致：

a）一侧眼球缺失，另一眼盲目4级；或一侧眼球缺失，另一侧眼严重畸形伴盲目3级以上；

b）双侧眼睑重度下垂（或严重畸形）伴双眼盲目4级以上；或一侧眼睑重度下垂（或严重畸形），该眼盲目4级以上，另一眼盲目5级；

c）双眼盲目5级；

d）双耳极度听觉障碍伴双侧耳廓缺失（或严重畸形）；或双耳极度听觉障碍伴一侧耳廓缺失，另一侧耳廓严重畸形；

e）全面部瘢痕形成。

4.2.3 脊柱胸段损伤致严重畸形愈合，呼吸功能障碍。

4.2.4 颈部损伤致呼吸和吞咽功能障碍。

4.2.5 胸部损伤致：

a）肺叶切除或胸膜广泛严重粘连或胸

廓畸形，呼吸功能障碍；

b) 心功能不全，心功能Ⅲ级；或心功能不全，心功能Ⅱ级伴明显器质性心律失常。

4.2.6 腹部损伤致一侧肾切除或完全丧失功能，另一侧肾功能重度障碍。

4.2.7 肢体损伤致：

a) 二肢缺失（上肢在肘关节以上，下肢在膝关节以上）；

b) 一肢缺失（上肢在肘关节以上，下肢在膝关节以上），另一肢完全丧失功能；

c) 二肢以上完全丧失功能。

4.2.8 皮肤损伤致瘢痕形成达体表面积68%以上。

4.3 Ⅲ级伤残

4.3.1 颅脑、脊髓及周围神经损伤致：

a) 重度智力缺损或精神障碍，不能完全独立生活，需经常有人监护；

b) 严重外伤性癫痫，药物不能控制，大发作平均每月一次以上或局限性发作平均每月四次以上或小发作平均每周七次以上或精神运动性发作平均每月三次以上；

c) 双侧严重面瘫，难以恢复；

d) 严重不自主运动或共济失调；

e) 四肢瘫（二肢以上肌力3级以下）；

f) 偏瘫或截瘫（肌力3级以下）；

g) 大便或小便失禁，难以恢复。

4.3.2 头面部损伤致：

a) 一侧眼球缺失，另一眼盲目3级；或一侧眼球缺失，另一侧眼严重畸形伴低视力2级；

b) 双侧眼睑重度下垂（或严重畸形）伴双眼盲目3级以上；或一侧眼睑重度下垂（或严重畸形），该眼盲目3级以上，另一眼盲目4级以上；

c) 双眼盲目4级以上；

d) 双眼视野接近完全缺损（直径小于5°）；

e) 上颌骨、下颌骨缺损，牙齿脱落24枚以上；

f) 双耳极度听觉障碍伴一侧耳廓缺失（或严重畸形）；

g) 一耳极度听觉障碍，另一耳重度听觉障碍，伴一侧耳廓缺失（或严重畸形），另一侧耳廓缺失（或畸形）50%以上；

h) 双耳重度听觉障碍伴双侧耳廓缺失（或严重畸形）；或双耳重度听觉障碍伴一侧耳廓缺失，另一侧耳廓严重畸形；

i) 面部瘢痕形成80%以上。

4.3.3 脊柱胸段损伤致严重畸形，严重影响呼吸功能。

4.3.4 颈部损伤致：

a) 瘢痕形成，颈部活动度完全丧失；

b) 严重影响呼吸和吞咽功能。

4.3.5 胸部损伤致：

a) 肺叶切除或胸膜广泛粘连或胸廓畸形，严重影响呼吸功能；

b) 心功能不全，心功能Ⅱ级伴器质性心律失常；或心功能Ⅰ级伴明显器质性心律失常。

4.3.6 腹部损伤致：

a) 胃、肠、消化腺等部分切除，消化吸收功能障碍；

b) 一侧肾切除或完全丧失功能，另一侧肾功能中度障碍；或双侧肾功能重度障碍。

4.3.7 盆部损伤致：

a) 女性双侧卵巢缺失或完全萎缩；

b) 大便和小便失禁，难以恢复。

4.3.8 会阴部损伤致双侧睾丸缺失或完全萎缩。

4.3.9 肢体损伤致：

a) 二肢缺失（上肢在腕关节以上，下肢在踝关节以上）；

b) 一肢缺失（上肢在肘关节以上，下肢在膝关节以上），另一肢丧失功能50%以上；

c) 一肢缺失（上肢在腕关节以上，下肢在踝关节以上），另一肢完全丧失功能；

d) 一肢完全丧失功能，另一丧失功能

50%以上。

4.3.10　皮肤损伤致瘢痕形成达体表面积60%以上。

4.4　Ⅳ级伤残

4.4.1　颅脑、脊髓及周围神经损伤致：

a) 中度智力缺损（智商49以下）或精神障碍，日常生活能力严重受限，间或需要帮助；

b) 严重运动性失语或严重感觉性失语；

c) 四肢瘫（二肢以上肌力4级以下）；

d) 偏瘫或截瘫（肌力4级以下）；

e) 阴茎勃起功能完全丧失。

4.4.2　头面部损伤致：

a) 一侧眼球缺失，另一眼低视力2级；或一侧眼球缺失，另一侧眼严重畸形伴低视力1级；

b) 双侧眼睑重度下垂（或严重畸形）伴双眼低视力2级以上；或一侧眼睑重度下垂（或严重畸形），该眼低视力2级以上，另一眼低盲目3级以上；

c) 双眼盲目3级以上；

d) 双眼视野极度缺损（直径小于10°）；

e) 双耳极度听觉障碍；

f) 一耳极度听觉障碍，另一耳重度听觉障碍伴一侧耳廓缺失（或畸形）50%以上；

g) 双耳重度听觉障碍伴一侧耳廓缺失（或严重畸形）；

h) 双耳中等重度听觉障碍伴双侧耳廓缺失（或严重畸形）；或双耳中等重度听觉障碍伴一侧耳廓缺失，另一侧耳廓严重畸形；

i) 面部瘢痕形成60%以上。

4.4.3　脊柱胸段损伤致严重畸形愈合，影响呼吸功能。

4.4.4　颈部损伤致：

a) 瘢痕形成，颈部活动度丧失75%以上；

b) 影响呼吸和吞咽功能。

4.4.5　胸部损伤致：

a) 肺叶切除或胸膜粘连或胸廓畸形，影响呼吸功能；

b) 明显器质性心律失常。

4.4.6　腹部损伤致一侧肾功能重度障碍，另一侧肾功能中度障碍。

4.4.7　会阴部损伤致阴茎体完全缺失或严重畸形。

4.4.8　外阴、阴道损伤致阴道闭锁。

4.4.9　肢体损伤致双手完全缺失或丧失功能。

4.4.10　皮肤损伤致瘢痕形成达体表面积52%以上。

4.5　Ⅴ级伤残

4.5.1　颅脑、脊髓及周围神经损伤致：

a) 中度智力缺损或精神障碍，日常生活能力明显受损，需要指导；

b) 外伤性癫痫，药物不能完全控制，大发作平均每三月一次以上或局限性发作平均每月二次以上或小发作平均每周四次以上或精神运动性发作平均每月一次以上；

c) 严重失用或失认症；

d) 单侧严重面瘫，难以恢复；

e) 偏瘫或截瘫（一肢以上肌力2级以下）；

f) 单瘫（肌力2级以下）；

g) 大便或小便失禁，难以恢复。

4.5.2　头面部损伤致：

a. 一侧眼球缺失伴另一眼低视力1级；一侧眼球缺失伴一侧眼严重畸形且视力接近正常；

b. 双侧眼睑重度下垂（或严重畸形）伴双眼低视力1级；或一侧眼睑重度下垂（或严重畸形），该眼低视力1级以上，另一眼低视力2级以上；

c. 双眼低视力2级以上；

d. 双眼视野重度缺损（直径小于20°）；

e. 舌肌完全麻痹或舌体缺失（或严重畸形）50%以上；

f. 上颌骨、下颌骨缺损，牙齿脱落20

枚以上；

g. 一耳极度听觉障碍，另一耳重度听觉障碍；

h. 双耳重度听觉障碍伴一侧耳廓缺失（或畸形）50%以上；

i. 双耳中等重度听觉障碍伴一侧耳廓缺失（或严重畸形）；

j. 双侧耳廓缺失（或严重畸形）；

k. 外鼻部完全缺损（或严重畸形）；

l. 面部瘢痕形成40%以上。

4.5.3 脊柱胸段损伤致畸形愈合，影响呼吸功能。

4.5.4 颈部损伤致：

a. 瘢痕形成，颈部活动度丧失50%以上；

b. 影响呼吸功能。

4.5.5 胸部损伤致：

a. 肺叶切除或胸膜粘连或胸廓畸形，轻度影响呼吸功能；

b. 器质性心律失常。

4.5.6 腹部损伤致：

a. 胃、肠、消化腺等部分切除，严重影响消化吸收功能；

b. 一侧肾切除或完全丧失功能，另一侧肾功能轻度障碍。

4.5.7 盆部损伤致：

a. 双侧输尿管缺失或闭锁；

b. 膀胱切除；

c. 尿道闭锁；

d. 大便或小便失禁，难以恢复。

4.5.8 会阴部损伤致阴茎体大部分缺失（或畸形）。

4.5.9 外阴、阴道损伤致阴道严重狭窄，功能严重障碍。

4.5.10 肢体损伤致：

a. 双手缺失（或丧失功能）90%以上；

b. 一肢缺失（上肢在肘关节以上，下肢在膝关节以上）；

c. 一肢缺失（上肢在腕关节以上，下肢在踝关节以上），另一肢丧失功能50%以

上；

d. 一肢完全丧失功能。

4.5.11 皮肤损伤致瘢痕形成达体表面积44%以上。

4.6 Ⅵ级伤残

4.6.1 颅脑、脊髓及周围神经损伤致：

a. 中度智力缺损或精神障碍，日常生活能力部分受限，但能部分代偿，部分日常生活需要帮助；

b. 严重失读伴失写症；或中度运动性失语或中度感觉性失语；

c. 偏瘫或截瘫（一肢肌力3级以下）；

d. 单瘫（肌力3级以下）；

e. 阴茎勃起功能严重障碍。

4.6.2 头面部损伤致：

a. 一侧眼球缺失伴另一眼视力接近正常，或一侧眼球缺失伴另一眼严重畸形；

b. 双侧眼睑重度下垂（或严重畸形）伴双眼视力接近正常；或一侧眼睑重度下垂（或严重畸形），该眼视力接近正常，另一眼低视力1级以上；

c. 双眼低视力1级；

d. 双眼视野中度缺损（直径小于60°）；

e. 颞下颌关节强直，牙关紧闭；

f. 一耳极度听觉障碍，另一耳中等重度听觉障碍；或双耳重度听觉障碍；

g. 一侧耳廓缺失（或严重畸形），另一侧耳廓缺失（或畸形）50%以上；

h. 面部瘢痕形成面积20%以上；

i. 面部大量细小瘢痕（或色素明显改变）75%以上。

4.6.3 脊柱损伤致颈椎或腰椎严重畸形愈合，颈部或腰部活动度完全丧失。

4.6.4 颈部损伤致瘢痕形成，颈部活动度丧失25%以上。

4.6.5 腹部损伤致一侧肾功能重度障碍，另一侧肾功能轻度障碍。

4.6.6 盆部损伤致：

a. 双侧输卵管缺失或闭锁；

b. 子宫全切。

4.6.7 会阴部损伤致双侧输精管缺失或闭锁。

4.6.8 外阴、阴道损伤致阴道狭窄，功能障碍。

4.6.9 肢体损伤致：

a. 双手缺失（或丧失功能）70%以上；

b. 双足跗跖关节以上缺失；

c. 一肢缺失（上肢在腕关节以上，下肢在踝关节以上）。

4.6.10 皮肤损伤致瘢痕形成达体表面积36%以上。

4.7 Ⅶ级伤残

4.7.1 颅脑、脊髓及周围神经损伤致：

a. 轻度智力缺损（智商70以下）或精神障碍，日常生活有关的活动能力严重受限；

b. 外伤性癫痫，药物不能完全控制，大发作平均每六月一次以上或局限性发作平均每二月二次以上或小发作平均每周二次以上或精神运动性发作平均每二月一次以上；

c. 中度失用或中度失认症；

d. 严重构音障碍；

e. 偏瘫或截瘫（一肢肌力4级）；

f. 单瘫（肌力4级）；

g. 半身或偏身型完全性感觉缺失。

4.7.2 头面部损伤致：

a. 一侧眼球缺失；

b. 双侧眼睑重度下垂（或严重畸形）；

c. 口腔或颞下颌关节损伤，重度张口受限；

d. 上颌骨、下颌骨缺损，牙齿脱落16枚以上；

e. 一耳极度听觉障碍，另一耳中度听觉障碍；或一耳重度听觉障碍，另一耳中等重度听觉障碍；

f. 一侧耳廓缺失（或严重畸形），另一侧耳廓缺失（或畸形）10%以上；

g. 外鼻部大部分缺损（或畸形）；

h. 面部瘢痕形成，面积24cm²以上；

i. 面部大量细小瘢痕（或色素明显改

变）50%以上；

j. 头皮无毛发75%以上。

4.7.3 脊柱损伤致颈椎或腰椎畸形愈合，颈部或腰部活动度丧失75%以上。

4.7.4 颈部损伤致颈前三角区瘢痕形成75%以上。

4.7.5 胸部损伤致：

a. 女性双侧乳房缺失（或严重畸形）；

b. 心功能不全，心功能Ⅱ级。

4.7.6 腹部损伤致双侧肾功能中度障碍。

4.7.7 盆部损伤致：

a. 骨盆倾斜，左下肢长度相差8cm以上；

b. 女性骨盆严重畸形，产道破坏；

c. 一侧输尿管缺失或闭锁，另一侧输尿管严重狭窄。

4.7.8 会阴部损伤致：

a. 阴茎体部分缺失（或畸形）；

b. 阴茎包皮损伤，瘢痕形成，功能障碍。

4.7.9 肢体损伤致：

a. 双手缺失（或丧失功能）50%以上；

b. 双手感觉完全缺失；

c. 双足足弓结构完全破坏；

d. 一足跗跖关节以上缺失；

e. 双下肢长度相差8cm以上；

f. 一肢丧失功能75%以上。

4.7.10 皮肤损伤致瘢痕形成达体表面积28%以上。

4.8 Ⅷ级伤残

4.8.1 颅脑、脊髓及周围神经损伤致：

a. 轻度智力缺损或精神障碍，日常生活有关的活动能力部分受限；

b. 中度失读伴失写症；

c. 半身或偏身型深感觉缺失；

d. 阴茎勃起功能障碍。

4.8.2 头面部损伤致：

a. 一眼盲目4级以上；

b. 一眼视野接近完全缺损（直径小于

5°）；

c. 上颌骨、下颌骨缺损，牙齿脱落 12 枚以上；

d. 一耳极度听觉障碍；或一耳重度听觉障碍，另一耳中度听觉障碍；或双耳中等重度听觉障碍；

e. 一侧耳廓缺失（或严重畸形）；

f. 鼻尖或一侧鼻翼缺损（或畸形）；

g. 面部瘢痕形成面积 $18cm^2$ 以上；

h. 面部大量细小瘢痕（或色素明显改变）25% 以上；

i. 头皮无毛发 50% 以上；

j. 颌面部骨或软组织缺损 32 立方厘米以上。

4.8.3 脊柱损伤致：

a. 颈椎或腰椎畸形愈合，颈部或腰部活动度丧失 50% 以上；

b. 胸椎或腰椎二椎体以上压缩性骨折。

4.8.4 颈部损伤致前三角区瘢痕形成 50% 以上。

4.8.5 胸部损伤致：

a. 女性一侧乳房缺失（或严重畸形），另一侧乳房部分缺失（或畸形）；

b. 12 肋以上骨折。

4.8.6 腹部损伤致：

a. 胃、肠、消化腺等部分切除，影响消化吸收功能；

b. 脾切除；

c. 一侧肾切除或肾功能重度障碍。

4.8.7 盆部损伤致：

a. 骨盆倾斜，双下肢长度相差 6cm 以上；

b. 双侧输尿管严重狭窄，或一侧输尿管缺失（或闭锁），另一侧输尿管狭窄；

c. 尿道严重狭窄。

4.8.8 会阴部损伤致：

a. 阴茎龟头缺失（或畸形）；

b. 阴茎包皮损伤，瘢痕形成，严重影响功能。

4.8.9 外阴、阴道损伤致阴道狭窄，严重影响功能。

4.8.10 肢体损伤致：

a. 双手缺失（或丧失功能）30% 以上；

b. 双手感觉缺失 75% 以上；

c. 一足弓结构完全破坏，另一足弓结构破坏 1/3 以上；

d. 双足十趾完全缺失或丧失功能；

e. 双下肢长度相差 6cm 以上；

f. 一肢丧失功能 50% 以上。

4.8.11 皮肤损伤致瘢痕形成达体表面积 20% 以上。

4.9 IX级伤残

4.9.1 颅脑、脊髓及周围神经损伤致：

a. 轻度智力缺损或精神障碍，日常活动能力部分受限；

b. 外伤性癫痫，药物不能完全控制，大发作一年一次以上或局限性发作平均每六月三次以上或小发作平均每月四次以上或精神运动性发作平均每六月二次以上；

c. 严重失读或严重失写症；

d. 双侧轻度面瘫，难以恢复；

e. 半身或偏身型浅感觉缺失；

f. 严重影响阴茎勃起功能。

4.9.2 头面部损伤致：

a. 一眼盲目 3 级以上；

b. 双侧眼睑下垂（或畸形）；或一侧眼睑重度下垂（或严重畸形）；

c. 一眼视野极度缺损（直径小于 10°）；

d. 上颌骨、下颌骨缺损中，牙齿脱落 8 枚以上；

e. 口腔损伤，牙齿脱落 16 枚以上；

f. 口腔或颞下颌关节损伤，中度张口受限；

g. 舌尖缺失（或畸形）；

h. 一耳重度听觉障碍；或一耳中等重度听觉障碍，另一耳中度听觉障碍；

i. 一侧耳廓缺失（或畸形）50% 以上；

j. 一侧鼻翼缺损（或畸形）；

k. 面部瘢痕形成面积 $12cm^2$ 以上，或面部线条状瘢痕 20cm 以上；

l. 面部细小瘢痕（或色素明显改变）面积 30cm² 以上；

m. 头皮无毛发 25% 以上；

n. 颌面部骨及软组织缺损 16 立方厘米以上。

4.9.3 脊柱损伤致：

a. 颈椎或腰椎畸形愈合，颈部或腰部活动度丧失 25% 以上；

b. 胸椎或腰椎一椎体粉碎性骨折。

4.9.4 颈部损伤致：

a. 严重声音嘶哑；

b. 颈前三角区瘢痕形成 25% 以上。

4.9.5 胸部损伤致：

a. 女性一侧乳房缺失（或严重畸形）；

b. 8 肋以上骨折或 4 肋以上缺失；

c. 肺叶切除；

d. 心功能不全，心功能 I 级。

4.9.6 腹部损伤致：

a. 胃、肠、消化腺等部分切除；

b. 胆囊切除；

c. 脾部分切除；

d. 一侧肾部分切除或肾功能中度障碍。

4.9.7 盆部损伤致：

a. 骨盆倾斜，双下肢长度相差 4cm 以上；

b. 骨盆严重畸形愈合；

c. 尿道狭窄；

d. 膀胱部分切除；

e. 一侧输尿管缺失或闭锁；

f. 子宫部分切除；

g. 直肠、肛门损伤，遗留永久性乙状结肠造口。

4.9.8 会阴部损伤致：

a. 阴茎龟头缺失（或畸形）50% 以上；

b. 阴囊损伤，瘢痕形成 75% 以上。

4.9.9 肢体损伤致：

a. 双手缺失（或丧失功能）10% 以上；

b. 双手感觉缺失 50% 以上；

c. 双上肢前臂旋转功能完全丧失；

d. 双足十趾缺失（或丧失功能）50%以上；

e. 一足足弓构破坏；

f. 双上肢长度相差 10cm 以上；

g. 双下肢长度相差 4cm 以上；

h. 四肢长骨一骺板以上粉碎性骨折；

i. 一肢丧失功能 25% 以上。

4.9.10 皮肤损伤致瘢痕形成达体表面积 12% 以上。

4.10 X级伤残

4.10.1 颅脑、脊髓及周围神经损伤致：

a. 神经功能障碍，日常活动能力轻度受限；

b. 外伤性癫痫，药物能够控制，但遗留脑电图中度以上改变；

c. 轻度失语或构音障碍；

d. 单侧轻度面瘫，难以恢复；

e. 轻度不自主运动或共济失调；

f. 斜视、复视、视错觉、眼球震颤等视觉障碍；

g. 半身或偏身型浅感觉分离性缺失；

h. 一肢体完全性感觉缺失；

i. 节段性完全性感觉缺失；

j. 影响阴茎勃起功能。

4.10.2 头面部损伤致：

a. 一眼低视力 1 级；

b. 一侧眼睑下垂或畸形；

c. 一眼视野中度缺损（直径小于 60°）；

d. 泪小管损伤，遗留溢泪症状；

e. 眼内异物存留；

f. 外伤性白内障；

g. 外伤性脑脊液鼻漏或耳漏；

h. 上颌骨、下颌骨缺损，牙齿脱落 4 枚以上；

i. 口腔损伤，牙齿脱落 8 枚以上；

j. 口腔或颞下颌关节损伤，轻度张口受限；

k. 舌尖部分缺失（或畸形）；

l. 一耳中等重度听觉障碍；或双耳中度听觉障碍；

m. 一侧耳廓缺失（或畸形）10% 以上；

n. 鼻尖缺失（或畸形）；

o. 面部瘢痕形成，面积 6cm² 以上；或面部线条状瘢痕 10cm 以上；

p. 面部细小瘢痕（或色素明显改变）面积 15cm² 以上；

q. 头皮无毛发 40cm² 以上；

r. 颅骨缺损 4cm² 以上，遗留神经系统轻度症状和体征；或颅骨缺损 6cm² 以上，无神经系统症状和体征；

s. 颌面部骨及软组织缺损 8 立方厘米以上。

4.10.3 脊柱损伤致：

a. 颈椎或腰椎畸形愈合，颈部或腰部活动度丧失 10% 以上；

b. 胸椎畸形愈合，轻度影响呼吸功能；

c. 胸椎或腰椎一椎体三分之一以上压缩性骨折。

4.10.4 颈部损伤致：

a. 瘢痕形成，颈部活动度丧失 10% 以上；

b. 轻度影响呼吸和吞咽功能；

c. 颈前三角区瘢痕面积 20cm² 以上。

4.10.5 胸部损伤致：

a. 女性一侧乳房部分缺失（或畸形）；

b. 4 肋以上骨折；或 2 肋以上缺失；

c. 肺破裂修补；

d. 胸膜粘连或胸廓畸形。

4.10.6 腹部损伤致：

a. 胃、肠、消化腺等破裂修补；

b. 胆囊破裂修补；

c. 肠系膜损伤修补；

d. 脾破裂修补；

e. 肾破裂修补或肾功能轻度障碍；

f. 膈肌破裂修补。

4.10.7 盆部损伤致：

a. 骨盆倾斜，双下肢长度相差 2cm 以上；

b. 骨盆畸形愈合；

c. 一侧卵巢缺失或完全萎缩；

d. 一侧输卵管缺失或闭锁；

e. 子宫破裂修补；

f. 一侧输尿管严重狭窄；

g. 膀胱破裂修补；

h. 尿道轻度狭窄；

i. 直肠、肛门损伤，瘢痕形成，排便功能障碍。

4.10.8 会阴部损伤致：

a. 阴茎龟头缺失（或畸形）25% 以上；

b. 阴茎包皮损伤，瘢痕形成，影响功能；

c. 一侧输精管缺失（或闭锁）；

d. 一侧睾丸缺失或完全萎缩；

e. 阴囊损伤，瘢痕形成 50% 以上。

4.10.9 外阴、阴道损伤致阴道狭窄，影响功能。

4.10.10 肢体损伤致：

a. 双手缺失（或丧失功能）5% 以上；

b. 双手感觉缺失 25% 以上；

c. 双上肢前臂旋转功能丧失 50 以上；

d. 一足足弓结构破坏 1/3 以上；

e. 双足十趾缺失（或丧失功能）20% 以上；

f. 双上肢长度相差 4cm 以上；

g. 双下肢长度相差 2cm 以上；

h. 四肢长骨一骺板以上线性骨折；

i. 一肢丧失功能 10% 以上。

4.10.11 皮肤损伤致瘢痕形成达体表面积 4% 以上。

5 附 则

5.1 遇有本标准以外的伤残程度者，可根据伤残的实际情况，比照本标准中最相似等级的伤残内容和附录 A 的规定，确定其相当的伤残等级。同一部位和性质的伤残，不应采用本标准条文两条以上或者同一条文两次以上进行评定。

5.2 受伤人员符合 2 处以上伤残等级者，评定结论中应当写明各处的伤残等级。

两处以上伤残等级的综合计算方法可参见附录 B。

5.3 评定道路交通事故受伤人员伤残程度时，应排除其原有伤、病等进行评定。

5.4 本标准备等级间有关伤残程度的区分见附录 C。本标准中"以上"、"以下"等均包括本数。

附录 A
（规范性附录）
伤残等级划分依据

A1 Ⅰ级伤残划分依据

Ⅰ级伤残划分依据为：

a. 日常生活完全不能自理；

b. 意识消失；

c. 各种活动均受到限制而卧床；

d. 社会交往完全丧失。

A2 Ⅱ级伤残划分依据

Ⅱ级伤残划分依据为：

a. 日常生活需要随时有人帮助；

b. 仅限于床上或椅上的活动；

c. 不能工作；

d. 社会交往极度困难。

A3 Ⅲ级伤残划分依据

Ⅲ级伤残划分依据为：

a. 不能完全独立生活，需经常有人监护；

b. 仅限于室内的活动；

c. 明显职业受限；

d. 社会交往困难。

A4 Ⅳ级伤残划分依据

Ⅳ级伤残划分依据为：

a. 日常生活能力严重受限，间或需要帮助；

b. 仅限于居住范围内的活动；

c. 职业种类受限；

d. 社会交往严重受限。

A5 Ⅴ级伤残划分依据

Ⅴ级伤残划分依据为：

a. 日常生活能力部分受限，需要指导；

b. 仅限于就近的活动；

c. 需要明显减轻工作；

d. 社会交往贫乏。

A6 Ⅵ级伤残划分依据

Ⅵ级伤残划分依据为：

a. 日常生活能力部分受限，但能部分代偿，部分日常生活需要帮助；

b. 各种活动降低；

c. 不能胜任原工作；

d. 社会交往狭窄。

A7 Ⅶ级伤残划分依据

Ⅶ级伤残划分依据为：

a. 日常生活有关的活动能力严重受限；

b. 短暂活动不受限，长时间活动受限；

c. 不能从事复杂工作；

d. 社会交往能力降低。

A8 Ⅷ级伤残划分依据

Ⅷ级伤残划分依据为：

a. 日常生活有关的活动能力部分受限；

b. 远距离活动受限；

c. 能从事复杂工作，但效率明显降低；

d. 社会交往受约束。

A9 Ⅸ级伤残划分依据

Ⅸ级伤残划分依据为：

a. 日常活动能力大部分受限；

b. 工作和学习能力下降；

c. 社会交往能力部分受限。

A10 Ⅹ级伤残划分依据

Ⅹ级伤残划分依据为：

a. 日常活动能力轻度受限；

b. 工作和学习能力有所下降；

c. 社会交往能力轻度受限。

附录 B
（资料性附录）
多等级伤残的综合计算方法

B.1 多等级伤残的综合计算

多等级伤残的综合计算是按伤者的伤残

赔偿计算方法加以计算。

B.2　多等级伤残者的伤残赔偿计算

根据伤残赔偿总额、赔偿责任系数、赔偿指数等，有下式：

$$C = C_t \times C_1 \times (Ih + \sum_{i=1}^{n} Ia, i) \ (\sum Ia,$$

$$i \leqslant 10\%, \ i = 1, 2, 3 \cdots \cdots n, \ 多处伤残)$$

式中：C——伤残者的伤残实际赔偿额，元；

　　　C_t——伤残赔偿总额，元；

　　　C_1——赔偿责任系数，即赔偿义务主体对造成事故负有责任的程度，$0 \leqslant C_1 \leqslant 1$；

　　　Ih——伤残等级最高处的伤残赔偿指数，即多等级伤残者，最高伤残等级的赔偿比例，用百分比（%）表示；

　　　Ia——伤残赔偿附加指数，即增加一处伤残所增加的赔偿比例，用百分比表示，$0 \leqslant Ia \leqslant 10\%$；

$$Ih + \sum_{i=1}^{n} Ia, i \leqslant 100\%。$$

B.3　伤残赔偿指数

伤残赔偿指数是指伤残者应当得到伤残赔偿的比例。B.2 中的伤残赔偿指数是按本标准3.6条规定，以伤残者的伤残程度比例作为伤残者的伤残赔偿比例。

附录C

（规范性附录）

有关伤残程度的区分

C.1　面部的范围和瘢痕面积的计算

C.1.1　面部的范围

面部的范围指上至发际、下至下颌下缘、两侧至下颌支后缘之间的区域，包括额部、眼部、眶部、鼻部、口唇部、颏部、颧部、颊部和腮腺咬肌部。

C.1.2　面部瘢痕面积的计算

本标准采用全面部和5等分面部以及实测瘢痕面积的方法，分别计算瘢痕面积。面部多处瘢痕，其面积可以累加计算。

C.2　心脏功能的区分

根据体力活动受限的程度，将心脏功能分为：

a. I 级：无症状，体力活动不受限；

b. II 级：较重体力活动则有症状，体力活动稍受限；

c. III 级：轻微体力活动即有明显症状，休息后稍减轻，体力活动大受限；

d. IV 级：即使在安静休息状态下亦有明显症状，体力活动完全受限。

C.3　呼吸功能障碍程度的区分

C.3.1　呼吸功能障碍

因事故损伤所致的呼吸功能的改变。

C.3.2　呼吸功能障碍程度的区分

本标准根据体力活动受限的程度，将呼吸功能障碍分为：

a. 呼吸功能严重障碍：安静卧时亦有呼吸困难出现，体力活动完全受限。

b. 呼吸功能障碍：室内走动出现呼吸困难，体力活动极度受限；

c. 呼吸功能严重受影响，一般速度步行有呼吸困难，体力活动大部分受限；

d. 呼吸功能受影响，包括两种情况：

第一种情况：蹬楼梯出现呼吸困难（4.4.3，4.4.4b，4.4.5a，4.5.3，4.5.4b 属此情况）；

第二种情况：快步行走出现呼吸困难（4.5.5a，4.10.3b，4.10.4b 属此情况）。

C.4　手缺失和丧失功能的计算

C.4.1　手缺失和丧失功能

指因事故损伤所致的手掌和手指的缺失或丧失功能。

C.4.2　手缺失和丧失功能的计算

一手拇指占一手功能的36%，其中末节和近节指节各占18%；食指、中指各占一手功能的18%，其中末节指节占8%，中节指节占7%，近节指节占3%；无名指和小指各占一手功能的9%，其中末节指节占4%，中节指节占3%，近节指节占2%。一手掌占一手功能的10%，其中第一掌骨占

4%，第二、第三掌骨各占 2%，第四、第五掌骨各占 1%。本标准中，双手缺失或丧失功能的程度是按前面方面累加计算的结果。

C.5 手感觉丧失功能的计算

C.5.1 手感觉丧失功能

指因事故损伤所致手的掌侧感觉功能的丧失。

C.5.2 手感觉丧失功能的计算

手感觉丧失功能的计算是相应手功能丧失程度的 50% 计算。

C.6 肩关节、肩关节复合体丧失功能的计算

C.6.1 肩关节及肩关节复合体

肩关节指由肩胛骨的盂臼与肱骨头之间形成的关节，它与肩锁关节、胸锁关节、肩胛胸关节共同组成肩关节复合体。肩关节功能受肩关节复合体其他关节功能的制约；肩关节复合体其他关节功能通过肩关节功能予以体现。

C.6.2 肩关节及肩关节复合体丧失功能

因事故损伤所致肩关节及肩关节复合体其他关节的功能丧失。

C.6.3 肩关节及肩关节复合体丧失功能的计算

肩关节复合体丧失功能的计算是通过测量肩关节丧失功能的程度，加以计算。

C.7 足弓结构破坏程度的区分

C.7.1 足弓结构破坏

因事故损伤所致的足弓缺失或丧失功能。

C.7.2 足弓结构破坏程度的区分

a. 足弓结构完全破坏：足的内、外侧纵弓和横弓结构完全破坏，包括缺失和丧失功能。

b. 足弓 1/3 结构破坏或 2/3 结构破坏，指足三弓的任一或二弓的结构破坏。

C.8 肢体丧失功能的计算

C.8.1 肢体丧失功能

因事故损伤所致肢体三大关节（上肢腕关节、肘关节、肩关节或下肢踝关节、膝关节、髋关节）功能的丧失。

C.8.2 肢体丧失功能的计算

肢体丧失功能的计算是用肢体三大关节丧失功能程度的比例分别乘以肢体三大关节相应的权重指数（腕关节 0.18、肘关节 0.12、肩关节 0.7、踝关节 0.12、膝关节 0.28、髋关节 0.6），再用它们的积相加，分别算出各肢体丧失功能的比例。

机动车交通事故责任强制保险条例

（2006 年 3 月 1 日国务院第 127 次常务会议通过 2006 年 3 月 21 日中华人民共和国国务院令第 462 号公布自 2006 年 7 月 1 日起施行）

第一章 总 则

第一条 为了保障机动车道路交通事故受害人依法得到赔偿，促进道路交通安全，根据《中华人民共和国道路交通安全法》、《中华人民共和国保险法》，制定本条例。

第二条 在中华人民共和国境内道路上行驶的机动车的所有人或者管理人，应当依照《中华人民共和国道路交通安全法》的规定投保机动车交通事故责任强制保险。

机动车交通事故责任强制保险的投保、赔偿和监督管理，适用本条例。

第三条 本条例所称机动车交通事故责任强制保险，是指由保险公司对被保险机动车发生道路交通事故造成本车人员、被保险人以外的受害人的人身伤亡、财产损失，在责任限额内予以赔偿的强制性责任保险。

第四条 国务院保险监督管理机构（以下称保监会）依法对保险公司的机动车交通事故责任强制保险业务实施监督管理。

公安机关交通管理部门、农业（农业机

械）主管部门（以下统称机动车管理部门）应当依法对机动车参加机动车交通事故责任强制保险的情况实施监督检查。对未参加机动车交通事故责任强制保险的机动车，机动车管理部门不得予以登记，机动车安全技术检验机构不得予以检验。

公安机关交通管理部门及其交通警察在调查处理道路交通安全违法行为和道路交通事故时，应当依法检查机动车交通事故责任强制保险的保险标志。

第二章 投　　保

第五条　中资保险公司（以下称保险公司）经保监会批准，可以从事机动车交通事故责任强制保险业务。

为了保证机动车交通事故责任强制保险制度的实行，保监会有权要求保险公司从事机动车交通事故责任强制保险业务。

未经保监会批准，任何单位或者个人不得从事机动车交通事故责任强制保险业务。

第六条　机动车交通事故责任强制保险实行统一的保险条款和基础保险费率。保监会按照机动车交通事故责任强制保险业务总体上不盈利不亏损的原则审批保险费率。

保监会在审批保险费率时，可以聘请有关专业机构进行评估，可以举行听证会听取公众意见。

第七条　保险公司的机动车交通事故责任强制保险业务，应当与其他保险业务分开管理，单独核算。

保监会应当每年对保险公司的机动车交通事故责任强制保险业务情况进行核查，并向社会公布；根据保险公司机动车交通事故责任强制保险业务的总体盈利或者亏损情况，可以要求或者允许保险公司相应调整保险费率。

调整保险费率的幅度较大的，保监会应当进行听证。

第八条　被保险机动车没有发生道路交通安全违法行为和道路交通事故的，保险公司应当在下一年度降低其保险费率。在此后的年度内，被保险机动车仍然没有发生道路交通安全违法行为和道路交通事故的，保险公司应当继续降低其保险费率，直至最低标准。被保险机动车发生道路交通安全违法行为或者道路交通事故的，保险公司应当在下一年度提高其保险费率。多次发生道路交通安全违法行为、道路交通事故，或者发生重大道路交通事故的，保险公司应当加大提高其保险费率的幅度。在道路交通事故中被保险人没有过错的，不提高其保险费率。降低或者提高保险费率的标准，由保监会会同国务院公安部门制定。

第九条　保监会、国务院公安部门、国务院农业主管部门以及其他有关部门应当逐步建立有关机动车交通事故责任强制保险、道路交通安全违法行为和道路交通事故的信息共享机制。

第十条　投保人在投保时应当选择具备从事机动车交通事故责任强制保险业务资格的保险公司，被选择的保险公司不得拒绝或者拖延承保。

保监会应当将具备从事机动车交通事故责任强制保险业务资格的保险公司向社会公示。

第十一条　投保人投保时，应当向保险公司如实告知重要事项。

重要事项包括机动车的种类、厂牌型号、识别代码、牌照号码、使用性质和机动车所有人或者管理人的姓名（名称）、性别、年龄、住所、身份证或者驾驶证号码（组织机构代码）、续保前该机动车发生事故的情况以及保监会规定的其他事项。

第十二条　签订机动车交通事故责任强制保险合同时，投保人应当一次支付全部保险费；保险公司应当向投保人签发保险单、保险标志。保险单、保险标志应当注明保险单号码、车牌号码、保险期限、保险公司的名称、地址和理赔电话号码。

被保险人应当在被保险机动车上放置保

险标志。

保险标志式样全国统一。保险单、保险标志由保监会监制。任何单位或者个人不得伪造、变造或者使用伪造、变造的保险单、保险标志。

第十三条 签订机动车交通事故责任强制保险合同时，投保人不得在保险条款和保险费率之外，向保险公司提出附加其他条件的要求。

签订机动车交通事故责任强制保险合同时，保险公司不得强制投保人订立商业保险合同以及提出附加其他条件的要求。

第十四条 保险公司不得解除机动车交通事故责任强制保险合同；但是，投保人对重要事项未履行如实告知义务的除外。

投保人对重要事项未履行如实告知义务，保险公司解除合同前，应当书面通知投保人，投保人应当自收到通知之日起5日内履行如实告知义务；投保人在上述期限内履行如实告知义务的，保险公司不得解除合同。

第十五条 保险公司解除机动车交通事故责任强制保险合同的，应当收回保险单和保险标志，并书面通知机动车管理部门。

第十六条 投保人不得解除机动车交通事故责任强制保险合同，但有下列情形之一的除外：

（一）被保险机动车被依法注销登记的；

（二）被保险机动车办理停驶的；

（三）被保险机动车经公安机关证实丢失的。

第十七条 机动车交通事故责任强制保险合同解除前，保险公司应当按照合同承担保险责任。

合同解除时，保险公司可以收取自保险责任开始之日起至合同解除之日止的保险费，剩余部分的保险费退还投保人。

第十八条 被保险机动车所有权转移的，应当办理机动车交通事故责任强制保险合同变

更手续。

第十九条 机动车交通事故责任强制保险合同期满，投保人应当及时续保，并提供上一年度的保险单。

第二十条 机动车交通事故责任强制保险的保险期间为1年，但有下列情形之一的，投保人可以投保短期机动车交通事故责任强制保险：

（一）境外机动车临时入境的；

（二）机动车临时上道路行驶的；

（三）机动车距规定的报废期限不足1年的；

（四）保监会规定的其他情形。

第三章 赔　偿

第二十一条 被保险机动车发生道路交通事故造成本车人员、被保险人以外的受害人人身伤亡、财产损失的，由保险公司依法在机动车交通事故责任强制保险责任限额范围内予以赔偿。

道路交通事故的损失是由受害人故意造成的，保险公司不予赔偿。

第二十二条 有下列情形之一的，保险公司在机动车交通事故责任强制保险责任限额范围内垫付抢救费用，并有权向致害人追偿：

（一）驾驶人未取得驾驶资格或者醉酒的；

（二）被保险机动车被盗抢期间肇事的；

（三）被保险人故意制造道路交通事故的。

有前款所列情形之一，发生道路交通事故的，造成受害人的财产损失，保险公司不承担赔偿责任。

第二十三条 机动车交通事故责任强制保险在全国范围内实行统一的责任限额。责任限额分为死亡伤残赔偿限额、医疗费用赔偿限额、财产损失赔偿限额以及被保险人在道路交通事故中无责任的赔偿限额。

机动车交通事故责任强制保险责任限额

由保监会会同国务院公安部门、国务院卫生主管部门、国务院农业主管部门规定。

第二十四条 国家设立道路交通事故社会救助基金（以下简称救助基金）。有下列情形之一时，道路交通事故中受害人人身伤亡的丧葬费用、部分或者全部抢救费用，由救助基金先行垫付，救助基金管理机构有权向道路交通事故责任人追偿：

（一）抢救费用超过机动车交通事故责任强制保险责任限额的；

（二）肇事机动车未参加机动车交通事故责任强制保险的；

（三）机动车肇事后逃逸的。

第二十五条 救助基金的来源包括：

（一）按照机动车交通事故责任强制保险的保险费的一定比例提取的资金；

（二）对未按照规定投保机动车交通事故责任强制保险的机动车的所有人、管理人的罚款；

（三）救助基金管理机构依法向道路交通事故责任人追偿的资金；

（四）救助基金孳息；

（五）其他资金。

第二十六条 救助基金的具体管理办法，由国务院财政部门会同保监会、国务院公安部门、国务院卫生主管部门、国务院农业主管部门制定试行。

第二十七条 被保险机动车发生道路交通事故，被保险人或者受害人通知保险公司的，保险公司应当立即给予答复，告知被保险人或者受害人具体的赔偿程序等有关事项。

第二十八条 被保险机动车发生道路交通事故的，由被保险人向保险公司申请赔偿保险金。保险公司应当自收到赔偿申请之日起1日内，书面告知被保险人需要向保险公司提供的与赔偿有关的证明和资料。

第二十九条 保险公司应当自收到被保险人提供的证明和资料之日起5日内，对是否属于保险责任作出核定，并将结果通知被保险人；对不属于保险责任的，应当书面说明理由；对属于保险责任的，在与被保险人达成赔偿保险金的协议后10日内，赔偿保险金。

第三十条 被保险人与保险公司对赔偿有争议的，可以依法申请仲裁或者向人民法院提起诉讼。

第三十一条 保险公司可以向被保险人赔偿保险金，也可以直接向受害人赔偿保险金。但是，因抢救受伤人员需要保险公司支付或者垫付抢救费用的，保险公司在接到公安机关交通管理部门通知后，经核对应当及时向医疗机构支付或者垫付抢救费用。

因抢救受伤人员需要救助基金管理机构垫付抢救费用的，救助基金管理机构在接到公安机关交通管理部门通知后，经核对应当及时向医疗机构垫付抢救费用。

第三十二条 医疗机构应当参照国务院卫生主管部门组织制定的有关临床诊疗指南，抢救、治疗道路交通事故中的受伤人员。

第三十三条 保险公司赔偿保险金或者垫付抢救费用，救助基金管理机构垫付抢救费用，需要向有关部门、医疗机构核实有关情况的，有关部门、医疗机构应当予以配合。

第三十四条 保险公司、救助基金管理机构的工作人员对当事人的个人隐私应当保密。

第三十五条 道路交通事故损害赔偿项目和标准依照有关法律的规定执行。

第四章　罚　则

第三十六条 未经保监会批准，非法从事机动车交通事故责任强制保险业务的，由保监会予以取缔；构成犯罪的，依法追究刑事责任；尚不构成犯罪的，由保监会没收违法所得，违法所得20万元以上的，并处违法所得1倍以上5倍以下罚款；没有违法所得或者违法所得不足20万元的，处20万元以上100万元以下罚款。

第三十七条 保险公司未经保监会批准从事机动车交通事故责任强制保险业务的，由保监会责令改正，责令退还收取的保险费，没收违法所得，违法所得10万元以上的，并处违法所得 1 倍以上 5 倍以下罚款；没有违法所得或者违法所得不足 10 万元的，处 10 万元以上 50 万元以下罚款；逾期不改正或者造成严重后果的，责令停业整顿或者吊销经营保险业务许可证。

第三十八条 保险公司违反本条例规定，有下列行为之一的，由保监会责令改正，处 5 万元以上 30 万元以下罚款；情节严重的，可以限制业务范围、责令停止接受新业务或者吊销经营保险业务许可证：

（一）拒绝或者拖延承保机动车交通事故责任强制保险的；

（二）未按照统一的保险条款和基础保险费率从事机动车交通事故责任强制保险业务的；

（三）未将机动车交通事故责任强制保险业务和其他保险业务分开管理，单独核算的；

（四）强制投保人订立商业保险合同的；

（五）违反规定解除机动车交通事故责任强制保险合同的；

（六）拒不履行约定的赔偿保险金义务的；

（七）未按照规定及时支付或者垫付抢救费用的。

第三十九条 机动车所有人、管理人未按照规定投保机动车交通事故责任强制保险的，由公安机关交通管理部门扣留机动车，通知机动车所有人、管理人依照规定投保，处依照规定投保最低责任限额应缴纳的保险费的 2 倍罚款。

机动车所有人、管理人依照规定补办机动车交通事故责任强制保险的，应当及时退还机动车。

第四十条 上道路行驶的机动车未放置保险标志的，公安机关交通管理部门应当扣留机动车，通知当事人提供保险标志或者补办相应手续，可以处警告或者 20 元以上 200 元以下罚款。

当事人提供保险标志或者补办相应手续的，应当及时退还机动车。

第四十一条 伪造、变造或者使用伪造、变造的保险标志，或者使用其他机动车的保险标志，由公安机关交通管理部门予以收缴，扣留该机动车，处 200 元以上 2000 元以下罚款；构成犯罪的，依法追究刑事责任。

当事人提供相应的合法证明或者补办相应手续的，应当及时退还机动车。

第五章 附 则

第四十二条 本条例下列用语的含义：

（一）投保人，是指与保险公司订立机动车交通事故责任强制保险合同，并按照合同负有支付保险费义务的机动车的所有人、管理人。

（二）被保险人，是指投保人及其允许的合法驾驶人。

（三）抢救费用，是指机动车发生道路交通事故导致人员受伤时，医疗机构参照国务院卫生主管部门组织制定的有关临床诊疗指南，对生命体征不平稳和虽然生命体征平稳但如果不采取处理措施会产生生命危险，或者导致残疾、器官功能障碍，或者导致病程明显延长的受伤人员，采取必要的处理措施所发生的医疗费用。

第四十三条 机动车在道路以外的地方通行时发生事故，造成人身伤亡、财产损失的赔偿，比照适用本条例。

第四十四条 中国人民解放军和中国人民武装警察部队在编机动车参加机动车交通事故责任强制保险的办法，由中国人民解放军和中国人民武装警察部队另行规定。

第四十五条 机动车所有人、管理人自本条例施行之日起 3 个月内投保机动车交通事故责任强制保险；本条例施行前已经投保商业性机动车第三者责任保险的，保险期满，应当投保机动车交通事故责任强制保险。

第四十六条 本条例自 2006 年 7 月 1 日起施行。

计算。

机动车交通事故责任强制保险责任限额
（2008 年版）

一、被保险机动车在道路交通事故中有责任的赔偿限额为：

死亡伤残赔偿限额：110000 元人民币。

医疗费用赔偿限额：10000 元人民币。

财产损失赔偿限额：2000 元人民币。

二、被保险机动车在道路交通事故中无责任的赔偿限额为：

死亡伤残赔偿限额：11000 元人民币。

医疗费用赔偿限额：1000 元人民币。

财产损失赔偿限额：100 元人民币。

最高人民法院民一庭关于经常居住地在城镇的农村居民因交通事故伤亡如何计算赔偿费用的复函

（2006 年 4 月 3 日　〔2006〕民他字第 25 号）

云南省高级人民法院：

你院《关于罗金会等五人与云南昭通交通运输集团公司旅客运输合同纠纷一案所涉法律理解及适用问题的请示》收悉。经研究，答复如下：人身损害赔偿案件中，残疾赔偿金、死亡赔偿金和被扶养人生活费的计算，应当根据案件的实际情况，结合受害人住所地、经常居住地等因素，确定适用城镇居民人均可支配收入（人均消费性支出）或者农村居民人均纯收入（人均年生活消费支出）的标准。本案中，受害人唐顺亮虽然农村户口，但在城市经商、居住，其经常居住地和主要收入来源地均为城市，有关损害赔偿费用应当根据当地城镇居民的相关标准

关于转发最高人民法院明确机动车第三者责任保险性质的明传电报的通知

（2006 年 8 月 2 日　保监厅发〔2006〕68 号）

各保监局、各保险公司、中国保险行业协会：

2006 年 7 月 26 日，最高人民法院将其对浙江省高级人民法院请示机动车第三者责任险性质的复函以明传电报形式转发给各地高院，该函明确 2006 年 7 月 1 日前投保的第三者责任保险的性质为商业保险。现将该件转发给你们，请参照执行。

最高人民法院明传

（2006 年 7 月 26 日　法（民一）明传〔2006〕6 号）

各省、自治区、直辖市高级人民法院，解放军军事法院，新疆维吾尔自治区高级人民法院生产建设兵团分院民一庭：

现将我院对浙江省高级人民法院请示作出的（2006）民一他字第 1 号函复转发给你院。该函明确 2006 年 7 月 1 日以前投保的第三者责任险的性质为商业保险，请参照执行。

附：（2006）民一他字第 1 号函复

中华人民共和国最高人民法院

（2006 年 4 月 19 日　〔2006〕民一他字第 1 号）

浙江省高级人民法院：

你院（2005）浙法民一他字第 1 号《中国人民财产保险股份有限公司浦江支公司与楼棕荣、吴林宵、楼超建、张伏莲、邱

朝阳道路交通事故损害赔偿纠纷一案的请示报告》收悉。经研究，答复如下：

根据《中华人民共和国道路交通安全法》第十七条的规定，本案第三者责任险的性质为商业保险。交通事故损害纠纷发生后，应当依照保险合同的约定，确定保险公司承担的赔偿责任。

江苏省高级人民法院
江苏省公安厅关于处理交通事故损害赔偿案件有关问题的指导意见

(2005 年 8 月 15 日　苏高法〔2005〕282 号)

各市中级人民法院、各基层人民法院，各市、县公安局：

为了妥善、及时处理交通事故损害赔偿案件，依法保护当事人的合法权益，加强人民法院与公安机关的协调和配合，进一步规范执法行为，促进执法公正，根据《中华人民共和国民法通则》、《中华人民共和国民事诉讼法》、《中华人民共和国道路交通安全法》、《中华人民共和国道路交通安全法实施条例》、《江苏省道路交通安全条例》、最高人民法院有关司法解释以及公安部有关规章的规定，结合我省实际，提出如下意见：

一、关于交通事故巡回法庭的设立

1. 全省各基层人民法院可以根据审理案件的需要，在当地的公安机关交通管理部门设立交通事故巡回法庭，依法独立公正审理交通事故损害赔偿案件。

各地公安机关应当为交通事故巡回法庭审理案件提供相应的工作条件。

交通事故巡回法庭应当设置与公安机关交通管理部门有明显区别的标志。

2. 各基层人民法院的交通事故巡回法庭应当从实际情况出发，通过开展协助诉前调解、现场受理、就地开庭等形式，方便当事人行使诉讼权利。

3. 交通事故巡回法庭审理交通事故损害赔偿案件，一般应当适用简易程序。

二、关于抢救费用的支付、财产保全和先予执行

4. 适用一般程序处理交通事故时，公安机关交通管理部门应当对机动车登记所有人、实际支配人、驾驶人的姓名、住所或实际居住地、联系方式以及肇事车辆是否参加机动车第三者责任强制保险、参保的保险公司和责任限额等情况进行调查。

公安机关交通管理部门调查收集的有关当事人住所或者实际居住地的证据，可以作为人民法院确认送达地址的依据。

5. 交通事故造成人员受伤的，公安机关交通管理部门应当依照《道路交通安全法》第七十五条、《道路交通安全法实施条例》第九十条等规定通知相关保险公司或道路交通事故社会救助基金管理机构支付抢救费用，也可以通知机动车驾驶人、所有人、实际支配人预付抢救费用。

交通事故造成人员死亡的，尸体处理费用的支付参照上款规定处理。

6. 保险公司、道路交通事故社会救助基金管理机构、机动车驾驶人、所有人、实际支配人不在规定的时间内支付抢救治疗费用或尸体处理费用的，公安机关交通管理部门应当及时制作交通事故认定书送达当事人，并告知当事人可以向人民法院起诉并申请先予执行。

7. 适用一般程序处理交通事故时，公安机关交通管理部门应当依法及时将肇事车辆予以扣留。

机动车登记所有人、实际支配人自愿预交损害赔偿费用的，公安机关交通管理部门可以代为保管。

8. 对扣留的车辆进行检验鉴定后，公安机关交通管理部门在依法送达技术检验鉴定结论时，应当告知各方当事人返还机动车的时限。

9. 对于没有投保机动车第三者责任强制保险的车辆或者虽然投保了机动车第三者责任强制保险但交通事故损害赔偿数额可能超过保险责任限额的车辆，公安机关交通管理部门应当告知当事人可以向人民法院申请诉前财产保全。

10. 当事人向人民法院申请财产保全或者先予执行的，人民法院应当依法进行审查。对于符合法定条件的，人民法院应当及时作出裁定并依法采取措施。

11. 人民法院依法对车辆采取财产保全措施的，应根据实际情况在裁定书中明确车辆保管的地点与方式。已由公安机关交通管理部门扣留的车辆，原则上不变更保管场所，但应将扣留变更为财产保全。

三、关于交通事故认定书

12. 交通事故发生后，公安机关交通管理部门应当依照有关规定查明事故原因，确定当事人的责任，及时作出交通事故认定书送达各方当事人。

13. 因交通事故当事人处于抢救或昏迷状态的特殊原因，无法收集当事人的证据、且无其他证据佐证交通事故事实时，经上一级公安机关交通管理部门批准，交通事故认定的时限可中止计算，但中止的时间最长不超过2个月。

14. 公安机关交通管理部门制作的交通事故认定书是人民法院认定当事人承担民事赔偿责任或者确定受害人一方也有过失的重要证据材料。人民法院经审查认为交通事故认定确属不妥，则不予采信，以人民法院审理认定的案件事实为定案的依据。

四、关于公安机关交通管理部门的调解

15. 公安机关交通管理部门处理交通事故时，在作出交通事故认定书之前或者送达交通事故认定书时，应当告知各方当事人对交通事故损害赔偿有争议的，有申请公安机关交通管理部门调解或者直接向人民法院提起民事诉讼的权利。

16. 公安机关交通管理部门主持调解的，应当通知相关保险公司参加调解。经调解达成协议的，应当及时制作调解书并送达各方当事人。经调解未达成调解协议的，应当制作调解终结书送交各方当事人，调解终结书应载明未达成协议的原因。

17. 同一起交通事故造成2人以上伤亡的，因伤者治疗终结或者定残时间不同，伤者治疗终结或者定残时间与死者丧葬事宜结束时间也不相同，造成各受害人损害赔偿的调解期限的起始时间各不相同的，公安机关交通管理部门可以根据各受害人的不同情况分别组织调解。

根据伤情需要对伤者分期治疗的，公安机关交通管理部门可以在第一期治疗终结后组织调解，继续治疗的费用可以在征求医疗机构的意见后经双方协商达成赔偿协议，也可以由当事人另行提起民事诉讼。

18. 当事人在公安机关交通管理部门主持下达成调解协议后，一方当事人反悔向人民法院起诉请求变更、撤销或者宣告无效的，一般不予支持。但当事人能够证明调解协议具有可撤销情形或者无效情形的除外。

五、关于邀请协助调解和委托调解

19. 交通事故巡回法庭在审理交通事故损害赔偿案件时，可以邀请交通警察协助调解，受邀请的交通警察应当予以配合。

20. 人民法院受理交通事故损害赔偿案件后，经各方当事人同意，可以委托公安机关交通管理部门或其他具有相关法律知识和工作经验的组织或者个人进行调解。

21. 人民法院邀请交通警察协助调解的，应当发出邀请函；委托调解的，应当发出委托函。

22. 人民法院应当在送达受理通知书和应诉通知书的同时，就是否接受委托调解征求各方当事人的意见。

当事人均同意委托调解的，人民法院应当在调解前告知当事人主持调解的人员的姓名及是否申请回避等有关诉讼权利和诉讼义务。

23. 人民法院委托调解的，应当将诉状及证据材料的复印件送交主持调解的人员，并针对具体案情做好调解的指导工作。

24. 委托调解的期限为 10 日。10 日内未达成调解协议的，经人民法院同意，可以继续调解，但延长的调解期限不得超过 7 日。

人民法院委托调解的期间，不计入审限。

25. 调解期限内未达成调解协议的，主持调解的人员应当终结调解，并将案卷材料、调解笔录、调解终结书等移交人民法院。

26. 达成调解协议后，当事人请求人民法院制作民事调解书的，人民法院应当依法确认调解协议并制作调解书。

经调解原告向人民法院申请撤诉的，应当在调解协议中明确当事人不需要制作调解书。当事人达成的调解协议视为和解协议。

27. 人民法院委托调解但未达成调解协议的，应当在案件审结后及时将生效的裁判文书送交主持调解的组织或者个人。

六、其他

28. 因交通事故遭受精神损害的受害人或者死者近亲属，向主持调解的公安机关交通管理部门或者向人民法院请求赔偿精神损害抚慰金的，公安机关交通管理部门、人民法院应当根据《最高人民法院关于确定民事侵权精神损害赔偿责任若干问题的解释》予以确定。

确定精神损害抚慰金时，一般不宜超过 5 万元。

29. 当事人对有关保险公司就交通事故车辆损失作出的定损结论没有异议的，不再另行委托中介机构评定。

30. 人民法院拍卖交通事故车辆所得价款，在优先用于支付交通事故损害赔偿的费用后再支付车辆保管费。

31. 在确定交通事故损害赔偿案件的赔偿数额时，人民法院和公安机关交通管理部门应当采纳《江苏省统计局关于国民经济和社会发展的统计公报》中的上一年度相关统计数据。同一统计年度内，相关统计数据不再调整。

省高级人民法院每年及时转发相关统计数据，全省各级人民法院和公安机关交通管理部门在处理交通事故损害赔偿案件时应当参照执行。

32. 人民法院受理交通事故损害赔偿案件后，可以向处理该案的公安机关交通管理部门发出调卷函或者由承办法官持调卷函调阅公安机关交通管理部门处理该案的全部案卷。公安机关交通管理部门应当依照《交通事故处理程序规定》第六十九条规定办理。

当事人不服一审判决提起上诉的，原审法院应当将公安机关交通管理部门形成的卷宗随案移送二审法院。二审法院审理终结后，应当将该卷宗随案退回一审法院。一审法院在收到该卷宗后，应当在 3 日内退回公安机关交通管理部门。

33. 对涉嫌构成交通肇事罪的交通事故，当事人在刑事部分处理之前就损害赔偿问题请求交通事故巡回法庭调解的，交通事故巡回法庭应当及时调解。

经交通事故巡回法庭主持调解，当事人对涉嫌犯罪的交通事故损害赔偿问题达成的调解协议，具有法律效力。当事人又就交通肇事罪的同一事实向人民法院提起刑事附带民事诉讼的，审理刑事案件的人民法院应当在刑事附带民事判决书中对交通事故巡回法庭的调解结果予以确认，并判决驳回当事人附带民事诉讼的诉讼请求。

34. 本意见中的"车辆实际支配人"，是指买卖车辆未办理过户手续的买受人（连环购车均未办理过户手续的，为最后一次买卖关系中的买受人）、受赠人以及车辆承租人、借用人、挂靠人和承包经营者等。

35. 本意见自 2005 年 9 月 1 日起施行。

铁路、水上、航空事故赔偿

（一）铁路事故赔偿

中华人民共和国铁路法（节录）

（1990年9月7日第七届全国人民代表大会常务委员会第十五次会议通过 1990年9月7日中华人民共和国主席令第32号公布 1991年5月1日起施行）

……

第四章 铁路安全与保护

第四十二条 铁路运输企业必须加强对铁路的管理和保护，定期检查、维修铁路运输设施，保证铁路运输设施完好，保障旅客和货物运输安全。

第四十三条 铁路公安机关和地方公安机关分工负责共同维护铁路治安秩序。车站和列车内的治安秩序，由铁路公安机关负责维护；铁路沿线的治安秩序，由地方公安机关和铁路公安机关共同负责维护，以地方公安机关为主。

第四十四条 电力主管部门应当保证铁路牵引用电以及铁路运营用电中重要负荷的电力供应。铁路运营用电中重要负荷的供应范围由国务院铁路主管部门和国务院电力主管部门商定。

第四十五条 铁路线路两侧地界以外的山坡地由当地人民政府作为水土保持的重点进行整治。铁路隧道顶上的山坡地由铁路运输企业协助当地人民政府进行整治。铁路地界以内的山坡地由铁路运输企业进行整治。

第四十六条 在铁路线路和铁路桥梁、涵洞两侧一定距离内，修建山塘、水库、堤坝，开挖河道、干渠，采石挖砂，打井取水，影响铁路路基稳定或者危害铁路桥梁、涵洞安全的，由县级以上地方人民政府责令停止建设或者采挖、打井等活动，限期恢复原状或者责令采取必要的安全防护措施。

在铁路线路上架设电力、通讯线路，埋置电缆、管道设施，穿凿通过铁路路基的地下坑道，必须经铁路运输企业同意，并采取安全防护措施。

在铁路弯道内侧、平交道口和人行过道附近，不得修建妨碍行车瞭望的建筑物和种植妨碍行车瞭望的树木。修建妨碍行车瞭望的建筑物的，由县级以上地方人民政府责令限期拆除。种植妨碍行车瞭望的树木的，由县级以上地方人民政府责令有关单位或者个人限期迁移或者修剪、砍伐。

违反前三款的规定，给铁路运输企业造成损失的单位或者个人，应当赔偿损失。

第四十七条 禁止擅自在铁路线路上铺设平交道口和人行过道。

平交道口和人行过道必须按照规定设置必要的标志和防护设施。

行人和车辆通过铁路平交道口和人行过道时，必须遵守有关通行的规定。

第四十八条 运输危险品必须按照国务院铁路主管部门的规定办理，禁止以非危险品品名托运危险品。

禁止旅客携带危险品进站上车。铁路公安人员和国务院铁路主管部门规定的铁路职工，有权对旅客携带的物品进行运输安全检查。实施运输安全检查的铁路职工应当佩戴执勤标志。

危险品的品名由国务院铁路主管部门规定并公布。

第四十九条 对损毁、移动铁路信号装置及其他行车设施或者在铁路线路上放置障碍物的，铁路职工有权制止，可以扭送公安机关处理。

第五十条 禁止偷乘货车、攀附行进中的列车或者击打列车。对偷乘货车、攀附行进中的列车或者击打列车的，铁路职工有权制止。

第五十一条 禁止在铁路线路上行走、坐卧。对在铁路线路上行走、坐卧的，铁路职工有权制止。

第五十二条 禁止在铁路线路两侧20米以内或者铁路防护林地内放牧。对在铁路线路两侧20米以内或者铁路防护林地内放牧的，铁路职工有权制止。

第五十三条 对聚众拦截列车或者聚众冲击铁路行车调度机构的，铁路职工有权制止；不听制止的，公安人员现场负责人有权命令解散；拒不解散的，公安人员现场负责人有权依照国家有关规定决定采取必要手段强行驱散，并对拒不服从的人员强行带离现场或者予以拘留。

第五十四条 对哄抢铁路运输物资的，铁路职工有权制止，可以扭送公安机关处理；现场公安人员可以予以拘留。

第五十五条 在列车内，寻衅滋事，扰乱公共秩序，危害旅客人身、财产安全的，铁路职工有权制止，铁路公安人员可以予以拘留。

第五十六条 在车站和旅客列车内，发生法律规定需要检疫的传染病时，由铁路卫生检疫机构进行检疫；根据铁路卫生检疫机构的请求，地方卫生检疫机构应予协助。

货物运输的检疫，依照国家规定办理。

第五十七条 发生铁路交通事故，铁路运输企业应当依照国务院和国务院有关主管部门关于事故调查处理的规定办理，并及时恢复正常行车，任何单位和个人不得阻碍铁路线路开通和列车运行。

第五十八条 因铁路行车事故及其他铁路运营事故造成人身伤亡的，铁路运输企业应当承担赔偿责任；如果人身伤亡是因不可抗力或者由于受害人自身的原因造成的，铁路运输企业不承担赔偿责任。

违章通过平交道口或者人行过道，或者在铁路线路上行走、坐卧造成的人身伤亡，属于受害人自身的原因造成的人身伤亡。

第五十九条 国家铁路的重要桥梁和隧道，由中国人民武装警察部队负责守卫。

……

铁路交通事故应急救援和调查处理条例

（2007年6月27日国务院第182次常务会议通过 2007年7月11日中华人民共和国国务院令第501号公布 自2007年9月1日起施行）

第一章 总 则

第一条 为了加强铁路交通事故的应急救援工作，规范铁路交通事故调查处理，减少人员伤亡和财产损失，保障铁路运输安全和畅通，根据《中华人民共和国铁路法》和其他有关法律的规定，制定本条例。

第二条　铁路机车车辆在运行过程中与行人、机动车、非机动车、牲畜及其他障碍物相撞，或者铁路机车车辆发生冲突、脱轨、火灾、爆炸等影响铁路正常行车的铁路交通事故（以下简称事故）的应急救援和调查处理，适用本条例。

第三条　国务院铁路主管部门应当加强铁路运输安全监督管理，建立健全事故应急救援和调查处理的各项制度，按照国家规定的权限和程序，负责组织、指挥、协调事故的应急救援和调查处理工作。

第四条　铁路管理机构应当加强日常的铁路运输安全监督检查，指导、督促铁路运输企业落实事故应急救援的各项规定，按照规定的权限和程序，组织、参与、协调本辖区内事故的应急救援和调查处理工作。

第五条　国务院其他有关部门和有关地方人民政府应当按照各自的职责和分工，组织、参与事故的应急救援和调查处理工作。

第六条　铁路运输企业和其他有关单位、个人应当遵守铁路运输安全管理的各项规定，防止和避免事故的发生。

事故发生后，铁路运输企业和其他有关单位应当及时、准确地报告事故情况，积极开展应急救援工作，减少人员伤亡和财产损失，尽快恢复铁路正常行车。

第七条　任何单位和个人不得干扰、阻碍事故应急救援、铁路线路开通、列车运行和事故调查处理。

第二章　事　故　等　级

第八条　根据事故造成的人员伤亡、直接经济损失、列车脱轨辆数、中断铁路行车时间等情形，事故等级分为特别重大事故、重大事故、较大事故和一般事故。

第九条　有下列情形之一的，为特别重大事故：

（一）造成30人以上死亡，或者100人以上重伤（包括急性工业中毒，下同），或者1亿元以上直接经济损失的；

（二）繁忙干线客运列车脱轨18辆以上并中断铁路行车48小时以上的；

（三）繁忙干线货运列车脱轨60辆以上并中断铁路行车48小时以上的。

第十条　有下列情形之一的，为重大事故：

（一）造成10人以上30人以下死亡，或者50人以上100人以下重伤，或者5000万元以上1亿元以下直接经济损失的；

（二）客运列车脱轨18辆以上的；

（三）货运列车脱轨60辆以上的；

（四）客运列车脱轨2辆以上18辆以下，并中断繁忙干线铁路行车24小时以上或者中断其他线路铁路行车48小时以上的；

（五）货运列车脱轨6辆以上60辆以下，并中断繁忙干线铁路行车24小时以上或者中断其他线路铁路行车48小时以上的。

第十一条　有下列情形之一的，为较大事故：

（一）造成3人以上10人以下死亡，或者10人以上50人以下重伤，或者1000万元以上5000万元以下直接经济损失的；

（二）客运列车脱轨2辆以上18辆以下的；

（三）货运列车脱轨6辆以上60辆以下的；

（四）中断繁忙干线铁路行车6小时以上的；

（五）中断其他线路铁路行车10小时以上的。

第十二条　造成3人以下死亡，或者10人以下重伤，或者1000万元以下直接经济损失的，为一般事故。

除前款规定外，国务院铁路主管部门可以对一般事故的其他情形作出补充规定。

第十三条　本章所称的"以上"包括本数，所称的"以下"不包括本数。

第三章　事　故　报　告

第十四条　事故发生后，事故现场的铁路运输企业工作人员或者其他人员应当立即报告邻近铁路车站、列车调度员或者公安机关。有关单位和人员接到报告后，应当立即将事故情况报告事故发生地铁路管理机构。

第十五条 铁路管理机构接到事故报告，应当尽快核实有关情况，并立即报告国务院铁路主管部门；对特别重大事故、重大事故，国务院铁路主管部门应当立即报告国务院并通报国家安全生产监督管理等有关部门。

发生特别重大事故、重大事故、较大事故或者有人员伤亡的一般事故，铁路管理机构还应当通报事故发生地县级以上地方人民政府及其安全生产监督管理部门。

第十六条 事故报告应当包括下列内容：

（一）事故发生的时间、地点、区间（线名、公里、米）、事故相关单位和人员；

（二）发生事故的列车种类、车次、部位、计长、机车型号、牵引辆数、吨数；

（三）承运旅客人数或者货物品名、装载情况；

（四）人员伤亡情况，机车车辆、线路设施、道路车辆的损坏情况，对铁路行车的影响情况；

（五）事故原因的初步判断；

（六）事故发生后采取的措施及事故控制情况；

（七）具体救援请求。

事故报告后出现新情况的，应当及时补报。

第十七条 国务院铁路主管部门、铁路管理机构和铁路运输企业应当向社会公布事故报告值班电话，受理事故报告和举报。

第四章 事故应急救援

第十八条 事故发生后，列车司机或者运转车长应当立即停车，采取紧急处置措施；对无法处置的，应当立即报告邻近铁路车站、列车调度员进行处置。

为保障铁路旅客安全或者因特殊运输需要不宜停车的，可以不停车；但是，列车司机或者运转车长应当立即将事故情况报告邻近铁路车站、列车调度员，接到报告的邻近铁路车站、列车调度员应当立即进行处置。

第十九条 事故造成中断铁路行车的，铁路运输企业应当立即组织抢修，尽快恢复铁路正常行车；必要时，铁路运输调度指挥部门应当调整运输径路，减少事故影响。

第二十条 事故发生后，国务院铁路主管部门、铁路管理机构、事故发生地县级以上地方人民政府或者铁路运输企业应当根据事故等级启动相应的应急预案；必要时，成立现场应急救援机构。

第二十一条 现场应急救援机构根据事故应急救援工作的实际需要，可以借用有关单位和个人的设施、设备和其他物资。借用单位使用完毕应当及时归还，并支付适当费用；造成损失的，应当赔偿。

有关单位和个人应当积极支持、配合救援工作。

第二十二条 事故造成重大人员伤亡或者需要紧急转移、安置铁路旅客和沿线居民的，事故发生地县级以上地方人民政府应当及时组织开展救治和转移、安置工作。

第二十三条 国务院铁路主管部门、铁路管理机构或者事故发生地县级以上地方人民政府根据事故救援的实际需要，可以请求当地驻军、武装警察部队参与事故救援。

第二十四条 有关单位和个人应当妥善保护事故现场以及相关证据，并在事故调查组成立后将相关证据移交事故调查组。因事故救援、尽快恢复铁路正常行车需要改变事故现场的，应当做出标记、绘制现场示意图、制作现场视听资料，并做出书面记录。

任何单位和个人不得破坏事故现场，不得伪造、隐匿或者毁灭相关证据。

第二十五条 事故中死亡人员的尸体经法定机构鉴定后，应当及时通知死者家属认领；无法查找死者家属的，按照国家有关规定处理。

第五章　事故调查处理

第二十六条　特别重大事故由国务院或者国务院授权的部门组织事故调查组进行调查。

重大事故由国务院铁路主管部门组织事故调查组进行调查。

较大事故和一般事故由事故发生地铁路管理机构组织事故调查组进行调查；国务院铁路主管部门认为必要时，可以组织事故调查组对较大事故和一般事故进行调查。

根据事故的具体情况，事故调查组由有关人民政府、公安机关、安全生产监督管理部门、监察机关等单位派人组成，并应当邀请人民检察院派人参加。事故调查组认为必要时，可以聘请有关专家参与事故调查。

第二十七条　事故调查组应当按照国家有关规定开展事故调查，并在下列调查期限内向组织事故调查组的机关或者铁路管理机构提交事故调查报告：

（一）特别重大事故的调查期限为60日；

（二）重大事故的调查期限为30日；

（三）较大事故的调查期限为20日；

（四）一般事故的调查期限为10日。

事故调查期限自事故发生之日起计算。

第二十八条　事故调查处理，需要委托有关机构进行技术鉴定或者对铁路设备、设施及其他财产损失状况以及中断铁路行车造成的直接经济损失进行评估的，事故调查组应当委托具有国家规定资质的机构进行技术鉴定或者评估。技术鉴定或者评估所需时间不计入事故调查期限。

第二十九条　事故调查报告形成后，报经组织事故调查组的机关或者铁路管理机构同意，事故调查组工作即告结束。组织事故调查组的机关或者铁路管理机构应当自事故调查组工作结束之日起15日内，根据事故调查报告，制作事故认定书。

事故认定书是事故赔偿、事故处理以及事故责任追究的依据。

第三十条　事故责任单位和有关人员应当认真吸取事故教训，落实防范和整改措施，防止事故再次发生。

国务院铁路主管部门、铁路管理机构以及其他有关行政机关应当对事故责任单位和有关人员落实防范和整改措施的情况进行监督检查。

第三十一条　事故的处理情况，除依法应当保密的外，应当由组织事故调查组的机关或者铁路管理机构向社会公布。

第六章　事故赔偿

第三十二条　事故造成人身伤亡的，铁路运输企业应当承担赔偿责任；但是人身伤亡是不可抗力或者受害人自身原因造成的，铁路运输企业不承担赔偿责任。

违章通过平交道口或者人行过道，或者在铁路线路上行走、坐卧造成的人身伤亡，属于受害人自身的原因造成的人身伤亡。

第三十三条　事故造成铁路旅客人身伤亡和自带行李损失的，铁路运输企业对每名铁路旅客人身伤亡的赔偿责任限额为人民币15万元，对每名铁路旅客自带行李损失的赔偿责任限额为人民币2000元。

铁路运输企业与铁路旅客可以书面约定高于前款规定的赔偿责任限额。

第三十四条　事故造成铁路运输企业承运的货物、包裹、行李损失的，铁路运输企业应当依照《中华人民共和国铁路法》的规定承担赔偿责任。

第三十五条　除本条例第三十三条、第三十四条的规定外，事故造成其他人身伤亡或者财产损失的，依照国家有关法律、行政法规的规定赔偿。

第三十六条　事故当事人对事故损害赔偿有争议的，可以通过协商解决，或者请求组织事故调查组的机关或者铁路管理机构组织调解，也可以直接向人民法院提起民事诉讼。

第七章 法律责任

第三十七条 铁路运输企业及其职工违反法律、行政法规的规定，造成事故的，由国务院铁路主管部门或者铁路管理机构依法追究行政责任。

第三十八条 违反本条例的规定，铁路运输企业及其职工不立即组织救援，或者迟报、漏报、瞒报、谎报事故的，对单位，由国务院铁路主管部门或者铁路管理机构处10万元以上50万元以下的罚款；对个人，由国务院铁路主管部门或者铁路管理机构处4000元以上2万元以下的罚款；属于国家工作人员的，依法给予处分；构成犯罪的，依法追究刑事责任。

第三十九条 违反本条例的规定，国务院铁路主管部门、铁路管理机构以及其他行政机关未立即启动应急预案，或者迟报、漏报、瞒报、谎报事故的，对直接负责的主管人员和其他直接责任人员依法给予处分；构成犯罪的，依法追究刑事责任。

第四十条 违反本条例的规定，干扰、阻碍事故救援、铁路线路开通、列车运行和事故调查处理的，对单位，由国务院铁路主管部门或者铁路管理机构处4万元以上20万元以下的罚款；对个人，由国务院铁路主管部门或者铁路管理机构处2000元以上1万元以下的罚款；情节严重的，对单位，由国务院铁路主管部门或者铁路管理机构处20万元以上100万元以下的罚款；对个人，由国务院铁路主管部门或者铁路管理机构处1万元以上5万元以下的罚款；属于国家工作人员的，依法给予处分；构成违反治安管理行为的，由公安机关依法给予治安管理处罚；构成犯罪的，依法追究刑事责任。

第八章 附 则

第四十一条 本条例于2007年9月1日起施行。1979年7月16日国务院批准发布的《火车与其他车辆碰撞和铁路路外人员伤亡事故处理暂行规定》和1994年8月13日国务院批准发布的《铁路旅客运输损害赔偿规定》同时废止。

最高人民法院关于审理铁路运输损害赔偿案件若干问题的解释

(1994年10月27日 法发〔1994〕25号)

为了正确、及时地审理铁路运输损害赔偿案件，现就审判工作中遇到的一些问题，根据《中华人民共和国铁路法》（以下简称铁路法）和有关的法律规定，结合审判实践，作出如下解释，供在审判工作中执行。

一、实际损失的赔偿范围

铁路法第十七条中的"实际损失"，是指因灭失、短少、变质、污染、损坏导致货物、包裹、行李实际价值的损失。

铁路运输企业按照实际损失赔偿时，对灭失、短少的货物、包裹、行李，按照其实际价值赔偿；对变质、污染、损坏降低原有价值的货物、包裹、行李，可按照其受损前后实际价值的差额或者加工、修复费用赔偿。

货物、包裹、行李的赔偿价格按照托运时的实际价值计算。实际价值中未包含已支付的铁路运杂费、包装费、保险费、短途搬运费等费用的，按照损失部分的比例加算。

二、铁路运输企业的重大过失

铁路法第十七条中的"重大过失"是指铁路运输企业或者其受雇人、代理人对承运的货物、包裹、行李明知可能造成损失而轻率地作为或者不作为。

三、保价货物损失的赔偿

铁路法第十七条第一款（一）项中规定的"按照实际损失赔偿，但最高不超过保价额。"是指保价运输的货物、包裹、行李在运输中发生损失，无论托运人在办理保价运输时，保价额是否与货物、包裹、行李的实际价值相符，均应在保价额内按照损失部分的实际价值赔偿，实际损失超过保价额的部分不予赔偿。

如果损失是因铁路运输企业的故意或者重大过失造成的，比照铁路法第十七条第一款（二）项的规定，不受保价额的限制，按照实际损失赔偿。

四、保险货物损失的赔偿

投保货物运输险的货物在运输中发生损失，对不属于铁路运输企业免责范围的，适用铁路法第十七条第一款（二）项的规定，由铁路运输企业承担赔偿责任。

保险公司按照保险合同的约定向托运人或收货人先行赔付后，对于铁路运输企业应按货物实际损失承担赔偿责任的，保险公司按照支付的保险金额向铁路运输企业追偿，因不足额保险产生的实际损失与保险金的差额部分，由铁路运输企业赔偿；对于铁路运输企业应按额承担赔偿责任的，在足额保险的情况下，保险公司向铁路运输企业的追偿额为铁路运输企业的赔偿限额，在不足额保险的情况下，保险公司向铁路运输企业的追偿额在铁路运输企业的赔偿限额内按照投保金额与货物实际价值的比例计算，因不足额保险产生的铁路运输企业的赔偿限额与保险公司在限额内追偿额的差额部分，由铁路运输企业赔偿。

五、保险保价货物损失的赔偿

既保险又保价的货物在运输中发生损失，对不属于铁路运输企业免责范围的，适用铁路法第十七条第一款（一）项的规定由铁路运输企业承担赔偿责任。对于保险公司先行赔付的，比照本解释第四条对保险货物损失的赔偿处理。

六、保险补偿制度的适用

《铁路货物运输实行保险与负责运输相结合的补偿制度的规定（试行）》（简称保险补偿制度），适用于1991年5月1日铁路法实施以前已投保货物运输险的案件。铁路法实施后投保货物运输险的案件，适用铁路法第十七条第一款的规定，保险补偿制度中有关保险补偿的规定不再适用。

七、逾期交付的责任

货物、包裹、行李逾期交付，如果是因铁路逾期运到造成的，由铁路运输企业支付逾期违约金；如果是因收货人或旅客逾期领取造成的，由收货人或旅客支付保管费；既因逾期运到又因收货人或者旅客逾期领取造成的，由双方各自承担相应的责任。

铁路逾期运到并且发生损失时，铁路运输企业除支付逾期违约金外，还应当赔偿损失。对收货人或者旅客逾期领取，铁路运输企业在代保管期间因保管不当造成损失的，由铁路运输企业赔偿。

八、误交付的责任

货物、包裹、行李误交付（包括被第三者冒领造成的误交付），铁路运输企业查找超过运到期限的，由铁路运输企业支付逾期违约金。不能交付的，或者交付时有损失的，由铁路运输企业赔偿。铁路运输企业赔付后，再向有责任的第三者追偿。

九、赔偿后又找回原物的处理

铁路运输企业赔付后又找回丢失、被盗、冒领、逾期等按灭失处理的货物、包裹、行李的，在通知托运人，收货人或者旅客退还赔款领回原物的期限届满后仍无人领取的，适用铁路法第二十二条对无主货物的规定处理。铁路运输企业未通知托运人，收货人或者旅客而自行处理找回的货物、包裹、行李的，由铁路运输企业赔偿实际损失与已付赔款差额。

十、代办运输货物损失的赔偿

代办运输的货物在铁路运输中发生损失，对代办运输企业接受托运人的委托以自己的名义与铁路运输企业签订运输合同托运或者领取货物的，如委托人依据委托合同要求代办运输企业向铁路运输企业索赔的，应予支持。对代办运输企业未及时索赔而超过运输合同索赔时效的，代办运输企业应当赔偿。

十一、人身伤亡的赔偿范围

铁路法第五十八条规定的因铁路行车事故及其他铁路运营事故造成的人身伤亡，包括旅客伤亡和路外伤亡。

人身伤亡，除铁路法第五十八条第二款列举的免责情况外，如果铁路运输企业能够证明人身伤亡是由受害人自身原因造成的，不应再责令铁路运输企业承担赔偿责任。

对人身伤亡的赔偿责任范围适用民法通则第一百一十九条的规定。1994 年 9 月 1 日以后发生的旅客伤亡的赔偿责任范围适用国务院批准的《铁路旅客运输损害赔偿规定》。

十二、铁路旅客运送责任期间

铁路运输企业对旅客运送的责任期间自旅客持有效车票进站时起到旅客出站或者应当出站时止。不包括旅客在候车室内的期间。

十三、旅客伤亡的保险责任与运输责任

在铁路旅客运送责任期间发生旅客伤亡，属于《铁路旅客意外伤害强制保险条例》规定的保险责任范围的，铁路运输企业支付保险金后，对旅客伤亡不属于铁路运输企业免责范围的，铁路运输企业还应当支付赔偿金。

十四、第三者责任造成旅客伤亡的赔偿

在铁路旅客运送期间因第三者责任造成旅客伤亡，旅客或者其继承人要求铁路运输企业先予赔偿的，应予支持。铁路运输企业赔付后，有权向有责任的第三者追偿。

十五、索赔时效

对承运中的货物、包裹、行李发生损失或者逾期，向铁路运输企业要求赔偿的请求权，时效期间适用铁路运输规章 180 日的规定。自铁路运输企业交付的次日起计算；货物、包裹、行李全部灭失的，自运到期限届满后第 30 日的次日起计算。但对在此期间内或者运到期限内已经确认灭失的，自铁路运输企业交给货运记录的次日起计算。

对旅客伤亡，向铁路企业要求赔偿的请求权，时效期间适用民法通则第一百三十六条第（一）项 1 年的规定。自到达旅行目的地的次日或者旅行中止的次日起计算。

对路外伤亡，向铁路运输企业要求赔偿的请求权，时效期间适用民法通则第一百三十六条第（一）项 1 年的规定，自受害人受到伤害的次日起计算。

（二）水上事故赔偿

中华人民共和国海商法（节录）

（1992 年 11 月 7 日第七届全国人民代表大会常务委员会第二十八次会议通过 1992 年 11 月 7 日中华人民共和国主席令第 64 号公布 1993 年 7 月 1 日起施行）

......

第八章 船舶碰撞

第一百六十五条 船舶碰撞，是指船舶在海上或者与海相通的可航水域发生接触造成损害的事故。

前款所称船舶，包括与本法第三条所指船舶碰撞的任何其他非用于军事的或者政府公务的船艇。

第一百六十六条 船舶发生碰撞，当事船舶的船长在不严重危及本船和船上人员安全的情况下，对于相碰的船舶和船上人员必须尽力施救。

碰撞船舶的船长应尽可能将其船舶名称、船籍港、出发港和目的港通知对方。

第一百六十七条 船舶发生碰撞，是由于不可抗力或者其他不能归责于任何一方的原因或者无法查明的原因造成的，碰撞各方互相不负赔偿责任。

第一百六十八条 船舶发生碰撞，是由于一船的过失造成的，由有过失的船舶负赔偿责

任。

第一百六十九条 船舶发生碰撞，碰撞的船舶互有过失的，各船按照过失程度的比例负赔偿责任；过失程度相当或者过失程度的比例无法判定的，平均负赔偿责任。

互有过失的船舶，对碰撞造成的船舶以及船上货物和其他财产的损失，依照前款规定的比例负赔偿责任。碰撞造成第三人财产损失的，各船的赔偿责任均不超过其应当承担的比例。

互有过失的船舶，对造成的第三人的人身伤亡，负连带赔偿责任。一船连带支付的赔偿超过本条第一款规定的比例的，有权向其他有过失的船舶追偿。

第一百七十条 船舶因操纵不当或者不遵守航行规章，虽然实际上没有同其他船舶发生碰撞，但是使其他船舶以及船上的人员、货物或者其他财产遭受损失的，适用本章的规定。

第九章 海难救助

第一百七十一条 本章规定适用于在海上或者与海相通的可航水域，对遇险的船舶和其他财产进行的救助。

第一百七十二条 本章下列用语的含义：

（一）"船舶"，是指本法第三条所称的船舶和与其发生救助关系的任何其他非用于军事的或者政府公务的船艇。

（二）"财产"，是指非永久地和非有意地依附于岸线的任何财产，包括有风险的运费。

（三）"救助款项"，是指依照本章规定，被救助方应当向救助方支付的任何救助报酬、酬金或者补偿。

第一百七十三条 本章规定，不适用于海上已经就位的从事海底矿物资源的勘探、开发或者生产的固定式、浮动式平台和移动式近海钻井装置。

第一百七十四条 船长在不严重危及本船和船上人员安全的情况下，有义务尽力救助海上人命。

第一百七十五条 救助方与被救助方就海难救助达成协议，救助合同成立。

遇险船舶的船长有权代表船舶所有人订立救助合同。遇险船舶的船长或者船舶所有人有权代表船上财产所有人订立救助合同。

第一百七十六条 有下列情形之一，经一方当事人起诉或者双方当事人协议仲裁的，受理争议的法院或者仲裁机构可以判决或者裁决变更救助合同：

（一）合同在不正当的或者危险情况的影响下订立，合同条款显失公平的；

（二）根据合同支付的救助款项明显过高或者过低于实际提供的救助服务的。

第一百七十七条 在救助作业过程中，救助方对被救助方负有下列义务：

（一）以应有的谨慎进行救助；

（二）以应有的谨慎防止或者减少环境污染损害；

（三）在合理需要的情况下，寻求其他救助方援助；

（四）当被救助方合理地要求其他救助方参与救助作业时，接受此种要求，但是要求不合理的，原救助方的救助报酬金额不受影响。

第一百七十八条 在救助作业过程中，被救助方对救助方负有下列义务：

（一）与救助方通力合作；

（二）以应有的谨慎防止或者减少环境污染损害；

（三）当获救的船舶或者其他财产已经被送至安全地点时，及时接受救助方提出的合理的移交要求。

第一百七十九条 救助方对遇险的船舶和其他财产的救助，取得效果的，有权获得救助报酬；救助未取得效果的，除本法第一百八十二条或者其他法律另有规定或者合同另有约定外，无权获得救助款项。

第一百八十条 确定救助报酬，应当体现对救助作业的鼓励，并综合考虑下列各项因素：

（一）船舶和其他财产的获救的价值；

（二）救助方在防止或者减少环境污染损害方面的技能和努力；

（三）救助方的救助成效；

（四）危险的性质和程度；

（五）救助方在救助船舶、其他财产和人命方面的技能和努力；

（六）救助方所用的时间、支出的费用和遭受的损失；

（七）救助方或者救助设备所冒的责任风险和其他风险；

（八）救助方提供救助服务的及时性；

（九）用于救助作业的船舶和其他设备的可用性和使用情况；

（十）救助设备的备用状况、效能和设备的价值。

救助报酬不得超过船舶和其他财产的获救价值。

第一百八十一条 船舶和其他财产的获救价值，是指船舶和其他财产获救后的估计价值或者实际出卖的收入，扣除有关税款和海关、检疫、检验费用以及进行卸载、保管、估价、出卖而产生的费用后的价值。

前款规定的价值不包括船员的获救的私人物品和旅客的获救的自带行李的价值。

第一百八十二条 对构成环境污染损害危险的船舶或者船上货物进行的救助，救助方依照本法第一百八十条规定获得的救助报酬，少于依照本条规定可以得到的特别补偿，救助方有权依照本条规定，从船舶所有人处获得相当于救助费用的特别补偿。

救助人进行前款规定的救助作业，取得防止或者减少环境污染损害效果的，船舶所有人依照前款规定应当向救助方支付的特别补偿可以另行增加，增加的数额可以达到救助费用的百分之三十。受理争议的法院或者仲裁机构认为适当，并且考虑到本法第一百八十条第一款的规定，可以判决或者裁决进一步增加特别补偿数额；但是，在任何情况

下，增加部分不得超过救助费用的百分之一百。

本条所称救助费用，是指救助方在救助作业中直接支付的合理费用以及实际使用救助设备、投入救助人员的合理费用。确定救助费用应当考虑本法第一百八十条第一款第（八）、（九）、（十）项的规定。

在任何情况下，本条规定的全部特别补偿，只有在超过救助方依照本法第一百八十条规定能够获得的救助报酬时，方可支付，支付金额为特别补偿超过救助报酬的差额部分。

由于救助方的过失未能防止或者减少环境污染损害的，可以全部或者部分地剥夺救助方获得特别补偿的权利。

本条规定不影响船舶所有人对其他被救助方的追偿权。

第一百八十三条 救助报酬的金额，应当由获救的船舶和其他财产的各所有人，按照船舶和其他各项财产各自的获救价值占全部获救价值的比例承担。

第一百八十四条 参加同一救助作业的各救助方的救助报酬，应当根据本法第一百八十条规定的标准，由各方协商确定；协商不成的，可以提请受理争议的法院判决或者经各方协议提请仲裁机构裁决。

第一百八十五条 在救助作业中救助人命的救助方，对获救人员不得请求酬金，但是有权从救助船舶或者其他财产、防止或者减少环境污染损害的救助方获得的救助款项中，获得合理的份额。

第一百八十六条 下列救助行为无权获得救助款项：

（一）正常履行拖航合同或者其他服务合同的义务进行救助的，但是提供不属于履行上述义务的特殊劳务除外；

（二）不顾遇险的船舶的船长、船舶所有人或者其他财产所有人明确的和合理的拒绝，仍然进行救助的。

第一百八十七条 由于救助方的过失致使救

助作业成为必需或者更加困难的，或者救助方有欺诈或者其他不诚实行为的，应当取消或者减少向救助方支付的救助款项。

第一百八十八条 被救助方在救助作业结束后，应当根据救助方的要求，对救助款项提供满意的担保。

在不影响前款规定的情况下，获救船舶的船舶所有人应当在获救的货物交还前，尽力使货物的所有人对其应当承担的救助款项提供满意的担保。

在未根据救助人的要求对获救的船舶或者其他财产提供满意的担保以前，未经救助方同意，不得将获救的船舶和其他财产从救助作业完成后最初到达的港口或者地点移走。

第一百八十九条 受理救助款项请求的法院或者仲裁机构，根据具体情况，在合理的条件下，可以裁定或者裁决被救助方向救助方先行支付适当的金额。

被救助方根据前款规定先行支付金额后，其根据本法第一百八十八条规定提供的担保金额应当相应扣减。

第一百九十条 对于获救满九十日的船舶和其他财产，如果被救助方不支付救助款项也不提供满意的担保，救助方可以申请法院裁定强制拍卖；对于无法保管、不易保管或者保管费用可能超过其价值的获救的船舶和其他财产，可以申请提前拍卖。

拍卖所得价款，在扣除保管和拍卖过程中的一切费用后，依照本法规定支付救助款项；剩余的金额，退还被救助方；无法退还、自拍卖之日起满一年又无人认领的，上缴国库；不足的金额，救助方有权向被救助方追偿。

第一百九十一条 同一船舶所有人的船舶之间进行的救助，救助方获得救助款项的权利适用本章规定。

第一百九十二条 国家有关主管机关从事或者控制的救助作业，救助方有权享受本章规定的关于救助作业的权利和补偿。

第十章 共同海损

第一百九十三条 共同海损，是指在同一海上航程中，船舶、货物和其他财产遭遇共同危险，为了共同安全，有意地合理地采取措施所直接造成的特殊牺牲、支付的特殊费用。

无论在航程中或者在航程结束后发生的船舶或者货物因迟延所造成的损失，包括船期损失和行市损失以及其他间接损失，均不得列入共同海损。

第一百九十四条 船舶因发生意外、牺牲或者其他特殊情况而损坏时，为了安全完成本航程，驶入避难港口、避难地点或者驶回装货港口、装货地点进行必要的修理，在该港口或者地点额外停留期间所支付的港口费、船员工资、给养，船舶所消耗的燃料、物料，为修理而卸载、储存、重装或者搬移船上货物、燃料、物料以及其他财产所造成的损失、支付的费用，应当列入共同海损。

第一百九十五条 为代替可以列为共同海损的特殊费用而支付的额外费用，可以作为代替费用列入共同海损；但是，列入共同海损的代替费用的金额，不得超过被代替的共同海损的特殊费用。

第一百九十六条 提出共同海损分摊请求的一方应当负举证责任，证明其损失应当列入共同海损。

第一百九十七条 引起共同海损特殊牺牲、特殊费用的事故，可能是由航程中一方的过失造成的，不影响该方要求分摊共同海损的权利；但是，非过失方或者过失方可以就此项过失提出赔偿请求或者进行抗辩。

第一百九十八条 船舶、货物和运费的共同海损牺牲的金额，依照下列规定确定：

（一）船舶共同海损牺牲的金额，按照实际支付的修理费，减除合理的以新换旧的扣减额计算。船舶尚未修理的，按照牺牲造成的合理贬值计算，但是不得超过估计的修理费。

船舶发生实际全损或者修理费用超过修复后的船舶价值的，共同海损牺牲金额按照该船舶在完好状态下的估计价值，减除不属于共同海损损坏的估计的修理费和该船舶受损后的价值的余额计算。

（二）货物共同海损牺牲的金额，货物灭失的，按照货物在装船时的价值加保险费加运费，减除由于牺牲无需支付的运费计算。货物损坏，在就损坏程度达成协议前售出的，按照货物在装船时的价值加保险费加运费，与出售货物净得的差额计算。

（三）运费共同海损牺牲的金额，按照货物遭受牺牲造成的运费的损失金额，减除为取得这笔运费本应支付，但是由于牺牲无需支付的营运费用计算。

第一百九十九条 共同海损应当由受益方按照各自的分摊价值的比例分摊。

船舶、货物和运费的共同海损分摊价值，分别依照下列规定确定：

（一）船舶共同海损分摊价值，按照船舶在航程终止时的完好价值，减除不属于共同海损的损失金额计算，或者按照船舶在航程终止时的实际价值，加上共同海损牺牲的金额计算。

（二）货物共同海损分摊价值，按照货物在装船时的价值加保险费加运费，减除不属于共同海损的损失金额和承运人承担风险的运费计算。货物在抵达目的港以前售出的，按照出售净得金额，加上共同海损牺牲的金额计算。

旅客的行李和私人物品，不分摊共同海损。

（三）运费分摊价值，按照承运人承担风险并于航程终止时有权收取的运费，减除为取得该项运费而在共同海损事故发生后，为完成本航程所支付的营运费用，加上共同海损牺牲的金额计算。

第二百条 未申报的货物或者谎报的货物，应当参加共同海损分摊；其遭受的特殊牺牲，不得列入共同海损。

不正当地以低于货物实际价值作为申报价值的，按照实际价值分摊共同海损；在发生共同海损牺牲时，按照申报价值计算牺牲金额。

第二百零一条 对共同海损特殊牺牲和垫付的共同海损特殊费用，应当计算利息。对垫付的共同海损特殊费用，除船员工资、给养和船舶消耗的燃料、物料外，应当计算手续费。

第二百零二条 经利益关系人要求，各分摊方应当提供共同海损担保。

以提供保证金方式进行共同海损担保的，保证金应当交由海损理算师以保管人名义存入银行。

保证金的提供、使用或者退还，不影响各方最终的分摊责任。

第二百零三条 共同海损理算，适用合同约定的理算规则；合同未约定的，适用本章的规定。

第十一章　海事赔偿责任限制

第二百零四条 船舶所有人、救助人，对本法第二百零七条所列海事赔偿请求，可以依照本章规定限制赔偿责任。

前款所称的船舶所有人，包括船舶承租人和船舶经营人。

第二百零五条 本法第二百零七条所列海事赔偿请求，不是向船舶所有人、救助人本人提出，而是向他们对其行为、过失负有责任的人员提出的，这些人员可以依照本章规定限制赔偿责任。

第二百零六条 被保险人依照本章规定可以限制赔偿责任的，对该海事赔偿请求承担责任的保险人，有权依照本章规定享受相同的赔偿责任限制。

第二百零七条 下列海事赔偿请求，除本法第二百零八条和第二百零九条另有规定外，无论赔偿责任的基础有何不同，责任人均可以依照本章规定限制赔偿责任：

（一）在船上发生的或者与船舶营运、

救助作业直接相关的人身伤亡或者财产的灭失、损坏，包括对港口工程、港池、航道和助航设施造成的损坏，以及由此引起的相应损失的赔偿请求；

（二）海上货物运输因迟延交付或者旅客及其行李运输因迟延到达造成损失的赔偿请求；

（三）与船舶营运或者救助作业直接相关的，侵犯非合同权利的行为造成其他损失的赔偿请求；

（四）责任人以外的其他人，为避免或者减少责任人依照本章规定可以限制赔偿责任的损失而采取措施的赔偿请求，以及因此项措施造成进一步损失的赔偿请求。

前款所列赔偿请求，无论提出的方式有何不同，均可以限制赔偿责任。但是，第（四）项涉及责任人以合同约定支付的报酬，责任人的支付责任不得援用本条赔偿责任限制的规定。

第二百零八条 本章规定不适用于下列各项：

（一）对救助款项或者共同海损分摊的请求；

（二）中华人民共和国参加的国际油污损害民事责任公约规定的油污损害的赔偿请求；

（三）中华人民共和国参加的国际核能损害责任限制公约规定的核能损害的赔偿请求；

（四）核动力船舶造成的核能损害的赔偿请求；

（五）船舶所有人或者救助人的受雇人提出的赔偿请求，根据调整劳务合同的法律，船舶所有人或者救助人对该类赔偿请求无权限制赔偿责任，或者该法律作了高于本章规定的赔偿限额的规定。

第二百零九条 经证明，引起赔偿请求的损失是由于责任人的故意或者明知可能造成损失而轻率地行为或者不作为造成的，责任人无权依照本章规定限制赔偿责任。

第二百一十条 除本法第二百一十一条另有规定外，海事赔偿责任限制，依照下列规定计算赔偿限额：

（一）关于人身伤亡的赔偿请求

1. 总吨位 300 吨至 500 吨的船舶，赔偿限额为 333000 计算单位；

2. 总吨位超过 500 吨的船舶，500 吨以下部分适用本项第 1 目的规定，500 吨以上的部分，应当增加下列数额：

501 吨至 3000 吨的部分，每吨增加 500 计算单位；

3001 吨至 30000 吨的部分，每吨增加 333 计算单位；

30001 吨至 70000 吨的部分，每吨增加 250 计算单位；

超过 70000 吨的部分，每吨增加 167 计算单位。

（二）关于非人身伤亡的赔偿请求

1. 总吨位 300 吨至 500 吨的船舶，赔偿限额为 167000 计算单位；

2. 总吨位超过 500 吨的船舶，500 吨以下部分适用本项第 1 目的规定，500 吨以上的部分，应当增加下列数额：

501 吨至 30000 吨的部分，每吨增加 167 计算单位；

30001 吨至 70000 吨的部分，每吨增加 125 计算单位；

超过 70000 吨的部分，每吨增加 83 计算单位。

（三）依照第（一）项规定的限额，不足以支付全部人身伤亡的赔偿请求的，其差额应当与非人身伤亡的赔偿请求并列，从第（二）项数额中按照比例受偿。

（四）在不影响第（三）项关于人身伤亡赔偿请求的情况下，就港口工程、港池、航道和助航设施的损害提出的赔偿请求，应当较第（二）项中的其他赔偿请求优先受偿。

（五）不以船舶进行救助作业或者在被救船舶上进行救助作业的救助人，其责任限额按照总吨位为1500吨的船舶计算。

总吨位不满300吨的船舶,从事中华人民共和国港口之间的运输的船舶,以及从事沿海作业的船舶,其赔偿限额由国务院交通主管部门制定,报国务院批准后施行。

第二百一十一条 海上旅客运输的旅客人身伤亡赔偿责任限制,按照46666计算单位乘以船舶证书规定的载客定额计算赔偿限额,但是最高不超过25000000计算单位。

中华人民共和国港口之间海上旅客运输的旅客人身伤亡,赔偿限额由国务院交通主管部门制定,报国务院批准后施行。

第二百一十二条 本法第二百一十条和第二百一十一条规定的赔偿限额,适用于特定场合发生的事故引起的,向船舶所有人、救助人本人和他们对其行为、过失负有责任的人员提出的请求的总额。

第二百一十三条 责任人要求依照本法规定限制赔偿责任的,可以在有管辖权的法院设立责任限制基金。基金数额分别为本法第二百一十条、第二百一十一条规定的限额,加上自责任产生之日起至基金设立之日止的相应利息。

第二百一十四条 责任人设立责任限制基金后,向责任人提出请求的任何人,不得对责任人的任何财产行使任何权利;已设立责任限制基金的责任人的船舶或者其他财产已经被扣押,或者基金设立人已经提交抵押物的,法院应当及时下令释放或者责令退还。

第二百一十五条 享受本章规定的责任限制的人,就同一事故向请求人提出反请求的,双方的请求金额应当相互抵销,本章规定的赔偿限额仅适用于两个请求金额之间的差额。

……

关于不满300总吨船舶及沿海运输、沿海作业船舶海事赔偿限额的规定

(1993年11月7日国务院批准1993年11月15日交通部发布)

第一条 根据《中华人民共和国海商法》第二百一十一条规定,制定本规定。

第二条 本规定适用于超过20总吨、不满300总吨的船舶及300总吨以上从事中华人民共和国港口之间货物运输或者沿海作业的船舶。

第三条 除本规定第四条另有规定外,不满300总吨船舶的海事赔偿责任限制,依照下列规定计算赔偿限额:

(一)关于人身伤亡的赔偿请求:

1. 超过20总吨、21总吨以下的船舶,赔偿限额为54000计算单位;

2. 超过21总吨的船舶,超过部分每吨增加1000计算单位。

(二)关于非人身伤亡的赔偿请求:

1. 超过20总吨、21总吨以下的船舶,赔偿限额为27500计算单位;

2. 超过21总吨的船舶,超过部分每吨增加500计算单位。

第四条 从事中华人民共和国港口之间货物运输或者沿海作业的船舶,不满300总吨的,其海事赔偿限额依照本规定第三条规定的赔偿限额的50%计算;300总吨以上的,其海事赔偿限额依照《中华人民共和国海商法》第二百一十条第一款规定的赔偿限额的50%计算。

第五条 同一事故中的当事船舶的海事赔偿限额,有适用《中华人民共和国海商法》第二百一十条或者本规定第三条规定的,其他当事船舶的海事赔偿限额应当同样适用。

第六条　本规定由中华人民共和国交通部负责解释。

第七条　本规定自 1994 年 1 月 1 日起施行。

中华人民共和国港口间海上旅客运输赔偿责任限额规定

（1993 年 11 月 20 日国务院批准 1993 年 12 月 17 日交通部发布）

第一条　根据《中华人民共和国海商法》第一百一十七条、第二百一十一条的规定，制定本规定。

第二条　本规定适用于中华人民共和国港口之间海上旅客运输。

第三条　承运人在每次海上旅客运输中的赔偿责任限额，按照下列规定执行：

（一）旅客人身伤亡的，每名旅客不超过 4 万元人民币；

（二）旅客自带行李灭失或者损坏的，每名旅客不超过 800 元人民币；

（三）旅客车辆包括该车辆所载行李灭失或者损坏的，每一车辆不超过 3200 元人民币；

（四）本款第（二）项、第（三）项以外的旅客其他行李灭失或者损坏的，每千克不超过 20 元人民币。

承运人和旅客可以书面约定高于本条第一款规定的赔偿责任限额。

第四条　海上旅客运输的旅客人身伤亡赔偿责任限制，按照 4 万元人民币乘以船舶证书规定的载客定额计算赔偿限额，但是最高不超过 2100 万元人民币。

第五条　向外籍旅客、华侨和港、澳、台胞旅客给付的赔偿金，可以兑换成该外国或者地区的货币。其汇率按照赔偿金给付之日中华人民共和国外汇管理部门公布的外汇牌价确定。

第六条　本规定由中华人民共和国交通部负责解释。

第七条　本规定自 1994 年 1 月 1 日起施行。

最高人民法院关于审理涉外海上人身伤亡案件损害赔偿的具体规定（试行）

（1992 年 5 月 16 日　法发〔1992〕16 号）

为了正确及时地审理涉外海上人身伤亡损害赔偿案件，保护当事人的合法权益，依据《中华人民共和国民法通则》有关规定，结合我国海事审判实践，参照国际习惯作法，特作如下具体规定：

一、涉外海上人身伤亡损害赔偿案件，是指案件的主体、客体和法律事实具有涉外因素的，在海上（含通海水域）和港口作业过程中因受害人的生命、健康受到侵害所引起的海事赔偿案件。伤残者本人、死亡者遗属均有权依法向有管辖权的海事法院提起诉讼，请求侵权人赔偿损失。根据《中华人民共和国民事诉讼法》第十五条规定，伤亡者所在单位可以支持伤残者及死亡者遗属向法院起诉。

二、责任的承担

除法律另有规定者外，损害的发生完全是因一方的过错造成的，由该过错方承担全部责任；互有过错的，按过错程度比例分别承担责任；过错程度比例难以确定的，由各自平均承担责任。

二人以上共同侵权造成他人损害，侵害人承担连带责任。

船舶所有人、经营人、承租人、救助人等的受雇人员在执行职务过程中造成第三者伤亡的，由船舶所有人、经营人、承租人或救助人承担赔偿责任。

三、伤残赔偿范围

（一）收入损失。是指根据伤残者受伤

致残之前的实际收入水平计算的收入损失。因受伤、致残丧失劳动能力者，按受伤、致残之前的实际收入的全额赔偿；因受伤、致残丧失部分劳动能力者，按受伤、致残前后的实际收入的差额赔偿。

（二）医疗、护理费。医疗费包括挂号费、检查诊断费、治疗医药费、住院费等；护理费包括住院期间必需陪护人的合理费用和出院后生活不能自理所雇请的护理人的费用。

（三）安抚费。是指对受伤致残者的精神损失所给予的补偿。可按伤势轻重、伤痛情况、残废程度，并考虑其年龄、职业等因素作一次性的赔付。

（四）其他必要的费用。包括运送伤残人员的交通、食宿之合理费用、伤愈后的营养费、补救性治疗（整容、镶牙等）费、残疾用具（假肢、代步车等）费、医疗期间陪住家属的交通费、食宿费等合理支出。

四、死亡赔偿范围和计算公式

（一）收入损失。是指根据死者生前的综合收入水平计算的收入损失。收入损失＝（年收入－年个人生活费）×死亡时起至退休的年数＋退休收入×死者年个人生活费占年收入的25％－30％。

（二）医疗、护理费。具体内容参见前条第（二）项。

（三）安抚费。是指对死者遗属的精神损失所给予的补偿。

（四）丧葬费。包括运尸、火化、骨灰盒和一期骨灰存放费等合理支出。但以死者生前6个月的收入总额为限。

（五）其他必要的费用。包括寻找尸体、遗属的交通、食宿及误工等合理费用。

五、受伤者的收入损失，计算到伤愈为止；致残者的收入损失，计算到70岁；死亡者的收入损失，计算到70岁。

70岁以上致残或死亡的，其计算收入损失的年限不足5年者，按5年计算，并予以一次性赔付（综合考虑利率及物价上涨因

素）。

六、伤亡者本人无固定工资收入的，其收入损失可比照同岗位、同工种、同职务的人员工资标准，或按其所在地区正常年度内的收入计算。

伤亡者为待业人员及其他无固定工资收入的，按其所在地的平均生活水平计算。伤亡者为未成年人的，可参照本款以18岁为起点计算。

伤亡者为我国公民的，其对外索赔的标准，可参照我国有关部门制定的对外索赔工资标准处理。

七、海上人身伤亡损害赔偿的最高限额为每人80万元人民币。

八、赔偿费应赔付给死者遗属、伤残者本人。伤亡者所在单位、或者其他单位或个人为处理伤亡事故所垫付的费用，应从赔偿费中返还。

九、当事人双方国籍相同或者在同一国家有住所的，可以适用当事人本国法律或者住所地法律。

十、本规定自1992年7月1日起试行。

（三）航空事故赔偿

中华人民共和国
民用航空法（节录）

（1995年10月30日第八届全国人民代表大会常务委员会第十六次会议通过 1995年10月30日中华人民共和国主席令第56号公布 自1996年3月1日起施行）

......

第十一章 搜寻援救和事故调查

第一百五十一条 民用航空器遇到紧急情况时，应当发送信号，并向空中交通管制单位

报告，提出援救请求；空中交通管制单位应当立即通知搜寻援救协调中心。民用航空器在海上遇到紧急情况时，还应当向船舶和国家海上搜寻援救组织发送信号。

第一百五十二条 发现民用航空器遇到紧急情况或者收听到民用航空器遇到紧急情况的信号的单位或者个人，应当立即通知有关的搜寻援救协调中心、海上搜寻援救组织或者当地人民政府。

第一百五十三条 收到通知的搜寻援救协调中心、地方人民政府和海上搜寻援救组织，应当立即组织搜寻援救。

收到通知的搜寻援救协调中心，应当设法将已经采取的搜寻援救措施通知到紧急情况的民用航空器。

搜寻援救民用航空器的具体办法，由国务院规定。

第一百五十四条 执行搜寻援救任务的单位或者个人，应当尽力抢救民用航空器所载人员，按照规定对民用航空器采取抢救措施并保护现场，保存证据。

第一百五十五条 民用航空器事故的当事人以及有关人员在接受调查时，应当如实提供现场情况和与事故有关的情节。

第一百五十六条 民用航空器事故调查的组织和程序，由国务院规定。

第十二章 对地面第三人损害的赔偿责任

第一百五十七条 因飞行中的民用航空器或者从飞行中的民用航空器上落下的人或者物，造成地面（包括水面，下同）上的人身伤亡或者财产损害的，受害人有权获得赔偿；但是，所受损害并非造成损害的事故的直接后果，或者所受损害仅是民用航空器依照国家有关的空中交通规则在空中通过造成的，受害人无权要求赔偿。

前款所称飞行中，是指自民用航空器为实际起飞而使用动力时起至着陆冲程终了时止；就轻于空气的民用航空器而言，飞行中

是指自其离开地面时起至其重新着地时止。

第一百五十八条 本法第一百五十七条规定的赔偿责任，由民用航空器的经营人承担。

前款所称经营人，是指损害发生时使用民用航空器的人。民用航空器的使用权已经直接或者间接地授予他人，本人保留对该民用航空器的航行控制权的，本人仍被视为经营人。

经营人的受雇人、代理人在受雇、代理过程中使用民用航空器，无论是否在其受雇、代理范围内行事，均视为经营人使用民用航空器。

民用航空器登记的所有人应当被视为经营人，并承担经营人的责任；除非在判定其责任的诉讼中，所有人证明经营人是他人，并在法律程序许可的范围内采取适当措施使该人成为诉讼当事人之一。

第一百五十九条 未经对民用航空器有航行控制权的人同意而使用民用航空器，对地面第三人造成损害的，有航行控制权的人除证明本人已经适当注意防止此种使用外，应当与该非法使用人承担连带责任。

第一百六十条 损害是武装冲突或者骚乱的直接后果，依照本章规定应当承担责任的人不承担责任。

依照本章规定应当承担责任的人对民用航空器的使用权业经国家机关依法剥夺的，不承担责任。

第一百六十一条 依照本章规定应当承担责任的人证明损害是完全由于受害人或者其受雇人、代理人的过错造成的，免除其赔偿责任；应当承担责任的人证明损害是部分由于受害人或者其受雇人、代理人的过错造成的，相应减轻其赔偿责任。但是，损害是由于受害人的受雇人、代理人的过错造成时，受害人证明其受雇人、代理人的行为超出其所授权的范围的，不免除或者不减轻应当承担责任的人的赔偿责任。

一人对另一人的死亡或者伤害提起诉讼，请求赔偿时，损害是该另一人或者其受

雇人、代理人的过错造成的，适用前款规定。

第一百六十二条 两个以上的民用航空器在飞行中相撞或者相扰，造成本法第一百五十七条规定的应当赔偿的损害，或者两个以上的民用航空器共同造成此种损害的，各有关民用航空器均应当被认为已经造成此种损害，各有关民用航空器的经营人均应当承担责任。

第一百六十三条 本法第一百五十八条第四款和第一百五十九条规定的人，享有依照本章规定经营人所能援用的抗辩权。

第一百六十四条 除本章有明确规定外，经营人、所有人和本法第一百五十九条规定的应当承担责任的人，以及他们的受雇人、代理人，对于飞行中的民用航空器或者从飞行中的民用航空器上落下的人或者物造成的地面上的损害不承担责任，但是故意造成此种损害的人除外。

第一百六十五条 本章不妨碍依照本章规定应当对损害承担责任的人向他人追偿的权利。

第一百六十六条 民用航空器的经营人应当投保地面第三人责任险或者取得相应的责任担保。

第一百六十七条 保险人和担保人除享有与经营人相同的抗辩权，以及对伪造证件进行抗辩的权利外，对依照本章规定提出的赔偿请求只能进行下列抗辩：

（一）损害发生在保险或者担保终止有效后；然而保险或者担保在飞行中期满的，该项保险或者担保在飞行计划中所载下一次降落前继续有效，但是不得超过24小时；

（二）损害发生在保险或者担保所指定的地区范围外，除非飞行超出该范围是由于不可抗力、援助他人所必需，或者驾驶、航行或者领航上的差错造成的。

前款关于保险或者担保继续有效的规定，只在对受害人有利时适用。

第一百六十八条 仅在下列情形下，受害人可以直接对保险人或者担保人提起诉讼，但是不妨碍受害人根据有关保险合同或者担保合同的法律规定提起直接诉讼的权利：

（一）根据本法第一百六十七条第（一）项、第（二）项规定，保险或者担保继续有效的；

（二）经营人破产的。

除本法第一百六十七条第一款规定的抗辩权，保险人或者担保人对受害人依照本章规定提起的直接诉讼不得以保险或者担保的无效或者追溯力终止为由进行抗辩。

第一百六十九条 依照本法第一百六十六条规定提供的保险或者担保，应当被专门指定优先支付本章规定的赔偿。

第一百七十条 保险人应当支付给经营人的款项，在本章规定的第三人的赔偿请求未满足前，不受经营人的债权人的扣留和处理。

第一百七十一条 地面第三人损害赔偿的诉讼时效期间为2年，自损害发生之日起计算；但是，在任何情况下，时效期间不得超过自损害发生之日起3年。

第一百七十二条 本章规定不适用于下列损害：

（一）对飞行中的民用航空器或者对该航空器上的人或者物造成的损害；

（二）为受害人同经营人或者同发生损害时对民用航空器有使用权的人订立的合同所约束，或者为适用双方之间的劳动合同的法律有关职工赔偿的规定所约束的损害；

（三）核损害。

……

国内航空运输承运人赔偿责任限额规定

（2006年2月28日中国民用航空总局令第164号公布自2006年3月28日起施行）

第一条 为了维护国内航空运输各方当事人的合法权益，根据《中华人民共和国民用航空法》（以下简称《民用航空法》）第一百二十八条，制定本规定。

第二条 本规定适用于中华人民共和国国内航空运输中发生的损害赔偿。

第三条 国内航空运输承运人（以下简称承运人）应当在下列规定的赔偿责任限额内按照实际损害承担赔偿责任，但是《民用航空法》另有规定的除外：

（一）对每名旅客的赔偿责任限额为人民币40万元；

（二）对每名旅客随身携带物品的赔偿责任限额为人民币3000元；

（三）对旅客托运的行李和对运输的货物的赔偿责任限额，为每公斤人民币100元。

第四条 本规定第三条所确定的赔偿责任限额的调整，由国务院民用航空主管部门制定，报国务院批准后公布执行。

第五条 旅客自行向保险公司投保航空旅客人身意外保险的，此项保险金额的给付，不免除或者减少承运人应当承担的赔偿责任。

第六条 本规定自2006年3月28日起施行。

民航总局政策法规司负责人就《国内航空运输承运人赔偿责任限额规定》答记者问

问：新《规定》主要包括哪些内容？

答：新《规定》共六条，其内容包括：

（1）阐明了制定目的和依据。规定第一条明确制定目的是为了维护民用航空运输各方当事人的合法权益，制定依据是民航法第一百二十八条。

（2）规定了适用范围。本规定适用于我国国内民用航空运输中发生的损害赔偿，不适用于国际民用航空运输过程中发生的损害赔偿。

（3）规定了责任限额。除民航法另有规定外，民用航空运输承运人在下列赔偿责任限额内按照实际损害承担赔偿责任：对每名旅客的赔偿责任限额为人民币40万元；对每名旅客随身携带物品的赔偿责任限额为人民币3000元；对每名旅客托运的行李和对运输的货物的赔偿责任限额，每公斤为人民币100元。

（4）规定了责任限额的调整权限。本规定中所确定的赔偿责任限额的调整，由民航总局制定，报国务院批准后公布执行。

（5）规定了旅客自行保险与承运人责任的关系。旅客自行向保险公司投保航空旅客人身意外保险的，该项保险金额的给付，不免除或减少承运人应当承担的赔偿责任。

（6）规定了施行日期。《规定》自2006年3月28日起施行。

问：新《规定》对原《规定》作了哪些修改？

答：新《规定》是对1989年发布、1993年修订的《国内航空运输旅客身体损害赔偿暂行规定》的修改和发展，主要表现在：（1）扩大了适用范围。原《暂行规定》只适用于国内航空运输过程中发生的旅客身体损害赔偿，新《规定》除规定了旅客身体损害赔偿责任限额外，还规定了旅客随身携带物品、托运行李和运输货物的赔偿责任限额。（2）提高了赔偿责任限额。新《规定》将承运人对每名旅客的赔偿责任限额从原《暂行规定》的 7 万元提高到了 40 万元人民币。（3）确定了赔偿责任限额的及时调整机制。新《规定》第四条明确"本规定第三条所确定的赔偿责任的调整，由国务院民用航空主管部门制定，报国务院批准后公布施行。"这条规定为我们今后紧跟经济发展、适时调整赔偿限额提供了法律依据，增添了新《规定》的生命力。

问：请介绍一下新《规定》修改制定的过程。

答：1995 年 10 月 30 日公布、1996 年 3 月 1 日施行的《中华人民共和国民用航空法》第一百二十八条规定："国内航空运输承运人的赔偿责任限额由国务院民用航空主管部门制定，报国务院批准后公布执行。"

为落实民航法第一百二十八条的规定，民航总局从 1997 年开始着手研究起草新规定。在起草过程中，反复征求了国务院有关部门、各航空公司、机场、保险公司、广大旅客、货主和各方专家的意见，研究借鉴世界各国国内航空运输赔偿责任方面的有关规定，前后修改了三十余稿，形成了向国务院的报批稿，上报国务院。国务院在审批过程中，再次征求了国务院有关部门、航空运输企业以及其他有关方面的意见，并作了反复修改。2006 年 1 月 29 日，国务院发出"关于《国内航空运输承运人赔偿责任限额规定》的批复（国函〔2006〕8 号）"，批准该《规定》，并指示由民航总局公布执行。2006 年 2 月 28 日，民航总局局长杨元元签发、民航总局公布了该《规定》，并明确自2006 年 3 月 28 日起施行。

问：新《规定》起草的原则是什么？

答：民航总局在新《规定》起草过程中，坚持了两个原则，并力求使"规定"体现两个原则：一是坚持以人为本，维护旅客、货主的权利；二是坚持全面协调可持续发展，正确处理国家、企业、公民三者利益，既保障公民利益，又促进企业稳定发展，促进全行业全面协调可持续发展。

问：为什么要修改原来的《国内航空运输旅客身体损害赔偿暂行规定》？

答：1989 年，国务院发布的《国内航空运输旅客身体损害赔偿暂行规定》规定承运人对每名旅客的最高赔偿金金额为人民币 2 万元。1993 年，《国务院关于修改〈国内航空运输旅客身体损害赔偿暂行规定〉的决定》将承运人对每名旅客的最高赔偿金金额提高到人民币 7 万元。在当时，这个限额是合适的，在一定时期内对于保护旅客的合法权益、促进航空运输事业的持续发展起到了积极的作用。

但是，随着我国国民经济的发展和人民收入以及生活水平的提高，原《暂行规定》中的责任限额已经不适应保护旅客权益的需要，也不适应航空公司承受能力增长、规模扩大的现状。为使旅客货主的权益得以充分保障，促进航空公司和民航行业持续发展，必须对原《暂行规定》进行修改。

问：赔偿限额是什么意思？为什么赔偿限额定为 40 万元？

答：航空运输承运人赔偿责任限额是指承运人对于航空运输中发生的损害承担赔偿责任的金额是有限度的。承运人在规定的限额内，按照造成的实际损害负责赔偿，实际损害超过限额的部分则不予赔偿。

新《规定》确定限额为 40 万元，主要考虑公民收入水平和航空公司承受能力。国务院 1989 年 2 月 20 日发布《国内航空运输旅客身体损害赔偿暂行规定》（以下简称《暂行规定》）确定的 2 万元人民币赔偿限额，是以 1986 年我国城镇居民人均收入为

828元人民币、农村劳动力收入为777.8元人民币为依据，按照遇难者平均30年收入计算的；《暂行规定》在1993年11月29日修订时，考虑了1992年我国城镇居民年平均收入增长到2031.53元人民币，因而将旅客伤亡的最高赔偿限额提高到7万元人民币。2004年我国城镇居民年人均可支配收入为9421.6元人民币，2005年预计为10450元人民币。新《规定》以此为依据，按照遇难旅客30年的收入计算，再加上遇难旅客丧葬费、家属往返食宿费等，所以将航空运输承运人对每名旅客的赔偿责任限额规定为40万元人民币。

赔偿责任限额太低，不足以保障旅客权利；限额太高，企业也难以承受。

新《规定》确定限额为40万元，还考虑了与我国其他有关损害赔偿限额及其他法律相协调，与外国国内航空运输损害赔偿规定相协调。40万元限额比铁路运输、公路运输、水运损害赔偿限额高出较多，也高出大部分发展中国家的赔偿限额。

问：旅客的托运行李、随身携带物品损坏或丢失，航空承运人如何赔偿？

答：按照新《规定》第三条，对每名旅客托运的行李和对运输的货物的赔偿责任限额，每公斤为人民币100元；对每名旅客随身携带物品的赔偿责任限额为人民币3000元。航空承运人在上述规定的赔偿责任限额内按照实际损害承担赔偿责任，实际损害超过限额的，航空承运人对超过限额的那部分则不予赔偿。

问：外国籍旅客乘坐国内航班，和中国人乘坐国内航班赔偿标准是否相同？

答：按照我国批准的国际民用航空条约和现行法律、法规，对于航空运输中的赔偿问题是以运输性质属于国际航空运输还是国内航空运输来划分的。在我国国内航空运输中，承运人对于旅客的赔偿责任，不论旅客国籍是外国籍还是本国公民，均按我国的有关规定办理，赔偿标准在法律上是相同的。

在具体理赔中，航空公司可能考虑对收入高的一部分外国旅客给予适当补偿，这是航空公司的事。

问：新《规定》实施前的空难或实施前发生的各种国内航空运输中的损害赔偿，还没有赔付的，是否按新《规定》执行？

答：新《规定》的施行日期是2006年3月28日，也就是说，自新《规定》施行之日起发生的空难赔偿或对旅客、货主的各种损害赔偿，适用新《规定》。新《规定》施行之前的空难赔偿或各种国内航空运输中的损害赔偿，按照法不溯及既往的原则，则不按照新《规定》执行，而是按照原《暂行规定》执行。

问：怎样理解新规定中"航空旅客自行投保航空意外险的赔付不得减免承运人责任"？

答："航空旅客自行投保航空意外险的赔付不得减免承运人责任"是指，旅客自行向保险公司投保了航空旅客人身意外保险，并在发生保险合同约定的意外后从保险人处获得了赔偿，这种赔偿属于旅客和保险人之间的保险法律关系，因此不能因此免除或减少承运人应当承担的赔偿责任，航空承运人仍应按照本《规定》在责任限额内按照实际损失承担相应的赔偿责任。

问：旅客托运行李，在行李搬运、传送带传送时损坏或丢失，旅客是找航空承运人、机场还是地面服务公司要求赔偿？

答：我国民航法第一百二十五条规定，因发生在航空运输期间的事件，造成旅客的托运行李毁灭、遗失或者损坏的，承运人应当承担责任。所谓航空运输期间，是指在机场内、民用航空器上或者机场外降落的任何地点，托运行李处于承运人掌管之下的全部期间。对于旅客托运行李在搬运、传送带传送时损坏或丢失，如果该托运行李处于承运人的掌管之下，承运人应当在新《规定》的责任限额内承担赔偿责任。有些航空承运人委托机场或者其他地面服务公司代理地面服务，如果造成旅客托运行李在搬运、传送带传送中的损失是代理公司的责任，航空承运人在向旅客赔偿后有权向代理公司索赔。

问： 航空器发生事故，给乘机旅客造成精神损失，是否应赔偿？

答： 本《规定》是关于航空承运人对于旅客、货主在国内航空运输过程中遭受身体、行李、货物损害时在赔偿责任限额内按照实际损失承担赔偿责任的规定。对于航空器事故给乘机旅客造成的精神损失的赔偿问题，则按照我国民事法律的其他有关规定办理。

问： 延误给旅客造成的损失怎样处理？

答： 按照民航法的有关规定，旅客、行李或者货物在航空运输中因延误造成的损失，承运人应当承担责任；但是，承运人证明本人或者其受雇人、代理人为了避免损失的发生，已经采取一切必要措施或者不可能采取此种措施的，不承担责任。新《规定》中并未规定延误赔偿的限额问题，对于延误给旅客造成的损失，仍应按照民航法以及其他民事法律规范的有关规定处理。

问： 为什么国内航空运输承运人赔偿责任限额与国际航空运输承运人赔偿责任限额不同？

答：《统一国际航空运输某些规则的公约》（1999年蒙特利尔公约）规定了国际航空运输承运人对旅客伤亡的双梯度责任制度，在第一梯度下，无论承运人是否有过错，都要对旅客的死亡或者身体伤害承担以100,000特别提款权（在本公约签署当日，1特别提款权合人民币11.16310元）为限额的赔偿责任。这个规定表明，在国际航空运输中承运人对于旅客伤亡的赔偿责任限额高于国内航空运输中承运人对于旅客伤亡的赔偿责任限额40万元的水平。

刚才已经说到，40万元限额的确定主要考虑了以下因素：我国目前的人均收入水平和经济发展水平仍较低；航空公司的承受能力仍有限；必须兼顾国家、企业、公民三者利益；航空运输损害应与我国其他有关损害赔偿限额规定相协调，与世界各国国内航空损害赔偿相协调。这是新《规定》确定40万元的原因，也是二者不同的原因。

国内航空运输损害赔偿限额低于1999年蒙特利尔公约的规定，还因为乘坐国际航班旅客的平均收入水平一般高于国内航班旅客，旅客乘坐国际航班的购票付出高于乘坐国内航班的付出。

问： 随着物价上涨、人民收入和生活水平提高等因素，40万元的责任限额几年后还有可能存在滞后的问题，怎么办？

答： 正是考虑了上述因素，《规定》在提高赔偿限额的同时，还在第四条规定"本规定第三条所确定的赔偿责任的调整，由国务院民用航空主管部门制定，报国务院批准后公布施行。"按照这条规定，我们可以在今后紧跟经济发展，适时调整限额。

问： 旅客、货主在航空运输中遭受损失，与承运人讨论实际损失和赔偿数额，双方达不成一致意见，怎么办？

答： 按照本《规定》，承运人是按旅客、货主的实际损失进行赔偿，而且旅客身体损害赔偿最多不超过40万元，随身携带物品损害赔偿最多不超过3000元，托运行李、提交货物运输损害赔偿最多不超过每公斤100元。所以，在发生损失讨论赔偿时，旅客、货主与承运人经常在实际损失和赔偿额两个问题上反复讨论协商，这是非常正常的。旅客、货主与承运人应该借助医疗机构的诊断、托运行李的重量等记录、提交货物运输的重量及种类清单，求得意见的统一。如果实在达不成一致，则只有起诉至法院，由法院判决。在我国法制不断完善的情况下，我们应该相信法院的判决是公正的。

产品质量、触电事故赔偿

中华人民共和国产品质量法

（1993年2月22日第七届全国人民代表大会常务委员会第三十次会议通过根据2000年7月8日第九届全国人民代表大会常务委员会第十六次会议《关于修改〈中华人民共和国产品质量法〉的决定》修正）

第一章　总　则

第一条　为了加强对产品质量的监督管理，提高产品质量水平，明确产品质量责任，保护消费者的合法权益，维护社会经济秩序，制定本法。

第二条　在中华人民共和国境内从事产品生产、销售活动，必须遵守本法。

本法所称产品是指经过加工、制作，用于销售的产品。

建设工程不适用本法规定；但是，建设工程使用的建筑材料、建筑构配件和设备，属于前款规定的产品范围的，适用本法规定。

第三条　生产者、销售者应当建立健全内部产品质量管理制度，严格实施岗位质量规范、质量责任以及相应的考核办法。

第四条　生产者、销售者依照本法规定承担产品质量责任。

第五条　禁止伪造或者冒用认证标志等质量标志；禁止伪造产品的产地，伪造或者冒用他人的厂名、厂址；禁止在生产、销售的产品中掺杂、掺假，以假充真，以次充好。

第六条　国家鼓励推行科学的质量管理方法，采用先进的科学技术，鼓励企业产品质量达到并且超过行业标准、国家标准和国际标准。

对产品质量管理先进和产品质量达到国际先进水平、成绩显著的单位和个人，给予奖励。

第七条　各级人民政府应当把提高产品质量纳入国民经济和社会发展规划，加强对产品质量工作的统筹规划和组织领导，引导、督促生产者、销售者加强产品质量管理，提高产品质量，组织各有关部门依法采取措施，制止产品生产、销售中违反本法规定的行为，保障本法的施行。

第八条　国务院产品质量监督部门主管全国产品质量监督工作。国务院有关部门在各自的职责范围内负责产品质量监督工作。

县级以上地方产品质量监督部门主管本行政区域内的产品质量监督工作。县级以上地方人民政府有关部门在各自的职责范围内负责产品质量监督工作。

法律对产品质量的监督部门另有规定的，依照有关法律的规定执行。

第九条　各级人民政府工作人员和其他国家机关工作人员不得滥用职权、玩忽职守或者徇私舞弊，包庇、放纵本地区、本系统发生的产品生产、销售中违反本法规定的行为，或者阻挠、干预依法对产品生产、销售中违反本法规定的行为进行查处。

各级地方人民政府和其他国家机关有包庇、放纵产品生产、销售中违反本法规定的行为的，依法追究其主要负责人的法律责任。

第十条 任何单位和个人有权对违反本法规定的行为，向产品质量监督部门或者其他有关部门检举。

产品质量监督部门和有关部门应当为检举人保密，并按照省、自治区、直辖市人民政府的规定给予奖励。

第十一条 任何单位和个人不得排斥非本地区或者非本系统企业生产的质量合格产品进入本地区、本系统。

第二章 产品质量的监督

第十二条 产品质量应当检验合格，不得以不合格产品冒充合格产品。

第十三条 可能危及人体健康和人身、财产安全的工业产品，必须符合保障人体健康和人身、财产安全的国家标准、行业标准；未制定国家标准、行业标准的，必须符合保障人体健康和人身、财产安全的要求。

禁止生产、销售不符合保障人体健康和人身、财产安全的标准和要求的工业产品。具体管理办法由国务院规定。

第十四条 国家根据国际通用的质量管理标准，推行企业质量体系认证制度。企业根据自愿原则可以向国务院产品质量监督部门认可的或者国务院产品质量监督部门授权的部门认可的认证机构申请企业质量体系认证。经认证合格的，由认证机构颁发企业质量体系认证证书。

国家参照国际先进的产品标准和技术要求，推行产品质量认证制度。企业根据自愿原则可以向国务院产品质量监督部门认可的或者国务院产品质量监督部门授权的部门认可的认证机构申请产品质量认证。经认证合格的，由认证机构颁发产品质量认证证书，准许企业在产品或者其包装上使用产品质量认证标志。

第十五条 国家对产品质量实行以抽查为主要方式的监督检查制度，对可能危及人体健康和人身、财产安全的产品，影响国计民生的重要工业产品以及消费者、有关组织反映有质量问题的产品进行抽查。抽查的样品应当在市场上或者企业成品仓库内的待销产品中随机抽取。监督抽查工作由国务院产品质量监督部门规划和组织。县级以上地方产品质量监督部门在本行政区域内也可以组织监督抽查。法律对产品质量的监督检查另有规定的，依照有关法律的规定执行。

国家监督抽查的产品，地方不得另行重复抽查；上级监督抽查的产品，下级不得另行重复抽查。

根据监督抽查的需要，可以对产品进行检验。检验抽取样品的数量不得超过检验的合理需要，并不得向被检查人收取检验费用。监督抽查所需检验费用按照国务院规定列支。

生产者、销售者对抽查检验的结果有异议的，可以自收到检验结果之日起15日内向实施监督抽查的产品质量监督部门或者其上级产品质量监督部门申请复检，由受理复检的产品质量监督部门作出复检结论。

第十六条 对依法进行的产品质量监督检查，生产者、销售者不得拒绝。

第十七条 依照本法规定进行监督抽查的产品质量不合格的，由实施监督抽查的产品质量监督部门责令其生产者、销售者限期改正。逾期不改正的，由省级以上人民政府产品质量监督部门予以公告；公告后经复查仍不合格的，责令停业，限期整顿；整顿期满后经复查产品质量仍不合格的，吊销营业执照。

监督抽查的产品有严重质量问题的，依照本法第五章的有关规定处罚。

第十八条　县级以上产品质量监督部门根据已经取得的违法嫌疑证据或者举报，对涉嫌违反本法规定的行为进行查处时，可以行使下列职权：

（一）对当事人涉嫌从事违反本法的生产、销售活动的场所实施现场检查；

（二）向当事人的法定代表人、主要负责人和其他有关人员调查、了解与涉嫌从事违反本法的生产、销售活动有关的情况；

（三）查阅、复制当事人有关的合同、发票、账簿以及其他有关资料；

（四）对有根据认为不符合保障人体健康和人身、财产安全的国家标准、行业标准的产品或者有其他严重质量问题的产品，以及直接用于生产、销售该项产品的原辅材料、包装物、生产工具，予以查封或者扣押。

县级以上工商行政管理部门按照国务院规定的职责范围，对涉嫌违反本法规定的行为进行查处时，可以行使前款规定的职权。

第十九条　产品质量检验机构必须具备相应的检测条件和能力，经省级以上人民政府产品质量监督部门或者其授权的部门考核合格后，方可承担产品质量检验工作。法律、行政法规对产品质量检验机构另有规定的，依照有关法律、行政法规的规定执行。

第二十条　从事产品质量检验、认证的社会中介机构必须依法设立，不得与行政机关和其他国家机关存在隶属关系或者其他利益关系。

第二十一条　产品质量检验机构、认证机构必须依法按照有关标准，客观、公正地出具检验结果或者认证证明。

产品质量认证机构应当依照国家规定对准许使用认证标志的产品进行认证后的跟踪检查；对不符合认证标准而使用认证标志的，要求其改正；情节严重的，取消其使用认证标志的资格。

第二十二条　消费者有权就产品质量问题，向产品的生产者、销售者查询；向产品质量监督部门、工商行政管理部门及有关部门申诉，接受申诉的部门应当负责处理。

第二十三条　保护消费者权益的社会组织可以就消费者反映的产品质量问题建议有关部门负责处理，支持消费者对因产品质量造成的损害向人民法院起诉。

第二十四条　国务院和省、自治区、直辖市人民政府的产品质量监督部门应当定期发布其监督抽查的产品的质量状况公告。

第二十五条　产品质量监督部门或者其他国家机关以及产品质量检验机构不得向社会推荐生产者的产品；不得以对产品进行监制、监销等方式参与产品经营活动。

第三章　生产者、销售者的产品质量责任和义务

第一节　生产者的产品质量责任和义务

第二十六条　生产者应当对其生产的产品质量负责。

产品质量应当符合下列要求：

（一）不存在危及人身、财产安全的不合理的危险，有保障人体健康和人身、财产安全的国家标准、行业标准的，应当符合该标准；

（二）具备产品应当具备的使用性能，但是，对产品存在使用性能的瑕疵作出说明的除外；

（三）符合在产品或者其包装上注明采用的产品标准，符合以产品说明、实物样品等方式表明的质量状况。

第二十七条　产品或者其包装上的标识必须真实，并符合下列要求：

（一）有产品质量检验合格证明；

（二）有中文标明的产品名称、生产厂厂名和厂址；

（三）根据产品的特点和使用要求，需要标明产品规格、等级、所含主要成份的名称和含量的，用中文相应予以标明；需要事先让消费者知晓的，应当在外包装上标明，

或者预先向消费者提供有关资料；

（四）限期使用的产品，应当在显著位置清晰地标明生产日期和安全使用期或者失效日期；

（五）使用不当，容易造成产品本身损坏或者可能危及人身、财产安全的产品，应当有警示标志或者中文警示说明。

裸装的食品和其他根据产品的特点难以附加标识的裸装产品，可以不附加产品标识。

第二十八条 易碎、易燃、易爆、有毒、有腐蚀性、有放射性等危险物品以及储运中不能倒置和其他有特殊要求的产品，其包装质量必须符合相应要求，依照国家有关规定作出警示标志或者中文警示说明，标明储运注意事项。

第二十九条 生产者不得生产国家明令淘汰的产品。

第三十条 生产者不得伪造产地，不得伪造或者冒用他人的厂名、厂址。

第三十一条 生产者不得伪造或者冒用认证标志等质量标志。

第三十二条 生产者生产产品，不得掺杂、掺假，不得以假充真、以次充好，不得以不合格产品冒充合格产品。

第二节　销售者的产品质量责任和义务

第三十三条 销售者应当建立并执行进货检查验收制度，验明产品合格证明和其他标识。

第三十四条 销售者应当采取措施，保持销售产品的质量。

第三十五条 销售者不得销售国家明令淘汰并停止销售的产品和失效、变质的产品。

第三十六条 销售者销售的产品的标识应当符合本法第二十七条的规定。

第三十七条 销售者不得伪造产地，不得伪造或者冒用他人的厂名、厂址。

第三十八条 销售者不得伪造或者冒用认证标志等质量标志。

第三十九条 销售者销售产品，不得掺杂、掺假，不得以假充真、以次充好，不得以不合格产品冒充合格产品。

第四章　损害赔偿

第四十条 售出的产品有下列情形之一的，销售者应当负责修理、更换、退货；给购买产品的消费者造成损失的，销售者应当赔偿损失：

（一）不具备产品应当具备的使用性能而事先未作说明的；

（二）不符合在产品或者其包装上注明采用的产品标准的；

（三）不符合以产品说明、实物样品等方式表明的质量状况的。

销售者依照前款规定负责修理、更换、退货、赔偿损失后，属于生产者的责任或者属于向销售者提供产品的其他销售者（以下简称供货者）的责任的，销售者有权向生产者、供货者追偿。

销售者未按照第一款规定给予修理、更换、退货或者赔偿损失的，由产品质量监督部门或者工商行政管理部门责令改正。

生产者之间，销售者之间，生产者与销售者之间订立的买卖合同、承揽合同有不同约定的，合同当事人按照合同约定执行。

第四十一条 因产品存在缺陷造成人身、缺陷产品以外的其他财产（以下简称他人财产）损害的，生产者应当承担赔偿责任。

生产者能够证明有下列情形之一的，不承担赔偿责任：

（一）未将产品投入流通的；

（二）产品投入流通时，引起损害的缺陷尚不存在的；

（三）将产品投入流通时的科学技术水平尚不能发现缺陷的存在的。

第四十二条 由于销售者的过错使产品存在缺陷，造成人身、他人财产损害的，销售者应当承担赔偿责任。

销售者不能指明缺陷产品的生产者也不

能指明缺陷产品的供货者的，销售者应当承担赔偿责任。

第四十三条 因产品存在缺陷造成人身、他人财产损害的，受害人可以向产品的生产者要求赔偿，也可以向产品的销售者要求赔偿。属于产品的生产者的责任，产品的销售者赔偿的，产品的销售者有权向产品的生产者追偿。属于产品的销售者的责任，产品的生产者赔偿的，产品的生产者有权向产品的销售者追偿。

第四十四条 因产品存在缺陷造成受害人人身伤害的，侵害人应当赔偿医疗费、治疗期间的护理费、因误工减少的收入等费用；造成残疾的，还应当支付残疾者生活自助具费、生活补助费、残疾赔偿金以及由其扶养的人所必需的生活费等费用；造成受害人死亡的，并应当支付丧葬费、死亡赔偿金以及由死者生前扶养的人所必需的生活费等费用。

因产品存在缺陷造成受害人财产损失的，侵害人应当恢复原状或者折价赔偿。受害人因此遭受其他重大损失的，侵害人应当赔偿损失。

第四十五条 因产品存在缺陷造成损害要求赔偿的诉讼时效期间为2年，自当事人知道或者应当知道其权益受到损害时起计算。

因产品存在缺陷造成损害要求赔偿的请求权，在造成损害的缺陷产品交付最初消费者满10年丧失；但是，尚未超过明示的安全使用期的除外。

第四十六条 本法所称缺陷，是指产品存在危及人身、他人财产安全的不合理的危险；产品有保障人体健康和人身、财产安全的国家标准、行业标准的，是指不符合该标准。

第四十七条 因产品质量发生民事纠纷时，当事人可以通过协商或者调解解决。当事人不愿通过协商、调解解决或者协商、调解不成的，可以根据当事人各方的协议向仲裁机构申请仲裁；当事人各方没有达成仲裁协议或者仲裁协议无效的，可以直接向人民法院起诉。

第四十八条 仲裁机构或者人民法院可以委托本法第十九条规定的产品质量检验机构，对有关产品质量进行检验。

第五章 罚 则

第四十九条 生产、销售不符合保障人体健康和人身、财产安全的国家标准、行业标准的产品的，责令停止生产、销售，没收违法生产、销售的产品，并处违法生产、销售产品（包括已售出和未售出的产品，下同）货值金额等值以上3倍以下的罚款；有违法所得的，并处没收违法所得；情节严重的，吊销营业执照；构成犯罪的，依法追究刑事责任。

第五十条 在产品中掺杂、掺假，以假充真，以次充好，或者以不合格产品冒充合格产品的，责令停止生产、销售，没收违法生产、销售的产品，并处违法生产、销售产品货值金额50%以上3倍以下的罚款；有违法所得的，并处没收违法所得；情节严重的，吊销营业执照；构成犯罪的，依法追究刑事责任。

第五十一条 生产国家明令淘汰的产品的，销售国家明令淘汰并停止销售的产品的，责令停止生产、销售，没收违法生产、销售的产品，并处违法生产、销售产品货值金额等值以下的罚款；有违法所得的，并处没收违法所得；情节严重的，吊销营业执照。

第五十二条 销售失效、变质的产品的，责令停止销售，没收违法销售的产品，并处违法销售产品货值金额2倍以下的罚款；有违法所得的，并处没收违法所得；情节严重的，吊销营业执照；构成犯罪的，依法追究刑事责任。

第五十三条 伪造产品产地的，伪造或者冒用他人厂名、厂址的，伪造或者冒用认证标志等质量标志的，责令改正，没收违法生产、销售的产品，并处违法生产、销售产品货值金额等值以下的罚款；有违法所得的，并处没收违法所得；情节严重的，吊销营业执照。

第五十四条 产品标识不符合本法第二十七条规定的，责令改正；有包装的产品标识不符合本法第二十七条第（四）项、第（五）项规定，情节严重的，责令停止生产、销售，并处违法生产、销售产品货值金额30%以下的罚款；有违法所得的，并处没收违法所得。

第五十五条 销售者销售本法第四十九条至第五十三条规定禁止销售的产品，有充分证据证明其不知道该产品为禁止销售的产品并如实说明其进货来源的，可以从轻或者减轻处罚。

第五十六条 拒绝接受依法进行的产品质量监督检查的，给予警告，责令改正；拒不改正的，责令停业整顿；情节特别严重的，吊销营业执照。

第五十七条 产品质量检验机构、认证机构伪造检验结果或者出具虚假证明的，责令改正，对单位处5万元以上10万元以下的罚款，对直接负责的主管人员和其他直接责任人员处1万元以上5万元以下的罚款；有违法所得的，并处没收违法所得；情节严重的，取消其检验资格、认证资格；构成犯罪的，依法追究刑事责任。

产品质量检验机构、认证机构出具的检验结果或者证明不实，造成损失的，应当承担相应的赔偿责任；造成重大损失的，撤销其检验资格、认证资格。

产品质量认证机构违反本法第二十一条第二款的规定，对不符合认证标准而使用认证标志的产品，未依法要求其改正或者取消其使用认证标志资格的，对因产品不符合认证标准给消费者造成的损失，与产品的生产者、销售者承担连带责任；情节严重的，撤销其认证资格。

第五十八条 社会团体、社会中介机构对产品质量作出承诺、保证，而该产品又不符合其承诺、保证的质量要求，给消费者造成损失的，与产品的生产者、销售者承担连带责任。

第五十九条 在广告中对产品质量作虚假宣传，欺骗和误导消费者的，依照《中华人民共和国广告法》的规定追究法律责任。

第六十条 对生产者专门用于生产本法第四十九条、第五十一条所列的产品或者以假充真的产品的原辅材料、包装物、生产工具，应当予以没收。

第六十一条 知道或者应当知道属于本法规定禁止生产、销售的产品而为其提供运输、保管、仓储等便利条件的，或者为以假充真的产品提供制假生产技术的，没收全部运输、保管、仓储或者提供制假生产技术的收入，并处违法收入50%以上3倍以下的罚款；构成犯罪的，依法追究刑事责任。

第六十二条 服务业的经营者将本法第四十九条至第五十二条规定禁止销售的产品用于经营性服务的，责令停止使用；对知道或者应当知道所使用的产品属于本法规定禁止销售的产品的，按照违法使用的产品（包括已使用和尚未使用的产品）的货值金额，依照本法对销售者的处罚规定处罚。

第六十三条 隐匿、转移、变卖、损毁被产品质量监督部门或者工商行政管理部门查封、扣押的物品的，处被隐匿、转移、变卖、损毁物品货值金额等值以上3倍以下的罚款；有违法所得的，并处没收违法所得。

第六十四条 违反本法规定，应当承担民事赔偿责任和缴纳罚款、罚金，其财产不足以同时支付时，先承担民事赔偿责任。

第六十五条 各级人民政府工作人员和其他国家机关工作人员有下列情形之一的，依法给予行政处分；构成犯罪的，依法追究刑事责任：

（一）包庇、放纵产品生产、销售中违反本法规定行为的；

（二）向从事违反本法规定的生产、销售活动的当事人通风报信，帮助其逃避查处的；

（三）阻挠、干预产品质量监督部门或者工商行政管理部门依法对产品生产、销售中违反本法规定的行为进行查处，造成严重后果的。

第六十六条 产品质量监督部门在产品质量监督抽查中超过规定的数量索取样品或者向被检查人收取检验费用的，由上级产品质量监督部门或者监察机关责令退还；情节严重的，对直接负责的主管人员和其他直接责任人员依法给予行政处分。

第六十七条 产品质量监督部门或者其他国家机关违反本法第二十五条的规定，向社会推荐生产者的产品或者以监制、监销等方式参与产品经营活动的，由其上级机关或者监察机关责令改正，消除影响，有违法收入的予以没收；情节严重的，对直接负责的主管人员和其他直接责任人员依法给予行政处分。

产品质量检验机构有前款所列违法行为的，由产品质量监督部门责令改正，消除影响，有违法收入的予以没收，可以并处违法收入1倍以下的罚款；情节严重的，撤销其质量检验资格。

第六十八条 产品质量监督部门或者工商行政管理部门的工作人员滥用职权、玩忽职守、徇私舞弊，构成犯罪的，依法追究刑事责任；尚不构成犯罪的，依法给予行政处分。

第六十九条 以暴力、威胁方法阻碍产品质量监督部门或者工商行政管理部门的工作人员依法执行职务的，依法追究刑事责任；拒绝、阻碍未使用暴力、威胁方法的，由公安机关依照治安管理处罚条例的规定处罚。

第七十条 本法规定的吊销营业执照的行政处罚由工商行政管理部门决定，本法第四十九条至第五十七条、第六十条至第六十三条规定的行政处罚由产品质量监督部门或者工商行政管理部门按照国务院规定的职权范围决定。法律、行政法规对行使行政处罚权的机关另有规定的，依照有关法律、行政法规的规定执行。

第七十一条 对依照本法规定没收的产品，依照国家有关规定进行销毁或者采取其他方式处理。

第七十二条 本法第四十九条至第五十四条、第六十二条、第六十三条所规定的货值金额以违法生产、销售产品的标价计算；没有标价的，按照同类产品的市场价格计算。

第六章 附 则

第七十三条 军工产品质量监督管理办法，由国务院、中央军事委员会另行制定。

因核设施、核产品造成损害的赔偿责任，法律、行政法规另有规定的，依照其规定。

第七十四条 本法自1993年9月1日起施行。

中华人民共和国消费者权益保护法

（1993年10月31日第八届全国人民代表大会常务委员会第四次会议通过 1993年10月31日中华人民共和国主席令第11号公布 自1994年1月1日起施行）

第一章 总 则

第一条 为保护消费者的合法权益，维护社会经济秩序，促进社会主义市场经济健康发展，制定本法。

第二条 消费者为生活消费需要购买、使用商品或者接受服务，其权益受本法保护；本法未作规定的，受其他有关法律、法规保护。

第三条 经营者为消费者提供其生产、销售的商品或者提供服务，应当遵守本法；本法未作规定的，应当遵守其他有关法律、法规。

第四条 经营者与消费者进行交易，应当遵循自愿、平等、公平、诚实信用的原则。

第五条 国家保护消费者的合法权益不受侵害。

国家采取措施，保障消费者依法行使权利，维护消费者的合法权益。

第六条 保护消费者的合法权益是全社会的共同责任。

国家鼓励、支持一切组织和个人对损害消费者合法权益的行为进行社会监督。

大众传播媒介应当做好维护消费者合法权益的宣传，对损害消费者合法权益的行为进行舆论监督。

第二章 消费者的权利

第七条 消费者在购买、使用商品和接受服务时享有人身、财产安全不受损害的权利。

消费者有权要求经营者提供的商品和服务，符合保障人身、财产安全的要求。

第八条 消费者享有知悉其购买、使用的商品或者接受的服务的真实情况的权利。

消费者有权根据商品或者服务的不同情况，要求经营者提供商品的价格、产地、生产者、用途、性能、规格、等级、主要成份、生产日期、有效期限、检验合格证明、使用方法说明书、售后服务，或者服务的内容、规格、费用等有关情况。

第九条 消费者享有自主选择商品或者服务的权利。

消费者有权自主选择提供商品或者服务的经营者，自主选择商品品种或者服务方式，自主决定购买或者不购买任何一种商品、接受或者不接受任何一项服务。

消费者在自主选择商品或者服务时，有权进行比较、鉴别和挑选。

第十条 消费者享有公平交易的权利。

消费者在购买商品或者接受服务时，有权获得质量保障、价格合理、计量正确等公平交易条件，有权拒绝经营者的强制交易行为。

第十一条 消费者因购买、使用商品①或者接受服务受到人身、财产损害的，享有依法获得赔偿的权利。

第十二条 消费者享有依法成立维护自身合法权益的社会团体的权利。

第十三条 消费者享有获得有关消费和消费者权益保护方面的知识的权利。

消费者应当努力掌握所需商品或者服务的知识和使用技能，正确使用商品，提高自我保护意识。

第十四条 消费者在购买、使用商品和接受服务时，享有其人格尊严、民族风俗习惯得到尊重的权利。

第十五条 消费者享有对商品和服务以及保护消费者权益工作进行监督的权利。

消费者有权检举、控告侵害消费者权益的行为和国家机关及其工作人员在保护消费者权益工作中的违法失职行为，有权对保护消费者权益工作提出批评、建议。

第三章 经营者的义务

第十六条 经营者向消费者提供商品或者服务，应当依照《中华人民共和国产品质量法》和其他有关法律、法规的规定履行义务。

经营者和消费者有约定的，应当按照约定履行义务，但双方的约定不得违背法律、法规的规定。

第十七条 经营者应当听取消费者对其提供的商品或者服务的意见，接受消费者的监督。

第十八条 经营者应当保证其提供的商品或者服务符合保障人身、财产安全的要求。对可能危及人身、财产安全的商品和服务，应当向消费者作出真实的说明和明确的警示，并说明和标明正确使用商品或者接受服务的方法以及防止危害发生的方法。

经营者发现其提供的商品或者服务存在严重缺陷，即使正确使用商品或者接受服务仍然可能对人身、财产安全造成危害的，应当立即

---

①商家因消费者购物而赠送的赠品出现质量问题，造成消费者人身、财产损失的，商家也应当承担损害赔偿责任。因为商家向消费者提供赠品的这一行为并非绝对无偿赠与，而是因消费者购买了一定价值的产品后才赠送的，故消费者可以要求商家予以赔偿。

向有关行政部门报告和告知消费者，并采取防止危害发生的措施。

第十九条 经营者应当向消费者提供有关商品或者服务的真实信息，不得作引人误解的虚假宣传。

经营者对消费者就其提供的商品或者服务的质量和使用方法等问题提出的询问，应当作出真实、明确的答复。

商店提供商品应当明码标价。

第二十条 经营者应当标明其真实名称和标记。

租赁他人柜台或者场地的经营者，应当标明其真实名称和标记。

第二十一条 经营者提供商品或者服务，应当按照国家有关规定或者商业惯例向消费者出具购货凭证或者服务单据；消费者索要购货凭证或者服务单据的，经营者必须出具。

第二十二条 经营者应当保证在正常使用商品或者接受服务的情况下其提供的商品或者服务应当具有的质量、性能、用途和有效期限；但消费者在购买该商品或者接受该服务前已经知道其存在瑕疵的除外。

经营者以广告、产品说明、实物样品或者其他方式表明商品或者服务的质量状况的，应当保证其提供的商品或者服务的实际质量与表明的质量状况相符。

第二十三条 经营者提供商品或者服务，按照国家规定或者与消费者的约定，承担包修、包换、包退或者其他责任的，应当按照国家规定或者约定履行，不得故意拖延或者无理拒绝。

第二十四条 经营者不得以格式合同、通知、声明、店堂告示等方式作出对消费者不公平、不合理的规定，或者减轻、免除其损害消费者合法权益应当承担的民事责任。

格式合同、通知、声明、店堂告示等含有前款所列内容的，其内容无效。

第二十五条 经营者不得对消费者进行侮辱、诽谤，不得搜查消费者的身体及其携带的物品，不得侵犯消费者的人身自由。

第四章 国家对消费者合法权益的保护

第二十六条 国家制定有关消费者权益的法律、法规和政策时，应当听取消费者的意见和要求。

第二十七条 各级人民政府应当加强领导，组织、协调、督促有关行政部门做好保护消费者合法权益的工作。

各级人民政府应当加强监督，预防危害消费者人身、财产安全行为的发生，及时制止危害消费者人身、财产安全的行为。

第二十八条 各级人民政府工商行政管理部门和其他有关行政部门应当依照法律、法规的规定，在各自的职责范围内，采取措施，保护消费者的合法权益。

有关行政部门应当听取消费者及其社会团体对经营者交易行为、商品和服务质量问题的意见，及时调查处理。

第二十九条 有关国家机关应当依照法律、法规的规定，惩处经营者在提供商品和服务中侵害消费者合法权益的违法犯罪行为。

第三十条 人民法院应当采取措施，方便消费者提起诉讼。对符合《中华人民共和国民事诉讼法》起诉条件的消费者权益争议，必须受理，及时审理。

第五章 消费者组织

第三十一条 消费者协会和其他消费者组织是依法成立的对商品和服务进行社会监督的保护消费者合法权益的社会团体。

第三十二条 消费者协会履行下列职能：

（一）向消费者提供消费信息和咨询服务；

（二）参与有关行政部门对商品和服务的监督、检查；

（三）就有关消费者合法权益的问题，向有关行政部门反映、查询，提出建议；

（四）受理消费者的投诉，并对投诉事

项进行调查、调解；

（五）投诉事项涉及商品和服务质量问题的，可以提请鉴定部门鉴定，鉴定部门应当告知鉴定结论；

（六）就损害消费者合法权益的行为，支持受损害的消费者提起诉讼；

（七）对损害消费者合法权益的行为，通过大众传播媒介予以揭露、批评。

各级人民政府对消费者协会履行职能应当予以支持。

第三十三条　消费者组织不得从事商品经营和营利性服务，不得以牟利为目的向社会推荐商品和服务。

第六章　争议的解决

第三十四条　消费者和经营者发生消费者权益争议的，可以通过下列途径解决：

（一）与经营者协商和解；

（二）请求消费者协会调解；

（三）向有关行政部门申诉；

（四）根据与经营者达成的仲裁协议提请仲裁机构仲裁；

（五）向人民法院提起诉讼。

第三十五条　消费者在购买、使用商品时，其合法权益受到损害的，可以向销售者要求赔偿。销售者赔偿后，属于生产者的责任或者属于向销售者提供商品的其他销售者的责任的，销售者有权向生产者或者其他销售者追偿。

消费者或者其他受害人因商品缺陷造成人身、财产损害的，可以向销售者要求赔偿，也可以向生产者要求赔偿。属于生产者责任的，销售者赔偿后，有权向生产者追偿。属于销售者责任的，生产者赔偿后，有权向销售者追偿。

消费者在接受服务时，其合法权益受到损害的，可以向服务者要求赔偿。

第三十六条　消费者在购买、使用商品或者接受服务时，其合法权益受到损害，因原企业分立、合并的，可以向变更后承受其权利

义务的企业要求赔偿。

第三十七条　使用他人营业执照的违法经营者提供商品或者服务，损害消费者合法权益的，消费者可以向其要求赔偿，也可以向营业执照的持有人要求赔偿。

第三十八条　消费者在展销会、租赁柜台购买商品或者接受服务，其合法权益受到损害的，可以向销售者或者服务者要求赔偿。展销会结束或者柜台租赁期满后，也可以向展销会的举办者、柜台的出租者要求赔偿。展销会的举办者、柜台的出租者赔偿后，有权向销售者或者服务者追偿。

第三十九条　消费者因经营者利用虚假广告提供商品或者服务，其合法权益受到损害的，可以向经营者要求赔偿。广告的经营者发布虚假广告的，消费者可以请求行政主管部门予以惩处。广告的经营者不能提供经营者的真实名称、地址的，应当承担赔偿责任。

第七章　法律责任

第四十条　经营者提供商品或者服务有下列情形之一的，除本法另有规定外，应当依照《中华人民共和国产品质量法》和其他有关法律、法规的规定，承担民事责任：

（一）商品存在缺陷的；

（二）不具备商品应当具备的使用性能而出售时未作说明的；

（三）不符合在商品或者其包装上注明采用的商品标准的；

（四）不符合商品说明、实物样品等方式表明的质量状况的；

（五）生产国家明令淘汰的商品或者销售失效、变质的商品的；

（六）销售的商品数量不足的；

（七）服务的内容和费用违反约定的；

（八）对消费者提出的修理、重作、更换、退货、补足商品数量、退还货款和服务费用或者赔偿损失的要求，故意拖延或者无理拒绝的；

（九）法律、法规规定的其他损害消费者权益的情形。

第四十一条 经营者提供商品或者服务，造成消费者或者其他受害人人身伤害的，应当支付医疗费、治疗期间的护理费、因误工减少的收入等费用，造成残疾的，还应当支付残疾者生活自助具费、生活补助费、残疾赔偿金以及由其扶养的人所必需的生活费等费用；构成犯罪的，依法追究刑事责任。

第四十二条 经营者提供商品或者服务，造成消费者或者其他受害人死亡的，应当支付丧葬费、死亡赔偿金以及由死者生前扶养的人所必需的生活费等费用；构成犯罪的，依法追究刑事责任。

第四十三条 经营者违反本法第二十五条规定，侵害消费者的人格尊严或者侵犯消费者人身自由的，应当停止侵害、恢复名誉、消除影响、赔礼道歉，并赔偿损失。

第四十四条 经营者提供商品或者服务，造成消费者财产损害的，应当按照消费者的要求，以修理、重作、更换、退货、补足商品数量、退还货款和服务费用或者赔偿损失等方式承担民事责任。消费者与经营者另有约定的，按照约定履行。

第四十五条 对国家规定或者经营者与消费者约定包修、包换、包退的商品，经营者应当负责修理、更换或者退货。在保修期内两次修理仍不能正常使用的，经营者应当负责更换或者退货。

对包修、包换、包退的大件商品，消费者要求经营者修理、更换、退货的，经营者应当承担运输等合理费用。

第四十六条 经营者以邮购方式提供商品的，应当按照约定提供。未按照约定提供的，应当按照消费者的要求履行约定或者退回货款；并应当承担消费者必须支付的合理费用。

第四十七条 经营者以预收款方式提供商品或者服务的，应当按照约定提供。未按照约定提供的，应当按照消费者的要求履行约定或者退回预付款；并应当承担预付款的利息、消费者必须支付的合理费用。

第四十八条 依法经有关行政部门认定为不合格的商品，消费者要求退货的，经营者应当负责退货。

第四十九条 经营者提供商品或者服务有欺诈行为①的，应当按照消费者的要求增加赔偿其受到的损失，增加赔偿的金额为消费者购买商品的价款或者接受服务的费用的一倍。

第五十条 经营者有下列情形之一，《中华人民共和国产品质量法》和其他有关法律、法规对处罚机关和处罚方式有规定的，依照

---

① 经营者在向消费者提供商品中，有下列情形之一的，属于欺诈消费者行为：（1）销售掺杂、掺假，以假充真，以次充好的商品的；（2）采取虚假或者其他不正当手段使销售的商品份量不足的；（3）销售"处理品"、"残次品"、"等外品"等商品而谎称是正品的；（4）以虚假的"清仓价"、"甩卖价"、"最低价"、"优惠价"或者其他欺骗性价格表示销售商品的；（5）以虚假的商品说明、商品标准、实物样品等方式销售商品的；（6）不以自己的真实名称和标记销售商品的；（7）采取雇佣他人等方式进行欺骗性的销售诱导的；（8）作虚假的现场演示和说明的；（9）利用广播、电视、电影、报刊等大众传播媒介对商品作虚假宣传的；（10）骗取消费者预付款的；（11）利用邮购销售骗取价款而不提供或者不按约定条件提供商品的；（12）以虚假的"有奖销售"、"还本销售"等方式销售商品的；（13）以其他虚假或者不正当手段欺诈消费者的行为。

经营者在向消费者提供商品中，有下列情形之一，且不能证明自己确非欺骗、误导消费者而实施此种行为的，应当承担欺诈消费者行为的法律责任：（1）销售失效、变质商品的；（2）销售侵犯他人注册商标权的商品的；（3）销售伪造产地、伪造或者冒用他人的企业名称或者姓名的商品的；（4）销售伪造或者冒用他人商品特有的名称、包装、装潢的商品的；（5）销售伪造或者冒用认证标志、名优标志等质量标志的商品的。

法律、法规的规定执行；法律、法规未作规定的，由工商行政管理部门责令改正，可以根据情节单处或者并处警告、没收违法所得、处以违法所得一倍以上 5 倍以下的罚款，没有违法所得的，处以 1 万元以下的罚款；情节严重的，责令停业整顿、吊销营业执照：

（一）生产、销售的商品不符合保障人身、财产安全要求的；

（二）在商品中掺杂、掺假，以假充真，以次充好，或者以不合格商品冒充合格商品的；

（三）生产国家明令淘汰的商品或者销售失效、变质的商品的；

（四）伪造商品的产地，伪造或者冒用他人的厂名 、厂址，伪造或者冒用认证标志、名优标志等质量标志的；

（五）销售的商品应当检验、检疫而未检验、检疫或者伪造检验、检疫结果的；

（六）对商品或者服务作引人误解的虚假宣传的；

（七）对消费者提出的修理、重作、更换、退货、补足商品数量、退还货款和服务费用或者赔偿损失的要求，故意拖延或者无理拒绝的；

（八）侵害消费者人格尊严或者侵犯消费者人身自由的；

（九）法律、法规规定的对损害消费者权益应当予以处罚的其他情形。

第五十一条　经营者对行政处罚决定不服的，可以自收到处罚决定之日起 15 日内向上一级机关申请复议，对复议决定不服的，可以自收到复议决定书之日起 15 日内向人民法院提起诉讼；也可以直接向人民法院提起诉讼。

第五十二条　以暴力、威胁等方法阻碍有关行政部门工作人员依法执行职务的，依法追究刑事责任；拒绝、阻碍有关行政部门工作人员依法执行职务，未使用暴力、威胁方法的，由公安机关依照《中华人民共和国治安

管理处罚条例》的规定处罚。

第五十三条　国家机关工作人员玩忽职守或者包庇经营者侵害消费者合法权益的行为的，由其所在单位或者上级机关给予行政处分；情节严重，构成犯罪的，依法追究刑事责任。

第八章　附　　则

第五十四条　农民购买、使用直接用于农业生产的生产资料，参照本法执行。

第五十五条　本法自 1994 年 1 月 1 日起施行。

中华人民共和国食品卫生法

（1995 年 10 月 30 日第八届全国人民代表大会常务委员会第十六次会议通过　1995 年 10 月 30 日中华人民共和国主席令第 59 号公布自公布之日起施行）

第一章　总　　则

第一条　为保证食品卫生，防止食品污染和有害因素对人体的危害，保障人民身体健康，增强人民体质，制定本法。

第二条　国家实行食品卫生监督制度。

第三条　国务院卫生行政部门主管全国食品卫生监督管理工作。

国务院有关部门在各自的职责范围内负责食品卫生管理工作。

第四条　凡在中华人民共和国领域内从事食品生产经营的，都必须遵守本法。

本法适用于一切食品，食品添加剂，食品容器、包装材料和食品用工具、设备、洗涤剂、消毒剂；也适用于食品的生产经营场所、设施和有关环境。

第五条　国家鼓励和保护社会团体和个人对食品卫生的社会监督。

对违反本法的行为，任何人都有权检举和控告。

第二章　食品的卫生

第六条　食品应当无毒、无害，符合应当有的营养要求，具有相应的色、香、味等感官性状。

第七条　专供婴幼儿的主、辅食品，必须符合国务院卫生行政部门制定的营养、卫生标准。

第八条　食品生产经营过程必须符合下列卫生要求：

（一）保持内外环境整洁，采取消除苍蝇、老鼠、蟑螂和其他有害昆虫及其孳生条件的措施，与有毒、有害场所保持规定的距离；

（二）食品生产经营企业应当有与产品品种、数量相适应的食品原料处理、加工、包装、贮存等厂房或者场所；

（三）应当有相应的消毒、更衣、盥洗、采光、照明、通风、防腐、防尘、防蝇、防鼠、洗涤、污水排放、存放垃圾和废弃物的设施；

（四）设备布局和工艺流程应当合理，防止待加工食品与直接入口食品、原料与成品交叉污染，食品不得接触有毒物、不洁物；

（五）餐具、饮具和盛放直接入口食品的容器，使用前必须洗净、消毒，炊具、用具用后必须洗净，保持清洁；

（六）贮存、运输和装卸食品的容器包装、工具、设备和条件必须安全、无害，保持清洁，防止食品污染；

（七）直接入口的食品应当有小包装或者使用无毒、清洁的包装材料；

（八）食品生产经营人员应当经常保持个人卫生，生产、销售食品时，必须将手洗净，穿戴清洁的工作衣、帽；销售直接入口食品时，必须使用售货工具；

（九）用水必须符合国家规定的城乡生活饮用水卫生标准；

（十）使用的洗涤剂、消毒剂应当对人体安全、无害。

对食品摊贩和城乡集市贸易食品经营者在食品生产经营过程中的卫生要求，由省、自治区、直辖市人民代表大会常务委员会根据本法作出具体规定。

第九条　禁止生产经营下列食品：

（一）腐败变质、油脂酸败、霉变、生虫、污秽不洁、混有异物或者其他感官性状异常，可能对人体健康有害的；

（二）含有毒、有害物质或者被有毒、有害物质污染，可能对人体健康有害的；

（三）含有致病性寄生虫、微生物的，或者微生物毒素含量超过国家限定标准的；

（四）未经兽医卫生检验或者检验不合格的肉类及其制品；

（五）病死、毒死或者死因不明的禽、畜、兽、水产动物等及其制品；

（六）容器包装污秽不洁、严重破损或者运输工具不洁造成污染的；

（七）掺假、掺杂、伪造，影响营养、卫生的；

（八）用非食品原料加工的，加入非食品用化学物质的或者将非食品当作食品的；

（九）超过保质期限的；

（十）为防病等特殊需要，国务院卫生行政部门或者省、自治区、直辖市人民政府专门规定禁止出售的；

（十一）含有未经国务院卫生行政部门批准使用的添加剂的或者农药残留超过国家规定容许量的；

（十二）其他不符合食品卫生标准和卫生要求的。

第十条　食品不得加入药物，但是按照传统既是食品又是药品的作为原料、调料或者营养强化剂加入的除外。

第三章　食品添加剂的卫生

第十一条　生产经营和使用食品添加剂，必须符合食品添加剂使用卫生标准和卫生管理办法的规定；不符合卫生标准和卫生管理办法的食品添加剂，不得经营、使用。

第四章　食品容器、包装材料和食品用工具、设备的卫生

第十二条　食品容器、包装材料和食品用工具、设备必须符合卫生标准和卫生管理办法的规定。

第十三条　食品容器、包装材料和食品用工具、设备的生产必须采用符合卫生要求的原材料。产品应当便于清洗和消毒。

第五章　食品卫生标准和管理办法的制定

第十四条　食品，食品添加剂，食品容器、包装材料，食品用工具、设备，用于清洗食品和食品用工具、设备的洗涤剂、消毒剂以及食品中污染物质、放射性物质容许量的国家卫生标准、卫生管理办法和检验规程，由国务院卫生行政部门制定或者批准颁发。

第十五条　国家未制定卫生标准的食品，省、自治区、直辖市人民政府可以制定地方卫生标准，报国务院卫生行政部门和国务院标准化行政主管部门备案。

第十六条　食品添加剂的国家产品质量标准中有卫生学意义的指标，必须经国务院卫生行政部门审查同意。

农药、化肥等农用化学物质的安全性评价，必须经国务院卫生行政部门审查同意。

屠宰畜、禽的兽医卫生检验规程，由国务院有关行政部门会同国务院卫生行政部门制定。

第六章　食品卫生管理

第十七条　各级人民政府的食品生产经营管理部门应当加强食品卫生管理工作，并对执行本法情况进行检查。

各级人民政府应当鼓励和支持改进食品加工工艺，促进提高食品卫生质量。

第十八条　食品生产经营企业应当健全本单位的食品卫生管理制度，配备专职或者兼职食品卫生管理人员，加强对所生产经营食品的检验工作。

第十九条　食品生产经营企业的新建、扩建、改建工程的选址和设计应当符合卫生要求，其设计审查和工程验收必须有卫生行政部门参加。

第二十条　利用新资源生产的食品、食品添加剂的新品种，生产经营企业在投入生产前，必须提出该产品卫生评价和营养评价所需的资料；利用新的原材料生产的食品容器、包装材料和食品用工具、设备的新品种，生产经营企业在投入生产前，必须提出该产品卫生评价所需的资料。上述新品种在投入生产前还需提供样品，并按照规定的食品卫生标准审批程序报请审批。

第二十一条　定型包装食品和食品添加剂，必须在包装标识或者产品说明书上根据不同产品分别按照规定标出品名、产地、厂名、生产日期、批号或者代号、规格、配方或者主要成份、保质期限、食用或者使用方法等。食品、食品添加剂的产品说明书，不得有夸大或者虚假的宣传内容。

食品包装标识必须清楚，容易辨识。在国内市场销售的食品，必须有中文标识。

第二十二条　表明具有特定保健功能的食品，其产品及说明书必须报国务院卫生行政部门审查批准，其卫生标准和生产经营管理办法，由国务院卫生行政部门制定。

第二十三条　表明具有特定保健功能的食品，不得有害于人体健康，其产品说明书内容必须真实，该产品的功能和成份必须与说明书相一致，不得有虚假。

第二十四条　食品、食品添加剂和专用于食品的容器、包装材料及其他用具，其生产者必须按照卫生标准和卫生管理办法实施检验合格后，方可出厂或者销售。

第二十五条　食品生产经营者采购食品及其原料，应当按照国家有关规定索取检验合格证或者化验单，销售者应当保证提供。

需要索证的范围和种类由省、自治区、直辖市人民政府卫生行政部门规定。

第二十六条 食品生产经营人员每年必须进行健康检查；新参加工作和临时参加工作的食品生产经营人员必须进行健康检查，取得健康证明后方可参加工作。

凡患有痢疾、伤寒、病毒性肝炎等消化道传染病（包括病原携带者），活动性肺结核，化脓性或者渗出性皮肤病以及其他有碍食品卫生的疾病的，不得参加接触直接入口食品的工作。

第二十七条 食品生产经营企业和食品摊贩，必须先取得卫生行政部门发放的卫生许可证方可向工商行政管理部门申请登记。未取得卫生许可证的，不得从事食品生产经营活动。

食品生产经营者不得伪造、涂改、出借卫生许可证。卫生许可证的发放管理办法由省、自治区、直辖市人民政府卫生行政部门制定。

第二十八条 各类食品市场的举办者应当负责市场内的食品卫生管理工作，并在市场内设置必要的公共卫生设施，保持良好的环境卫生状况。

第二十九条 城乡集市贸易的食品卫生管理工作由工商行政管理部门负责，食品卫生监督检验工作由卫生行政部门负责。

第三十条 进口的食品，食品添加剂，食品容器、包装材料和食品用工具及设备，必须符合国家卫生标准和卫生管理办法的规定。

进口前款所列产品，由口岸进口食品卫生监督检验机构进行卫生监督、检验。检验合格的，方准进口。海关凭检验合格证书放行。

进口单位在申报检验时，应当提供输出国（地区）所使用的农药、添加剂、熏蒸剂等有关资料和检验报告。

进口第一款所列产品，依照国家卫生标准进行检验，尚无国家卫生标准的，进口单位必须提供输出国（地区）的卫生部门或者组织出具的卫生评价资料，经口岸进口食品卫生监督检验机构审查检验并报国务院卫生行政部门批准。

第三十一条 出口食品由国家进出口商品检验部门进行卫生监督、检验。

海关凭国家进出口商品检验部门出具的证书放行。

第七章 食品卫生监督

第三十二条 县级以上地方人民政府卫生行政部门在管辖范围内行使食品卫生监督职责。

铁道、交通行政主管部门设立的食品卫生监督机构，行使国务院卫生行政部门会同国务院有关部门规定的食品卫生监督职责。

第三十三条 食品卫生监督职责是：

（一）进行食品卫生监测、检验和技术指导；

（二）协助培训食品生产经营人员，监督食品生产经营人员的健康检查；

（三）宣传食品卫生、营养知识，进行食品卫生评价，公布食品卫生情况；

（四）对食品生产经营企业的新建、扩建、改建工程的选址和设计进行卫生审查，并参加工程验收；

（五）对食物中毒和食品污染事故进行调查，并采取控制措施；

（六）对违反本法的行为进行巡回监督检查；

（七）对违反本法的行为追查责任，依法进行行政处罚；

（八）负责其他食品卫生监督事项。

第三十四条 县级以上人民政府卫生行政部门设立食品卫生监督员。食品卫生监督员由合格的专业人员担任，由同级卫生行政部门发给证书。

铁道、交通的食品卫生监督员，由其上级主管部门发给证书。

第三十五条 食品卫生监督员执行卫生行政部门交付的任务。

食品卫生监督员必须秉公执法，忠于职守，不得利用职权谋取私利。

食品卫生监督员在执行任务时，可以向食品生产经营者了解情况，索取必要的资料，进入生产经营场所检查，按照规定无偿采样。生产经营者不得拒绝或者隐瞒。

食品卫生监督员对生产经营者提供的技术资料负有保密的义务。

第三十六条 国务院和省、自治区、直辖市人民政府的卫生行政部门，根据需要可以确定具备条件的单位作为食品卫生检验单位，进行食品卫生检验并出具检验报告。

第三十七条 县级以上地方人民政府卫生行政部门对已造成食物中毒事故或者有证据证明可能导致食物中毒事故的，可以对该食品生产经营者采取下列临时控制措施：

（一）封存造成食物中毒或者可能导致食物中毒的食品及其原料；

（二）封存被污染的食品用工具及用具，并责令进行清洗消毒。

经检验，属于被污染的食品，予以销毁；未被污染的食品，予以解封。

第三十八条 发生食物中毒的单位和接收病人进行治疗的单位，除采取抢救措施外，应当根据国家有关规定，及时向所在地卫生行政部门报告。

县级以上地方人民政府卫生行政部门接到报告后，应当及时进行调查处理，并采取控制措施。

第八章 法律责任

第三十九条 违反本法规定，生产经营不符合卫生标准的食品，造成食物中毒事故或者其他食源性疾患的，责令停止生产经营，销毁导致食物中毒或者其他食源性疾患的食品，没收违法所得，并处以违法所得1倍以上5倍以下的罚款；没有违法所得的，处以1000元以上5万元以下的罚款。

违反本法规定，生产经营不符合卫生标准的食品，造成严重食物中毒事故或者其他

严重食源性疾患，对人体健康造成严重危害的，或者在生产经营的食品中掺入有毒、有害的非食品原料的，依法追究刑事责任。

有本条所列行为之一的，吊销卫生许可证。

第四十条 违反本法规定，未取得卫生许可证或者伪造卫生许可证从事食品生产经营活动的，予以取缔，没收违法所得，并处以违法所得1倍以上5倍以下的罚款；没有违法所得的，处以500元以上3万元以下的罚款。涂改、出借卫生许可证的，收缴卫生许可证，没收违法所得，并处以违法所得1倍以上3倍以下的罚款；没有违法所得的，处以500元以上1万元以下的罚款。

第四十一条 违反本法规定，食品生产经营过程不符合卫生要求的，责令改正，给予警告，可以处以5000元以下的罚款；拒不改正或者有其他严重情节的，吊销卫生许可证。

第四十二条 违反本法规定，生产经营禁止生产经营的食品的，责令停止生产经营，立即公告收回已售出的食品，并销毁该食品，没收违法所得，并处以违法所得1倍以上5倍以下的罚款；没有违法所得的，处以1000元以上5万元以下的罚款。情节严重的，吊销卫生许可证。

第四十三条 违反本法规定，生产经营不符合营养、卫生标准的专供婴幼儿的主、辅食品的，责令停止生产经营，立即公告收回已售出的食品，并销毁该食品，没收违法所得，并处以违法所得1倍以上5倍以下的罚款；没有违法所得的，处以1000元以上5万元以下的罚款。情节严重的，吊销卫生许可证。

第四十四条 违反本法规定，生产经营或者使用不符合卫生标准和卫生管理办法规定的食品添加剂、食品容器、包装材料和食品用工具、设备以及洗涤剂、消毒剂的，责令停止生产或者使用，没收违法所得，并处以违法所得1倍以上3倍以下的罚款；没有违法

所得的，处以 5000 元以下的罚款。

第四十五条　违反本法规定，未经国务院卫生行政部门审查批准而生产经营表明具有特定保健功能的食品的，或者该食品的产品说明书内容虚假的，责令停止生产经营，没收违法所得，并处以违法所得 1 倍以上 5 倍以下的罚款；没有违法所得的，处以 1000 元以上 5 万元以下的罚款。情节严重的，吊销卫生许可证。

第四十六条　违反本法规定，定型包装食品和食品添加剂的包装标识或者产品说明书上不标明或者虚假标注生产日期、保质期限等规定事项的，或者违反规定不标注中文标识的，责令改正，可以处以 500 元以上 1 万元以下的罚款。

第四十七条　违反本法规定，食品生产经营人员未取得健康证明而从事食品生产经营的，或者对患有疾病不得接触直接入口食品的生产经营人员，不按规定调离的，责令改正，可以处以 5000 元以下的罚款。

第四十八条　违反本法规定，造成食物中毒事故或者其他食源性疾患的，或者因其他违反本法行为给他人造成损害的，应当依法承担民事赔偿责任。

第四十九条　本法规定的行政处罚由县级以上地方人民政府卫生行政部门决定。本法规定的行使食品卫生监督权的其他机关，在规定的职责范围内，依照本法的规定作出行政处罚决定。

第五十条　当事人对行政处罚决定不服的，可以在接到处罚通告之日起 15 日内向作出处罚决定的机关的上一级机关申请复议；当事人也可以在接到处罚通告之日起 15 日内直接向人民法院起诉。

复议机关应当在接到复议申请之日起 15 日内作出复议决定。当事人对复议决定不服的，可以在接到复议决定之日起 15 日内向人民法院起诉。

当事人逾期不申请复议也不向人民法院起诉，又不履行处罚决定的，作出处罚决定的机关可以申请人民法院强制执行。

第五十一条　卫生行政部门违反本法规定，对不符合条件的生产经营者发放卫生许可证的，对直接责任人员给予行政处分；收受贿赂，构成犯罪的，依法追究刑事责任。

第五十二条　食品卫生监督管理人员滥用职权、玩忽职守、营私舞弊，造成重大事故，构成犯罪的，依法追究刑事责任；不构成犯罪的，依法给予行政处分。

第五十三条　以暴力、威胁方法阻碍食品卫生监督管理人员依法执行职务的，依法追究刑事责任；拒绝、阻碍食品卫生监督管理人员依法执行职务未使用暴力、威胁方法的，由公安机关依照治安管理处罚条例的规定处罚。

第九章　附　　则

第五十四条　本法下列用语的含义：

食品：指各种供人食用或者饮用的成品和原料以及按照传统既是食品又是药品的物品，但是不包括以治疗为目的的物品。

食品添加剂：指为改善食品品质和色、香、味，以及为防腐和加工工艺的需要而加入食品中的化学合成或者天然物质。

营养强化剂：指为增强营养成份而加入食品中的天然的或者人工合成的属于天然营养素范围的食品添加剂。

食品容器、包装材料：指包装、盛放食品用的纸、竹、木、金属、搪瓷、陶瓷、塑料、橡胶、天然纤维、化学纤维、玻璃等制品和接触食品的涂料。

食品用工具、设备：指食品在生产经营过程中接触食品的机械、管道、传送带、容器、用具、餐具等。

食品生产经营：指一切食品的生产（不包括种植业和养殖业）、采集、收购、加工、贮存、运输、陈列、供应、销售等活动。

食品生产经营者：指一切从事食品生产经营的单位或者个人，包括职工食堂、食品摊贩等。

第五十五条 出口食品的管理办法，由国家进出口商品检验部门会同国务院卫生行政部门和有关行政部门另行制定。

第五十六条 军队专用食品和自供食品的卫生管理办法由中央军事委员会依据本法制定。

第五十七条 本法自公布之日起施行。《中华人民共和国食品卫生法（试行）》同时废止。

中华人民共和国电力法（节录）

（1995年12月28日第八届全国人民代表大会常务委员会第十七次会议通过　1995年12月28日中华人民共和国主席令第60号公布　自1996年4月1日起施行）

……

第六十条 因电力运行事故给用户或者第三人造成损害的，电力企业应当依法承担赔偿责任。

电力运行事故由下列原因之一造成的，电力企业不承担赔偿责任：

（一）不可抗力；

（二）用户自身的过错。

因用户或者第三人的过错给电力企业或者其他用户造成损害的，该用户或者第三人应当依法承担赔偿责任。

……

最高人民法院关于审理触电人身损害赔偿案件若干问题的解释

（2001年1月10日　法释〔2001〕3号）

为正确审理因触电引起的人身损害赔偿案件，保护当事人的合法权益，根据《中华人民共和国民法通则》（以下简称民法通则）、《中华人民共和国电力法》和其他有关法律的规定，结合审判实践经验，对审理此类案件具体应用法律的若干问题解释如下：

第一条 民法通则第一百二十三条所规定的"高压"包括1千伏（KV）及其以上电压等级的高压电；1千伏（KV）以下电压等级为非高压电。

第二条 因高压电造成人身损害的案件，由电力设施产权人依照民法通则第一百二十三条的规定承担民事责任。但对因高压电引起的人身损害是由多个原因造成的，按照致害人的行为与损害结果之间的原因力确定各自的责任。致害人的行为是损害后果发生的主要原因，应当承担主要责任；致害人的行为是损害后果发生的非主要原因，则承担相应的责任。

第三条 因高压电造成他人人身损害有下列情形之一的，电力设施产权人不承担民事责任：

（一）不可抗力；

（二）受害人以触电方式自杀、自伤；

（三）受害人盗窃电能，盗窃、破坏电力设施或者因其他犯罪行为而引起触电事故；

（四）受害人在电力设施保护区从事法律、行政法规所禁止的行为。

第四条 因触电引起的人身损害赔偿范围包括：

（一）医疗费：指医院对因触电造成伤害的当事人进行治疗所收取的费用。医疗费根据治疗医院诊断证明、处方和医药费、住院费的单据确定。医疗费还应当包括继续治疗费和其他器官功能训练费以及适当的整容费。继续治疗费既可根据案情一次性判决，也可根据治疗需要确定赔偿标准。费用的计算参照公费医疗的标准。当事人选择的医院应当是依法成立的、具有相应治疗能力的医院、卫生院、急救站等医疗机构。当事人应当根据受损害的状况和治疗需要就近选择治疗医院。

（二）误工费：有固定收入的，按实际减少的收入计算。没有固定收入或者无收入的，按事故发生地上年度职工平均年工资标准计算。误工时间可以按照医疗机构的证明或者法医鉴定确定；依此无法确定的，可以根据受害人的实际损害程度和恢复状况等确定。

（三）住院伙食补助费和营养费：住院伙食补助费应当根据受害人住院或者在外地接受治疗期间的时间，参照事故发生地国家机关一般工作人员的出差伙食补助标准计算。人民法院应当根据受害人的伤残情况、治疗医院的意见决定是否赔偿营养费及其数额。

（四）护理费：受害人住院期间，护理人员有收入的，按照误工费的规定计算；无收入的，按照事故发生地平均生活费计算。也可以参照护工市场价格计算。受害人出院以后，如果需要护理的，凭治疗医院证明，按照伤残等级确定。残疾用具费应一并考虑。

（五）残疾人生活补助费：根据丧失劳动能力的程度或伤残等级，按照事故发生地平均生活费计算。自定残之月起，赔偿20年。但50周岁以上的，年龄每增加1岁减少1年，最低不少于10年；70周岁以上的，按5年计算。

（六）残疾用具费：受害残疾人因日常生活或辅助生产劳动需要必须配制假肢、代步车等辅助器具的，凭医院证明按照国产普通型器具的费用计算。

（七）丧葬费：国家或者地方有关机关有规定的，依该规定；没有规定的，按照办理丧葬实际支出的合理费用计算。

（八）死亡补偿费：按照当地平均生活费计算，补偿20年。对70周岁以上的，年龄每增加1岁少计1年，但补偿年限最低不少于10年。

（九）被抚养人生活费：以死者生前或者残者丧失劳动能力前实际抚养的、没有其他生活来源的人为限，按当地居民基本生活费标准计算。被抚养人不满18周岁的，生活费计算到18周岁。被抚养人无劳动能力的，生活费计算20年，但50周岁以上的，年龄每增加1岁抚养费少计1年，但计算生活费的年限最低不少于10年；被抚养人70周岁以上的，抚养费只计5年。

（十）交通费：是指救治触电受害人实际必需的合理交通费用，包括必须转院治疗所需的交通费。

（十一）住宿费：是指受害人因客观原因不能住院也不能住在家里确需就地住宿的费用，其数额参照事故发生地国家机关一般工作人员的出差住宿标准计算。

当事人的亲友参加处理触电事故所需交通费、误工费、住宿费、伙食补助费，参照第一款的有关规定计算，但计算费用的人数不超过3人。

第五条 依照前条规定计算的各种费用，凡实际发生和受害人急需的，应当一次性支付；其他费用，可以根据数额大小、受害人需求程度、当事人的履行能力等因素确定支付时间和方式。如果采用定期金赔偿方式，应当确定每期的赔偿额并要求责任人提供适当的担保。

第六条 因非高压电造成的人身损害赔偿可以参照第四条和第五条的规定处理。

军人、学生伤害事故

军人抚恤优待条例

（2004 年 8 月 1 日中华人民共和国国务院、中华人民共和国中央军事委员会令第 413 号公布自 2004 年 10 月 1 日起施行）

第一章 总　则

第一条　为了保障国家对军人的抚恤优待，激励军人保卫祖国、建设祖国的献身精神，加强国防和军队建设，根据《中华人民共和国国防法》、《中华人民共和国兵役法》等有关法律，制定本条例。

第二条　中国人民解放军现役军人（以下简称现役军人）、服现役或者退出现役的残疾军人以及复员军人、退伍军人、烈士遗属、因公牺牲军人遗属、病故军人遗属、现役军人家属，是本条例规定的抚恤优待对象，依照本条例的规定享受抚恤优待。

第三条　军人的抚恤优待，实行国家和社会相结合的方针，保障军人的抚恤优待与国民经济和社会发展相适应，保障抚恤优待对象的生活不低于当地的平均生活水平。

全社会应当关怀、尊重抚恤优待对象，开展各种形式的拥军优属活动。

国家鼓励社会组织和个人对军人抚恤优待事业提供捐助。

第四条　国家和社会应当重视和加强军人抚恤优待工作。

军人抚恤优待所需经费由国务院和地方各级人民政府分级负担。中央和地方财政安排的军人抚恤优待经费，专款专用，并接受财政、审计部门的监督。

第五条　国务院民政部门主管全国的军人抚恤优待工作；县级以上地方人民政府民政部门主管本行政区域内的军人抚恤优待工作。

国家机关、社会团体、企业事业单位应当依法履行各自的军人抚恤优待责任和义务。

第六条　各级人民政府对在军人抚恤优待工作中作出显著成绩的单位和个人，给予表彰和奖励。

第二章 死亡抚恤

第七条　现役军人死亡被批准为烈士、被确认为因公牺牲或者病故的，其遗属依照本条例的规定享受抚恤。

第八条　现役军人死亡，符合下列情形之一的，批准为烈士：

（一）对敌作战死亡，或者对敌作战负伤在医疗终结前因伤死亡的；

（二）因执行任务遭敌人或者犯罪分子杀害，或者被俘、被捕后不屈遭敌人杀害或者被折磨致死的；

（三）为抢救和保护国家财产、人民生命财产或者参加处置突发事件死亡的；

（四）因执行军事演习、战备航行飞行、空降和导弹发射训练、试航试飞任务以及参加武器装备科研实验死亡的；

（五）其他死难情节特别突出，堪为后人楷模的。

现役军人在执行对敌作战、边海防执勤或者抢险救灾任务中失踪，经法定程序宣告死亡的，按照烈士对待。

批准烈士，属于因战死亡的，由军队团级以上单位政治机关批准；属于非因战死亡的，由军队军级以上单位政治机关批准；属于本条第一款第（五）项规定情形的，由中国人民解放军总政治部批准。

第九条 现役军人死亡，符合下列情形之一的，确认为因公牺牲：

（一）在执行任务中或者在上下班途中，由于意外事件死亡的；

（二）被认定为因战、因公致残后因旧伤复发死亡的；

（三）因患职业病死亡的；

（四）在执行任务中或者在工作岗位上因病猝然死亡，或者因医疗事故死亡的；

（五）其他因公死亡的。

现役军人在执行对敌作战、边海防执勤或者抢险救灾以外的其他任务中失踪，经法定程序宣告死亡的，按照因公牺牲对待。

现役军人因公牺牲，由军队团级以上单位政治机关确认；属于本条第一款第（五）项规定情形的，由军队军级以上单位政治机关确认。

第十条 现役军人除第九条第一款第（三）项、第（四）项规定情形以外，因其他疾病死亡的，确认为病故。

现役军人非执行任务死亡或者失踪，经法定程序宣告死亡的，按照病故对待。

现役军人病故，由军队军级以上单位政治机关确认。

第十一条 对烈士遗属、因公牺牲军人遗属、病故军人遗属，由县级人民政府民政部门分别发给《中华人民共和国烈士证明书》、《中华人民共和国军人因公牺牲证明书》、《中华人民共和国军人病故证明书》。

第十二条 现役军人死亡，根据其死亡性质和死亡时的月工资标准，由县级人民政府民政部门发给其遗属一次性抚恤金，标准是：烈士，80个月工资；因公牺牲，40个月工资；病故，20个月工资。月工资或者津贴低于排职少尉军官工资标准的，按照排职少尉军官工资标准发给其遗属一次性抚恤金。

获得荣誉称号或者立功的烈士、因公牺牲军人、病故军人，其遗属在应当享受的一次性抚恤金的基础上，由县级人民政府民政部门按照下列比例增发一次性抚恤金：

（一）获得中央军事委员会授予荣誉称号的，增发35%；

（二）获得军队军区级单位授予荣誉称号的，增发30%；

（三）立一等功的，增发25%；

（四）立二等功的，增发15%；

（五）立三等功的，增发5%。

多次获得荣誉称号或者立功的烈士、因公牺牲军人、病故军人，其遗属由县级人民政府民政部门按照其中最高等级奖励的增发比例，增发一次性抚恤金。

第十三条 对生前作出特殊贡献的烈士、因公牺牲军人、病故军人，除按照本条例规定发给其遗属一次性抚恤金外，军队可以按照有关规定发给其遗属一次性特别抚恤金。

第十四条 一次性抚恤金发给烈士、因公牺牲军人、病故军人的父母（抚养人）、配偶、子女；没有父母（抚养人）、配偶、子女的，发给未满18周岁的兄弟姐妹和已满18周岁但无生活费来源且由该军人生前供养的兄弟姐妹。

第十五条 对符合下列条件之一的烈士遗属、因公牺牲军人遗属、病故军人遗属，发给定期抚恤金：

（一）父母（抚养人）、配偶无劳动能力、无生活费来源，或者收入水平低于当地居民平均生活水平的；

（二）子女未满 18 周岁或者已满 18 周岁但因上学或者残疾无生活费来源的；

（三）兄弟姐妹未满 18 周岁或者已满 18 周岁但因上学无生活费来源且由该军人生前供养的。

对符合享受定期抚恤金条件的遗属，由县级人民政府民政部门发给《定期抚恤金领取证》。

第十六条 定期抚恤金标准应当参照全国城乡居民家庭人均收入水平确定。定期抚恤金的标准及其调整办法，由国务院民政部门会同国务院财政部门规定。

第十七条 县级以上地方人民政府对依靠定期抚恤金生活仍有困难的烈士遗属、因公牺牲军人遗属、病故军人遗属，可以增发抚恤金或者采取其他方式予以补助，保障其生活不低于当地的平均生活水平。

第十八条 享受定期抚恤金的烈士遗属、因公牺牲军人遗属、病故军人遗属死亡的，增发 6 个月其原享受的定期抚恤金，作为丧葬补助费，同时注销其领取定期抚恤金的证件。

第十九条 现役军人失踪，经法定程序宣告死亡的，在其被批准为烈士、确认为因公牺牲或者病故后，又经法定程序撤销对其死亡宣告的，由原批准或者确认机关取消其烈士、因公牺牲军人或者病故军人资格，并由发证机关收回有关证件，终止其家属原享受的抚恤待遇。

第三章　残疾抚恤

第二十条 现役军人残疾被认定为因战致残、因公致残或者因病致残的，依照本条例的规定享受抚恤。

因第八条第一款规定的情形之一导致残疾的，认定为因战致残；因第九条第一款规定的情形之一导致残疾的，认定为因公致残；义务兵和初级士官因第九条第一款第（三）项、第（四）项规定情形以外的疾病导致残疾的，认定为因病致残。

第二十一条 残疾的等级，根据劳动功能障碍程度和生活自理障碍程度确定，由重到轻分为一级至十级。

残疾等级的具体评定标准由国务院民政部门、劳动保障部门、卫生部门会同军队有关部门规定。

第二十二条 现役军人因战、因公致残，医疗终结后符合评定残疾等级条件的，应当评定残疾等级。义务兵和初级士官因病致残符合评定残疾等级条件，本人（精神病患者由其利害关系人）提出申请的，也应当评定残疾等级。

因战、因公致残，残疾等级被评定为一级至十级的，享受抚恤；因病致残，残疾等级被评定为一级至六级的，享受抚恤。

第二十三条 因战、因公、因病致残性质的认定和残疾等级的评定权限是：

（一）义务兵和初级士官的残疾，由军队军级以上单位卫生部门认定和评定；

（二）现役军官、文职干部和中级以上士官的残疾，由军队军区级以上单位卫生部门认定和评定；

（三）退出现役的军人和移交政府安置的军队离休、退休干部需要认定残疾性质和评定残疾等级的，由省级人民政府民政部门认定和评定。

评定残疾等级，应当依据医疗卫生专家小组出具的残疾等级的医学鉴定意见。

残疾军人由认定残疾性质和评定残疾等级的机关发给《中华人民共和国残疾军人证》。

第二十四条 现役军人因战、因公致残，未及时评定残疾等级，退出现役后或者医疗终结满 3 年后，本人（精神病患者由其利害关系人）申请补办评定残疾等级，有档案记载或者有原始医疗证明的，可以评定残疾等级。

现役军人被评定残疾等级后，在服现役期间或者退出现役后残疾情况发生严重恶化，原定残疾等级与残疾情况明显不符，本人（精神病患者由其利害关系人）申请调整残疾等级的，可以重新评定残疾等级。

第二十五条 退出现役的残疾军人，按照残疾等级享受残疾抚恤金。残疾抚恤金由县级人民政府民政部门发给。

因工作需要继续服现役的残疾军人，经军队军级以上单位批准，由所在部队按照规定发给残疾抚恤金。

第二十六条 残疾军人的抚恤金标准应当参照全国职工平均工资水平确定。残疾抚恤金的标准以及一级至十级残疾军人享受残疾抚恤金的具体办法，由国务院民政部门会同国务院财政部门规定。

县级以上地方人民政府对依靠残疾抚恤金生活仍有困难的残疾军人，可以增发残疾抚恤金或者采取其他方式予以补助，保障其生活不低于当地的平均生活水平。

第二十七条 退出现役的因战、因公致残的残疾军人因旧伤复发死亡的，由县级人民政府民政部门按照因公牺牲军人的抚恤金标准发给其遗属一次性抚恤金，其遗属享受因公牺牲军人遗属抚恤待遇。

退出现役的因战、因公、因病致残的残疾军人因病死亡的，对其遗属增发12个月的残疾抚恤金，作为丧葬补助费；其中，因战、因公致残的一级至四级残疾军人因病死亡的，其遗属享受病故军人遗属抚恤待遇。

第二十八条 退出现役的一级至四级残疾军人，由国家供养终身；其中，对需要长年医疗或者独身一人不便分散安置的，经省级人民政府民政部门批准，可以集中供养。

第二十九条 对分散安置的一级至四级残疾军人发给护理费，护理费的标准为：

（一）因战、因公一级和二级残疾的，为当地职工月平均工资的50%；

（二）因战、因公三级和四级残疾的，为当地职工月平均工资的40%；

（三）因病一级至四级残疾的，为当地职工月平均工资的30%。

退出现役的残疾军人的护理费，由县级

以上地方人民政府民政部门发给；未退出现役的残疾军人的护理费，经军队军级以上单位批准，由所在部队发给。

第三十条 残疾军人需要配制假肢、代步三轮车等辅助器械，正在服现役的，由军队军级以上单位负责解决；退出现役的，由省级人民政府民政部门负责解决。

第四章 优 待

第三十一条 义务兵服现役期间，其家庭由当地人民政府发给优待金或者给予其他优待，优待标准不低于当地平均生活水平。

义务兵和初级士官入伍前是国家机关、社会团体、企业事业单位职工（含合同制人员）的，退出现役后，允许复工复职，并享受不低于本单位同岗位（工种）、同工龄职工的各项待遇；服现役期间，其家属继续享受该单位职工家属的有关福利待遇。

义务兵和初级士官入伍前的承包地（山、林）等，应当保留；服现役期间，除依照国家有关规定和承包合同的约定缴纳有关税费外，免除其他负担。

义务兵从部队发出的平信，免费邮递。

第三十二条 国家对一级至六级残疾军人的医疗费用按照规定予以保障，由所在医疗保险统筹地区社会保险经办机构单独列账管理。具体办法由国务院民政部门会同国务院劳动保障部门、财政部门规定。

七级至十级残疾军人旧伤复发的医疗费用，已经参加工伤保险的，由工伤保险基金支付，未参加工伤保险，有工作的由工作单位解决，没有工作的由当地县级以上地方人民政府负责解决；七级至十级残疾军人旧伤复发以外的医疗费用，未参加医疗保险且本人支付有困难的，由当地县级以上地方人民政府酌情给予补助。

残疾军人、复员军人、带病回乡退伍军人以及烈士遗属、因公牺牲军人遗属、病故军人遗属享受医疗优惠待遇。具体办法由省、自治区、直辖市人民政府规定。

中央财政对抚恤优待对象人数较多的困难地区给予适当补助，用于帮助解决抚恤优待对象的医疗费用困难问题。

第三十三条 在国家机关、社会团体、企业事业单位工作的残疾军人，享受与所在单位工伤人员同等的生活福利和医疗待遇。所在单位不得因其残疾将其辞退、解聘或者解除劳动关系。

第三十四条 现役军人凭有效证件、残疾军人凭《中华人民共和国残疾军人证》优先购票乘坐境内运行的火车、轮船、长途公共汽车以及民航班机；残疾军人享受减收正常票价50%的优待。

现役军人凭有效证件乘坐市内公共汽车、电车和轨道交通工具享受优待，具体办法由有关城市人民政府规定。残疾军人凭《中华人民共和国残疾军人证》免费乘坐市内公共汽车、电车和轨道交通工具。

第三十五条 现役军人、残疾军人凭有效证件参观游览公园、博物馆、名胜古迹享受优待，具体办法由公园、博物馆、名胜古迹管理单位所在地的县级以上地方人民政府规定。

第三十六条 烈士、因公牺牲军人、病故军人的子女、兄弟姐妹，本人自愿应征并且符合征兵条件的，优先批准服现役。

第三十七条 义务兵和初级士官退出现役后，报考国家公务员、高等学校和中等职业学校，在与其他考生同等条件下优先录取。

残疾军人、烈士子女、因公牺牲军人子女、一级至四级残疾军人的子女，驻边疆国境的县（市）、沙漠区、国家确定的边远地区中的三类地区和军队确定的特、一、二类岛屿部队现役军人的子女报考普通高中、中等职业学校、高等学校，在与其他考生同等条件下优先录取；接受学历教育的，在同等条件下优先享受国家规定的各项助学政策。现役军人子女的入学、入托，在同等条件下优先接收。具体办法由国务院民政部门会同国务院教育部门规定。

第三十八条 残疾军人、复员军人、带病回乡退伍军人、烈士遗属、因公牺牲军人遗属、病故军人遗属承租、购买住房依照有关规定享受优先、优惠待遇。居住农村的抚恤优待对象住房困难的，由地方人民政府帮助解决。具体办法由省、自治区、直辖市人民政府规定。

第三十九条 经军队师（旅）级以上单位政治机关批准随军的现役军官家属、文职干部家属、士官家属，由驻军所在地的公安机关办理落户手续。随军前是国家机关、社会团体、企业事业单位职工的，驻军所在地人民政府劳动保障部门、人事部门应当接收和妥善安置；随军前没有工作单位的，驻军所在地人民政府应当根据本人的实际情况作出相应安置；对自谋职业的，按照国家有关规定减免有关费用。

第四十条 驻边疆国境的县（市）、沙漠区、国家确定的边远地区中的三类地区和军队确定的特、一、二类岛屿部队的现役军官、文职干部、士官，其符合随军条件无法随军的家属，所在地人民政府应当妥善安置，保障其生活不低于当地的平均生活水平。

第四十一条 随军的烈士遗属、因公牺牲军人遗属和病故军人遗属移交地方人民政府安置的，享受本条例和当地人民政府规定的抚恤优待。

第四十二条 复员军人生活困难的，按照规定的条件，由当地人民政府民政部门给予定期定量补助，逐步改善其生活条件。

第四十三条 国家兴办优抚医院、光荣院，治疗或者集中供养孤老和生活不能自理的抚恤优待对象。

各类社会福利机构应当优先接收抚恤优待对象。

第五章 法律责任

第四十四条 军人抚恤优待管理单位及其工作人员挪用、截留、私分军人抚恤优待经费，构成犯罪的，依法追究相关责任人员的刑事责任；尚不构成犯罪的，对相关责任人员依法给予行政处分或者纪律处分。被挪用、截留、私分的军人抚恤优待经费，由上一级人民政府民政部门、军队有关部门责令追回。

第四十五条 军人抚恤优待管理单位及其工作人员、参与军人抚恤优待工作的单位及工作人员有下列行为之一的，由其上级主管部门责令改正；情节严重，构成犯罪的，依法追究相关责任人员的刑事责任；尚不构成犯罪的，对相关责任人员依法给予行政处分或者纪律处分：

（一）违反规定审批军人抚恤待遇的；

（二）在审批军人抚恤待遇工作中出具虚假诊断、鉴定、证明的；

（三）不按规定的标准、数额、对象审批或者发放抚恤金、补助金、优待金的；

（四）在军人抚恤优待工作中利用职权谋取私利的。

第四十六条 负有军人优待义务的单位不履行优待义务的，由县级人民政府民政部门责令限期履行义务；逾期仍未履行的，处以2000元以上1万元以下罚款。对直接负责的主管人员和其他直接责任人员依法给予行政处分、纪律处分。因不履行优待义务使抚恤优待对象受到损失的，应当依法承担赔偿责任。

第四十七条 抚恤优待对象有下列行为之一的，由县级人民政府民政部门给予警告，限期退回非法所得；情节严重的，停止其享受的抚恤、优待；构成犯罪的，依法追究刑事责任：

（一）冒领抚恤金、优待金、补助金的；

（二）虚报病情骗取医药费的；

（三）出具假证明，伪造证件、印章骗取抚恤金、优待金、补助金的。

第四十八条 抚恤优待对象被判处有期徒刑、剥夺政治权利或者被通缉期间，中止其抚恤优待；被判处死刑、无期徒刑的，取消其抚恤优待资格。

第六章 附 则

第四十九条 本条例适用于中国人民武装警察部队。

第五十条 军队离休、退休干部的抚恤优待，按照本条例有关现役军人抚恤优待的规定执行。

因参战伤亡的民兵、民工的抚恤，因参加军事演习、军事训练和执行军事勤务伤亡的预备役人员、民兵、民工以及其他人员的抚恤，参照本条例的有关规定办理。

第五十一条 本条例所称的复员军人，是指在1954年10月31日之前入伍、后经批准从部队复员的人员；带病回乡退伍军人，是指在服现役期间患病，尚未达到评定残疾等级条件并有军队医院证明，从部队退伍的人员。

第五十二条 本条例自2004年10月1日起施行。1988年7月18日国务院发布的《军人抚恤优待条例》同时废止。

军人残疾等级评定标准（试行）

（民政部、劳动和社会保障部、卫生部、总后勤部2004年11月5日发布）

依据《军人抚恤优待条例》，综合考虑残疾军人于医疗期满后的器官缺损、功能障碍、心理障碍和对医疗护理依赖的程度，将现役军人因战、因公（含职业病）致残等级评定标准由重至轻分为1-10级，其中，1-6级同时适用于因病致残的义务兵和初级士官。

（一）具有下列残情之一，器官缺失或功能完全丧失，其他器官不能代偿，存在特殊医疗依赖和完全护理依赖的，为一级：

1. 植物状态；

2. 极重度智能减退;

3. 四肢瘫肌力3级或三肢瘫肌力2级;

4. 重度运动障碍;

5. 双肘关节以上缺失或功能完全丧失;

6. 双下肢高位及一上肢高位缺失;

7. 肩、肘、髋、膝关节中5个以上关节功能完全丧失;

8. 全身瘢痕占体表面积>90%，四肢大关节中6个以上关节功能不全;

9. 双眼球摘除;

10. 双眼无光感或仅有光感但光定位不准;

11. 双侧上、下颌骨完全缺损;

12. 呼吸困难Ⅳ级，需终生依赖机械通气;

13. 小肠切除90%以上;

14. 慢性肾功能不全（尿毒症期）6个月以上需终生血液透析维持治疗。

（二）具有下列残情之一，器官严重缺损或畸形，有严重功能障碍或并发症，存在特殊医疗依赖和大部分护理依赖的，为二级:

1. 重度智能减退;

2. 后组颅神经双侧完全麻痹;

3. 三肢瘫肌力3级或截瘫、偏瘫肌力2级;

4. 器质性精神障碍、精神分裂症经系统治疗终结后，劳动、生活和社交能力仍基本丧失;

5. 双前臂缺失或双手功能完全丧失;

6. 双下肢高位缺失;

7. 双膝、双踝僵直于非功能位或功能完全丧失;

8. 肩、肘、髋、膝关节中4个关节功能完全丧失;

9. 全身瘢痕占体表面积>80%，四肢大关节中4个以上关节功能不全;

10. 全面部瘢痕并重度毁容;

11. 一眼有或无光感，另眼矫正视力≤0.02或双眼视野≤8%（或半径≤5°）;

12. 双眼矫正视力<0.02或双眼视野≤8%（或半径≤5°）;

13. 双侧上颌骨或双侧下颌骨完全缺损;

14. 一侧上颌骨并对侧下颌骨完全缺损;

15. 肺功能严重损害，呼吸困难Ⅳ级，需依赖氧疗维持生命;

16. 食管损伤后无法行食管重建术，依赖胃造瘘或空肠造瘘进食;

17. 双肺或心肺联合移植术后;

18. 慢性心功能Ⅳ级;

19. 恶性室性心动过速治疗无效;

20. 小肠移植术后;

21. 肝切除≥3/4或胆道损伤，并肝功能重度损害;

22. 肝切除后原位肝移植;

23. 肝硬化失代偿，肝功能重度损害;

24. 肝外伤后发生门脉高压三联症或布－加（Budd－chiari）综合征;

25. 全胰切除;

26. 慢性肾功能不全（肾功能衰竭期）6个月以上，终生依赖药物治疗或间断透析;

27. 尘肺Ⅲ期伴肺功能中度损害，或呼吸困难Ⅲ级;

28. 放射性肺炎后，两叶以上肺纤维化，伴肺功能中度损伤或呼吸困难Ⅲ级;

29. 急性白血病治疗后未缓解;

30. 重型再生障碍性贫血;

31. 骨髓增生异常综合征RAEB－T型;

32. 淋巴瘤Ⅲ～Ⅳ期，治疗后病情继续进展。

（三）具有下列残情之一，器官严重缺损或畸形，有严重功能障碍或并发症，存在特殊医疗依赖和部分护理依赖的，为三级:

1. 中度运动障碍;

2. 截瘫或偏瘫肌力3级;

3. 双手全肌瘫肌力3级;

4. 四肢深感觉丧失;

5. 后组颅神经双侧不完全麻痹，或单侧完全麻痹；

6. 器质性精神障碍、精神分裂症经系统治疗终结后，生活、劳动和社交能力大部分丧失或有危险、冲动行为；

7. 一手缺失（腕关节平面），另一手拇指缺失（含掌骨）；

8. 双手拇、食指（含掌骨）缺失或功能完全丧失；

9. 利侧肘上缺失；

10. 利手腕关节平面缺失或利手功能完全丧失，另一手功能不全≥50%；

11. 双髋、双膝关节中，有一个关节缺失或无功能及另一关节功能不全≥50%；

12. 一侧髋、膝关节畸形，功能完全丧失；

13. 非同侧腕上、踝上缺失；

14. 全身瘢痕占体表面积＞70%，四肢大关节中2个以上关节功能不全；

15. 面部瘢痕＞80%并中度毁容；

16. 一眼有或无光感，另眼矫正视力≤0.05或视野≤16%（或半径≤10°）；

17. 双眼矫正视力＜0.05或双眼视野≤16%（或半径≤10°）；

18. 一侧眼球摘除或眶内容剜出，另眼矫正视力＜0.3或视野≤24%（或半径≤15°）；

19. 呼吸完全依赖气管套管或造口；

20. 无吞咽功能，完全依赖胃管进食；

21. 同侧上、下颌骨完全缺损；

22. 一侧上或下颌骨完全缺损，伴口腔、颜面软组织缺损＞30cm²；

23. 肺功能重度损害，呼吸困难Ⅲ级；

24. 一侧全肺切除并胸廓改形术后或一侧胸廓改形术后（切除肋骨≥6根）；

25. 慢性心功能Ⅲ级；

26. Ⅲ°房室传导阻滞，未安装永久起搏器；

27. 主动脉夹层动脉瘤（未行手术者）；

28. 高血压3级伴心、脑、肾任一脏器严重损害；

29. 大面积心肌梗死，EF≤40%；

30. 肝切除≥2/3，中度肝功能损害；

31. 小肠切除≥3/4；

32. 慢性肾功能不全（肾功能失代偿期6个月以上）；

33. 肾移植术后，移植肾功能不全（肾功能不全代偿期）；

34. 永久性输尿管腹壁造瘘；

35. 膀胱全切除；

36. 肝硬化失代偿，肝功能重度损害；

37. 重度炎症性肠病；

38. 腹内结核广泛肠粘连，伴有反复发作的肠梗阻；

39. 尘肺Ⅲ期；

40. 尘肺Ⅱ期伴肺功能中度损害或呼吸困难Ⅲ级；

41. 尘肺Ⅰ、Ⅱ期伴活动性肺结核；

42. 放射性肺炎后两叶肺纤维化，伴肺功能中度损伤或呼吸困难Ⅲ级；

43. 粒细胞缺乏症，长期依赖药物治疗；

44. 淋巴瘤Ⅲ～Ⅳ期，需定期化疗；

45. 重度尿崩症伴一个以上垂体前叶靶腺轴功能重度损害；

46. 两个以上垂体前叶靶腺轴功能重度损害；

47. 胰岛细胞瘤（含增生）术后复发或不能手术；

48. 糖尿病出现下列并发症之一者：心功能Ⅲ级、肾功能不全失代偿、双眼增殖性视网膜病变、下肢坏疽致截肢。

（四）具有下列残情之一，器官严重缺损或畸形，有严重功能障碍或并发症，存在特殊医疗依赖和小部分护理依赖的，为四级：

1. 中度智能减退；

2. 重度癫痫；

3. 完全混合性失语或完全性感觉性失语；

4. 双手部分肌瘫肌力 2 级；

5. 单肢瘫肌力 2 级；

6. 双足全肌瘫肌力 2 级；

7. 脑脊液漏，不能修补；

8. 二肢深感觉丧失；

9. 器质性精神障碍、精神分裂症经系统治疗终结后，仍有突出的妄想，持久或反复出现的幻觉，思维贫乏、意志减退、情感淡漠等症状，生活、劳动和社交能力部分丧失；

10. 双拇指腕掌关节平面完全缺失或无功能；

11. 利手前臂缺失或利手功能完全丧失；

12. 非利侧肘上缺失，不能安装假肢；

13. 一侧膝以下小腿缺失，另一侧前足缺失；

14. 一侧下肢高位截肢，不能安装假肢；

15. 一足踝平面缺失，另一足畸形，行走困难；

16. 双膝以下缺失；

17. 脊柱骨折后遗 30°以上侧弯或后凸畸形，伴严重根性神经痛，或有椎管狭窄；

18. 全身瘢痕占体表面积 >60%，四肢大关节中一个关节功能不全；

19. 面部瘢痕 >60% 并轻度毁容；

20. 一眼有或无光感，另眼矫正视力 <0.3 或视野≤32%（或半径≤20°）；

21. 一眼矫正视力 <0.05，另一眼矫正视力≤0.1；

22. 双眼矫正视力 <0.1 或视野≤32%（或半径≤20°）；

23. 双耳听力损失≥90dBHL；

24. 吞咽障碍，仅能进流食；

25. 一侧上颌骨部分缺损，伴口腔、颜面软组织缺损 >20cm²；

26. 下颌骨缺损 6cm 以上，伴口腔、颜面软组织缺损 >20cm²；

27. 双侧颞下颌关节强直，完全不能张口；

28. 舌缺损 >全舌 2/3；

29. 双侧完全性面瘫；

30. 肺功能中度损害，呼吸困难Ⅱ级；

31. 一侧全肺切除或双侧肺叶切除；

32. 严重胸部外伤后伴有呼吸困难Ⅱ级；

33. 食管重建术后狭窄，仅能进流食；

34. 心脏移植术后；

35. 单肺移植术后；

36. 莫氏Ⅱ°Ⅱ型房室传导阻滞或病态窦房结综合征，需安装永久起搏器；

37. 高血压 3 级伴心、脑、肾任一脏器中度损害；

38. 心肌炎伴心室扩大并 EF≤40%；

39. 全胃切除；

40. 小肠切除≥2/3，包括回盲部或右半结肠切除；

41. 全结肠、直肠和肛门切除，回肠造瘘；

42. 外伤后重度肛门排便失禁；

43. 胆道损伤致中度肝功能损害；

44. 胰次全切除合并有胰岛素依赖；

45. 甲状旁腺功能重度低下；

46. 肾移植术后；

47. 永久性膀胱造瘘；

48. 神经原性膀胱伴双肾积水；

49. 尿道狭窄需定期行扩张术；

50. 双侧肾上腺缺损；

51. 阴茎缺失；

52. 50 岁以下未育妇女双侧卵巢切除或功能丧失；

53. 阴道闭锁；

54. 慢性胰腺炎伴胰腺功能损害；

55. 尘肺Ⅱ期；

56. 尘肺Ⅰ期伴肺功能中度损害或呼吸困难Ⅱ级；

57. 肝硬化失代偿，肝功能中度损害；

58. 重度外照射亚急性放射病；

59. 慢性粒细胞白血病；

60. 慢性再生障碍性贫血，血红蛋白持续低于 60g/L，需长期治疗；

61. 频繁发作的阵发性睡眠性血红蛋白尿，血红蛋白持续低于 60g/L，需长期治疗；

62. 骨髓增生异常综合征（除 RAEB－T 外），血红蛋白持续低于 60g/L，需长期治疗；

63. 两个以上垂体前叶靶腺轴功能中度受损；

64. 功能性垂体瘤无法进行手术或术后复发；

65. 肾上腺功能性肿瘤或增生（原发性醛固酮增多症、皮质醇增多症、嗜铬细胞瘤等）无法手术；

66. 糖尿病合并神经、心血管、脑血管、肾脏、视网膜等两种以上器官明显损害或致严重体位性低血压。

（五）具有下列残情之一，器官大部缺损或明显畸形，有较重功能障碍或并发症，存在一般医疗依赖的，为五级：

1. 完全运动性或不完全性感觉性失语；

2. 完全性失用、失写、失读、失认；

3. 四肢瘫肌力 4 级；

4. 单肢瘫肌力 3 级；

5. 利手全肌瘫肌力 3 级；

6. 双足全肌瘫肌力 3 级；

7. 后组颅神经单侧不完全麻痹；

8. 双手部分肌瘫，肌力 3 级；

9. 一肢深感觉丧失；

10. 器质性精神障碍、精神分裂症经系统治疗终结后，残留部分幻觉、妄想、情感反应迟钝、意志减退等症状，劳动和社交能力小部分丧失；

11. 脊柱骨折后遗小于 30°畸形，伴根性神经痛（神经电生理检查异常）；

12. 非利手前臂缺失；

13. 非利手功能完全丧失；

14. 一手拇指缺失（含掌骨），另一手除拇指外三指缺失；

15. 一手拇指无功能，另一手除拇指外三指功能丧失；

16. 双前足缺失；

17. 一髋（或一膝）功能完全丧失；

18. 全身瘢痕占体表面积 >50%；

19. 面部瘢痕 >40% 并有毁容标准 6 项中之一；

20. 50 岁以下未育妇女双侧乳房完全缺损或严重瘢痕畸形；

21. 50 岁以下未育妇女双侧乳腺切除；

22. 会阴部瘢痕致阴道狭窄、尿道外口狭窄、肛门狭窄不能修复（达其中 2 项）；

23. 一眼矫正视力 <0.05，另眼矫正视力 <0.3 或双眼视野 ≤40%（或半径 ≤25°）；

24. 一眼矫正视力 <0.1，另眼矫正视力 <0.3；

25. 双眼矫正视力 <0.3 或双眼视野 ≤40%（或半径 ≤25°）；

26. 一侧眼球摘除，另眼矫正视力 ≥0.3~<0.8；

27. 双耳听力损失 ≥80dBHL；

28. 鼻缺损 >1/3 或双耳廓完全缺损；

29. 一侧上颌骨部分缺损，伴口腔、颜面软组织缺损 >10cm²；

30. 下颌骨缺损长 4cm 以上，伴口腔、颜面软组织缺损 >10cm²；

31. 上唇或下唇缺损 >1/2；

32. 面颊部洞穿性缺损 >20cm²；

33. 舌缺损 > 全舌 1/3；

34. 心脏瓣膜置换或成形术后；

35. 冠状动脉旁路移植术和室壁瘤切除术；

36. 血管代用品重建胸主动脉，术后仍有其它胸主动脉夹层或动脉瘤；

37. 心脏穿透伤修补术后心肌缺血或心肌梗死；

38. 双侧肺叶切除术后或肺叶切除并胸廓改形术后，肺功能轻度损害；

39. 严重胸部外伤，并轻度肺功能损

害；

40. 气管食管瘘；

41. 莫氏Ⅱ°Ⅱ型房室传导阻滞或病态窦房结综合征，无需安装永久起搏器；

42. 心功能Ⅱ级；

43. 高血压3级伴心、脑、肾任一脏器轻度损害；

44. 高原性心脏病；

45. 腹壁全层缺损≥1/2；

46. 肛门、直肠、结肠部分切除，结肠造瘘；

47. 小肠切除≥2/3（回盲部保留）；

48. 肝切除≥1/2并轻度肝功能损害；

49. 胰腺切除2/3；

50. 慢性肾功能不全（肾功能不全代偿期6个月以上）；

51. 肾病24小时尿蛋白定量＞2.0g，持续6个月以上，长期依赖药物治疗；

52. 原发性完全性肾小管酸中毒，终生依赖药物治疗；

53. 肝硬化失代偿，肝功能轻度损害；

54. 重度慢性活动性肝炎；

55. 中度炎症性肠病；

56. 反复急性发作的慢性胰腺炎；

57. 尿道瘘不能修复；

58. 两侧睾丸及附睾缺损，生殖功能重度损害；

59. 双侧输精管缺损，不能修复；

60. 双侧肾上腺皮质功能重度减退；

61. 50岁以下未育妇女子宫切除或次全切除；

62. 50岁以下未育妇女双侧输卵管切除；

63. 50岁以下已育妇女双侧卵巢切除或无功能；

64. 甲状腺功能重度低下；

65. 重度排尿障碍；

66. 淋巴瘤Ⅰ期、Ⅱ期，需要定期化疗；

67. 血小板持续减少（≤40×10⁹/L）

伴反复出血倾向；

68. 重度尿崩症；

69. 中度尿崩症伴一个垂体前叶靶腺轴功能中度受损。

（六）具有下列残情之一，器官大部缺损或明显畸形，有中度功能障碍或并发症，存在一般医疗依赖的，为六级：

1. 轻度智能减退；

2. 中度癫痫；

3. 轻度运动障碍；

4. 三肢瘫肌力4级；

5. 非利手全肌瘫肌力2级；

6. 双足部分肌瘫肌力2级；

7. 单足全肌瘫肌力2级；

8. 脊髓空洞症；

9. 象限盲或偏盲；

10. 器质性精神障碍、精神分裂症，经系统治疗终结后，精神症状缓解但仍需维持治疗；

11. 情感性精神障碍、分裂情感性精神障碍、偏执性精神病经系统治疗终结后，仍需继续维持治疗；

12. 难治性强迫症；

13. 人格改变：表现为情绪不稳，缺乏自我控制能力，易激惹，反复的暴怒发作和攻击行为，行为不顾及后果，社会功能明显受损；

14. 一拇指掌骨以远缺失；

15. 一拇指无功能，另一手除拇指外有两指功能完全丧失；

16. 一手三指（含拇指）掌指关节以远缺失；

17. 除拇指外其余四指掌指关节以远缺失或功能完全丧失；

18. 肩、肘、腕关节之一功能完全丧失；

19. 一髋或一膝关节功能不全；

20. 一侧踝以下缺失；

21. 一侧踝关节畸形，功能完全丧失；

22. 下肢骨折成角畸形＞15°，并有肢

体短缩 >4cm；

23. 四肢大关节人工关节置换术后；

24. 鼻缺损 >1/4 或一侧耳廓全缺损；

25. 全身瘢痕占体表面积 >40%；

26. 面部瘢痕 >20%；

27. 女性双侧乳房完全缺损或严重瘢痕畸形；

28. 会阴部瘢痕导致阴道狭窄或尿道外口狭窄或肛门狭窄，不能修复；

29. 一眼矫正视力 ≤0.05，另眼矫正视力等于 0.3 或双眼视野 ≤48%（或半径 ≤30°）；

30. 双眼矫正视力等于 0.3 或双眼视野 ≤48%（或半径 ≤30°）；

31. 一侧眼球摘除另眼矫正视力 ≥0.8；

32. 双耳听力损失 ≥70dBHL；

33. 前庭功能障碍，睁眼行走困难，不能并足站立；

34. 双侧颞下颌关节强直，张口度（上、下中切牙切缘间距，下同）<1cm；

35. 口腔、颜面软组织缺损 >20cm²；

36. 一侧完全性面瘫；

37. 肺爆震伤后肺功能轻度损害，呼吸困难Ⅰ级；

38. 气管成形术后气管狭窄；

39. 喉返神经损伤致饮食呛咳、误吸；

40. 吞咽障碍，仅能进半流食；

41. 食管重建术后狭窄，仅能进半流食；

42. 支气管胸膜瘘；

43. 心房纤颤；

44. 冠心病伴心绞痛；

45. 冠状动脉旁路移植术后；

46. 冠状动脉疾病介入治疗术后；

47. 胃切除 ≥2/3；

48. 小肠切除 ≥1/2，包括回盲部或右半结肠切除；

49. 胰腺切除 ≥1/2；

50. 腹壁缺损 ≥1/4，不能修复；

51. 甲状腺功能中度低下；

52. 甲状旁腺功能中度低下；

53. 内分泌浸润性突眼；

54. 原发性甲状旁腺功能亢进术后伴中度骨质疏松；

55. 肾损伤致高血压；

56. 一侧肾切除；

57. 双侧睾丸萎缩，血睾酮低于正常值；

58. 外伤后阴茎勃起功能障碍；

59. 50 岁以下未育妇女单侧卵巢切除；

60. 尘肺Ⅰ期，肺功能轻度损害；

61. 肺纤维化，肺功能轻度损害；

62. 重度哮喘；

63. 支气管扩张症伴反复感染或咯血；

64. Ⅳ型肺结核（活动性）；

65. 高血压 2 级；

66. 肾脏疾病致 24 小时尿蛋白定量 0.5g~1.9g 达 6 个月以上，长期依赖药物治疗；

67. 原发性不完全性肾小管酸中毒，需终生依赖药物治疗；

68. 肝硬化；

69. 轻、中度慢性活动性肝炎；

70. 消化道息肉病；

71. 反复发生的不明原因的消化道出血并中度以上贫血；

72. 白血病完全缓解或造血干细胞移植术后；

73. 淋巴瘤完全缓解；

74. 外照射慢性放射病Ⅱ度；

75. 类风湿关节炎三个以上关节 X 线平片Ⅱ期改变；

76. 强直性脊柱炎或血清阴性脊柱关节病，X 线平片或 CT 片双骶髂关节Ⅱ期以上改变；

77. 中度尿崩症；

78. 一个垂体前叶靶腺轴功能中度受损；

79. 肾上腺皮质功能中度损害需依赖激素替代治疗；

80. 糖尿病需口服降糖药或需依赖胰岛素治疗;

81. 异物色素沉着或色素脱失超过颜面总面积的1/2。

（七）具有下列残情之一，器官大部分缺损或畸形，有轻度功能障碍或并发症，存在一般医疗依赖的，为七级:

1. 不完全性失用、失写、失读、失认或不完全性运动性失语;

2. 截瘫或偏瘫肌力4级;

3. 双手全肌瘫肌力4级;

4. 单手部分肌瘫肌力3级;

5. 双足部分肌瘫肌力3级;

6. 单足全肌瘫肌力3级;

7. 骨盆骨折致产道狭窄（50岁以下未育者）;

8. 骨盆骨折严重移位，影响功能;

9. 脊柱椎体骨折，前缘高度压缩1/2以上;

10. 一侧前足（跗骨以远）缺失，另一足仅残留拇趾;

11. 一侧前足（跗骨以远）缺失，另一足除拇趾外，2~5趾畸形，功能丧失;

12. 一侧全足功能丧失，另一足部分功能丧失;

13. 一拇指指间关节以远缺失或功能完全丧失;

14. 一手除拇指外，其他2~3指（含食指）近侧指间关节离断，或功能完全丧失;

15. 双足拇趾全失或一足拇指全失兼有其他足趾失去两个以上;

16. 肩、肘、腕、踝关节之一功能不全;

17. 髌骨、跟骨骨髓炎，反复发作一年以上;

18. 肢体短缩>4cm;

19. 鼻缺损>1/5;

20. 一耳或双耳廓累计缺损>2/3;

21. 全身瘢痕占体表面积>30%;

22. 面部瘢痕>15%;

23. 女性一侧乳房缺损或严重瘢痕畸形，另一侧部分缺损或瘢痕畸形;

24. 一眼有或无光感，另眼矫正视力≥0.8;

25. 一眼矫正视力≤0.05，另眼矫正视力≥0.6;

26. 一眼矫正视力≤0.1，另眼矫正视力≥0.4;

27. 双眼矫正视力≤0.4或双眼视野≤64%（或半径≤40°）;

28. 眼球内金属异物不宜取出;

29. 单眼第Ⅲ或第Ⅳ对颅神经完全性麻痹;

30. 双耳听力损失≥60dBHL;

31. 牙槽骨损伤长度>8cm，牙齿脱落10颗以上;

32. 双侧不完全性面瘫;

33. 肺叶切除术，并轻度肺功能损害;

34. 部分胸廓改形术后;

35. 食管重建术后合并返流性食管炎;

36. 气管成形术后气管狭窄，行腔内支架术;

37. 小肠切除≥1/2;

38. 左或右半结肠切除或结肠切除≥1/2;

39. 外伤后肛门排便轻度失禁;

40. 胆道损伤并肝功能轻度损害;

41. 脾切除;

42. 轻度排尿障碍伴膀胱容量缩小;

43. 男性生殖功能轻度损害;

44. 肾上腺皮质功能中度减退;

45. 50岁以下未育妇女单侧乳腺切除;

46. 女性双侧乳腺切除;

47. 已育女性子宫切除或部分切除;

48. 已育女性双侧输卵管切除;

49. 已育女性单侧卵巢切除;

50. 阴道狭窄;

51. 尘肺Ⅰ期，肺功能正常;

52. 放射性白细胞减少≤3×10⁹/L;

53. 放射性血小板减少≤80×10⁹/L；

54. 外照射慢性放射病Ⅰ度；

55. 轻度外照射亚急性放射病。

（八）具有下列残情之一，器官部分缺损，形态明显异常，有轻度功能障碍，存在一般医疗依赖的，为八级：

1. 轻度癫痫；

2. 单肢瘫或单手全肌瘫肌力4级；

3. 双手部分肌瘫肌力4级；

4. 双足全肌瘫肌力4级；

5. 单足部分肌瘫肌力4级；

6. 颅骨缺损≥25cm²；

7. 脑叶切除术后；

8. 三个节段脊柱内固定术后；

9. 一手除拇指、食指外，有两指近侧指间关节离断或功能完全丧失；

10. 一足拇趾缺失，另一足非拇趾一趾缺失或功能完全丧失；

11. 一足除拇趾外，其他三趾缺失或功能完全丧失；

12. 四肢骨折非关节活动方向成角畸形10°～15°；

13. 四肢长骨慢性骨髓炎，反复发作一年以上；

14. 关节创伤性滑膜炎，长期反复发作6个月以上；

15. 下肢短缩＞2cm；

16. 全身瘢痕占体表面积＞20%；

17. 面部瘢痕＞10%；

18. 女性一侧乳房完全缺损或严重瘢痕畸形；

19. 一眼矫正视力≤0.2，另眼矫正视力≥0.5；

20. 双眼矫正视力≤0.5或双眼视野≤80%（或半径≤50°）；

21. 双侧睑外翻合并睑闭合不全；

22. 外伤性青光眼；

23. 双耳听力损失≥50dBHL或一耳听力损失≥90dBHL；

24. 发声及构音困难；

25. 一耳或双耳廓缺损累计＞1/3；

26. 双侧鼻腔或鼻咽部闭锁；

27. 牙槽骨损伤长度＞6cm，牙齿脱落8颗以上；

28. 舌缺损小于全舌1/3；

29. 双侧颞下颌关节强直，张口度＜2cm；

30. 肺叶切除术后；

31. 双侧多根多处肋骨骨折伴胸廓畸形；

32. 血管代用品重建胸主动脉术后（其余胸主动脉无夹层或动脉瘤）；

33. 食管外伤或成形术后咽下运动不正常；

34. 膈肌破裂修补术后伴膈神经麻痹；

35. 肺内多处异物存留；

36. 气管损伤成形术后；

37. 胃部分切除；

38. 小肠部分切除；

39. 肝部分切除；

40. 胆道修补或胆肠吻合术后；

41. 胰腺部分切除；

42. 甲状腺功能轻度低下；

43. 甲状旁腺功能轻度低下；

44. 女性单侧乳腺切除；

45. 一侧睾丸、附睾切除；

46. 一侧输精管缺损，不能修复；

47. 一侧肾上腺缺损；

48. 单侧输卵管切除；

49. 异物色素沉着或色素脱失超过颜面总面积1/3。

（九）具有下列残情之一，器官部分缺损，形态明显异常，有轻度功能障碍的，为九级：

1. 颅骨缺损9cm²～24cm²；

2. 一手食指两节缺失；

3. 一拇指指间关节功能不全；

4. 一手食、中指两指末节缺失；

5. 一足拇趾末节缺失；

6. 跗骨骨折影响足弓；

7. 跟骨、距骨骨折；

8. 指（趾）骨慢性骨髓炎，反复发作一年以上；

9. 脊椎滑脱、椎间盘、髌骨、半月板切除术后；

10. 膝关节交叉韧带修复重建术后；

11. 陈旧性肩关节脱位肩关节成形术后、肩袖损伤修复术后；

12. 关节外伤或因伤手术后，残留创伤性关节炎，无积液；

13. 脊柱椎体骨折，前缘高度压缩 <1/2；

14. 全身瘢痕占体表面积 >10%；

15. 面部瘢痕 >5%；

16. 女性一侧乳房部分缺损或瘢痕畸形；

17. 一眼矫正视力 ≤0.3，另眼矫正视力 >0.6；

18. 双眼矫正视力 ≤0.6；

19. 放射性及外伤性白内障Ⅲ期；

20. 眼球内非金属异物不宜取出；

21. 泪器损伤，手术无效；

22. 一侧睑外翻合并睑闭合不全；

23. 睑球粘连影响眼球转动；

24. 双耳听力损失 ≥40dBHL 或一耳听力损失 ≥80dBHL；

25. 发声及构音不清；

26. 一耳或双耳廓缺损累计 >1/5；

27. 牙槽骨损伤长度 >4cm，牙脱落 4 颗以上；

28. 食管切除重建术后；

29. 心脏异物滞留或异物摘除术后；

30. 心脏、大血管损伤修补术后；

31. 肺段切除或修补术后；

32. 支气管成形术后；

33. 阴茎部分切除术后；

34. 肾部分切除术后；

35. 脾部分切除术后；

36. 子宫修补术后；

37. 一侧卵巢部分切除；

38. 阴道修补或成形术后。

（十）具有下列残情之一，器官部分缺损，形态异常，有轻度功能障碍的，为十级：

1. 脑外伤半年后有发作性头痛伴脑电图异常（3 次以上）；

2. 脑外伤后，边缘智能；

3. 脑外伤后颅骨缺损 $3cm^2 \sim 9cm^2$ 或颅骨缺损 $\geq 9cm^2$ 行颅骨修补术后；

4. 颅内异物；

5. 全身瘢痕占体表面积 >5%；

6. 面部瘢痕 >2%；

7. 一眼矫正视力 ≤0.5，另眼矫正视力 ≥0.8；

8. 双眼矫正视力 <0.8；

9. 放射性或外伤性白内障Ⅰ～Ⅱ期；

10. 眶内异物未取出；

11. 第Ⅴ对颅神经眼支麻痹；

12. 外伤性瞳孔散大；

13. 双耳听力损失 ≥30dBHL 或一耳听力损失 ≥70dBHL；

14. 前庭功能障碍，闭眼不能并足站立；

15. 严重声音嘶哑；

16. 一耳或双耳再造术后；

17. 嗅觉完全丧失；

18. 单侧鼻腔或鼻孔闭锁；

19. 一侧颞下颌关节强直，张口度 <2.5cm；

20. 颌面部有异物存留；

21. 一侧不完全性面瘫；

22. 肋骨骨折 >3 根并胸廓畸形；

23. 肺内异物存留；

24. 腹腔脏器损伤修补术后；

25. 异物色素沉着或色素脱失超过颜面总面积 1/4。

注：

1. 医疗期满系指经过"系统治疗"，即住院治疗，或每月 2 次（含）以上到医院进行门诊治疗并坚持服药一个疗程（精神病人一般为三个月）以上，以及恶性肿瘤在门诊进行放射或化学治疗。

2. 航空病、减压病、放射性疾病、火箭推进剂中毒、尘肺等特殊行业现役军人易患的职业病，引起器官损伤、功能障碍、心理障碍及对医疗护理依赖的，依据本标准相关残情进行等级评定。

3. 本标准未列载的各种恶性肿瘤及其它伤、病致残情况，可参照相应残情进行等级评定。

4. 对于同一器官或系统多处损伤，或一个以上器官同时受到损伤者，应先对单项伤残程度进行鉴定。如几项伤残等级不同，以重者定级；两项以上等级相同，最多晋升一级。

附：《军人残疾等级评定标准（试行）》功能分级判定基准

附件：

《军人残疾等级评定标准（试行）》功能分级判定依据及基准

1. 医疗依赖分级：

（1）特殊医疗依赖：伤、病致残于医疗期满后，仍需终身接受特殊药物（如：免疫抑制剂）或特殊医疗器械（如：呼吸机、血液透析）治疗。

（2）一般医疗依赖：伤、病致残于医疗期满后，仍需终身接受一般药物（如：降压药、抗凝药）治疗。

2. 护理依赖分级：

（1）完全护理依赖：伤、病致残于医疗期满后，生活完全不能自理，进食、翻身、大小便、穿衣洗漱、自我移动5项均需依赖他人护理。

（2）大部分护理依赖：伤、病致残于医疗期满后，生活大部不能自理，进食、翻身、大小便、穿衣洗漱、自我移动5项中有3～4项需依赖他人护理。

（3）部分护理依赖：伤、病致残于医疗期满后，生活部分不能自理，进食、翻身、大小便、穿衣洗漱、自我移动5项中有2项需依赖他人护理。

（4）小部分护理依赖：伤、病致残于医疗期满后，生活小部分不能自理，进食、翻身、大小便、穿衣洗漱、自我移动5项中有1项需依赖他人护理。

3. 智能减退分级：

（1）极重度智能减退：1）IQ＜20；2）语言功能缺失；3）生活完全不能自理。

（2）重度智能减退：1）IQ20～34；2）语言功能严重受损，不能进行有效的语言交流；3）生活大部不能自理。

（3）中度智能减退：1）IQ35～49；2）生活能部分自理，能做简单劳动；3）能掌握日常生活用语，但词汇贫乏；对周围环境辨别能力差，只能以简单的方式与人交往。

（4）轻度智能减退：1）IQ50～69；2）生活能自理，能做一般非技术性工作；3）无明显语言障碍；对周围环境有较好的辨别能力，能比较恰当地与人交往。

（5）边缘智能：1）IQ70～86；2）抽象思维能力或思维的广度、深度、机敏性显示不良；3）不能完成高级复杂的脑力劳动。

4. 癫痫分级：

（1）重度癫痫：各种类型的癫痫发作，经系统服药治疗两年后，全身性强直——阵挛发作、单纯或复杂部分发作，伴自动症或精神症状（相当于大发作、精神运动性发作）平均每月3次以上。

（2）中度癫痫：各种类型的癫痫发作，经系统服药治疗两年后，全身性强直——阵挛发作、单纯或复杂部分发作，伴自动症或精神症状（相当于大发作、精神运动性发作）平均每月1—2次或每日均有失神发作和其他类型发作。

（3）轻度癫痫：需系统服药治疗方能控制的各种类型癫痫发作，偶有各种类型癫痫发作。

5. 颜面毁容分级

(1) 重度：具有下述六项中4项者；

(2) 中度：具有下述六项中3项者；

(3) 轻度：具有下述六项中2项者。

a) 双侧眉毛缺失；b) 双睑外翻或缺失；c) 耳廓部分缺失；d) 鼻翼部分缺失；e) 唇外翻或小口畸形；f) 颈部瘢痕畸形。

6. 非肢体瘫性运动障碍分级：

(1) 重度运动障碍：不能自行进食、大小便、洗漱、翻身和穿衣。

(2) 中度运动障碍：上述动作困难，但在他人帮助下可以完成。

(3) 轻度运动障碍：完成上述运动虽有一些困难，但基本可以自理。

7. 肢体瘫性运动障碍肌力分级：

(1) 0级：肌肉完全瘫痪，毫无收缩。

(2) 1级：可看到或触及肌肉轻微收缩，但不能产生动作。

(3) 2级：肌肉在不受重力影响下，可进行运动，即肢体能在平面上移动，但不能抬离平面。

(4) 3级：在和地心引力相反的方向中尚能完成其动作，但不能对抗外加的阻力。

(5) 4级：能对抗一定的阻力，但较正常人为低。

(6) 5级：正常肌力。

8. 关节功能分级：

(1) 功能完全丧失（无功能）：指关节僵硬（或挛缩）固定于非功能位，或关节周围肌肉韧带缺失或麻痹松弛，关节呈连枷状或严重不稳，无法完成其功能。

(2) 功能部分丧失（功能不全）：指残留功能，影响日常生活和工作。

9. 吞咽障碍分级：

(1) 极重度吞咽障碍：因鼻咽返流、呛咳、误咽、颈部咽漏、下咽部狭窄等造成的吞咽困难，只能依赖胃管或胃造瘘。

(2) 重度吞咽障碍：因鼻咽返流、呛咳、误咽、颈部咽漏、下咽部狭窄等造成的吞咽困难，只能进流食。

(3) 中度吞咽障碍：因鼻咽返流、呛咳、误咽、颈部咽漏、下咽部狭窄等造成的吞咽困难，只能进半流食。

10. 发声及构音障碍分级：

(1) 发声及构音困难：呼吸通道虽无障碍，但有失声、构音不全等明显言语发音障碍。

(2) 发声及构音不清：发声不畅、构音含混等言语发音障碍。

(3) 严重声音嘶哑：声带损伤、小结等器质性损害致不能胜任原来的嗓音职业工作。

11. 肝功能损害分级：

(1) 肝功能重度损害：1) 血浆白蛋白 < 2.5g%；2 = 血清胆红质 > 10mg%；3) 顽固性腹水；4) 明显脑症；5) 凝血酶原时间较对照组 >9s。

(2) 肝功能中度损害：1) 血浆白蛋白 2.5g% ~ 3.0g%；2) 血清胆红质 5g% ~ 10mg%；3) 无或少量腹水，治疗后消失；4) 无或轻度脑症；5) 凝血酶原时间较对照组 >6s。

(3) 肝功能轻度损害：1) 血浆白蛋白 3.1g% ~3.5g%；2) 血清胆红质 1.5g% ~ 5mg%；3) 无腹水；4) 无脑症；5) 凝血酶原时间较对照组 >3s。

12. 炎症性肠病分级

(1) 重型：腹泻每日6次以上，有明显黏液脓血便，体温 > 37.5℃，脉搏 >90/min、血红蛋白 <100g/L、血沉 >30mm/L。

(2) 中型：症状阶于轻型和重型之间。

(3) 轻型：腹泻每日3次以下，便血轻或无，无发热、脉速和贫血，血沉正常。

13. 甲状腺功能低下分级：

(1) 甲状腺功能重度低下：1) 临床症状严重；2) T3、T4 或 FT3、FT4 低于正常值，TSH >50μU/L。甲状腺功能中度低下：1) 临床症状较重；2) T3、T4 或 FT3、FT4 正常，TSH >50μU/L。

（3）甲状腺功能轻度低下：1）临床症状较轻；2）T3、T4 或 FT3、FT4 正常，TSH 轻度增高但小于 50μU/L。

14. 甲状旁腺功能低下分级：

（1）甲状旁腺功能重度低下：空腹血钙 <6mg%。

（2）甲状旁腺功能中度低下：空腹血钙 6mg% ~7mg%。

（3）甲状旁腺功能轻度低下：空腹血钙 7.1mg% ~8mg%。

15. 慢性肾上腺皮质功能减退分级：

（1）慢性肾上腺皮质功能重度减退：血皮质醇基础值低于正常参考值下限 <5μg/dL，日常生活依赖糖皮质激素替代治疗，常规替代治疗不能耐受一般应激。

（2）慢性肾上腺皮质功能中度减退：血皮质醇基础值在正常参考值低限 <5μg/dL ~10μg/dL，日常生活部分依赖糖皮质激素替代治疗，常规替代治疗能耐受一般应激，但不能耐受严重应激。

（3）慢性肾上腺皮质功能轻度减退：血皮质醇基础值在正常参考值范围内，日常生活能脱离糖皮质激素替代治疗，不能耐受严重应激。

16. 排尿障碍分级：

（1）重度排尿障碍：真性重度尿失禁或排尿困难（残余尿 ≥50mL）。

（2）轻度排尿障碍：真性轻度尿失禁或排尿困难（残余尿 <50mL）。

17. 生殖功能损害分级：

（1）生殖功能重度损害：精液中精子缺如。

（2）生殖功能轻度损害：精液中精子数 <500 万/mL 或异常精子、死精子、运动能力很弱精子任何一项 >30%。

18. 肛门失禁分级

（1）重度：a）大便不能控制；b）肛门括约肌收缩力很弱或丧失；c）肛门括约肌收缩反射很弱或消失；d）直肠内压测定，肛门注水法 <20cmH_2O。

（2）轻度：a）稀便不能控制；b）肛门括约肌收缩力较弱；c）肛门括约肌收缩反射较弱；d）直肠内压测定，肛门注水法 20~30cmH_2O。

19. 心功能分级：

（1）Ⅳ级：任何体力活动均引起症状，休息时亦可有心力衰竭或心绞痛。

（2）Ⅲ级：体力活动明显受限，静息无不适，低于日常活动量即乏力、心悸、气促或心绞痛。

（3）Ⅱ级：静息时无不适，但稍重于日常生活活动量即致乏力、心悸、气促或心绞痛。

（4）Ⅰ级：体力活动不受限制。

20. 高血压分级：

（1）高血压3级：在未服药情况下，不同时间 3 次所测平均血压，收缩压 ≥180mmHg 和/或舒张压 ≥110mmHg。

（2）高血压2级：在未服药情况下，不同时间3次所测平均血压，收缩压 160mmHg ~179mmHg 和/或 舒张压 100mmHg ~109mmHg。

（3）高血压1级：在未服药情况下，不同时间3次所测平均血压，收缩压 140mmHg ~159mmHg 和/或 舒张压 90mmHg ~99mmHg。

21. 高血压致脏器损害程度分级：

（1）严重损害：有器质性的损害，并有器官的功能衰竭，如：偏瘫、失语或语言困难、认知障碍、痴呆、心力衰竭、肾功能衰竭、糖尿病并发症、夹层动脉瘤、视力障碍、失明等。

（2）中度损害：有器质性的损害，但功能代偿，如：左心室肥厚、血清肌酐轻度升高、微量白蛋白尿等。

22. 肾损伤性高血压判定

肾损伤所致高血压系指血压的两项指标（收缩压 ≥21.3kPa，舒张压 ≥12.7kPa）只须具备一项即可成立。

23. 呼吸困难分级：

（1）呼吸困难Ⅳ级：1）静息时气短；2）阻塞性通气功能减退，一秒钟用力呼气量占预计值＜30％；3）限制性通气功能减退，肺活量＜50％；4）动脉血氧分压＜60mmHg。

（2）呼吸困难Ⅲ级：1）稍活动（穿衣，谈话）即气短；2）阻塞性通气功能减退，一秒钟用力呼气量占预计值30～49％；3）限制性通气功能减退，肺活量50～59％；4）动脉血氧分压60～69mmHg。

（3）呼吸困难Ⅱ级：1）平路步行100米即气短；2）阻塞性通气功能减退，一秒钟用力呼气量占预计值50～79％；3）限制性通气功能减退，肺活量60～69％；4）动脉血氧分压70mmHg～79mmHg。

（4）呼吸困难Ⅰ级：1）平路快步或登山、上楼时气短明显；2）阻塞性通气功能减退，一秒钟用力呼气量占预计值80～90％；3）限制性通气功能减退，肺活量70～80％；4）动脉血氧分压80mmHg～90mmHg。

24. 非急性发作期哮喘重度：症状平凡发作，夜间哮喘平凡发作，严重影响睡眠，体力活动受限，PEF 或 FEV1＜60％预计值，PEF 变异率＞30％。

25. 慢性肾功能不全分期：

（1）尿毒症期：1）尿素氮＞28.6mmol/L；2）肌酐≥707μmol/L；3）GFR＜10ml/min。

（2）肾功能衰竭期：1）尿素氮17.9～28.6mmol/L；2）肌酐443～707μmol/L；3）GFR10～20ml/min。

（3）肾功能不全失代偿期：1）尿素氮7.1mmol/L～17.9mmol/L；2）肌酐178μmol/L～442μmol/L；3）GFR20ml/min～50ml/min。

（4）肾功能不全代偿期：1）尿素氮正常；2）肌酐133μmol/L～177μmol/L；3）GFR50ml/min～80ml/min。

注：各种实验室检查结果必须取近半年内三次检查结果的平均值，并结合临床症状判断分级。

伤残抚恤管理办法

（2007年7月31日民政部令第34号公布 自2007年8月1日起施行）

第一章 总 则

第一条 为了规范和加强民政部门管理的伤残抚恤工作，根据《军人抚恤优待条例》等法规，制定本办法。

第二条 本办法适用对象为下列中国公民：

（一）在服役期间因战因公致残退出现役的军人，在服役期间因病评定了残疾等级退出现役的残疾军人；

（二）因战因公负伤时为行政编制的人民警察；

（三）因战因公负伤时为公务员以及参照《中华人民共和国公务员法》管理的国家机关工作人员；

（四）因参战、参加军事演习、军事训练和执行军事勤务致残的预备役人员、民兵、民工以及其他人员；

（五）为维护社会治安同违法犯罪分子进行斗争致残的人员；

（六）为抢救和保护国家财产、人民生命财产致残的人员；

（七）法律、行政法规规定应当由民政部门负责伤残抚恤的其他人员。

前款所列第（四）、第（五）、第（六）项人员，根据《工伤保险条例》应当认定视同工伤的，不再办理因战、因公伤残抚恤。

第三条 伤残抚恤工作应当遵循公开、公平、公正的原则。县级人民政府民政部门应当公布有关评残程序和抚恤金标准。

第二章　残疾等级评定

第四条　残疾等级评定包括新办评定残疾等级、补办评定残疾等级、调整残疾等级。

新办评定残疾等级是指对第二条第一款第（一）项以外的人员认定因战因公残疾性质，评定残疾等级。补办评定残疾等级是指对现役军人因战因公致残未能及时评定残疾等级，在退出现役后依据《军人抚恤优待条例》的规定，认定因战因公性质、评定残疾等级。调整残疾等级是指对已经评定残疾等级，因残疾情况变化与所评定的残疾等级明显不符的人员调整残疾等级级别。

属于新办评定残疾等级的，申请人应当在因战因公伤或者被诊断、鉴定为职业病3年内提出申请。

第五条　申请人（精神病患者由其利害关系人）申请评定残疾等级，应当向所在单位提出书面申请；没有单位的，向户籍所在地的街道办事处或者乡镇人民政府提出书面申请。

以原致残部位申请调整残疾等级的，可以直接向户籍所在地县级人民政府民政部门提出申请。

第六条　申请人所在单位或者街道办事处或者乡镇人民政府审查评定残疾等级申请后出具书面意见，连同本人档案材料、书面申请和本人近期二寸免冠彩色照片等一并报送户籍所在地的县级人民政府民政部门审查。

申请新办评定残疾等级，应当提交致残经过证明和医疗终结后的诊断证明。

申请补办评定残疾等级，应当提交因战因公致残档案记载或者原始医疗证明。

申请调整残疾等级，应当提交原评定残疾等级的证明和本人认为残疾情况与原残疾等级明显不符的医疗诊断证明。民政部门认为需要调整等级的，应当提出调整的理由，并通知本人到指定的医疗卫生机构进行残疾情况鉴定。

第七条　县级人民政府民政部门对报送的有关材料进行核对，符合受理条件的签发受理通知书；材料不全或者材料不符合法定形式的应当告知当事人补充材料。

县级人民政府民政部门经审查认为申请人符合因战因公负伤条件的，应当填写《评定、调整伤残等级审批表》，并在受理之日起20个工作日内，通知本人到设区的市人民政府或者行政公署以上民政部门指定的医疗卫生机构，对属于因战因公导致的残疾情况进行鉴定，由医疗卫生专家小组根据《军人残疾等级评定标准》，出具残疾等级医学鉴定意见。职业病的残疾情况鉴定由省级人民政府民政部门指定的有职业病诊断资质的医疗机构作出；精神病的残疾情况鉴定由省级人民政府民政部门指定的二级以上精神病专科医院作出。

县级人民政府民政部门依据医疗卫生专家小组出具的残疾等级医学鉴定意见对申请人拟定残疾等级，在《评定、调整伤残等级审批表》上签署意见，加盖印章，连同其他申请材料，于收到医疗卫生专家小组签署意见之日起20个工作日内，一并报送设区的市人民政府民政部门或者行政公署民政部门。

对第二条第一款第（一）项人员，经审查认为不符合因战因公负伤条件的，或者经医疗卫生专家小组鉴定达不到评定或者调整残疾等级的，县级人民政府民政部门应当根据《军人抚恤优待条例》第二十三条第一款第（三）项的规定逐级上报省级人民政府民政部门。对第二条第一款第（一）项以外的人员，经审查认为不符合因战因公负伤条件的，或者经医疗卫生专家小组鉴定达不到评定或者调整残疾等级标准的，县级人民政府民政部门应当填写《不予评定、调整伤残等级决定书》，连同医疗卫生专家小组出具的残疾等级医学鉴定意见（复印件）和申请人提供的材料，退还申请人。

第八条　设区的市人民政府民政部门或者行政公署民政部门对报送的材料审查后，在

《评定、调整伤残等级审批表》上签署意见，并加盖印章。

对符合条件的，于收到材料之日起20个工作日内，将上述材料报送省级人民政府民政部门。对不符合条件的，属于第二条第一款第（一）项人员，根据《军人抚恤优待条例》第二十三条第一款第（三）项的规定上报省级人民政府民政部门；属于第二条第一款第（一）项以外人员，填写《不予评定、调整伤残等级决定书》，连同医疗卫生专家小组出具的残疾等级医学鉴定意见（复印件）和申请人提供的材料，逐级退还申请人。

第九条 省级人民政府民政部门对报送的材料初审后，认为符合条件的，逐级通知县级人民政府民政部门对申请人的评残情况进行公示。公示内容应当包括致残的时间、地点、原因、残疾情况（涉及隐私或者不宜公开的不公示）、拟定的残疾等级以及民政部门联系方式。公示应当在申请人工作单位所在地或者居住地进行，时间不少于7个工作日。县级人民政府民政部门应当对公示中反馈的意见进行核实并签署意见，逐级上报省级人民政府民政部门，对调整等级的应当将本人持有的伤残人员证一并上报。

省级人民政府民政部门应当对公示的意见进行审核，在《评定、调整伤残等级审批表》上签署审批意见，加盖印章。对符合条件的，由民政部门办理伤残人员证（调整等级的，在证件变更栏处填写新等级），连同医疗卫生专家小组出具的伤残等级医学鉴定意见（复印件），于收到材料之日起60个工作日内逐级发给申请人。对不符合条件的，由民政部门填写《不予评定、调整伤残等级决定书》，连同医疗卫生专家小组出具的残疾等级医学鉴定意见（复印件）和申请人提供的材料，于收到材料之日起60个工作日内逐级退还申请人。

第十条 申请人或者民政部门对医疗卫生专家小组作出的残疾等级医学鉴定意见有异议

的，可以到省级人民政府民政部门指定的医疗卫生机构重新进行鉴定。

省级人民政府民政部门可以成立医疗卫生专家小组，对残疾情况与应当评定的残疾等级提出评定意见。

第十一条 伤残人员以军人、人民警察、公务员以及参照《中华人民共和国公务员法》管理的国家机关工作人员和其他人员不同身份多次致残的，民政部门按上述顺序只发给一种证件，并在伤残证件变更栏上注明第二次致残的时间和性质，以及合并评残后的等级和性质。

致残部位不能合并评残的，可以先对各部位分别评残。等级不同的，以重者定级；两项以上等级相同的，只能晋升一级。

多次致残的伤残性质不同的，以等级重者定性。等级相同的，按因战、因公、因病的顺序定性。

第三章　伤残证件和档案管理

第十二条 伤残证件的发放种类：

（一）退役军人在服役期间因战因公因病致残的，发给《中华人民共和国残疾军人证》；

（二）人民警察因战因公致残的，发给《中华人民共和国伤残人民警察证》；

（三）公务员以及参照《中华人民共和国公务员法》管理的国家机关工作人员因战因公致残的，发给《中华人民共和国伤残公务员证》；

（四）其他人员因战因公致残的，发给《中华人民共和国因战因公伤残人员证》。

第十三条 伤残证件由国务院民政部门统一制作。证件的有效期：15周岁以下为5年，16－25周岁为10年，26－45周岁为20年，46周岁以上为长期。

第十四条 伤残证件有效期满、损毁或者遗失的，当事人应当到县级人民政府民政部门申请换发证件或者补发证件。伤残证件遗失的须本人登报声明作废。

县级人民政府民政部门经审查认为符合条件的，填写《伤残人员换证补证报批表》，连同照片逐级上报省级人民政府民政部门。省级人民政府民政部门将新办理的伤残证件逐级通过县级人民政府民政部门发给申请人。各级民政部门应当在20个工作日内完成本级民政部门需要办理的事项。

第十五条　伤残人员办理前往香港、澳门、台湾定居或者出国定居前，由户籍所在地县级人民政府民政部门在变更栏内注明变更内容。对需要换发新证的，"身份证号"处填写所在国（或者香港、澳门、台湾）核发的居住证件号码。"户籍地"为国内抚恤关系所在地。

第十六条　伤残人员死亡的，县级人民政府民政部门应当注销其伤残证件，并逐级上报省级人民政府民政部门备案。

第十七条　民政部门对申报和审批的各种材料、伤残证件应当有登记手续。送达的材料或者证件，均须挂号邮寄或者由当事人签收。

第十八条　县级人民政府民政部门应当建立伤残人员资料档案，一人一档，长期保存。

第四章　伤残抚恤关系转移

第十九条　残疾军人退役或者向政府移交，必须自军队办理了退役手续或者移交手续后60日内，向户籍迁入地的县级人民政府民政部门申请转入抚恤关系。民政部门必须进行审查、登记、备案。审查的材料有：《户口簿》、《残疾军人证》、解放军总后勤部卫生部（或者武警后勤部卫生部、武警边防部队后勤部、武警部队消防局、武警部队警卫局）监制的《军人残疾等级评定表》或者《换领〈中华人民共和国残疾军人证〉申报审批表》、退役证件或者移交政府安置的相关证明。

县级人民政府民政部门应当对残疾军人残疾情况及有关材料进行审查，必要时可以复查鉴定残疾情况。认为符合条件的，将

《残疾军人证》及有关材料逐级报送省级人民政府民政部门。省级人民政府民政部门审查无误的，在《残疾军人证》变更栏内填写新的户籍地、重新编号，并加盖印章，将《残疾军人证》逐级通过县级人民政府民政部门发还申请人。各级民政部门应当在20个工作日内完成本级民政部门需要办理的事项，如复查鉴定残疾情况的可以延长到30个工作日。

《军人残疾等级评定表》或者《换领〈中华人民共和国残疾军人证〉申报审批表》记载的残疾情况与残疾等级明显不符的，民政部门应当暂缓登记，逐级上报省级人民政府民政部门通知原审批机关变更。复查鉴定的残疾情况与《军人残疾等级评定表》或者《换领〈中华人民共和国残疾军人证〉申报审批表》记载的残疾情况明显不符的，按复查鉴定的残疾情况重新评定残疾等级。伪造、变造《残疾军人证》的，民政部门收回《残疾军人证》不予登记，并移交当地公安机关处理。

第二十条　伤残人员跨省迁移的，迁出地的县级人民政府民政部门根据伤残人员申请及其伤残证件和迁入地户口簿，将伤残档案、迁入地户口簿复印件以及《伤残人员关系转移证明》，发送迁入地县级人民政府民政部门，并同时将此信息上报本省级人民政府民政部门。

迁入地县级人民政府民政部门在收到上述材料和伤残人员提供的伤残证件后，逐级上报省级人民政府民政部门。省级人民政府民政部门在向迁出地省级人民政府民政部门核实无误后，在伤残证件变更栏内填写新的户籍地、重新编号，并加盖印章，逐级通过县级人民政府民政部门发还申请人。各级民政部门应当在20个工作日内完成本级民政部门需要办理的事项。

迁出地民政部门邮寄伤残档案时，应当将伤残证及其军队或者地方相关的评残审批表或者换证表复印备查。

第二十一条 伤残人员本省、自治区、直辖市范围内迁移的有关手续，由省、自治区、直辖市人民政府民政部门规定。

第五章 抚恤金发放

第二十二条 伤残人员从被批准残疾等级评定后的第二个月起，由发给其伤残证件的县级人民政府民政部门按照规定予以抚恤。伤残人员抚恤关系转移的，其当年的抚恤金由部队或者迁出地的民政部门负责发给，从第二年起由迁入地民政部门按当地标准发给。

第二十三条 在国内异地（指非发放抚恤金所在地）居住的伤残人员或者前往香港、澳门、台湾定居或者出国定居的中国国籍伤残人员，经向县级人民政府民政部门申请并办理相关手续后，其伤残抚恤金可以委托他人代领，也可以委托民政部门邮寄给本人、或者存入其指定的金融机构账户，所需费用由本人负担。

第二十四条 在国内异地居住的伤残人员，每年应当向负责支付其伤残抚恤金的民政部门提供一次居住地公安机关出具的居住证明。当年未提交证明的，县级人民政府民政部门应当经过公告或者通知其家属提交证明；经过公告或者通知其家属后60日内，伤残人员仍未提供上述居住证明的，从第二年起停发伤残抚恤金。

前往香港、澳门、台湾定居或者出国定居的伤残人员，县级人民政府民政部门应当告知当事人每年向负责支付其伤残抚恤金的民政部门提供一次由我国驻外使领馆或者当地公证机关出具的居住证明，由当地公证机关出具的证明书，须经我驻外使领馆认证。香港地区由内地认可的公证人出具居住证明，澳门地区由内地认可的公证人或者澳门地区政府公证部门出具居住证明，台湾地区由当地公证机构出具居住证明。当年未提供上述居住证明的，从第二年起停发伤残抚恤金。

第二十五条 伤残人员死亡的，从死亡后的第二个月起停发抚恤金。

第二十六条 县级人民政府民政部门依据人民法院的判决书，或者公安机关发布的通缉令，对具有中止抚恤情形的伤残人员决定中止抚恤，并通知本人或者其家属。

第二十七条 中止抚恤的伤残人员在刑满释放并恢复政治权利或者取消通缉后，经本人申请，并经民政部门审查符合条件的，从第二个月起恢复抚恤，原停发的抚恤金不予补发。办理恢复抚恤手续应当提供下列材料：本人申请、户口簿、司法部门的相关证明。需要重新办证的，按照证件丢失规定办理。

第六章 附 则

第二十八条 未列入行政编制的人民警察，参照本办法评定伤残等级，其伤残抚恤金由所在单位按规定发放。

第二十九条 本办法施行以前发生的有关第二条第一款第（三）项中"因战因公负伤时为参照《中华人民共和国公务员法》管理的国家机关工作人员"和第二条第一款第（六）项事项不予办理。

本办法施行以前已经发放的《伤残国家机关工作人员证》、《伤残民兵民工证》不再换发。

第三十条 省级人民政府民政部门可以根据本地实际情况，制定具体工作细则。

第三十一条 本办法自2007年8月1日起施行。1997年民政部颁布的《伤残抚恤管理暂行办法》同时废止。

　　附件：1.《评定、调整伤残等级审批表》（式样）（略）

　　　　2.《不予评定伤残等级决定书》（主要内容）（略）

　　　　3.《不予调整伤残等级决定书》（主要内容）（略）

优抚对象及其子女教育优待暂行办法

(2004 年 10 月 21 日　民发〔2004〕192 号)

为体现国家和社会对优抚对象的关怀，保障优抚对象的合法权益，根据《军人抚恤优待条例》的规定，制定本办法。

一、本办法的优待对象包括：退役士兵；残疾军人、烈士子女、因公牺牲军人子女、一级至四级残疾军人子女、现役军人子女。

二、退役士兵报考普通高等学校的，在同等条件下，优先录取；自谋职业的城镇退役士兵、在服役期间荣立三等功的退役士兵，可在其统考成绩总分的基础上增加 10 分投档；其中在服役期间荣立二等功（含）以上或被大军区以上单位授予荣誉称号的，可在其统考成绩总分的基础上增加 20 分投档。

自谋职业的城镇退役士兵报考成人高等学校可增加 10 分投档；在服役期间荣立三等功（含）以上的退役士兵，可在考生考试成绩基础上增加 20 分投档。

退役士兵报考研究生的，在同等条件下，可优先予以复试或录取。

三、烈士子女入学入托的，在同等条件下优先接收；烈士子女在公办学校学习期间免交学费、杂费，对其中寄宿学生酌情给予生活补助。报考普通高中、中等职业学校时降 20 分录取。

报考普通或成人高等学校的，由省级招生委员会决定，可在高等学校调档分数线下适当降低分数要求投档，降分幅度不得超过 20 分。

报考成人高等学校由省级成人高校招生办公室决定可以在考生考试成绩基础上增加 20 分投档。

四、残疾军人、因公牺牲军人子女、一级至四级残疾军人子女报考普通高中、中等职业学校的，招生时降 10 分录取。报考高等学校的，在同等条件下优先录取。残疾军人在校学习期间免交学杂费。

五、驻边疆国境的县（市）、沙漠区、国家确定的边远地区中的三类地区和军队确定的特、一、二类岛屿部队现役军人子女，在报考普通高中、中等职业学校招生时降 20 分录取，并不得收取省、自治区、直辖市规定收费标准以外的其他任何费用。

报考高等学校的，在同等条件下优先录取。

六、现役军人子女入公办中小学校和幼儿园、托儿所，在同等条件下优先接收；报考普通高等学校，在同等条件下优先录取。

七、凡是国家实施"西部开发助学工程"地区的优抚对象及其子女，在符合资助标准的前提下优先享受"西部开发助学工程"的相关政策。

八、各类优抚对象在同等条件下优先享受国家设立的各类奖学金、学校自行设立的奖学金以及社会各界出资设立的奖学金，优先享受国家提供的各项助学贷款，优先享受学校提供的困难补助和社会捐助，同时学校应优先为他们提供勤工助学岗位。

九、各地可依据此文件精神制定本地区的优待办法。

十、本办法由民政部、教育部、总政治部负责解释。

一至六级残疾军人医疗保障办法

（2005 年 12 月 21 日民发［2005］199 号）

为切实保障退出现役的一至六级残疾军人（以下简称残疾军人）的医疗待遇，根据《军人抚恤优待条例》的规定，制定本办法。

一、残疾军人按照属地原则参加城镇基本医疗保险，并在此基础上享受残疾军人医疗补助。

二、有工作单位的残疾军人随单位参加基本医疗保险，按规定缴费。无工作单位的残疾军人参加基本医疗保险，以统筹地区上年度在岗职工平均工资作为缴费基数。

所在单位无力参保和无工作单位的残疾军人由统筹地区民政部门统一办理参保手续。其单位缴费部分，经统筹地区劳动保障、民政、财政部门共同审核确认后，由残疾军人所在地财政安排资金。

残疾军人参加基本医疗保险个人缴费确有困难的，由残疾军人所在单位帮助解决；单位无力解决和无工作单位的，经统筹地区劳动保障、民政、财政部门共同审核确认后，由残疾军人所在地财政安排资金。

三、残疾军人医疗补助是在城镇基本医疗保险制度基础上，对残疾军人的补充医疗保障。医疗补助所需资金由当地民政部门根据本地经济和社会发展水平、财政负担能力、残疾军人医疗费实际支出和原医疗保障水平等因素测算，经同级财政部门审核确定后，列入当年财政预算。各地要保障残疾军人现有的医疗待遇不降低，尤其要对一至四级残疾军人给予政策倾斜。医疗补助资金要与基本医疗保险基金分开核算，单独列帐。

四、残疾军人的医疗服务管理按照统筹地区基本医疗保险和残疾军人医疗补助办法的有关规定执行。各地要采取行之有效的措施，加强管理，防止浪费。

五、有关部门要密切配合，切实履行各自职责。

民政部门要严格一至六级残疾军人的审核工作并提供有关资料，统一办理相关人员的参保、缴费等手续，做好各项协调工作；对年老体弱、行动不便的残疾军人，基层民政部门要对其就医等给予协助。

劳动保障部门要做好参保残疾军人的医疗保险服务管理工作，按规定保障参保残疾军人相应的医疗保险待遇；要对资金使用情况进行定期分析，并商财政、民政部门解决资金使用过程中出现的问题。

财政部门要及时安排有关资金，并会同有关部门加强资金使用的监督检查，确保残疾军人医疗补助资金专款专用。当地财政确有困难的，上级财政要帮助解决，特别是省级财政要切实负起责任。中央财政对财政困难及残疾军人人数较多的地区给予适当补助。

六、各省、自治区、直辖市要根据本办法并结合本地区实际情况制定实施办法，切实保障残疾军人的医疗待遇。

七、本办法自 2006 年 1 月 1 日起实施。

中华人民共和国未成年人保护法（节录）

（1991 年 9 月 4 日第七届全国人民代表大会常务委员会第二十一次会议通过 2006 年 12 月 29 日第十届全国人民代表大会常务委员会第二十五次会议修订）

……

第二十一条 学校、幼儿园、托儿所的教职员工应当尊重未成年人的人格尊严，不得对未成年人实施体罚、变相体罚或者其他侮辱人格尊严的行为。

第二十二条　学校、幼儿园、托儿所应当建立安全制度，加强对未成年人的安全教育，采取措施保障未成年人的人身安全。

学校、幼儿园、托儿所不得在危及未成年人人身安全、健康的校舍和其他设施、场所中进行教育教学活动。

学校、幼儿园安排未成年人参加集会、文化娱乐、社会实践等集体活动，应当有利于未成年人的健康成长，防止发生人身安全事故。

第二十三条　教育行政等部门和学校、幼儿园、托儿所应当根据需要，制定应对各种灾害、传染性疾病、食物中毒、意外伤害等突发事件的预案，配备相应设施并进行必要的演练，增强未成年人的自我保护意识和能力。

第二十四条　学校对未成年学生在校内或者本校组织的校外活动中发生人身伤害事故的，应当及时救护，妥善处理，并及时向有关主管部门报告。

……

第四十九条　未成年人的合法权益受到侵害的，被侵害人及其监护人或者其他组织和个人有权向有关部门投诉，有关部门应当依法及时处理。

……

第五十三条　父母或者其他监护人不履行监护职责或者侵害被监护的未成年人的合法权益，经教育不改的，人民法院可以根据有关人员或者有关单位的申请，撤销其监护人的资格，依法另行指定监护人。被撤销监护资格的父母应当依法继续负担抚养费用。

……

第六十条　违反本法规定，侵害未成年人的合法权益，其他法律、法规已规定行政处罚的，从其规定；造成人身财产损失或者其他损害的，依法承担民事责任；构成犯罪的，依法追究刑事责任。

第六十一条　国家机关及其工作人员不依法履行保护未成年人合法权益的责任，或者侵害未成年人合法权益，或者对提出申诉、控告、检举的人进行打击报复的，由其所在单位或者上级机关责令改正，对直接负责的主管人员和其他直接责任人员依法给予行政处分。

第六十二条　父母或者其他监护人不依法履行监护职责，或者侵害未成年人合法权益的，由其所在单位或者居民委员会、村民委员会予以劝诫、制止；构成违反治安管理行为的，由公安机关依法给予行政处罚。

第六十三条　学校、幼儿园、托儿所侵害未成年人合法权益的，由教育行政部门或者其他有关部门责令改正；情节严重的，对直接负责的主管人员和其他直接责任人员依法给予处分。

学校、幼儿园、托儿所教职员工对未成年人实施体罚、变相体罚或者其他侮辱人格行为的，由其所在单位或者上级机关责令改正；情节严重的，依法给予处分。

第六十四条　制作或者向未成年人出售、出租或者以其他方式传播淫秽、暴力、凶杀、恐怖、赌博等图书、报刊、音像制品、电子出版物以及网络信息等的，由主管部门责令改正，依法给予行政处罚。

第六十五条　生产、销售用于未成年人的食品、药品、玩具、用具和游乐设施不符合国家标准或者行业标准，或者没有在显著位置标明注意事项的，由主管部门责令改正，依法给予行政处罚。

第六十六条　在中小学校园周边设置营业性歌舞娱乐场所、互联网上网服务营业场所等不适宜未成年人活动的场所的，由主管部门予以关闭，依法给予行政处罚。

营业性歌舞娱乐场所、互联网上网服务营业场所等不适宜未成年人活动的场所允许未成年人进入，或者没有在显著位置设置未成年人禁入标志的，由主管部门责令改正，依法给予行政处罚。

第六十七条　向未成年人出售烟酒，或者没有在显著位置设置不向未成年人出售烟酒标志的，由主管部门责令改正，依法给予行政处罚。

第六十八条 非法招用未满十六周岁的未成年人，或者招用已满十六周岁的未成年人从事过重、有毒、有害等危害未成年人身心健康的劳动或者危险作业的，由劳动保障部门责令改正，处以罚款；情节严重的，由工商行政管理部门吊销营业执照。

第六十九条 侵犯未成年人隐私，构成违反治安管理行为的，由公安机关依法给予行政处罚。

第七十条 未成年人救助机构、儿童福利机构及其工作人员不依法履行对未成年人的救助保护职责，或者虐待、歧视未成年人，或者在办理收留抚养工作中牟取利益的，由主管部门责令改正，依法给予行政处分。

第七十一条 胁迫、诱骗、利用未成年人乞讨或者组织未成年人进行有害其身心健康的表演等活动的，由公安机关依法给予行政处罚。

......

学生伤害事故处理办法

（2002年6月25日教育部令第12号公布 自2002年9月1日起施行）

第一章 总 则

第一条 为积极预防、妥善处理在校学生伤害事故，保护学生、学校的合法权益，根据《中华人民共和国教育法》、《中华人民共和国未成年人保护法》和其他相关法律、行政法规及有关规定，制定本办法。

第二条 在学校实施的教育教学活动或者学校组织的校外活动中，以及在学校负有管理责任的校舍、场地、其他教育教学设施、生活设施内发生的，造成在校学生人身损害后果的事故的处理，适用本办法。

第三条 学生伤害事故应当遵循依法、客观公正、合理适当的原则，及时、妥善地处理。

第四条 学校的举办者应当提供符合安全标准的校舍、场地、其他教育教学设施和生活设施。

教育行政部门应当加强学校安全工作，指导学校落实预防学生伤害事故的措施，指导、协助学校妥善处理学生伤害事故，维护学校正常的教育教学秩序。

第五条 学校应当对在校学生进行必要的安全教育和自护自救教育；应当按照规定，建立健全安全制度，采取相应的管理措施，预防和消除教育教学环境中存在的安全隐患；当发生伤害事故时，应当及时采取措施救助受伤害学生。

学校对学生进行安全教育、管理和保护，应当针对学生年龄、认知能力和法律行为能力的不同，采用相应的内容和预防措施。

第六条 学生应当遵守学校的规章制度和纪律；在不同的受教育阶段，应当根据自身的年龄、认知能力和法律行为能力，避免和消除相应的危险。

第七条 未成年学生的父母或者其他监护人（以下称为监护人）应当依法履行监护职责，配合学校对学生进行安全教育、管理和保护工作。

学校对未成年学生不承担监护职责，但法律有规定的或者学校依法接受委托承担相应监护职责的情形除外。

第二章 事故与责任

第八条 学生伤害事故的责任，应当根据相关当事人的行为与损害后果之间的因果关系依法确定。

因学校、学生或者其他相关当事人的过错造成的学生伤害事故，相关当事人应当根据其行为过错程度的比例及其与损害后果之间的因果关系承担相应的责任。当事人的行为是损害后果发生的主要原因，应当承担主要责任；当事人的行为是损害后果发生的非主要原因，承担相应的责任。

第九条 因下列情形之一造成的学生伤害事故，学校应当依法承担相应的责任：

（一）学校的校舍、场地、其他公共设施，以及学校提供给学生使用的学具、教育教学和生活设施、设备不符合国家规定的标准，或者有明显不安全因素的；

（二）学校的安全保卫、消防、设施设备管理等安全管理制度有明显疏漏，或者管理混乱，存在重大安全隐患，而未及时采取措施的；

（三）学校向学生提供的药品、食品、饮用水等不符合国家或者行业的有关标准、要求的；

（四）学校组织学生参加教育教学活动或者校外活动，未对学生进行相应的安全教育，并未在可预见的范围内采取必要的安全措施的；

（五）学校知道教师或者其他工作人员患有不适宜担任教育教学工作的疾病，但未采取必要措施的；

（六）学校违反有关规定，组织或者安排未成年学生从事不宜未成年人参加的劳动、体育运动或者其他活动的；

（七）学生有特异体质或者特定疾病，不宜参加某种教育教学活动，学校知道或者应当知道，但未予以必要的注意的；

（八）学生在校期间突发疾病或者受到伤害，学校发现，但未根据实际情况及时采取相应措施，导致不良后果加重的；

（九）学校教师或者其他工作人员体罚或者变相体罚学生，或者在履行职责过程中违反工作要求、操作规程、职业道德或者其他有关规定的；

（十）学校教师或者其他工作人员在负有组织、管理未成年学生的职责期间，发现学生行为具有危险性，但未进行必要的管理、告诫或者制止的；

（十一）对未成年学生擅自离校等与学生人身安全直接相关的信息，学校发现或者知道，但未及时告知未成年学生的监护人，导致未成年学生因脱离监护人的保护而发生伤害的；

（十二）学校有未依法履行职责的其他情形的。

第十条 学生或者未成年学生监护人由于过错，有下列情形之一，造成学生伤害事故，应当依法承担相应的责任：

（一）学生违反法律法规的规定，违反社会公共行为准则、学校的规章制度或者纪律，实施按其年龄和认知能力应当知道具有危险或者可能危及他人的行为的；

（二）学生行为具有危险性，学校、教师已经告诫、纠正，但学生不听劝阻、拒不改正的；

（三）学生或者其监护人知道学生有特异体质，或者患有特定疾病，但未告知学校的；

（四）未成年学生的身体状况、行为、情绪等有异常情况，监护人知道或者已被学校告知，但未履行相应监护职责的；

（五）学生或者未成年学生监护人有其他过错的。

第十一条 学校安排学生参加活动，因提供场地、设备、交通工具、食品及其他消费与服务的经营者，或者学校以外的活动组织者的过错造成的学生伤害事故，有过错的当事人应当依法承担相应的责任。

第十二条 因下列情形之一造成的学生伤害事故，学校已履行了相应职责，行为并无不当的，无法律责任：

（一）地震、雷击、台风、洪水等不可抗的自然因素造成的；

（二）来自学校外部的突发性、偶发性侵害造成的；

（三）学生有特异体质、特定疾病或者异常心理状态，学校不知道或者难于知道的；

（四）学生自杀、自伤的；

（五）在对抗性或者具有风险性的体育竞赛活动中发生意外伤害的；

（六）其他意外因素造成的。

第十三条 下列情形下发生的造成学生人身损害后果的事故，学校行为并无不当的，不承担事故责任；事故责任应当按有关法律法规或者其他有关规定认定：

（一）在学生自行上学、放学、返校、离校途中发生的；

（二）在学生自行外出或者擅自离校期间发生的；

（三）在放学后、节假日或者假期等学校工作时间以外，学生自行滞留学校或者自行到校发生的；

（四）其他在学校管理职责范围外发生的。

第十四条 因学校教师或者其他工作人员与其职务无关的个人行为，或者因学生、教师及其他个人故意实施的违法犯罪行为，造成学生人身损害的，由致害人依法承担相应的责任。

第三章 事故处理程序

第十五条 发生学生伤害事故，学校应当及时救助受伤害学生，并应当及时告知未成年学生的监护人；有条件的，应当采取紧急救援等方式救助。

第十六条 发生学生伤害事故，情形严重的，学校应当及时向主管教育行政部门及有关部门报告；属于重大伤亡事故的，教育行政部门应当按照有关规定及时向同级人民政府和上一级教育行政部门报告。

第十七条 学校的主管教育行政部门应学校要求或者认为必要，可以指导、协助学校进行事故的处理工作，尽快恢复学校正常的教育教学秩序。

第十八条 发生学生伤害事故，学校与受伤害学生或者学生家长可以通过协商方式解决；双方自愿，可以书面请求主管教育行政部门进行调解。

成年学生或者未成年学生的监护人也可以依法直接提起诉讼。

第十九条 教育行政部门收到调解申请，认为必要的，可以指定专门人员进行调解，并应当在受理申请之日起60日内完成调解。

第二十条 经教育行政部门调解，双方就事故处理达成一致意见的，应当在调解人员的见证下签订调解协议，结束调解；在调解期限内，双方不能达成一致意见，或者调解过程中一方提起诉讼，人民法院已经受理的，应当终止调解。

调解结束或者终止，教育行政部门应当书面通知当事人。

第二十一条 对经调解达成的协议，一方当事人不履行或者反悔的，双方可以依法提起诉讼。

第二十二条 事故处理结束，学校应当将事故处理结果书面报告主管的教育行政部门；重大伤亡事故的处理结果，学校主管的教育行政部门应当向同级人民政府和上一级教育行政部门报告。

第四章 事故损害的赔偿

第二十三条 对发生学生伤害事故负有责任的组织或者个人，应当按照法律法规的有关规定，承担相应的损害赔偿责任。①

第二十四条 学生伤害事故赔偿的范围与标准，按照有关行政法规、地方性法规或者最高人民法院司法解释中的有关规定确定。

教育行政部门进行调解时，认为学校有责任的，可以依照有关法律法规及国家有关规定，提出相应的调解方案。

①对未成年人依法负有教育、管理、保护义务的学校、幼儿园或者其他教育机构，未尽职责范围内的相关义务致使未成年人遭受人身损害，或者未成年人致他人人身损害的，应当承担与其过错相应的赔偿责任。第三人侵权致使未成年人遭受人身损害的，应当承担赔偿责任。学校、幼儿园等教育机构有过错的，应当承担相应的补充赔偿责任。

第二十五条　对受伤害学生的伤残程度存在争议的，可以委托当地具有相应鉴定资格的医院或者有关机构，依据国家规定的人体伤残标准进行鉴定。

第二十六条　学校对学生伤害事故负有责任的，根据责任大小，适当予以经济赔偿，但不承担解决户口、住房、就业等与救助受伤害学生、赔偿相应经济损失无直接关系的其他事项。

学校无责任的，如果有条件，可以根据实际情况，本着自愿和可能的原则，对受伤害学生给予适当的帮助。

第二十七条　因学校教师或者其他工作人员在履行职务中的故意或者重大过失造成的学生伤害事故，学校予以赔偿后，可以向有关责任人员追偿。

第二十八条　未成年学生对学生伤害事故负有责任的，由其监护人依法承担相应的赔偿责任。

学生的行为侵害学校教师及其他工作人员以及其他组织、个人的合法权益，造成损失的，成年学生或者未成年学生的监护人应当依法予以赔偿。

第二十九条　根据双方达成的协议、经调解形成的协议或者人民法院的生效判决，应当由学校负担的赔偿金，学校应当负责筹措；学校无力完全筹措的，由学校的主管部门或者举办者协助筹措。

第三十条　县级以上人民政府教育行政部门或者学校举办者有条件的，可以通过设立学生伤害赔偿准备金等多种形式，依法筹措伤害赔偿金。

第三十一条　学校有条件的，应当依据保险法的有关规定，参加学校责任保险。

教育行政部门可以根据实际情况，鼓励中小学参加学校责任保险。

提倡学生自愿参加意外伤害保险。在尊重学生意愿的前提下，学校可以为学生参加意外伤害保险创造便利条件，但不得从中收取任何费用。

第五章　事故责任者的处理

第三十二条　发生学生伤害事故，学校负有责任且情节严重的，教育行政部门应当根据有关规定，对学校的直接负责的主管人员和其他直接责任人员，分别给予相应的行政处分；有关责任人的行为触犯刑律的，应当移送司法机关依法追究刑事责任。

第三十三条　学校管理混乱，存在重大安全隐患的，主管的教育行政部门或者其他有关部门应当责令其限期整顿；对情节严重或者拒不改正的，应当依据法律法规的有关规定，给予相应的行政处罚。

第三十四条　教育行政部门未履行相应职责，对学生伤害事故的发生负有责任的，由有关部门对直接负责的主管人员和其他直接责任人员分别给予相应的行政处分；有关责任人的行为触犯刑律的，应当移送司法机关依法追究刑事责任。

第三十五条　违反学校纪律，对造成学生伤害事故负有责任的学生，学校可以给予相应的处分；触犯刑律的，由司法机关依法追究刑事责任。

第三十六条　受伤害学生的监护人、亲属或者其他有关人员，在事故处理过程中无理取闹，扰乱学校正常教育教学秩序，或者侵犯学校、学校教师或者其他工作人员的合法权益的，学校应当报告公安机关依法处理；造成损失的，可以依法要求赔偿。

第六章　附　　则

第三十七条　本办法所称学校，是指国家或者社会力量举办的全日制的中小学（含特殊教育学校）、各类中等职业学校、高等学校。

本办法所称学生是指在上述学校中全日制就读的受教育者。

第三十八条　幼儿园发生的幼儿伤害事故，应当根据幼儿为完全无行为能力人的特点，参照本办法处理。

第三十九条 其他教育机构发生的学生伤害事故，参照本办法处理。

在学校注册的其他受教育者在学校管理范围内发生的伤害事故，参照本办法处理。

第四十条 本办法自 2002 年 9 月 1 日起实施，原国家教委、教育部颁布的与学生人身安全事故处理有关的规定，与本办法不符的，以本办法为准。

在本办法实施之前已处理完毕的学生伤害事故不再重新处理。

国家赔偿

（一）综合

中华人民共和国国家赔偿法

　　（1994 年 5 月 12 日第八届全国人民代表大会常务委员会第七次会议通过 1994 年 5 月 12 日中华人民共和国主席令第 23 号公布 1995 年 1 月 1 日起施行）

第一章　总　则

第一条　为保障公民、法人和其他组织享有依法取得国家赔偿的权利，促进国家机关依法行使职权，根据宪法，制定本法。

第二条　国家机关和国家机关工作人员违法行使职权侵犯公民、法人和其他组织的合法权益造成损害的，受害人有依照本法取得国家赔偿的权利。

　　国家赔偿由本法规定的赔偿义务机关履行赔偿义务。

第二章　行政赔偿

第一节　赔偿范围

第三条　行政机关及其工作人员在行使行政职权时有下列侵犯人身权情形之一的，受害人有取得赔偿的权利：

　　（一）违法拘留①或者违法采取限制公民人身自由的行政强制措施②的；

　　（二）非法拘禁或者以其他方法非法剥夺公民人身自由的；

　　（三）以殴打等暴力行为或者唆使他人以殴打等暴力行为为造成公民身体伤害或者死亡的；

　　（四）违法使用武器、警械造成公民身

---

　　①违法拘留中的拘留指的是行政拘留。行政拘留是公安机关依法对违反行政管理秩序的公民采取的短期剥夺或限制其人身自由的一种行政处罚措施，只能由公安机关决定和执行。其他行政执法人员如果遇到需要对行政相对人进行拘留的情况时，必须向公安机关提出申请，由公安机关进行拘留；如果行政执法人员自行采取行政拘留措施，则属于行政越权行为，是违法拘留。

　　②行政强制措施，是指国家行政机关为了维护和实现行政管理秩序，预防和制止社会危害事件与违法行为的发生与存在，依照法律、法规规定，针对特定公民、法人或其他组织的人身、财产及行为进行临时约束或处置的、限制当事人权利的强制行为。我国法律规定的强制措施主要有强制医疗、强制戒毒、强制遣送、强制传唤、劳动教养、收容审查、行政扣留以及其他行政强制措施。对人身自由有权直接采取强制措施的行政机关主要有公安机关、国家安全机关、海关等。

体伤害或者死亡的；

（五）造成公民身体伤害或者死亡的其他违法行为。①

第四条 行政机关及其工作人员在行使行政职权时有下列侵犯财产权情形之一的，受害人有取得赔偿的权利：

（一）违法实施罚款、吊销许可证和执照、责令停产停业、没收财物等行政处罚的；

（二）违法对财产采取查封、扣押、冻结等行政强制措施的；

（三）违反国家规定征收财物、摊派费用的；

（四）造成财产损害的其他违法行为。

第五条 属于下列情形之一的，国家不承担赔偿责任：

（一）行政机关工作人员与行使职权无关的个人行为；

（二）因公民、法人和其他组织自己的行为致使损害发生的；

（三）法律规定的其他情形。

第二节 赔偿请求人和赔偿义务机关

第六条 受害的公民、法人和其他组织有权要求赔偿。

受害的公民死亡，其继承人和其他有扶养关系的亲属有权要求赔偿。

受害的法人或者其他组织终止，承受其权利的法人或者其他组织有权要求赔偿。

第七条 行政机关及其工作人员行使行政职权侵犯公民、法人和其他组织的合法权益造成损害的，该行政机关为赔偿义务机关。

两个以上行政机关共同行使行政职权时侵犯公民、法人和其他组织的合法权益造成损害的，共同行使行政职权的行政机关为共同赔偿义务机关。

法律、法规授权的组织在行使授予的行政权力时侵犯公民、法人和其他组织的合法权益造成损害的，被授权的组织为赔偿义务机关。

受行政机关委托的组织或者个人在行使受委托的行政权力时侵犯公民、法人和其他组织的合法权益造成损害的，委托的行政机关为赔偿义务机关。

赔偿义务机关被撤销的，继续行使其职权的行政机关为赔偿义务机关；没有继续行使其职权的行政机关的，撤销该赔偿义务机关的行政机关为赔偿义务机关。

第八条 经复议机关复议的，最初造成侵权行为的行政机关为赔偿义务机关，但复议机关的复议决定加重损害的，复议机关对加重的部分履行赔偿义务。

第三节 赔偿程序

第九条 赔偿义务机关对依法确认有本法第三条、第四条规定的情形之一的，应当给予赔偿。

赔偿请求人要求赔偿应当先向赔偿义务机关提出，也可以在申请行政复议和提起行政诉讼时一并提出。

第十条 赔偿请求人可以向共同赔偿义务机关中的任何一个赔偿义务机关要求赔偿，该赔偿义务机关应当先予赔偿。

第十一条 赔偿请求人根据受到的不同损害，可以同时提出数项赔偿要求。

第十二条 要求赔偿应当递交申请书，申请书应当载明下列事项：

（一）受害人的姓名、性别、年龄、工作单位和住所，法人或者其他组织的名称、住所和法定代表人或者主要负责人的姓名、

---

①根据《最高人民法院关于公安机关不履行法定行政职责是否承担行政赔偿责任问题的批复》(2001 年 7 月 17 日，法释〔2001〕23 号) 的规定，由于公安机关不履行法定行政职责，致使公民、法人和其他组织的合法权益遭受损害的，也应当承担行政赔偿责任。在确定赔偿的数额时，应当考虑该不履行法定职责的行为在损害发生过程和结果中所起的作用等因素。

职务；

（二）具体的要求、事实根据和理由；

（三）申请的年、月、日。

赔偿请求人书写申请书确有困难的，可以委托他人代书；也可以口头申请，由赔偿义务机关记入笔录。

第十三条　赔偿义务机关应当自收到申请之日起 2 个月内依照本法第四章的规定给予赔偿；逾期不予赔偿或者赔偿请求人对赔偿数额有异议的，赔偿请求人可以自期间届满之日起 3 个月内向人民法院提起诉讼。

第十四条　赔偿义务机关赔偿损失后，应当责令有故意或者重大过失的工作人员或者受委托的组织或者个人承担部分或者全部赔偿费用。

对有故意或者重大过失的责任人员，有关机关应当依法给予行政处分；构成犯罪的，应当依法追究刑事责任。

第三章　刑 事 赔 偿

第一节　赔偿范围

第十五条　行使侦查、检察、审判、监狱管理职权的机关及其工作人员在行使职权时有下列侵犯人身权情形之一的，受害人有取得赔偿的权利：

（一）对没有犯罪事实或者没有事实证明有犯罪重大嫌疑的人错误拘留的；

（二）对没有犯罪事实的人错误逮捕的；

（三）依照审判监督程序再审改判无罪，原判刑罚已经执行的；

（四）刑讯逼供或者以殴打等暴力行为或者唆使他人以殴打等暴力行为造成公民身体伤害或者死亡的；

（五）违法使用武器、警械造成公民身体伤害或者死亡的。

第十六条　行使侦查、检察、审判、监狱管理职权的机关及其工作人员在行使职权时有下列侵犯财产权情形之一的，受害人有取得

赔偿的权利：

（一）违法对财产采取查封、扣押、冻结、追缴等措施的；

（二）依照审判监督程序再审改判无罪，原判罚金、没收财产已经执行的。

第十七条　属于下列情形之一的，国家不承担赔偿责任：

（一）因公民自己故意作虚伪供述，或者伪造其他有罪证据被羁押或者被判处刑罚的；

（二）依照刑法第十四条、第十五条规定不负刑事责任的人被羁押的；

（三）依照刑事诉讼法第十一条规定不追究刑事责任的人被羁押的；

（四）行使国家侦查、检察、审判、监狱管理职权的机关的工作人员与行使职权无关的个人行为；

（五）因公民自伤、自残等故意行为致使损害发生的；

（六）法律规定的其他情形。

第二节　赔偿请求人和赔偿义务机关

第十八条　赔偿请求人的确定依照本法第六条的规定。

第十九条　行使国家侦查、检察、审判、监狱管理职权的机关及其工作人员在行使职权时侵犯公民、法人和其他组织的合法权益造成损害的，该机关为赔偿义务机关。

对没有犯罪事实或者没有事实证明有犯罪重大嫌疑的人错误拘留的，作出拘留决定的机关为赔偿义务机关。

对没有犯罪事实的人错误逮捕的，作出逮捕决定的机关为赔偿义务机关。

再审改判无罪的，作出原生效判决的人民法院为赔偿义务机关。二审改判无罪的，作出一审判决的人民法院和作出逮捕决定的机关为共同赔偿义务机关。

第三节　赔偿程序

第二十条　赔偿义务机关对依法确认有本法

第十五条、第十六条规定的情形之一的，应当给予赔偿。

赔偿请求人要求确认有本法第十五条、第十六条规定情形之一的，被要求的机关不予确认的，赔偿请求人有权申诉。

赔偿请求人要求赔偿，应当先向赔偿义务机关提出。①

赔偿程序适用本法第十条、第十一条、第十二条的规定。

第二十一条 赔偿义务机关应当自收到申请之日起2个月内依照本法第四章的规定给予赔偿；逾期不予赔偿或者赔偿请求人对赔偿数额有异议的，赔偿请求人可以自期间届满之日起30日内向其上一级机关申请复议。

赔偿义务机关是人民法院，赔偿请求人可以依照前款规定向其上一级人民法院赔偿委员会申请作出赔偿决定。

第二十二条 复议机关应当自收到申请之日起2个月内作出决定。

赔偿请求人不服复议决定的，可以在收到复议决定之日起30日内向复议机关所在地的同级人民法院赔偿委员会申请作出赔偿决定；复议机关逾期不作决定的，赔偿请求人可以自期间届满之日起30日内向复议机关所在地的同级人民法院赔偿委员会申请作出赔偿决定。

第二十三条 中级以上的人民法院设立赔偿委员会，由人民法院3名至7名审判员组成。

赔偿委员会作赔偿决定，实行少数服从多数的原则。

赔偿委员会作出的赔偿决定，是发生法律效力的决定，必须执行。

第二十四条 赔偿义务机关赔偿损失后，应当向有下列情形之一的工作人员追偿部分或者全部赔偿费用。

（一）有本法第十五条第（四）、（五）项规定情形的；

（二）在处理案件中有贪污受贿，徇私舞弊，枉法裁判行为的。

对有前款（一）、（二）项规定情形的责任人员，有关机关应当依法给予行政处分；构成犯罪的，应当依法追究刑事责任。

第四章　赔偿方式和计算标准

第二十五条 国家赔偿以支付赔偿金为主要方式。

能够返还财产或者恢复原状的，予以返还财产或者恢复原状。

第二十六条 侵犯公民人身自由的，每日的赔偿金按照国家上年度②职工日平均工资计算。

第二十七条 侵犯公民生命健康权的，赔偿金按照下列规定计算：

（一）造成身体伤害的，应当支付医疗费，以及赔偿因误工减少的收入。减少的收入每日的赔偿金按照国家上年度职工日平均工资计算，最高额为国家上年度职工年平均工资的5倍；

（二）造成部分或者全部丧失劳动能力的，应当支付医疗费，以及残疾赔偿金，残疾赔偿金根据丧失劳动能力的程度确定，部分丧失劳动能力的最高额为国家上年度职工

---

①在提出刑事赔偿请求时，申请人应当提交下列主要证据：(1) 人身自由受到侵犯的，应提交释放证明、不起诉决定、无罪判决或者再审无罪判决等法律文书；(2) 造成受害人死亡的，应提交受害人死亡证明书或者其他载明死亡原因、时间、年龄情况等的证明书，死亡人在死亡前的职业和工资收入状况，死亡人生前抚养人的姓名、年龄，因死亡而花费的丧葬费用收据等；(3) 因人身伤害请求赔偿的，应提交证明伤害程度、性质的医院证明书，医疗费收据以及其他因此受损的证明；(4) 因财产受损害而请求赔偿的，应提交证明财产损失的证据、修理费收据或者重新购置收据等。

②"上年度"，是指赔偿义务机关、复议机关或者人民法院赔偿委员会作出赔偿决定时的上年度。复议机关、人民法院赔偿委员会维持原赔偿决定的，按作出原赔偿决定的上年度执行。

年平均工资的 10 倍，全部丧失劳动能力的为国家上年度职工年平均工资的 20 倍。造成全部丧失劳动能力的，对其扶养的无劳动能力的人，还应当支付生活费；

（三）造成死亡的，应当支付死亡赔偿金、丧葬费，总额为国家上年度职工年平均工资的 20 倍。对死者生前扶养的无劳动能力的人，还应当支付生活费。

前款第（二）、（三）项规定的生活费的发放标准参照当地民政部门有关生活救济的规定办理。被扶养的人是未成年人的，生活费给付至 18 周岁止；其他无劳动能力人，生活费给付到死亡时止。

第二十八条 侵犯公民、法人和其他组织的财产权造成损害的，按照下列规定处理：

（一）处罚款、罚金、追缴、没收财产或者违反国家规定征收财物、摊派费用的，返还财产；

（二）查封、扣押、冻结财产的，解除对财产的查封、扣押、冻结，造成财产损坏或者灭失的，依照本条第（三）、（四）项的规定赔偿；

（三）应当返还的财产损坏的，能够恢复原状的恢复原状，不能恢复原状的，按照损害程度给付相应的赔偿金；

（四）应当返还的财产灭失的，给付相应的赔偿金；

（五）财产已经拍卖的，给付拍卖所得的价款；

（六）吊销许可证和执照、责令停产停业的，赔偿停产停业期间必要的经常性费用开支；

（七）对财产权造成其他损害的，按照直接损失给予赔偿。

第二十九条 赔偿费用，列入各级财政预算，具体办法由国务院规定。

第五章 其他规定

第三十条 赔偿义务机关对依法确认有本法第三条第（一）、（二）项，第十五条第（一）、（二）、（三）项规定情形之一，并造成受害人名誉权、荣誉权损害的，应当在侵权行为影响的范围内，为受害人消除影响，恢复名誉，赔礼道歉。

第三十一条 人民法院在民事诉讼、行政诉讼过程中，违法采取对妨害诉讼的强制措施、保全措施或者对判决、裁定及其他生效法律文书执行错误，造成损害的，赔偿请求人要求赔偿的程序，适用本法刑事赔偿程序的规定。

第三十二条 赔偿请求人请求国家赔偿的时效为两年，自国家机关及其工作人员行使职权时的行为被依法确认为违法之日起计算，但被羁押期间不计算在内。

赔偿请求人在赔偿请求时效的最后 6 个月内，因不可抗力或者其他障碍不能行使请求权的，时效中止。从中止时效的原因消除之日起，赔偿请求时效期间继续计算。

第三十三条 外国人、外国企业和组织在中华人民共和国领域内要求中华人民共和国国家赔偿的，适用本法。

外国人、外国企业和组织的所属国对中华人民共和国公民、法人和其他组织要求该国家赔偿的权利不予保护或者限制的，中华人民共和国与该外国人、外国企业和组织的所属国实行对等原则。

第六章 附 则

第三十四条 赔偿请求人要求国家赔偿的，赔偿义务机关、复议机关和人民法院不得向赔偿请求人收取任何费用。

对赔偿请求人取得的赔偿金不予征税。

第三十五条 本法自 1995 年 1 月 1 日起施行。

国家赔偿费用管理办法

（1995 年 1 月 16 日国务院第 29 次常务会议通过 1995 年 1 月 25 日国务院令第 171 号发布 自发布之日起施行）

第一条 为了加强国家赔偿费用的管理，保障公民、法人和其他组织享有依法取得国家赔偿的权利，促进国家机关依法行使职权，根据国家赔偿法的规定，制定本办法。

第二条 本办法所称国家赔偿费用，是指赔偿义务机关依照国家赔偿法的规定，应当向赔偿请求人支付的费用。

第三条 国家赔偿以支付赔偿金为主要方式。支付赔偿金的计算标准，依照国家赔偿法的规定执行。

第四条 赔偿义务机关能够通过返还财产或者恢复原状实施国家赔偿的，应当返还财产或者恢复原状。

第五条 国家机关及其工作人员违法行使职权，对公民、法人和其他组织处以罚款、罚金、追缴、没收财产或者违反国家规定征收财物、摊派费用，对其造成损害，需要返还财产的，依照下列规定返还：（一）财产尚未上交财政的，由赔偿义务机关负责返还；（二）财产已经上交财政的，由赔偿义务机关负责向同级财政机关申请返还。

第六条 国家赔偿费用，列入各级财政预算，由各级财政按照财政管理体制分级负担。各级政府应当根据本地区的实际情况，确定一定数额的国家赔偿费用，列入本级财政预算。国家赔偿费用由各级财政机关负责管理。当年实际支付国家赔偿费用超过年度预算的部分，在本级预算预备费中解决。

第七条 国家赔偿费用由赔偿义务机关先从本单位预算经费和留归本单位使用的资金中支付，支付后再向同级财政机关申请核拨。

第八条 赔偿义务机关申请核拨国家赔偿费用或者申请返还已经上交财政的财产，应当根据具体情况，提供下列相应的有关文件或者文件副本：（一）赔偿请求人请求赔偿的申请书；（二）赔偿义务机关作出的赔偿决定；（三）复议机关的复议决定书；（四）人民法院的判决书、裁定书或者赔偿决定书；（五）赔偿义务机关对有故意或者重大过失的责任者依法实施追偿的意见或者决定；（六）财产已经上交财政的有关凭据；（七）财政机关要求提供的其他文件或者文件副本。

第九条 财政机关对赔偿义务机关的申请进行审核后，应当分别情况，按照下列规定作出处理：（一）财产已经上交财政，应当依法返还给赔偿请求人的，应当及时返还；（二）申请核拨已经依法支付的国家赔偿费用的，应当及时核拨。

第十条 财政机关审核行政赔偿的赔偿义务机关的申请时，发现该赔偿义务机关因故意或者有重大过失造成国家赔偿的，或者超出国家赔偿法规定的范围和标准赔偿的，可以提请本级政府责令该赔偿义务机关自行承担部分或者全部国家赔偿费用。

第十一条 赔偿义务机关向赔偿请求人支付国家赔偿费用或者返还财产，赔偿请求人应当出具收据或者其他凭证，赔偿义务机关应当将收据或者其他凭证的副本报送同级财政机关备案。

第十二条 赔偿义务机关赔偿损失后，应当依照国家赔偿法第十四条和第二十四条的规定，向责任者追偿部分或者全部国家赔偿费用。国家赔偿费用依照本办法第九条第二项的规定核拨的，追偿的国家赔偿费用应当上缴同级财政机关。

第十三条 各级财政机关应当加强对国家赔偿费用的监督管理，建立健全国家赔偿费用的管理和核拨制度。

第十四条 国家机关有下列行为之一的，由财政机关依法追缴被侵占的国家赔偿费用：

（一）虚报、冒领、骗取国家赔偿费用的；（二）挪用国家赔偿费用的；（三）未按照规定追偿国家赔偿费用的；（四）违反国家赔偿法的规定支付国家赔偿费用的。国家机关有前款所列行为之一的，对负有直接责任的主管人员和其他直接责任人员依法追究法律责任。

第十五条 财政部根据本办法制定中央国家机关国家赔偿费用管理的具体规定。省、自治区、直辖市人民政府根据本办法，并结合本地区实际情况，制定具体规定。

第十六条 本办法自发布之日起施行。

最高人民法院关于《中华人民共和国国家赔偿法》溯及力和人民法院赔偿委员会受案范围问题的批复

（1995年1月29日 法复〔1995〕1号）

各省、自治区、直辖市高级人民法院，解放军军事法院：

《中华人民共和国国家赔偿法》（以下简称《国家赔偿法》）公布和施行以来，一些地方高级人民法院就该法的溯及力和人民法院赔偿委员会受理案件的范围问题请示我院，经研究，现答复如下：

一、根据《国家赔偿法》第三十五条规定，《国家赔偿法》1995年1月1日起施行。《国家赔偿法》不溯及既往。即：国家机关及其工作人员行使职权时侵犯公民、法人和其他组织合法权益的行为，发生在1994年12月31日以前的，依照以前的有关规定处理。发生在1995年1月1日以后并经依法确认的，适用《国家赔偿法》予以赔偿。发生在1994年12月31日以前，但持续至1995年1月1日以后，并经依法确认的，属于1995年1月1日以后应予赔偿的部分，适用《国家赔偿法》予以赔偿；属于1994年12月31日以前应予赔偿的部分，适用当时的规定予以赔偿；当时没有规定的，参照《国家赔偿法》的规定予以赔偿。

二、依照《国家赔偿法》的有关规定，人民法院赔偿委员会受理下列案件：

1. 行使侦查、检察、监狱管理职权的机关及其工作人员在行使职权时侵犯公民、法人和其他组织的人身权、财产权，造成损害，经依法确认应予赔偿，赔偿请求人经依法申请赔偿和申请复议，因对复议决定不服或者复议机关逾期不作决定，在法定期间内向复议机关所在地的同级人民法院赔偿委员会申请作出赔偿决定的；

2. 人民法院是赔偿义务机关，赔偿请求人经申请赔偿，因赔偿义务机关逾期不予赔偿或者赔偿请求人对赔偿数额有异议，在法定期间内向赔偿义务机关的上一级人民法院赔偿委员会申请作出赔偿决定的。

最高人民法院赔偿委员会关于《国家赔偿法》不溯及既往的批复

（1999年12月13日 〔1999〕赔他字第34号）

吉林省高级人民法院：

你院1999年11月22日《关于钟国光申请刑事赔偿案件如何适用法律的请示》收悉，经研究。答复如下：

钟国光被错误限制人身自由的行为，于1993年经吉林省高级人民法院再审刑事判决予以纠正，二道区人民检察院对钟国光财产的扣押行为，也已于1987年12月10日宣布解除。根据《国家赔偿法》第三十五条、最高人民法院《关于〈中华人民共和国国家赔偿法〉溯及力和人民法院赔偿委员会受案范围问题的批复》的规定，本案不适用《国家赔偿法》，应由《国家赔偿法》规定以前的有关法律法规予以调整。

此复

最高人民法院关于人民法院执行《中华人民共和国国家赔偿法》几个问题的解释

（最高人民法院审判委员会第 811 次会议讨论通过 1996 年 5 月 6 日最高人民法院印发 法发〔1996〕15 号）

一、根据《中华人民共和国国家赔偿法》（以下简称赔偿法）第十七条第（二）项、第（三）项的规定，依照刑法第十四条、第十五条规定不负刑事责任的人和依照刑事诉讼法第十五条规定不追究刑事责任的人被羁押，国家不承担赔偿责任。但是对起诉后经人民法院判处拘役、有期徒刑、无期徒刑和死刑并已执行的上列人员，有权依法取得赔偿。判决确定前被羁押的日期依法不予赔偿。

二、依照赔偿法第三十一条的规定，人民法院在民事诉讼、行政诉讼过程中，违法采取对妨害诉讼的强制措施、保全措施或者对判决、裁定及其他生效法律文书执行错误，造成损害，具有以下情形之一的，适用刑事赔偿程序予以赔偿：

（一）错误实施司法拘留、罚款的；

（二）实施赔偿法第十五条第（四）项、第（五）项规定行为的；

（三）实施赔偿法第十六条第（一）项规定行为的。

人民法院审理的民事、经济、行政案件发生错判并已执行，依法应当执行回转的，或者当事人申请财产保全、先予执行，申请有错误造成财产损失依法应由申请人赔偿的，国家不承担赔偿责任。

三、公民、法人和其他组织申请人民法院依

照赔偿法规定予以赔偿的案件，应当经过依法确认。未经依法确认的，赔偿请求人应当要求有关人民法院予以确认。被要求的人民法院由有关审判庭负责办理依法确认事宜，并应以人民法院的名义答复赔偿请求人。被要求的人民法院不予确认的，赔偿请求人有权申诉。

四、根据赔偿法第二十六条、第二十七条的规定，人民法院判处管制、有期徒刑缓刑、剥夺政治权利等刑罚的人被依法改判无罪的，国家不承担赔偿责任，但是，赔偿请求人在判决生效前被羁押的，依法有权取得赔偿。

五、根据赔偿法第十九条第四款"再审改判无罪的，作出原生效判决的人民法院为赔偿义务机关"的规定，原一审人民法院作出判决后，被告人没有上诉，人民检察院没有抗诉，判决发生法律效力的，原一审人民法院为赔偿义务机关；被告人上诉或者人民检察院抗诉，原二审人民法院维持一审判决或者对一审人民法院判决予以改判的，原二审人民法院为赔偿义务机关。

六、赔偿法第二十六条关于"侵犯公民人身自由的，每日的赔偿金按照国家上年度职工日平均工资计算"中规定的上年度，应为赔偿义务机关、复议机关或者人民法院赔偿委员会作出赔偿决定时的上年度；复议机关或者人民法院赔偿委员会决定维持原赔偿决定的，按作出原赔偿决定时的上年度执行。

国家上年度职工日平均工资数额，应当以职工年平均工资除以全年法定工作日数的方法计算。年平均工资以国家统计局公布的数字为准。

最高人民法院关于人民法院赔偿委员会审理赔偿案件程序的暂行规定

(1996 年 5 月 6 日　法发〔1996〕第 14 号)

根据《中华人民共和国国家赔偿法》(以下简称赔偿法)的有关规定,现对人民法院赔偿委员会(以下简称赔偿委员会)审理赔偿案件的程序,作暂行规定。

一、立案审查

第一条　赔偿请求人依法向赔偿委员会申请作出赔偿决定的,应当递交赔偿申请书一式四份。赔偿请求人书写申请书确有困难的,可以口头申请。口头提出申请的,应当记入笔录,并填写《口头申请赔偿登记表》一式四份,由赔偿请求人签名、盖章。

第二条　赔偿请求人依法向赔偿委员会申请作出赔偿决定的被侵权事项,应当先经过依法确认。根据赔偿法第二十条第二款的规定,被要求确认的机关不予确认的,赔偿请求人有权申诉。赔偿委员会不受理要求确认的申诉案件。

第三条　赔偿请求人提出赔偿申请,除符合赔偿法第六条规定的条件以外,还应当提供以下相关的法律文书和证明材料:

(一)经依法确认有赔偿法第十五条、第十六条规定情形的法律文书,包括:人民法院一审宣告无罪并已发生法律效力的刑事判决书、人民法院二审宣告无罪的刑事判决书、人民法院依照审判监督程序再审宣告无罪的刑事判决书、人民检察院不起诉决定书或者公安机关释放证明书;

(二)经依法确认有赔偿法第三十一条规定情形的法律文书;

(三)赔偿义务机关作出的赔偿或者不予赔偿决定书。赔偿义务机关逾期未作出决定的,应当提供相关的证明材料;

赔偿义务机关是侦查、检察或者监狱管理机关的,应当提供上一级机关作出的复议决定书。复议机关逾期未作复议决定的,应当提供相关的证明材料;

(四)其他相关的法律文书、证明材料。

第四条　赔偿委员会收到赔偿申请后,应当在 7 日内决定是否立案,并及时通知赔偿请求人。缺少有关证明材料的,应当通知赔偿请求人予以补充。收到赔偿申请的时间应当自材料补充齐全后起算。

第五条　经审查,认为赔偿请求人的赔偿申请依法不属于赔偿委员会受理的,应当告知赔偿请求人向有关机关提出赔偿申请,或者转请有关部门处理,并通知赔偿请求人。

第六条　赔偿委员会立案后,在依法作出决定之前,赔偿请求人申请撤回赔偿申请的,应当准许。

二、案件审理

第七条　赔偿委员会决定立案审理的赔偿案件,应当指定专人负责办理。

第八条　赔偿委员会立案后,应当于 15 日内将赔偿请求人的赔偿申请书副本送达复议机关和赔偿义务机关。

第九条　赔偿委员会根据审理案件的需要,可以通知赔偿请求人、赔偿义务机关和复议机关的有关人员或者相关证人提供有关情况、案件材料、证明材料,或者到人民法院接受调查。

第十条　赔偿委员会对赔偿请求人和被请求的赔偿义务机关、复议机关调查取证,应当分别进行。

第十一条　经审查,赔偿案件事实清楚、证据确实、充分的,应当写出赔偿案件审查报告,并附有关案卷和证明材料,报请赔偿委员会主任提交赔偿委员会审理。

第十二条　赔偿案件审查报告应当包括以下

内容：

（一）案件的由来；

（二）赔偿请求人的基本情况，赔偿义务机关、复议机关的名称及其法定代表人；

（三）赔偿请求人申请事项及理由；

（四）申请的赔偿案件确认情况、赔偿义务机关的决定情况以及复议机关的复议情况；

（五）承办人审查认定的事实及依据；

（六）处理意见和理由。

第十三条 赔偿委员会审理案件依法不公开进行。

第十四条 赔偿委员会讨论案件，实行少数服从多数的原则。赔偿委员会半数以上委员的意见为赔偿委员会的决定意见。

第十五条 赔偿委员会认为重大、疑难的案件，必要时由赔偿委员会主任报请院长提交审判委员会讨论决定。审判委员会的决定，赔偿委员会应当执行。

第十六条 赔偿委员会审理的案件，应当分别下列情形依法作出决定：

（一）赔偿义务机关决定或者复议机关复议决定适用法律正确，赔偿方式、赔偿数额适当的，应当决定予以维持；

（二）赔偿义务机关决定、复议机关复议决定适用法律不当的，应当撤销原决定，依法作出决定；赔偿方式、赔偿数额不当的，应当作出变更决定；

（三）经依法确认有赔偿法第十五条、第十六条、第三十一条规定情形之一，赔偿义务机关或者复议机关逾期未作决定的，应当作出赔偿或者不予赔偿的决定；

（四）赔偿请求人申请赔偿事项属于赔偿法第十七条规定的国家不承担赔偿责任的情形，或者已超过法定时效的，应当作出不予赔偿的决定。

第十七条 赔偿委员会审理案件作出的决定，应当制作人民法院赔偿委员会决定书。

第十八条 人民法院赔偿委员会决定书，应当载明以下事项：

（一）赔偿请求人的基本情况，赔偿义务机关、复议机关的名称及其法定代表人；

（二）赔偿请求人申请事项，赔偿义务机关的决定、复议机关的复议决定情况；

（三）赔偿委员会认定的事实及依据；

（四）决定的理由与法律依据；

（五）决定内容。

第十九条 人民法院赔偿委员会决定书由赔偿委员会主任审核签发，加盖人民法院印。

第二十条 赔偿案件应当在3个月内作出是否赔偿的决定。因案件情况复杂，3个月内不能作出决定的，经本院院长批准，可以延长1个月；仍不能作出决定需要再延长审理期限的，应当报请上级人民法院批准，再延长的时间最多不得超过3个月。

三、执　　行

第二十一条 赔偿委员会决定一经作出，即发生法律效力，必须执行。

第二十二条 人民法院赔偿委员会决定书应当根据决定事项，分别送达赔偿请求人、赔偿义务机关和复议机关。

四、其他规定

第二十三条 赔偿委员会决定生效后，赔偿委员会如发现原认定的事实或者适用法律错误，必须改变原决定的，经本院院长决定或者上级人民法院指令，赔偿委员会应当重新审理，依法作出决定。

第二十四条 公民、法人和其他组织依法提起赔偿申请，可以委托律师、提出申请的公民的近亲属或者所在单位推荐的人，以及经人民法院许可的其他公民为代理人。

第二十五条 赔偿委员会是人民法院审理赔偿案件的审判组织。赔偿委员会下设办公室，负责办理具体事宜。

第二十六条 人民法院是赔偿义务机关的，审理赔偿案件可参照本规定。

最高人民法院关于审理
人民法院国家赔偿确认案件
若干问题的规定（试行）

（2004 年 5 月 18 日最高人民法院审判
委员会第 1315 次会议通过 2004 年 8 月 10
日最高人民法院公告公布 自 2004 年 10 月
1 日起施行 法释〔2004〕10 号）

为正确审理人民法院在审判和执行中违
法侵权的确认案件，根据《中华人民共和国
国家赔偿法》及有关法律制定本规定。

第一条 公民、法人或者其他组织认为人民
法院及其工作人员的职务行为侵犯其合法权
益提起国家赔偿请求的，除本规定第五条规
定的情形外，应当依法先行申请确认。

第二条 公民、法人或者其他组织认为人民
法院及其工作人员违法行使职权，申请确认
的是确认申请人。

申请确认由作出司法行为的人民法院受
理，但申请确认基层人民法院司法行为违法
的案件，由中级人民法院受理。

第三条 具备下列条件的，应予立案：

（一）确认申请人应当具有《中华人民
共和国国家赔偿法》第十八条规定的国家赔
偿请求人资格；

（二）有具体的确认请求和损害事实、
理由；

（三）确认申请人申请确认应当在司法
行为发生或者知道、应当知道司法行为发生
之日起两年内提出；

（四）属于受理确认申请的人民法院管
辖。

第四条 具有下列情形之一的确认申请，不
予受理：

（一）依法应当通过审判监督程序提出
申诉或者申请再审的；

（二）申请事项属于司法机关已经立案
正在查处的；

（三）人民法院工作人员的行为与行使
职权无关的；

（四）属于《中华人民共和国民事诉讼
法》第二百一十四条规定情形的；

（五）依法不属于确认范围的其他情
形。

第五条 人民法院作出的下列情形之一的判
决、裁定、决定，属于依法确认，当事人可
以根据该判决、裁定、决定提出国家赔偿申
请：

（一）逮捕决定已经依法撤销的，但
《中华人民共和国刑事诉讼法》第十五条规
定的情形除外；

（二）判决宣告无罪并已发生法律效力
的；

（三）实施了国家赔偿法第十五条第
（四）、（五）项规定的行为责任人员已被依
法追究的；

（四）实施了国家赔偿法第十六条第
（一）项规定行为，并已依法作出撤销决定
的；

（五）依法撤销违法司法拘留、罚款、
财产保全、执行裁定、决定的；

（六）对违法行为予以纠正的其他情
形。

第六条 人民法院应当在收到确认申请之日
起七日内决定是否立案。

审查立案时，发现缺少相关证据的，可
以通知确认申请人七日内予以补充。

第七条 确认申请人对不予受理决定不服
的，可以在收到不予受理决定书之日起十五
日内，向上一级人民法院申请复议。

上一级人民法院应当在收到复议申请之
日起三十日内作出是否受理的决定。

第八条 人民法院审理确认案件应当组成合
议庭。

第九条 人民法院审理确认案件，应当审查
以下内容：

（一）被申请确认的损害事实是否存在；

（二）人民法院原作出司法行为的理由及依据；

（三）人民法院原行使职权的行为是否符合法定程序、原行使的职权适用法律是否正确；

（四）其他需要审查的内容。

第十条 人民法院审理确认案件可以进行书面审理，根据案件的具体情况可以进行听证。是否听证由合议庭决定。

第十一条 被申请确认的案件在原审判、执行过程中，具有下列情形之一的，应当确认违法：

（一）人民法院决定逮捕的犯罪嫌疑人没有犯罪事实或者事实不清、证据不足，释放后，未依法撤销逮捕决定的；

（二）查封、扣押、冻结、追缴与刑事案件无关的合法财产，并造成损害的；

（三）违反法律规定对没有实施妨害诉讼行为的人、被执行人、协助执行人等，采取或者重复采取拘传、拘留、罚款等强制措施，且未依法撤销的；

（四）司法拘留超过法律规定或者决定书确定的期限的；

（五）超过法定金额实施司法罚款的；

（六）违反法律规定采取或者解除保全措施，给确认申请人造成损害的；

（七）超标的查封、扣押、冻结、变卖或者执行确认申请人可分割的财产，给申请人造成损害的；

（八）违反法律规定，重复查封、扣押、冻结确认申请人财产，给申请人造成损害的；

（九）对查封、扣押的财物故意不履行监管职责，发生灭失或者其他严重后果，给确认申请人造成损害的；

（十）对已经发现的被执行人的财产，故意拖延执行或者不执行，导致被执行的财产流失，给确认申请人造成损害的；

（十一）对应当恢复执行的案件不予恢复执行，导致被执行的财产流失，给确认申请人造成损害的；

（十二）没有法律依据将案件执行款物执行给其他当事人或者案外人，给确认申请人造成损害的；

（十三）违法查封、扣押、执行案外人财产，给案外人造成损害的；

（十四）对依法应当拍卖的财产未拍卖，强行将财产变卖或者以物抵债，给确认申请人造成损害的；

（十五）违反法律规定的其他情形。

第十二条 人民法院确认或者不予确认违法行使职权的，应当制作裁定书。确认违法的，应同时撤销原违法裁决。

人民法院对本院司法行为是否违法作出的裁定书由院长署名；上级人民法院对下级人民法院司法行为是否违法作出的裁定书由合议庭署名。

第十三条 人民法院审理确认案件，应当自送达受理通知书之日起六个月内作出裁定。需要延长期限的，报请本院院长批准可以延期三个月。

第十四条 确认申请人对人民法院受理确认申请后，超过审理期限未作出裁决的，可以在期满后三十日内向上一级人民法院提出书面申诉。

上一级人民法院应当在收到确认申诉书之日起三个月内指令下级人民法院限期作出裁定或者自行审理。自行审理需要延长期限的，报请本院院长批准可以延期三个月。

第十五条 上级人民法院审理确认案件举行听证的，下级人民法院应当参加听证。

确认申请人无正当理由不参加听证的，视为撤回确认申请。

第十六条 原作出司法行为的人民法院有义务对其行为的合法性作出说明。

第十七条 确认申请人对人民法院作出的不予确认违法的裁定不服，可以在收到裁定书之日起三十日内向上一级人民法院提出申诉。

上一级人民法院应当在收到确认申诉书之日起三个月内作出确认或者不予确认的裁定。需要延长期限的，报请本院院长批准可以延期三个月。

第十八条　最高人民法院对各级人民法院、上级人民法院对下级人民法院作出的确认裁定认为确有错误的，可以直接作出确认，也可以指令下级人民法院或者其他同级人民法院重新确认。

第十九条　本规定发布前的司法解释，与本规定相抵触的，以本规定为准。

第二十条　本规定自 2004 年 10 月 1 日起施行。

最高人民法院赔偿委员会关于复议机关未尽告知义务致使赔偿请求人逾期申请人民法院赔偿委员会应当受理的批复

（2001 年 9 月 4 日　〔2001〕赔他字第 8 号）

辽宁省高级人民法院：

你院 2001 年 6 月 11 日〔2001〕辽法委赔疑字第 4 号《关于贾德群等四人申请辽中县人民检察院错误逮捕赔偿如何适用赔偿法第二十二条及第三十二条的请示》收悉。经研究，答复如下：

同意你院请示报告中的第二种意见。《国家赔偿法》第二十二条第二款的规定，是法律赋予当事人的一种选择权，体现方便当事人和有利于及时赔偿的原则，而不是对当事人设定的义务或者对当事人权利的一种限制。复议机关受理案件后，逾期不作决定，也未告知赔偿请求人逾期可以向复议机关所在地的同级人民法院赔偿委员会申请作出赔偿决定的诉权，造成赔偿请求人逾期申请赔偿的过错在复议机关，不能因为复议机

关的过错而剥夺赔偿请求人的诉权。根据《国家赔偿法》第三十二条的规定，赔偿请求人请求国家赔偿的时效为 2 年，赔偿请求人逾期后在法定时效 2 年内向人民法院赔偿委员会申请作出决定的，人民法院赔偿委员会应当受理。

此复

最高人民法院赔偿委员会关于赔偿义务机关未经确认所作的赔偿决定应予撤销的批复

（2001 年 9 月 20 日　〔2001〕赔他字第 11 号）

河南省高级人民法院：

你院 2001 年 7 月 13 日〔2001〕豫法委赔监字第 04 号《关于王来运申请错误逮捕赔偿一案的请示报告》收悉。经研究，答复如下：

一、孟州市人民法院对王来运的逮捕，属于《国家赔偿法》第十五条第（二）项规定的对没有犯罪事实的人错误逮捕的情形，由此造成的损失属于国家赔偿的范围。

二、《国家赔偿法》第十七条第（三）项规定的国家免责情形是指已构成犯罪，且事实清楚，证据充分，当事人没有告诉或者撤诉的情形，而王来运不属此种情形。

三、孟州市人民法院在刑事自诉案件审理过程中，宏锋高档家具公司申请撤回刑事自诉，法院口头裁定准予撤诉，是极不严肃的。且对王来运并未作出追究刑事责任的结论，但在〔1999〕孟法赔字第 1 号赔偿决定中却认定王来运构成职务侵占罪，本案属于未经确认即进入国家赔偿程序的情形，孟州市人民法院的赔偿决定应当予以撤销。

四、王来运支付给宏峰高档家具公司 6000元人民币所造成的损失，不是人民法院的审

判行为所造成的，故不应当由国家承担赔偿责任。

此复

（二）司法赔偿

司法行政机关行政赔偿、刑事赔偿办法

（1995 年 9 月 8 日　司法部令第 40 号发布）

第一章　总　则

第一条　为保障公民、法人和其他组织的合法权益，促进司法行政机关依法行使职权，根据《中华人民共和国国家赔偿法》，制定本办法。

第二条　司法行政机关及其工作人员违法行使职权侵犯公民、法人和其他组织的合法权益造成损害的，应依照国家有关规定给予受害人行政赔偿或者刑事赔偿。

第三条　司法行政机关行政赔偿、刑事赔偿工作坚持以事实为依据，以法律为准绳，有错必纠的原则。

第四条　司法行政机关办理行政赔偿、刑事赔偿案件，实行有关业务部门承办、法制工作部门审核，机关负责人决定的制度。

第二章　赔偿范围

第五条　司法行政机关的监狱部门及其工作人员在行使职权时，有下列侵犯人身权情形之一的，应当予以刑事赔偿：

（一）刑讯逼供或者体罚、虐待服刑人员，造成身体伤害或死亡的；

（二）殴打或者唆使、纵容他人殴打服刑人员，造成严重后果的；

（三）侮辱服刑人员造成严重后果的；

（四）对服刑期满的服刑人员无正当理由不予释放的；

（五）违法使用武器、警械、戒具造成公民身体伤害、死亡的；

（六）其他违法行为造成服刑人员身体伤害或者死亡的。

第六条　司法行政机关的劳动教养管理所及其工作人员在行使职权时，有下列侵犯人身权情形之一的，应当予以行政赔偿：

（一）刑讯逼供或者体罚、虐待被劳动教养人员，造成身体伤害或死亡的；

（二）殴打或者唆使、纵容他人殴打被劳动教养人员，造成严重后果的；

（三）侮辱被劳动教养人员造成严重后果的；

（四）对劳动教养期满的被劳动教养人员，无正当理由不予解教的；

（五）违法使用武器、警械、戒具造成公民身体伤害、死亡的；

（六）其他违法行为造成被劳动教养人员身体伤害或者死亡的。

第七条　司法行政机关及其工作人员在行使职权时有下列侵犯财产权情形之一的，应当予以赔偿：

（一）违法或错误决定吊销律师执业证的；

（二）违法或错误决定责令律师停止执业，以及对律师事务所停业整顿的；

（三）违法或错误决定吊销公证员执业证的；

（四）违法或错误决定责令公证处停业或者撤销公证处的；

（五）在各项管理工作中，其他违法行为给公民、法人和其他组织造成财产损害的。

第八条　属于下列情形之一的，司法行政机关不予赔偿：

（一）与行使司法行政机关管理职权无关的机关工作人员的个人行为；

（二）服刑人员、被劳动教养人员自伤自残的行为；

（三）因公民、法人和其他组织自己的行为致使损害发生的；

（四）法律规定的其他情形。

第三章 赔偿程序

第九条 司法行政机关的法制工作部门为赔偿案件受理机构，负责对赔偿请求进行初步审查并决定是否立案。

司法行政机关的监狱、劳动教养管理所的赔偿案件由监狱、劳动教养管理所受理、承办和审核。

第十条 请求赔偿应由请求人填写《行政（刑事）赔偿申请登记表》。特殊情况不能以书面方式提出的，可以口头方式提出，由受理机关承办人员代为填写并作出笔录，当事人签名。

第十一条 受理赔偿申请应当查明下述情况：

（一）是否属于本办法第五条、第六条、第七条规定的赔偿范围；

（二）有无本办法第八条规定的不承担赔偿责任的情形；

（三）请求人是否符合国家赔偿法第六条规定的条件；

（四）是否应由本机关予以赔偿；

（五）赔偿请求是否已过时效；

（六）请求赔偿的有关材料是否齐全。

第十二条 对已立案的赔偿案件，由案件受理机构分送有关业务部门，业务部门应指定与该案无直接利害关系的人员办理。

特殊情况外，也可由案件受理机构直接办理。

第十三条 承办部门应在1个月内对赔偿请求提出予以赔偿或不予赔偿的意见，连同有关材料报送法制工作部门审核。

承办部门确认应由本机关负赔偿责任的案件，应当提出赔偿数额、赔偿方式。

第十四条 法制工作部门对承办部门的意见应在10日内进行审核，并报本机关负责人批准。

第十五条 司法行政机关对符合法定赔偿条件，决定予以赔偿的，制作《行政（刑事）赔偿决定书》。

对不符合法定赔偿条件，决定不予赔偿的，制作《不予赔偿决定书》。

《行政（刑事）赔偿决定书》和《不予赔偿决定书》由机关负责人签署，加盖机关印章，并送达赔偿请求人。

第十六条 对本机关不负有赔偿义务的申请，应通知赔偿请求人向有赔偿义务的机关提出。

赔偿义务人是其他司法行政机关的，也可以根据申请人的请求，收案后移送有赔偿义务的司法行政机关。

第四章 复 议

第十七条 司法行政机关对赔偿请求人的申请不予确认的，赔偿请求人有权向上一级司法行政机关提出申诉。

上一级司法行政机关对于下级司法行政机关不予确认的赔偿请求，可以自行确认，也可以责成下级司法行政机关予以确认。

第十八条 赔偿请求人对赔偿义务机关的决定持有异议的，可以向上一级司法行政机关提出复议，复议申请可以直接向上一级司法行政机关提出，也可以通过原承办案件的司法行政机关转交。

第十九条 对监狱、劳动教养管理所作出的决定不服的复议申请，分别由监狱、劳动教养管理所所属的省一级或地区一级司法行政机关负责。

第二十条 负责复议的司法行政机关收到复议申请后，应及时调取案卷和有关材料进行审查。对事实不清的，可以要求原承办案件的司法行政机关补充调查，也可以自行调查。

第二十一条 对复议申请进行审查后，按照下列情形，分别作出复议决定：

（一）原决定事实清楚，适用法律正确的，予以维持；

（二）原决定认定事实不清楚、适用法律错误，或赔偿方式、赔偿数额不当的，撤销原决定，重新作出决定。

第二十二条 复议决定作出后，应制作《行政（刑事）复议决定书》，复议决定书由机关负责人签署，加盖机关印章。

第二十三条 复议决定书可以直接送达，也可以委托赔偿请求人所在地的司法行政机关送达。

第五章 执 行

第二十四条 负有赔偿义务的司法行政机关负责赔偿决定的执行。

第二十五条 赔偿应分别根据下列不同情况执行：

赔偿请求人对赔偿决定无异议的，按赔偿决定书执行；

赔偿请求人对赔偿决定提出复议的，按复议决定书执行；

赔偿请求人向人民法院赔偿委员会申请，并由人民法院赔偿委员会作出赔偿决定的，按人民法院赔偿委员会作出的赔偿决定书执行；

赔偿请求人向人民法院提起行政诉讼，人民法院作出赔偿判决的，按照判决书执行。

第二十六条 负有赔偿义务的司法行政机关应在自收到赔偿申请的2个月以内执行赔偿。

赔偿请求人向上一级司法行政机关申请复议或向人民法院赔偿委员会申请赔偿的，在收到复议决定书或人民法院赔偿委员会作出的赔偿决定书后即应执行。

第二十七条 负有赔偿义务的司法行政机关对造成受害人名誉权、荣誉权损害的，应当在侵权行为影响的范围内，为受害人消除影响，恢复名誉，赔礼道歉。

第六章 赔偿费用

第二十八条 负有赔偿义务的司法行政机关

能够通过返还财产或者恢复原状方式赔偿的，应以返还财产或者恢复原状的方式赔偿。

不能通过返还财产或者恢复原状方式赔偿的，主要以支付赔偿金方式赔偿。

第二十九条 支付赔偿金的计算标准，依照国家赔偿法的规定执行。

第三十条 行政赔偿和刑事赔偿费用由负有赔偿义务的司法行政机关先从本单位预算经费和留归本单位使用的资金中支付，支付后再向同级财政机关申请核拨。

第三十一条 经过行政复议的案件，最初造成侵权行为的司法行政机关和作出复议加重侵权的上级司法行政机关同时是赔偿义务机关的，由最初造成侵权行为的司法行政机关向受害人支付全部赔偿金后，再与上级司法行政机关结算各自应承担的费用。

第三十二条 司法行政机关在行政赔偿中其工作人员有故意或重大过失，在刑事赔偿中工作人员有国家赔偿法第二十四条规定情形之一的，工作人员应承担全部或部分赔偿费用。追偿办法另行规定。

第三十三条 赔偿义务机关赔偿后，应写出结案报告报送上级司法行政机关。

第七章 附 则

第三十四条 本办法自发布之日起施行。

最高人民法院赔偿委员会工作规则

（1999年4月26日最高人民法院赔偿委员会第7次会议通过 1999年5月31日公布 法发〔1999〕16号）

第一条 为了规范赔偿委员会工作，充分发挥其职能作用，根据《中华人民共和国国家赔偿法》和有关法律规定，特制定本规则。

第二条 赔偿委员会的任务

（一）讨论、决定下列案件：

1. 赔偿请求人向本院申请赔偿，应由本院作出赔偿决定的国家赔偿案件；

2. 不服本院赔偿委员会的决定，需要重新作出赔偿决定的案件；

3. 不服高级人民法院赔偿委员会的决定，向本院申诉，决定提审的案件；

4. 高级人民法院和解放军军事法院请示的适用法律的重大或者疑难的案件；

5. 其他重大、疑难的案件。

（二）讨论司法解释草案。

（三）讨论、研究赔偿工作的重大事项，总结赔偿工作经验，监督、指导地方各级法院的赔偿工作。

（四）讨论、决定其他有关赔偿工作的重大事项。

第三条　赔偿委员会讨论的事项，由主任或者副主任提交。

第四条　赔偿委员会两个月召开一次例会，必要时可以随时召开。

第五条　赔偿委员会讨论的议题，赔偿委员会办公室应当将有关的文件资料，于1日前发送各委员和有关列席人员。

赔偿委员会委员接到会议通知后应当按时出席会议。因故不能出席会议的应于1日前告知赔偿委员会办公室。

第六条　赔偿委员会会议由主任主持，或者由主任委托副主任主持。

第七条　赔偿委员会开会应有过半数的委员参加。

赔偿委员会实行民主集中制。赔偿委员会讨论的案件，必须超过委员会全体委员的半数同意方能通过。少数委员的意见可以保留并记录在卷。

第八条　赔偿委员会讨论的重大疑难的案件，或者有重大分歧的案件，可以由主持会议的赔偿委员会主任或者副主任决定提交审判委员会讨论。

第九条　赔偿委员会讨论的案件或者其他事项，承办人应当做好准备，根据会议主持人

的要求汇报，并负责回答委员提出的问题。

第十条　赔偿委员会的决定，赔偿委员会办公室应当执行，不得擅自改变；如发现有新情况，可以提请赔偿委员会主任或者副主任决定提交赔偿委员会复议。

第十一条　赔偿委员会讨论、决定的事项，须作出会议纪要，会议纪要经会议主持人审定后印发各委员，根据需要可增发各高级人民法院赔偿委员会。

赔偿委员会办公室应当将会议纪要附卷备查。

第十二条　赔偿委员会办公室，是赔偿委员会的具体工作机构，负责案件审理，草拟司法解释草案，负责赔偿委员会会前准备，会议记录，草拟会议纪要。根据赔偿委员会的部署和要求，具体实施对地方各级法院赔偿工作的监督、指导，对全国赔偿工作的经验和存在的问题开展调查研究，总结经验，以及办理其他有关赔偿工作的具体事项。

第十三条　赔偿委员会委员，以及其他列席会议的人员，应当遵守保密规定，不得泄漏赔偿委员会讨论情况。

第十四条　本规则自通过之日起实行。

最高人民法院　最高人民检察院关于办理人民法院、人民检察院共同赔偿案件若干问题的解释

（1997年6月27日　法发〔1997〕16号高检会〔1997〕1号）

第一条　检察机关批准逮捕并提起公诉，一审人民法院判决有罪，二审人民法院改判无罪依法应当赔偿的案件，一审人民法院和批准逮捕的人民检察院为共同赔偿义务机关。批准逮捕与提起公诉的如不是同一人民检察院，共同赔偿义务机关为提起公诉的人民检

察院。

第二条 赔偿请求人因在起诉、审判阶段被错误羁押而申请赔偿的,可以向共同赔偿义务机关中的任何一个机关提出申请,先收到申请的机关为赔偿案件的办理机关。

第三条 二审人民法院宣告无罪的赔偿案件,作为共同赔偿义务机关的人民法院和人民检察院各按应当赔偿金额的 1/2 承担赔偿责任。

第四条 赔偿案件的办理机关收到赔偿申请后,应当将赔偿申请书副本送达另一赔偿义务机关。赔偿案件的办理机关负责审查有关法律文书证明材料后,提出决定赔偿或者不予赔偿的意见,并拟制《×××人民法院、×××人民检察院共同赔偿决定书》(样式附后)。决定赔偿的,同时开具共同赔偿金额分割单,并将上述材料送交另一赔偿义务机关认同。另一赔偿义务机关应当于 15 日内予以答复。认同的,应当在《×××人民法院、×××人民检察院共同赔偿决定书》上盖章并将应当承担的赔偿金额一并送交赔偿案件的办理机关,由该机关 1 次给付赔偿请求人。

第五条 共同赔偿义务机关作出赔偿决定后,赔偿请求人对赔偿数额有异议的,可以在收到决定之日起 30 日内向共同赔偿义务机关中人民法院的上一级人民法院赔偿委员会申请作出赔偿决定。

第六条 共同赔偿义务机关应当在赔偿案件的办理机关收到赔偿申请之日起两个月内作出决定。逾期不能作出决定的,赔偿请求人可以向共同赔偿义务机关中人民法院的上一级人民法院赔偿委员会申请作出赔偿决定。

第七条 上级人民检察院对二审人民法院宣告无罪的判决按照审判监督程序提出抗诉的,提出抗诉的人民检察院和原二审人民法院应当及时通知下级人民检察院和一审人民法院。赔偿案件正在办理的,应当中止办理,审理期限中断。经再审改判有罪的,正在办理的赔偿案件应当终止办理。已作出赔偿决定的,应当由原作出赔偿决定的机关予以撤销,已支付的赔偿金应当收回。

第八条 在共同赔偿案件中赔偿请求人因生命健康权、财产权遭受侵害同时提出赔偿申请的,应当另案办理,由侵权机关负责确认和赔偿。赔偿案件的办理机关不是侵权机关的,应当告知赔偿请求人向侵权机关申请确认和赔偿。

附样式：

×××人民法院、×××人民
检察院共同赔偿决定书

（人民法院办理共同赔偿案件时用）

（××××）×法检赔字第××号

赔偿请求人……（姓名或名称、住址或所在地等基本情况）。

赔偿请求人……（姓名或名称）于××××年××月××日，以……（申请共同赔偿案由）为由，向本院提出共同赔偿申请，要求本院和×××人民检察院……（申请共同赔偿的具体要求）。

经本院和×××人民检察院查明，……（叙述应予赔偿或者不予赔偿的事实，以及认定的证据）。

本院和×××人民检察院认为，……（决定赔偿或者不予赔偿的理由）。根据《中华人民共和国国家赔偿法》第××条之规定，决定如下：

……〔写明决定结果。分两种情况：

第一，决定赔偿的，表述为：

"赔偿……（赔偿请求人姓名或名称、赔偿方式及赔偿数额）。"

第二，决定不予赔偿的，表述为：

"对……（赔偿请求人姓名或名称）的申请不予赔偿。"〕

如对本决定有异议，可在收到本决定之日起 30 日内向×××人民法院赔偿委员会申请作出赔偿决定。

　　　　×××人民法院　　　　×××人民检察院
　　　　（印章）　　　　　　　（印章）
　　　　××××年××月××日

×××人民检察院、×××人民
法院共同赔偿决定书

(人民检察院办理共同赔偿案件时用)

(××××) ×检法赔字第××号

赔偿请求人……(姓名或名称、住址或所在地等基本情况)。

赔偿请求人……(姓名或名称)于××××年××月××日,以……(申请共同赔偿案由)为由,向本院提出共同赔偿申请,要求本院和×××人民法院……(申请共同赔偿的具体要求)。

经本院和×××人民法院查明,……(叙述应予赔偿或者不予赔偿的事实,以及认定的证据)。

本院和×××人民法院认为,……(决定赔偿或者不予赔偿的理由)。根据《中华人民共和国国家赔偿法》第××条之规定,决定如下:

……〔写明决定结果。分两种情况:

第一,决定赔偿的,表述为:

"赔偿……(赔偿请求人姓名或名称、赔偿方式及赔偿数额)。"

第二,决定不予赔偿的,表述为:

"对……(赔偿请求人姓名或名称)的申请不予赔偿。"〕

如对本决定有异议,可在收到本决定之日起30日内向×××人民法院赔偿委员会申请作出赔偿决定。

×××人民检察院　　　×××人民法院
　(印章)　　　　　　　　(印章)
　　×××年××月××日

最高人民法院　最高人民检察院关于适用《关于办理人民法院人民检察院共同赔偿案件若干问题的解释》有关问题的答复

（2001 年 2 月 1 日　高检发释字〔2001〕1 号）

各省、自治区、直辖市高级人民法院、人民检察院、解放军军事法院、军事检察院、新疆维吾尔自治区高级人民法院生产建设兵团分院、新疆生产建设兵团人民检察院：

《中华人民共和国国家赔偿法》（以下简称《国家赔偿法》）实施后，为规范共同赔偿案件的办理工作，最高人民法院、最高人民检察院联合下发了《关于办理人民法院、人民检察院共同赔偿案件若干问题的解释》（以下简称《解释》）。在执行过程中，有些地方人民法院、人民检察院提出了一些具体问题，经研究，答复如下：

一、最高人民法院、最高人民检察院《解释》是对办理共同赔偿案件如何适用《国家赔偿法》第十九条、第二十条相关内容的具有普遍适用意义的司法解释，各地办理共同赔偿案件时应当严格执行。

二、共同赔偿案件的办理机关将拟制的《共同赔偿决定书》送达另一赔偿义务机关后，另一赔偿义务机关认同的，应在收到《共同赔偿决定书》后的 15 日内盖章。不认同的，应及时作出不予认同的书面答复。办理机关可依此告知赔偿请求人向共同赔偿义务机关中人民法院的上一级人民法院赔偿委员会申请作出赔偿决定。

三、一审人民法院判决有罪，二审人民法院发回重审后，一审人民法院改判无罪，或者发回重审的，一审人民法院在重新审理期间

退回人民检察院补充侦查，或者人民检察院要求撤回起诉，人民法院裁定准许撤诉后，人民检察院作出不起诉决定或者撤销案件决定的，一审人民法院和提起公诉的人民检察院为共同赔偿义务机关。

最高人民法院关于刑事赔偿和非刑事司法赔偿案件案由的暂行规定（试行）

（2000 年 1 月 11 日　法发〔2000〕2 号）

为规范刑事赔偿和非刑事司法赔偿案件的案由，根据《中华人民共和国国家赔偿法》（以下简称国家赔偿法）的规定制定本暂行规定。

1. 错误刑事拘留赔偿〔国家赔偿法第十五条第（一）项〕对没有犯罪事实或者没有事实证明有犯罪重大嫌疑的人错误拘留的赔偿案件。

2. 错误逮捕赔偿〔国家赔偿法第十五条第（二）项〕对没有犯罪事实的人错误逮捕的赔偿案件。

3. 错捕错判共同赔偿〔国家赔偿法第十五条第（二）项、第十九条第四款〕对没有犯罪事实的人错误逮捕，一审人民法院判决有罪二审人民法院宣告无罪的赔偿案件。

4. 再审改判无罪赔偿〔国家赔偿法第十五条第（三）项〕依照审判监督程序再审改判无罪，原判刑罚已经执行的赔偿案件。

5. 刑讯逼供致人伤害、死亡赔偿〔国家赔偿法第十五条第（四）项〕刑讯逼供造成公民身体伤害或者死亡的赔偿案件。

6. 使用暴力、唆使他人使用暴力致人伤害、死亡赔偿〔国家赔偿法第十五条第（四）项〕以殴打等暴力行为或者唆使他人以殴打等暴力行为造成公民身体伤害或者死亡的赔偿案件。

7. 违法使用武器、警械致人伤害、死亡赔偿〔国家赔偿法第十五条第（五）项〕违法使用武器、警械造成公民伤害或者死亡的赔偿案件。

8. 刑事违法查封、扣押、冻结、追缴赔偿〔国家赔偿法第十六条第（一）项〕在刑事诉讼过程中，违法对财产采取查封、扣押、冻结、追缴等强制措施的赔偿案件。

9. 错判罚金、没收财产赔偿〔国家赔偿法第十六条第（二）项〕依照审判监督程序再审改判无罪，原判罚金、没收财产已经执行的赔偿案件。

10. 违法司法拘传赔偿〔国家赔偿法第三十一条〕人民法院在民事诉讼、行政诉讼过程中，违法拘传的赔偿案件。

11. 违法司法罚款赔偿〔国家赔偿法第三十一条〕人民法院在民事诉讼、行政诉讼过程中，违法罚款的赔偿案件。

12. 违法司法拘留赔偿〔国家赔偿法第三十一条〕人民法院在民事诉讼、行政诉讼过程中，违法司法拘留的赔偿案件。

13. 违法查封、扣押、冻结赔偿〔国家赔偿法第三十一条〕人民法院在民事诉讼、行政诉讼过程中，违法采取查封、扣押、冻结等（包括法律规定的其他方法）保全措施的赔偿案件。

14. 错误执行赔偿〔国家赔偿法第三十一条〕人民法院在民事诉讼、行政诉讼过程中，对判决、裁定或者其他生效法律文书执行错误的赔偿案件。

最高人民法院关于刑事赔偿和非刑事司法赔偿案件立案工作的暂行规定（试行）

（2000 年 1 月 11 日 法发〔2000〕2 号）

为切实保障赔偿请求人依法申请国家赔偿的权利，规范刑事赔偿和非刑事司法赔偿案件（以下简称赔偿案件）的立案工作，根据《中华人民共和国国家赔偿法》及有关法律，制定本规定。

第一条 赔偿案件的立案工作应便于人民法院或者人民法院赔偿委员会正确及时审理案件。

第二条 人民法院、人民法院赔偿委员会对赔偿请求人提出的赔偿申请依法进行审查，符合立案条件的应当立案。

第三条 赔偿请求人向人民法院、人民法院赔偿委员会提出赔偿申请的，赔偿义务机关的司法侵权行为应当先经依法确认。

第四条 本级人民法院作为赔偿义务机关的赔偿案件的立案工作由该法院的立案机构负责。

第五条 本级人民法院作为赔偿义务机关的赔偿案件的立案范围：

（一）对没有犯罪事实的人错误决定逮捕的；

（二）依照审判监督程序再审改判无罪，原判刑罚已经执行的；

（三）刑讯逼供或者以殴打等暴力行为或者唆使他人以殴打等暴力行为、违法使用武器警械造成公民身体伤害或者死亡的；

（四）人民法院违法对财产采取查封、扣押、冻结、追缴等措施造成损害的；

（五）依照审判监督程序再审改判无罪，原判罚金、没收财产已经执行的；

（六）一审判决有罪，二审改判无罪的；

（七）人民法院在民事诉讼、行政诉讼过程中，违法采取对妨害诉讼的强制措施、保全措施或者对判决、裁定及其他生效法律文书执行错误，造成损害的。

第六条　人民法院收到当事人的赔偿申请后，应当依法进行审查，符合下列条件的，应予立案：

（一）赔偿请求人应当具备法律规定的主体资格；

（二）本院是赔偿义务机关；

（三）有具体的赔偿请求事项和事实根据；

（四）有依法确认的法律文书或者其他证明材料；

（五）符合法定的请求期间，因不可抗力或者其他障碍未能在法定期间行使请求权或者人民法院决定延长期间的除外。

第七条　依法应当由人民法院赔偿委员会作出决定的赔偿案件的立案工作由赔偿委员会办公室负责。

第八条　人民法院赔偿委员会受理的赔偿案件的立案范围：

（一）因犯罪嫌疑人没有犯罪事实或者事实不清、证据不足，侦查机关对犯罪嫌疑人解除刑事拘留或者检察机关不批准逮捕，或者侦查机关撤销案件，决定予以释放的；

（二）因犯罪嫌疑人没有犯罪事实或者事实不清、证据不足，检察机关作出撤销拘留决定、不批准逮捕决定、撤销逮捕决定、撤销案件决定、不起诉决定的；

（三）因犯罪嫌疑人没有犯罪事实或者事实不清、证据不足，人民法院撤销逮捕决定的；

（四）人民法院一审判决无罪并已发生法律效力的，二审判决无罪的，依照审判监督程序再审改判无罪并已发生法律效力的；

（五）侦查、检察、审判、监狱管理机关及其工作人员实施国家赔偿法第十五条第（四）项、第（五）项规定的行为，责任人员被依法追究刑事责任或者给予其他处分

的；

（六）实施了国家赔偿法第十六条规定行为，已依法纠正的；

（七）人民法院撤销原错误司法拘留、罚款决定的；

（八）人民法院撤销原错误拘传的；

（九）人民法院撤销原错误财产保全裁定的；

（十）人民法院错误执行判决、裁定及其他生效法律文书，已依法纠正的；

（十一）上一级人民法院经复议，撤销下级人民法院原错误的强制措施、保全措施、执行裁定、决定的；

（十二）侦查、检察、审判、监狱管理机关依法对违法侵权行为加以纠正的其他情形。

第九条　人民法院赔偿委员会收到赔偿申请后，应当依法进行审查，符合下列条件的，应予立案：

（一）赔偿请求人具备法律规定的主体资格；

（二）赔偿义务机关是行使侦查、检察、审判、监狱管理职权的机关；

（三）有具体的赔偿请求事项和事实根据；

（四）有依法确认的法律文书或者其他证明材料；

（五）符合法定的请求期间，因不可抗力或者其他障碍未能在法定期间行使请求权或者人民法院赔偿委员会决定延长期间的除外；

（六）赔偿义务机关是侦查、检察、监狱管理机关的，作出赔偿决定后或者逾期未作赔偿决定，赔偿请求人申请复议，经复议仍不服或者复议机关逾期未作复议决定的；赔偿义务机关是人民法院的，作出赔偿决定后，赔偿请求人不服的，或者人民法院逾期未作赔偿决定的；

（七）符合国家赔偿法及有关司法解释对国家赔偿法溯及力的规定。

第十条 人民法院、人民法院赔偿委员会从收到赔偿申请之日起，应当在7日内决定立案或者不予受理。

第十一条 审查立案时，发现缺少有关证明材料的，应当通知赔偿请求人予以补充。收到赔偿申请的时间，从有关证明材料补充齐全后起算。

第十二条 决定立案的，应当编立案号，填写立案登记表，向赔偿请求人发出受理案件通知书。

人民法院赔偿委员会决定立案的，还应当向赔偿义务机关、复议机关发出受理案件通知书，并送达赔偿申请书副本。

第十三条 人民法院决定立案的，立案机构应当在2日内将案件移送相关部门，并办理移交手续，注明移交日期。经审查决定立案的登记日期为立案日期。

第十四条 对经审查不符合立案条件的，应当制作不予受理案件通知书。

第十五条 上级人民法院赔偿委员会对下级人民法院、下级人民法院赔偿委员会的赔偿案件立案工作进行监督和指导。

第十六条 对经审查不应由人民法院或者人民法院赔偿委员会受理的，应当告知赔偿请求人向有关机关申请赔偿。

最高人民法院关于民事、行政诉讼中司法赔偿若干问题的解释

(2000年9月16日 法释〔2000〕第27号)

根据《中华人民共和国国家赔偿法》(以下简称国家赔偿法)以及有关法律规定，现就审理民事、行政诉讼中司法赔偿案件具体适用法律的若干问题解释如下：

第一条 根据国家赔偿法第三十一条的规定，人民法院在民事、行政诉讼过程中，违法采取对妨害诉讼的强制措施、保全措施或者对判决、裁定及其他生效法律文书执行错误，侵犯公民、法人和其他组织合法权益造成损害的，依法应由国家承担赔偿责任。

第二条 违法采取对妨害诉讼的强制措施，是指下列行为：

(一) 对没有实施妨害诉讼行为的人或者没有证据证明实施妨害诉讼的人采取司法拘留、罚款措施的；

(二) 超过法律规定期限实施司法拘留的；

(三) 对同一妨害诉讼行为重复采取罚款、司法拘留措施的；

(四) 超过法律规定金额实施罚款的；

(五) 违反法律规定的其他情形。

第三条 违法采取保全措施，是指人民法院依职权采取的下列行为：

(一) 依法不应当采取保全措施而采取保全措施或者依法不应当解除保全措施而解除保全措施的；

(二) 保全案外人财产的，但案外人对案件当事人负有到期债务的情形除外；

(三) 明显超过申请人申请保全数额或者保全范围的；

(四) 对查封、扣押的财物不履行监管职责，严重不负责任，造成毁损、灭失的，但依法交由有关单位、个人负责保管的情形除外；

(五) 变卖财产未由合法评估机构估价，或者应当拍卖而未依法拍卖，强行将财物变卖给他人的；

(六) 违反法律规定的其他情形。

第四条 对判决、裁定及其他生效法律文书执行错误，是指对已经发生法律效力的判决、裁定、民事制裁决定、调解、支付令、仲裁裁决、具有强制执行效力的公证债权文书以及行政处罚、处理决定等执行错误。包括下列行为：

(一) 执行尚未发生法律效力的判决、裁定、民事制裁决定等法律文书的；

(二) 违反法律规定先予执行的；

（三）违法执行案外人财产且无法执行回转的；

（四）明显超过申请数额、范围执行且无法执行回转的；

（五）执行过程中，对查封、扣押的财产不履行监管职责，严重不负责任，造成财物毁损、灭失的；

（六）执行过程中，变卖财物未由合法评估机构估价，或者应当拍卖而未依法拍卖，强行将财物变卖给他人的；

（七）违反法律规定的其他情形。

第五条 人民法院及其工作人员在民事、行政诉讼或者执行过程中，以殴打或者唆使他人以殴打等暴力行为，或者违法使用武器、警械，造成公民身体伤害、死亡的，应当比照国家赔偿法第十五条第（四）项、第（五）项规定予以赔偿。

第六条 人民法院及其工作人员在民事、行政诉讼或者执行过程中，具有本解释第二条至第五条规定情形，造成损害，应当承担直接损失的赔偿责任。

因多种原因造成的损害，只赔偿因违法侵权行为所造成的直接损失。

第七条 根据国家赔偿法第十六条、第三十一条的规定，具有下列情形之一的，国家不承担赔偿责任：

（一）因申请人申请保全有错误造成损害的；

（二）因申请人提供的执行标的物有错误造成损害的；

（三）人民法院工作人员与行使职权无关的个人行为；

（四）属于民事诉讼法第二百一十四条规定情形的；

（五）被保全人、被执行人，或者人民法院依法指定的保管人员违法动用、隐匿、毁损、转移、变卖人民法院已经保全的财产的；

（六）因不可抗力造成损害后果的；

（七）依法不应由国家承担赔偿责任的

其他情形。

第八条 申请民事、行政诉讼中司法赔偿的，违法行使职权的行为应当先经依法确认。

申请确认的，应当先向侵权的人民法院提出。

人民法院应自受理确认申请之日起2个月内依照相应程序作出裁决或相关的决定。

申请人对确认裁定或者决定不服或者侵权的人民法院逾期不予确认的，申请人可以向其上一级人民法院申诉。

第九条 未经依法确认直接向人民法院赔偿委员会申请作出赔偿决定的，人民法院赔偿委员会不予受理。

第十条 经依法确认有本解释第二条至第五条规定情形之一的，赔偿请求人可依法向侵权的人民法院提出赔偿申请，人民法院应当受理。人民法院逾期不作决定的，赔偿请求人可以向其上一级人民法院赔偿委员会申请作出赔偿决定。

第十一条 民事、行政诉讼中司法赔偿的赔偿方式主要为支付赔偿金。包括：支付侵犯人身自由权、生命健康权的赔偿金；财产损坏的，赔偿修复所需费用；财产灭失的，按侵权行为发生时当地市场价格予以赔偿；财产已拍卖的，给付拍卖所得的价款；财产已变卖的，按合法评估机构的估价赔偿；造成其他损害的，赔偿直接损失。

能够返还财产或者恢复原状的，予以返还财产或者恢复原状。包括：解除查封、扣押、冻结；返还财产、恢复原状；退还罚款、罚没财物。

第十二条 国家赔偿法第二十八条第（七）项规定的直接损失包括下列情形：

（一）保全、执行过程中造成财物灭失、毁损、霉变、腐烂等损坏的；

（二）违法使用保全、执行的财物造成损坏的；

（三）保全的财产系国家批准的金融机构贷款的，当事人应支付的该贷款借贷状态下的贷款利息。执行上述款项的，贷款本金及当事人应支付的该贷款借贷状态下的贷款利息；

（四）保全、执行造成停产停业的，停产停业期间的职工工资、税金、水电费等必要的经常性费用；

（五）法律规定的其他直接损失。

第十三条　违法采取司法拘留措施的，按国家赔偿法第二十六条规定予以赔偿。

造成受害人名誉权、荣誉权损害的，按照国家赔偿法第三十条规定，在侵权行为影响的范围内，为受害人消除影响、恢复名誉、赔礼道歉。

第十四条　人民法院赔偿委员会在审理侦查、检察、监狱管理机关及其工作人员违法行使职权侵犯公民财产权造成损害的赔偿案件时，可参照本解释的有关规定办理。

最高人民法院赔偿委员会关于人民法院执行对象错误应当对所造成的损失承担国家赔偿责任的批复

（1998 年 12 月 30 日　〔1998〕赔他字第 13 号）

广西自治区高级人民法院：

你院 1998 年 8 月 24 日《关于广西藤县蒙江少雄船舶修造厂申请国家赔偿案如何适用法律问题的请示报告》收悉。经研究，答复如下：

本案虽经中、高院审判委员会研究，均认为属错误执行案件，但从现有材料反映，本案未经法定确认程序，应当依法重新确认。在处理本案时应当考虑以下几点：

一、李宗文将尚不属于自己所有的油船壳作为还款保证，导致梧州市万秀区人民法院错误执行并将执行所得为其偿还债务，李宗文应当承担主要责任，应将法院拍卖油船为其

还债的部分予以偿还（65 万元）；梧州市万秀区人民法院将属于少雄船舶修造厂所有的油船壳作为李宗文的财产予以强制执行，属执行对象错误，应当对李宗文偿还债务之后给少雄船舶修造厂造成的其他直接损失承担赔偿责任（如酌情赔偿少雄船舶修造厂为建造该油船而定购的机器、设备等遭受的损失）。

二、梧州市万秀区人民法院将油船予以变卖的行为，事前有公告，并请物价部门根据实物作价，且高于物价部门作价价格卖出，并无违法。根据《国家赔偿法》第二十八条第（五）项的规定，油船价格应当以拍卖价格为准（65 万元）。

此复

最高人民法院赔偿委员会关于无罪判决未对检察机关没收财产作出结论法院赔偿委员会不宜直接作出返还财产决定的批复

（1998 年 9 月 2 日　〔1998〕赔他字第 3 号）

四川省高级人民法院：

你院 1998 年 1 月 8 日〔1998〕川法委赔他字第 1 号《关于王键申请四川省人民检察院雅安分院刑事赔偿一案有关问题的请示报告》收悉。经我院赔偿委员会讨论，现答复如下：

王健在取保候审期间人身自由虽受到部分限制，但实际上没有被羁押，根据《国家赔偿法》的有关规定，宣告无罪后，取保候审期间国家不承担赔偿责任。对于四川省人民检察院雅安分院没收的财产，因该院并未确认其没收行为违法，故法院赔偿委员会不宜对此作出应予返还的决定。你院可将应予返还财产的意见向检察机关提出司法建议。

此复

最高人民法院赔偿委员会关于检察机关不起诉决定是对错误逮捕确认的批复

（2003 年 1 月 28 日　〔2002〕赔他字第 8 号）

安徽省高级人民法院：

你院 2002 年 10 月 30 日〔2002〕皖法委赔他字第 4 号《关于黄友谊因错误逮捕申请石台县人民检察院赔偿一案的请示报告》收悉。经研究，答复如下：

根据《刑事诉讼法》的规定，人民检察院因"事实不清、证据不足"作出的不起诉决定是人民检察院依照《刑事诉讼法》对该刑事案件审查程序的终结，是对犯罪嫌疑人不能认定有罪作出的决定。从法律意义上讲，对犯罪嫌疑人不能认定有罪的，该犯罪嫌疑人即是无罪。人民检察院因"事实不清、证据不足"作出的不起诉决定，应视为是对犯罪嫌疑人作出的认定无罪的决定，同时该不起诉决定即是人民检察院对错误逮捕行为的确认，无需再行确认。根据《中华人民共和国国家赔偿法》、《最高人民法院关于人民法院赔偿委员会审理赔偿案件程序的暂行规定》以及《最高人民法院关于刑事赔偿和非刑事司法赔偿案件立案工作的暂行规定（试行）》的有关规定，池州市中级人民法院受理赔偿请求人黄友谊申请石台县人民检察院错误逮捕赔偿一案程序合法，池州市中级人民法院〔2002〕池法委赔字第 01 号决定认定事实清楚，适用法律正确。

此复

最高人民法院赔偿委员会关于被错误逮捕宣告无罪后有关财产赔偿义务机关认定问题的批复

（2003 年 2 月 25 日　〔2002〕赔他字第 9 号）

西藏自治区高级人民法院：

你院 2002 年 11 月 5 日《关于陈小珠被错误逮捕宣告无罪后有关认定赔偿义务机关问题的请示》收悉。经研究，答复如下：

拉萨市人民检察院赔偿陈小珠被无罪羁押为及诉讼支出的各种费用 71891.70 元是适当的，同意你院予以维持的意见。

检察机关因错误逮捕限制了陈小珠的人身自由，但并未对陈小珠的财产作出任何处置决定。人身自由权和财产权是公民两种不同的权利，人身自由权受到侵害并不必然导致财产权受到侵害。确认陈小珠财产损失的赔偿义务机关，应依据《国家赔偿法》第十九条第一款的规定，由实施侵权的机关作为赔偿义务机关。本案中，公安机关实施扣押、处分财产行为，是造成陈小珠部分财产损失的直接原因，出具扣押清单的拉萨市城关区公安分局应当作为本案的赔偿义务机关。

此复

最高人民法院、最高人民检察院关于刑事赔偿义务机关确定问题的通知

(2005 年 7 月 5 日)

各省、自治区、直辖市高级人民法院、人民检察院，解放军军事法院、军事检察院，新疆维吾尔自治区高级人民法院生产建设兵团分院、新疆生产建设兵团人民检察院：

为规范刑事赔偿案件的办理，及时执行生效的刑事赔偿决定，切实保障赔偿请求人的合法权益，根据《中华人民共和国国家赔偿法》第十九条和《最高人民法院、最高人民检察院〈关于办理人民法院、人民检察院共同赔偿案件若干问题的解释〉》第一条的规定，现就确定赔偿义务机关的有关事项通知如下：

一、人民检察院批准逮捕并提起公诉，一审人民法院判决无罪，或者人民检察院撤回起诉作出不起诉决定或者撤销案件决定，依法应当赔偿的案件，批准逮捕与提起公诉的如不是同一人民检察院，赔偿义务机关为批准逮捕的人民检察院。

二、人民检察院批准逮捕并提起公诉，一审人民法院判决有罪，二审人民法院改判无罪，或者发回重审后一审人民法院改判无罪，或者人民检察院撤回起诉作出不起诉决定或者撤销案件决定，依法应当赔偿的案件，一审人民法院和批准逮捕的人民检察院为共同赔偿义务机关。批准逮捕与提起公诉的如不是同一人民检察院，共同赔偿义务机关为提起公诉的人民检察院。

三、本通知自发布之日起施行。本通知发布前，已经生效的刑事赔偿决定不再变更赔偿义务机关。

（三）行 政 赔 偿

工商行政管理机关行政赔偿实施办法

(1995 年 8 月 1 日国家工商行政管理局令第 34 号发布)

第一章 总 则

第一条 为保证各级工商行政管理机关依法、正确、及时地处理行政赔偿案件，保障公民、法人和其他组织依法取得赔偿的权利，根据《中华人民共和国国家赔偿法》和其他有关规定，制定本办法。

第二条 各级工商行政管理机关处理行政赔偿案件，适用本规定。

第三条 赔偿案件应当在事实清楚、证据确凿的基础上，依法处理。

第四条 工商行政管理机关处理行政赔偿案件的机构为县以上各级工商行政管理机关法制机构。

第二章 赔偿义务机关及赔偿范围

第五条 工商行政管理机关及其工作人员行使行政职权，侵犯公民、法人和其他组织合法权益造成损害的，作出该具体行政行为的工商行政管理机关为赔偿义务机关。

复议机关的复议决定加重其损害的，对于加重部分，复议机关为赔偿义务机关。

第六条 两个以上工商行政管理机关共同行使职权，侵犯公民、法人和其他组织合法权益造成损害的，共同行使行政职权的工商行政管理机关为共同赔偿义务机关。

第七条 工商行政管理机关委托的组织或者

个人在行使受委托的行政权力时侵犯公民、法人和其他组织的合法权益造成损害的，委托的该工商行政管理机关为赔偿义务机关。

第八条 工商行政管理机关行政赔偿的范围包括：

（一）违法实施罚款、吊销许可证和营业执照、责令停产停业、没收财物等行政处罚的；

（二）违法对财产采取查封、扣押、冻结等行政强制措施的；

（三）违反国家规定征收财物、摊派费用的；

（四）造成财产损害的其他违法行为；

（五）违法侵犯公民人身权利的。

第九条 属下列情形之一的，工商行政管理机关不承担赔偿责任：

（一）工商行政管理机关工作人员与行使职权无关的个人行为；

（二）因公民、法人或其他组织自己的行为致使损害发生的；

（三）法律规定的其他情形。

第三章　行政赔偿案件的处理

第一节　申请与受理

第十条 申请行政赔偿必须符合下列条件：

（一）赔偿请求人必须是受工商行政管理机关违法具体行政行为直接侵害的公民、法人和其他组织。受侵害的公民死亡，其继承人和其他有扶养关系的亲属可作为赔偿请求人；受侵害的法人或其他组织终止，承受其权利的法人或其他组织可作为赔偿请求人。

（二）有明确的赔偿义务人，且赔偿义务人之一为工商行政管理机关。

（三）有具体的请求、事实根据和理由。

（四）具体行政行为已被依法确认为违法。

（五）在法律规定的申请期限内。

第十一条 赔偿申请应当使用书面形式，并载明下列事项：

（一）受害人的姓名、性别、年龄、工作单位和住所，法人或者其他组织的名称、住所和法定代表人或主要负责人的姓名、职务；

（二）具体的要求、事实根据和理由；

（三）申请的年、月、日。

赔偿请求人书写申请书确有困难的，可以委托他人代书；也可以口头申请，由被申请的工商行政管理机关记入笔录。

第十二条 赔偿义务机关应当自收到赔偿申请书之日起 10 日内，对赔偿申请进行审查，分别作出以下处理：

（一）对符合赔偿范围及有关申请规定的，裁定予以受理，并书面通知赔偿请求人。

（二）对不符合赔偿范围及有关申请规定的，裁定不予受理，并书面通知赔偿请求人。

（三）对申请有关要件尚不齐全的，应当以书面形式通知赔偿请求人在 10 日内补正；逾期未能补正的，视为未申请。

第十三条 赔偿请求人在行政复议和行政诉讼有效申请期限内，就未经依法确认为违法的具体行政行为，单独向作出该具体行政行为的工商行政管理机关申请赔偿的，该工商行政管理机关应当告知其依法申请复议或提起行政诉讼。

第十四条 赔偿请求人在申请行政复议时，一并提出赔偿申请的，依照《行政复议条例》及有关规定，审查其申请，并做出是否受理的裁定。

第十五条 赔偿请求人向共同赔偿义务机关中的任何一个提出赔偿申请的，该机关应当及时受理，不得无故推诿。

第二节　审　理

第十六条 法制机构受理赔偿案件后，应当指定专人负责审理。

第十七条 赔偿案件审理的内容包括：

（一）赔偿义务机关已被依法确认为违法的具体行政行为是否给公民、法人或其他组织造成了损害及损害的程度；

（二）公民、法人或其他组织已受到的损害与赔偿义务机关被依法确认为违法的具体行政行为是否有直接因果关系；

（三）对公民、法人或其他组织赔偿的具体方式及标准。

第十八条 法制机构审理赔偿案件，应当全面审查、核实相关的证据材料。

对于赔偿请求人申请中证据不足的请求部分，可责令其补充有关证据材料。赔偿请求人对赔偿请求未能或拒绝提供证据的，不予认定。

第十九条 法制机构可以根据认定的事实，提出处理意见，报局长或提交局长办公会决定。

第二十条 局长或局长办公会对法制机构提出的处理意见进行审查，可作出予以赔偿或不予赔偿的决定：

（一）对已被依法确认为违法的具体行政行为未造成公民、法人或其他组织财产损失和公民人身损害的，或已被确认为违法的具体行政行为与公民、法人或其他组织已受财产损失和人身损害没有直接因果关系的，决定不予赔偿。

（二）对已被确认为违法的具体行政行为直接造成了公民、法人或其他组织财产损失和人身损害的，根据不同情况，分别作出下列处理：

（1）属于本办法第八条（二）项的，决定解除对财产的查封、扣押、冻结措施。造成财产损坏的，能够恢复原状的决定恢复原状；不能恢复原状的或应当返还的财产灭失的，按照实际损害确定赔偿金额。

（2）属于本办法第八条（一）、（三）项实施罚款、追缴、没收财产或违反国家规定征收财物、摊派费用的，应当返还财产；

对吊销许可证、营业执照和责令停产停业的，根据停产停业期间必要的经常性费用开支，确定赔偿金额。

（3）财产已经拍卖或变价收购的，给付拍卖变价收购价款。

（4）对财产造成其他损害的，按照直接损失确定赔偿金额。

（5）属于本办法第八条（五）项侵犯公民人身权利的，依照《中华人民共和国国家赔偿法》的赔偿标准，确定赔偿金额及赔偿方式。

第二十一条 赔偿处理决定书应当根据赔偿决定制作，包括赔偿请求及其理由、赔偿义务机关认定的事实、赔偿处理决定的内容及赔偿请求人的诉求等事项。

第二十二条 赔偿请求人在申请行政复议时一并提出赔偿申请的，复议机关应当先对原具体行政行为是否违法予以认定。

经复议认为原具体行政行为合法、适当，予以维持的，应当在复议决定书中一并作出不予赔偿的决定。

认为原具体行政行为违法，变更或撤销的，应当将复议决定书连同赔偿申请书一并转交赔偿义务机关，并告知赔偿请求人。

赔偿审理期限自赔偿义务机关收到复议决定书和赔偿申请书之日起计算。

第二十三条 对应予赔偿的案件，赔偿义务机关应当自收到申请之日起2个月内给予赔偿。

第三节 执 行

第二十四条 赔偿处理决定及有关文书，应当按《工商行政管理机关行政处罚程序规定（试行）》中关于送达的规定执行。

第二十五条 赔偿义务机关执行赔偿处理决定，应当由赔偿义务机关的财务部门在法定期限内按有关规定办理支付手续；返还财产或恢复原状的，由原办案机构负责办理。

第二十六条 执行赔偿案件应当制作笔录，由执行人和赔偿请求人签字、盖章。

執行文書、票據等材料復印件，應當存入案卷。

第四章　行政追償

第二十七条　有关个人或组织由于故意或重大过失，造成公民、法人或其他组织人身伤害或财产损失，有下列情形之一的，应当承担相应的经济赔偿责任：

（一）滥用职权、越权执法造成经济损失的；

（二）未经县级以上工商行政管理局局长批准，采取扣押、查封、暂停支付等强制措施，给相对人造成经济损失的；

（三）复议机关决定原办案机关停止强制措施，执行机关拒不执行，由此引起经济损失的；

（四）扣押、查封的物品遗失的；

（五）超期暂停支付相对人的银行存款而不补办手续，以及冻结金额超过违法金额造成损失的；

（六）扣押、查封的财物经查与违法行为无关，没有解除扣押、查封措施而造成损失的；

（七）违反办案程序给相对人造成损失的。

第二十八条　追偿责任人员经济责任，由局长或局长办公会决定。

第二十九条　对责任人员确定赔偿数额时，依据责任大小，追偿金额为其月工资的1－10倍。

第三十条　有关责任人员对其是否应当承担经济责任有申辩权。

第三十一条　需要对责任人员追究行政责任的，由本单位监察部门依法处理。构成犯罪的，移交司法机关追究刑事责任。

第三十二条　工商行政管理机关作为共同赔偿义务机关先行予以赔偿后，应当向其他赔偿义务机关要求分担赔偿。要求分担赔偿的意见由法制机构提出，报局长或局长办公会决定，法制机构负责执行。

第五章　附　则

第三十三条　本办法所称责任人员，既包括具体执行人员，也包括负领导责任的人员。

第三十四条　本办法由国家工商行政管理局负责解释。

第三十五条　本办法自发布之日起施行。

交通行政赔偿案件备案审查制度

（1996年9月25日）

第一条　为加强对交通行政管理部门作出的行政赔偿的监督，根据《交通行政执法监督规定》，制定本制度。

第二条　本制度所称交通行政赔偿案件是指交通行政管理部门及其执法人员在履行公务时违法行使职权，侵犯公民、法人或者其他组织的合法权益造成损害，由交通行政管理部门作出行政赔偿的案件和人民法院判决其作出行政赔偿的案件。

第三条　交通行政赔偿案件实行报备制度。交通行政管理部门作出的行政赔偿案件和人民法院判决其作出的行政赔偿案件，应在交通行政管理部门作出行政赔偿决定或者人民法院判决其作出行政赔偿的次日起十五日内向上一级交通行政管理部门报备。

第四条　省级交通主管部门和交通部直属的行政管理部门和交通部《主管业务司局和体改法规司》备案。省级交通主管部门和交通部直属的行政管理部门具体规定其所属地区和部门的报备管辖。

第五条　交通行政管理部门报备的材料包括案件的备案报告、交通行政管理部门作出的行政赔偿决定书副本或者人民法院判决书副本一式三份。

第六条　上一级交通行政管理部门应在收到报备材料之日起三十日内对材料进行审查，

审查内容包括：

（一）是否属于国家赔偿法中确定的行政赔偿范围；

（二）赔偿程序是否符合法律规定；

（三）赔偿请求人和赔偿义务机关是否明确；

（四）赔偿方式和计算标准是否合理、适当；

（五）赔偿费用的支出是否符合《国家赔偿费用管理办法》；

（六）其他应审查的内容。

第七条 上一级交通行政管理部门对审查中发现的问题应按下列规定处理：

（一）对下级交通行政管理部门做出的行政赔偿决定中不属于国家赔偿法中确定的行政赔偿范围、赔偿方式和计算标准不合理、赔偿费用支出不符合规定等问题，责令下级限期更正；

（二）认为人民法院作出的行政赔偿判决不合法，上级交通行政管理部门应督促下级交通行政管理部门向人民法院提起申诉；

（三）下级交通行政管理部门作出行政赔偿后未及时追究有故意或重大过失的工作人员经济和行政责任的，上级交通行政管理部门应督促下级交通行政管理部门追究有关人员的行政和经济责任。

第八条 上一级交通行政管理部门对执行行政赔偿案件备案制度情况的监督处理：

（一）对在规定期限内应备案而不备案的，可由上一级交通行政管理部门建议其所属机关或者直接对该部门予以通报批评并责令其改正；

（二）对拒不执行上一级交通行政管理部门作出的监督决定的，由上一级交通行政管理部门建议其所属机关或者直接对负有责任的主管人员作出行政处分。

第九条 本制度自1996年10月1日起施行。

中华人民共和国海关行政赔偿办法

（2003年3月24日海关总署令第101号公布 自2003年5月1日起施行）

第一章 总 则

第一条 为保护公民、法人和其他组织依法取得行政赔偿的权利，促进海关及其工作人员依法行使职权，保证各级海关依法、正确、及时处理行政赔偿案件，根据《中华人民共和国国家赔偿法》（以下简称《国家赔偿法》）、《中华人民共和国海关法》（以下简称《海关法》）以及有关法律、行政法规，制定本办法。

第二条 各级海关办理行政赔偿案件，包括因海关及其工作人员违法行使行政职权导致的行政赔偿和依法对进出境货物、物品实施查验而发生的查验赔偿，适用本办法。

第三条 海关负责法制工作的机构是海关行政赔偿主管部门，履行下列职责：

（一）受理行政赔偿申请；

（二）审理行政赔偿案件，提出赔偿意见；

（三）拟定行政赔偿决定书等有关法律文书；

（四）办理行政复议附带行政赔偿案件、行政赔偿复议案件；

（五）执行生效的行政赔偿法律文书；

（六）对追偿提出处理意见；

（七）办理行政赔偿诉讼的应诉事项；

（八）办理与行政赔偿案件有关的其他事项。

第四条 办理赔偿案件应当遵循合法、公正、公开、及时的原则，坚持有错必纠。

第二章 赔偿范围

第一节 行政赔偿

第五条 海关及其工作人员有下列违法行使行政职权，侵犯公民人身权情形之一的，受害人有取得赔偿的权利：

（一）违法扣留公民的，具体包括：

1. 对没有走私犯罪嫌疑的公民予以扣留的；

2. 未经直属海关关长或者其授权的隶属海关关长批准实施扣留的；

3. 扣留时间超过法律规定期限的；

4. 有其他违法情形的。

（二）违法采取其他限制公民人身自由的行政强制措施的；

（三）非法拘禁或者以其他方法非法剥夺公民人身自由的；

（四）以殴打等暴力行为或者唆使他人以殴打等暴力行为造成公民身体伤害或者死亡的；

（五）违法使用武器、警械造成公民身体伤害或者死亡的；

（六）造成公民身体伤害或者死亡的其他违法行为。

第六条 海关及其工作人员有下列违法行使行政职权，侵犯公民、法人或者其他组织财产权情形之一的，受害人有取得赔偿的权利：

（一）违法实施罚款，没收货物、物品、运输工具或其他财产，追缴无法没收的货物、物品、运输工具的等值价款，暂停或者撤销企业从事有关海关业务资格及其他行政处罚的；

（二）违法对生产设备、货物、物品、运输工具等财产采取扣留、封存等行政强制措施的；

（三）违法收取保证金、风险担保金、抵押物、质押物的；

（四）违法收取滞报金、监管手续费等费用的；

（五）违法采取税收强制措施和税收保全措施的；

（六）擅自使用扣留的货物、物品、运输工具或者其他财产，造成损失的；

（七）对扣留的货物、物品、运输工具或者其他财产不履行保管职责，严重不负责任，造成财物毁损、灭失的，但依法交由有关单位负责保管的情形除外；

（八）违法拒绝接受报关、核销等请求，拖延监管，故意刁难，或不履行其他法定义务，给公民、法人或者其他组织造成财产损失的；

（九）变卖财产应当拍卖而未依法拍卖，或者有其他违法处理情形造成直接损失的；

（十）造成财产损害的其他违法行为。

第七条 属于下列情形之一的，海关不承担行政赔偿责任：

（一）海关工作人员与行使职权无关的个人行为；

（二）因公民、法人和其他组织自己的行为致使损害发生的；

（三）因不可抗力造成损害后果的；

（四）法律规定的其他情形。

因公民、法人和其他组织的过错致使损失扩大的，对扩大部分海关不承担赔偿责任。

第二节 查验赔偿

第八条 根据《海关法》第九十四条的规定，海关在依法查验进出境货物、物品时，损坏被查验的货物、物品的，应当赔偿当事人的实际损失。

第九条 有下列情形之一的，海关不承担赔偿责任：

（一）属于本办法第七条规定的情形的；

（二）由于当事人或其委托的人搬移、开拆、重封包装或保管不善造成的损失；

（三）易腐、易失效货物、物品在海关正常工作程序所需要时间内（含代保管期间）所发生的变质或失效，当事人事先未向海关声明或者海关已采取了适当的措施仍不能避免的；

（四）海关正常检查产生的不可避免的磨损和其他损失；

（五）在海关查验之前所发生的损坏和海关查验之后发生的损坏；

（六）海关为化验、取证等目的而提取的货样。

第三章　赔偿请求人和赔偿义务机关

第十条　受害的公民、法人和其他组织有权要求赔偿。

受害的公民死亡，其继承人和其他有扶养关系的亲属以及死者生前扶养的无劳动能力的人有权要求赔偿。

受害的法人或者其他组织终止，承受其权利的法人或者其他组织有权要求赔偿。

第十一条　赔偿请求人为无民事行为能力人或者限制民事行为能力人的，由其法定代理人或指定代理人代为要求赔偿。

第十二条　海关及其工作人员违法行使行政职权侵犯公民、法人和其他组织的合法权益造成损害的，该海关为赔偿义务机关。

两个以上海关共同行使行政职权时侵犯公民、法人和其他组织的合法权益造成损害的，共同行使行政职权的海关为共同赔偿义务机关。

海关依法设立的派出机构行使行政职权侵犯公民、法人和其他组织的合法权益造成损害的，设立该派出机构的海关为赔偿义务机关。

受海关委托的组织或者个人在行使受委托的行政权力时侵犯公民、法人和其他组织的合法权益造成损害的，委托的海关为赔偿义务机关。

第十三条　海关查验进出境货物、物品时，损坏被查验的货物、物品的，实施查验的海关为赔偿义务机关。

第十四条　赔偿义务机关被撤销的，继续行使其职权的海关为赔偿义务机关；没有继续行使其职权的海关的，该海关的上一级海关为赔偿义务机关。

第十五条　经行政复议机关复议的，最初造成侵权行为的海关为赔偿义务机关，但复议机关的复议决定加重损害的，复议机关对加重的部分履行赔偿义务。

第四章　赔偿程序

第一节　行政赔偿程序

第十六条　赔偿义务机关对依法确认有本办法第五条、第六条规定的情形之一，侵犯公民、法人或者其他组织合法权益的，应当给予赔偿。

第十七条　赔偿请求人要求行政赔偿应当先向赔偿义务机关提出，也可以在申请行政复议和提起行政诉讼时一并提出。

赔偿请求人可以向共同赔偿义务机关中的任何一个赔偿义务机关要求赔偿，该赔偿义务机关应当先予赔偿。

赔偿请求人根据受到的不同损害，可以同时提出数项赔偿要求。

第十八条　赔偿请求人要求赔偿应当递交申请书，申请书应当载明下列事项：

（一）赔偿请求人的姓名、性别、年龄、工作单位和住所，赔偿请求人为法人或者其他组织的，应当写明法人或者其他组织的名称、住所和法定代表人或者主要负责人的姓名、职务；

（二）具体的要求、事实根据和理由；

（三）申请的年、月、日。

赔偿请求人书写申请书确有困难的，可以委托他人代书；赔偿请求人也可以口头申请。口头申请的，赔偿义务机关应当制作《行政赔偿口头申请记录》，并当场交由赔偿请求人签章确认。

第十九条　赔偿请求人委托代理人代为参加赔偿案件处理的，应当向海关出具委托书，委托书应当具体载明下列事项：

（一）委托人姓名（法人或者其他组织的名称、法定代表人的姓名、职务）、代理人姓名、性别、年龄、职业、地址及邮政编码；

（二）代理人代为提起、变更、撤回赔偿请求、递交证据材料、收受法律文书等代理权限；

（三）代理人参加赔偿案件处理的期间；

（四）委托日期及委托人、代理人签章。

第二十条 同赔偿案件处理结果有利害关系的其他公民、法人或者其他组织，可以作为第三人参加赔偿案件处理。

申请以第三人身份参加赔偿案件处理的，应当以书面形式提出，并对其与赔偿案件处理结果有利害关系负举证责任。赔偿义务机关认为必要时，也可以通知第三人参加。

第三人参加赔偿案件处理的，赔偿义务机关应当制作《第三人参加行政赔偿案件处理通知书》，并送达第三人、赔偿请求人。

第二十一条 赔偿请求人要求赔偿时，应当提供符合受理条件的相应的证据材料。

本办法第十条第二款规定的赔偿请求人要求赔偿的，还应当提供公民死亡的证明及赔偿请求人与死亡公民之间的关系证明；本办法第十条第三款规定的赔偿请求人要求赔偿的，还应当提供原法人或者其他组织终止的证明，以及承受其权利的证明。

第二十二条 赔偿义务机关收到赔偿申请后，应当在五个工作日内进行审查，分别作出以下处理：

（一）对不符合本办法规定，有下列情形之一的，决定不予受理，制作《行政赔偿申请不予受理决定书》，并送达赔偿请求人：

1. 赔偿请求人不是本办法第十条规定的有权要求赔偿的公民、法人和其他组织；

2. 不属于本办法第五条、第六条规定的行政赔偿范围；

3. 超过法定请求赔偿的期限，且无本

办法第六十一条第二款规定情形的；

4. 已向复议机关申请复议或者已向人民法院提起行政诉讼，复议机关或人民法院已经依法受理的；

5. 以海关制定发布的行政规章或者具有普遍约束力的规定、决定侵犯其合法权益造成损害为由，请求赔偿的。

（二）对未经依法确认违法的具体行政行为请求赔偿的，如该具体行政行为尚在法定的复议、诉讼期限内，应当书面告知申请人有权依法向上一级海关申请行政复议或者向人民法院提起行政诉讼，并可以一并提出赔偿请求；经告知后，申请人要求赔偿义务机关直接对侵权行为的违法性予以确认并作出赔偿决定的，赔偿义务机关应当予以受理。如该具体行政行为已超过法定的复议、诉讼期限，应当作为申诉案件处理，并书面通知当事人，原具体行政行为经申诉确认违法后，可以依法请求赔偿；

（三）对材料不齐备的，应当在审查期限内书面告知赔偿请求人补正材料；

（四）对符合本办法规定，但是本海关不是赔偿义务机关的，应当在审查期限内书面告知申请人向赔偿义务机关提出；

（五）对符合本办法有关规定且属于本海关受理的赔偿申请，决定受理，制作《行政赔偿申请受理决定书》并送达赔偿请求人。

决定受理的，赔偿主管部门收到申请之日即为受理之日；经赔偿请求人补正材料后决定受理的，赔偿主管部门收到补正材料之日为受理之日。

第二十三条 两个以上赔偿请求人对赔偿义务机关的同一行为分别提出赔偿申请的，赔偿义务机关可以并案审理，并以收到后一个申请的日期为正式受理的日期。

第二十四条 对赔偿请求人依法提出的赔偿申请，赔偿义务机关无正当理由不予受理的，上一级海关应当责令其受理，并制作《责令受理行政赔偿申请通知书》。

第二十五条 赔偿案件审理原则上采用书面审查的办法。赔偿请求人提出要求或者赔偿主管部门认为有必要时，可以向有关组织和人员调查情况，听取赔偿请求人、第三人的意见。

第二十六条 审理赔偿案件实行合议制。

实行合议制参照《中华人民共和国海关实施〈行政复议法〉办法》以及海关审理行政复议案件实行合议制的有关规定执行。

第二十七条 合议人员与赔偿案件有利害关系或者有其他关系可能影响案件公正处理的，应当回避。

有前款所述情形的，合议人员应当申请回避，赔偿请求人、第三人及其代理人也有权申请合议人员回避。

赔偿义务机关合议人员的回避由赔偿主管部门的负责人决定，赔偿主管部门负责人的回避由赔偿义务机关负责人决定。

第二十八条 赔偿请求人向赔偿义务机关提出行政赔偿请求的，如海关及其工作人员行使职权的行为已经依法确认违法或者不违法的，赔偿义务机关应当根据已经确认的结果依法作出赔偿或者不予赔偿的决定；如未经依法确认的，赔偿义务机关应当先对海关及其工作人员行使职权的行为是否违法予以确认，再依法作出赔偿或者不予赔偿的决定。

第二十九条 有下列生效法律文书或证明材料的，应当视为被请求赔偿的海关及其工作人员行使行政职权的行为已被依法确认违法：

（一）赔偿义务机关对本海关及其工作人员行使行政职权的行为认定为违法的文书；

（二）赔偿义务机关以本海关及其工作人员行使行政职权的行为违法为由决定予以撤销、变更的文书；

（三）复议机关确认原具体行政行为违法或者以原具体行政行为违法为由予以撤销、变更的复议决定书；

（四）上级海关确认原具体行政行为违

法或者以原具体行政行为违法为由予以撤销、变更的其他法律文书；

（五）人民法院确认原具体行政行为违法或者以原具体行政行为违法为由予以撤销、变更的行政判决书、裁定书。

第三十条 赔偿请求人对其主张及造成财产损失和人身损害的事实负有举证责任，应当提供相应的证据。

第三十一条 在赔偿义务机关受理赔偿申请之后，赔偿决定作出之前，有下列情形之一的，应当终止赔偿案件审理，制作《行政赔偿案件终止决定书》，并送达赔偿请求人、第三人：

（一）赔偿请求人申请撤回赔偿申请的；

（二）发现在受理赔偿申请之前赔偿请求人已向复议机关申请复议或者已向人民法院提起行政诉讼，并且复议机关或人民法院已经依法受理的；

（三）有其他应当终止的情形的。

第三十二条 海关行政赔偿主管部门应当对行政赔偿案件进行审查，提出处理意见。处理意见经赔偿义务机关负责人同意或者经赔偿义务机关案件审理委员会讨论通过后，按照下列规定作出决定：

（一）有下列情形之一的，依法作出不予赔偿的决定：

1. 海关及其工作人员行使行政职权的行为是依法作出，没有违法情形的；

2. 海关及其工作人员行使职权的行为虽然已被依法确认为违法，但未造成公民、法人或其他组织直接财产损失或公民人身损害的；

3. 已经确认违法的行为与公民、法人或其他组织受到的财产损失或公民人身损害没有直接因果关系的；

4. 属于本办法第七条第一款规定的情形之一的。

（二）对已被确认为违法的海关及其工作人员行使行政职权的行为直接造成了公民、法人或其他组织财产损失或公民人身损害的，依法作出赔偿的决定。

赔偿义务机关依据以上规定作出赔偿或者不予赔偿决定，应当分别制作《行政赔偿决定书》或者《不予行政赔偿决定书》，并送达赔偿请求人和第三人。

第三十三条 赔偿请求人向共同赔偿义务机关要求赔偿的，最先收到赔偿申请的赔偿义务机关为赔偿案件的办理机关。

办理机关收到赔偿申请后，应当将赔偿申请书副本送达其他赔偿义务机关，经与其他赔偿义务机关取得一致意见后，依法作出赔偿或者不予赔偿决定，并制作决定书。决定赔偿的，同时开具赔偿金额分割单。决定书和赔偿金额分割单应当由共同赔偿义务机关签章确认。共同赔偿义务机关不能取得一致意见的，由共同赔偿义务机关报请它们的共同上级海关作出决定。

第三十四条 侵权行为已经确认违法的，赔偿义务机关也可以在合法、自愿的前提下，就赔偿范围、赔偿方式和赔偿数额与赔偿请求人进行协商，协商成立的，应当制作《行政赔偿协议书》，并由双方签章确认。

达成赔偿协议后，赔偿请求人以同一事实和理由再次请求赔偿的，不予受理。

第三十五条 赔偿义务机关应当自受理赔偿申请之日起两个月内依法作出赔偿或者不予赔偿的决定。但有下列情形之一的，期间中止，从中止期间的原因消除之日起，赔偿义务机关作出决定的期间继续计算：

（一）赔偿请求人死亡，需要等待其继承人或其他有扶养关系的亲属以及死者生前扶养的无劳动能力的人表明是否参加赔偿案件处理的；

（二）作为赔偿请求人的法人或者其他组织终止，需要等待其权利承受人的确定以及其权利承受人表明是否参加赔偿案件处理的；

（三）赔偿请求人丧失行为能力，尚未确定其法定代理人或指定代理人的；

（四）赔偿请求人因不可抗拒的事由，

不能参加赔偿案件处理的；

（五）需要依据司法机关，其他行政机关、组织的决定或者结论作出决定的；

（六）其他应当中止的情形。

赔偿义务机关违反上述规定逾期不作出决定的，赔偿请求人可以自期间届满之日起60日内向赔偿义务机关的上一级海关申请行政复议，赔偿请求人对不予赔偿的决定或对赔偿数额、赔偿方式等有异议的，可以自收到决定书之日起60日内向赔偿义务机关的上一级海关申请行政复议；赔偿请求人也可以自期间届满之日或者收到决定书之日起三个月内向人民法院提起诉讼。

第三十六条 申请人在申请行政复议时一并提出赔偿请求的，复议机关应当根据《中华人民共和国行政复议法》、《中华人民共和国海关实施〈行政复议法〉办法》的有关规定办理。

复议机关对原具体行政行为确认违法或者合法的，应当依据本办法的有关规定在行政复议决定书中一并作出赔偿或者不予赔偿的决定。

申请人对复议决定不服的，可以在收到复议决定书之日起15日内向人民法院提起诉讼；复议机关逾期不作决定的，申请人可以在复议期满之日起15日内向人民法院提起诉讼。

第三十七条 赔偿义务机关应当履行行政赔偿决定、行政赔偿协议、行政复议决定以及发生法律效力的行政赔偿判决、裁定或调解书。

赔偿义务机关不履行或者无正当理由拖延履行的，上一级海关应当责令其限期履行。

第二节 查验赔偿程序

第三十八条 海关关员在查验货物、物品时损坏被查验货物、物品的，应当如实填写《中华人民共和国海关查验货物、物品损坏报告书》（以下简称《海关查验货物、物品损坏报告书》）一式两份，由查验关员和当事人双方签字，一份交当事人，一份留海关存查。

海关依法径行开验、复验或者提取货样时，应当会同有关货物、物品保管人员共同进行。如造成货物、物品损坏，查验关员应当请在场的保管人员作为见证人在《海关查验货物、物品损坏报告书》上签字，并及时通知当事人。

第三十九条　实施查验的海关应当自损坏被查验的货物、物品之日起两个月内确定赔偿金额，并填制《海关损坏货物、物品赔偿通知单》（以下简称《通知单》）送达当事人。

第四十条　当事人应当自收到《通知单》之日起三个月内凭《通知单》向海关领取赔款，或将银行账号通知海关划拨。逾期无正当理由不向海关领取赔款、不将银行账号通知海关划拨的，不再赔偿。

第四十一条　当事人对赔偿有异议的，可以在收到《通知单》之日起 60 日内向作出赔偿决定的海关的上一级海关申请行政复议，对复议决定不服的，可以在收到复议决定之日起 15 日内向人民法院提起诉讼；也可以自收到《通知单》之日起三个月内直接向人民法院提起诉讼。

第五章　赔偿方式和计算标准

第四十二条　有本办法第六条规定情形，侵犯公民、法人和其他组织的财产权造成损害的，按照以下规定予以赔偿：

（一）能够返还财产或者恢复原状的，予以返还财产或者恢复原状；

（二）造成财产损坏的，赔偿修复所需费用或者按照损害程度予以赔偿；

（三）造成财产灭失的，按违法行为发生时当地市场价格予以赔偿，灭失的财产属于尚未缴纳税款的进境货物、物品的，按海关依法审定的完税价格予以赔偿；

（四）财产已依法拍卖或者变卖的，给付拍卖或者变卖所得的价款；

（五）扣留的财产因海关保管不当或不依法拍卖、变卖造成损失的，对直接损失部分予以赔偿；

（六）导致仓储费、运费等费用增加的，对增加部分予以赔偿；

（七）造成停产停业的，赔偿停产停业期间的职工工资、税金、水电费等必要的经常性费用；

（八）对财产造成其他损害的，按照直接损失确定赔偿金额。

第四十三条　侵害公民人身权利的，依照《国家赔偿法》第四章的有关规定，确定赔偿方式及赔偿金额。

第四十四条　海关依法查验进出境货物、物品时，损坏被查验的货物、物品的，应当在货物、物品受损程度确定后，以海关依法审定的完税价格为基数，确定赔偿金额。

赔偿的金额，应当根据被损坏的货物、物品或其部件受损耗程度或修理费用确定，必要时，可以凭公证机构出具的鉴定证明确定。

第六章　赔偿费用

第四十五条　依据生效的赔偿决定或者其他法律文书，需要返还财产的，依照下列规定返还：

（一）尚未上交财政的财产，由赔偿义务机关负责返还；

（二）已经上交财政的款项，由赔偿义务机关逐级向海关总署财务主管部门上报，由海关总署向国家财政部门申请返还。

第四十六条　需要支付赔偿金的，由赔偿义务机关先从本单位缉私办案费中垫支，并向海关总署财务主管部门作专项申请，由海关总署向国家财政部门申请核拨国家赔偿费用。

第四十七条　申请核拨国家赔偿费用或者申请返还已经上交财政的财产，应当根据具体情况，提供下列有关文件或者文件副本：

（一）赔偿请求人请求赔偿的申请书；

（二）赔偿义务机关作出的赔偿决定书或者赔偿协议书；

（三）复议机关的复议决定书；

（四）人民法院的判决书、裁定书或者行政赔偿调解书；

（五）赔偿义务机关对有故意或者重大过失的责任者依法进行行政处分和实施追偿的意见或者决定；

（六）财产已经上交财政的有关凭据；

（七）国家财政部门要求提供的其他文件或者文件副本。

第四十八条 赔偿义务机关向赔偿请求人支付国家赔偿费用或者返还财产，赔偿请求人应当出具合法收据或者其他有效凭证，收据或者其他凭证的副本应当报送国家财政部门备案。

第四十九条 海关依法查验进出境货物、物品时，损坏被查验的货物、物品而发生的查验赔偿，其赔偿费用由各海关从缉私办案费中支付。

第七章 责任追究与追偿

第一节 责任追究

第五十条 对有本办法第五条、第六条所列行为导致国家赔偿的有故意或者重大过失的责任人员，由有关部门依法给予行政处分；有违法所得的，依法没收违法所得；构成犯罪的，依法追究刑事责任。

第二节 追偿

第五十一条 行政赔偿义务机关赔偿损失后，应当责令有故意或者重大过失的工作人员或者受委托的组织、个人承担部分或者全部赔偿费用。

第五十二条 对责任人员实施追偿时，应当根据其责任大小和造成的损害程度确定追偿的金额。

追偿的金额一般应当在其月基本工资的1－10倍之间。特殊情况下作相应调整。

第五十三条 赔偿义务机关应当在赔偿决定、复议决定作出或者行政赔偿判决、裁定、行政赔偿调解书等法律文书发生法律效力之日起两个月内作出追偿的决定。

第五十四条 国家赔偿费用由国家财政部门核拨的，赔偿义务机关向责任者追偿的国家赔偿费用应当上缴国家财政部门。

第五十五条 有关责任人员对追偿有申辩的权利。

第八章 法律责任

第五十六条 赔偿义务机关违反本办法规定，无正当理由不予受理赔偿申请、经责令受理仍不受理或者不按照规定期限作出赔偿决定的，由有关部门对直接负责的主管人员和其他直接责任人员依法给予行政处分。

第五十七条 赔偿义务机关工作人员在办理赔偿案件中，有徇私舞弊或者其他渎职、失职行为的，由有关主管部门依法给予行政处分；构成犯罪的，依法追究刑事责任。

第五十八条 赔偿义务机关不履行或者无正当理由拖延履行赔偿决定，以及经责令限期履行仍不履行的，由有关部门对直接负责的主管人员和其他直接责任人员依法给予行政处分。

第五十九条 复议机关及其工作人员在行政复议活动中的法律责任适用《中华人民共和国行政复议法》的有关规定。

第九章 附 则

第六十条 对造成受害人名誉权、荣誉权损害的，应当在侵权行为影响的范围内，为受害人消除影响，恢复名誉，赔礼道歉。

第六十一条 赔偿请求人请求国家赔偿的时效为两年，自海关及其工作人员行使职权的行为被依法确认为违法之日起计算，但被羁押期间不计算在内。

赔偿请求人在赔偿请求时效的最后六个月内，因不可抗力或者其他障碍不能行使请求权的，时效中止。从中止时效的原因消除之日起，赔偿请求时效期间继续计算。

第六十二条 赔偿请求人要求赔偿的，赔偿义务机关和复议机关不得向赔偿请求人收取任何费用。

第六十三条 各海关受理行政赔偿申请，受理对赔偿决定不服的复议申请或者一并请求行政赔偿的复议申请，作出赔偿或者不予赔偿的决定或者复议决定，达成行政赔偿协议，决定给予查验赔偿，以及发生行政赔偿诉讼的，应当及时逐级向海关总署行政赔偿主管部门报告，并将有关法律文书报该部门备案。

第六十四条 本办法由中华人民共和国海关总署负责解释。

第六十五条 本办法所称海关包括海关总署。

第六十六条 本办法自 2003 年 5 月 1 日起施行，《中华人民共和国海关关于查验货物、物品造成损坏的赔偿办法》（〔87〕署货字 650 号）、《海关总署关于转发〈国务院办公厅关于实施中华人民共和国国家赔偿法的通知〉的通知》（署法〔1995〕57 号）同时废止。

民航行政机关行政赔偿办法

（2005 年 12 月 23 日中国民用航空总局令第 157 号公布 自 2006 年 1 月 23 日起施行）

第一章 总 则

第一条 为保障公民、法人和其他组织依法取得行政赔偿的权利，促进民航行政机关及其工作人员依法行使职权，保证民航行政机关依法、正确、及时处理行政赔偿案件，根据《中华人民共和国国家赔偿法》（以下简称国家赔偿法）以及国家其他有关法律、行政法规，制定本办法。

第二条 民航行政机关办理因民航行政机关及其工作人员违法行使行政职权导致的行政赔偿，适用本办法。

第三条 民航行政机关负责法制工作的机构是民航行政机关行政赔偿的承办部门，履行下列职责：

（一）受理行政赔偿申请；

（二）审理行政赔偿案件，提出赔偿意见；

（三）拟定行政赔偿决定书等有关法律文书；

（四）办理行政复议附带行政赔偿案件、行政赔偿复议案件；

（五）执行生效的行政赔偿法律文书；

（六）对追偿提出处理意见；

（七）办理行政赔偿诉讼的应诉事项；

（八）办理与行政赔偿案件有关的其他事项。

第四条 办理赔偿案件应当遵循合法、公正、公开、及时的原则，坚持有错必纠。

第二章 赔偿范围

第五条 民航行政机关及其工作人员在行使行政职权时有下列侵犯人身权情形之一的，受害人有取得赔偿的权利：

（一）违法拘留公民或违法采取其他限制公民人身自由的行政强制措施的；

（二）非法拘禁或者以其他方法非法剥夺公民人身自由的；

（三）以殴打等暴力行为或者唆使他人以殴打等暴力行为造成公民身体伤害或者死亡的；

（四）违法使用武器、警械具造成公民身体伤害或者死亡的；

（五）造成公民身体伤害或者死亡的其他违法行为。

第六条 民航行政机关及其工作人员有下列违法行使行政职权，侵犯公民、法人或者其他组织财产权情形之一的，受害人有取得赔偿的权利：

（一）违法实施罚款；

（二）违法没收物品、运输工具或其他财产；

（三）违法扣留或吊销许可证、执照；

（四）违法责令停产停业；

（五）违法对生产设备、货物、物品、运输工具等财产采取扣押、查封等行政强制措施的；

（六）违法收取保证金、风险担保金、抵押物、质押物的；

（七）擅自使用扣押的货物、物品、运输工具或者其他财产，造成损失的；

（八）对扣押的货物、物品、运输工具或者其他财产不履行保管职责，严重不负责任，造成财物毁损、灭失的，但依法交由有关单位负责保管的情形除外；

（九）违法变卖财产或应当拍卖而未依法拍卖，或者有其他违法处理情形造成直接损失的；

（十）造成财产损害的其他违法行为。

第七条 属于下列情形之一的，民航行政机关不承担行政赔偿责任：

（一）民航行政机关工作人员与行使职权无关的个人行为；

（二）因公民、法人和其他组织自己的行为致使损害发生的；

（三）因不可抗力造成损害后果的；

（四）法律规定的其他情形。

因公民、法人和其他组织的过错致使损失扩大的，对扩大部分民航行政机关不承担赔偿责任。

第三章　赔偿请求人和赔偿义务机关

第八条 受害的公民、法人和其他组织有权要求赔偿。

受害的公民死亡，其继承人和其他有扶养关系的亲属以及死者生前扶养的无劳动能力的人有权要求赔偿。

受害的法人或者其他组织终止，承受其

权利的法人或者其他组织有权要求赔偿。

第九条 赔偿请求人为无民事行为能力人或者限制民事行为能力人的，由其法定代理人或指定代理人代为要求赔偿。

第十条 民航行政机关及其工作人员违法行使行政职权侵犯公民、法人和其他组织的合法权益造成损害的，该民航行政机关为赔偿义务机关。

两个以上民航行政机关共同行使行政职权时侵犯公民、法人和其他组织的合法权益造成损害的，共同行使行政职权的民航行政机关为共同赔偿义务机关。

民航行政机关依法设立的派出机构行使行政职权侵犯公民、法人和其他组织的合法权益造成损害的，设立该派出机构的民航行政机关为赔偿义务机关。

受民航行政机关委托的组织或者个人在行使受委托的行政权力时侵犯公民、法人和其他组织的合法权益造成损害的，委托的民航行政机关为赔偿义务机关。

赔偿义务机关被撤销的，继续行使其职权的民航行政机关为赔偿义务机关；没有继续行使其职权的民航行政机关的，该民航行政机关的上一级民航行政机关或撤销该赔偿义务机关的行政机关为赔偿义务机关。

第十一条 经行政复议机关复议的，最初造成侵权行为的民航行政机关为赔偿义务机关，但复议机关的复议决定加重损害的，复议机关对加重的部分履行赔偿义务。

第四章　赔偿程序

第十二条 赔偿义务机关对依法确认有本办法第五条、第六条规定的情形之一，侵犯公民、法人或者其他组织合法权益的，应当给予赔偿。

第十三条 赔偿请求人要求行政赔偿应当先向赔偿义务机关提出，也可以在申请行政复议和提起行政诉讼时一并提出。

赔偿请求人可以向共同赔偿义务机关中的任何一个赔偿义务机关要求赔偿，该赔偿义务机关应当先予赔偿。

赔偿请求人根据受到的不同损害，可以同时提出数项赔偿要求。

第十四条 赔偿请求人要求赔偿应当递交申请书，申请书应当载明下列事项：

（一）受害人的姓名、性别、年龄、工作单位和住所，受害人为法人或者其他组织的，应当写明法人或者其他组织的名称、住所和法定代表人或者主要负责人的姓名、职务；

（二）具体的要求、事实根据和理由；

（三）提出申请的年、月、日。

赔偿请求人书写申请书确有困难的，可以委托他人代书；赔偿请求人也可以口头申请。口头申请的，赔偿义务机关应当制作行政赔偿口头申请记录，并当场交由赔偿请求人签章确认。

第十五条 赔偿请求人委托代理人代为参加赔偿案件处理的，应当向民航行政机关出具委托书，委托书应当载明下列事项：

（一）委托人姓名（法人或者其他组织的名称、法定代表人的姓名、职务）、代理人姓名、性别、年龄、职业、地址及邮政编码；

（二）代理人在提起、变更、撤回赔偿请求、递交证据材料、收受法律文书等方面的代理权限；

（三）代理人参加赔偿案件处理的期间；

（四）委托日期及委托人、代理人签章。

第十六条 同赔偿案件处理结果有利害关系的其他公民、法人或者其他组织，可以作为第三人参加赔偿案件处理。

申请以第三人身份参加赔偿案件处理的，应当以书面形式提出，并对其与赔偿案件处理结果有利害关系负举证责任。赔偿义务机关认为必要时，也可以通知第三人参加。

第三人参加赔偿案件处理的，赔偿义务机关应当制作第三人参加行政赔偿案件处理通知书，并送达第三人和赔偿请求人。

第十七条 赔偿请求人要求赔偿时，应当提供符合受理条件的相应的证据材料。

本办法第八条第二款规定的赔偿请求人要求赔偿的，还应当提供公民死亡的证明及赔偿请求人与死亡公民之间的关系证明；本办法第八条第三款规定的赔偿请求人要求赔偿的，还应当提供原法人或者其他组织终止的证明，以及承受其权利的证明。

第十八条 赔偿义务机关收到赔偿申请后，应当在七个工作日内进行审查，分别作出以下处理：

（一）对不符合本办法规定，有下列情形之一的，决定不予受理，制作行政赔偿申请不予受理决定书，并送达赔偿请求人：

1. 赔偿请求人不是本办法第八条规定的有权要求赔偿的公民、法人和其他组织；

2. 不属于本办法第五条、第六条规定的行政赔偿范围；

3. 超过法定请求赔偿的期限，且无本办法第五十条第二款规定情形的；

4. 已向复议机关申请复议或者已向人民法院提起行政诉讼，复议机关或人民法院已经依法受理的；

5. 以民航行政机关制定发布的行政规章或者具有普遍约束力的规定、决定侵犯其合法权益造成损害为由，请求赔偿的。

（二）对未经依法确认违法的具体行政行为请求赔偿的，如该具体行政行为尚在法定的复议、诉讼期限内，应当书面告知申请人有权依法向上一级民航行政机关申请行政复议或者向人民法院提起行政诉讼，并可以一并提出赔偿请求；经告知后，申请人要求赔偿义务机关直接对侵权行为的违法性予以确认并作出赔偿决定的，赔偿义务机关应当予以受理。如该具体行政行为已超过法定的复议、诉讼期限，应当作为申诉案件处理，并书面通知当事人，原具体行政行为经申诉确认违法后，可以依法请求赔偿；

（三）对申请材料不齐备的，应当在审查期限内书面告知赔偿请求人补正材料；

（四）对符合本办法规定，但是本民航行政机关不是赔偿义务机关的，应当在审查期限内书面告知申请人向赔偿义务机关提出；

（五）对符合本办法有关规定且属于本民航行政机关受理的赔偿申请，决定受理，制作行政赔偿申请受理决定书并送达赔偿请求人。

决定受理的，行政赔偿主管部门收到申请之日即为受理之日；经赔偿请求人补正材料后决定受理的，行政赔偿主管部门收到补正材料之日为受理之日。

第十九条 两个以上赔偿请求人对赔偿义务机关的同一行为分别提出赔偿申请的，赔偿义务机关可以并案审理，并以收到后一个申请的日期为正式受理的日期。

第二十条 对赔偿请求人依法提出的赔偿申请，赔偿义务机关无正当理由不予受理的，上一级民航行政机关应当责令其受理，并制作责令受理行政赔偿申请通知书。

第二十一条 赔偿案件审理一般采用书面审查的办法。赔偿请求人提出要求或者行政赔偿主管部门认为有必要时，可以向有关组织和人员调查情况，听取赔偿请求人、第三人的意见。

第二十二条 审理赔偿案件实行合议制。

实行合议制参照民航行政机关审理行政复议案件实行合议制的有关规定执行。

第二十三条 合议人员与赔偿案件有利害关系或者有其他关系可能影响案件公正处理的，应当回避。

有前款所述情形的，合议人员应当申请回避，赔偿请求人、第三人及其代理人也有权申请合议人员回避。

赔偿义务机关合议人员的回避由行政赔偿义务机关承办部门的负责人决定，行政赔偿义务机关承办部门负责人的回避由赔偿义务机关负责人决定。

第二十四条 赔偿请求人向赔偿义务机关提出行政赔偿请求的，如民航行政机关及其工作人员行使职权的行为已经依法确认违法或者不违法的，赔偿义务机关应当根据已经确认的结果依法作出赔偿或者不予赔偿的决定；如未经依法确认的，赔偿义务机关应当先对民航行政机关及其工作人员行使职权的行为是否违法予以确认，再依法作出赔偿或者不予赔偿的决定。

第二十五条 有下列生效法律文书或证明材料的，应当视为被请求赔偿的民航行政机关及其工作人员行使行政职权的行为已被依法确认违法：

（一）赔偿义务机关对本民航行政机关及其工作人员行使行政职权的行为认定为违法的文书；

（二）赔偿义务机关以本民航行政机关及其工作人员行使行政职权的行为违法为由决定予以撤销、变更的文书；

（三）复议机关确认原具体行政行为违法或者以原具体行政行为违法为由予以撤销、变更的复议决定书；

（四）上级民航行政机关确认原具体行政行为违法或者以原具体行政行为违法为由予以撤销、变更的其他法律文书；

（五）人民法院确认原具体行政行为违法或者以原具体行政行为违法为由予以撤销、变更的行政判决书、裁定书。

第二十六条 赔偿请求人对其主张及造成财产损失和人身损害的事实负有举证责任，应当提供相应的证据。

第二十七条 在赔偿义务机关受理赔偿申请之后，赔偿决定作出之前，有下列情形之一的，应当终止赔偿案件审理，制作行政赔偿案件终止决定书，并送达赔偿请求人、第三人：

（一）赔偿请求人申请撤回赔偿申请的；

（二）发现在受理赔偿申请之前赔偿请求人已向复议机关申请复议或者已向人民法

院提起行政诉讼，并且复议机关或人民法院已经依法受理的；

（三）有其他应当终止的情形的。

第二十八条 行政赔偿承办部门应当对行政赔偿案件进行审查，提出处理意见。处理意见经赔偿义务机关负责人同意后，按照下列规定作出决定：

（一）有下列情形之一的，赔偿义务机关应当依法作出不予赔偿的决定：

1. 民航行政机关及其工作人员行使行政职权的行为是依法作出，没有违法情形的；

2. 民航行政机关及其工作人员行使职权的行为虽然已被依法确认为违法，但未造成公民、法人或其他组织直接财产损失或公民人身损害的；

3. 已经确认违法的行为与公民、法人或其他组织受到的财产损失或公民人身损害没有直接因果关系的；

4. 属于本办法第七条第一款规定的情形之一的。

（二）对已被确认为违法的民航行政机关及其工作人员行使行政职权的行为直接造成公民、法人或其他组织财产损失或公民人身损害的，赔偿义务机关应当依法作出赔偿的决定。

赔偿义务机关依据以上规定作出赔偿或者不予赔偿决定，应当分别制作行政赔偿决定书或者不予行政赔偿决定书，并送达赔偿请求人和第三人。

第二十九条 赔偿请求人向共同赔偿义务机关要求赔偿的，最先收到赔偿申请的赔偿义务机关为赔偿案件的办理机关。

办理机关收到赔偿申请后，应当将赔偿申请书副本送达其他赔偿义务机关，经与其他赔偿义务机关取得一致意见后，依法作出赔偿或者不予赔偿决定，并制作决定书。决定赔偿的，同时开具赔偿金额分割单。决定书和赔偿金额分割单应当由共同赔偿义务机关签章确认。共同赔偿义务机关不能取得一致意见的，由共同赔偿义务机关报请它们的共同上级民航行政机关作出决定。

第三十条 民航行政机关及其工作人员行使职权的行为已经确认违法的，赔偿义务机关也可以在合法、自愿的前提下，就赔偿范围、赔偿方式和赔偿数额与赔偿请求人进行协商，协商成立的，应当制作行政赔偿协议书，并由双方签章确认。

达成赔偿协议后，赔偿请求人以同一事实和理由再次请求赔偿的，不予受理。

第三十一条 赔偿义务机关应当自受理赔偿申请之日起两个月内依法作出赔偿或者不予赔偿的决定。但有下列情形之一的，期间中止，从中止期间的原因消除之日起，赔偿义务机关作出决定的期间继续计算：

（一）赔偿请求人死亡，需要等待其继承人或其他有扶养关系的亲属以及死者生前扶养的无劳动能力的人表明是否参加赔偿案件处理的；

（二）作为赔偿请求人的法人或者其他组织终止，需要等待其权利承受人的确定以及其权利承受人表明是否参加赔偿案件处理的；

（三）赔偿请求人丧失行为能力，尚未确定其法定代理人或指定代理人的；

（四）赔偿请求人因不可抗拒的事由，不能参加赔偿案件处理的；

（五）需要依据司法机关、其他行政机关、组织的决定或者结论作出决定的；

（六）其他应当中止的情形。

赔偿义务机关违反上述规定逾期不作出决定的，赔偿请求人可以自期间届满之日起六十日内向赔偿义务机关的上一级民航行政机关申请行政复议；赔偿请求人对不予赔偿的决定或对赔偿数额、赔偿方式等有异议的，可以自收到决定书之日起六十日内向赔偿义务机关的上一级民航行政机关申请行政复议；赔偿请求人也可以自期间届满之日或者收到决定书之日起三个月内向人民法院提起诉讼。

第三十二条 申请人在申请行政复议时一并提出赔偿请求的，复议机关应当根据《中华人民共和国行政复议法》的有关规定办理。

复议机关对原具体行政行为确认违法或者合法的，应当依据本办法的有关规定在行政复议决定书中一并作出赔偿或者不予赔偿的决定。

申请人对复议决定不服的，可以在收到复议决定书之日起十五日内向人民法院提起诉讼；复议机关逾期不作决定的，申请人可以在复议期满之日起十五日内向人民法院提起诉讼。

第三十三条 赔偿义务机关应当履行行政赔偿决定、行政赔偿协议、行政复议决定以及发生法律效力的行政赔偿判决、裁定或调解书。

赔偿义务机关不履行或者无正当理由拖延履行的，上一级民航行政机关应当责令其限期履行。

第五章　赔偿方式和计算标准

第三十四条 侵害公民人身权利的，依照国家赔偿法第四章的有关规定，确定赔偿方式及赔偿金额。

第三十五条 有本办法第六条规定情形，侵犯公民、法人和其他组织的财产权造成损害的，按照以下规定予以赔偿：

（一）能够返还财产或者恢复原状的，予以返还财产或者恢复原状；

（二）造成财产损坏的，赔偿修复所需费用或者按照损害程度予以赔偿；

（三）造成财产灭失的，按违法行为发生时当地市场价格予以赔偿；

（四）财产已依法拍卖或者变卖的，给付拍卖或者变卖所得的价款；

（五）扣押的财产因民航行政机关保管不当或不依法拍卖、变卖造成损失的，对直接损失部分予以赔偿；

（六）造成停产停业的，赔偿停产停业期间的职工工资、税金、水电费等必要的经常性费用；

（七）对财产造成其他损害的，按照直接损失确定赔偿金额。

第六章　赔偿费用

第三十六条 需要支付赔偿金的，由赔偿义务机关先从本单位行政费用中垫支，并向民航总局财务主管部门作专项申请，由民航总局向国家财政部门申请核拨国家赔偿费用。

第三十七条 申请核拨国家赔偿费用或者申请返还已经上交财政的财产，应当根据具体情况，提供下列有关文件或者文件副本：

（一）赔偿请求人请求赔偿的申请书；

（二）赔偿义务机关作出的赔偿决定书或者赔偿协议书；

（三）复议机关的复议决定书；

（四）人民法院的判决书、裁定书或者行政赔偿调解书；

（五）赔偿义务机关对有故意或者重大过失的责任者依法进行行政处分和实施追偿的意见或者决定；

（六）财产已经上交财政的有关凭证；

（七）国家财政部门要求提供的其他文件或者文件副本。

第三十八条 赔偿义务机关向赔偿请求人支付国家赔偿费用或者返还财产，赔偿请求人应当出具合法收据或者其他有效凭证，收据或者其他凭证的副本应当报送国家财政部门备案。

第七章　责任追究与追偿

第三十九条 对本办法第五条、第六条所列行为导致国家赔偿有故意或者重大过失的责任人员，由有关部门按照民航行政机关有关规定追究行政责任；有违法所得的，依法没收违法所得；构成犯罪的，依法追究刑事责任。

第四十条 行政赔偿义务机关赔偿损失后，应当责令有故意或者重大过失的工作人员或者受委托的组织、个人承担部分或者全部赔偿费用。

第四十一条 对责任人员实施追偿时，应当根据其责任大小和造成的损害程度确定追偿的金额。

追偿的金额一般应当在其月基本工资的 1 - 10 倍之间。特殊情况下作相应调整。

第四十二条 赔偿义务机关应当在赔偿决定、复议决定作出或者行政赔偿判决、裁定、行政赔偿调解书等法律文书发生法律效力之日起两个月内作出追偿的决定。

第四十三条 国家赔偿费用由国家财政部门核拨的，赔偿义务机关向责任者追偿的国家赔偿费用应当上缴国家财政部门。

第四十四条 有关责任人员对追偿有申辩的权利。

第八章 法律责任

第四十五条 赔偿义务机关违反本办法规定，无正当理由不予受理赔偿申请、经责令受理仍不受理或者不按照规定期限作出赔偿决定的，由有关部门对直接负责的主管人员和其他直接责任人员依法给予行政处分。

第四十六条 赔偿义务机关工作人员在办理赔偿案件中，有徇私舞弊或者其他渎职、失职行为的，由有关主管部门依法给予行政处分；构成犯罪的，依法追究刑事责任。

第四十七条 赔偿义务机关不履行或者无正当理由拖延履行赔偿决定，以及经责令限期履行仍不履行的，由有关部门对直接负责的主管人员和其他直接责任人员依法给予行政处分。

第四十八条 复议机关及其工作人员在行政复议活动中的法律责任适用《中华人民共和国行政复议法》的有关规定。

第九章 附 则

第四十九条 民航行政机关及其工作人员行使职权的行为造成受害人名誉权、荣誉权损害的，赔偿义务机关应当在侵权行为影响的范围内，为受害人消除影响，恢复名誉，赔礼道歉。

第五十条 赔偿请求人请求行政赔偿的时效为两年，自民航行政机关及其工作人员行使职权的行为被依法确认为违法之日起计算。

赔偿请求人在赔偿请求时效的最后六个月内，因不可抗力或者其他障碍不能行使请求权的，时效中止。从中止时效的原因消除之日起，赔偿请求时效期间继续计算。

第五十一条 赔偿请求人要求赔偿的，赔偿义务机关和复议机关不得向赔偿请求人收取任何费用。

第五十二条 民航行政机关受理行政赔偿申请，受理对赔偿决定不服的复议申请或者一并请求行政赔偿的复议申请，作出赔偿或者不予赔偿的决定或者复议决定，达成行政赔偿协议，决定给予行政赔偿，以及发生行政赔偿诉讼的，应当及时向上一级行政机关报告，并将有关法律文书报上一级行政机关备案。

第五十三条 本办法所称民航行政机关包括民航总局和民航地区管理局。

第五十四条 本办法自 2006 年 1 月 23 日起施行。

公安部关于治安拘留所等行政监管场所被监管人员打死打伤其他被监管人员是否给予国家赔偿问题的批复

(2001 年 6 月 8 日 公复字〔2001〕10 号)

辽宁省公安厅：

你厅《关于治安拘留所拘留人员打死同拘室治安拘留人员是否给予国家赔偿的请示》（辽公监〔2001〕75 号）收悉。现批复如下：

对治安拘留所等行政监管场所的被监管人员在被监管期间打死打伤其他被监管人员的,如果不存在监管民警唆使殴打的情形,则不属于《国家赔偿法》第三条规定的国家赔偿范围。但是,公安机关负有保证被监管人员人身安全的责任,在监管场所出现被监管人员打死打伤其他被监管人员的情况,公安机关应该对受害人或者其家属给予适当的经济补偿。

国家工商行政管理总局关于违法暂扣营业执照赔偿范围问题的答复

(2002 年 9 月 27 日
工商法字〔2002〕第 239 号)

河南省工商行政管理局:

你局《关于对违法暂扣营业执照赔偿范围的请示》(豫工商〔2002〕150 号)收悉。经研究,答复如下:

我局认为,营业执照是经营者从事生产、经营活动的合法凭证,由于工商行政管理机关不当暂扣营业执照导致经营者停产停业的,应按照《国家赔偿法》有关行政机关违法责令停产停业的行政赔偿的规定给予赔偿。

《国家赔偿法》第二十八条第(六)项有关"吊销许可证和执照、责令停产停业的,赔偿停产停业期间必要的经常性费用开支"中的"经营性费用开支",我局认为是指受害人在停产停业期间用于维持生存的基本开支,如水电费、仓储保管费、职工的基本工资。

最高人民法院关于审理行政赔偿案件若干问题的规定

(1997 年 4 月 29 日 法发〔1997〕10 号)

为正确审理行政赔偿案件,根据《中华人民共和国国家赔偿法》和《中华人民共和国行政诉讼法》的规定,对审理行政赔偿案件的若干问题作以下规定:

一、受案范围

第一条 《中华人民共和国国家赔偿法》第三条、第四条规定的其他违法行为,包括具体行政行为和与行政机关及其工作人员行使行政职权有关的,给公民、法人或者其他组织造成损害的,违反行政职责的行为。

第二条 赔偿请求人对行政机关确认具体行政行为违法但又决定不予赔偿,或者对确定的赔偿数额有异议提起行政赔偿诉讼的,人民法院应予受理。

第三条 赔偿请求人认为行政机关及其工作人员实施了国家赔偿法第三条第(三)、(四)、(五)项和第四条第(四)项规定的非具体行政行为的行为侵犯其人身权、财产权并造成损失,赔偿义务机关拒不确认致害行为违法,赔偿请求人可直接向人民法院提起行政赔偿诉讼。

第四条 公民、法人或者其他组织在提起行政诉讼的同时一并提出行政赔偿请求的,人民法院应一并受理。

赔偿请求人单独提起行政赔偿诉讼,须以赔偿义务机关先行处理为前提。赔偿请求人对赔偿义务机关确定的赔偿数额有异议或者赔偿义务机关逾期不予赔偿,赔偿请求人有权向人民法院提起行政赔偿诉讼。

第五条 法律规定由行政机关最终裁决的具体行政行为,被作出最终裁决的行政机关确认违法，赔偿请求人以赔偿义务机关应当赔偿而不予赔偿或逾期不予赔偿或者对赔偿数额有异议提起行政赔偿诉讼，人民法院应依法受理。

第六条 公民、法人或者其他组织以国防、外交等国家行为或者行政机关制定发布行政法规、规章或者具有普遍约束力的决定、命令侵犯其合法权益造成损害为由，向人民法院提起行政赔偿诉讼的，人民法院不予受理。

二、管　辖

第七条 公民、法人或者其他组织在提起行政诉讼的同时一并提出行政赔偿请求的，人民法院依照行政诉讼法第十七条、第十八条、第二十条的规定管辖。

第八条 赔偿请求人提起行政赔偿诉讼的请求涉及不动产的，由不动产所在地的人民法院管辖。

第九条 单独提起的行政赔偿诉讼案件由被告住所地的基层人民法院管辖。

中级人民法院管辖下列第一审行政赔偿案件：

（1）被告为海关、专利管理机关的；

（2）被告为国务院各部门或者省、自治区、直辖市人民政府的；

（3）本辖区内其他重大影响和复杂的行政赔偿案件。

高级人民法院管辖本辖区内有重大影响和复杂的第一审行政赔偿案件。

最高人民法院管辖全国范围内有重大影响和复杂的第一审行政赔偿案件。

第十条 赔偿请求人因同一事实对两个以上行政机关提起行政赔偿诉讼的，可以向其中任何一个行政机关住所地的人民法院提起。赔偿请求人向两个以上有管辖权的人民法院提起行政赔偿诉讼的，由最先收到起诉状的人民法院管辖。

第十一条 公民对限制人身自由的行政强制措施不服，或者对行政机关基于同一事实对

同一当事人作出限制人身自由和对财产采取强制措施的具体行政行为不服，在提起行政诉讼的同时一并提出行政赔偿请求的，由受理该行政案件的人民法院管辖；单独提起行政赔偿诉讼的，由被告住所地或原告住所地或不动产所在地的人民法院管辖。

第十二条 人民法院发现受理的案件不属于自己管辖，应当移送有管辖权的人民法院；受移送的人民法院不得再行移送。

第十三条 人民法院对管辖权发生争议的，由争议双方协商解决，协商不成的，报请他们的共同上级人民法院指定管辖。如双方为跨省、自治区、直辖市的人民法院，高级人民法院协商不成的，由最高人民法院及时指定管辖。

依前款规定报请上级人民法院指定管辖时，应当逐级进行。

三、诉讼当事人

第十四条 与行政赔偿案件处理结果有法律上的利害关系的其他公民、法人或者其他组织有权作为第三人参加行政赔偿诉讼。

第十五条 受害的公民死亡，其继承人和其他有抚养关系的亲属以及死者生前抚养的无劳动能力的人有权提起行政赔偿诉讼。

第十六条 企业法人或者其他组织被行政机关撤销、变更、兼并、注销，认为经营自主权受到侵害，依法提起行政赔偿诉讼，原企业法人或其他组织，或者对其享有权利的法人或其他组织均具有原告资格。

第十七条 两个以上行政机关共同侵权，赔偿请求人对其中一个或者数个侵权机关提起行政赔偿诉讼，若诉讼请求系可分之诉，被诉的一个或者数个侵权机关为被告；若诉讼请求系不可分之诉，由人民法院依法追加其他侵权机关为共同被告。

第十八条 复议机关的复议决定加重损害的，赔偿请求人只对作出原决定的行政机关提起行政赔偿诉讼，作出原决定的行政机关为被告；赔偿请求人只对复议机关提起行政

赔偿诉讼的，复议机关为被告。

第十九条 行政机关依据行政诉讼法第六十六条的规定申请人民法院强制执行具体行政行为，由于据以强制执行的根据错误而发生行政赔偿诉讼的，申请强制执行的行政机关为被告。

第二十条 人民法院审理行政赔偿案件，需要变更被告而原告不同意变更的，裁定驳回起诉。

四、起诉与受理

第二十一条 赔偿请求人单独提起行政赔偿诉讼，应当符合下列条件：

（1）原告具有请求资格；

（2）有明确的被告；

（3）有具体的赔偿请求和受损害的事实根据；

（4）加害行为为具体行政行为的，该行为已被确认为违法；

（5）赔偿义务机关已先行处理或超过法定期限不予处理；

（6）属于人民法院行政赔偿诉讼的受案范围和受诉人民法院管辖；

（7）符合法律规定的起诉期限。

第二十二条 赔偿请求人单独提起行政赔偿诉讼，可以在向赔偿义务机关递交赔偿申请后的2个月届满之日起3个月内提出。

第二十三条 公民、法人或者其他组织在提起行政诉讼的同时一并提出行政赔偿请求的，其起诉期限按照行政诉讼起诉期限的规定执行。

行政案件的原告可以在提起行政诉讼后至人民法院一审庭审结束前，提出行政赔偿请求。

第二十四条 赔偿义务机关作出赔偿决定时，未告知赔偿请求人的诉权或者起诉期限，致使赔偿请求人逾期向人民法院起诉的，其起诉期限从赔偿请求人实际知道诉权或者起诉期限时计算，但逾期的期间自赔偿请求人收到赔偿决定之日起不得超过1年。

第二十五条 受害的公民死亡，其继承人和有抚养关系的人提起行政赔偿诉讼，应当提供该公民死亡的证明及赔偿请求人与死亡公民之间的关系证明。

第二十六条 当事人先后被采取限制人身自由的行政强制措施和刑事拘留等强制措施，因强制措施被确认为违法而请求赔偿的，人民法院按其行为性质分别适用行政赔偿程序和刑事赔偿程序立案受理。

第二十七条 人民法院接到原告单独提起的行政赔偿起诉状，应当进行审查，并在7日内立案或者作出不予受理的裁定。

人民法院接到行政赔偿起诉状后，在7日内不能确定可否受理的，应当先予受理。审理中发现不符合受理条件的，裁定驳回起诉。

当事人对不予受理或者驳回起诉的裁定不服，可以在裁定书送达之日起10日内向上一级人民法院提起上诉。

五、审理和判决

第二十八条 当事人在提起行政诉讼的同时一并提出行政赔偿请求，或者因具体行政行为和与行使行政职权有关的其他行为侵权造成损害一并提出行政赔偿请求的，人民法院应当分别立案，根据具体情况可以合并审理，也可以单独审理。

第二十九条 人民法院审理行政赔偿案件，就当事人之间的行政赔偿争议进行审理与裁判。

第三十条 人民法院审理行政赔偿案件在坚持合法、自愿的前提下，可以就赔偿范围、赔偿方式和赔偿数额进行调解。调解成立的，应当制作行政赔偿调解书。

第三十一条 被告在一审判决前同原告达成赔偿协议，原告申请撤诉的，人民法院应当依法予以审查并裁定是否准许。

第三十二条 原告在行政赔偿诉讼中对自己的主张承担举证责任。被告有权提供不予赔偿或者减少赔偿数额方面的证据。

第三十三条 被告的具体行政行为违法但尚未对原告合法权益造成损害的，或者原告的请求没有事实根据或法律根据的，人民法院应当判决驳回原告的赔偿请求。

第三十四条 人民法院对赔偿请求人未经确认程序而直接提起行政赔偿诉讼的案件，在判决时应当对赔偿义务机关致害行为是否违法予以确认。

第三十五条 人民法院对单独提起行政赔偿案件作出判决的法律文书的名称为行政赔偿判决书、行政赔偿裁定书或者行政赔偿调解书。

六、执行与期间

第三十六条 发生法律效力的行政赔偿判决、裁定或调解协议，当事人必须履行。一方拒绝履行的，对方当事人可以向第一审人民法院申请执行。

申请执行的期限，申请人是公民的为1年，申请人是法人或者其他组织的为6个月。

第三十七条 单独受理的第一审行政赔偿案件的审理期限为3个月，第二审为2个月；一并受理行政赔偿请求案件的审理期限与该行政案件的审理期限相同。如因特殊情况不能按期结案，需要延长审限的，应按照行政诉讼法的有关规定报请批准。

七、其　　他

第三十八条 人民法院审理行政赔偿案件，除依照国家赔偿法行政赔偿程序的规定外，对本规定没有规定的，在不与国家赔偿法相抵触的情况下，可以适用行政诉讼的有关规定。

第三十九条 赔偿请求人要求人民法院确认致害行为违法涉及的鉴定、勘验、审计等费用，由申请人预付，最后由败诉方承担。

第四十条 最高人民法院以前所作的有关司法解释与本规定不一致的，按本规定执行。

最高人民法院关于行政机关工作人员执行职务致人伤亡构成犯罪的赔偿诉讼程序问题的批复

（2002年8月5日最高人民法院审判委员会第1236次会议通过　2002年8月23日最高人民法院公告公布　自2002年8月30日起施行　法释〔2002〕28号）

山东省高级人民法院：

你院鲁高法函〔1998〕132号《关于对行政机关工作人员执行职务时致人伤、亡，法院以刑事附带民事判决赔偿损失后，受害人或其亲属能否再提起行政赔偿诉讼的请示》收悉。经研究，答复如下：

一、行政机关工作人员在执行职务中致人伤、亡已构成犯罪，受害人或其亲属提起刑事附带民事赔偿诉讼的，人民法院对民事赔偿诉讼请求不予受理。但应当告知其可以依据《中华人民共和国国家赔偿法》的有关规定向人民法院提起行政赔偿诉讼。

二、本批复公布以前发生的此类案件，人民法院已作刑事附带民事赔偿处理，受害人或其亲属再提起行政赔偿诉讼的，人民法院不予受理。

此复

诉讼救济

中华人民共和国民事诉讼法

（1991 年 4 月 9 日第七届全国人民代表大会第四次会议通过　根据 2007 年 10 月 28 日第十届全国人民代表大会常务委员会第三十次会议《关于修改〈中华人民共和国民事诉讼法〉的决定》修正）

目　录

第一编　总　　则

第一章　任务、适用范围和基本原则

第一条　中华人民共和国民事诉讼法以宪法为根据，结合我国民事审判工作的经验和实际情况制定。

第二条　中华人民共和国民事诉讼法的任务，是保护当事人行使诉讼权利，保证人民法院查明事实，分清是非，正确适用法律，及时审理民事案件，确认民事权利义务关系，制裁民事违法行为，保护当事人的合法权益，教育公民自觉遵守法律，维护社会秩序、经济秩序，保障社会主义建设事业顺利进行。

第三条　人民法院受理公民之间、法人之间、其他组织之间以及他们相互之间因财产关系和人身关系提起的民事诉讼，适用本法的规定。

第四条　凡在中华人民共和国领域内进行民事诉讼，必须遵守本法。

第五条　外国人、无国籍人、外国企业和组织在人民法院起诉、应诉，同中华人民共和国公民、法人和其他组织有同等的诉讼权利义务。

外国法院对中华人民共和国公民、法人和其他组织的民事诉讼权利加以限制的，中华人民共和国人民法院对该国公民、企业和组织的民事诉讼权利，实行对等原则。

第六条　民事案件的审判权由人民法院行使。

人民法院依照法律规定对民事案件独立进行审判，不受行政机关、社会团体和个人的干涉。

第七条　人民法院审理民事案件，必须以事实为根据，以法律为准绳。

第八条　民事诉讼当事人有平等的诉讼权利。人民法院审理民事案件，应当保障和便利当事人行使诉讼权利，对当事人在适用法律上一律平等。

第九条　人民法院审理民事案件，应当根据自愿和合法的原则进行调解；调解不成的，应当及时判决。

第十条　人民法院审理民事案件，依照法律规定实行合议、回避、公开审判和两审终审制度。

第十一条　各民族公民都有用本民族语言、文字进行民事诉讼的权利。

在少数民族聚居或者多民族共同居住的地区，人民法院应当用当地民族通用的语言、文字进行审理和发布法律文书。

人民法院应当对不通晓当地民族通用的语言、文字的诉讼参与人提供翻译。

第十二条　人民法院审理民事案件时，当事人有权进行辩论。

第十三条　当事人有权在法律规定的范围内处分自己的民事权利和诉讼权利。

第十四条　人民检察院有权对民事审判活动实行法律监督。

第十五条　机关、社会团体、企业事业单位对损害国家、集体或者个人民事权益的行为，可以支持受损害的单位或者个人向人民法院起诉。

第十六条　人民调解委员会是在基层人民政府和基层人民法院指导下，调解民间纠纷的群众性组织。

人民调解委员会依照法律规定，根据自愿原则进行调解。当事人对调解达成的协议应当履行；不愿调解、调解不成或者反悔的，可以向人民法院起诉。

人民调解委员会调解民间纠纷，如有违背法律的，人民法院应当予以纠正。

第十七条　民族自治地方的人民代表大会根

据宪法和本法的原则，结合当地民族的具体情况，可以制定变通或者补充的规定。自治区的规定，报全国人民代表大会常务委员会批准。自治州、自治县的规定，报省或者自治区的人民代表大会常务委员会批准，并报全国人民代表大会常务委员会备案。

第二章 管 辖

第一节 级别管辖

第十八条 基层人民法院管辖第一审民事案件，但本法另有规定的除外。

第十九条 中级人民法院管辖下列第一审民事案件：

（一）重大涉外案件；

（二）在本辖区有重大影响的案件；

（三）最高人民法院确定由中级人民法院管辖的案件。

第二十条 高级人民法院管辖在本辖区有重大影响的第一审民事案件。

第二十一条 最高人民法院管辖下列第一审民事案件：

（一）在全国有重大影响的案件；

（二）认为应当由本院审理的案件。

第二节 地域管辖

第二十二条 对公民提起的民事诉讼，由被告住所地人民法院管辖；被告住所地与经常居住地不一致的，由经常居住地人民法院管辖。

对法人或者其他组织提起的民事诉讼，由被告住所地人民法院管辖。

同一诉讼的几个被告住所地、经常居住地在两个以上人民法院辖区的，各该人民法院都有管辖权。

第二十三条 下列民事诉讼，由原告住所地人民法院管辖；原告住所地与经常居住地不一致的，由原告经常居住地人民法院管辖：

（一）对不在中华人民共和国领域内居住的人提起的有关身份关系的诉讼；

（二）对下落不明或者宣告失踪的人提起的有关身份关系的诉讼；

（三）对被劳动教养的人提起的诉讼；

（四）对被监禁的人提起的诉讼。

第二十四条 因合同纠纷提起的诉讼，由被告住所地或者合同履行地人民法院管辖。

第二十五条 合同的双方当事人可以在书面合同中协议选择被告住所地、合同履行地、合同签订地、原告住所地、标的物所在地人民法院管辖，但不得违反本法对级别管辖和专属管辖的规定。

第二十六条 因保险合同纠纷提起的诉讼，由被告住所地或者保险标的物所在地人民法院管辖。

第二十七条 因票据纠纷提起的诉讼，由票据支付地或者被告住所地人民法院管辖。

第二十八条 因铁路、公路、水上、航空运输和联合运输合同纠纷提起的诉讼，由运输始发地、目的地或者被告住所地人民法院管辖。

第二十九条 因侵权行为提起的诉讼，由侵权行为地或者被告住所地人民法院管辖。

第三十条 因铁路、公路、水上和航空事故请求损害赔偿提起的诉讼，由事故发生地或者车辆、船舶最先到达地、航空器最先降落地或者被告住所地人民法院管辖。

第三十一条 因船舶碰撞或者其他海事损害事故请求损害赔偿提起的诉讼，由碰撞发生地、碰撞船舶最先到达地、加害船舶被扣留地或者被告住所地人民法院管辖。

第三十二条 因海难救助费用提起的诉讼，由救助地或者被救助船舶最先到达地人民法院管辖。

第三十三条 因共同海损提起的诉讼，由船舶最先到达地、共同海损理算地或者航程终止地的人民法院管辖。

第三十四条 下列案件，由本条规定的人民法院专属管辖：

（一）因不动产纠纷提起的诉讼，由不动产所在地人民法院管辖；

（二）因港口作业中发生纠纷提起的诉讼，由港口所在地人民法院管辖；

（三）因继承遗产纠纷提起的诉讼，由被继承人死亡时住所地或者主要遗产所在地人民法院管辖。

第三十五条　两个以上人民法院都有管辖权的诉讼，原告可以向其中一个人民法院起诉；原告向两个以上有管辖权的人民法院起诉的，由最先立案的人民法院管辖。

第三节　移送管辖和指定管辖

第三十六条　人民法院发现受理的案件不属于本院管辖的，应当移送有管辖权的人民法院，受移送的人民法院应当受理。受移送的人民法院认为受移送的案件依照规定不属于本院管辖的，应当报请上级人民法院指定管辖，不得再自行移送。

第三十七条　有管辖权的人民法院由于特殊原因，不能行使管辖权的，由上级人民法院指定管辖。

人民法院之间因管辖权发生争议，由争议双方协商解决；协商解决不了的，报请它们的共同上级人民法院指定管辖。

第三十八条　人民法院受理案件后，当事人对管辖权有异议的，应当在提交答辩状期间提出。人民法院对当事人提出的异议，应当审查。异议成立的，裁定将案件移送有管辖权的人民法院；异议不成立的，裁定驳回。

第三十九条　上级人民法院有权审理下级人民法院管辖的第一审民事案件，也可以把本院管辖的第一审民事案件交下级人民法院审理。

下级人民法院对它所管辖的第一审民事案件，认为需要由上级人民法院审理的，可以报请上级人民法院审理。

第三章　审判组织

第四十条　人民法院审理第一审民事案件，由审判员、陪审员共同组成合议庭或者由审判员组成合议庭。合议庭的成员人数，必须是单数。

适用简易程序审理的民事案件，由审判员一人独任审理。

陪审员在执行陪审职务时，与审判员有同等的权利义务。

第四十一条　人民法院审理第二审民事案件，由审判员组成合议庭。合议庭的成员人数，必须是单数。

发回重审的案件，原审人民法院应当按照第一审程序另行组成合议庭。

审理再审案件，原来是第一审的，按照第一审程序另行组成合议庭；原来是第二审的或者是上级人民法院提审的，按照第二审程序另行组成合议庭。

第四十二条　合议庭的审判长由院长或者庭长指定审判员一人担任；院长或者庭长参加审判的，由院长或者庭长担任。

第四十三条　合议庭评议案件，实行少数服从多数的原则。评议应当制作笔录，由合议庭成员签名。评议中的不同意见，必须如实记入笔录。

第四十四条　审判人员应当依法秉公办案。

审判人员不得接受当事人及其诉讼代理人请客送礼。

审判人员有贪污受贿，徇私舞弊，枉法裁判行为的，应当追究法律责任；构成犯罪的，依法追究刑事责任。

第四章　回　避

第四十五条　审判人员有下列情形之一的，必须回避，当事人有权用口头或者书面方式申请他们回避：

（一）是本案当事人或者当事人、诉讼代理人的近亲属；

（二）与本案有利害关系；

（三）与本案当事人有其他关系，可能影响对案件公正审理的。

前款规定，适用于书记员、翻译人员、鉴定人、勘验人。

第四十六条　当事人提出回避申请，应当说

明理由，在案件开始审理时提出；回避事由在案件开始审理后知道的，也可以在法庭辩论终结前提出。

被申请回避的人员在人民法院作出是否回避的决定前，应当暂停参与本案的工作，但案件需要采取紧急措施的除外。

第四十七条 院长担任审判长时的回避，由审判委员会决定；审判人员的回避，由院长决定；其他人员的回避，由审判长决定。

第四十八条 人民法院对当事人提出的回避申请，应当在申请提出的三日内，以口头或者书面形式作出决定。申请人对决定不服的，可以在接到决定时申请复议一次。复议期间，被申请回避的人员，不停止参与本案的工作。人民法院对复议申请，应当在三日内作出复议决定，并通知复议申请人。

第五章 诉讼参加人

第一节 当 事 人

第四十九条 公民、法人和其他组织可以作为民事诉讼的当事人。

法人由其法定代表人进行诉讼。其他组织由其主要负责人进行诉讼。

第五十条 当事人有权委托代理人，提出回避申请，收集、提供证据，进行辩论，请求调解，提起上诉，申请执行。

当事人可以查阅本案有关材料，并可以复制本案有关材料和法律文书。查阅、复制本案有关材料的范围和办法由最高人民法院规定。

当事人必须依法行使诉讼权利，遵守诉讼秩序，履行发生法律效力的判决书、裁定书和调解书。

第五十一条 双方当事人可以自行和解。

第五十二条 原告可以放弃或者变更诉讼请求。被告可以承认或者反驳诉讼请求，有权提起反诉。

第五十三条 当事人一方或者双方为二人以上，其诉讼标的是共同的，或者诉讼标的是同一种类、人民法院认为可以合并审理并经当事人同意的，为共同诉讼。

共同诉讼的一方当事人对诉讼标的有共同权利义务的，其中一人的诉讼行为经其他共同诉讼人承认，对其他共同诉讼人发生效力；对诉讼标的没有共同权利义务的，其中一人的诉讼行为对其他共同诉讼人不发生效力。

第五十四条 当事人一方人数众多的共同诉讼，可以由当事人推选代表人进行诉讼。代表人的诉讼行为对其所代表的当事人发生效力，但代表人变更、放弃诉讼请求或者承认对方当事人的诉讼请求，进行和解，必须经被代表的当事人同意。

第五十五条 诉讼标的是同一种类、当事人一方人数众多在起诉时人数尚未确定的，人民法院可以发出公告，说明案件情况和诉讼请求，通知权利人在一定期间向人民法院登记。

向人民法院登记的权利人可以推选代表人进行诉讼；推选不出代表人的，人民法院可以与参加登记的权利人商定代表人。

代表人的诉讼行为对其所代表的当事人发生效力，但代表人变更、放弃诉讼请求或者承认对方当事人的诉讼请求，进行和解，必须经被代表的当事人同意。

人民法院作出的判决、裁定，对参加登记的全体权利人发生效力。未参加登记的权利人在诉讼时效期间提起诉讼的，适用该判决、裁定。

第五十六条 对当事人双方的诉讼标的，第三人认为有独立请求权的，有权提起诉讼。

对当事人双方的诉讼标的，第三人虽然没有独立请求权，但案件处理结果同他有法律上的利害关系的，可以申请参加诉讼，或者由人民法院通知他参加诉讼。人民法院判决承担民事责任的第三人，有当事人的诉讼权利义务。

第二节　诉讼代理人

第五十七条　无诉讼行为能力人由他的监护人作为法定代理人代为诉讼。法定代理人之间互相推诿代理责任的，由人民法院指定其中一人代为诉讼。

第五十八条　当事人、法定代理人可以委托一至二人作为诉讼代理人。

律师、当事人的近亲属、有关的社会团体或者所在单位推荐的人、经人民法院许可的其他公民，都可以被委托为诉讼代理人。

第五十九条　委托他人代为诉讼，必须向人民法院提交由委托人签名或者盖章的授权委托书。

授权委托书必须记明委托事项和权限。诉讼代理人代为承认、放弃、变更诉讼请求，进行和解，提起反诉或者上诉，必须有委托人的特别授权。

侨居在国外的中华人民共和国公民从国外寄交或者托交的授权委托书，必须经中华人民共和国驻该国的使领馆证明；没有使领馆的，由与中华人民共和国有外交关系的第三国驻该国的使领馆证明，再转由中华人民共和国驻该第三国使领馆证明，或者由当地的爱国华侨团体证明。

第六十条　诉讼代理人的权限如果变更或者解除，当事人应当书面告知人民法院，并由人民法院通知对方当事人。

第六十一条　代理诉讼的律师和其他诉讼代理人有权调查收集证据，可以查阅本案有关材料。查阅本案有关材料的范围和办法由最高人民法院规定。

第六十二条　离婚案件有诉讼代理人的，本人除不能表达意志的以外，仍应出庭；确因特殊情况无法出庭的，必须向人民法院提交书面意见。

第六章　证　据

第六十三条　证据有下列几种：

（一）书证；

（二）物证；

（三）视听资料；

（四）证人证言；

（五）当事人的陈述；

（六）鉴定结论；

（七）勘验笔录。

以上证据必须查证属实，才能作为认定事实的根据。

第六十四条　当事人对自己提出的主张，有责任提供证据。

当事人及其诉讼代理人因客观原因不能自行收集的证据，或者人民法院认为审理案件需要的证据，人民法院应当调查收集。

人民法院应当按照法定程序，全面地、客观地审查核实证据。

第六十五条　人民法院有权向有关单位和个人调查取证，有关单位和个人不得拒绝。

人民法院对有关单位和个人提出的证明文书，应当辨别真伪，审查确定其效力。

第六十六条　证据应当在法庭上出示，并由当事人互相质证。对涉及国家秘密、商业秘密和个人隐私的证据应当保密，需要在法庭出示的，不得在公开开庭时出示。

第六十七条　经过法定程序公证证明的法律行为、法律事实和文书，人民法院应当作为认定事实的根据。但有相反证据足以推翻公证证明的除外。

第六十八条　书证应当提交原件。物证应当提交原物。提交原件或者原物确有困难的，可以提交复制品、照片、副本、节录本。

提交外文书证，必须附有中文译本。

第六十九条　人民法院对视听资料，应当辨别真伪，并结合本案的其他证据，审查确定能否作为认定事实的根据。

第七十条　凡是知道案件情况的单位和个人，都有义务出庭作证。有关单位的负责人应当支持证人作证。证人确有困难不能出庭的，经人民法院许可，可以提交书面证言。

不能正确表达意志的人，不能作证。

第七十一条　人民法院对当事人的陈述，应当结合本案的其他证据，审查确定能否作为认定事实的根据。

当事人拒绝陈述的，不影响人民法院根据证据认定案件事实。

第七十二条 人民法院对专门性问题认为需要鉴定的，应当交由法定鉴定部门鉴定；没有法定鉴定部门的，由人民法院指定的鉴定部门鉴定。

鉴定部门及其指定的鉴定人有权了解进行鉴定所需要的案件材料，必要时可以询问当事人、证人。

鉴定部门和鉴定人应当提出书面鉴定结论，在鉴定书上签名或者盖章。鉴定人鉴定的，应当由鉴定人所在单位加盖印章，证明鉴定人身份。

第七十三条 勘验物证或者现场，勘验人必须出示人民法院的证件，并邀请当地基层组织或者当事人所在单位派人参加。当事人或者当事人的成年家属应当到场，拒不到场的，不影响勘验的进行。

有关单位和个人根据人民法院的通知，有义务保护现场，协助勘验工作。

勘验人应当将勘验情况和结果制作笔录，由勘验人、当事人和被邀参加人签名或者盖章。

第七十四条 在证据可能灭失或者以后难以取得的情况下，诉讼参加人可以向人民法院申请保全证据，人民法院也可以主动采取保全措施。

第七章 期间、送达

第一节 期 间

第七十五条 期间包括法定期间和人民法院指定的期间。

期间以时、日、月、年计算。期间开始的时和日，不计算在期间内。

期间届满的最后一日是节假日的，以节假日后的第一日为期间届满的日期。

期间不包括在途时间，诉讼文书在期满前交邮的，不算过期。

第七十六条 当事人因不可抗拒的事由或者其他正当理由耽误期限的，在障碍消除后的十日内，可以申请顺延期限，是否准许，由人民法院决定。

第二节 送 达

第七十七条 送达诉讼文书必须有送达回证，由受送达人在送达回证上记明收到日期，签名或者盖章。

受送达人在送达回证上的签收日期为送达日期。

第七十八条 送达诉讼文书，应当直接送交受送达人。受送达人是公民的，本人不在交他的同住成年家属签收；受送达人是法人或者其他组织的，应当由法人的法定代表人、其他组织的主要负责人或者该法人、组织负责收件的人签收；受送达人有诉讼代理人的，可以送交其代理人签收；受送达人已向人民法院指定代收人的，送交代收人签收。

受送达人的同住成年家属，法人或者其他组织的负责收件的人，诉讼代理人或者代收人在送达回证上签收的日期为送达日期。

第七十九条 受送达人或者他的同住成年家属拒绝接收诉讼文书的，送达人应当邀请有关基层组织或者所在单位的代表到场，说明情况，在送达回证上记明拒收事由和日期，由送达人、见证人签名或者盖章，把诉讼文书留在受送达人的住所，即视为送达。

第八十条 直接送达诉讼文书有困难的，可以委托其他人民法院代为送达，或者邮寄送达。邮寄送达的，以回执上注明的收件日期为送达日期。

第八十一条 受送达人是军人的，通过其所在部队团以上单位的政治机关转交。

第八十二条 受送达人是被监禁的，通过其所在监所或者劳动改造单位转交。

受送达人是被劳动教养的，通过其所在劳动教养单位转交。

第八十三条 代为转交的机关、单位收到诉讼文书后，必须立即交受送达人签收，以在送达回证上的签收日期，为送达日期。

第八十四条 受送达人下落不明，或者用本节规定的其他方式无法送达的，公告送达。自发出公告之日起，经过六十日，即视为送达。

公告送达，应当在案卷中记明原因和经过。

第八章 调 解

第八十五条 人民法院审理民事案件，根据当事人自愿的原则，在事实清楚的基础上，分清是非，进行调解。

第八十六条 人民法院进行调解，可以由审判员一人主持，也可以由合议庭主持，并尽可能就地进行。

人民法院进行调解，可以用简便方式通知当事人、证人到庭。

第八十七条 人民法院进行调解，可以邀请有关单位和个人协助。被邀请的单位和个人，应当协助人民法院进行调解。

第八十八条 调解达成协议，必须双方自愿，不得强迫。调解协议的内容不得违反法律规定。

第八十九条 调解达成协议，人民法院应当制作调解书。调解书应当写明诉讼请求、案件的事实和调解结果。

调解书由审判人员、书记员署名，加盖人民法院印章，送达双方当事人。

调解书经双方当事人签收后，即具有法律效力。

第九十条 下列案件调解达成协议，人民法院可以不制作调解书：

（一）调解和好的离婚案件；

（二）调解维持收养关系的案件；

（三）能够即时履行的案件；

（四）其他不需要制作调解书的案件。

对不需要制作调解书的协议，应当记入笔录，由双方当事人、审判人员、书记员签名或者盖章后，即具有法律效力。

第九十一条 调解未达成协议或者调解书送达前一方反悔的，人民法院应当及时判决。

第九章 财产保全和先予执行

第九十二条 人民法院对于可能因当事人一方的行为或者其他原因，使判决不能执行或者难以执行的案件，可以根据对方当事人的申请，作出财产保全的裁定；当事人没有提出申请的，人民法院在必要时也可以裁定采取财产保全措施。

人民法院采取财产保全措施，可以责令申请人提供担保；申请人不提供担保的，驳回申请。

人民法院接受申请后，对情况紧急的，必须在四十八小时内作出裁定；裁定采取财产保全措施的，应当立即开始执行。

第九十三条 利害关系人因情况紧急，不立即申请财产保全将会使其合法权益受到难以弥补的损害的，可以在起诉前向人民法院申请采取财产保全措施。申请人应当提供担保，不提供担保的，驳回申请。

人民法院接受申请后，必须在四十八小时内作出裁定；裁定采取财产保全措施的，应当立即开始执行。

申请人在人民法院采取保全措施后十五日内不起诉的，人民法院应当解除财产保全。

第九十四条 财产保全限于请求的范围，或者与本案有关的财物。

财产保全采取查封、扣押、冻结或者法律规定的其他方法。

人民法院冻结财产后，应当立即通知被冻结财产的人。

财产已被查封、冻结的，不得重复查封、冻结。

第九十五条 被申请人提供担保的，人民法院应当解除财产保全。

第九十六条 申请有错误的，申请人应当赔偿被申请人因财产保全所遭受的损失。

第九十七条 人民法院对下列案件，根据当

事人的申请,可以裁定先予执行:

(一)追索赡养费、扶养费、抚育费、抚恤金、医疗费用的;

(二)追索劳动报酬的;

(三)因情况紧急需要先予执行的。

第九十八条 人民法院裁定先予执行的,应当符合下列条件:

(一)当事人之间权利义务关系明确,不先予执行将严重影响申请人的生活或者生产经营的;

(二)被申请人有履行能力。

人民法院可以责令申请人提供担保,申请人不提供担保的,驳回申请。申请人败诉的,应当赔偿被申请人因先予执行遭受的财产损失。

第九十九条 当事人对财产保全或者先予执行的裁定不服的,可以申请复议一次。复议期间不停止裁定的执行。

第十章 对妨害民事诉讼的强制措施

第一百条 人民法院对必须到庭的被告,经两次传票传唤,无正当理由拒不到庭的,可以拘传。

第一百零一条 诉讼参与人和其他人应当遵守法庭规则。

人民法院对违反法庭规则的人,可以予以训诫,责令退出法庭或者予以罚款、拘留。

人民法院对哄闹、冲击法庭,侮辱、诽谤、威胁、殴打审判人员,严重扰乱法庭秩序的人,依法追究刑事责任;情节较轻的,予以罚款、拘留。

第一百零二条 诉讼参与人或者其他人有下列行为之一的,人民法院可以根据情节轻重予以罚款、拘留;构成犯罪的,依法追究刑事责任:

(一)伪造、毁灭重要证据,妨碍人民法院审理案件的;

(二)以暴力、威胁、贿买方法阻止证人作证或者指使、贿买、胁迫他人作伪证的;

(三)隐藏、转移、变卖、毁损已被查封、扣押的财产,或者已被清点并责令其保管的财产,转移已被冻结的财产的;

(四)对司法工作人员、诉讼参加人、证人、翻译人员、鉴定人、勘验人、协助执行的人,进行侮辱、诽谤、诬陷、殴打或者打击报复的;

(五)以暴力、威胁或者其他方法阻碍司法工作人员执行职务的;

(六)拒不履行人民法院已经发生法律效力的判决、裁定的。

人民法院对有前款规定的行为之一的单位,可以对其主要负责人或者直接责任人员予以罚款、拘留;构成犯罪的,依法追究刑事责任。

第一百零三条 有义务协助调查、执行的单位有下列行为之一的,人民法院除责令其履行协助义务外,并可以予以罚款:

(一)有关单位拒绝或者妨碍人民法院调查取证的;

(二)银行、信用合作社和其他有储蓄业务的单位接到人民法院协助执行通知书后,拒不协助查询、冻结或者划拨存款的;

(三)有关单位接到人民法院协助执行通知书后,拒不协助扣留被执行人的收入、办理有关财产权证照转移手续、转交有关票证、证照或者其他财产的;

(四)其他拒绝协助执行的。

人民法院对有前款规定的行为之一的单位,可以对其主要负责人或者直接责任人员予以罚款;对仍不履行协助义务的,可以予以拘留;并可以向监察机关或者有关机关提出予以纪律处分的司法建议。

第一百零四条 对个人的罚款金额,为人民币一万元以下。对单位的罚款金额,为人民币一万元以上三十万元以下。

拘留的期限,为十五日以下。

被拘留的人,由人民法院交公安机关看

管。在拘留期间，被拘留人承认并改正错误的，人民法院可以决定提前解除拘留。

第一百零五条 拘传、罚款、拘留必须经院长批准。

拘传应当发拘传票。

罚款、拘留应当用决定书。对决定不服的，可以向上一级人民法院申请复议一次。复议期间不停止执行。

第一百零六条 采取对妨害民事诉讼的强制措施必须由人民法院决定。任何单位和个人采取非法拘禁他人或者非法私自扣押他人财产追索债务的，应当依法追究刑事责任，或者予以拘留、罚款。

第十一章 诉讼费用

第一百零七条 当事人进行民事诉讼，应当按照规定交纳案件受理费。财产案件除交纳案件受理费外，并按照规定交纳其他诉讼费用。

当事人交纳诉讼费用确有困难的，可以按照规定向人民法院申请缓交、减交或者免交。

收取诉讼费用的办法另行制定。

第二编 审判程序

第十二章 第一审普通程序

第一节 起诉和受理

第一百零八条 起诉必须符合下列条件：

（一）原告是与本案有直接利害关系的公民、法人和其他组织；

（二）有明确的被告；

（三）有具体的诉讼请求和事实、理由；

（四）属于人民法院受理民事诉讼的范围和受诉人民法院管辖。

第一百零九条 起诉应当向人民法院递交起诉状，并按照被告人数提出副本。

书写起诉状确有困难的，可以口头起诉，由人民法院记入笔录，并告知对方当事人。

第一百一十条 起诉状应当记明下列事项：

（一）当事人的姓名、性别、年龄、民族、职业、工作单位和住所，法人或者其他组织的名称、住所和法定代表人或者主要负责人的姓名、职务；

（二）诉讼请求和所根据的事实与理由；

（三）证据和证据来源，证人姓名和住所。

第一百一十一条 人民法院对符合本法第一百零八条的起诉，必须受理；对下列起诉，分别情形，予以处理：

（一）依照行政诉讼法的规定，属于行政诉讼受案范围的，告知原告提起行政诉讼；

（二）依照法律规定，双方当事人对合同纠纷自愿达成书面仲裁协议向仲裁机构申请仲裁、不得向人民法院起诉的，告知原告向仲裁机构申请仲裁；

（三）依照法律规定，应当由其他机关处理的争议，告知原告向有关机关申请解决；

（四）对不属于本院管辖的案件，告知原告向有管辖权的人民法院起诉；

（五）对判决、裁定已经发生法律效力的案件，当事人又起诉的，告知原告按照申诉处理，但人民法院准许撤诉的裁定除外；

（六）依照法律规定，在一定期限内不得起诉的案件，在不得起诉的期限内起诉的，不予受理；

（七）判决不准离婚和调解和好的离婚案件，判决、调解维持收养关系的案件，没有新情况、新理由，原告在六个月内又起诉的，不予受理。

第一百一十二条 人民法院收到起诉状或者口头起诉，经审查，认为符合起诉条件的，应当在七日内立案，并通知当事人；认为不符合起诉条件的，应当在七日内裁定不予受理；原告对裁定不服的，可以提起上诉。

第二节　审理前的准备

第一百一十三条　人民法院应当在立案之日起五日内将起诉状副本发送被告，被告在收到之日起十五日内提出答辩状。

被告提出答辩状的，人民法院应当在收到之日起五日内将答辩状副本发送原告。被告不提出答辩状的，不影响人民法院审理。

第一百一十四条　人民法院对决定受理的案件，应当在受理案件通知书和应诉通知书中向当事人告知有关的诉讼权利义务，或者口头告知。

第一百一十五条　合议庭组成人员确定后，应当在三日内告知当事人。

第一百一十六条　审判人员必须认真审核诉讼材料，调查收集必要的证据。

第一百一十七条　人民法院派出人员进行调查时，应当向被调查人出示证件。

调查笔录经被调查人校阅后，由被调查人、调查人签名或者盖章。

第一百一十八条　人民法院在必要时可以委托外地人民法院调查。

委托调查，必须提出明确的项目和要求。受委托人民法院可以主动补充调查。

受委托人民法院收到委托书后，应当在三十日内完成调查。因故不能完成的，应当在上述期限内函告委托人民法院。

第一百一十九条　必须共同进行诉讼的当事人没有参加诉讼的，人民法院应当通知其参加诉讼。

第三节　开庭审理

第一百二十条　人民法院审理民事案件，除涉及国家秘密、个人隐私或者法律另有规定的以外，应当公开进行。

离婚案件，涉及商业秘密的案件，当事人申请不公开审理的，可以不公开审理。

第一百二十一条　人民法院审理民事案件，根据需要进行巡回审理，就地办案。

第一百二十二条　人民法院审理民事案件，应当在开庭三日前通知当事人和其他诉讼参与人。公开审理的，应当公告当事人姓名、案由和开庭的时间、地点。

第一百二十三条　开庭审理前，书记员应当查明当事人和其他诉讼参与人是否到庭，宣布法庭纪律。

开庭审理时，由审判长核对当事人，宣布案由，宣布审判人员、书记员名单，告知当事人有关的诉讼权利义务，询问当事人是否提出回避申请。

第一百二十四条　法庭调查按照下列顺序进行：

（一）当事人陈述；

（二）告知证人的权利义务，证人作证，宣读未到庭的证人证言；

（三）出示书证、物证和视听资料；

（四）宣读鉴定结论；

（五）宣读勘验笔录。

第一百二十五条　当事人在法庭上可以提出新的证据。

当事人经法庭许可，可以向证人、鉴定人、勘验人发问。

当事人要求重新进行调查、鉴定或者勘验的，是否准许，由人民法院决定。

第一百二十六条　原告增加诉讼请求，被告提出反诉，第三人提出与本案有关的诉讼请求，可以合并审理。

第一百二十七条　法庭辩论按照下列顺序进行：

（一）原告及其诉讼代理人发言；

（二）被告及其诉讼代理人答辩；

（三）第三人及其诉讼代理人发言或者答辩；

（四）互相辩论。

法庭辩论终结，由审判长按照原告、被告、第三人的先后顺序征询各方最后意见。

第一百二十八条　法庭辩论终结，应当依法作出判决。判决前能够调解的，还可以进行调解，调解不成的，应当及时判决。

第一百二十九条 原告经传票传唤，无正当理由拒不到庭的，或者未经法庭许可中途退庭的，可以按撤诉处理；被告反诉的，可以缺席判决。

第一百三十条 被告经传票传唤，无正当理由拒不到庭的，或者未经法庭许可中途退庭的，可以缺席判决。

第一百三十一条 宣判前，原告申请撤诉的，是否准许，由人民法院裁定。

人民法院裁定不准许撤诉的，原告经传票传唤，无正当理由拒不到庭的，可以缺席判决。

第一百三十二条 有下列情形之一的，可以延期开庭审理：

（一）必须到庭的当事人和其他诉讼参与人有正当理由没有到庭的；

（二）当事人临时提出回避申请的；

（三）需要通知新的证人到庭，调取新的证据，重新鉴定、勘验，或者需要补充调查的；

（四）其他应当延期的情形。

第一百三十三条 书记员应当将法庭审理的全部活动记入笔录，由审判人员和书记员签名。

法庭笔录应当当庭宣读，也可以告知当事人和其他诉讼参与人当庭或者在五日内阅读。当事人和其他诉讼参与人认为对自己的陈述记录有遗漏或者差错的，有权申请补正。如果不予补正，应当将申请记录在案。

法庭笔录由当事人和其他诉讼参与人签名或者盖章。拒绝签名盖章的，记明情况附卷。

第一百三十四条 人民法院对公开审理或者不公开审理的案件，一律公开宣告判决。

当庭宣判的，应当在十日内发送判决书；定期宣判的，宣判后立即发给判决书。

宣告判决时，必须告知当事人上诉权利、上诉期限和上诉的法院。

宣告离婚判决，必须告知当事人在判决发生法律效力前不得另行结婚。

第一百三十五条 人民法院适用普通程序审理的案件，应当在立案之日起六个月内审结。有特殊情况需要延长的，由本院院长批准，可以延长六个月；还需要延长的，报请上级人民法院批准。

第四节 诉讼中止和终结

第一百三十六条 有下列情形之一的，中止诉讼：

（一）一方当事人死亡，需要等待继承人表明是否参加诉讼的；

（二）一方当事人丧失诉讼行为能力，尚未确定法定代理人的；

（三）作为一方当事人的法人或者其他组织终止，尚未确定权利义务承受人的；

（四）一方当事人因不可抗拒的事由，不能参加诉讼的；

（五）本案必须以另一案的审理结果为依据，而另一案尚未审结的；

（六）其他应当中止诉讼的情形。

中止诉讼的原因消除后，恢复诉讼。

第一百三十七条 有下列情形之一的，终结诉讼：

（一）原告死亡，没有继承人，或者继承人放弃诉讼权利的；

（二）被告死亡，没有遗产，也没有应当承担义务的人的；

（三）离婚案件一方当事人死亡的；

（四）追索赡养费、扶养费、抚育费以及解除收养关系案件的一方当事人死亡的。

第五节 判决和裁定

第一百三十八条 判决书应当写明：

（一）案由、诉讼请求、争议的事实和理由；

（二）判决认定的事实、理由和适用的法律依据；

（三）判决结果和诉讼费用的负担；

（四）上诉期间和上诉的法院。

判决书由审判人员、书记员署名，加盖人民法院印章。

第一百三十九条 人民法院审理案件，其中一部分事实已经清楚，可以就该部分先行判决。

第一百四十条 裁定适用于下列范围：

（一）不予受理；

（二）对管辖权有异议的；

（三）驳回起诉；

（四）财产保全和先予执行；

（五）准许或者不准许撤诉；

（六）中止或者终结诉讼；

（七）补正判决书中的笔误；

（八）中止或者终结执行；

（九）不予执行仲裁裁决；

（十）不予执行公证机关赋予强制执行效力的债权文书；

（十一）其他需要裁定解决的事项。

对前款第（一）、（二）、（三）项裁定，可以上诉。

裁定书由审判人员、书记员署名，加盖人民法院印章。口头裁定的，记入笔录。

第一百四十一条 最高人民法院的判决、裁定，以及依法不准上诉或者超过上诉期没有上诉的判决、裁定，是发生法律效力的判决、裁定。

第十三章 简 易 程 序

第一百四十二条 基层人民法院和它派出的法庭审理事实清楚、权利义务关系明确、争议不大的简单的民事案件，适用本章规定。

第一百四十三条 对简单的民事案件，原告可以口头起诉。

当事人双方可以同时到基层人民法院或者它派出的法庭，请求解决纠纷。基层人民法院或者它派出的法庭可以当即审理，也可以另定日期审理。

第一百四十四条 基层人民法院和它派出的法庭审理简单的民事案件，可以用简便方式随时传唤当事人、证人。

第一百四十五条 简单的民事案件由审判员一人独任审理，并不受本法第一百二十二条、第一百二十四条、第一百二十七条规定的限制。

第一百四十六条 人民法院适用简易程序审理案件，应当在立案之日起三个月内审结。

第十四章 第二审程序

第一百四十七条 当事人不服地方人民法院第一审判决的，有权在判决书送达之日起十五日内向上一级人民法院提起上诉。

当事人不服地方人民法院第一审裁定的，有权在裁定书送达之日起十日内向上一级人民法院提起上诉。

第一百四十八条 上诉应当递交上诉状。上诉状的内容，应当包括当事人的姓名，法人的名称及其法定代表人的姓名或者其他组织的名称及其主要负责人的姓名；原审人民法院名称、案件的编号和案由；上诉的请求和理由。

第一百四十九条 上诉状应当通过原审人民法院提出，并按照对方当事人或者代表人的人数提出副本。

当事人直接向第二审人民法院上诉的，第二审人民法院应当在五日内将上诉状移交原审人民法院。

第一百五十条 原审人民法院收到上诉状，应当在五日内将上诉状副本送达对方当事人，对方当事人在收到之日起十五日内提出答辩状。人民法院应当在收到答辩状之日起五日内将副本送达上诉人。对方当事人不提出答辩状的，不影响人民法院审理。

原审人民法院收到上诉状、答辩状，应当在五日内连同全部案卷和证据，报送第二审人民法院。

第一百五十一条 第二审人民法院应当对上诉请求的有关事实和适用法律进行审查。

第一百五十二条 第二审人民法院对上诉案件，应当组成合议庭，开庭审理。经过阅卷和调查，询问当事人，在事实核对清楚后，合议庭认为不需要开庭审理的，也可以径行判决、裁定。

第二审人民法院审理上诉案件，可以在本院进行，也可以到案件发生地或者原审人民法院所在地进行。

第一百五十三条 第二审人民法院对上诉案件，经过审理，按照下列情形，分别处理：

（一）原判决认定事实清楚，适用法律正确的，判决驳回上诉，维持原判决；

（二）原判决适用法律错误的，依法改判；

（三）原判决认定事实错误，或者原判决认定事实不清，证据不足，裁定撤销原判决，发回原审人民法院重审，或者查清事实后改判；

（四）原判决违反法定程序，可能影响案件正确判决的，裁定撤销原判决，发回原审人民法院重审。

当事人对重审案件的判决、裁定，可以上诉。

第一百五十四条 第二审人民法院对不服第一审人民法院裁定的上诉案件的处理，一律使用裁定。

第一百五十五条 第二审人民法院审理上诉案件，可以进行调解。调解达成协议，应当制作调解书，由审判人员、书记员署名，加盖人民法院印章。调解书送达后，原审人民法院的判决即视为撤销。

第一百五十六条 第二审人民法院判决宣告前，上诉人申请撤回上诉的，是否准许，由第二审人民法院裁定。

第一百五十七条 第二审人民法院审理上诉案件，除依照本章规定外，适用第一审普通程序。

第一百五十八条 第二审人民法院的判决、裁定，是终审的判决、裁定。

第一百五十九条 人民法院审理对判决的上诉案件，应当在第二审立案之日起三个月内审结。有特殊情况需要延长的，由本院院长批准。

人民法院审理对裁定的上诉案件，应当在第二审立案之日起三十日内作出终审裁定。

第十五章 特别程序

第一节 一般规定

第一百六十条 人民法院审理选民资格案件、宣告失踪或者宣告死亡案件、认定公民无民事行为能力或者限制民事行为能力案件和认定财产无主案件，适用本章规定。本章没有规定的，适用本法和其他法律的有关规定。

第一百六十一条 依照本章程序审理的案件，实行一审终审。选民资格案件或者重大、疑难的案件，由审判员组成合议庭审理；其他案件由审判员一人独任审理。

第一百六十二条 人民法院在依照本章程序审理案件的过程中，发现本案属于民事权益争议的，应当裁定终结特别程序，并告知利害关系人可以另行起诉。

第一百六十三条 人民法院适用特别程序审理的案件，应当在立案之日起三十日内或者公告期满后三十日内审结。有特殊情况需要延长的，由本院院长批准。但审理选民资格的案件除外。

第二节 选民资格案件

第一百六十四条 公民不服选举委员会对选民资格的申诉所作的处理决定，可以在选举日的五日以前向选区所在地基层人民法院起诉。

第一百六十五条 人民法院受理选民资格案件后，必须在选举日前审结。

审理时，起诉人、选举委员会的代表和有关公民必须参加。

人民法院的判决书，应当在选举日前送达选举委员会和起诉人，并通知有关公民。

第三节　宣告失踪、宣告死亡案件

第一百六十六条　公民下落不明满二年，利害关系人申请宣告其失踪的，向下落不明人住所地基层人民法院提出。

申请书应当写明失踪的事实、时间和请求，并附有公安机关或者其他有关机关关于该公民下落不明的书面证明。

第一百六十七条　公民下落不明满四年，或者因意外事故下落不明满二年，或者因意外事故下落不明，经有关机关证明该公民不可能生存，利害关系人申请宣告其死亡的，向下落不明人住所地基层人民法院提出。

申请书应当写明下落不明的事实、时间和请求，并附有公安机关或者其他有关机关关于该公民下落不明的书面证明。

第一百六十八条　人民法院受理宣告失踪、宣告死亡案件后，应当发出寻找下落不明人的公告。宣告失踪的公告期间为三个月，宣告死亡的公告期间为一年。因意外事故下落不明，经有关机关证明该公民不可能生存的，宣告死亡的公告期间为三个月。

公告期间届满，人民法院应当根据被宣告失踪、宣告死亡的事实是否得到确认，作出宣告失踪、宣告死亡的判决或者驳回申请的判决。

第一百六十九条　被宣告失踪、宣告死亡的公民重新出现，经本人或者利害关系人申请，人民法院应当作出新判决，撤销原判决。

第四节　认定公民无民事行为能力、限制民事行为能力案件

第一百七十条　申请认定公民无民事行为能力或者限制民事行为能力，由其近亲属或者其他利害关系人向该公民住所地基层人民法院提出。

申请书应当写明该公民无民事行为能力或者限制民事行为能力的事实和根据。

第一百七十一条　人民法院受理申请后，必要时应当对被请求认定为无民事行为能力或者限制民事行为能力的公民进行鉴定。申请人已提供鉴定结论的，应当对鉴定结论进行审查。

第一百七十二条　人民法院审理认定公民无民事行为能力或者限制民事行为能力的案件，应当由该公民的近亲属为代理人，但申请人除外。近亲属互相推诿的，由人民法院指定其中一人为代理人。该公民健康情况许可的，还应当询问本人的意见。

人民法院经审理认定申请有事实根据的，判决该公民为无民事行为能力或者限制民事行为能力人；认定申请没有事实根据的，应当判决予以驳回。

第一百七十三条　人民法院根据被认定为无民事行为能力人、限制民事行为能力人或者他的监护人的申请，证实该公民无民事行为能力或者限制民事行为能力的原因已经消除的，应当作出新判决，撤销原判决。

第五节　认定财产无主案件

第一百七十四条　申请认定财产无主，由公民、法人或者其他组织向财产所在地基层人民法院提出。

申请书应当写明财产的种类、数量以及要求认定财产无主的根据。

第一百七十五条　人民法院受理申请后，经审查核实，应当发出财产认领公告。公告满一年无人认领的，判决认定财产无主，收归国家或者集体所有。

第一百七十六条　判决认定财产无主后，原财产所有人或者继承人出现，在民法通则规定的诉讼时效期间可以对财产提出请求，人民法院审查属实后，应当作出新判决，撤销原判决。

第十六章　审判监督程序

第一百七十七条　各级人民法院院长对本院已经发生法律效力的判决、裁定，发现确有错误，认为需要再审的，应当提交审判委员

会讨论决定。

最高人民法院对地方各级人民法院已经发生法律效力的判决、裁定，上级人民法院对下级人民法院已经发生法律效力的判决、裁定，发现确有错误的，有权提审或者指令下级人民法院再审。

第一百七十八条 当事人对已经发生法律效力的判决、裁定，认为有错误的，可以向上一级人民法院申请再审，但不停止判决、裁定的执行。

第一百七十九条 当事人的申请符合下列情形之一的，人民法院应当再审：

（一）有新的证据，足以推翻原判决、裁定的；

（二）原判决、裁定认定的基本事实缺乏证据证明的；

（三）原判决、裁定认定事实的主要证据是伪造的；

（四）原判决、裁定认定事实的主要证据未经质证的；

（五）对审理案件需要的证据，当事人因客观原因不能自行收集，书面申请人民法院调查收集，人民法院未调查收集的；

（六）原判决、裁定适用法律确有错误的；

（七）违反法律规定，管辖错误的；

（八）审判组织的组成不合法或者依法应当回避的审判人员没有回避的；

（九）无诉讼行为能力人未经法定代理人代为诉讼或者应当参加诉讼的当事人，因不能归责于本人或者其诉讼代理人的事由，未参加诉讼的；

（十）违反法律规定，剥夺当事人辩论权利的；

（十一）未经传票传唤，缺席判决的；

（十二）原判决、裁定遗漏或者超出诉讼请求的；

（十三）据以作出原判决、裁定的法律文书被撤销或者变更的。

对违反法定程序可能影响案件正确判决、裁定的情形，或者审判人员在审理该案件时有贪污受贿，徇私舞弊，枉法裁判行为的，人民法院应当再审。

第一百八十条 当事人申请再审的，应当提交再审申请书等材料。人民法院应当自收到再审申请书之日起五日内将再审申请书副本发送对方当事人。对方当事人应当自收到再审申请书副本之日起十五日内提交书面意见；不提交书面意见的，不影响人民法院审查。人民法院可以要求申请人和对方当事人补充有关材料，询问有关事项。

第一百八十一条 人民法院应当自收到再审申请书之日起三个月内审查，符合本法第一百七十九条规定情形之一的，裁定再审；不符合本法第一百七十九条规定的，裁定驳回申请。有特殊情况需要延长的，由本院院长批准。

因当事人申请裁定再审的案件由中级人民法院以上的人民法院审理。最高人民法院、高级人民法院裁定再审的案件，由本院再审或者交其他人民法院再审，也可以交原审人民法院再审。

第一百八十二条 当事人对已经发生法律效力的调解书，提出证据证明调解违反自愿原则或者调解协议的内容违反法律的，可以申请再审。经人民法院审查属实的，应当再审。

第一百八十三条 当事人对已经发生法律效力的解除婚姻关系的判决，不得申请再审。

第一百八十四条 当事人申请再审，应当在判决、裁定发生法律效力后二年内提出；二年后据以作出原判决、裁定的法律文书被撤销或者变更，以及发现审判人员在审理该案件时有贪污受贿，徇私舞弊，枉法裁判行为的，自知道或者应当知道之日起三个月内提出。

第一百八十五条 按照审判监督程序决定再审的案件，裁定中止原判决的执行。裁定由院长署名，加盖人民法院印章。

第一百八十六条 人民法院按照审判监督程

序再审的案件，发生法律效力的判决、裁定是由第一审法院作出的，按照第一审程序审理，所作的判决、裁定，当事人可以上诉；发生法律效力的判决、裁定是由第二审法院作出的，按照第二审程序审理，所作的判决、裁定，是发生法律效力的判决、裁定；上级人民法院按照审判监督程序提审的，按照第二审程序审理，所作的判决、裁定是发生法律效力的判决、裁定。

人民法院审理再审案件，应当另行组成合议庭。

第一百八十七条 最高人民检察院对各级人民法院已经发生法律效力的判决、裁定，上级人民检察院对下级人民法院已经发生法律效力的判决、裁定，发现有本法第一百七十九条规定情形之一的，应当提出抗诉。

地方各级人民检察院对同级人民法院已经发生法律效力的判决、裁定，发现有本法第一百七十九条规定情形之一的，应当提请上级人民检察院向同级人民法院提出抗诉。

第一百八十八条 人民检察院提出抗诉的案件，接受抗诉的人民法院应当自收到抗诉书之日起三十日内作出再审的裁定；有本法第一百七十九条第一款第（一）项至第（五）项规定情形之一的，可以交下一级人民法院再审。

第一百八十九条 人民检察院决定对人民法院的判决、裁定提出抗诉的，应当制作抗诉书。

第一百九十条 人民检察院提出抗诉的案件，人民法院再审时，应当通知人民检察院派员出席法庭。

第十七章 督促程序

第一百九十一条 债权人请求债务人给付金钱、有价证券，符合下列条件的，可以向有管辖权的基层人民法院申请支付令：

（一）债权人与债务人没有其他债务纠纷的；

（二）支付令能够送达债务人的。

申请书应当写明请求给付金钱或者有价证券的数量和所根据的事实、证据。

第一百九十二条 债权人提出申请后，人民法院应当在五日内通知债权人是否受理。

第一百九十三条 人民法院受理申请后，经审查债权人提供的事实、证据，对债权债务关系明确、合法的，应当在受理之日起十五日内向债务人发出支付令；申请不成立的，裁定予以驳回。

债务人应当自收到支付令之日起十五日内清偿债务，或者向人民法院提出书面异议。

债务人在前款规定的期间不提出异议又不履行支付令的，债权人可以向人民法院申请执行。

第一百九十四条 人民法院收到债务人提出的书面异议后，应当裁定终结督促程序，支付令自行失效，债权人可以起诉。

第十八章 公示催告程序

第一百九十五条 按照规定可以背书转让的票据持有人，因票据被盗、遗失或者灭失，可以向票据支付地的基层人民法院申请公示催告。依照法律规定可以申请公示催告的其他事项，适用本章规定。

申请人应当向人民法院递交申请书，写明票面金额、发票人、持票人、背书人等票据主要内容和申请的理由、事实。

第一百九十六条 人民法院决定受理申请，应当同时通知支付人停止支付，并在三日内发出公告，催促利害关系人申报权利。公示催告的期间，由人民法院根据情况决定，但不得少于六十日。

第一百九十七条 支付人收到人民法院停止支付的通知，应当停止支付，至公示催告程序终结。

公示催告期间，转让票据权利的行为无效。

第一百九十八条 利害关系人应当在公示催告期间向人民法院申报。

人民法院收到利害关系人的申报后，应当裁定终结公示催告程序，并通知申请人和支付人。

申请人或者申报人可以向人民法院起诉。

第一百九十九条 没有人申报的，人民法院应当根据申请人的申请，作出判决，宣告票据无效。判决应当公告，并通知支付人。自判决公告之日起，申请人有权向支付人请求支付。

第二百条 利害关系人因正当理由不能在判决前向人民法院申报的，自知道或者应当知道判决公告之日起一年内，可以向作出判决的人民法院起诉。

第三编 执行程序

第十九章 一般规定

第二百零一条 发生法律效力的民事判决、裁定，以及刑事判决、裁定中的财产部分，由第一审人民法院或者与第一审人民法院同级的被执行的财产所在地人民法院执行。

法律规定由人民法院执行的其他法律文书，由被执行人住所地或者被执行的财产所在地人民法院执行。

第二百零二条 当事人、利害关系人认为执行行为违反法律规定的，可以向负责执行的人民法院提出书面异议。当事人、利害关系人提出书面异议的，人民法院应当自收到书面异议之日起十五日内审查，理由成立的，裁定撤销或者改正；理由不成立的，裁定驳回。当事人、利害关系人对裁定不服的，可以自裁定送达之日起十日内向上一级人民法院申请复议。

第二百零三条 人民法院自收到申请执行书之日起超过六个月未执行的，申请执行人可以向上一级人民法院申请执行。上一级人民法院经审查，可以责令原人民法院在一定期限内执行，也可以决定由本院执行或者指令

其他人民法院执行。

第二百零四条 执行过程中，案外人对执行标的提出书面异议的，人民法院应当自收到书面异议之日起十五日内审查，理由成立的，裁定中止对该标的的执行；理由不成立的，裁定驳回。案外人、当事人对裁定不服，认为原判决、裁定错误的，依照审判监督程序办理；与原判决、裁定无关的，可以自裁定送达之日起十五日内向人民法院提起诉讼。

第二百零五条 执行工作由执行员进行。

采取强制执行措施时，执行员应当出示证件。执行完毕后，应当将执行情况制作笔录，由在场的有关人员签名或者盖章。

人民法院根据需要可以设立执行机构。

第二百零六条 被执行人或者被执行的财产在外地，可以委托当地人民法院代为执行。受委托人民法院收到委托函件后，必须在十五日内开始执行，不得拒绝。执行完毕后，应当将执行结果及时函复委托人民法院；在三十日内如果还未执行完毕，也应当将执行情况函告委托人民法院。

受委托人民法院自收到委托函件之日起十五日内不执行的，委托人民法院可以请求受委托人民法院的上级人民法院指令受委托人民法院执行。

第二百零七条 在执行中，双方当事人自行和解达成协议的，执行员应当将协议内容记入笔录，由双方当事人签名或者盖章。

一方当事人不履行和解协议的，人民法院可以根据对方当事人的申请，恢复对原生效法律文书的执行。

第二百零八条 在执行中，被执行人向人民法院提供担保，并经申请执行人同意的，人民法院可以决定暂缓执行及暂缓执行的期限。被执行人逾期仍不履行的，人民法院有权执行被执行人的担保财产或者担保人的财产。

第二百零九条 作为被执行人的公民死亡的，以其遗产偿还债务。作为被执行人的法

人或者其他组织终止的，由其权利义务承受人履行义务。

第二百一十条 执行完毕后，据以执行的判决、裁定和其他法律文书确有错误，被人民法院撤销的，对已被执行的财产，人民法院应当作出裁定，责令取得财产的人返还；拒不返还的，强制执行。

第二百一十一条 人民法院制作的调解书的执行，适用本编的规定。

第二十章 执行的申请和移送

第二百一十二条 发生法律效力的民事判决、裁定，当事人必须履行。一方拒绝履行的，对方当事人可以向人民法院申请执行，也可以由审判员移送执行员执行。

调解书和其他应当由人民法院执行的法律文书，当事人必须履行。一方拒绝履行的，对方当事人可以向人民法院申请执行。

第二百一十三条 对依法设立的仲裁机构的裁决，一方当事人不履行的，对方当事人可以向有管辖权的人民法院申请执行。受申请的人民法院应当执行。

被申请人提出证据证明仲裁裁决有下列情形之一的，经人民法院组成合议庭审查核实，裁定不予执行：

（一）当事人在合同中没有订有仲裁条款或者事后没有达成书面仲裁协议的；

（二）裁决的事项不属于仲裁协议的范围或者仲裁机构无权仲裁的；

（三）仲裁庭的组成或者仲裁的程序违反法定程序的；

（四）认定事实的主要证据不足的；

（五）适用法律确有错误的；

（六）仲裁员在仲裁该案时有贪污受贿，徇私舞弊，枉法裁决行为的。

人民法院认定执行该裁决违背社会公共利益的，裁定不予执行。

裁定书应当送达双方当事人和仲裁机构。

仲裁裁决被人民法院裁定不予执行的，

当事人可以根据双方达成的书面仲裁协议重新申请仲裁，也可以向人民法院起诉。

第二百一十四条 对公证机关依法赋予强制执行效力的债权文书，一方当事人不履行的，对方当事人可以向有管辖权的人民法院申请执行，受申请的人民法院应当执行。

公证债权文书确有错误的，人民法院裁定不予执行，并将裁定书送达双方当事人和公证机关。

第二百一十五条 申请执行的期间为二年。申请执行时效的中止、中断，适用法律有关诉讼时效中止、中断的规定。

前款规定的期间，从法律文书规定履行期间的最后一日起计算；法律文书规定分期履行的，从规定的每次履行期间的最后一日起计算；法律文书未规定履行期间的，从法律文书生效之日起计算。

第二百一十六条 执行员接到申请执行书或者移交执行书，应当向被执行人发出执行通知，责令其在指定的期间履行，逾期不履行的，强制执行。

被执行人不履行法律文书确定的义务，并有可能隐匿、转移财产的，执行员可以立即采取强制执行措施。

第二十一章 执行措施

第二百一十七条 被执行人未按执行通知履行法律文书确定的义务，应当报告当前以及收到执行通知之日前一年的财产情况。被执行人拒绝报告或者虚假报告的，人民法院可以根据情节轻重对被执行人或者其法定代理人、有关单位的主要负责人或者直接责任人员予以罚款、拘留。

第二百一十八条 被执行人未按执行通知履行法律文书确定的义务，人民法院有权向银行、信用合作社和其他有储蓄业务的单位查询被执行人的存款情况，有权冻结、划拨被执行人的存款，但查询、冻结、划拨存款不得超出被执行人应当履行义务的范围。

人民法院决定冻结、划拨存款，应当作

出裁定，并发出协助执行通知书，银行、信用合作社和其他有储蓄业务的单位必须办理。

第二百一十九条 被执行人未按执行通知履行法律文书确定的义务，人民法院有权扣留、提取被执行人应当履行义务部分的收入。但应当保留被执行人及其所扶养家属的生活必需费用。

人民法院扣留、提取收入时，应当作出裁定，并发出协助执行通知书，被执行人所在单位、银行、信用合作社和其他有储蓄业务的单位必须办理。

第二百二十条 被执行人未按执行通知履行法律文书确定的义务，人民法院有权查封、扣押、冻结、拍卖、变卖被执行人应当履行义务部分的财产。但应当保留被执行人及其所扶养家属的生活必需品。

采取前款措施，人民法院应当作出裁定。

第二百二十一条 人民法院查封、扣押财产时，被执行人是公民的，应当通知被执行人或者他的成年家属到场；被执行人是法人或者其他组织的，应当通知其法定代表人或者主要负责人到场。拒不到场的，不影响执行。被执行人是公民的，其工作单位或者财产所在地的基层组织应当派人参加。

对被查封、扣押的财产，执行员必须造具清单，由在场人签名或者盖章后，交被执行人一份。被执行人是公民的，也可以交他的成年家属一份。

第二百二十二条 被查封的财产，执行员可以指定被执行人负责保管。因被执行人的过错造成的损失，由被执行人承担。

第二百二十三条 财产被查封、扣押后，执行员应当责令被执行人在指定期间履行法律文书确定的义务。被执行人逾期不履行的，人民法院可以按照规定交有关单位拍卖或者变卖被查封、扣押的财产。国家禁止自由买卖的物品，交有关单位按照国家规定的价格收购。

第二百二十四条 被执行人不履行法律文书确定的义务，并隐匿财产的，人民法院有权发出搜查令，对被执行人及其住所或者财产隐匿地进行搜查。

采取前款措施，由院长签发搜查令。

第二百二十五条 法律文书指定交付的财物或者票证，由执行员传唤双方当事人当面交付，或者由执行员转交，并由被交付人签收。

有关单位持有该项财物或者票证的，应当根据人民法院的协助执行通知书转交，并由被交付人签收。

有关公民持有该项财物或者票证的，人民法院通知其交出。拒不交出的，强制执行。

第二百二十六条 强制迁出房屋或者强制退出土地，由院长签发公告，责令被执行人在指定期间履行。被执行人逾期不履行的，由执行员强制执行。

强制执行时，被执行人是公民的，应当通知被执行人或者他的成年家属到场；被执行人是法人或者其他组织的，应当通知其法定代表人或者主要负责人到场。拒不到场的，不影响执行。被执行人是公民的，其工作单位或者房屋、土地所在地的基层组织应当派人参加。执行员应当将强制执行情况记入笔录，由在场人签名或者盖章。

强制迁出房屋被搬出的财物，由人民法院派人运至指定处所，交给被执行人。被执行人是公民的，也可以交给他的成年家属。因拒绝接收而造成的损失，由被执行人承担。

第二百二十七条 在执行中，需要办理有关财产权证照转移手续的，人民法院可以向有关单位发出协助执行通知书，有关单位必须办理。

第二百二十八条 对判决、裁定和其他法律文书指定的行为，被执行人未按执行通知履行的，人民法院可以强制执行或者委托有关单位或者其他人完成，费用由被执行人承担。

第二百二十九条 被执行人未按判决、裁定和其他法律文书指定的期间履行给付金钱义务的，应当加倍支付迟延履行期间的债务利息。被执行人未按判决、裁定和其他法律文书指定的期间履行其他义务的，应当支付迟延履行金。

第二百三十条 人民法院采取本法第二百一十八条、第二百一十九条、第二百二十条规定的执行措施后，被执行人仍不能偿还债务的，应当继续履行义务。债权人发现被执行人有其他财产的，可以随时请求人民法院执行。

第二百三十一条 被执行人不履行法律文书确定的义务的，人民法院可以对其采取或者通知有关单位协助采取限制出境，在征信系统记录、通过媒体公布不履行义务信息以及法律规定的其他措施。

第二十二章 执行中止和终结

第二百三十二条 有下列情形之一的，人民法院应当裁定中止执行：

（一）申请人表示可以延期执行的；

（二）案外人对执行标的提出确有理由的异议的；

（三）作为一方当事人的公民死亡，需要等待继承人继承权利或者承担义务的；

（四）作为一方当事人的法人或者其他组织终止，尚未确定权利义务承受人的；

（五）人民法院认为应当中止执行的其他情形。

中止的情形消失后，恢复执行。

第二百三十三条 有下列情形之一的，人民法院裁定终结执行：

（一）申请人撤销申请的；

（二）据以执行的法律文书被撤销的；

（三）作为被执行人的公民死亡，无遗产可供执行，又无义务承担人的；

（四）追索赡养费、扶养费、抚育费案件的权利人死亡的；

（五）作为被执行人的公民因生活困难无力偿还借款，无收入来源，又丧失劳动能力的；

（六）人民法院认为应当终结执行的其他情形。

第二百三十四条 中止和终结执行的裁定，送达当事人后立即生效。

第四编 涉外民事诉讼程序的特别规定

第二十三章 一般原则

第二百三十五条 在中华人民共和国领域内进行涉外民事诉讼，适用本编规定。本编没有规定的，适用本法其他有关规定。

第二百三十六条 中华人民共和国缔结或者参加的国际条约同本法有不同规定的，适用该国际条约的规定，但中华人民共和国声明保留的条款除外。

第二百三十七条 对享有外交特权与豁免的外国人、外国组织或者国际组织提起的民事诉讼，应当依照中华人民共和国有关法律和中华人民共和国缔结或者参加的国际条约的规定办理。

第二百三十八条 人民法院审理涉外民事案件，应当使用中华人民共和国通用的语言、文字。当事人要求提供翻译的，可以提供，费用由当事人承担。

第二百三十九条 外国人、无国籍人、外国企业和组织在人民法院起诉、应诉，需要委托律师代理诉讼的，必须委托中华人民共和国的律师。

第二百四十条 在中华人民共和国领域内没有住所的外国人、无国籍人、外国企业和组织委托中华人民共和国律师或者其他人代理诉讼，从中华人民共和国领域外寄交或者托交的授权委托书，应当经所在国公证机关证明，并经中华人民共和国驻该国使领馆认证，或者履行中华人民共和国与该所在国订

立的有关条约中规定的证明手续后，才具有
效力。

第二十四章 管 辖

第二百四十一条 因合同纠纷或者其他财产
权益纠纷，对在中华人民共和国领域内没有
住所的被告提起的诉讼，如果合同在中华人
民共和国领域内签订或者履行，或者诉讼标
的物在中华人民共和国领域内，或者被告在
中华人民共和国领域内有可供扣押的财产，
或者被告在中华人民共和国领域内设有代表
机构，可以由合同签订地、合同履行地、诉
讼标的物所在地、可供扣押财产所在地、侵
权行为地或者代表机构住所地人民法院管
辖。

第二百四十二条 涉外合同或者涉外财产权
益纠纷的当事人，可以用书面协议选择与争
议有实际联系的地点的法院管辖。选择中华
人民共和国人民法院管辖的，不得违反本法
关于级别管辖和专属管辖的规定。

第二百四十三条 涉外民事诉讼的被告对人
民法院管辖不提出异议，并应诉答辩的，视
为承认该人民法院为有管辖权的法院。

第二百四十四条 因在中华人民共和国履行
中外合资经营企业合同、中外合作经营企业
合同、中外合作勘探开发自然资源合同发生
纠纷提起的诉讼，由中华人民共和国人民法
院管辖。

第二十五章 送达、期间

第二百四十五条 人民法院对在中华人民共
和国领域内没有住所的当事人送达诉讼文
书，可以采用下列方式：

（一）依照受送达人所在国与中华人民
共和国缔结或者共同参加的国际条约中规定
的方式送达；

（二）通过外交途径送达；

（三）对具有中华人民共和国国籍的受
送达人，可以委托中华人民共和国驻受送达

人所在国的使领馆代为送达；

（四）向受送达人委托的有权代其接受
送达的诉讼代理人送达；

（五）向受送达人在中华人民共和国领
域内设立的代表机构或者有权接受送达的分
支机构、业务代办人送达；

（六）受送达人所在国的法律允许邮寄
送达的，可以邮寄送达，自邮寄之日起满六
个月，送达回证没有退回，但根据各种情况
足以认定已经送达的，期间届满之日视为送
达；

（七）不能用上述方式送达的，公告送
达，自公告之日起满六个月，即视为送达。

第二百四十六条 被告在中华人民共和国领
域内没有住所的，人民法院应当将起诉状副
本送达被告，并通知被告在收到起诉状副本
后三十日内提出答辩状。被告申请延期的，
是否准许，由人民法院决定。

第二百四十七条 在中华人民共和国领域内
没有住所的当事人，不服第一审人民法院判
决、裁定的，有权在判决书、裁定书送达之
日起三十日内提起上诉。被上诉人在收到上
诉状副本后，应当在三十日内提出答辩状。
当事人不能在法定期间提起上诉或者提出答
辩状，申请延期的，是否准许，由人民法院
决定。

第二百四十八条 人民法院审理涉外民事案
件的期间，不受本法第一百三十五条、第一
百五十九条规定的限制。

第二十六章 财产保全

第二百四十九条 当事人依照本法第九十二
条的规定可以向人民法院申请财产保全。

利害关系人依照本法第九十三条的规定
可以在起诉前向人民法院申请财产保全。

第二百五十条 人民法院裁定准许诉前财产
保全后，申请人应当在三十日内提起诉讼。
逾期不起诉的，人民法院应当解除财产保
全。

第二百五十一条 人民法院裁定准许财产保

全后，被申请人提供担保的，人民法院应当解除财产保全。

第二百五十二条 申请有错误的，申请人应当赔偿被申请人因财产保全所遭受的损失。

第二百五十三条 人民法院决定保全的财产需要监督的，应当通知有关单位负责监督，费用由被申请人承担。

第二百五十四条 人民法院解除保全的命令由执行员执行。

第二十七章 仲　裁

第二百五十五条 涉外经济贸易、运输和海事中发生的纠纷，当事人在合同中订有仲裁条款或者事后达成书面仲裁协议，提交中华人民共和国涉外仲裁机构或者其他仲裁机构仲裁的，当事人不得向人民法院起诉。

当事人在合同中没有订有仲裁条款或者事后没有达成书面仲裁协议的，可以向人民法院起诉。

第二百五十六条 当事人申请采取财产保全的，中华人民共和国的涉外仲裁机构应当将当事人的申请，提交被申请人住所地或者财产所在地的中级人民法院裁定。

第二百五十七条 经中华人民共和国涉外仲裁机构裁决的，当事人不得向人民法院起诉。一方当事人不履行仲裁裁决的，对方当事人可以向被申请人住所地或者财产所在地的中级人民法院申请执行。

第二百五十八条 对中华人民共和国涉外仲裁机构作出的裁决，被申请人提出证据证明仲裁裁决有下列情形之一的，经人民法院组成合议庭审查核实，裁定不予执行：

（一）当事人在合同中没有订有仲裁条款或者事后没有达成书面仲裁协议的；

（二）被申请人没有得到指定仲裁员或者进行仲裁程序的通知，或者由于其他不属于被申请人负责的原因未能陈述意见的；

（三）仲裁庭的组成或者仲裁的程序与仲裁规则不符的；

（四）裁决的事项不属于仲裁协议的范围或者仲裁机构无权仲裁的。

人民法院认定执行该裁决违背社会公共利益的，裁定不予执行。

第二百五十九条 仲裁裁决被人民法院裁定不予执行的，当事人可以根据双方达成的书面仲裁协议重新申请仲裁，也可以向人民法院起诉。

第二十八章 司法协助

第二百六十条 根据中华人民共和国缔结或者参加的国际条约，或者按照互惠原则，人民法院和外国法院可以相互请求，代为送达文书、调查取证以及进行其他诉讼行为。

外国法院请求协助的事项有损于中华人民共和国的主权、安全或者社会公共利益的，人民法院不予执行。

第二百六十一条 请求和提供司法协助，应当依照中华人民共和国缔结或者参加的国际条约所规定的途径进行；没有条约关系的，通过外交途径进行。

外国驻中华人民共和国的使领馆可以向该国公民送达文书和调查取证，但不得违反中华人民共和国的法律，并不得采取强制措施。

除前款规定的情况外，未经中华人民共和国主管机关准许，任何外国机关或者个人不得在中华人民共和国领域内送达文书、调查取证。

第二百六十二条 外国法院请求人民法院提供司法协助的请求书及其所附文件，应当附有中文译本或者国际条约规定的其他文字文本。

人民法院请求外国法院提供司法协助的请求书及其所附文件，应当附有该国文字译本或者国际条约规定的其他文字文本。

第二百六十三条 人民法院提供司法协助，依照中华人民共和国法律规定的程序进行。外国法院请求采用特殊方式的，也可以按照其请求的特殊方式进行，但请求采用的特殊方式不得违反中华人民共和国法律。

第二百六十四条 人民法院作出的发生法律效力的判决、裁定，如果被执行人或者其财产不在中华人民共和国领域内，当事人请求执行的，可以由当事人直接向有管辖权的外国法院申请承认和执行，也可以由人民法院依照中华人民共和国缔结或者参加的国际条约的规定，或者按照互惠原则，请求外国法院承认和执行。

中华人民共和国涉外仲裁机构作出的发生法律效力的仲裁裁决，当事人请求执行的，如果被执行人或者其财产不在中华人民共和国领域内，应当由当事人直接向有管辖权的外国法院申请承认和执行。

第二百六十五条 外国法院作出的发生法律效力的判决、裁定，需要中华人民共和国人民法院承认和执行的，可以由当事人直接向中华人民共和国有管辖权的中级人民法院申请承认和执行，也可以由外国法院依照该国与中华人民共和国缔结或者参加的国际条约的规定，或者按照互惠原则，请求人民法院承认和执行。

第二百六十六条 人民法院对申请或者请求承认和执行的外国法院作出的发生法律效力的判决、裁定，依照中华人民共和国缔结或者参加的国际条约，或者按照互惠原则进行审查后，认为不违反中华人民共和国法律的基本原则或者国家主权、安全、社会公共利益的，裁定承认其效力，需要执行的，发出执行令，依照本法的有关规定执行。违反中华人民共和国法律的基本原则或者国家主权、安全、社会公共利益的，不予承认和执行。

第二百六十七条 国外仲裁机构的裁决，需要中华人民共和国人民法院承认和执行的，应当由当事人直接向被执行人住所地或者其财产所在地的中级人民法院申请，人民法院应当依照中华人民共和国缔结或者参加的国际条约，或者按照互惠原则办理。

第二百六十八条 本法自公布之日起施行，《中华人民共和国民事诉讼法（试行）》同时废止。

最高人民法院关于民事诉讼证据的若干规定

（2001年12月6日最高人民法院审判委员会第1201次会议通过 2001年12月21日最高人民法院公告公布 自2002年4月1日起施行）

法释〔2001〕33号

为保证人民法院正确认定案件事实，公正、及时审理民事案件，保障和便利当事人依法行使诉讼权利，根据《中华人民共和国民事诉讼法》（以下简称《民事诉讼法》）等有关法律的规定，结合民事审判经验和实际情况，制定本规定。

一、当事人举证

第一条 原告向人民法院起诉或者被告提出反诉，应当附有符合起诉条件的相应的证据材料。

第二条 当事人对自己提出的诉讼请求所依据的事实或者反驳对方诉讼请求所依据的事实有责任提供证据加以证明。

没有证据或者证据不足以证明当事人的事实主张的，由负有举证责任的当事人承担不利后果。

第三条 人民法院应当向当事人说明举证的要求及法律后果，促使当事人在合理期限内积极、全面、正确、诚实地完成举证。

当事人因客观原因不能自行收集的证据，可申请人民法院调查收集。

第四条 下列侵权诉讼，按照以下规定承担举证责任：

（一）因新产品制造方法发明专利引起的专利侵权诉讼，由制造同样产品的单位或者个人对其产品制造方法不同于专利方法承担举证责任；

（二）高度危险作业致人损害的侵权诉讼，由加害人就受害人故意造成损害的事实承担举证责任；

（三）因环境污染引起的损害赔偿诉讼，由加害人就法律规定的免责事由及其行为与损害结果之间不存在因果关系承担举证责任；

（四）建筑物或者其他设施以及建筑物上的搁置物、悬挂物发生倒塌、脱落、坠落致人损害的侵权诉讼，由所有人或者管理人对其无过错承担举证责任；

（五）饲养动物致人损害的侵权诉讼，由动物饲养人或者管理人就受害人有过错或者第三人有过错承担举证责任；

（六）因缺陷产品致人损害的侵权诉讼，由产品的生产者就法律规定的免责事由承担举证责任；

（七）因共同危险行为致人损害的侵权诉讼，由实施危险行为的人就其行为与损害结果之间不存在因果关系承担举证责任；

（八）因医疗行为引起的侵权诉讼，由医疗机构就医疗行为与损害结果之间不存在因果关系及不存在医疗过错承担举证责任。

有关法律对侵权诉讼的举证责任有特殊规定的，从其规定。

第五条 在合同纠纷案件中，主张合同关系成立并生效的一方当事人对合同订立和生效的事实承担举证责任；主张合同关系变更、解除、终止、撤销的一方当事人对引起合同关系变动的事实承担举证责任。

对合同是否履行发生争议的，由负有履行义务的当事人承担举证责任。

对代理权发生争议的，由主张有代理权一方当事人承担举证责任。

第六条 在劳动争议纠纷案件中，因用人单位作出开除、除名、辞退、解除劳动合同、减少劳动报酬、计算劳动者工作年限等决定而发生劳动争议的，由用人单位负举证责任。

第七条 在法律没有具体规定，依本规定及其他司法解释无法确定举证责任承担时，人民法院可以根据公平原则和诚实信用原则，综合当事人举证能力等因素确定举证责任的承担。

第八条 诉讼过程中，一方当事人对另一方当事人陈述的案件事实明确表示承认的，另一方当事人无需举证。但涉及身份关系的案件除外。

对一方当事人陈述的事实，另一方当事人既未表示承认也未否认，经审判人员充分说明并询问后，其仍不明确表示肯定或者否定的，视为对该项事实的承认。

当事人委托代理人参加诉讼的，代理人的承认视为当事人的承认。但未经特别授权的代理人对事实的承认直接导致承认对方诉讼请求的除外；当事人在场但对其代理人的承认不作否认表示的，视为当事人的承认。

当事人在法庭辩论终结前撤回承认并经对方当事人同意，或者有充分证据证明其承认行为是在受胁迫或者重大误解情况下作出且与事实不符的，不能免除对方当事人的举证责任。

第九条 下列事实，当事人无需举证证明：

（一）众所周知的事实；

（二）自然规律及定理；

（三）根据法律规定或者已知事实和日常生活经验法则，能推定出的另一事实；

（四）已为人民法院发生法律效力的裁判所确认的事实；

（五）已为仲裁机构的生效裁决所确认的事实；

（六）已为有效公证文书所证明的事实。

前款（一）、（三）、（四）、（五）、（六）项，当事人有相反证据足以推翻的除外。

第十条 当事人向人民法院提供证据，应当提供原件或者原物。如需自己保存证据原件、原物或者提供原件、原物确有困难的，可以提供经人民法院核对无异的复制件或者复制品。

第十一条 当事人向人民法院提供的证据系在中华人民共和国领域外形成的，该证据应当经所在国公证机关予以证明，并经中华人民共和国驻该国使领馆予以认证，或者履行中华人民共和国与该所在国订立的有关条约中规定的证明手续。

当事人向人民法院提供的证据是在香港、澳门、台湾地区形成的，应当履行相关的证明手续。

第十二条 当事人向人民法院提供外文书证或者外文说明资料，应当附有中文译本。

第十三条 对双方当事人无争议但涉及国家利益、社会公共利益或者他人合法权益的事实，人民法院可以责令当事人提供有关证据。

第十四条 当事人应当对其提交的证据材料逐一分类编号，对证据材料的来源、证明对象和内容作简要说明，签名盖章，注明提交日期，并依照对方当事人人数提出副本。

人民法院收到当事人提交的证据材料，应当出具收据，注明证据的名称、份数和页数以及收到的时间，由经办人员签名或者盖章。

二、人民法院调查收集证据

第十五条 《民事诉讼法》第六十四条规定的"人民法院认为审理案件需要的证据"，是指以下情形：

（一）涉及可能有损国家利益、社会公共利益或者他人合法权益的事实；

（二）涉及依职权追加当事人、中止诉讼、终结诉讼、回避等与实体争议无关的程序事项。

第十六条 除本规定第十五条规定的情形外，人民法院调查收集证据，应当依当事人的申请进行。

第十七条 符合下列条件之一的，当事人及其诉讼代理人可以申请人民法院调查收集证据：

（一）申请调查收集的证据属于国家有关部门保存并须人民法院依职权调取的档案材料；

（二）涉及国家秘密、商业秘密、个人隐私的材料；

（三）当事人及其诉讼代理人确因客观原因不能自行收集的其他材料。

第十八条 当事人及其诉讼代理人申请人民法院调查收集证据，应当提交书面申请。申请书应当载明被调查人的姓名或者单位名称、住所地等基本情况、所要调查收集的证据的内容、需要由人民法院调查收集证据的原因及其要证明的事实。

第十九条 当事人及其诉讼代理人申请人民法院调查收集证据，不得迟于举证期限届满前7日。

人民法院对当事人及其诉讼代理人的申请不予准许的，应当向当事人或其诉讼代理人送达通知书。当事人及其诉讼代理人可以在收到通知书的次日起3日内向受理申请的人民法院书面申请复议一次。人民法院应当在收到复议申请之日起5日内作出答复。

第二十条 调查人员调查收集的书证，可以是原件，也可以是经核对无误的副本或者复制件。是副本或者复制件的，应当在调查笔录中说明来源和取证情况。

第二十一条 调查人员调查收集的物证应当是原物。被调查人提供原物确有困难的，可提供复制品或者照片。提供复制品或者照片的，应当在调查笔录中说明取证情况。

第二十二条 调查人员调查收集计算机数据或者录音、录像等视听资料的，应当要求被调查人提供有关资料的原始载体。提供原始载体确有困难的，可以提供复制件。提供复制件的，调查人员应当在调查笔录中说明其来源和制作经过。

第二十三条 当事人依据《民事诉讼法》第七十四条的规定向人民法院申请保全证据，不得迟于举证期限届满前7日。

当事人申请保全证据的，人民法院可以要求其提供相应的担保。

法律、司法解释规定诉前保全证据的，依照其规定办理。

第二十四条　人民法院进行证据保全，可以根据具体情况，采取查封、扣押、拍照、录音、录像、复制、鉴定、勘验、制作笔录等方法。

人民法院进行证据保全，可以要求当事人或者诉讼代理人到场。

第二十五条　当事人申请鉴定，应当在举证期限内提出。符合本规定第二十七条规定的情形，当事人申请重新鉴定的除外。

对需要鉴定的事项负有举证责任的当事人，在人民法院指定的期限内无正当理由不提出鉴定申请或者不预交鉴定费用或者拒不提供相关材料，致使对案件争议的事实无法通过鉴定结论予以认定的，应当对该事实承担举证不能的法律后果。

第二十六条　当事人申请鉴定经人民法院同意后，由双方当事人协商确定有鉴定资格的鉴定机构、鉴定人员，协商不成的，由人民法院指定。

第二十七条　当事人对人民法院委托的鉴定部门作出的鉴定结论有异议申请重新鉴定，提出证据证明存在下列情形之一的，人民法院应予准许：

（一）鉴定机构或者鉴定人员不具备相关的鉴定资格的；

（二）鉴定程序严重违法的；

（三）鉴定结论明显依据不足的；

（四）经过质证认定不能作为证据使用的其他情形。

对有缺陷的鉴定结论，可以通过补充鉴定、重新质证或者补充质证等方法解决的，不予重新鉴定。

第二十八条　一方当事人自行委托有关部门作出的鉴定结论，另一方当事人有证据足以反驳并申请重新鉴定的，人民法院应予准许。

第二十九条　审判人员对鉴定人出具的鉴定书，应当审查是否具有下列内容：

（一）委托人姓名或者名称、委托鉴定的内容；

（二）委托鉴定的材料；

（三）鉴定的依据及使用的科学技术手段；

（四）对鉴定过程的说明；

（五）明确的鉴定结论；

（六）对鉴定人鉴定资格的说明；

（七）鉴定人员及鉴定机构签名盖章。

第三十条　人民法院勘验物证或者现场，应当制作笔录，记录勘验的时间、地点、勘验人、在场人、勘验的经过、结果，由勘验人、在场人签名或者盖章。对于绘制的现场图应当注明绘制的时间、方位、测绘人姓名、身份等内容。

第三十一条　摘录有关单位制作的与案件事实相关的文件、材料，应当注明出处，并加盖制作单位或者保管单位的印章，摘录人和其他调查人员应当在摘录件上签名或者盖章。

摘录文件、材料应当保持内容相应的完整性，不得断章取义。

三、举证时限与证据交换

第三十二条　被告应当在答辩期届满前提出书面答辩，阐明其对原告诉讼请求及所依据的事实和理由的意见。

第三十三条　人民法院应当在送达案件受理通知书和应诉通知书的同时向当事人送达举证通知书。举证通知书应当载明举证责任的分配原则与要求、可以向人民法院申请调查取证的情形、人民法院根据案件情况指定的举证期限以及逾期提供证据的法律后果。

举证期限可以由当事人协商一致，并经人民法院认可。

由人民法院指定举证期限的，指定的期限不得少于 30 日，自当事人收到案件受理通知书和应诉通知书的次日起计算。

第三十四条 当事人应当在举证期限内向人民法院提交证据材料,当事人在举证期限内不提交的,视为放弃举证权利。

对于当事人逾期提交的证据材料,人民法院审理时不组织质证。但对方当事人同意质证的除外。

当事人增加、变更诉讼请求或者提起反诉的,应当在举证期限届满前提出。

第三十五条 诉讼过程中,当事人主张的法律关系的性质或者民事行为的效力与人民法院根据案件事实作出的认定不一致的,不受本规定第三十四条规定的限制,人民法院应当告知当事人可以变更诉讼请求。

当事人变更诉讼请求的,人民法院应当重新指定举证期限。

第三十六条 当事人在举证期限内提交证据材料确有困难的,应当在举证期限内向人民法院申请延期举证,经人民法院准许,可以适当延长举证期限。当事人在延长的举证期限内提交证据材料仍有困难的,可以再次提出延期申请,是否准许由人民法院决定。

第三十七条 经当事人申请,人民法院可以组织当事人在开庭审理前交换证据。

人民法院对于证据较多或者复杂疑难的案件,应当组织当事人在答辩期届满后、开庭审理前交换证据。

第三十八条 交换证据的时间可以由当事人协商一致并经人民法院认可,也可以由人民法院指定。

人民法院组织当事人交换证据的,交换证据之日举证期限届满。当事人申请延期举证经人民法院准许的,证据交换日相应顺延。

第三十九条 证据交换应当在审判人员的主持下进行。

在证据交换的过程中,审判人员对当事人无异议的事实、证据应当记录在卷;对有异议的证据,按照需要证明的事实分类记录在卷,并记载异议的理由。通过证据交换,确定双方当事人争议的主要问题。

第四十条 当事人收到对方交换的证据后提出反驳并提出新证据的,人民法院应当通知当事人在指定的时间进行交换。

证据交换一般不超过两次。但重大、疑难和案情特别复杂的案件,人民法院认为确有必要再次进行证据交换的除外。

第四十一条 《民事诉讼法》第一百二十五条第一款规定的"新的证据",是指以下情形:

(一) 一审程序中的新的证据包括:当事人在一审举证期限届满后新发现的证据;当事人确因客观原因无法在举证期限内提供,经人民法院准许,在延长的期限内仍无法提供的证据。

(二) 二审程序中的新的证据包括:一审庭审结束后新发现的证据;当事人在一审举证期限届满前申请人民法院调查取证未获准许,二审法院经审查认为应当准许并依当事人申请调取的证据。

第四十二条 当事人在一审程序中提供新的证据,应当在一审开庭前或者开庭审理时提出。

当事人在二审程序中提供新的证据的,应当在二审开庭前或者开庭审理时提出;二审不需要开庭审理的,应当在人民法院指定的期限内提出。

第四十三条 当事人举证期限届满后提供的证据不是新的证据的,人民法院不予采纳。

当事人经人民法院准许延期举证,但因客观原因未能在准许的期限内提供,且不审理该证据可能导致裁判明显不公的,其提供的证据可视为新的证据。

第四十四条 《民事诉讼法》第一百七十九条第一款第(一) 项规定的"新的证据",是指原审庭审结束后新发现的证据。

当事人在再审程序中提供新的证据的,应当在申请再审时提出。

第四十五条 一方当事人提出新的证据的,人民法院应当通知对方当事人在合理期限内提出意见或者举证。

第四十六条 由于当事人的原因未能在指定期限内举证，致使案件在二审或者再审期间因提出新的证据被人民法院发回重审或者改判的，原审裁判不属于错误裁判案件。一方当事人请求提出新的证据的另一方当事人负担由此增加的差旅、误工、证人出庭作证、诉讼等合理费用以及由此扩大的直接损失，人民法院应予支持。

四、质　证

第四十七条 证据应当在法庭上出示，由当事人质证。未经质证的证据，不能作为认定案件事实的依据。

当事人在证据交换过程中认可并记录在卷的证据，经审判人员在庭审中说明后，可以作为认定案件事实的依据。

第四十八条 涉及国家秘密、商业秘密和个人隐私或者法律规定的其他应当保密的证据，不得在开庭时公开质证。

第四十九条 对书证、物证、视听资料进行质证时，当事人有权要求出示证据的原件或者原物。但有下列情况之一的除外：

（一）出示原件或者原物确有困难并经人民法院准许出示复制件或者复制品的；

（二）原件或者原物已不存在，但有证据证明复制件、复制品与原件或原物一致的。

第五十条 质证时，当事人应当围绕证据的真实性、关联性、合法性，针对证据证明力有无以及证明力大小，进行质疑、说明与辩驳。

第五十一条 质证按下列顺序进行：

（一）原告出示证据，被告、第三人与原告进行质证；

（二）被告出示证据，原告、第三人与被告进行质证；

（三）第三人出示证据，原告、被告与第三人进行质证。

人民法院依照当事人申请调查收集的证据，作为提出申请的一方当事人提供的证据。

人民法院依照职权调查收集的证据应当在庭审时出示，听取当事人意见，并可就调查收集该证据的情况予以说明。

第五十二条 案件有两个以上独立的诉讼请求的，当事人可以逐个出示证据进行质证。

第五十三条 不能正确表达意志的人，不能作为证人。

待证事实与其年龄、智力状况或者精神健康状况相适应的无民事行为能力人和限制民事行为能力人，可以作为证人。

第五十四条 当事人申请证人出庭作证，应当在举证期限届满10日前提出，并经人民法院许可。

人民法院对当事人的申请予以准许的，应当在开庭审理前通知证人出庭作证，并告知其应当如实作证及作伪证的法律后果。

证人因出庭作证而支出的合理费用，由提供证人的一方当事人先行支付，由败诉一方当事人承担。

第五十五条 证人应当出庭作证，接受当事人的质询。

证人在人民法院组织双方当事人交换证据时出席陈述证言的，可视为出庭作证。

第五十六条 《民事诉讼法》第七十条规定的"证人确有困难不能出庭"，是指有下列情形：

（一）年迈体弱或者行动不便无法出庭的；

（二）特殊岗位确实无法离开的；

（三）路途特别遥远，交通不便难以出庭的；

（四）因自然灾害等不可抗力的原因无法出庭的；

（五）其他无法出庭的特殊情况。

前款情形，经人民法院许可，证人可以提交书面证言或者视听资料或者通过双向视听传输技术手段作证。

第五十七条 出庭作证的证人应当客观陈述其亲身感知的事实。证人为聋哑人的，可以其他表达方式作证。

证人作证时，不得使用猜测、推断或者评论性的语言。

第五十八条 审判人员和当事人可以对证人进行询问。证人不得旁听法庭审理；询问证人时，其他证人不得在场。人民法院认为有必要的，可以让证人进行对质。

第五十九条 鉴定人应当出庭接受当事人质询。

鉴定人确因特殊原因无法出庭的，经人民法院准许，可以书面答复当事人的质询。

第六十条 经法庭许可，当事人可以向证人、鉴定人、勘验人发问。

询问证人、鉴定人、勘验人不得使用威胁、侮辱及不适当引导证人的言语和方式。

第六十一条 当事人可以向人民法院申请由1至2名具有专门知识的人员出庭就案件的专门性问题进行说明。人民法院准许其申请的，有关费用由提出申请的当事人负担。

审判人员和当事人可以对出庭的具有专门知识的人员进行询问。

经人民法院准许，可以由当事人各自申请的具有专门知识的人员就案件中的问题进行对质。

具有专门知识的人员可以对鉴定人进行询问。

第六十二条 法庭应当将当事人的质证情况记入笔录，并由当事人核对后签名或者盖章。

五、证据的审核认定

第六十三条 人民法院应当以证据能够证明的案件事实为依据依法作出裁判。

第六十四条 审判人员应当按照法定程序，全面、客观地审核证据，依据法律的规定，遵循法官职业道德，运用逻辑推理和日常生活经验，对证据有无证明力和证明力大小独立进行判断，并公开判断的理由和结果。

第六十五条 审判人员对单一证据可以从下列方面进行审核认定：

（一）证据是否原件、原物，复印件、复制品与原件、原物是否相符；

（二）证据与本案事实是否相关；

（三）证据的形式、来源是否符合法律规定；

（四）证据的内容是否真实；

（五）证人或者提供证据的人，与当事人有无利害关系。

第六十六条 审判人员对案件的全部证据，应当从各证据与案件事实的关联程度、各证据之间的联系等方面进行综合审查判断。

第六十七条 在诉讼中，当事人为达成调解协议或者和解的目的作出妥协所涉及的对案件事实的认可，不得在其后的诉讼中作为对其不利的证据。

第六十八条 以侵害他人合法权益或者违反法律禁止性规定的方法取得的证据，不能作为认定案件事实的依据。

第六十九条 下列证据不能单独作为认定案件事实的依据：

（一）未成年人所作的与其年龄和智力状况不相当的证言；

（二）与一方当事人或者其代理人有利害关系的证人出具的证言；

（三）存有疑点的视听资料；

（四）无法与原件、原物核对的复印件、复制品；

（五）无正当理由未出庭作证的证人证言。

第七十条 一方当事人提出的下列证据，对方当事人提出异议但没有足以反驳的相反证据的，人民法院应当确认其证明力：

（一）书证原件或者与书证原件核对无误的复印件、照片、副本、节录本；

（二）物证原物或者与物证原物核对无误的复制件、照片、录像资料等；

（三）有其他证据佐证并以合法手段取得的、无疑点的视听资料或者与视听资料核对无误的复制件；

（四）一方当事人申请人民法院依照法

定程序制作的对物证或者现场的勘验笔录。

第七十一条 人民法院委托鉴定部门作出的鉴定结论，当事人没有足以反驳的相反证据和理由的，可以认定其证明力。

第七十二条 一方当事人提出的证据，另一方当事人认可或者提出的相反证据不足以反驳的，人民法院可以确认其证明力。

一方当事人提出的证据，另一方当事人有异议并提出反驳证据，对方当事人对反驳证据认可的，可以确认反驳证据的证明力。

第七十三条 双方当事人对同一事实分别举出相反的证据，但都没有足够的依据否定对方证据的，人民法院应当结合案件情况，判断一方提供证据的证明力是否明显大于另一方提供证据的证明力，并对证明力较大的证据予以确认。

因证据的证明力无法判断导致争议事实难以认定的，人民法院应当依据举证责任分配的规则作出裁判。

第七十四条 诉讼过程中，当事人在起诉状、答辩状、陈述及其委托代理人的代理词中承认的对己方不利的事实和认可的证据，人民法院应当予以确认，但当事人反悔并有相反证据足以推翻的除外。

第七十五条 有证据证明一方当事人持有证据无正当理由拒不提供，如果对方当事人主张该证据的内容不利于证据持有人，可以推定该主张成立。

第七十六条 当事人对自己的主张，只有本人陈述而不能提出其他相关证据的，其主张不予支持。但对方当事人认可的除外。

第七十七条 人民法院就数个证据对同一事实的证明力，可以依照下列原则认定：

（一）国家机关、社会团体依职权制作的公文书证的证明力一般大于其他书证；

（二）物证、档案、鉴定结论、勘验笔录或者经过公证、登记的书证，其证明力一般大于其他书证、视听资料和证人证言；

（三）原始证据的证明力一般大于传来证据；

（四）直接证据的证明力一般大于间接证据；

（五）证人提供的对与其有亲属或者其他密切关系的当事人有利的证言，其证明力一般小于其他证人证言。

第七十八条 人民法院认定证人证言，可以通过对证人的智力状况、品德、知识、经验、法律意识和专业技能等的综合分析作出判断。

第七十九条 人民法院应当在裁判文书中阐明证据是否采纳的理由。

对当事人无争议的证据，是否采纳的理由可以不在裁判文书中表述。

六、其 他

第八十条 对证人、鉴定人、勘验人的合法权益依法予以保护。

当事人或者其他诉讼参与人伪造、毁灭证据，提供假证据，阻止证人作证，指使、贿买、胁迫他人作伪证，或者对证人、鉴定人、勘验人打击报复的，依照《民事诉讼法》第一百零二条的规定处理。

第八十一条 人民法院适用简易程序审理案件，不受本解释中第三十二条、第三十三条第三款和第七十九条规定的限制。

第八十二条 本院过去的司法解释，与本规定不一致的，以本规定为准。

第八十三条 本规定自 2002 年 4 月 1 日起施行。2002 年 4 月 1 日尚未审结的一审、二审和再审民事案件不适用本规定。

本规定施行前已经审理终结的民事案件，当事人以违反本规定为由申请再审的，人民法院不予支持。

本规定施行后受理的再审民事案件，人民法院依据《民事诉讼法》第一百八十四条的规定进行审理的，适用本规定。

中华人民共和国劳动
争议调解仲裁法

（2007年12月29日第十届全国人民代表大会常务委员会第三十一次会议通过　2007年12月29日中华人民共和国主席令第80号公布　自2008年5月1日起施行）

第一章　总　　则

第一条　为了公正及时解决劳动争议，保护当事人合法权益，促进劳动关系和谐稳定，制定本法。

第二条　中华人民共和国境内的用人单位与劳动者发生的下列劳动争议，适用本法：

（一）因确认劳动关系发生的争议；

（二）因订立、履行、变更、解除和终止劳动合同发生的争议；

（三）因除名、辞退和辞职、离职发生的争议；

（四）因工作时间、休息休假、社会保险、福利、培训以及劳动保护发生的争议；

（五）因劳动报酬、工伤医疗费、经济补偿或者赔偿金等发生的争议；

（六）法律、法规规定的其他劳动争议。

第三条　解决劳动争议，应当根据事实，遵循合法、公正、及时、着重调解的原则，依法保护当事人的合法权益。

第四条　发生劳动争议，劳动者可以与用人单位协商，也可以请工会或者第三方共同与用人单位协商，达成和解协议。

第五条　发生劳动争议，当事人不愿协商、协商不成或者达成和解协议后不履行的，可以向调解组织申请调解；不愿调解、调解不成或者达成调解协议后不履行的，可以向劳动争议仲裁委员会申请仲裁；对仲裁裁决不服的，除本法另有规定的外，可以向人民法院提起诉讼。

第六条　发生劳动争议，当事人对自己提出的主张，有责任提供证据。与争议事项有关的证据属于用人单位掌握管理的，用人单位应当提供；用人单位不提供的，应当承担不利后果。

第七条　发生劳动争议的劳动者一方在十人以上，并有共同请求的，可以推举代表参加调解、仲裁或者诉讼活动。

第八条　县级以上人民政府劳动行政部门会同工会和企业方面代表建立协调劳动关系三方机制，共同研究解决劳动争议的重大问题。

第九条　用人单位违反国家规定，拖欠或者未足额支付劳动报酬，或者拖欠工伤医疗费、经济补偿或者赔偿金的，劳动者可以向劳动行政部门投诉，劳动行政部门应当依法处理。

第二章　调　　解

第十条　发生劳动争议，当事人可以到下列调解组织申请调解：

（一）企业劳动争议调解委员会；

（二）依法设立的基层人民调解组织；

（三）在乡镇、街道设立的具有劳动争议调解职能的组织。

企业劳动争议调解委员会由职工代表和企业代表组成。职工代表由工会成员担任或者由全体职工推举产生，企业代表由企业负责人指定。企业劳动争议调解委员会主任由工会成员或者双方推举的人员担任。

第十一条　劳动争议调解组织的调解员应当由公道正派、联系群众、热心调解工作，并具有一定法律知识、政策水平和文化水平的成年公民担任。

第十二条　当事人申请劳动争议调解可以书面申请，也可以口头申请。口头申请的，调解组织应当当场记录申请人基本情况、申请调解的争议事项、理由和时间。

第十三条　调解劳动争议，应当充分听取双方当事人对事实和理由的陈述，耐心疏导，帮助其达成协议。

第十四条 经调解达成协议的，应当制作调解协议书。

调解协议书由双方当事人签名或者盖章，经调解员签名并加盖调解组织印章后生效，对双方当事人具有约束力，当事人应当履行。

自劳动争议调解组织收到调解申请之日起十五日内未达成调解协议的，当事人可以依法申请仲裁。

第十五条 达成调解协议后，一方当事人在协议约定期限内不履行调解协议的，另一方当事人可以依法申请仲裁。

第十六条 因支付拖欠劳动报酬、工伤医疗费、经济补偿或者赔偿金事项达成调解协议，用人单位在协议约定期限内不履行的，劳动者可以持调解协议书依法向人民法院申请支付令。人民法院应当依法发出支付令。

第三章 仲 裁

第一节 一般规定

第十七条 劳动争议仲裁委员会按照统筹规划、合理布局和适应实际需要的原则设立。省、自治区人民政府可以决定在市、县设立；直辖市人民政府可以决定在区、县设立。直辖市、设区的市也可以设立一个或者若干个劳动争议仲裁委员会。劳动争议仲裁委员会不按行政区划层层设立。

第十八条 国务院劳动行政部门依照本法有关规定制定仲裁规则。省、自治区、直辖市人民政府劳动行政部门对本行政区域的劳动争议仲裁工作进行指导。

第十九条 劳动争议仲裁委员会由劳动行政部门代表、工会代表和企业方面代表组成。劳动争议仲裁委员会组成人员应当是单数。

劳动争议仲裁委员会依法履行下列职责：

（一）聘任、解聘专职或者兼职仲裁员；

（二）受理劳动争议案件；

（三）讨论重大或者疑难的劳动争议案件；

（四）对仲裁活动进行监督。

劳动争议仲裁委员会下设办事机构，负责办理劳动争议仲裁委员会的日常工作。

第二十条 劳动争议仲裁委员会应当设仲裁员名册。

仲裁员应当公道正派并符合下列条件之一：

（一）曾任审判员的；

（二）从事法律研究、教学工作并具有中级以上职称的；

（三）具有法律知识、从事人力资源管理或者工会等专业工作满五年的；

（四）律师执业满三年的。

第二十一条 劳动争议仲裁委员会负责管辖本区域内发生的劳动争议。

劳动争议由劳动合同履行地或者用人单位所在地的劳动争议仲裁委员会管辖。双方当事人分别向劳动合同履行地和用人单位所在地的劳动争议仲裁委员会申请仲裁的，由劳动合同履行地的劳动争议仲裁委员会管辖。

第二十二条 发生劳动争议的劳动者和用人单位为劳动争议仲裁案件的双方当事人。

劳务派遣单位或者用工单位与劳动者发生劳动争议的，劳务派遣单位和用工单位为共同当事人。

第二十三条 与劳动争议案件的处理结果有利害关系的第三人，可以申请参加仲裁活动或者由劳动争议仲裁委员会通知其参加仲裁活动。

第二十四条 当事人可以委托代理人参加仲裁活动。委托他人参加仲裁活动，应当向劳动争议仲裁委员会提交有委托人签名或者盖章的委托书，委托书应当载明委托事项和权限。

第二十五条 丧失或者部分丧失民事行为能

力的劳动者，由其法定代理人代为参加仲裁活动；无法定代理人的，由劳动争议仲裁委员会为其指定代理人。劳动者死亡的，由其近亲属或者代理人参加仲裁活动。

第二十六条 劳动争议仲裁公开进行，但当事人协议不公开进行或者涉及国家秘密、商业秘密和个人隐私的除外。

第二节 申请和受理

第二十七条 劳动争议申请仲裁的时效期间为一年。仲裁时效期间从当事人知道或者应当知道其权利被侵害之日起计算。

前款规定的仲裁时效，因当事人一方向对方当事人主张权利，或者向有关部门请求权利救济，或者对方当事人同意履行义务而中断。从中断时起，仲裁时效期间重新计算。

因不可抗力或者有其他正当理由，当事人不能在本条第一款规定的仲裁时效期间申请仲裁的，仲裁时效中止。从中止时效的原因消除之日起，仲裁时效期间继续计算。

劳动关系存续期间因拖欠劳动报酬发生争议的，劳动者申请仲裁不受本条第一款规定的仲裁时效期间的限制；但是，劳动关系终止的，应当自劳动关系终止之日起一年内提出。

第二十八条 申请人申请仲裁应当提交书面仲裁申请，并按照被申请人人数提交副本。

仲裁申请书应当载明下列事项：

（一）劳动者的姓名、性别、年龄、职业、工作单位和住所，用人单位的名称、住所和法定代表人或者主要负责人的姓名、职务；

（二）仲裁请求和所根据的事实、理由；

（三）证据和证据来源、证人姓名和住所。

书写仲裁申请确有困难的，可以口头申请，由劳动争议仲裁委员会记入笔录，并告知对方当事人。

第二十九条 劳动争议仲裁委员会收到仲裁申请之日起五日内，认为符合受理条件的，应当受理，并通知申请人；认为不符合受理条件的，应当书面通知申请人不予受理，并说明理由。对劳动争议仲裁委员会不予受理或者逾期未作出决定的，申请人可以就该劳动争议事项向人民法院提起诉讼。

第三十条 劳动争议仲裁委员会受理仲裁申请后，应当在五日内将仲裁申请书副本送达被申请人。

被申请人收到仲裁申请书副本后，应当在十日内向劳动争议仲裁委员会提交答辩书。劳动争议仲裁委员会收到答辩书后，应当在五日内将答辩书副本送达申请人。被申请人未提交答辩书的，不影响仲裁程序的进行。

第三节 开庭和裁决

第三十一条 劳动争议仲裁委员会裁决劳动争议案件实行仲裁庭制。仲裁庭由三名仲裁员组成，设首席仲裁员。简单劳动争议案件可以由一名仲裁员独任仲裁。

第三十二条 劳动争议仲裁委员会应当在受理仲裁申请之日起五日内将仲裁庭的组成情况书面通知当事人。

第三十三条 仲裁员有下列情形之一，应当回避，当事人也有权以口头或者书面方式提出回避申请：

（一）是本案当事人或者当事人、代理人的近亲属的；

（二）与本案有利害关系的；

（三）与本案当事人、代理人有其他关系，可能影响公正裁决的；

（四）私自会见当事人、代理人，或者接受当事人、代理人的请客送礼的。

劳动争议仲裁委员会对回避申请应当及时作出决定，并以口头或者书面方式通知当事人。

第三十四条 仲裁员有本法第三十三条第四项规定情形，或者有索贿受贿、徇私舞弊、枉法裁决行为的，应当依法承担法律责任。劳动争议仲裁委员会应当将其解聘。

第三十五条 仲裁庭应当在开庭五日前，将开庭日期、地点书面通知双方当事人。当事人有正当理由的，可以在开庭三日前请求延期开庭。是否延期，由劳动争议仲裁委员会决定。

第三十六条 申请人收到书面通知，无正当理由拒不到庭或者未经仲裁庭同意中途退庭的，可以视为撤回仲裁申请。

被申请人收到书面通知，无正当理由拒不到庭或者未经仲裁庭同意中途退庭的，可以缺席裁决。

第三十七条 仲裁庭对专门性问题认为需要鉴定的，可以交由当事人约定的鉴定机构鉴定；当事人没有约定或者无法达成约定的，由仲裁庭指定的鉴定机构鉴定。

根据当事人的请求或者仲裁庭的要求，鉴定机构应当派鉴定人参加开庭。当事人经仲裁庭许可，可以向鉴定人提问。

第三十八条 当事人在仲裁过程中有权进行质证和辩论。质证和辩论终结时，首席仲裁员或者独任仲裁员应当征询当事人的最后意见。

第三十九条 当事人提供的证据经查证属实的，仲裁庭应当将其作为认定事实的根据。

劳动者无法提供由用人单位掌握管理的与仲裁请求有关的证据，仲裁庭可以要求用人单位在指定期限内提供。用人单位在指定期限内不提供的，应当承担不利后果。

第四十条 仲裁庭应当将开庭情况记入笔录。当事人和其他仲裁参加人认为对自己陈述的记录有遗漏或者差错的，有权申请补正。如果不予补正，应当记录该申请。

笔录由仲裁员、记录人员、当事人和其他仲裁参加人签名或者盖章。

第四十一条 当事人申请劳动争议仲裁后，可以自行和解。达成和解协议的，可以撤回仲裁申请。

第四十二条 仲裁庭在作出裁决前，应当先行调解。

调解达成协议的，仲裁庭应当制作调解书。

调解书应当写明仲裁请求和当事人协议的结果。调解书由仲裁员签名，加盖劳动争议仲裁委员会印章，送达双方当事人。调解书经双方当事人签收后，发生法律效力。

调解不成或者调解书送达前，一方当事人反悔的，仲裁庭应当及时作出裁决。

第四十三条 仲裁庭裁决劳动争议案件，应当自劳动争议仲裁委员会受理仲裁申请之日起四十五日内结束。案情复杂需要延期的，经劳动争议仲裁委员会主任批准，可以延期并书面通知当事人，但是延长期限不得超过十五日。逾期未作出仲裁裁决的，当事人可以就该劳动争议事项向人民法院提起诉讼。

仲裁庭裁决劳动争议案件时，其中一部分事实已经清楚，可以就该部分先行裁决。

第四十四条 仲裁庭对追索劳动报酬、工伤医疗费、经济补偿或者赔偿金的案件，根据当事人的申请，可以裁决先予执行，移送人民法院执行。

仲裁庭裁决先予执行的，应当符合下列条件：

（一）当事人之间权利义务关系明确；

（二）不先予执行将严重影响申请人的生活。

劳动者申请先予执行的，可以不提供担保。

第四十五条 裁决应当按照多数仲裁员的意见作出，少数仲裁员的不同意见应当记入笔录。仲裁庭不能形成多数意见时，裁决应当按照首席仲裁员的意见作出。

第四十六条 裁决书应当载明仲裁请求、争议事实、裁决理由、裁决结果和裁决日期。裁决书由仲裁员签名，加盖劳动争议仲裁委员会印章。对裁决持不同意见的仲裁员，可以签名，也可以不签名。

第四十七条 下列劳动争议，除本法另有规定的外，仲裁裁决为终局裁决，裁决书自作出之日起发生法律效力：

（一）追索劳动报酬、工伤医疗费、经济补偿或者赔偿金，不超过当地月最低工资标准十二个月金额的争议；

（二）因执行国家的劳动标准在工作时间、休息休假、社会保险等方面发生的争议。

第四十八条 劳动者对本法第四十七条规定的仲裁裁决不服的，可以自收到仲裁裁决书之日起十五日内向人民法院提起诉讼。

第四十九条 用人单位有证据证明本法第四十七条规定的仲裁裁决有下列情形之一，可以自收到仲裁裁决书之日起三十日内向劳动争议仲裁委员会所在地的中级人民法院申请撤销裁决：

（一）适用法律、法规确有错误的；

（二）劳动争议仲裁委员会无管辖权的；

（三）违反法定程序的；

（四）裁决所根据的证据是伪造的；

（五）对方当事人隐瞒了足以影响公正裁决的证据的；

（六）仲裁员在仲裁该案时有索贿受贿、徇私舞弊、枉法裁决行为的。

人民法院经组成合议庭审查核实裁决有前款规定情形之一的，应当裁定撤销。

仲裁裁决被人民法院裁定撤销的，当事人可以自收到裁定书之日起十五日内就该劳动争议事项向人民法院提起诉讼。

第五十条 当事人对本法第四十七条规定以外的其他劳动争议案件的仲裁裁决不服的，可以自收到仲裁裁决书之日起十五日内向人民法院提起诉讼；期满不起诉的，裁决书发生法律效力。

第五十一条 当事人对发生法律效力的调解书、裁决书，应当依照规定的期限履行。一方当事人逾期不履行的，另一方当事人可以依照民事诉讼法的有关规定向人民法院申请执行。受理申请的人民法院应当依法执行。

第四章 附 则

第五十二条 事业单位实行聘用制的工作人员与本单位发生劳动争议的，依照本法执行；法律、行政法规或者国务院另有规定的，依照其规定。

第五十三条 劳动争议仲裁不收费。劳动争议仲裁委员会的经费由财政予以保障。

第五十四条 本法自 2008 年 5 月 1 日起施行。

中华人民共和国
刑事诉讼法（节录）

（1979 年 7 月 1 日第五届全国人民代表大会第二次会议通过 根据 1996 年 3 月 17 日第八届全国人民代表大会第四次会议《关于修改〈中华人民共和国刑事诉讼法〉的决定》修正）

……

第七章 附带民事诉讼

第七十七条 被害人由于被告人的犯罪行为而遭受物质损失的，在刑事诉讼过程中，有权提起附带民事诉讼。

如果是国家财产、集体财产遭受损失的，人民检察院在提起公诉的时候，可以提起附带民事诉讼。

人民法院在必要的时候，可以查封或者扣押被告人的财产。

第七十八条 附带民事诉讼应当同刑事案件一并审判，只有为了防止刑事案件审判的过分迟延，才可以在刑事案件审判后，由同一审判组织继续审理附带民事诉讼。

……